CHARLOTTE LINK

Das F...

Buch

Minutenschnell sinkt ein Segelboot nach der Kollision mit einem Frachter vor der Isle of Skye, Meilen vor Schottlands wilder Küste. Ihr Leben ist alles, was die deutschen Aussteiger Livia und Nathan Moor noch retten können. Die Engländerin Virginia Quentin und ihr Mann Frederic, ein Bankier, nehmen die Schiffbrüchigen in ihrem Ferienhaus auf. Nathan, der sich über alle Regeln des Anstands hinwegsetzt und Virginia ungebeten in das düstere Zuhause nach Norfolk folgt, stößt die verschlossene Virginia anfangs ab. Doch es ist auch Nathan, dem es gelingt, sie am einzigen Punkt zu berühren, an dem Virginia in ihrer Einsamkeit empfänglich ist. Virginia öffnet sich ihm mehr als je zuvor einem anderen Menschen und erzählt ihm ihre Geschichte – vom Echo der Schuld, das sie in jeder Sekunde ihres Lebens zu hören meint. In einem kurzen Augenblick des inneren Friedens bricht das Entsetzen in die Gegenwart ein: Die kleine Kim, Virginias siebenjährige Tochter, kehrt von der Schule nicht mehr heim. Und bleibt spurlos verschwunden. Ist sie vor der zerbrechenden Ehe ihrer Eltern geflohen? Oder ist sie Opfer eines Verbrechers geworden, der bereits zwei andere Mädchen getötet hat? Zu ihrem Entsetzen muss Virginia feststellen, dass womöglich sogar Nathan etwas mit den schrecklichen Geschehnissen zu tun hat ...

Autorin

Charlotte Link ist die erfolgreichste deutsche Autorin der Gegenwart. Ihre psychologischen Spannungsromane in bester englischer Krimitradition (u.a. »Das Haus der Schwestern«, »Die Rosenzüchterin«, »Am Ende des Schweigens«) stehen regelmäßig über viele Monate an den Spitzen der Bestsellerlisten. Die zumeist mehrteiligen TV-Verfilmungen ihrer Bücher werden mit riesigem Erfolg im ZDF ausgestrahlt. Charlotte Link, seit vielen Jahren engagierte Tierschützerin, lebt mit ihrer Familie und ihren Hunden in der Nähe von Frankfurt/Main.

Von Charlotte Link außerdem bei Goldmann lieferbar:

Verbotene Wege. Roman (9286) · Die Sterne von Marmalon. Roman (9776) · Sturmzeit. Roman (41066) · Schattenspiel. Roman (42016) ·Wilde Lupinen. Roman (42603) · Die Sünde der Engel. Roman (43256) · Die Stunde der Erben. Roman (43395) · Der Verehrer. Roman (44254) · Das Haus der Schwestern. Roman (44436) · Die Täuschung. Roman (45142) · Die Rosenzüchterin. Roman (45283) · Der fremde Gast. Roman (45769) · Am Ende des Schweigens. Roman (46083) · Die letzte Spur. Roman (46458)

Charlotte Link

Das Echo der Schuld

Roman

GOLDMANN

FSC

Mix
Produktgruppe aus vorbildlich
bewirtschafteten Wäldern und
anderen kontrollierten Herkünften

Zert.-Nr. SGS-COC-1940
www.fsc.org
© 1996 Forest Stewardship Council

Verlagsgruppe Random House FSC-DEU-0100
Das FSC-zertifizierte Papier *München Super* für Taschenbücher
aus dem Goldmann Verlag liefert Mochenwangen Papier

2. Auflage
Taschenbuchausgabe Februar 2009
Wilhelm Goldmann Verlag, München,
in der Verlagsgruppe Random House GmbH
Copyright © 2006 by Blanvalet Verlag, München,
in der Verlagsgruppe Random House GmbH
Umschlaggestaltung: Design Team München
Umschlagmotiv: Corbis / Kevin Cruff
NG · Herstellung: Str.
Druck und Bindung: GGP Media GmbH, Pößneck
Printed in Germany
ISBN: 978-3-442-46853-9

www.goldmann-verlag.de

Prolog

April 1995

Im Traum sah er den kleinen Jungen vor sich. Die blitzenden Augen. Das strahlende Lachen. Die Zahnlücken. Die Sommersprossen, die im Winter verblassten und im Frühjahr mit den ersten Sonnenstrahlen aufblühten. Die dichten dunklen Haare, die so eigenwillig in alle Himmelsrichtungen abstanden.

Er konnte sogar seine Stimme hören. Sehr hell, sehr melodisch. Eine weiche, fröhliche Kinderstimme.

Er konnte ihn riechen. Es war ein ganz besonderer Geruch, der nur zu dem Jungen gehörte. Es war ihm nie gelungen, diesen Geruch genau zu beschreiben, weil er so einzigartig war. Eine Mischung vielleicht aus dem Salz, das der Wind vom Meer her manchmal bis weit ins Landesinnere trug und das nur noch schwach, ganz zart wahrnehmbar war. Und aus dem würzigen Duft, den die Sonnenstrahlen der Baumrinde entlockten. Aus den Gräsern, die im Sommer am Wegrand wuchsen.

Manchmal hatte er seine Nase in den Haaren des Jungen vergraben, um den Geruch tief einzuatmen.

Im Traum nun tat er es wieder und empfand seine Liebe zu diesem Kind fast schmerzhaft.

Dann begann das Bild des strahlenden Jungen zu verblassen, und andere Bilder schoben sich darüber.

Der hellgraue Asphalt einer Straße. Ein lebloser Körper. Ein kalkweißes Gesicht. Sonne am blauen Himmel, blühende Narzissen, Frühling.

Er setzte sich ruckartig im Bett auf, hellwach von einem Moment zum anderen, schweißnass. Sein Herz hämmerte laut und schnell. Es verwunderte ihn, dass die Frau, die neben ihm lag und schlief, nicht wach wurde von diesem Herzschlag. Aber es war in jeder Nacht so, in jeder Nacht seit dem Unglück: Er verstand nicht, dass sie schlafen konnte, während ihn die Bilder quälten und aus den Träumen rissen. Immer die gleichen Bilder von der Straße, dem Körper, dem blauen Himmel, den Narzissen. Irgendwie machte das alles noch schlimmer: dass es Frühling war. Er hegte den völlig irrationalen Gedanken, er würde die Bilder eher ertragen, wären sie von schmutzigen Schneerändern am Straßenrand begleitet. Aber vermutlich stimmte das nicht. Er würde sie so oder so nicht ertragen.

Er stand leise auf, schlich an den Schrank, zog ein frisches T-Shirt heraus. Das völlig verschwitzte, das er trug, streifte er über den Kopf, ließ es auf den Boden fallen. Er musste sein Hemd jede Nacht wechseln. Nicht einmal das bekam *sie* mit.

Vor dem Schlafzimmerfenster gab es keine Läden, und der Mond schien, so dass er sie recht gut sehen konnte. Ihr schmales, kluges Gesicht, die langen blonden Haare, die sich über das Kopfkissen ausbreiteten. Sie atmete ruhig und gleichmäßig. Er betrachtete sie voller Zärtlichkeit und stellte sich gleich darauf die Frage, die er sich in jeder seiner schlaflosen Nächte stellte: Liebte er den Jungen so sehr, weil er *ihre* Liebe nicht gewinnen konnte? Hatte er seinen Geruch so begierig eingesogen, weil *sie* ungeduldig wurde, wenn er mit geschlossenen Augen an *ihren* Haaren, an *ihrer* Haut zu riechen versuchte? Hatte er sich vom Lächeln des Kindes verzaubern lassen, weil *sie* ihm kaum mehr ein Lächeln schenkte?

Vielleicht, dachte er, ist es müßig, sich darüber den Kopf zu zerbrechen.

Denn der Junge würde sterben. In den Nächten wusste er dies mit glasklarer Gewissheit. Tagsüber schaltete er seinen

Verstand ein und sagte sich, dass es nicht so kommen musste, dass er es zumindest nicht vorhersehen konnte. In den Nächten aber, kaum aus den Träumen erwacht, sprach nicht sein Kopf zu ihm, sondern eine Stimme aus seinem Unterbewusstsein, und die ließ sich nicht zum Schweigen bringen.

Der Junge wird sterben.

Und es ist deine Schuld.

Er begann leise zu weinen. Er weinte in jeder Nacht.

Die schöne blonde Frau in seinem Bett vermochte er dadurch nicht zu wecken, sie bemerkte seine Tränen so wenig wie seinen Herzschlag und sein gehetztes Atmen. Sie hatte schon vor so langer Zeit aufgehört, sich für ihn zu interessieren, dass sie kaum in der Lage sein würde, nun damit anzufangen, nur weil eine Katastrophe in sein Leben getreten war.

Irgendwann, ein paar Nächte zuvor, hatte er überlegt, wie es wäre, einfach fortzugehen. Sein bisheriges Leben hinter sich zu lassen: das Haus, den Garten, seine Freunde, seine vielversprechende Karriere. Die Frau, die sich nicht mehr für ihn interessierte. Vielleicht sogar seinen Namen, seine Identität. Alles, was zu ihm gehörte. Am liebsten auch die Bilder, die ihn so quälten, aber da machte er sich nichts vor: Gerade sie würde er nicht loswerden. Wie sein eigener Schatten würden sie ihm folgen, immer dort sein, wo er gerade war. Aber vielleicht konnte er sie besser ertragen, wenn er stets in Bewegung blieb, sich nie zu lange an einem Ort aufhielt, nirgendwo verweilte, keine Wurzeln mehr schlug.

Man konnte seiner eigenen Schuld nicht davonlaufen.

Aber man konnte versuchen, so schnell zu laufen, dass man ihr nicht ständig in die verzerrten Züge blicken musste.

Vielleicht war es ein richtiger Gedanke.

Wenn der Junge starb, würde er gehen.

Erster Teil

Sonntag, 6. August 2006

Rachel Cunningham sah den Mann, als sie von der Hauptstraße in die kleine Sackgasse abbog, an deren Ende sich die Kirche und unweit davon das Gemeindehaus befanden. Er trug eine Zeitung unter dem Arm, hielt sich im Schatten eines Baumes und schaute sich ein wenig teilnahmslos in der Gegend um. Hätte er nicht am vergangenen Sonntag an genau derselben Stelle gestanden, er wäre Rachel wohl kaum aufgefallen. So aber dachte sie: Komisch. Schon wieder der!

Aus der Kirche konnte sie das Dröhnen der Orgel und den Gesang der Gemeinde hören. Gut, dort war die Messe noch in vollem Gang. Ihr blieb also noch Zeit, bis der Kindergottesdienst anfing. Donald, ein netter junger Theologiestudent, war damit betraut. Rachel schwärmte ein bisschen für Don, wie die Kinder ihn nannten, deshalb war sie gern etwas zu früh dran, um einen Platz in der ersten Reihe zu ergattern. Don hielt seine Gottesdienste im Gemeindehaus ab. Wenn man ganz vorne saß, kam man öfter dran, hatte Rachel herausgefunden, und man durfte mehr Aufgaben übernehmen: die Tafel sauberwischen zum Beispiel, oder helfen, den Diaprojektor zu bedienen. Angesichts ihrer Verliebtheit war Rachel ziemlich begierig auf derartige Bevorzugungen. Ihre Freundin Julia behauptete allerdings, mit ihren acht Jahren sei Rachel viel zu jung für einen erwachsenen Mann und wisse noch gar nichts von der wahren Liebe.

Als ob, dachte Rachel, Julia dies beurteilen könnte!

Rachel ging jeden Sonntag in den Kindergottesdienst, außer wenn ihre Eltern etwas gemeinsam mit den Kindern geplant hatten. Nächsten Sonntag zum Beispiel, da hatte Mums Schwester Geburtstag, und sie würden schon früh am Morgen zu ihr nach Downham Market fahren. Rachel seufzte. Kein Don. Ein öder, langweiliger Tag mit vielen Verwandten, die sich ständig über Dinge unterhielten, die sie nicht interessierten. Und danach würden sie gleich in die Ferien aufbrechen. Für fast zwei Wochen. In irgendein blödes Ferienhäuschen auf der Insel Jersey.

»Hallo!«, sagte der fremde Mann, als sie an ihm vorüberging. »Na, was hat dir denn die Laune verhagelt?«

Rachel zuckte zusammen. Sie hätte nicht gedacht, dass sich die missmutigen Gedanken offenbar so deutlich auf ihrem Gesicht abzeichneten.

»Ach, nichts«, sagte sie und merkte, dass sie ein bisschen rot wurde.

Der Mann lächelte. Er sah nett aus. »Schon gut. Fremden soll man sich ja nicht gleich anvertrauen. Sag mal, gehst du in die Kirche? Da bist du nämlich ein wenig spät dran.«

»Ich gehe in den Kindergottesdienst«, sagte Rachel, »und der fängt erst an, wenn die Kirche aus ist.«

»Hm, ja. Verstehe. Den veranstaltet doch... na, wie heißt er...?«

»Donald.«

»Donald. Richtig. Alter Bekannter von mir. Wir hatten ein paar Mal miteinander zu tun... Ich bin Pfarrer, weißt du. In London.«

Rachel überlegte, ob es in Ordnung war, dass sie hier stand und mit einem wildfremden Mann redete. Ihre Eltern sagten immer, sie solle sich von Fremden nicht ansprechen lassen und gleich weitergehen, wenn es jemand versuchte. Andererseits wirkte dieser Mann so nett, und die Situation schien völlig ungefährlich. Der helle, sonnige Tag. Die singenden Stimmen in der Kirche. Vorne auf der Straße promenierten Spaziergänger vorüber. Was sollte hier schon passieren?

»Weißt du«, sagte der Mann, »offen gestanden habe ich gehofft, jemanden aus dem Kindergottesdienst zu treffen. Und
zwar jemanden, der mir helfen kann. Du siehst mir sehr auf-
geweckt aus. Meinst du, dass du ein Geheimnis für dich behalten kannst?«

Und ob Rachel das konnte. Julia hatte ihr schon viele Ge-
heimnisse anvertraut, und sie hatte sich noch nie verplappert.

»Klar kann ich das«, erwiderte sie.

»Es ist nämlich so, dass ich meinen alten Freund Donald
gern überraschen würde«, sagte der Mann. »Er hat keine
Ahnung, dass ich wieder in der Gegend bin. Ich war lange in
Indien. Kennst du Indien?«

Rachel wusste, dass das ein Land in weiter Ferne war und
dass die Menschen, die von dort kamen, eine dunklere Haut-
farbe hatten als die Engländer. In ihre Schulklasse gingen zwei
indische Mädchen.

»Ich war da noch nicht«, sagte sie.

»Aber es würde dich doch interessieren, Bilder von dort zu
sehen, oder? Von den Kindern in ihren Dörfern. Wie sie leben
und spielen, und wo sie zur Schule gehen. Na, wäre das nicht
spannend?«

»Doch. Ja.«

»Siehst du. Und ich habe ganz viele Dias von Indien. Die
würde ich gern in eurem Kindergottesdienst zeigen. Aber ich
brauche jemanden, der mir dabei assistiert.«

Das Wort kannte Rachel nicht. »Was heißt das?«

»Nun, jemanden, der mir hilft, die Kästen mit den Dias hin-
einzutragen. Die Leinwand aufzuhängen. Glaubst du, dass du
das könntest?«

Das hörte sich genau nach einer Aufgabe an, wie Rachel sie
liebte. Sie stellte sich vor, wie Don staunen würde, wenn sie mit
seinem alten Freund ankam und dann mit ihm Dias von jenem
fernen Land zeigte. Julia würde platzen vor Neid!

»Das könnte ich! Auf jeden Fall! Wo sind denn die Dias?«

»Halt«, bremste der Mann. »Die habe ich noch nicht dabei. Ich wusste ja nicht, dass ich hier eine so begabte, hilfsbereite Person wie dich treffen würde. Ich dachte an den nächsten Sonntag?«

Rachel wurde schwach vor Schreck. Ausgerechnet der nächste Sonntag! Den sie bei ihrer Tante in Downham Market verbringen würde... Und anschließend die Ferien auf Jersey...

»Oh, das ist ja furchtbar! Da bin ich nicht hier! Meine Eltern...«

»Dann muss ich doch versuchen, jemand anderen zu finden«, meinte der Mann.

Das war eine schier unerträgliche Vorstellung.

»Bitte«, flehte Rachel, »können Sie nicht noch...«, sie rechnete hastig nach, »...noch drei Wochen warten? Wir fahren nämlich in die Ferien. Aber wenn wir zurück sind, würde ich auf jeden Fall mitmachen! Ganz sicher!«

»Hm«, überlegte der Mann. »Das dauert aber noch ganz schön lange«, meinte er dann.

»Bitte«, flehte Rachel wieder.

»Glaubst du wirklich, du kannst das Geheimnis so lange für dich behalten?«

»Ganz bestimmt. Ich sage niemandem etwas! Ehrenwort!«

»Du dürftest Donald nichts erzählen, denn den will ich ja überraschen. Und deiner Mum und deinem Dad auch nichts. Meinst du, das geht?«

»Ich sage meiner Mum und meinem Dad sowieso nichts«, behauptete Rachel, »die interessieren sich auch gar nicht für mich.«

Das stimmte nicht ganz, das wusste sie. Aber seit drei Jahren, seitdem Sue auf der Welt war, die kleine Schwester, die Rachel nie gewollt hatte, war alles anders geworden. Früher war sie der Mittelpunkt der Welt für Mum und Dad gewesen. Jetzt drehte sich alles um den Quälgeist, der ständig beaufsichtigt werden musste.

»Und deiner besten Freundin?«, vergewisserte sich der Mann. »Der sagst du auch nichts?«

»Nein. Ich schwöre es!«

»Gut. Gut, ich glaube dir. Pass auf, wir treffen uns dann am Sonntag in drei Wochen unweit meiner Wohnung. Wir fahren zu mir, und du hilfst mir, die Sachen ins Auto zu laden. Du wohnst in King's Lynn?«

»Ja. Hier in Gaywood.«

»Okay. Dann kennst du sicher den Chapman's Close?«

Den kannte sie. Ein Neubaugebiet mit noch nicht fertig gestellten Mehrfamilienhäusern. Der Chapman's Close endete in einem Feldweg. Eine ziemlich einsame Gegend. Rachel und Julia fuhren dort manchmal mit ihren Fahrrädern herum.

»Ich weiß, wo das ist«, sagte sie.

»Sonntag in drei Wochen? Um Viertel nach elf?«

»Ja. Ich bin ganz bestimmt da!«

»Allein?«

»Natürlich. Wirklich, Sie können sich auf mich verlassen.«

»Ich weiß«, sagte er und lächelte wieder sein sympathisches Lächeln, »du bist ein großes, vernünftiges Mädchen.«

Sie verabschiedete sich von ihm und ging dann weiter in Richtung Gemeindehaus. Mit stolzgeschwellter Brust.

Ein großes, vernünftiges Mädchen.

Noch drei lange Wochen. Sie konnte es kaum abwarten.

Montag, 7. August

Am Montag, den 7. August, verschwand Liz Albys einziges Kind.

Es war ein wolkenloser Sommertag, so heiß, dass man hätte meinen können, man sei in Italien oder Spanien, aber keinesfalls in England. Obwohl sich Liz schon immer über die abfälligen Bemerkungen, das englische Wetter betreffend, geärgert hatte. So schlecht war es nämlich gar nicht, die Leute klebten einfach nur an ihren Klischeevorstellungen. Zumindest war es eine Frage der Region. Der Westen, der die Wolken abbekam, die Tausende von Kilometern über den Atlantik herangezogen waren, war zweifellos recht feucht, und auch oben in Yorkshire und Northumberland regnete es oft. Aber unten in Kent klagten die Bauern in vielen Sommern über Dürre und Trockenheit, und auch in Liz' Heimat, in East Anglia, konnte man im Juli und August ganz schön ins Schwitzen geraten. Liz mochte Norfolk, wenn es ihr auch nicht immer leicht fiel, ihr Leben überhaupt zu mögen. Schon gar nicht, seitdem Sarah vor viereinhalb Jahren zur Welt gekommen war.

Es war tragisch, mit achtzehn schwanger zu werden, und zwar aus purer Dummheit, weil man einem Typen vertraut hatte, der verkündete, er »werde schon aufpassen«. Mike Rapling hatte offensichtlich keine Ahnung vom Aufpassen gehabt, denn schon Liz' erste sexuelle Begegnung mit ihm hatte sich als Volltreffer erwiesen. Später hatte Mike noch herumgeschimpft und behauptet, er sei hereingelegt worden, Liz habe ihn in eine Ehe nötigen wollen, aber er werde den Teufel tun, sich in seinem jugendlichen Alter bereits in Ketten legen zu lassen.

Liz hatte Ströme von Tränen vergossen. »Und was ist mit meinem jugendlichen Alter? Und meinen Ketten? Ich habe jetzt das Kind am Hals, und mein Leben ist zerstört!«

Erwartungsgemäß hatte Mike dies nicht besonders gekümmert. Er weigerte sich rundweg, Liz zu heiraten, und verlangte sogar einen Vaterschaftstest, als das kleine Mädchen geboren war und die Frage der Unterhaltszahlungen drängend wurde. Zumindest an seiner Eigenschaft als Erzeuger konnte es danach keinen Zweifel mehr geben. Er zahlte widerwillig, wenn auch halbwegs regelmäßig, hatte aber nach zwei oder drei kurzen Besuchen jedes Interesse an seiner Tochter verloren.

Es war keineswegs so, dass Liz ein Interesse an Sarah gehabt hätte, aber ihr blieb nichts übrig, als sich irgendwie um das Kind zu kümmern. Sie hatte gehofft, ihre Mutter, bei der sie noch immer lebte, würde ihr helfen, aber Betsy Alby war so geschockt von der Tatsache, dass in Zukunft ein Baby in der winzigen Sozialwohnung im trostlosesten Viertel von King's Lynn herumschreien würde, dass sie ihrer Tochter unmissverständlich klarmachte, *sie* werde sich dieses Problems keinesfalls annehmen.

»Es ist dein Kind! Und es war deine idiotische Geilheit, die dich in diese Lage gebracht hat! Glaub nicht, dass irgendjemand zur Stelle ist, um dir diese Scheiße abzunehmen. Ich schon gar nicht! Du kannst verdammt froh sein, dass ich euch nicht alle beide vor die Tür setze!«

Sie hatte geschimpft und geflucht und auch später, als die Kleine da war, nicht die geringsten Anzeichen großmütterlicher Gefühle gezeigt. Eisern blieb sie bei ihrer Drohung, sie werde sich »dieses Balg nicht ein einziges Mal aufs Auge drücken lassen!«. Zwar saß sie den ganzen Tag in der Wohnung vor dem Fernseher, aß Kartoffelchips und begann in den späten – und zunehmend auch in den früheren – Nachmittagsstunden mit ihrem immensen Konsum von billigem Schnaps, aber selbst wenn Liz einkaufen ging, durfte sie ihre Tochter nicht zurücklassen, sondern musste mitsamt sperrigem Kinderwagen und schreiendem Baby in den Supermarkt trotten. Es konnte für Liz keinen Zweifel geben: Dieses Ergebnis einer leichtsinnigen verliebten Aprilnacht badete sie vollkommen allein aus.

Manchmal war sie nahe daran zu verzweifeln. Dann wieder riss sie sich zusammen und schwor sich, sie würde sich nicht ihr Leben zerstören lassen. Sie war jung und attraktiv. Irgendwo musste es doch einen Mann geben, der sich trotz der Last, die sie mit sich herumtrug, ein gemeinsames Leben mit ihr vorstellen konnte.

Denn so viel stand fest: Ewig wollte sie nicht in dem düsteren Loch bei ihrer Mutter sitzen, wo selbst an strahlenden Sommertagen schon frühmorgens alle Rolläden heruntergelassen waren, damit man das Fernsehbild besser erkennen konnte und keine Hitze hereindrang, die Betsy, die ständig schwitzte, fürchtete wie der Teufel das Weihwasser. Liz wollte eine hübsche Wohnung, und am meisten wünschte sie sich einen kleinen Balkon davor, auf dem sie Blumen pflanzen konnte. Sie hoffte auf einen netten Mann, der ihr manchmal Kleinigkeiten mitbrachte, hübsche Wäsche oder ein Parfüm, und der sich als Sarahs Vater fühlen würde. Er sollte genügend Geld verdienen, so dass sie nicht mehr im Drogeriemarkt für einen kläglichen Lohn an der Kasse würde sitzen müssen. An den Wochenenden konnten sie zu dritt Ausflüge unternehmen, Picknicks und Fahrradtouren machen. Wie oft sah sie fröhliche Familien, die zu einer gemeinsamen Unternehmung aufbrachen! Während sie selbst immer nur einsam mit dem quengelnden kleinen Ding herumzog, stets auf der Flucht vor dem plärrenden Fernseher zu Hause und vor dem Anblick ihrer knapp vierzigjährigen Mutter, die bereits wie sechzig aussah und für sie das schrecklichste Beispiel eines verpfuschten Lebens darstellte.

Dieser Augusttag versprach schon am frühen Morgen, besonders herrlich zu werden. Der Kindergarten, in den Sarah bislang gegangen war, machte Ferien, und zwangsläufig hatte auch Liz Urlaub nehmen müssen. Sie nahm sich vor, diesen Tag am Strand von Hunstanton zu verbringen, sich zu sonnen, zu baden und ein wenig ihre ausgesprochen hübsche Figur zur Schau zu stellen, in der Hoffnung, jemand wäre so fasziniert davon, dass er das viereinhalbjährige, missmutige Geschöpf an ihrer Seite nicht mehr als echten Hinderungsgrund für eine Beziehung betrachtete. Zwar unternahm sie einen schwachen Versuch, doch einmal an die Hilfsbereitschaft ihrer Mutter zu appellieren und Sarah für diesen Tag bei ihr zu lassen, aber Betsy Alby sagte emotionslos, ohne den Blick vom Fernseher zu wenden und den automatischen Griff in die Chipstüte zu unterbrechen: »Nein.«

Liz und Sarah fuhren mit dem Bus. Er schaukelte durch jedes Dorf in der Umgebung von King's Lynn, und es dauerte eine gute Stunde, bis sie in Hunstanton ankamen, aber Liz war so erwartungsvoll und gut gelaunt, dass ihr das nichts ausmachte. Mit jeder Meile, die sie zurücklegten, meinte sie, das Meer stärker riechen zu können, obwohl das sicher Einbildung war, denn es roch um sie herum nur nach dem Diesel, mit dem der Bus betrieben wurde. Aber sie liebte das Meer so sehr, dass ihre Nase es wahrnahm, selbst wenn das eigentlich noch nicht möglich war. Und als es dann plötzlich vor ihren Augen auftauchte, so weit und glitzernd in der Sonne, fühlte sie eine jähe, tiefe Freude, und für einen Moment waren ihr nur ihre Jugend bewusst und die Tatsache, dass das Leben vor ihr lag, und sie vergaß die quengelnde Last an ihrer Seite.

Sarah brachte sich jedoch recht rasch in Erinnerung. Der Bus fuhr auf den großen Parkplatz von New Hunstanton, dem Strandbad mit all seinen Imbissbuden, Andenkenläden, Karussells und Eisverkäufern, und schon begann Sarah beim Anblick der hölzernen Pferdchen zu kreischen, auf denen man sich für den Preis von einem Pfund ein paar Runden lang im Kreis drehen konnte.

»Nein«, sagte Liz, die keine Lust hatte, ihr spärliches Geld für derartigen Blödsinn zum Fenster hinauszuwerfen, »vergiss es! Wenn ich dir eine Runde erlaube, willst du noch eine und dann noch eine, und am Ende heulst du trotzdem. Wir suchen uns jetzt einen schönen Platz, bevor es zu voll wird.«

Es war Ferienzeit, nicht nur in England, sondern praktisch überall in Europa, und schon strömten sowohl Einheimische als auch Touristen in Scharen zum Strand. Liz wollte möglichst rasch all ihre Utensilien weiträumig ausbreiten und sich nicht plötzlich auf engstem Raum, zwischen zwei Großfamilien eingequetscht, wiederfinden. Doch Sarah stemmte beide Füße in den Sand. »Mama... ich will... Karussell«, heulte sie.

Liz trug in der einen Hand ihre Badetasche, den Korb mit einer Mineralwasserflasche und ein paar belegten Broten darin und die kleine Schaufel, mit der Sarah buddeln und graben sollte, und mit der anderen versuchte sie, ihre sich heftig sträubende Tochter vorwärtszuziehen.

»Komm, wir bauen eine tolle Burg!«, versuchte sie sie zu locken.

»Karussell!«, schrie Sarah.

Liz hätte ihr gern eine kräftige Ohrfeige gegeben, aber es waren zu viele Menschen um sie, und heutzutage durfte sich eine nervenzerrüttete Mutter gegen ihr Kind ja nicht mehr zur Wehr setzen. »Nachher vielleicht«, sagte sie. »Komm, Sarah, sei lieb!«

Sarah dachte nicht daran, lieb zu sein. Sie schrie und tobte und ließ sich nur millimeterweise und unter heftigster Gegenwehr vorwärtsziehen. Liz war im Nu schweißgebadet, ihre gute Laune war verflogen. Dieser verfluchte Mike hatte ihr Leben tatsächlich zerstört. Klar, dass sie keinen Kerl mehr fand. Wer sie so erlebte wie jetzt, machte natürlich einen riesengroßen Bogen um sie, und das konnte sie niemandem verdenken. Die Badetasche rutschte ihr aus der Hand, ein freundlicher

Herr hob sie ihr auf, und sie hatte dabei den Eindruck, dass er sie mitleidig ansah. Als Nächstes fiel die Sandschaufel zu Boden, und diesmal war es eine ältere Dame, die sie ihr reichte. Wieder einmal stellte sie fest, dass andere Leute viel nettere Kinder hatten; jedenfalls konnte sie nirgendwo eine Mutter entdecken, die so kämpfen musste wie sie. Ihr fiel ein, wie sie damals über Abtreibung nachgedacht hatte. Sie war nicht religiös, hatte aber dennoch eine undefinierbare Furcht vor einer Art Rache des Schicksals gehabt, wenn sie das Kind in ihrem Bauch töten würde. Heute, während sie sich, das schreiende kleine Ungeheuer mit sich zerrend, schwitzend den Strand entlangquälte, dachte sie plötzlich inbrünstig: Hätte ich es doch getan! Hätte ich doch bloß den Mut gehabt! Ganz gleich, was an Bösem auf mich zurückgefallen wäre, es hätte nicht schlimmer sein können als das hier!

Irgendwann hatten sie eine Stelle erreicht, die Liz geeignet erschien, den Tag dort zu verbringen. Sie breitete ihr Handtuch und das von Sarah aus und machte sich daran, eine Sandburg zu bauen – damit Sarah endlich Ruhe gäbe. Tatsächlich hörte die Kleine auf zu schreien und beteiligte sich eifrig beim Bauen. Liz atmete auf. Vielleicht vergaß Sarah ja die hölzernen Pferde. Vielleicht wurde es doch noch ein harmonischer Tag.

Sie zog ihren neuen Bikini an und wusste, dass sie großartig aussah. Er war im Preis herabgesetzt gewesen, dennoch eigentlich zu teuer für ihr schmales Gehalt, aber sie hatte nicht widerstehen können. Ihre Mutter durfte ihn natürlich nie entdecken, sonst würde sie losschreien, Liz könnte von nun an einen höheren Betrag zu Hause beisteuern, wenn sie offenbar in der Lage war, ihr Geld für Luxusartikel zu verschwenden. Als ob sie ewig in dem schäbigen Einteiler, der mittlerweile vier Jahre alt war, herumlaufen könnte! Wenn sie einen Mann finden wollte, der sie aus all dem Elend herausholte, musste sie zuvor etwas investieren. Aber derlei Dinge mit Mum besprechen zu wollen, war völlig sinnlos.

Sarah baute noch immer mit Hingabe an ihrer Burg. Liz streckte sich auf ihrem Handtuch aus und schloss die Augen.

Sie hatte wohl eine ganze Weile geschlafen, denn als sie sich aufsetzte und um sich blickte, merkte sie, dass die Sonne schon sehr hoch stand und es auf Mittag zugehen musste. Der Strand war noch viel bevölkerter als am Morgen; ringsum wimmelte es von Menschen. Viele lagen einfach nur in der Sonne, andere spielten Federball oder Boccia oder liefen gerade zum Wasser. Kinder schrien und lachten, das Meer plätscherte leise. In der Ferne konnte man das undeutliche Brummen eines Flugzeuges hören. Es war ein vollkommener Tag.

Liz' Gesicht brannte; sie hatte zu lange in der Sonne gebraten und sich zuvor nicht einmal mit einem Schutzmittel eingerieben. Zum Glück vertrug ihre Haut eine Menge. Sie wandte sich um und sah, dass Sarah ebenfalls eingeschlafen war. Offenbar hatten ihr Geschrei und das Bauen der Burg sie ermüdet, denn sie lag zusammengerollt auf ihrem Badetuch, atmete tief und gleichmäßig, und der Mund stand ein wenig offen.

Gott sei Dank, dachte Liz. Schlafend fand sie ihre Tochter stets am liebenswertesten.

Sie merkte, dass sie Hunger bekommen hatte und dass sie keine Lust auf ihre eigenen Brote mit der faden Margarine und dem Käse, der immer nach Seife schmeckte, verspürte. Gleich bei der Bushaltestelle gab es einen Imbissstand, an dem man besonders köstliche Baguettebrötchen, die dick mit Tomaten und Mozzarella belegt waren, kaufen konnte. Liz liebte diese Brötchen und Sarah ebenfalls. Dazu eine schöne eiskalte Cola anstelle des warmen Mineralwassers in ihrem Korb... Liz stand auf und kramte ihren Geldbeutel hervor. Kurz betrachtete sie ihr schlafendes Kind. Wenn sie Sarah jetzt aufweckte und mitnahm, würde diese wieder das Karussell mit den Pferden entdecken und nur unter Tränen und Geschrei zur Rückkehr an den Strandplatz zu nötigen sein.

Wenn ich mich beeile, dachte Liz, dann bin ich gleich wieder zurück, und sie merkt überhaupt nichts. So tief, wie sie schläft...

Es waren so viele Menschen ringsum; was sollte passieren? Selbst wenn Sarah aufwachte und zum Wasser ging, konnte sie kaum unter den Augen so vieler Leute ertrinken.

Ich bin ja in spätestens zehn Minuten zurück, dachte Liz und lief los.

Die Strecke war länger, als sie gedacht hatte, offenbar waren sie und Sarah am Morgen doch ein ganzes Stück den Strand entlanggelaufen. Aber es war schön, sich zu bewegen, und sie registrierte genau, dass ihr viele Männerblicke folgten. Sie hatte eben eine tolle Figur, trotz der Geburt des Kindes, und der Bikini war einfach perfekt für sie, das hatte sie schon im Geschäft gleich gemerkt. Niemand, der sie so sah, konnte ahnen, dass es ein schreiendes Anhängsel in ihrem Leben gab. Sie war einfach eine junge Frau, dreiundzwanzig Jahre alt, attraktiv und begehrenswert. Sie versuchte, optimistisch und fröhlich dreinzublicken. Seit sie wegen Sarah so viel weinte, hatte sie ständig Angst, Tränensäcke und hängende Mundwinkel zu bekommen. Sie musste unbedingt aufpassen, dass man ihr nicht ansah, wie unglücklich sie oft war.

An dem Imbissstand hatte sie Pech: Eine Handballmannschaft drängelte sich dort, und die meisten der jungen Männer waren sich noch nicht im klaren, was sie eigentlich bestellen wollten, und überlegten lautstark hin und her. Ein paar von ihnen flirteten heftig mit Liz, worauf diese voller Freude und mit der Schlagfertigkeit, für die sie bekannt war, einging. Wie herrlich war es, zwischen attraktiven, sonnengebräunten Männern zu stehen und zu spüren, welche Anziehungskraft man auf sie ausübte. Sie überlegte gerade fieberhaft, wie sie das Problem Sarah lösen sollte, falls sich einer der Jungs mit ihr verabreden wollte, da beendete der Trainer der Mannschaft das Geturtel und scheuchte seine Truppe weiter. Liz stand innerhalb von Sekunden allein vor der Imbissbude und konnte endlich ihre Baguettes und ihre Cola kaufen.

Als sie sich auf den Rückweg machte, stellte sie fest, dass fünfundzwanzig Minuten seit ihrem Aufbruch vergangen waren. Mist. Bis sie zurückkehrte, würde es mehr als eine halbe Stunde sein. So lange hatte sie keinesfalls fort sein wollen. Sie betete, dass Sarah nicht aufgewacht war und heulend zwischen den fremden Menschen herumirrte. Sie konnte sich die vorwurfsvollen Blicke der anderen vorstellen. Natürlich, eine gute Mutter tat so etwas nicht, ließ ihr Kind nicht unbeaufsichtigt zurück, um sich selbst irgendwelche Wünsche zu erfüllen. Eine gute Mutter hatte überhaupt keine Wünsche mehr. Sie lebte ausschließlich für ihr Kind und dessen Wohlergehen.

Scheiße, dachte Liz, die haben ja alle überhaupt keine Ahnung!

Jetzt schlenderte sie nicht mehr unter bewundernden Männerblicken dahin, jetzt rannte sie. Die Cola schwappte in der Flasche, die Brötchen hielt sie fest an sich gedrückt. Sie keuchte und bekam Seitenstechen. Es war anstrengend, im Sand zu laufen. Wieder und wieder fragte sie sich, wie sie sich in der Länge des Wegs so hatte verschätzen können!

Da war ihr Badetuch. Ihre Tasche. Die Schaufel. Die Burg, die Sarah gebaut hatte. Sarahs Badetuch, das hellblaue mit den gelben Schmetterlingen darauf.

Aber keine Sarah.

Liz blieb schwer atmend stehen, krümmte sich für einen Moment unter ihrem Seitenstechen zusammen, richtete sich aber sofort wieder auf und sah sich hektisch um. Hier hatte sie doch gelegen, fest schlafend, eben noch.

Nicht eben. Vor etwa vierzig Minuten.

Vierzig Minuten!

Natürlich konnte sie nicht weit sein. Sie war aufgewacht, hatte Angst bekommen, weil Mama nicht da war, und lief jetzt irgendwo im näheren Umkreis umher. Wenn es nur nicht so voll wäre. Es wimmelte von Menschen, es schienen mit jeder Minute mehr zu werden. Wie sollte sie ein so kleines Kind zwischen den vielen Beinen entdecken?

Sie legte die Brötchen und die Flasche auf ihr Badetuch, den Geldbeutel behielt sie in der Hand. Sie hatte nicht den geringsten Hunger mehr, im Gegenteil, ihr war übel, und sie konnte sich nicht vorstellen, einen einzigen Bissen herunterzubringen.

Wo, verdammt, war die Kleine?

In ihrer Not wandte sie sich an eine Frau, die gleich neben ihr lag, ziemlich dick war und vier Kinder hatte, die um sie herum krakeelten.

»Entschuldigen Sie, haben Sie vielleicht meine Tochter gesehen? So groß etwa«, sie deutete mit der Hand Sarahs Größe an, »dunkle Haare, dunkle Augen … Sie trägt blaue Shorts und ein gestreiftes T-Shirt …«

Die Dicke starrte sie an. »Das Kind, das hier geschlafen hat?«

»Ja. Ja, genau. Sie schlief tief und fest, und ich … ich habe nur ganz schnell etwas zu essen besorgt, und jetzt komme ich wieder, und …«

Es war offensichtlich, dass die Dicke ihr Verhalten missbilligte. »Sie haben die Kleine allein gelassen und sind bis nach vorn zu den Buden gelaufen?«

»Ich war ja sofort wieder da«, log Liz. Vierzig Minuten!, hämmerte es in ihrem Kopf.

»Zuletzt habe ich sie gesehen, wie sie da schlief. Dann habe ich nicht mehr auf sie geachtet, weil meinem Denis schlecht wurde. Zu viel Sonne.«

Denis kauerte im Sand und sah in der Tat bleich und jämmerlich aus. Aber er war wenigstens *da*.

»Sie kann ja nicht weit sein«, sagte Liz, um sich selber Mut zuzusprechen.

Die Dicke wandte sich an eine Bekannte, die ein Handtuch

weiter im Sand saß. »Hast du die kleine Dunkelhaarige gesehen, die hier schlief? Die Mutter war vorn bei den Buden, und nun ist das Kind verschwunden!«

Natürlich musste auch die Bekannte ihrer Empörung über Liz' Fehlverhalten Ausdruck verleihen. »*Bis da vorn?* Also, so lange würde ich mein Kind nicht allein lassen!«

Blöde Kuh, dachte Liz inbrünstig.

Tatsächlich hatte einfach niemand auf Sarah geachtet. Die Dicke nicht, ihre Bekannte nicht, und auch sonst niemand von den Leuten ringsum, die Liz in steigender Panik und Verzweiflung fragte. Sie zog immer größere Kreise, und es wurde immer unwahrscheinlicher, dass sie auf jemanden stieß, der ihr etwas über den Verbleib der Kleinen sagen konnte. Sie lief ans Wasser hinunter, aber auch dort fand sich keine Spur von Sarah.

Sie konnte nicht ertrunken sein. Vor den Augen so vieler Menschen ertrank kein Kind.

Oder doch?

Noch einmal keimte Hoffnung in ihr, als ihr der Gedanke kam, Sarah könnte sich auf eigene Faust auf den Weg zu dem Karussell mit den Pferden gemacht haben. Schließlich war sie ganz verrückt danach gewesen. Also lief sie erneut den Weg bis zur Bushaltestelle und sah tatsächlich etliche Kinder am Karussell, aber Sarah war nicht darunter. Sie fragte den Besitzer. »Sie fällt auf. Sie hat lange schwarze Haare, sehr dunkle Augen. Sie trägt blaue Shorts und ein gestreiftes T-Shirt!«

Der Besitzer des Karussells dachte nach. »Nein«, sagte er dann, »nein, ein solches Kind war hier heute nicht. Da bin ich mir ziemlich sicher.«

Sie lief zurück. Unterwegs begann sie zu weinen. Sie war in einen Albtraum geraten. Sie hatte völlig verantwortungslos gehandelt, und nun wurde sie auf bitterste Weise dafür bestraft. Bestraft für alles: für ihre Gedanken an Abtreibung, für ihre zornigen Tränen, als man ihr Sarah nach der Geburt in den Arm gelegt hatte, für die vielen Male, da sie gewünscht hatte, es möge dieses Kind nicht geben, für all ihr Hadern und Fluchen für ihren Mangel an mütterlichen Gefühlen.

Sarah war nicht am Strandplatz, als Liz erneut dort ankam. Der Anblick ihres kleinen Badetuchs tat Liz plötzlich so weh, dass die Tränen, die sie gerade mühsam zurückgedrängt hatte, erneut hervorschossen. Neben dem Tuch lag die Papiertüte mit den unseligen Baguettes im Sand, und die Colaflasche. Wie unwichtig diese Dinge waren! Und doch hatte Liz über eine Stunde zuvor einen solchen Heißhunger darauf verspürt, dass sie sich sogar um die Sicherheit ihres Kindes nicht mehr gekümmert hatte.

Die dicke Frau, die noch immer die Stellung hielt, musterte sie nun mitleidig. »Keine Spur?«, fragte sie.

»Nein«, sagte Liz weinend, »keine Spur.«

»Warum haben Sie mich denn nur nicht gleich angesprochen? Ich hätte doch aufgepasst, während Sie das Essen holten!«

Ja, warum hatte sie das nicht getan? Liz konnte sich selbst nicht verstehen. Was wäre einfacher gewesen, als eine andere Mutter zu bitten, ein Auge auf das schlafende Kind zu halten?

»Ich weiß nicht«, murmelte sie, »ich weiß nicht…«

»Sie müssen die Polizei verständigen«, mischte sich die Bekannte der Dicken ein. Sie wirkte durchaus betroffen, aber es war auch spürbar, dass sie diesen Strandtag als unerwartet spannend empfand. »Und die Badeaufsicht. Vielleicht…« Sie wagte offenbar nicht, den Satz auszusprechen.

Liz blitzte sie böse an. »Wie soll denn ein Kind hier ertrinken? Es sind mindestens hundert Menschen im Wasser! Ich meine, ein schreiendes, strampelndes Kind würde doch irgendjemandem auffallen!«

Die Dicke legte ihr die Hand auf den Arm. Ihr Mitleid schien sehr aufrichtig. »Trotzdem. Sie gehen jetzt zur Badeaufsicht. Dort wird man wissen, was als Nächstes zu tun ist. Vielleicht kann man Ihre Tochter auch ausrufen. Es ist bestimmt nicht das erste Mal, dass ein Kind und seine Eltern sich hier in diesem Gewühl verlieren. Lassen Sie nicht den Kopf hängen!«

Die freundlichen Worte der anderen ließen Liz' Selbstbeherrschung endgültig zusammenbrechen. Sie schluchzte nun haltlos, ließ sich in den Sand fallen, krümmte sich nach vorn und konnte kein Wort mehr hervorbringen. Für den Moment hatte sie jegliche Energie verlassen.

Die dicke Frau seufzte, beugte sich zu ihr und nahm ihre Hand. »Kommen Sie. Ich begleite Sie. Elli kann auf meine Kinder aufpassen. Sie sind ja völlig fertig. Jetzt geben Sie doch nicht alle Hoffnung auf!«

Willenlos ließ sich Liz mitziehen.

Sie hatte in diesem Moment das nicht erklärbare Gefühl, dass sie Sarah nicht wiedersehen würde.

Mittwoch, 16. August

Als er ihr sagte, dass sie am nächsten Tag mit ablaufendem Wasser ablegen und weitersegeln würden, wusste sie nicht, ob sie sich freuen oder traurig sein sollte. Die Hebriden waren nicht der Ort, an dem sie noch wochenlang hätte verweilen wollen, das Klima machte ihr zu schaffen, und ihr fehlten die Farben des Sommers. Selbst der August war hier auf der Isle of Skye ziemlich kühl und windig, es regnete häufig, und dann verschmolzen Meer und Himmel in einem bleiernen Grau, und die Gischt, die bei Sturm an der Hafenmauer von Portree emporschwappte und in der Luft zersprühte, hinterließ einen kalten Hauch auf den Lippen. Irgendwo war es Sommer, gab es einen satten, behäbigen August mit reifem Obst, warmen Nächten, Sternschnuppen und späten Rosen. Sie musste immer an das Gefühl von warmem Gras unter nackten Füßen denken. Manchmal trieb ihr die Sehnsucht danach die Tränen in die Augen.

Weitersegeln hieß, irgendwann in wärmere Gefilde zu kommen. Sie wollten hinunter zu den Kanaren, dort Proviant fassen und anschließend die Überquerung des Atlantiks in Angriff nehmen. Nathan plante, den Winter in der Karibik zu verbringen, und dass er nun zum Aufbruch drängte, hing damit zusammen, dass er dort vor Beginn der Hurrikan-Saison eintreffen wollte. Sie hingegen hatte Angst, Europa zu verlassen, schauderte vor der Aussicht, tage- und wochenlang auf dem Atlantik herumzutreiben. Die Karibik erschien ihr als fremde, ferne Welt, die ihr eine undefinierbare Furcht einflößte. Sie hätte gern auf den Kanalinseln überwintert, auf Jersey oder

Guernsey, aber Nathan hatte erklärt, die Winter dort seien zwar mild, aber auch sehr nass. Ein Schiff war nicht der komfortabelste Ort bei tagelangem Regen und bei undurchdringlichem Nebel, der vom Wasser aufstieg und die Sicht so verhüllte, dass man vom einen Ende des Schiffes nicht bis zum anderen blicken konnte.

Sie hatten eine knappe Woche auf Skye verbracht, und sie hatte gerade begonnen, sich trotz des schlechten Wetters ein wenig an die Insel zu gewöhnen. Das war es, was sie traurig machte beim Gedanken an die Abreise. Was sie betraf, krankte dieses ganze Projekt der Weltumsegelung an ihrem Bedürfnis nach einem sicheren Zuhause, einem unverrückbaren Lebensmittelpunkt. Sie sehnte sich danach, täglich in demselben Supermarkt einzukaufen, vertraute Spazierwege zu haben, geselligen Umgang mit immer denselben Freunden und Bekannten zu pflegen. Sie wollte morgens ihre Brötchen bei einem Bäcker holen, der sie fragte, ob ihre Erkältung besser geworden sei, und sie wollte zu einem Friseur gehen, zu dem sie nur sagen musste: »Wie immer, bitte.« Das Gleichmaß der Dinge war ihr wichtig. Seitdem sie es verloren hatte, war ihr bewusst geworden, wie sehr.

Da sie nicht den ganzen Tag auf der in der Bucht von Portree ankernden *Dandelion* verbringen konnte, hatte sie in den sechs Tagen ein wenig gejobbt. Eigentlich hatten sie und Nathan vereinbart, dass jeder von ihnen versuchen würde, in den jeweiligen Häfen eine Arbeit zu finden, denn in ihrer Reisekasse herrschte chronische Ebbe. Alles, was sie besaßen, hatte Nathan in den Kauf des Schiffes gesteckt. Aber aus irgendeinem Grund schien Nathan von der Dringlichkeit des Geldverdienens nicht überzeugt zu sein.

»Skye bedeutet eine ungeheure Inspiration für mich«, hatte er erklärt, »die muss ich nutzen!«

Das Wetter, so hatte er behauptet, sei genau das, was er suchte. Vier bis fünf Windstärken aus Nordwest, Wolken, die über die Berge der Insel jagten. Regen, der auf das Ölzeug prasselte, das er trug. Jeden Tag hatte er sie mit dem Beiboot an Land gerudert, war dann selbst wieder zum Schiff zurückgekehrt, hatte die Insel halb umrundet und sich in seine Lieblingsbucht bei Loch Harport verzogen. Was er dort über Stunden tat, wusste sie nicht. Einmal, als es nicht regnete, war er in den Black Cuillins herumgeklettert, wie er erzählte. Ansonsten gab er, wie üblich, nichts von sich preis.

Und manchmal, wenn sie am späten Nachmittag mit dem Bus nach Portree zurückkehrte, fragte sie sich, ob sie ihn vorfinden würde. Oder ob er einfach davongesegelt war, für immer, ohne sie. Sie wusste nie genau, ob sie diese Vorstellung erschreckte oder ob irgendetwas in ihr fast wünschte, es möge passieren.

Sie hatte einen Job im Ferienhaus einer englischen Familie gefunden, in Dunvegan, ein ganzes Stück von der Inselhauptstadt Portree entfernt, aber mit dem Bus recht gut zu erreichen. Die Familie hatte einen Zettel im Gemischtwarenladen am Hafen ausgehängt, auf dem sie für die Dauer ihres Ferienaufenthalts eine Hilfe für Haus und Garten suchte, da ihre gewohnte Zugehfrau erkrankt war. Sie hatte sich sofort gemeldet. Nathan war dagegen gewesen, denn er meinte, der Job einer Putzfrau sei nun wirklich unter ihrem Niveau, aber da ihm auch nichts besseres einfiel, wie sie zu Geld kommen sollten, hatte er schließlich zugestimmt.

Das Haus, etwas außerhalb von Dunvegan mit einem herrlichen Blick über die Bucht gelegen, war geräumig und gemütlich, und sie hatte sich dort recht wohlgefühlt. Nette Menschen, mit denen man plaudern konnte, leichte Arbeit, auch im Garten, der sehr groß war und ihr gut gefiel. Das Wetter war wirklich schlecht gewesen – es regnete in diesem Sommer hier oben ganz besonders viel, wie die Einheimischen betonten –, und sie hatte die ganze Zeit über nicht recht verstehen können, weshalb man seine Ferien in diesem Teil der Erde verbrachte, aber sie hatte sofort gemerkt, dass es für sie einen Unterschied machte, festen Boden unter den Füßen zu haben, einen Garten, der von einer Mauer begrenzt wurde, einen Kamin, eine Ordnung in allen Dingen. Sie ging gern in das Haus, staubte die Fensterbretter ab, schrubbte die Steinfliesen in der Küche, bis sie glänzten, stellte frische Blumen in eine Vase auf den großen Holztisch im Wohnzimmer. In einer Regenpause pflanzte sie Efeu an der Südseite des Hauses und mähte im hinteren Teil des Gartens den Rasen. Es ging ihr besser als in all der Zeit zuvor.

Bis zum Spätnachmittag, wenn sie zurückkehrte auf das Schiff. Es war das Schiff. Es waren nicht die Hebriden, nicht die Kanalinseln. Es würde auch nicht besser werden in der Südsee an weißen Sandstränden unter Palmen. Sie war nicht für das Nomadenleben geboren. Sie hasste Häfen. Sie hasste schwankende Bohlen unter den Füßen. Sie hasste die ewige Feuchtigkeit. Die Enge. Sie hasste es, kein Zuhause zu haben.

Morgen würden sie auslaufen.

Donnerstag, 17. August

Nathan hatte es sich im Cockpit der *Dandelion* gemütlich gemacht, eng an die Wand der Kajüte geschmiegt. Halb zehn Uhr am Abend. Die teure Thermounterwäsche, die er trug, bewährte sich hier oben im Norden – selbst im August. Die kühle nächtliche Seeluft spürte er nur an der Nasenspitze und auf den Wangen. Nachdem sein Ärger abgeflaut war, begann er sich nun ein wenig besser zu fühlen.

Er war wütend auf Livia gewesen und, was noch schlimmer wog, wütend auf sich selbst, weil er ihr wieder einmal nachgegeben hatte. Er gab oft nach, einfach nur um sich ihre tränenreichen Monologe zu ersparen. Er hatte vorgehabt, am frühen Morgen um sechs Uhr, eine Stunde nach Hochwasser, aus dem Hafen von Portree auszulaufen, um die Passage des Sound of Harris auf jeden Fall bei Tageslicht zu segeln. Livia, die, seitdem sie auf Skye angelegt hatten, über das schlechte Wetter auf der Insel jammerte, hatte nun begonnen, mit der gleichen Intensität über die Abreise zu klagen, obwohl diese ihr eigentlich hätte gelegen kommen müssen. Nathan vermutete oft, dass es ihr einfach nur um das Lamentieren ging. Sie war nicht zufrieden, wenn sie sich nicht über irgendetwas beschweren konnte.

Schließlich hatte sie behauptet, sie habe den Leuten in Dunvegan, bei denen sie seit einer Woche putzte, versprochen, noch einmal zu erscheinen, und sie könne nun unmöglich einfach verschwinden. Da sie über diesem Problem bereits wieder zu verzweifeln drohte, hatte er die Abreise zähneknirschend auf den späten Nachmittag verschoben. Er war sich ziemlich sicher, dass Livia nur noch ein paar Stunden auf dem Festland hatte herausschlagen wollen, aber er konnte ihr das schwerlich nachweisen.

Er hatte sich ins Pier Hotel verzogen, ein Pub, in dem sich vorwiegend Fischer und Hafenarbeiter herumtrieben, und hatte in einer Zeitschrift gelesen, die er sich am Hafen gekauft hatte. Ziemlich spät erst bemerkte er, dass er eine völlig veraltete Ausgabe erwischt hatte, vom Februar diesen Jahres. Nichts von dem, was er dort geschrieben fand, war noch aktuell. Ob das hier jemanden störte? Auf den Hebriden tickten die Uhren schon ein wenig anders, das Leben folgte einem Rhythmus, der sich von dem der übrigen Welt unterschied. Die ganze Zeit über hatte er sich gefragt, wie Menschen so leben konnten. Er hatte sich viele Notizen dazu gemacht, Gedankenfragmente und angerissene Überlegungen niedergeschrieben. Es gab interessante Betrachtungen, die man dazu anstellen konnte. Es war faszinierend, fand er, in das Leben anderer Menschen hineinzublicken.

Gegen fünf Uhr am Nachmittag waren sie endlich aufgebrochen.

Seit dem Vortag meldeten die BBC im Radio und der Luftdruck auf dem Schiffsbarometer endlich eine stabile Hochdrucklage. Die große Genua hatte er aus dem Segelsack geholt und angeschlagen, um wenigstens zwei Knoten im Schiff zu haben, während er den Kurs querab vom Leuchtfeuer von Rodel auf der Karte absteckte. Vielleicht schafften sie es noch, mit ein wenig Tageslicht die Meerenge zu passieren. Kurz überlegte er, ob Livia die Abreise verzögert hatte, um ihn zu zwingen, zwischen den Inseln Uist und Skye hindurch den direkten Weg nach Süden zu nehmen, anstatt hinaus auf den Atlantik zu segeln. Sie hatten auch zu dieser Frage Diskussionen geführt. Das Schlimme war, dass Livia solche Angst vor dem Wasser hatte.

Er war dennoch entschlossen, den Kurs außerhalb der Hebriden zu nehmen.

Kurz vor neun Uhr hatte die kritischste Passage hinter ihnen gelegen. Livia war längst nach unten in die Kajüte verschwunden. Sie hatte behauptet, müde zu sein und Kopfschmerzen zu haben. Er war nicht traurig gewesen. Ihr ewig waidwunder Blick ging ihm entsetzlich auf die Nerven.

Vom Atlantik her stand eine alte Dünung aus Westen, sie befanden sich jetzt bereits im Gezeitenstrom, der gegen ihren Kurs stand. Egal, dachte er, ein Knoten Strömung gegen mich, zwei Knoten Fahrt macht das Schiff, bleibt noch ein Knoten übrig, der uns nach Südwesten trägt.

Vielleicht würde er gar nicht mehr wie geplant den Hafen von Youghal in Südirland ansteuern, sondern gleich durchsegeln bis zunächst hinunter nach La Coruña. Er hatte keine Lust mehr auf Verzögerungen. Weg von Europa. Endlich freie Fahrt über den Atlantik. Die Karibik. Weiße Strände, Sonnen, Palmen. Ihn hatte die fast mystische Stimmung auf Skye in Regen und Nebel zutiefst fasziniert, aber für den Winter konnte er sich ein Leben in der Wärme auch gut vorstellen. Sehr gut sogar.

Er saß im Cockpit, genoß den Frieden und die Klarheit der Nacht und hing seinen Gedanken nach.

Er sah die Lichter ganz deutlich. Sie näherten sich von achtern, zwei grüne Lichter, ein rotes und ein weißes darüber. Offensichtlich zwei Frachter, die denselben Kurs fuhren wie er selbst. Er war überzeugt, dass man ihn sehen konnte; er hatte seine Navigationsleuchten eingeschaltet, und der Radarreflektor oben am Mast würde ein deutliches Echo geben. Er musste sich um nichts kümmern. Nachdem er den Sound of Harris verlassen hatte, hatte er den Autopiloten aktiviert, der nun leise schnurrend seinen Dienst tat.

Er fühlte, wie seine Glieder immer schwerer wurden. Einmal sackte sein Kopf nach vorn, ruckartig wachte er auf, gähnte. Was, zum Teufel, machte ihn so schläfrig? Er war ein Nachtmensch, kam abends, nachts eigentlich erst richtig in Gang. Aber die hohe Luftfeuchtigkeit der letzten Tage, das lange, zornige Warten heute auf den Aufbruch, die schwierige Passage bei verdämmerndem Licht – das alles hatte ihn Kraft gekostet. Sein Kopf sank auf die Brust. Die Müdigkeit war so schwer, so elementar, dass es kaum noch Sinn zu machen schien, sich dagegen wehren zu wollen. Von einem Moment zum anderen fiel er in einen kurzen Schlaf, der, wie er später rekonstruierte, wohl nur wenige Minuten gedauert hatte. Dennoch entscheidende Minuten.

Er wachte so plötzlich auf, wie er eingeschlafen war.

Er wusste nicht, ob es das Geräusch der leise schlagenden Segel gewesen war, das ihn geweckt hatte, oder das Schlagen der Großschot – wahrscheinlich keines von beiden, sondern ein eigentümliches, lautes Geräusch, das an einen riesigen Hammer erinnerte, der krachend auf eine Stahlplatte schlug.

Er blickte auf, sah, dass die Genua nur noch von der Dünung des Atlantiks bewegt wurde. Der Wind war völlig abgeflaut.

Dieses Geräusch... der Hammer, der auf Stahl schlug...

Die Lichter, dachte er.

Im selben Moment sah er sie wieder, es waren nur noch drei Lichter, ein rotes, ein grünes und darüber ein weißes, und sie waren höchstens noch eine halbe Seemeile von der *Dandelion* entfernt. Sie bewegten sich direkt auf sie zu.

Er sprang auf, und es schoss ihm durch den Kopf: Verdammt noch mal, sehen die uns denn nicht?

Er hastete zum Steuerrad, schaltete den Autopiloten aus. Er musste sofort den Motor starten und die *Dandelion*, so rasch er konnte, wenigstens hundert Meter weiter nach Backbord steuern, andernfalls würde es zur Kollision kommen. Verflucht, er hätte nicht einschlafen dürfen. Die See war in dieser Gegend viel zu dicht befahren, um sich mitten in der Nacht auf Wache ein kurzes Nickerchen leisten zu können.

Warum sprang der Motor nicht an? Nicht einmal der Anlasser drehte sich. Er versuchte es noch einmal... und noch einmal... Nichts geschah.

Wie die Front eines Hochhauses baute sich der Bug eines großen Schiffes vor ihm auf, um ein Vielfaches größer als die *Dandelion*, und er näherte sich in erschreckend schneller Fahrt. Das Schiff hielt direkt auf das Segelboot zu, das plötzlich zur Nussschale schrumpfte, und es war klar, dass ein Zusammenstoß nicht zu überstehen war, dass von der *Dandelion* in zwei oder drei Minuten nur noch ein Haufen Schrott übrig sein würde.

Im Niedergang tauchte Livias Kopf auf. Er sah wirre Haare, angstvoll weit aufgerissene Augen. Die Motorengeräusche des riesigen Frachters veranstalteten inzwischen einen höllischen Lärm.

»Nathan!«, schrie sie, blieb aber bewegungslos stehen und starrte auf das immer näher kommende Unheil. Mit einer einzigen Bewegung riss er die Rettungsinsel unter dem Steuersitz hervor.

»Runter vom Schiff!«, brüllte er. »Hörst du nicht, sofort runter vom Schiff!«

Livia rührte sich nicht.

»Spring!«, schrie er, und als sie zögerte, packte er sie an den Armen, zerrte sie die Stufen hinauf und stieß sie mit aller Kraft über Bord. Schleuderte die Rettungsinsel hinterher und sprang dann, in der letzten Sekunde, selbst.

Das Wasser war eiskalt, empfing ihn mit grausam schmerzenden Nadelstichen. Ganz kurz dachte er, sein Herz werde aussetzen vor Kälte, aber dann merkte er, dass er lebte, dass sein Herz also offensichtlich schlug. Prustend und keuchend tauchte er wieder aus den Wellen auf. Zum Glück trug er, wie stets an Bord, seine Schwimmweste.

Das Geräusch des auf Stahl schlagenden Hammers war nun genau über ihm. Eine riesige Welle erfasste ihn, schleuderte ihn mehrere Meter weit zur Seite. Die stählerne Wand des Schiffes, fast zum Greifen nah, zog wie in Zeitlupe an ihm vorbei.

Die *Dandelion* wurde vom Bug des Frachters frontal getroffen und sofort unter Wasser gedrückt.

Ihm kamen die Tränen – ihm! Er weinte nie. Er hätte nicht gedacht, dass er noch einmal weinen würde. Zuletzt war es ihm als kleinem Jungen passiert, als sie den Sarg mit seiner Mutter darin an ihm vorbeitrugen. Seitdem nicht ein einziges Mal. Aber diese Hinrichtung zu erleben war zu schlimm, vielleicht war es auch zu schnell gegangen, eben hatte er noch in der Steuerkajüte gesessen und geträumt und ein paar unverzeihliche Minuten lang geschlafen, und jetzt trieb er im kalten Wasser des Nordmeers, und vor seinen Augen wurde vernichtet, woran sein Herz hing. Und was seine Existenz war.

Die Rettungsinsel, die sich im Wasser entfaltet hatte, musste ebenfalls von der Bugwelle des Frachters erwischt worden sein. Im Schraubenwasser des Schiffs drehte sie sich mit aufgerissener Plane einige Meter von ihm entfernt. Daneben konnte er Livia erkennen. Sie war direkt aus ihrem Bett gekommen, trug daher keine Schwimmweste. Er rief nach ihr, aber sie reagierte nicht. Mit ein paar kräftigen Schwimmstößen war er neben ihr.

»Schwimm, Livia«, drängte er, »los, schwimm endlich! Wir müssen in die Rettungsinsel!«

Sie machte keinerlei Anstalten, sich in Richtung Insel zu bewegen. Zwar hielt sie sich mit matten, mechanischen Bewegungen über Wasser, aber ihre Augen waren weit aufgerissen und starr, und sie schien in diesem Moment nicht ansprechbar zu sein. Nathan drehte sich auf den Rücken, packte Livia unter beiden Armen und zog sie mit sich zur Insel. Er keuchte, schluckte immer wieder Wasser. Wenigstens leistete Livia keinerlei Widerstand. Er ließ sie für einen Moment los, zog sich langsam und mühevoll auf die Insel hinauf, wandte sich dann um, zerrte Livia ebenfalls hinauf. Er gab nicht auf, obwohl er zwischendurch meinte, keine Sekunde weitermachen zu können. Als er auch Livia in Sicherheit gehievt hatte, brach er völlig erschöpft zusammen.

Erst nach einer ganzen Weile konnte er wieder einen klaren Gedanken fassen.

Sie hatten es geschafft. Sie waren nicht untergegangen, waren nicht in die Tiefe gerissen worden. Trotz allem gelang es ihm, für ein paar Sekunden Dankbarkeit zu empfinden. Beide hatten sie überlebt, dabei war ihr Leben praktisch keinen Pfifferling mehr wert gewesen. Sie besaßen nichts mehr als das, was sie auf dem Leib trugen: *sie* einen hellblauen Schlafanzug, der aus kurzen Hosen und einem ausgeleierten Oberteil bestand, *er* zumindest noch seine Jeans, Unterwäsche, einen Wollpullover und ein Paar Socken. Seine Schuhe hatte er verloren, als er über Bord gehechtet war.

Und eine Rettungsinsel, dachte er mit einem Anflug von Sarkasmus, eine Rettungsinsel besitzen wir auch noch. Kann man ja auch immer mal brauchen.

Noch immer war die Nacht klar, blitzten hier und da die Sterne am Himmel. Teilnahmslos starrte er über das dunkle Wasser. Für den Moment weigerte sich sein Verstand, weiterzudenken. Weder was die Vergangenheit noch was die Zukunft betraf. Selbst die Verzweiflung, die ihm wenige Minuten zuvor noch die Tränen in die Augen getrieben hatte, konnte er nicht mehr spüren. In ihm war nur Leere, eine tief erschöpfte, fast barmherzige Leere.

Samstag, 19. August

1

Virginia Quentin hörte in den frühen Morgenstunden des neunzehnten August von dem Schiffsunglück, das sich nicht weit vor den äußeren Hebriden in der Nacht vom Donnerstag auf den Freitag ereignet hatte. Es gab einen kleinen Radiosender auf den Inseln, der Meldungen verbreitete, die hauptsächlich für die Inselbewohner interessant waren. Dabei ging es in erster Linie um das Wetter, dem hier oben, wo viele Menschen vom Fischfang lebten, eine entscheidende Bedeutung zukam. Natürlich wurden auch manchmal Katastrophen gemeldet; es hatte Fischer gegeben, die nicht zurückgekehrt waren, und schon manches Mal hatten die wilden, kalten Winterstürme, die über das Nordmeer herangebraust kamen, Dächer abgedeckt und einmal sogar eine Frau über die Klippen geweht. Was es noch nicht gegeben hatte, zumindest soweit Virginia wusste, war eine derartige Tragödie, die Ausländern zustieß.

Sie war in aller Frühe aufgestanden und zu ihrem Lauf über die Hochebene am Meer aufgebrochen. Sie liebte die Stille und Klarheit der ersten Morgenstunden; es bereitete ihr keine Probleme, ihr Bett noch vor sechs Uhr zu verlassen und sich an der Frische und Unberührtheit des beginnenden Tages zu berauschen. Auch daheim in Norfolk joggte sie frühmorgens, aber hier oben auf Skye war es ein ganz besonderes Erlebnis. Ein Glas mit eiskaltem Champagner konnte ihrer Ansicht nach nicht so belebend, so prickelnd, so besonders sein wie das Atmen des Windes, der über das Meer gestrichen kam.

Sie fand auch, dass sie hier oben mehr Ausdauer hatte als daheim, was sicherlich am Sauerstoffgehalt der sie umgebenden Luft lag. So oder so aber war sie gut in Form. Sie lief in langen, federnden Schritten, wiegte sich in ihren eigenen Rhythmus hinein, brachte ihren Körper und ihr Atmen in einen vollkommenen Gleichklang. Das Laufen am Morgen gehörte ihr ganz allein und war ihre Kraftquelle für den folgenden Tag. Sie hätte niemals einen anderen Menschen dabeihaben wollen. Sie genoss das Alleinsein, und sie genoss es in der wunderbaren Einsamkeit der Isle of Skye auf eine besondere Weise.

Daheim duschte sie und setzte sich dann, mit einem Handtuch um den Kopf, an den Tisch im Wohnzimmer und trank ihren Kaffee mit viel heißer Milch, hörte Radio dabei, fühlte Kraft und Ruhe in ihrem Körper und sagte sich, dass ihre Ehe mit Frederic zwar in mancher Hinsicht langweilig sein mochte, ihr aber zwei wundervolle Geschenke eingebracht hatte: ihre siebenjährige Tochter Kim und dieses Häuschen in Dunvegan.

Sie hatte sich ihren Gedanken hingegeben und das Radio nur als Hintergrundgeräusch wahrgenommen, aber sie horchte auf, als der Sprecher von dem Unglück berichtete, das einem deutschen Ehepaar zugestoßen war. Mitten in der Nacht waren sie von einem Frachter, in dessen Fahrrinne sie sich befunden hatten, buchstäblich überrollt worden, nachdem offensichtlich eine Verkettung unglücklicher Geschehnisse ein Ausweichmanöver verhindert hatte. Von dem kleinen Segelschiff gab es keine Spur mehr, seine Einzelteile ruhten auf dem Grund des hier überall sehr tiefen Meeres. Den Namen des Frachters, der das Unglück verursacht hatte, oder auch nur seine Nationalität kannte niemand. Der Skipper des Segelschiffs konnte keine Angaben zu seiner Position zum Zeitpunkt des Unglücks geben. Fischer hatten die im Wasser treibende Rettungsinsel gesichtet und das Ehepaar aufgenommen. Die junge Frau, so wurde berichtet, stehe unter Schock. Beide seien unterkühlt, nachdem sie, aus dem kalten Wasser kommend, fast zwölf Stunden in der Rettungsinsel hatten ausharren müssen. Man hatte sie zu einem Arzt gebracht. Seit dem gestrigen Tag seien sie in einem *Bed&Breakfast*-Hotel nahe Portree untergebracht.

»Also, das werden doch nicht...«, sagte Virginia zu sich selbst, sprach den Satz aber nicht zu Ende. Wie viele deutsche Ehepaare, die in einem Segelboot auf Weltreise waren, gab es derzeit auf den Hebriden?

Sie vernahm Frederics Schritte auf der Treppe, stand automatisch auf, holte eine zweite Tasse, füllte sie mit Kaffee und Milch. In den Ferien leisteten sie sich den Luxus, den Morgen mit Kaffee und Geplauder zu vertrödeln. Sie redeten über das Wetter, über irgendwelche Neuigkeiten aus dem Dorf, manchmal auch über Bekannte oder Verwandte. Sie gingen vorsichtig miteinander um und mieden ihre Beziehung als Gesprächsthema, ohne dass es dafür einen ersichtlichen Grund gegeben hätte. Gerade an diesen Urlaubsmorgen, aber manchmal auch daheim in Norfolk, konnte Virginia plötzlich von einem Gefühl des Friedens und der Dankbarkeit durchströmt werden, wenn sie sich selbst betrachtete, zusammen mit Frederic, die kleine Kim, die so hübsch und so liebenswert war, dieses Leben ohne materielle Sorgen in einer geordneten, überschaubaren Welt, die enge Grenzen haben mochte, aber dafür ohne Gefahren, Ängste und Dämonen war. Es gab ein paar wenige Momente, in denen Virginia das sichere Gefühl, dass ihre Welt nicht völlig real war, als beklemmend empfand, aber es waren tatsächlich nur Momente, Augenblicke, die schnell vergingen.

Frederic kam zur Tür herein. Daheim sah sie ihn fast nur in Anzug und Krawatte, aber sie mochte es besonders, wenn er so aussah wie jetzt, in Jeans und grauem Rollkragenpullover, ausgeschlafen und entspannt, ohne den etwas verbissenen Zug um den Mund, den er sonst oft trug, weil ihn sein Beruf und alle seine Karrierepläne stets etwas überanstrengten.

»Guten Morgen«, sagte er und fügte, obwohl die Antwort klar war, die Frage hinzu: »Du bist schon gelaufen heute früh?«

»Es war wunderbar. Wie leben andere Menschen, ohne sich richtig zu bewegen?« Sie reichte ihm seine Kaffeetasse, er setzte sich und nahm den ersten Schluck.

»Nur noch heute«, sagte er, »dann müssen wir zurück. Oder möchtest du mit Kim noch ein wenig bleiben?«

Es waren noch zwei Wochen, bis die Schule begann. Und sie liebte es, hier oben zu sein. Auch Kim liebte es. Dennoch schüttelte Virginia den Kopf.

»Wir kommen mit. Glaubst du etwa, ich lasse dich allein?«

Er lächelte. Er war so oder so viel allein, zumindest war er ohne seine Familie. Er verließ das Haus morgens um halb acht. Oft kam er nicht vor zehn oder halb elf am Abend zurück. Tagelang hielt er sich in London auf, wo sich seine Bank befand. In Norfolk war er eigentlich nur, wenn es die politische Arbeit in seinem Wahlkreis erforderte. Seine Tochter sah er manchmal die ganze Woche über nicht. Seine Frau im Vorbeilaufen oder abends, wenn sie auf ihn gewartet hatte und noch zehn Minuten mit ihm plauderte, ehe er todmüde ins Bett fiel.

Es war nicht so, dass er diesen Zustand besonders geschätzt hätte. Und bis vor zwei Jahren war es auch ganz anders gewesen. Da hatten Virginia und Kim noch bei ihm in London gelebt, und er hatte sich viel mehr als Teil einer Familie gefühlt als derzeit. Nicht dass Virginia die elegante Wohnung in South Kensington häufig verlassen hatte, um etwas mit ihm zu unternehmen. Er kannte sie nur als einen Menschen, der zum Rückzug neigte, dazu, sich gegen die Außenwelt abzuschirmen. Weniger aus Angst, wie ihm schien. Nach seinem Eindruck hatte es etwas mit der Melancholie zu tun, die fast immer über ihr lag, mal stärker, fast an eine Depression grenzend, dann auch wieder schwächer. Sie hatte diese Krankheit – Frederic bezeichnete es insgeheim als *Krankheit* – offensichtlich besser im Griff, wenn sie allein war. Dass sie schließlich beschlossen hatte, in das ziemlich düstere, alte Herrenhaus der Quentins in Norfolk umzuziehen, war ihm geradezu folgerichtig erschienen, hatte aber in der speziellen Art von Familienleben resultiert, die sie nun führten.

Sie hatte ihm gegenüber Platz genommen. Ihre Wangen waren noch rosig von der frischen, kühlen Morgenluft.

»Du erinnerst dich bestimmt an diese junge Frau aus Deutschland, die uns hier in der letzten Woche ein bisschen in Haus und Garten geholfen hat«, sagte sie. »Livia. So hieß sie.«

Er nickte. Er erinnerte sich, auch wenn er schon jetzt das Gesicht dieser Livia kaum wiedererkannt hätte. Eine gänzlich farblose Frau, unauffällig und verhuscht.

»Ja. Ich erinnere mich. Die sind doch jetzt weitergezogen, oder?«

»Am Donnerstagabend wollten sie auslaufen. Und eben habe ich im Radio gehört, dass man ein deutsches Ehepaar aus dem Meer gefischt hat. Sie trieben in einem Rettungsboot, nicht allzu weit von der Küste entfernt. Ihr Schiff ist von einem Frachter gerammt worden und gesunken.«

»Guter Gott. Dann haben sie aber Glück, dass sie mit dem Leben davongekommen sind. Und du meinst, dass es sich um diese… diese Livia handelt?«

»Sie haben im Radio keinen Namen genannt. Aber ich denke, sie könnten es sein. Der Zeitablauf würde stimmen. Und ich habe sonst keine Deutschen auf der Insel getroffen.«

»Das heißt aber noch nichts. Es gibt hier etliche Menschen, die wir nicht treffen.«

»Trotzdem. Ich habe so ein Gefühl. Ich glaube, sie sind es.«

»Na ja – wollten sie nicht die Welt umsegeln? Damit dürfte es ja nun vorbei sein.«

»Livia hatte erzählt, dass sie alles, was sie hatten, verkauft haben für das Schiff. Das bedeutet, sie dürften kaum mehr etwas besitzen als die Kleider, die sie am Leib tragen.«

»Dann waren sie hoffentlich gut versichert. Wenn ein Frachter über das Schiff gerollt ist, dann besteht es nur noch aus Einzelteilen.«

Virginia nickte. »Sie sind in Portree in einem *Bed&Breakfast* vorläufig untergebracht. Ich dachte, ich schaue mal nach ihnen. Sicher können sie ein wenig Aufmunterung gebrauchen.«

Die Leute waren ihm völlig egal, abgesehen davon, dass er nicht begriff, wie man es schön finden konnte, um die Welt zu segeln und monatelang auf einem engen Boot zu hausen, und davon, dass er es dumm fand, allen Besitz zu veräußern, um sich ein Schiff zu kaufen, aber plötzlich beschlich ihn ein mulmiges Gefühl. Es war eine Intuition. Eine Witterung.

»Ich weiß nicht«, meinte er, »vielleicht solltest du sie nicht aufsuchen.«

»Warum nicht?«

»Weil... weißt du, vielleicht waren sie *nicht* versichert, und...« Er ließ den Satz in der Schwebe.

Sie sah ihn verständnislos an. »Ja, und?«

»Bei der Versicherung sparen die Leute. Das ist allgemein so. Die Pflichtversicherung, die für die Schäden aufkommt, die sie anderen zufügen, schließen sie natürlich ab, aber dann hoffen sie, dass ihnen selbst nichts passiert, und schenken sich den Rest. Dieses Ehepaar steht jetzt womöglich vor dem totalen Nichts. Vielleicht haben sie keinen einzigen Penny mehr, kein Haus, nichts. Sie werden einen Schadensersatzprozess anstrengen, aber...«

»Man weiß offenbar nicht mal den Namen des Frachters«, sagte Virginia, »und auch nicht seine Nationalität.«

Er seufzte. »Siehst du. Noch schlimmer. Die wissen nicht einmal, gegen wen sie klagen können. Also, falls die überhaupt je entschädigt werden, kann das Jahre dauern.«

Virginia begriff immer noch nicht. »Ja, aber weshalb darf ich sie dann nicht besuchen?«

»Weil... weil du dann, oder besser gesagt: *wir* dann womöglich ihr einziger Strohhalm sind. Ehe du dich versiehst, haben wir sie am Hals. Die werden jetzt nach allem und jedem greifen, was Hilfe verspricht.«

»Die haben bestimmt Verwandte, die sich um sie kümmern werden. Drüben in Deutschland. Ich möchte ja Livia nur ein wenig trösten. Ich mochte sie. Und ich hatte den Eindruck, dass sie schon sowieso nicht besonders glücklich ist. Jetzt noch diese Geschichte...«

»Sei vorsichtig«, warnte er.

»Morgen reisen wir ohnehin ab.«

»Ja, aber die werden auch nicht hier bleiben.«

»Eben. Sie werden nach Deutschland zurückkehren.«

»Falls sie dort noch irgendeine Bleibe haben. Oder finden.«

Virginia lachte. »Du bist ein so hoffnungsloser Schwarzmaler! Ich denke, es gehört sich einfach, dass ich Livia aufsuche. Vielleicht kann ich ihr auch etwas zum Anziehen von mir mitbringen. Wir haben ungefähr die gleiche Größe.«

Er würde sie nicht hindern können, das spürte er. Vielleicht stellte er sich auch wirklich gar zu pessimistisch an. Er wusste, dass er eine ausgeprägte Neigung hatte, die Welt schlecht und feindselig zu sehen, ohne sie allerdings deswegen zu fürchten. Er verstand es durchaus, den Stier bei den Hörnern zu packen. Aber dazu musste man auch genau wissen, wo sich die Hörner befanden. Virginia machte sich da womöglich manchmal etwas vor.

Egal. In einem Punkt hatte sie schließlich Recht: Morgen reisten sie ohnehin ab.

2

Es war nicht schwierig, herauszufinden, wo man das deutsche Ehepaar, das von dem großen Unglück heimgesucht worden war, untergebracht hatte. Der Schiffsuntergang war in aller Munde, und jeder wusste über jedes Detail Bescheid.

Sie fragte beim Gemischtwarenhändler am Hafen von Portree, und der konnte ihr auch sofort die gewünschte Auskunft geben.

»Bei den O'Brians sind sie! Guter Gott, was für ein Pech, oder? Ich meine, es ist schließlich gar nicht so einfach, auf dem Meer mit einem anderen Schiff zu kollidieren. Da muss schon viel zusammengekommen sein. Mrs. O'Brian war vorhin hier, um einzukaufen, und sie erzählte, die junge Frau stehe völlig unter Schock. Stellen Sie sich mal vor, die besitzt auf der ganzen Welt nichts mehr als ihren Schlafanzug! Ihren Schlafanzug! Das ist doch wirklich verdammt hart!«

Virginia wusste, dass der Gemischtwarenhändler heute jedem seiner Kunden von diesem bedauernswerten Umstand aus dem Leben der jungen Deutschen erzählen würde, und es war klar, dass auch Mrs. O'Brian alles, was sie von ihren Gästen mitbekam, gewissenhaft auf der ganzen Insel verbreiten würde. Plötzlich taten ihr die beiden auch noch in anderer Hinsicht als bisher leid. Nicht nur, dass sie etwas Schreckliches erlebt hatten, das ihnen vielleicht für den Rest ihres Lebens Alpträume bescheren würde; sie waren plötzlich völlig ausgeliefert und schutzlos: dem allgemeinen Mitleid ebenso preisgegeben wie der Sensationsgier.

Die O'Brians wohnten am Rande von Portree, und Virginia hätte sie zu Fuß erreichen können, aber sie hatte plötzlich keine Lust, auf den Straßen anderen Menschen zu begegnen und über die Schiffbrüchigen zu sprechen. Also nahm sie den Wagen. Wenige Minuten später parkte sie vor dem malerischen Backsteinhaus mit der rot lackierten Haustür und den weißen Fensterkreuzen. Mrs. O'Brian war eine leidenschaftliche Gärtnerin. Selbst unter den schwierigen klimatischen Bedingungen der Hebriden hatte sie es geschafft, einen Neid erregend üppigen Blumengarten vor ihr Haus zu zaubern. Virginia ging zwischen rostfarbenen Astern und leuchtend bunten Gladiolen entlang. Der Herbst kündigte sein Kommen unübersehbar an. Hier oben brach er früh herein. Ende September musste man schon mit den ersten großen Stürmen rechnen, und dann kam der Nebel, der Monate lang über den Inseln liegen würde. Virginia fand diese Stimmung reizvoll, was aber vielleicht daran lag, dass sie nicht hier lebte und den kalten, grauen Winter nicht, so wie die Bewohner der Insel, von Oktober bis April ertragen musste. Ein einziges Mal hatte sie Frederic überreden können, das Weihnachtsfest und den Jahreswechsel im Ferienhaus zu verbringen, aber er hatte es schrecklich gefunden und sie gebeten, ihm dies nie wieder anzutun.

»Es gibt nicht viel auf dieser Welt, was mich in Depressionen treiben könnte«, hatte er gesagt, »aber dem Winter auf Skye könnte es durchaus gelingen.«

Schade, dachte sie nun, ich würde gern noch einmal im November oder Dezember hierher kommen.

Auf ihr mehrfaches Klopfen an der Tür reagierte niemand, und so öffnete sie sich schließlich selbst und trat in den schmalen Hausflur. Dies war auf der Insel durchaus üblich. Niemand schloss seine Türen ab, und wenn ein Besucher nicht gehört wurde, durfte er sich selbst einlassen. Man kannte einander gut genug, und nachdem schon Frederics Vater und sein Großvater mit ihren Familien in den Ferien hierher gekommen waren, galt die Familie Quentin als dazugehörig.

»Mrs. O'Brian!«, rief Virginia halblaut, aber sie bekam keine Antwort. Sie sah, dass die Küchentür am Ende des Ganges geschlossen war; vielleicht hielt sich Mrs. O'Brian dort auf und konnte sie nicht hören.

Aber als sie zögernd in die geräumige Küche mit dem Steinfußboden und den vielen blitzenden und blinkenden Kupfertöpfen an den Wänden trat, war es nicht die Hausfrau, die sie dort antraf. Dafür saß Livia am Tisch, eine große Tasse und ein Stövchen mit einer Kanne darauf vor sich. Die Tasse war leer, aber sie dachte offenbar nicht daran, sich etwas nachzuschenken. Teilnahmslos starrte sie auf die Tischplatte. Sie hob zwar den Kopf, als Virginia eintrat, aber in ihren Augen war keine Regung zu entdecken.

»Livia!«, sagte Virginia erschüttert. »Mein Gott, ich habe gehört, was Ihnen und Ihrem Mann zugestoßen ist! Da dachte ich…« Sie sprach nicht weiter, sondern ging stattdessen auf Livia zu und nahm sie in die Arme. »Ich musste einfach nach Ihnen sehen!«

Durch das Fenster konnte sie Mrs. O'Brian entdecken, die im Garten Wäsche aufhängte. Hoffentlich ließ sie sich noch eine Weile Zeit damit. Es war ihr lieber, mit Livia allein zu sein.

Sie setzte sich ihr gegenüber und betrachtete sie. Livia trug einen Morgenmantel, der offenbar Mrs. O'Brian gehörte; er war mit einem grellfarbenen Schottenmuster bedruckt und viel zu kurz. Mrs. O'Brian war ziemlich klein, während Livia groß, aber sehr mager war.

»Ich habe Ihnen etwas zum Anziehen mitgebracht«, sagte Virginia, »die Tasche ist draußen im Auto. Ich gebe sie Ihnen nachher. Wir haben ja ungefähr die gleiche Größe. Die Sachen von Mrs. O'Brian sind Ihnen jedenfalls eindeutig zu kurz.«

Livia, die bislang geschwiegen hatte, öffnete endlich den Mund. »Danke.«

»Das ist doch selbstverständlich. Ist der Tee in Ordnung? Dann sollten Sie noch etwas trinken. Das ist jetzt wichtig.«

Virginia wusste nicht genau, weshalb sie das sagte, aber heißer Tee erschien ihr in komplizierten Lebenssituationen immer wichtig. Sie holte auch für sich einen Becher, schenkte ihnen beiden ein, rührte ein wenig Zucker hinein. Livia war wie erstarrt. Im Augenblick schien man jeden Handgriff für sie tun zu müssen.

»Möchten Sie darüber sprechen?«, fragte Virginia.

Livia wirkte unschlüssig. »Es… es war so… schrecklich«, brachte sie nach einer Weile hervor. »Das… Wasser… Es war so kalt.«

»Ja. Ja, das kann ich mir vorstellen. Es tut mir so entsetzlich leid, dass Ihnen das passieren musste. Sie konnten … nichts retten?«

»Nichts. Gar nichts.«

»Aber Ihr Leben. Und das ist das Wichtigste.«

Livia nickte, aber sie wirkte dabei nicht überzeugt. »Wir … haben nichts mehr.«

Virginia wiederholte: »Sie haben Ihr Leben!« Doch gleichzeitig dachte sie, dass sich dies leicht dahinsagen ließ. Hätte sie selbst all ihr irdisches Hab und Gut verloren, könnte man sie mit dem Hinweis aufs nackte Überleben womöglich auch nicht trösten.

Frederic fiel ihr ein, und sie fragte vorsichtig: »Waren Sie … sind Sie versichert?«

Livia schüttelte langsam den Kopf. »Nicht … was unseren eigenen Schaden betrifft.« Sie sprach schleppend. Und plötzlich schaute sie an sich herab, an dem häßlichen, grellfarbenen Bademantel, und die Tränen schossen ihr in die Augen. »Ich hasse dieses Ding! Es ist so scheußlich! Ich hasse es, so etwas tragen zu müssen!«

Virginia wusste, dass es derzeit größere Probleme für Livia gab als die Kleiderfrage, aber sie verstand den Ausbruch dennoch. Der unschöne, viel zu kurze Bademantel stand für den ganzen gewaltigen Verlust, den sie erlitten hatte, für die Abhängigkeit, in die sie unvermittelt geraten war. Für die Armut und für den Umstand, auf die Mildtätigkeit fremder Menschen angewiesen zu sein.

»Ich hole Ihnen gleich meine Sachen«, sagte Virginia und wollte aufstehen, aber Livia rief fast panisch: »Nicht! Gehen Sie nicht weg!«

Virginia setzte sich wieder.

»Okay. Ich bleibe, solange Sie mögen. Ich kann die Tasche auch nachher holen.« Sie sah sich um. »Wo ist denn eigentlich Ihr Mann?«

»Oben. In unserem Zimmer. Er telefoniert mit einem Anwalt

in Deutschland. Aber… wie will er jemanden verklagen? Wir wissen doch gar nicht, wer es war!«

»Vielleicht läßt sich das ja noch herausfinden. Sicher weiß die Küstenwache, wer hier zu welcher Zeit vorbeischippert. Ich kenne mich da nicht aus, aber… Geben Sie doch noch nicht auf, Livia! Ich verstehe, dass Sie jetzt nur verzweifelt und geschockt sind, aber…«

Livia unterbrach sie mit leiser Stimme: »Wir können nicht mal das hier bezahlen.« Sie machte eine Kopfbewegung zum Fenster, in Richtung Mrs. O'Brian. »Die möchte doch irgendwann Geld für das Zimmer. Und unser Essen. Und das Telefon. Ich meine«, sie begann schon wieder zu weinen, »ich habe Nathan gesagt, er soll nicht telefonieren, aber schon seit einer Stunde telefoniert er mit Gott und der Welt, und dann auch noch ins Ausland! Das ist doch verrückt! Mrs. O'Brian wird uns doch nichts schenken. Aber wir haben kein Geld! Absolut kein Geld!«

»Sie haben kein Bankkonto mehr in Deutschland?«

»Nathan hat alles aufgelöst. Er nannte das ›die totale Freiheit‹. Ohne Geld zu sein und sich in den verschiedenen Häfen mit Gelegenheitsjobs durchzubringen. Er hat das Haus verkauft, das, in seinem baufälligen Zustand und dazu noch mit einer großen Hypothek belastet, aber nicht allzu viel eingebracht hat. Er hat die Konten geleert und dann das Schiff gekauft. Ich habe wenigstens noch durchgesetzt, dass wir unter der Adresse von Bekannten gemeldet bleiben und eine Krankenversicherung für Auslandsreisen abschließen. Aber ansonsten… Als finanzielle Reserve haben wir nur den Schmuck mitgenommen, den ich von meiner Mutter geerbt hatte. Der war ziemlich viel wert. Aber er liegt jetzt am Meeresgrund.«

»Vielleicht könnten Taucher…«

Livia wischte sich mit dem Handrücken über die verweinten Augen. »Das hat Nathan schon den Polizisten gefragt. Wir waren erst auf der Polizeiwache, wissen Sie, weil die Fischer gar nicht wußten, wohin sie mit uns sollten. Aber der Polizist hat nur gelacht. Wir kennen nicht einmal die genaue Stelle, wo die *Dandelion* gesunken ist, und dann ist wahrscheinlich alles weit verstreut, und der Meeresgrund ist auch noch felsig, voller Spalten und Schluchten... Er meinte, die Taucher finden sowieso nichts, aber uns kostet jeder Tag, den sie mit der Suche verbringen, ein Vermögen... Es wäre Wahnsinn, das zu tun...« Sie starrte Virginia trostlos an. »Es wäre Wahnsinn«, wiederholte sie.

Virginia dachte, dass Frederic an diesem Morgen tatsächlich eine gewisse Hellsichtigkeit bewiesen hatte, als er von der Versicherungsfrage gesprochen hatte. Ihr war es eigenartig vorgekommen, an Geld zu denken, wenn jemand gerade knapp mit dem Leben davongekommen war, aber nun, da sie diesem Häuflein Elend gegenübersaß, begriff sie, wie tiefgreifend tatsächlich auch die materielle Tragödie dieser Menschen war. Wie konnte man leben, wenn man nichts, gar nichts mehr auf der Welt besaß? Und kaum Hoffnung hatte, irgendetwas von dem Verlorenen zurückzubekommen.

Sie überlegte. »Haben Sie gar keine Verwandten? Eltern, Geschwister? Irgendjemand, der Ihnen unter die Arme greifen könnte, bis Sie sich... erholt haben?«

Livia schüttelte den Kopf. »Nathan hat seine Eltern ganz früh verloren. Angehörige gab es keine. Er ist in verschiedenen Heimen aufgewachsen. Und bei mir war nur noch mein Vater am Leben. Er ist dann vergangenes Jahr im September gestorben.« Sie lächelte ein wenig, es war ein trauriges, bitteres Lächeln. »Damit fing ja das Unglück auch irgendwie an...«

Virginia setzte an zu fragen, was genau sie damit meinte, doch da wurde die Küchentür geöffnet, und ein Mann trat ein. Sie dachte sofort, dass es Nathan sein musste. Er war tief gebräunt, wenn auch ein fahler Ton auf seiner Haut lag, der besonders bei den Lippen auffiel und der darauf hinwies, dass es diesem Mann nicht so gut ging, wie man auf den allerersten

Blick meinen mochte. Er war groß, schlank und muskulös. Der typische Seefahrer. Bis auf das Gesicht.

Eher ein Intellektueller, dachte sie.

»Livia, ich …«, begann er, dann sah er, dass Besuch da war.

»Entschuldige«, fuhr er auf Englisch fort, »ich dachte, du bist allein.«

»Nathan, das ist Virginia Quentin«, sagte Livia, »die Dame, in deren Ferienhaus ich in der letzten Woche ausgeholfen habe. Virginia, das ist mein Mann Nathan.«

»Nathan Moor«, sagte Nathan und reichte Virginia die Hand. »Meine Frau hat viel von Ihnen erzählt.«

»Es tut mir sehr leid, was geschehen ist«, sagte Virginia, »wirklich, das ist ein schreckliches Unglück.«

»Ja, das ist es«, stimmte Nathan zu. Er wirkte angeschlagen, aber nicht so am Boden zerstört wie seine Frau. Manchmal, dachte Virginia, hängen derartige Eindrücke aber auch einfach mit Äußerlichkeiten zusammen. Livia sah auch deshalb so elend aus, weil sie in Mrs. O'Brians schrecklichem Morgenmantel steckte. Nathan trug offensichtlich seine eigenen Sachen, Jeans und einen Pullover. Sie waren zerknittert und angegriffen vom Salzwasser, aber sie passten, und sie gehörten zu ihm. Kleinigkeiten wie diese vermochten die Psyche eines Menschen durchaus zu stabilisieren.

»Was sagt der Anwalt?«, fragte Livia ihren Mann, aber sie machte nicht den Eindruck, als interessiere sie die Antwort wirklich. Zumindest schien sie nicht zu glauben, dass es eine Antwort sein könnte, die Zuversicht vermittelte.

»Er sagt, dass es schwierig werden wird«, antwortete Nathan denn auch mit verhaltenem Optimismus in der Stimme. »Vor allem, wenn es uns nicht gelingt, herauszufinden, welcher Frachter uns gerammt hat. Und dann müssen wir es noch beweisen.«

»Wie soll das denn gehen?«

»Ich werde versuchen, einen Weg zu finden. Aber gib mir ein

bisschen Zeit. Ich bin auch erst gestern aus dem Wasser gefischt worden. Ich brauche einen Moment, um den Schock zu verarbeiten.« Er klang leise gereizt.

»Wenn ich irgendwie helfen kann…«, bot Virginia an.

»Das ist nett, sehr nett«, sagte Nathan, »ich wüßte jedoch nicht…« Er hob in einer hilflosen Geste beide Hände.

»Nathan, wir können hier nicht einfach wohnen bleiben«, drängte Livia. »Mrs. O'Brian wird Geld dafür haben wollen, und…«

»Das müssen wir vielleicht nicht gerade jetzt besprechen!«, fuhr er sie an. Virginia hatte plötzlich den Eindruck, dass sie störte. Seine desolate finanzielle Situation mochte Nathan sicher nicht vor einer Fremden offen legen.

Sie erhob sich rasch. »Ich muss sowieso noch einiges erledigen. Livia, ich bringe Ihnen rasch die Kleider, dann bin ich weg.«

Auf dem Weg hinaus zu ihrem Auto kam ihr ein Einfall. Zwar war sie nicht sicher, was Frederic davon halten würde – genau genommen war sie ziemlich sicher, dass er *nichts* davon halten würde –, aber sie beschloss, Frederic für den Moment beiseite zu schieben.

Als sie in die Küche zurückkehrte, redete Nathan gerade schnell und, wie es Virginia schien, ungeduldig, ja fast aggressiv auf seine Frau ein. Da er jedoch deutsch sprach, konnte sie nicht verstehen, worum es ging.

»Mir ist da gerade ein Gedanke gekommen«, sagte sie und tat so, als habe sie nichts von der gereizten Stimmung gemerkt. »Wissen Sie, mein Mann und ich reisen morgen ab. Nach Hause. Unser Haus drüben in Dunvegan steht dann leer. Warum wohnen Sie nicht dort, solange Sie hier bleiben und Ihre… Ihre Angelegenheiten regeln müssen?«

»Das können wir nicht annehmen«, erwiderte Nathan, »und wir können tatsächlich nichts zahlen.«

»Ich weiß. Aber Sie könnten sich im Gegenzug ein wenig

um Haus und Garten kümmern. Wir finden es immer beruhigend, wenn jemand dort wohnt. Wirklich, wir fragen auch oft Freunde oder Bekannte, ob sie nicht ein bisschen Zeit hier oben verbringen möchten.«

Er lächelte. »Das ist sehr freundlich, Mrs. Quentin. Aber Freunde und Bekannte sind etwas anderes. Wir sind Ihnen im Grunde wildfremd, gestrandete Schiffbrüchige... Fremde soll man nicht einlassen, das wissen Sie bestimmt.«

Sie ging auf seinen scherzhaften Ton nicht ein. »Überlegen Sie es sich. Zumindest Ihre Frau, Mr. Moor, ist mir nicht fremd. Aber es ist natürlich allein Ihre Entscheidung.«

Sie stellte die Tasche mit den Kleidungsstücken neben den Tisch.

»Wie gesagt, morgen sind wir weg«, wiederholte sie. »Sie müssten nur vorher wegen des Schlüssels vorbeikommen.«

Sie strich Livia über den Arm und nickte Nathan kurz zu, dann verließ sie die Küche. Sie hatte gesehen, dass Mrs. O'Brian draußen fertig war und auf das Haus zukam, und aus irgendeinem Grund hatte sie gerade keine Lust auf eine Begegnung. Vielleicht, weil sie sich plötzlich große Sorgen machte. Natürlich würden die Moors auf ihr Angebot eingehen, sie hatten gar keine Wahl. Aus Höflichkeit, aus Stolz zierten sie sich, aber vermutlich noch heute im Laufe des Tages, spätestens morgen in aller Frühe würden sie nach dem Schlüssel fragen.

Ehe du dich versiehst, haben wir sie am Hals, hatte Frederic gesagt.

Sie musste ihm beibringen, dass es nun tatsächlich so gekommen war.

Obwohl – konnte es ihn wirklich stören? Sie würden in Norfolk sein und ihren ganz normalen Alltag leben. Die Moors würden hier oben auf der Insel bleiben, eine Woche oder zwei Wochen vielleicht, und sehen, ob sie ihre desolate Situation klären konnten.

Das war alles. Kein Grund für Frederic, sich aufzuregen.

Dennoch hatte sie das sichere Gefühl, dass einiger Ärger auf sie zukam.

3

Frederic Quentin galt in seinem Freundes- und Bekanntenkreis als freundlich, aber schweigsam und manchmal sogar als ein wenig verschlossen, als ein Mann, der sich vorwiegend um seinen Beruf kümmerte und nicht allzu viel Zeit und Energie in sein Privatleben investierte. Wenige vermochten sich vorzustellen, dass er über sich, seine Frau und ihrer beider Beziehung zueinander überhaupt je nachdachte. Doch tatsächlich stellte er dann und wann Überlegungen an, und es war keineswegs so, dass ihn sein Familienleben nicht interessierte.

Er wusste, dass er viel zu wenig Zeit mit seiner Frau und seiner Tochter verbrachte, und manchmal nahm er sich vor, sich mehr darum zu kümmern, dass Virginia nicht so häufig allein war, auch wenn sie selbst diesen Umstand offenbar als nicht unangenehm empfand. Es konnte nicht normal sein, wenn eine Frau vorwiegend in Gesellschaft ihrer siebenjährigen Tochter lebte, in der Einsamkeit eines viel zu großen Landhauses, das wiederum in einem riesigen Park lag, dessen hohe Bäume in die Zimmer zu wachsen und sie zu erdrücken schienen. Ferndale House, der Landsitz der Quentins in Norfolk, war sehr düster, und er war kaum der richtige Ort für eine sechsunddreißigjährige Frau, die eigentlich mitten im Leben hätte stehen sollen.

Frederic überlegte oft, dass er mehr Zeit und Energie darauf verwenden müsste, herauszufinden, was seine Frau so traurig stimmte, was sie häufig so bedrückt erscheinen ließ. Gespräche hätten ihr vielleicht geholfen, aber er war nicht sehr geübt darin, die komplizierte Seelenlage eines anderen Menschen zu ergründen. Eher verspürte er oft eine unbestimmte Furcht davor, sich in Regionen zu wagen, die ihm fremd waren und von denen er nicht wusste, was alles er dort finden würde. Manches wollte er einfach nicht wissen.

Und außerdem: Gerade jetzt hatte er einfach so schrecklich wenig Zeit.

Denn Frederic Quentin war entschlossen, sich ins Unterhaus wählen zu lassen, und er wusste, dass er gute Chancen hatte.

Die kleine, feine Privatbank, die sein Urgroßvater gegründet hatte und die er selbst heute mit großem Erfolg führte, sicherte ihm neben beträchtlichem Wohlstand auch den Kontakt zu einflussreichen und vermögenden Persönlichkeiten des Landes. Die *Harold Quentin & Co.* galt als beste Adresse für die Mitglieder der *upper class*, und Frederic Quentin hatte es immer verstanden, für seine Kunden nicht nur der zuverlässige, umsichtige Bankier zu sein, sondern auch der Freund, der zu großzügigen Festen in sein Landhaus einlud, der an Golfturnieren und Segelausflügen teilnahm, der Kontakte genau dort pflegte, wo sie ihm nützlich sein konnten. Er hatte sich ein erstklassiges Sprungbrett ins Parlament gebaut. Mit vierundvierzig Jahren war er dicht davor, sein Ziel zu verwirklichen.

Eine sich durch intensive Gespräche möglicherweise verschlechternde psychische Verfassung Virginias war das Letzte, was im Augenblick passieren durfte.

Was blieb, war das schlechte Gewissen seiner Frau gegenüber.

Als sie ihm beim Mittagessen erzählte, dass sie das schiffbrüchige deutsche Ehepaar in ihrem Ferienhaus einquartieren wollte, dass sie genau genommen dies mit den beiden bereits – von ihrer Seite aus sogar verbindlich – vereinbart hatte, wollte er sie schon verärgert fragen, was sie sich dabei denke, so einfach über ein Haus zu verfügen, das schließlich nicht ihr allein gehörte, und darüber hinaus genau das zu tun, was zu unterlassen er sie gebeten hatte. Aber er schluckte seine Verärgerung und die dazugehörende Bemerkung mit einiger Mühe hinunter.

Frauen, die zuviel allein sind, tun seltsame Dinge, dachte er resigniert, manche haben plötzlich zwanzig herrenlose Hunde im Haus, andere bieten schiffbrüchig gewordenen Fremden einen Unterschlupf an. Wahrscheinlich kann ich noch froh sein, dass ich daheim nicht ständig auf drogensüchtige Kids treffe, die sie irgendwo aufsammelt. Insgesamt komme ich noch immer ganz gut weg bei ihr.

»Sei trotzdem vorsichtig«, sagte er.

Sie sah ihn an. »Das sind nette Menschen. Wirklich.«

»Du kennst sie doch gar nicht.«

»Ich habe durchaus ein bisschen Menschenkenntnis.«

Er seufzte. »Das bestreite ich doch auch gar nicht. Aber... aus ihrer Situation heraus können die sich zu Zecken entwickeln. Egal, wie nett sie sind. Diesen Gedanken solltest du zumindest im Kopf behalten.«

Er hatte den Eindruck, dass auch sie seufzte, eigentlich unhörbar, eher an ihrer Mimik zu erkennen. »Sie ziehen – vielleicht – morgen hier ein. Wir reisen zum selben Zeitpunkt ab. Ich kann einfach das Problem nicht erkennen.«

»Ist das Schiff von den Leuten für immer weg?«, erkundigte sich Kim, die etwas unlustig in ihrem Spinat stocherte.

»Für immer«, sagte Frederic. »Die sind arm wie Kirchenmäuse.«

»Wie Kirchenmäuse?«, wunderte sich Kim.

»Das ist nur so ein Ausdruck«, erklärte Virginia. »Er soll besagen, dass diese Leute nichts mehr haben auf der Welt. Was sie aber nicht zu schlechten Menschen macht.«

»Oh, sie haben aber doch noch etwas«, sagte Frederic spitz, »und zwar eine kostenlose, unbefristete Unterkunft. Ich würde sagen, das ist gar nicht so schlecht!«

»Unbefristet! Wer sagt das denn? Lediglich solange sie hier sein müssen, um ihre Angelegenheiten zu klären, werden sie...«

»Virginia«, unterbrach Frederic, »manchmal bist du wirklich ein bisschen naiv. Hast du mit ihnen einen Termin vereinbart, wann sie hier wieder ausziehen müssen? Ihnen ein Datum genannt?«

»Natürlich nicht. Ich habe ...«

»Dann ist ihr Aufenthalt in unserem Haus unbefristet. Und was die Klärung ihrer Angelegenheiten betrifft: Da gibt es nichts zu klären. Darin besteht ja ihr Schlamassel. Was das angeht, ist es gleichgültig, ob sie die Insel heute oder morgen oder in drei Monaten verlassen.«

Sie erwiderte nichts. Er fragte sich, ob sie ihn für kaltherzig hielt.

»Im Übrigen«, fügte er hinzu, »habt ihr auch schon das Problem gelöst, wovon sie eigentlich leben wollen? Deine neuen Freunde?«

Ihrer Miene sah er an, dass diese Frage wohl bislang nicht aufgetaucht war.

»Ich meine«, sagte er, »sie haben nun ein Dach über dem Kopf, aber sie müssen ja auch irgendetwas essen oder trinken. Unsere Vorratskammer gibt nicht allzu viel her. Du solltest dich also darauf gefasst machen, dass sie dich um Geld anpumpen werden. Sie haben gar keine andere Möglichkeit.«

»Es wird uns nicht ruinieren, ihnen ein bisschen Geld zu leihen«, sagte Virginia, »ich bin sicher, sie werden alles daransetzen, uns ...« Sie sprach den Satz nicht zu Ende. Ein Klopfen an der Haustür, nicht fordernd, aber durchaus deutlich, hatte sie unterbrochen.

»Das könnten sie sein«, sagte sie, »sie müssen ja den Schlüssel abholen.«

Frederic legte seine Gabel zur Seite und lehnte sich zurück.

»Irgendwie habe ich keinen Appetit mehr«, sagte er.

Es waren tatsächlich Nathan und Livia, die vor der Tür standen. Livia sah viel besser aus als am Morgen. Sie trug Jeans und ein Sweatshirt von Virginia und hatte sich die Haare gewaschen und gekämmt. Sie wirkte noch immer verzweifelt, aber nicht mehr so völlig verloren. In der Hand hielt sie die Reisetasche, die Virginia mit Kleidungsstücken vollgepackt hatte.

»Sie sollen das alles behalten«, sagte Virginia, »nicht gleich wieder zurückgeben!«

Livia errötete tief und starrte auf den Boden.

»Es ist uns wirklich sehr unangenehm«, sagte Nathan, »aber… nun, wir wollten die Sachen nicht zurückgeben. Wir haben sie mitgebracht, weil… Ich meine, wäre es möglich, dass wir heute bereits hier einziehen? Es ist unverschämt von uns, wir zerstören Ihnen womöglich den letzten Ferientag, aber das Problem ist, dass wir Mrs. O'Brian einfach nicht bezahlen können, und eine weitere Nacht bei ihr…« Er sprach nicht weiter, deutete nur mit einem hilflosen Heben der Hände an, dass er keinen anderen Weg sah als den des demütigen Bittens bei Fremden.

Virginia empfand es beinahe als eine Schicksalsironie, mitzuerleben, wie schnell und präzise all die düsteren Prophezeiungen Frederics eintrafen. Zwar hatte er nicht ausdrücklich davon gesprochen, dass die Fremden früher als geplant einziehen würden, aber er hatte deutlich gemacht, dass er eine rasche Weiterentwicklung der Dinge fürchtete. Nun standen Nathan und Livia mit ihrem wenigen Hab und Gut vor der Tür – und wie hätte sie sie fortschicken sollen?

»Selbstverständlich können Sie heute schon einziehen«, sagte sie, »wie dumm von mir, dass ich nicht gleich daran gedacht habe…« Sie hatte natürlich daran gedacht, es Frederics wegen jedoch für besser gehalten, den Einzug der Fremden auf die Zeit nach ihrer eigenen Abreise zu legen.

Nathan schien ihre Gedanken lesen zu können. »Ist denn Ihr Mann auch damit einverstanden?«, fragte er.

»Machen Sie sich da keine Sorgen«, wich sie aus, hatte aber das Gefühl, dass der Fremde längst wusste, dass es von Seiten Mr. Quentins Schwierigkeiten gab.

Livia schien das auch zu spüren und sah aus, als werde sie jeden Moment in Tränen ausbrechen. Virginia ergriff ihren Arm und zog sie rasch ins Haus herein.

»Ich zeige Ihnen jetzt erst einmal Ihr Zimmer«, sagte sie.

Es gab ein geräumiges Gästezimmer im ersten Stock, aber es lag gleich neben Frederics und Virginias Schlafzimmer, und auch das Bad musste man sich teilen. Virginia konnte sich Frederics Gemaule nur zu gut vorstellen. Sie fühlte sich, als sei sie unversehens zwischen zwei Mühlsteine geraten.

Nur ein halber Tag und eine Nacht, dachte sie, wäre die Zeit bloß erst vorüber!

Sie merkte, dass sie Kopfschmerzen bekam, als sie hinunterging, um Frederic davon in Kenntnis zu setzen, dass die beiden Fremden soeben im Stockwerk über ihm einzogen. Erwartungsgemäß reagierte er aggressiv.

»Das kann doch nicht wahr sein! Du hast sie wirklich hereingelassen? Und sie nisten sich gerade neben unserem Schlafzimmer ein?«

»Was hätte ich denn tun sollen? Frederic, diese Menschen…«

Er war aufgestanden und ging im Zimmer auf und ab. Sie sah, dass er sich bemühte, seine Wut unter Kontrolle zu bekommen. »Diese Menschen gehen uns nichts an! Ich finde es lobenswert, dass du offenbar deinen Hang zum Samaritertum entdeckt hast, aber du siehst jetzt, wohin das führt. Die Dinge entgleiten dir ja bereits. Jedenfalls läuft es schon jetzt nicht mehr nach Plan, und ich kann dir nur vorhersagen, dass es immer schlimmer werden wird!«

»Ich finde, wir sollten nicht…«, begann Virginia, führte den Satz aber nicht zu Ende. Denn Nathan betrat, gefolgt von Livia, das Wohnzimmer.

Es war von der ersten Sekunde an klar, dass Frederic und Nathan einander nicht leiden konnten, und Virginia hatte dabei den eigenartigen Eindruck, dass dies unabhängig war von der Situation, in die beide Männer geraten waren: die den einen zum Bittsteller und den anderen zum Gönner wider Willen gemacht hatte. Sie hätten einander auch auf einer Party oder bei einem Abendessen vorgestellt werden können, und sie hätten einander auch dort nicht ausstehen können. Vermutlich hätte keiner von ihnen sagen können, weshalb das so war. Es stimmte einfach nicht zwischen ihnen, und unter normalen Umständen wäre jeder nach einem kurzen, kühlen Gruß seines Wegs gezogen. So aber mussten sie sich die Hand reichen und es irgendwie miteinander aushalten.

»Es tut mir sehr leid für Sie, Mr. Moor«, sagte Frederic höflich, »und für Sie natürlich auch, Mrs. Moor.«

»Danke«, flüsterte Livia.

»Eine Verkettung sehr unglücklicher Umstände«, sagte Nathan, »die uns tragischerweise in eine absolute Katastrophe geführt hat. Es ist ein äußerst seltsames Gefühl, plötzlich ohne den geringsten irdischen Besitz auf dieser Welt zu stehen.«

»Um Situationen wie diese zu vermeiden, wurde das Versicherungswesen erfunden«, entgegnete Frederic, immer noch in seiner höflichsten Tonlage, aber sein Ärger war nur allzu deutlich spürbar.

Virginia hielt den Atem an.

In Nathans Augen meinte sie kurz aufflackernden Hass zu entdecken, aber er hatte sich unter Kontrolle. »Da haben Sie völlig Recht«, sagte er ebenso höflich wie zuvor Frederic, »und Sie können mir glauben, dass ich es mir bis an mein Lebensende nicht verzeihen werde, an dieser Stelle gespart zu haben. Es war leichtsinnig und verantwortungslos. Ich habe ein solches Unglück nicht einkalkuliert.«

»Dass so etwas geschehen kann, übersteigt ja auch jedes normale Vorstellungsvermögen«, sagte Virginia rasch. Sie hoffte, dass Frederic nicht länger auf der Versicherungsfrage herumreiten würde. Nathan Moor konnte es in seiner Situation nicht auf einen Streit ankommen lassen, aber es war unnötig, ihn noch länger zu demütigen. Sie fand, dass er ohnehin gestraft genug war.

»Wie sehen denn Ihre nächsten Schritte aus, Mr. Moor?«, fragte Frederic. »Ich vermute, Sie werden nicht ewig hier auf Skye herumsitzen wollen?«

Der unausgesprochene Nachsatz *und sich durchschnorren wollen* stand mit schmerzhafter Deutlichkeit im Raum.

»Wir haben noch nicht allzu viel klären können«, antwortete Nathan, »aber das Wichtigste wäre, die Identität des Frachters, der uns überrollte, herauszufinden. Nur dann haben wir eine vage Hoffnung auf Schadensersatz.«

»Den Frachter zu finden dürfte sich als höchst schwierig erweisen«, meinte Frederic. »Wenn Sie meine Meinung hören wollen…« Er zögerte.

»Natürlich würde mich Ihre Meinung interessieren«, sagte Nathan in eisiger Höflichkeit.

»Dann rate ich Ihnen, Ihre Zeit nicht hier auf der Insel zu verschwenden. Es bringt Sie nicht weiter. Es löst keines Ihrer Probleme. Sie sollten so rasch wie möglich nach Deutschland zurückkehren und zusehen, wieder in Ihrem alten Leben Fuß zu fassen. Es muss schließlich noch irgendwelche Verbindungen geben. Zu Ihrem früheren Beruf, beispielsweise. Als was haben Sie gearbeitet?«

Er verhört ihn regelrecht, dachte Virginia mit steigendem Unbehagen.

Sie spürte, dass auch Livia den Atem anhielt.

»Ich bin Schriftsteller«, sagte Nathan.

Frederic wirkte überrascht. »Schriftsteller?«

»Ja. Schriftsteller.«

»Und was haben Sie veröffentlicht?«

So kannst du nicht mit ihm sprechen, dachte Virginia.

»Mr. Quentin«, sagte Nathan, »Ihre Frau war so liebenswürdig, uns eine Unterkunft in diesem Haus anzubieten. Ich kann mich inzwischen allerdings nicht mehr des Eindrucks erwehren, dass dies offenbar ganz und gar nicht in Ihrem Sinn ist. Warum sagen Sie dann nicht einfach, dass wir gehen sollen? Es gibt kaum etwas, das wir packen müssten. In drei Minuten wären wir verschwunden.«

Virginia wusste, dass es Frederic mit jeder Faser danach verlangte, die Fremden wieder loszuwerden, aber dass ihn sein gutes Benehmen daran hindern würde, seine Frau derart bloßzustellen.

»Wenn meine Frau Ihnen eine Unterkunft in diesem Haus angeboten hat«, sagte er, »dann steht Ihnen diese Unterkunft selbstverständlich zu. Bitte betrachten Sie sich als unsere Gäste.«

»Das ist sehr freundlich von Ihnen«, erwiderte Nathan.

Wenn Blicke töten könnten, dachte Virginia, wäre keiner von beiden jetzt noch am Leben. Da sie Skye so sehr liebte, hatte sie noch nie zuvor die Abreise von dort herbeigesehnt, sie, im Gegenteil, stets gefürchtet.

Jetzt hoffte sie von ganzem Herzen, die nächsten zwanzig Stunden wären bereits vorüber und sie befänden sich schon auf der Brücke, die nach Lochalsh auf dem Festland führte.

Dienstag, 22. August

Liz Albys Leben war seit dem Verschwinden ihrer Tochter zum Spießrutenlauf geworden. Jeder in der Nachbarschaft wusste Bescheid, nachdem Sarahs Foto in der Zeitung gewesen war und die Polizei in einem langen Pressebericht um die Mithilfe der Bevölkerung gebeten hatte. Man hatte die Umstände des Verschwindens der Kleinen einigermaßen taktvoll mit *einer kurzen Abwesenheit der Mutter* beschrieben, aber Liz spürte genau, mit wieviel Verachtung über sie getuschelt wurde. *Eine kurze Abwesenheit der Mutter* an einem überfüllten Strand war gegenüber einem vierjährigen Kind nicht verzeihbar. Zumal man in Liz' näherer Umgebung nur zu gut wusste, dass sie ohnehin nicht die fürsorgliche, liebevolle Mutter war, die man dem kleinen Mädchen gewünscht hätte. Die Kleine verbrachte fast den ganzen Tag im Kindergarten, während Liz ihrer Tätigkeit als Verkäuferin in einer Drogerie nachging, aber selbst wenn sie dann am späten Nachmittag mit der Kleinen an der Hand nach Hause zurückkehrte, wirkte sie mürrisch und überdrüssig, so als seien schon bloße zwanzig Minuten mit Sarah eine Zumutung für sie. Oft hatte Liz Bemerkungen aufgeschnappt in der Art: »Wie ungeduldig sie mit dem armen Ding umgeht!« oder »Sie gehört wirklich zu den Frauen, die keine Kinder haben sollten!« Das hatte sie nicht wirklich gekümmert, sie war viel zu sehr mit den Gedanken um ihre missliche Situation beschäftigt gewesen, als dass es sie noch interessiert hätte, was andere davon hielten. Zudem war sie an hochgezogene Augenbrauen und höhnisches Wispern gewöhnt. Schon vor Sarahs Geburt war sie eine häufige Zielscheibe für Tratsch gewesen, wegen der kurzen Röcke, die sie trug, und wegen der auffälligen Art, sich zu schminken.

Jetzt aber, seit dem schrecklichen Tag am Strand, konnte sie plötzlich die Blicke, die ihr folgten, wie glühende Pfeile im Rücken spüren, und die Feindseligkeit der Menschen traf sie mit unerwartet heftigem Schmerz. Mehr als früher senkte man jetzt die Stimme, wenn sie in die Nähe kam, und dennoch schienen die wenigen Satzfetzen, die sie auffing, überlaut in ihren Ohren zu dröhnen.

Das musste irgendwann so kommen... Übernahm nie Verantwortung für die arme Kleine... Schlechteste Mutter, die man sich denken kann... Wäre wirklich besser gewesen, das Kind wäre gar nicht zur Welt gekommen...

Wie gemein sie doch sind, dachte Liz dann, wie bösartig und gemein! Auch ihnen hätte das passieren können!

Eine innere Stimme sagte ihr jedoch, dass dies eben nicht jedem passierte. Auch anderer Leute Kinder verschwanden, wurden auf dem Schulweg gekidnappt oder gerieten beim Spielen an irgendwelche gestörten Typen, die um die Spielplätze herumlungerten. Aber zumeist waren das schreckliche Zufälle, furchtbare Schicksalsschläge, aus denen man den Eltern keine Vorwürfe machen konnte, es sei denn, man setzte voraus, dass Kinder rund um die Uhr bewacht werden müssten und nie einen unbeaufsichtigten Schritt tun dürften, was andererseits ein Hineinwachsen in die Selbstständigkeit verhindert hätte. Ein vierjähriges Mädchen jedoch... ein Strand am Meer... eine Mutter, die vierzig Minuten lang nicht bei dem Kind war...

Vierzig Minuten.

In den endlosen Gesprächen mit der Polizei hatte Liz immer versucht, sich um diese vierzig Minuten herumzumogeln, aber es ließ sich nicht leugnen, dass der Weg von ihrem Liegeplatz bis zur Imbissbude recht weit war – weiter, als Liz ihn damals zunächst eingeschätzt hatte. Zudem erinnerte sich der Verkäufer, dass die junge Frau, die ihm wegen ihrer Attraktivität aufgefallen war, ziemlich lange auf ihre Baguettes hatte warten müssen, da sich gerade eine größere Sportlergruppe mit Proviant versorgt hatte.

»Die junge Frau war sehr guter Laune«, erinnerte sich der Budeninhaber, »flirtete ganz schön heftig mit den jungen Männern. Ich meine, im Nachhinein wundert mich das schon. Wenn man bedenkt, dass sie ihr Kind allein zurückgelassen hatte… Also, da wäre man doch normalerweise etwas nervöser, oder?«

Irgendwie hatte sich jedenfalls das Bild der leichtfertigen, pflichtvergessenen Mutter schließlich auch bei den Polizisten verfestigt.

»Haben Sie Ihre Tochter denn oft allein gelassen?«, hatte einer der ermittelnden Beamten mit unüberhörbarer Verurteilung in der Stimme gefragt.

Liz hatte mit den Tränen gekämpft. Es war so ungerecht! Natürlich, Sarah war ihr alles andere als willkommen gewesen, und sicher war sie oft ruppig und ungeduldig mit der Kleinen umgegangen. Aber sie hatte sich um sie gekümmert. Sie hatte sie nie vorher unbeaufsichtigt irgendwo abgestellt, und gerade das wurde jetzt von allen offenbar angezweifelt.

Einmal! Ein einziges Mal! Und ausgerechnet da musste sie spurlos verschwinden!

Die Küstenwache hatte die Umgebung abgesucht und nichts gefunden. Es hatte Befragungen unter den Urlaubern am Strand gegeben, aber niemand hatte ein kleines Kind allein am Wasser gesehen. Überhaupt war Sarah offenbar niemandem aufgefallen. Spürhunde durchkämmten tagelang das Gebiet um den Strand, ohne auf eine Spur zu stoßen. Als hätte der Erdboden Sarah verschluckt, einfach so, ohne großes Aufsehen. Als wäre plötzlich das eingetreten, was sich Liz immer insgeheim – und manchmal auch deutlich ausgesprochen – gewünscht hatte: Es gab Sarah nicht mehr.

»Das musste ja irgendwann so kommen«, war Betsy Albys Kommentar zu der Situation gewesen. »Dass du zu blöd bist, ein Kind aufzuziehen, war mir gleich klar. Und jetzt? Jetzt ist der Katzenjammer groß, wie?«

Liz war nicht dumm, sie begriff durchaus, dass auch sie einen Platz unter den Verdächtigen bei der Polizei einnahm. Niemand sagte das direkt, aber aus der Art mancher Fragen wurde es ihr deutlich. Die wußten längst, wie sie mit ihrem Schicksal, ungewollt Mutter geworden zu sein, gehadert hatte. Und natürlich geriet auch Mike Rapling, der Kindsvater, ins Visier der Polizei.

»Es gibt Väter, die entführen ihre Kinder, weil sie darunter leiden, zu wenig Umgang mit ihnen zu haben«, hatte eine Beamtin gesagt, mit der Liz am zweiten Tag nach Sarahs Verschwinden gesprochen hatte. Da jedoch hatte Liz zum ersten Mal seit dem Unglück – in Gedanken nannte sie es einfach *das Unglück*, weil das besser klang als *mein Versagen* – gelacht, wenn es auch kein freudiges Lachen gewesen war.

»Also, das können Sie bei Mike vergessen! Der hat Sarah vielleicht viermal in ihrem Leben gesehen, und das auch nur, weil ich ihm mit ihr die Bude eingerannt habe. Der hätte sie jedes Wochenende haben können, ich habe ihn angefleht darum. Der hatte aber absolut keinen Bock auf sein Kind. Dem hätte ich Geld anbieten können, und er hätte sich nicht um Sarah gekümmert!«

Mike wurde dennoch überprüft, hatte jedoch für die fraglichen Stunden ein unbestreitbares Alibi: Er hatte auf einer Polizeiwache gesessen, weil er mit einem enorm hohen Promillewert im Blut aus dem Straßenverkehr gezogen worden war. Das Gespräch mit ihm bestätigte zudem das Bild, das Liz von ihm gezeichnet hatte. Mike Rapling hatte seine Energien ausschließlich darauf gerichtet zu vermeiden, die kleine Sarah »aufs Auge gedrückt« zu bekommen, wie er es nannte. Eine Entführung des Kindes wäre ihm nicht in den Sinn gekommen.

»Liz hätte mir die Kleine mit dem größten Vergnügen für immer überlassen«, hatte er erklärt, »aber ich bin doch nicht blöd, Mann! Ich hab Sarah nicht mal für eine Stunde übernommen, solche Angst hatte ich, dass Liz sie dann nicht mehr abholt!«

Mit jedem Gespräch, das Liz mit den Polizeibeamten führte, konnte sie spüren, wie die Abneigung der Ermittler gegen sie stieg. Das Bild, das von der kleinen Sarah entstand, war nur allzu deutlich und grausam: Es war das eines Kindes, das von niemandem gewollt wurde, das von der ersten Minute seines Lebens an von jedem Menschen in seiner Umgebung abgelehnt worden war. Von seiner Mutter, seinem Vater, seiner Großmutter. Ein Kind, das jedem im Weg gewesen war, für dessen Wohlergehen sich niemand wirklich verantwortlich fühlte.

Die haben ja alle keine Ahnung, dachte Liz.

Es waren zwei Wochen seit Sarahs Verschwinden vergangen, und Liz hatte in der Zeit fünf Kilo an Gewicht verloren und kaum eine Nacht geschlafen. Sie quälte sich mit Selbstvorwürfen und fragte sich, wo ihr Kind sich aufhalten mochte und ob es vielleicht voller Angst und Verzweiflung nach ihr suchte. Wie oft hatte sie Sarah zum Teufel gewünscht, und nun war sie wirklich verschwunden! War das die Strafe für ihre bösen Gedanken, für die vielen Male, da sie Sarah ungerechtfertigt angeschrien und beschimpft hatte?

Wenn sie wiederkommt, schwor sie sich, werde ich alles anders machen. Ich werde nett zu ihr sein. Ich werde ihr hübsche Kleider kaufen. Ich werde mit ihr nach Hunstanton fahren, und sie darf ganz viele Runden auf dem Karussell drehen. Ich werde sie nie mehr unbeaufsichtigt lassen!

Am vierten Tag nach Sarahs Verschwinden hatte sie Mike angerufen, weil sie glaubte, verrückt zu werden, wenn sie nicht endlich von irgendeinem Menschen etwas Tröstliches zu der ganzen Situation hörte. Von ihrer Mutter war dergleichen nicht zu erwarten: Die zeterte nur herum und erklärte, das alles habe ja kein gutes Ende nehmen können, wobei unklar blieb, was sie mit *das alles* meinte.

Zu Liz' Erstaunen war Mike sofort am Apparat gewesen.
»Ja?«

»Ich bin es, Liz. Ich wollte nur... es geht mir gar nicht gut, weißt du.«

»Was Neues von Sarah?«, fragte Mike und gähnte unverhohlen. Es war halb zwölf am Vormittag, dennoch kam er offenbar gerade erst aus dem Bett.

»Nein. Nichts. Es gibt keine Spur. Und ich... Mike, ich kann überhaupt nicht mehr schlafen und nicht mehr essen. Mir geht's echt beschissen. Meinst du nicht, wir könnten uns mal sehen?«

»Was soll das bringen?«, fragte Mike.

»Ich weiß nicht, aber... oh, Mike, bitte, hast du nicht ein bisschen Zeit? Bitte?«

Er hatte sich schließlich überreden lassen, mit ihr nach Hunstanton hinauszufahren und dort spazieren zu gehen, wobei er gleich darauf hinwies, dass er wegen seiner Alkoholeskapaden am Tag von Sarahs Verschwinden nicht mehr über seinen Führerschein verfügte und sie daher nicht mit dem Auto fahren konnten. Also nahmen sie den Bus, dieselbe Linie, mit der Liz wenige Tage zuvor in Begleitung ihrer kleinen Tochter ans Meer gefahren war. Sie hatte Mike lange nicht gesehen, und es berührte sie eigenartig, die große Ähnlichkeit zwischen ihm und Sarah zu erkennen. Früher hatte sie gar nicht so darauf geachtet, aber nun wurde ihr bewusst, dass Sarah ihrem Vater wie aus dem Gesicht geschnitten war. Zwar hatte sie die dunklen Haare und Augen ihrer Mutter, aber Nase, Mund, Lächeln – all das fand sich bei Mike wieder. Seine Verwahrlosung schritt jedoch deutlich voran. Er war nicht mehr der hübsche Junge, in den sie sich verliebt und mit dem sie in einem leichtsinnigen Moment ein Kind gezeugt hatte. Seine Haare waren zu lang und sehr ungepflegt, er hatte sich offenbar seit Tagen nicht rasiert, und die Verdickungen unter seinen Augen wiesen darauf hin, dass der Alkohol ihm längst zum ständigen Lebensbegleiter geworden war.

Er hätte nie für Sarah und mich sorgen können, hatte sie gedacht.

Es war ein kühler, windiger Tag gewesen, und es hielten sich nur wenige Menschen am Strand auf. Liz musste mit den Tränen kämpfen, als sie aus dem Bus stiegen und vor ihnen das Karussell auftauchte – Sarahs letzter, heißer Wunsch.

»Hätte ich ihr nur ein paar Runden spendiert! Dann hätte ich jetzt wenigstens das Gefühl, dass sie noch etwas Schönes erlebt hat, bevor sie…«

»Bevor sie *was*?«, fragte Mike.

»Bevor sie davongelaufen ist«, antwortete Liz leise. Es war das Einzige, was sie denken und aussprechen konnte: dass Sarah davongelaufen war. Davongelaufen hieß, dass es sich um einen unbedachten Kinderstreich handelte. Sarah war losgetrabt, vielleicht auf der Suche nach ihrer Mum, vielleicht hatte sie auch zu dem Karussell gewollt. Dann hatte sie die Richtung verloren, den Rückweg nicht gefunden, sich gründlich verirrt. Das war schlimm, das war furchtbar, aber irgendwann würde irgendjemandem das umherirrende Kind auffallen, dann würde man die Polizei verständigen, und dann würde Sarah nach Hause gebracht werden, und das Drama wäre vorüber. Davongelaufen hieß: Sie war nicht ertrunken. Sie war nicht entführt worden.

Davongelaufen hieß Hoffnung.

»Also, drei oder vier Runden auf dem Karussell würden jetzt auch nichts ändern«, meinte Mike pragmatisch. Er fischte eine Zigarette aus seiner Jackentasche, schaffte es aber erst nach vielen missglückten Versuchen, sie anzuzünden. Der Wind war zu stark.

Er fluchte. »Scheißidee, ans Meer zu fahren! Es ist immer so blödsinnig kalt in England! Ich überlege, ob ich mich nach Spanien abseile.«

»Und wovon willst du da leben?«

»Irgendeinen Job findet man immer. In Spanien braucht

man nicht viele Klamotten, da ist es immer warm. Und zur Not kann man auch mal draußen schlafen. Du, mir ist echt kalt. Entweder wir fahren gleich zurück, oder wir laufen ein Stück.«

Liz wollte laufen. Sie dachte an die vielen verhängnisvollen Fügungen des Lebens. Hätte sie während Sarahs Ferien keinen Urlaub bekommen… Wäre es nicht ein so heißer Tag gewesen… Wäre Sarah nicht eingeschlafen…

Hätte, wäre, wäre.

»Wenn wir eine richtige Familie gewesen wären«, sagte sie, »von Anfang an… dann wäre Sarah noch da!«

»He, Moment mal!«, sagte Mike. Er zog heftig an seiner Zigarette. »Du meinst allen Ernstes, es hätte etwas geändert, wenn wir geheiratet und den ganzen spießbürgerlichen Scheiß von Vater, Mutter, Kind gelebt hätten?«

»Ja.«

»Das ist doch ein riesengroßer Blödsinn! Das sind deine typischen unrealistischen Träumereien! Du hättest ganz genauso mit Sarah am Strand liegen können, ich wäre nicht dabei gewesen, weil ich gearbeitet hätte…«

Was nun wirklich ein unrealistischer Gedanke ist, dachte Liz.

»…und du hättest sie allein gelassen, und… Scheiße! Riesengroße Scheiße zum Schluss, so oder so!«

Liz blieb stehen. »Hier war es. Schau mal, da ist sogar noch ihre Burg.«

»Wie willst du denn wissen, dass das ihre Burg ist?«

»Ich habe sie schließlich mit ihr gebaut. Und diese Höhle in der Wand, die hat Sarah gegraben. Da hatte sie ihre Sandalen reingelegt. Sie meinte, das wäre ein Geheimfach.« Ihre Stimme zitterte, die Tränen würgten sie. »In der letzten Zeit, weißt du… da hatte sie es immer mit Geheimfächern.«

Mike starrte auf die Sandburg, die der Wind mehr und mehr abtrug. Einen Tag noch, und sie würde kaum mehr zu sehen sein. Er warf seine Zigarette in den Sand. »Verdammt«, sagte er leise.

Dann sprachen sie beide nicht mehr, sondern betrachteten stumm den Ort, von dem ihr Kind verschwunden war, und später einmal wurde es Liz bewusst, dass diese Momente an einem windigen Augusttag in Hunstanton neben jener Nacht ihrer sexuellen Verschmelzung die einzigen Augenblicke wirklicher Nähe zwischen ihr und Mike darstellten. Und immer ging es dabei um Sarah. Beim ersten Mal hatten sie sie gezeugt. Beim zweiten Mal nahmen sie Abschied von ihr.

Heute, zwei Wochen nach Sarahs Verschwinden, fuhr Liz noch einmal allein nach Hunstanton hinaus. Sie lief den ganzen Strand ab in der Hoffnung, wenigstens noch Überreste von der Burg zu finden, die Sarah gebaut hatte. Sie wusste gar nicht, weshalb ihr das plötzlich so wichtig erschien. Die Burg war das letzte Lebenszeichen von Sarah gewesen. Sie war etwas, woran man sich festhalten konnte.

Aber der Wind hatte den kleinen Sandhügel abgetragen. Liz hätte nicht einmal mehr zu sagen gewusst, an welcher Stelle sie und Sarah gelegen hatten. Sie stand da, starrte über den Strand, schauderte im Wind und betrachtete fast teilnahmslos das Meer, das an diesem Tag so grau und düster war wie der Himmel darüber.

Als sie nach Hause kam, sah sie bereits von weitem, dass ein Polizeiauto gleich vor der Haustür ihres Wohnblocks parkte. Sie rannte die letzten Meter, von Hoffnung ergriffen. Vielleicht hatten sie sie gebracht. Vielleicht saß sie schon oben in der Wohnung und schob sich gerade ein paar Schokoladenkekse in den Mund oder knuddelte ihre Barbiepuppe.

Sie jagte die Treppen hinauf, immer zwei Stufen auf einmal nehmend. Sie registrierte, dass Türen spaltbreit geöffnet wurden, dass man hinter ihr herschaute. Das Polizeiauto hatten die anderen Hausbewohner auch bemerkt. Man brannte auf Neuigkeiten.

Sie brauchte zwei Anläufe, ehe sie den Schlüssel ins Türschloss gesteckt hatte, so sehr zitterten ihre Finger. Sie hörte die

Stimme ihrer Mutter – vor der Geräuschkulisse des Fernsehapparats natürlich: »Ich glaube, da kommt sie jetzt.«

Es waren zwei Polizeibeamte, die aus dem Wohnzimmer zu ihr in den winzigen Flur traten; es kam fast zu einem Gedränge, und ihr wurde auf einmal ganz eng um den Hals. Irgendetwas schnürte ihr die Kehle zu, vielleicht lag es daran, dass es sich bei den beiden Beamten um äußerst hoch gewachsene Männer handelte, die sich wie Berge vor ihr auftürmten. Doch das war es nicht allein: Ihre Mienen gefielen ihr nicht. Dieser Ausdruck... sie hätte es nicht zu erklären vermocht, aber er machte ihr Angst. Ja, das war es, weshalb sie auf einmal meinte, nicht mehr atmen zu können: Sie hatte plötzlich schreckliche Angst.

»Miss Alby«, sagte einer der Männer und räusperte sich dann.

Sie sah sich um. »Wo ist sie? Wo ist Sarah?«

Der andere Beamte ergriff nun das Wort. »Miss Alby, wir wollten Sie bitten, uns zu begleiten...«

Sie starrte ihn an. Zwischen den beiden Männern hindurch konnte sie durch einen Spalt in das Wohnzimmer mit dem dröhnenden Fernseher hineinsehen. Ihre Mutter saß in dem Sessel, in dem sie immer saß, die unvermeidlichen Kartoffelchips neben sich. Allerdings blickte Betsy Alby diesmal nicht auf den Bildschirm, was ungewöhnlich war, denn normalerweise ließ sie sich keine Sekunde der jeweiligen Sendungen entgehen. Sie sah zu ihrer Tochter hin. Auch in ihrem Gesicht war etwas, das Liz Angst einflößte.

»Begleiten?«, fragte sie schwerfällig. »Wohin begleiten?«

Sie hatte die Wohnungstür noch nicht hinter sich zugezogen. Einer der Männer griff an ihr vorbei und schloss die Tür.

»Miss Alby, ich möchte Sie ausdrücklich darauf hinweisen, dass es sich nicht um Ihre Tochter handeln muss«, sagte er. »Aber heute Vormittag wurde die Leiche eines Kindes entdeckt. Der Beschreibung nach könnte es Sarah sein, aber natürlich wissen wir das nicht genau. Es sind zwei Wochen vergangen, und das Aussehen der Toten hat sehr gelitten, daher wollen wir es Ihnen ersparen, sie zu identifizieren. Aber wir würden Ihnen gern die Kleidungsstücke zeigen.«

Zu dem Gefühl, ersticken zu müssen, gesellte sich nun auch noch heftiger Schwindel. Die Leiche eines Kindes... es konnte nicht Sarah sein. Auf keinen Fall.

»Wie...« Ihre Stimme klang, als komme sie von weit her. »Wie... ich meine, wie ist denn dieses Kind gestorben? Ist es... ertrunken?«

An einem Strand voller Menschen kann kein Kind ertrinken. Schon deshalb kann es keinesfalls Sarah sein!

»Wir wissen noch nichts Genaues. Es scheint sich jedoch um ein Gewaltverbrechen zu handeln.« Die Blicke beider Männer waren jetzt voller Besorgnis. »Miss Alby, möchten Sie ein Glas Wasser?«

Sie wusste, dass sie weiß wie Papier geworden sein musste, sie konnte es fühlen.

»Nein«, krächzte sie.

»Möchten Sie vielleicht, dass der Vater Ihrer Tochter Sie begleitet? Wir könnten bei ihm vorbeifahren.«

»Mein... Sarahs Vater schläft um diese Zeit noch. Ich... nein, er muss nicht dabei sein.«

Den Vorschlag, Betsy Alby könnte mitkommen, machten die Beamten gar nicht erst. Auch wer sie nicht näher kannte, begriff instinktiv, dass sie sich für nichts in der Welt aus ihrem Fernsehsessel erheben würde.

»Glauben Sie, dass Sie es schaffen?«

Sie nickte. Es war sowieso nicht Sarah. Es ging nur darum, sich in dieser Frage Gewissheit zu verschaffen.

Die armen Eltern von dem Kind, dachte sie und hatte noch immer den Eindruck, dass der Boden unter ihren Füßen schwankte, wie schrecklich für sie! Ein Gewaltverbrechen!

»Wir können gehen«, sagte sie.

Donnerstag, 24. August

Ferndale House war seit Generationen im Besitz der Familie Quentin, aber es war mehr als hundert Jahre her, dass Menschen dort wirklich gewohnt, ihren Lebensmittelpunkt in dem geräumigen Haus in East Anglia gehabt hatten. Später war es nur noch als Ferienhaus genutzt worden. Das lag vor allem natürlich daran, dass sich die *Harold Quentin & Co.*, die Bank von der die Quentins lebten, in London befand und es daher niemandem eingefallen wäre, sich viele Autostunden von der englischen Hauptstadt entfernt niederzulassen.

Zum anderen war Ferndale House auch nicht gerade einladend. Wer immer das schwere, dunkle, steinerne Gebäude einst entworfen und gebaut hatte, er musste entweder selbst schwermütig gewesen sein oder vorgehabt haben, andere in die Schwermut zu treiben. Dunkelbraun gebeizte Holzdecken drückten auf alle Räume und fanden ihr Pendant in den Fußböden aus schwarzem Marmor. Die Fenster waren so klein, dass sie kaum Tageslicht einließen, und zudem waren die Bäume, die irgendein wenig vorausschauender Gärtner dicht an die Hausmauern gepflanzt hatte, inzwischen zu meterhohen Ungetümen mit weit ausladenden Kronen geworden, die zuverlässig jeden Sonnenstrahl abfingen, der sich in eines der Zimmer hätte verirren können.

Zu Frederic Quentins Erstaunen schien sich Virginia an dem Lichtmangel in ihrem selbst gewählten Zuhause nicht zu stören. Als sie zwei Jahre zuvor immer drängender dafür plädiert hatte, von London dorthin zu ziehen, hatte er vorgeschlagen, doch wenigstens die Bäume, die direkt am Haus standen, fällen zu lassen, um nicht in dem Gefühl leben zu müssen, nach und nach von dem Wald überwuchert und verschlungen zu werden.

»Nein«, hatte Virginia gesagt, »es gefällt mir, wie es ist.«

Es gab kein Personal im Haus. Seit fast fünfzehn Jahren wurde das Anwesen von einem Verwalterehepaar versorgt, das in einem kleinen Häuschen gleich an der Grundstückseinfahrt lebte, zehn Minuten zu Fuß vom Haupthaus entfernt. Grace und Jack Walker waren beide schon fast sechzig Jahre alt, sehr zurückhaltende, bescheidene und fleißige Leute. Jack unternahm noch gelegentlich Fahrten für *Trickle & Son*, ein Transportunternehmen, bei dem er früher fest angestellt gewesen war. Ansonsten kümmerte er sich darum, dass regelmäßig die Gärtner bestellt wurden, um den Park in Ordnung zu halten, und dass Schäden am Haus oder an der hohen Grundstücksmauer rasch repariert wurden. Vieles davon erledigte er selbst, andernfalls wusste er, wen man zu Hilfe holen musste. Grace putzte im Haupthaus, zumindest in dem Teil, der von der Familie Quentin bewohnt wurde. Ein ganzer Flügel stand leer, weil Virginia fand, es ergebe keinen Sinn, jeden Tag in fünf Salons spazieren zu gehen und abends zu grübeln, in welchem von vier Esszimmern man sein Dinner einnehmen wollte. Also hatte sie den größeren Teil des Hauses abgeriegelt, und nur einmal im Monat zog Grace dort mit einer Putzkolonne durch, ließ Staub wischen, lüftete und sah nach, ob an irgendeiner Stelle das handwerkliche Geschick ihres Mannes vonnöten war. Die Quentins bewohnten den Westteil: mit einer schönen, großen Küche, in der Virginia selbst kochte, einem Wohnzimmer, einer Bibliothek, die bei gesellschaftlichen Anlässen als Esszimmer diente, und vier Schlafzimmern. Von der Küche aus konnte man direkt nach draußen in den Park gelangen. Dort, auf einem der wenigen sonnigen Flecken, stand Kims Schaukel, und an der Wäscheleine daneben trocknete Virginia die Wäsche. Es war eine überschaubare kleine, dämmrige Welt.

Jeder Tag glich dem vorangegangenen. Wenn es irgendwo Gefahren gab, so spielten sie sich anderswo ab, weit weg, jenseits der Mauern, die den Park umschlossen. Jenseits der kleinen Abenteuer, die Kim in der Schule erlebte, und der Sorgen, die Grace manchmal mit Virginia besprach und bei denen es sich im Wesentlichen um die zu hohen Cholesterinwerte ihres Mannes handelte und um die Aspekte, unter denen Grace Walker die allgemeine Weltpolitik beleuchtete.

Es war nichts, was Anlass zur Beunruhigung gegeben hätte.

Es war das Leben, das Virginia Quentin für sich gewählt hatte.

Am Morgen des 24. August machte sich Frederic für eine Reise nach London fertig. Es war ein Donnerstag, was als Aufbruchstermin ungewöhnlich war, aber er hatte an zwei wichtigen Einladungen am Wochenende und am darauffolgenden Montag, auf den in diesem Jahr der *Summer Bank Holiday,* ein Feiertag, fiel, teilzunehmen.

Virginia fühlte sich ausgeruht und gut gelaunt. Sie freute sich auf den September, der nun bald beginnen würde und sein Nahen bereits unübersehbar ankündigte. Sie mochte die Zeit, wenn der Sommer langsam Abschied nahm und man schon wieder an Herbstfeuer, an lange Spaziergänge über neblige Felder, an rote Beeren und bunte Blätter dachte, und an lange Abende am brennenden Kamin, wenn draußen der Sturm um das Haus heulte.

Der Herbst war ihre liebste Jahreszeit.

Kim schlief noch. Virginia war bereits ihre übliche Strecke gelaufen und hatte sich besonders beeilt, um anschließend mit Frederic zum Abschied in Ruhe frühstücken zu können. Sie hatte ihm einen großen Teller gebratenen Speck und Eier hingestellt, dazu eine Tasse mit starkem Kaffee. Es war ein Frühstück, wie er es mochte, und es machte ihr Freude, etwas zu tun, was ihn glücklich stimmte. Sie aßen in der Küche. Vor dem

Fenster lag irgendwo jenseits der hohen Bäume goldfarbener Morgensonnenschein, aber draußen hatte Virginia fröstelnd festgestellt, wie kühl es am Morgen bereits war.

Der Herbst hat schon begonnen, dachte sie.

In der Küche war es warm. Frederic las die Zeitung, Virginia rührte in ihrer Kaffeetasse. Wie nahezu immer herrschte eine friedliche, freundliche Stimmung zwischen ihnen. Es kam kaum je vor, dass sie stritten. Seit sie einander kannten, war ihre heftigste Auseinandersetzung im Grunde die vom vergangenen Wochenende gewesen, als Virginia die Schiffbrüchigen ins Haus geholt hatte. Und selbst das, dachte Virginia nun, kann man fast nicht als Streit bezeichnen.

Sie überlegte gerade, ob man mit Frederic überhaupt streiten konnte – ob es *jemanden* gab, der das konnte –, da unterbrach er die Stille.

»Schrecklich«, sagte er, »hier steht, dass ein kleines Mädchen aus King's Lynn umgebracht worden ist.«

Virginia schrak aus ihren Gedanken auf.

»Ein kleines Mädchen? Von wem? Von ihren Eltern?«

»Nein, von einem Unbekannten. Sie wurde offenbar am Strand von Hunstanton entführt, als ihre Mutter nicht aufpasste.«

»Wann ist das passiert?«

»Als wir noch auf Skye waren. Die Kleine war vier Jahre alt.«

»Wie furchtbar! Sagt dir der Name der Leute etwas?«

Frederic schüttelte den Kopf. »Sarah Alby hieß das Kind.«

Virginia überlegte. »Nein. Den Namen Alby kenne ich nicht.«

»Sie ist vor über zwei Wochen in Hunstanton verschwunden. Jetzt, am Dienstag, haben sie sie in der Nähe von Castle Rising gefunden. Sexuell missbraucht und ermordet.«

Das war unfassbar. Sie starrte ihren Mann an. »Sexuell missbraucht? Ein vierjähriges Kind?«

»Wer so veranlagt ist, vergeht sich sogar an Babys«, sagte Frederic. »Scheußliche Typen.«

»Weiß man, wer es war?«

»Nein. Laut Zeitungsbericht gibt es nicht einmal eine brauchbare Spur.«

»Ich werde Kim sagen, dass sie nur noch in Sichtweite des Hauses spielen darf«, sagte Virginia. »Jedenfalls so lange, bis sie den Kerl geschnappt haben.«

»Mach dir nicht zu viele Sorgen. Ich glaube nicht, dass so jemand in ein fremdes Grundstück eindringt. Der hat sich die Kleine an einem überaus belebten Badestrand geschnappt. Offensichtlich streift er nicht durch die Wälder, sondern hält inmitten von Menschenmengen Ausschau nach Opfern.«

Virginia fröstelte. »*Er hält Ausschau nach Opfern ...* Das klingt, als glaubtest du, er tut es wieder?«

Er legte die Zeitung zur Seite. »Glaubst du das nicht? Wenn du sagst, du wirst nun verstärkt auf Kim aufpassen?«

Er hatte Recht. Sie glaubte es auch. Weil es sich offenbar um einen Triebtäter handelte. Und weil man von Triebtätern wusste, dass ihre Perversion immer neue Nahrung brauchte.

»Ich hoffe, sie kriegen ihn bald«, sagte sie inbrünstig, »und sperren ihn dann lebenslang weg.«

»Heutzutage wird leider kaum noch jemand lebenslang weggesperrt«, meinte Frederic, »irgendeinen verständnisvollen Psychologen, der ihm nach ein paar Jahren vollständige Heilung bescheinigt, findet so einer immer.«

Er wollte aufstehen, überlegte es sich jedoch anders. »Es gibt da noch etwas ...«, sagte er.

Virginia, in Gedanken noch ganz bei dem furchtbaren Verbrechen, schreckte hoch. »Ja?«

»Ich ...«, es bereitete ihm Schwierigkeiten, sein Anliegen zu formulieren, »du weißt, dass ich einen Sitz im Unterhaus anstrebe und dass ich gute Chancen habe. Es macht jedoch keinen besonders positiven Eindruck, dass ich immer und überall allein auftrete. Man weiß, dass ich verheiratet bin, und man fragt sich, weshalb man meine Frau nie zu Gesicht bekommt.«

»Aber...«

»Das führt rasch zu Spekulationen über den Zustand unserer Ehe. Man glaubt, dass vielleicht irgendetwas zwischen uns nicht in Ordnung ist.«

»Wir haben ein siebenjähriges Kind!«

»Aber wir sind nicht gerade unvermögend. Jedem ist klar, dass wir uns eine Nanny, ein Au-pair-Mädchen oder zumindest an einigen Abenden der Woche einen Babysitter leisten könnten. Verstehst du, man würde es für eine Ausrede halten, wenn ich sage, du musst wegen des Kindes daheim bleiben.« Er überlegte kurz und fügte dann hinzu: »Man hält es bereits für eine Ausrede.«

»Ach ja? Das weißt du?«

»Es wurde mir zugetragen, ja.«

Sie sah ihn nicht an. »Man hat dir von Seiten deiner Partei angedeutet, dass man deine Chancen schwinden sieht, wenn über dich das Gerücht entsteht, deine Ehe sei nicht in Ordnung?«

»Das ist bei den Konservativen nun einmal so.« Er stand nun doch auf, er hatte sich erregt, was er unbedingt hatte vermeiden wollen. »Verstehst du, ein Sitz im Unterhaus... das ist nicht irgendetwas. Man bekommt den nicht gerade nachgeworfen.«

»Eine intakte Traumfamilie zu haben ist also die Voraussetzung? Das wusste ich noch gar nicht.«

Er empfand ihren Spott als völlig unangebracht und verstand auch nicht die plötzliche Aggression, die von ihr ausging. »Virginia, wo liegt das Problem? Schließlich sind wir nun einmal eine intakte Familie. Wir beide führen eine harmonische Ehe. Du bist eine attraktive, intelligente Frau. Warum darf ich dich nicht vorzeigen?«

Sie stand ebenfalls auf. Sie hatte plötzlich keine Lust mehr auf ihren Kaffee. »Müssen wir das jetzt besprechen? Zehn

Minuten bevor du das Haus für fast eine Woche verlässt? Ich finde, der Zeitpunkt ist einfach… Ich fühle mich überrumpelt. Ich kann nicht in Ruhe nachdenken und nicht in Ruhe mit dir reden!«

Er seufzte. Während der Ferien auf Skye hatte er einige Male gedacht, dass es am besten wäre, die Ruhe und die Zeit der friedlich dahinplätschernden Tage zu nutzen und dieses Grundsatzgespräch zu führen. Zweifellos wäre das besser gewesen, als das Thema zwischen Tür und Angel anzuschneiden, und unglücklicherweise gab es zwischen ihnen praktisch nur noch Tür-und-Angel-Gespräche. Aber immer hatte er es vor sich hergeschoben, nie den Frieden des Tages gefährden wollen, immer von der Ahnung begleitet, dass sich dieses Thema nicht ohne Komplikationen würde abhandeln lassen.

Wieso eigentlich, fragte er sich nun, wenn ich nur verstehen könnte, weshalb wir damit solche Schwierigkeiten haben!

»Das ist genau der Punkt«, sagte er, »wir können nicht in Ruhe reden. Wir sind viel zu viel voneinander getrennt. Das ist auf die Dauer nicht gut für uns.«

»Dass wir so viel voneinander getrennt sind, liegt nicht an mir!«

»Aber auch nicht allein an mir. Du wusstest von Anfang an, dass die Bank mich immer wieder nach London zwingt. Trotzdem wolltest du, dass wir unseren Hauptwohnsitz hier auf dem Land haben. Ich habe dir damals erklärt, dass dies einige Unruhe in unser Leben bringen würde.«

»Wirklich unruhig ist es deshalb, weil du dich der Politik verschrieben hast.«

Da hatte sie Recht, das wusste er.

»Ich kann nun einmal nicht anders«, sagte er hilflos.

Sie kippte ihren Kaffee in die Spüle. »Ich habe dir nie einen Vorwurf gemacht. Ich habe dich nie zu bremsen versucht.«

»Dafür war ich dir immer dankbar. Aber… ich brauche mehr. Ich brauche deine Unterstützung. Ich brauche dich.«

Er konnte geradezu spüren, dass sie am liebsten durch die Wand entwichen wäre. Sie wollte dieses Gespräch nicht. Sie wollte nicht, dass er bettelte. Von wegen *in Ruhe reden*. Alles, nur nicht über dieses Thema sprechen, zu keinem Zeitpunkt.

»Ich muss los«, sagte er. »Jack kann jeden Moment hier sein.«

Jack würde ihn zur Bahnstation in King's Lynn bringen. Oft fuhr Frederic auch mit dem Wagen nach London, aber heute wollte er noch etliche Akten durcharbeiten.

»Vielleicht denkst du ein bisschen darüber nach«, bat er, »in Ruhe, mir zuliebe. Und ich möchte, dass du weißt...« Er zögerte kurz. Er war nicht sehr geübt darin, Gefühle zum Ausdruck zu bringen. »Du sollst wissen, dass ich dich liebe. Immer. Ganz gleich, wie du am Ende auf meine Bitte reagieren wirst.«

Sie nickte. Aber er erkannte Verärgerung in ihren Augen. Durch seinen letzten Satz fühlte sie sich noch stärker unter Druck gesetzt.

Egal, dachte er, ich habe gesagt, was ich denke.

Draußen konnte er einen Wagen heranfahren hören. Jack kam, ihn abzuholen. Es wurde höchste Zeit, dass er sein Jackett anzog, seine Akten nahm und den Weg nach London antrat.

Er überlegte, auf Virginia zuzutreten und ihr einen Kuss zu geben, was er sonst immer tat, wenn er sich von ihr verabschiedete, aber irgendetwas hielt ihn diesmal zurück. Wahrscheinlich der Ausdruck, der noch immer in ihren Augen stand.

»Bis bald«, sagte er.

»Bis bald«, erwiderte sie.

Samstag, 26. August

Am Wochenende kehrte der Sommer noch einmal nach East Anglia zurück. Zwar konnten die Morgen und Abende den nahenden Herbst nicht verleugnen, aber tagsüber wurde es so heiß, dass die Menschen ans Meer und in die Schwimmbäder strömten. Der Himmel war von einem überirdischen Blau. Die Blumen in den Gärten leuchteten in allen Farben. Es war wie ein letztes, wunderbares Abschiedsgeschenk. Für die folgende Woche kündigten die Meteorologen Regen und Kälte an.

Virginia fuhr Kim am späten Samstagnachmittag zu einer Schulfreundin, die ihren Geburtstag mit einer Übernachtungsparty feierte. Sie hatte fast die ganze Klasse eingeladen, mit der Auflage, einen Schlafsack mitzubringen. Erst am Sonntag sollte alles mittags mit einem großen Pizzaessen enden.

Die Mütter, die gerade ihre Kinder ablieferten, sprachen über das Verbrechen an der kleinen Sarah Alby, das die ganze Gegend erschüttert hatte. Eine der Frauen kannte jemanden, der Sarahs Mutter kannte, »flüchtig«, wie sie betonte.

»Ziemlich asoziale Menschen«, berichtete sie, »der Vater ein arbeitsloser Herumtreiber, der sich überhaupt nicht um sein Kind gekümmert hat. Die Mutter sehr jung und vergnügungssüchtig und ebenfalls nicht an der Kleinen interessiert. Und dann soll es noch eine Großmutter geben, die wohl den Vogel abschießt. Völlig verkommen.«

»Entsetzlich«, sagte eine andere Frau, »und ich habe ja auch gehört, dass die Mutter ihr Kind ziemlich lange am Strand allein gelassen hat. Sie versuchte, an irgendeiner Imbissbude

Männerbekanntschaften zu schließen. Wenn ich mir das vorstelle ... ein vierjähriges Kind!«

Alle waren sich einig in ihrer Entrüstung. Virginia, die sich wie immer in solchen Situationen sehr zurückhielt, konnte es zwar ebenfalls nicht nachvollziehen, dass man sein Kind unbeaufsichtigt am Strand ließ, aber irgendwie stieß sie die Selbstgerechtigkeit der anderen ab. Sie alle waren Angehörige der *besseren Gesellschaftsschicht,* ordentlich verheiratet oder zumindest ordentlich geschieden, in jedem Fall vom Vater ihrer Kinder unterstützt und unterhalten. Ihre Schwangerschaften waren ihnen nicht zugestoßen wie eine schreckliche Krankheit, sondern waren gewollt gewesen. Vielleicht hatte Sarah Albys junge Mutter mit Problemen, Ängsten und zerstörten Hoffnungen zu kämpfen gehabt, die sich diese Frauen nicht einmal im Traum vorstellen konnten.

»Ach, Mrs. Quentin«, sagte nun eine von ihnen, als würde sie sich eben erst Virginias Anwesenheit bewusst, »ich habe ein Interview mit Ihrem Mann in der *Times* gelesen. Er strebt einen Sitz im Unterhaus an?«

Alle wandten sich Virginia zu. Sie hasste es, angestarrt zu werden.

»Ja«, sagte sie nur.

»Das wird ja dann auch für Sie eine anstrengende Zeit«, meinte eine andere, »so etwas involviert ja doch immer die ganze Familie.«

Virginia kam sich vor wie ein in die Enge getriebenes Tier.

»Ich lasse das auf mich zukommen«, entgegnete sie.

»Ich bin froh, dass mein Mann keinerlei Ambitionen in dieser Richtung hegt«, sagte eine der Mütter, »mir ist mein ruhiges Familienleben heilig.«

»Ihr Mann ist auch nicht Besitzer einer Privatbank. Und hat keinen Landsitz!«

»Das hat doch damit nichts zu tun!«

»Aber, meine Liebe, natürlich hat es das! Je höher das politische Amt, das jemand anstrebt, desto wichtiger sind Geld und gute Beziehungen.«

»Sind Geld und gute Beziehungen nicht immer wichtig? Ich finde, dass...«

Virginia hatte das Gefühl, das allgemeine Stimmengewirr schlage über ihr zusammen und ersticke sie. Sie fand es plötzlich schwierig, Luft zu holen. Wie so häufig empfand sie die Menschen um sich herum als zu dicht an sie herangerückt.

»Ich muss gehen«, sagte sie hastig, »ich habe noch Gäste heute Abend und eine Menge vorzubereiten.«

Sie verabschiedete sich von Kim, die aber schon so intensiv mit den anderen Kindern beschäftigt war, dass sie ihrer Mutter nur noch flüchtig zuwinkte. Während Virginia den Garten verließ, hatte sie das sichere Gefühl, dass alle hinter ihr herblickten und dass man, kaum dass sie außer Hörweite war, über sie zu tuscheln begann. Ihr Aufbruch war fast panisch gewesen, das hatten die anderen spüren können. Sie hatte nicht wie eine Frau gewirkt, die es eilig hat, sondern wie eine, die eine Panikattacke nahen sieht.

Mist, dachte sie draußen, als sie ihr Auto erreicht hatte und sich für eine Sekunde gegen das heiße Blechdach lehnte, warum kann ich es nur so schlecht verbergen?

Während sie losfuhr, überlegte sie, was genau sie eigentlich mit *es* meinte. *Was* konnte sie nur so schlecht verbergen?

Es trat jedenfalls nur in der Gesellschaft anderer Menschen auf, speziell in Situationen, in denen sie plötzlich Mittelpunkt der allgemeinen Aufmerksamkeit war und in denen Fragen, die man ihr stellte, Kommentare, die man zu ihr oder ihrer Situation abgab, auf einmal eine gewisse Eindringlichkeit und Intensität annahmen. Dann gelang es ihr nicht, von sich aus einen inneren Abstand herzustellen. Dann wurde ihre Atmung hektisch, und ihr Hals schien sich zu verengen. Dann konnte sie nur noch an Flucht denken, an nichts anderes.

Fantastisch, dachte sie, als Begleiterin für die politische Karriere eines Mannes eigne ich mich wirklich hervorragend. Panikattacken sind genau das, was man dabei am besten brauchen kann.

Als sie in das Tor zu Ferndale House einbog, konnte sie leichter atmen. Es war wieder ihre eigene Welt, in die sie zurückkehrte, das abgeschiedene Haus, der weitläufige Park, weit und breit kein Mensch als das Verwalterehepaar, das aufgrund seiner gesellschaftlichen Stellung eine ausreichende Distanz hielt. Wenn sie hier war, zusammen mit Kim, spürte sie so wenig von irgendeiner Panik, dass sie das Problem völlig vergessen konnte. Dann war sie jung und lebendig, eine Frau, die schon am frühen Morgen wach und fit war und durch den Wald joggte, die ihr Kind versorgte und ihr Haus in Ordnung hielt und muntere, fröhliche Gespräche mit ihrem häufig abwesenden Mann über das Telefon führte. Dann war alles in Ordnung.

Sie durfte nur nicht darüber nachdenken, ob es das Leben war, das eine sechsunddreißigjährige Frau führen sollte.

Und das wollte sie nun auch ganz sicher nicht: über ihr Leben nachdenken.

Sie hielt vor dem Haus, stieg aus und genoss nach dem kalten Luftstrom der Klimaanlage die weiche Wärme des Spätsommerabends. Sie würde es sich gemütlich machen, noch ein wenig die samtige Luft genießen. Es war kurz nach sechs, nicht zu früh für einen Drink. Sie beschloss, sich irgendetwas zu mixen, etwas Farbenfrohes, Süßes mit viel Eis, und sich dann auf die Terrasse hinter der Küche zu setzen, eine Zeitung zu lesen und den Tag ausklingen zu lassen. So abgöttisch sie Kim liebte, es war mitunter auch ganz schön ohne ihr ständiges Geplappere und ohne die vielen Fragen, die sie immerzu stellte. Es war ein Abend, der ihr ganz allein gehörte. Es mochte Menschen geben, die ihn als einsam empfunden hätten, aber dazu gehörte sie nicht.

Sie empfand einfach nur Frieden.

Als sie in der Küche stand und etwas Blue Curaçao mit Zitronensaft in einem Glas mischte, schaltete sie gewohnheitsmäßig den kleinen Fernseher an, der auf der Anrichte stand. Es lief eine Sendung über Eltern, die ein Kind verloren hatten, und Virginia wollte schon weiterschalten, um sich nicht ein so trauriges Thema anhören zu müssen, da vernahm sie den Namen *Sarah Alby* und hielt inne. Es war der Name, der seit Tagen durch die Presse geisterte, der Name des ermordeten vierjährigen Kindes.

Wie sich herausstellte, war Liz Alby, Sarahs Mutter, Gast in der Sendung. Virginia sah eine sehr junge Frau, fast ein junges Mädchen noch, sehr attraktiv, sehr verstört. Zugleich vermittelte sie den Anschein, als begreife sie noch gar nicht genau, was eigentlich geschehen war. Zweifellos war sie nicht in dem Zustand, in dem sie vor eine Fernsehkamera hätte gezerrt werden sollen, aber offenbar hatte es in ihrer näheren Umgebung niemanden gegeben, der sich verpflichtet gefühlt hätte, ihren Auftritt zu verhindern. Der Moderator fragte sie in einer ausgesprochen indiskreten Weise aus, wobei er nur scheinbar Rücksicht auf ihren Schockzustand nahm, in Wahrheit jedoch gerade ihre daraus resultierende Hilflosigkeit nutzte, intimste Gefühle und Gedanken zu erfragen. Liz Alby gab bereitwillig Auskunft, nicht im Geringsten erkennend, wie gnadenlos sie vorgeführt wurde.

»Ist es nicht so, dass man nun jede Auseinandersetzung bereut, die man je mit seinem Kind hatte?«, fragte der Moderator. »Und wir alle haben Streit mit unseren Kindern hin und wieder, nicht? Drängen sich Ihnen nicht Bilder auf – Ihre kleine Sarah, wie sie weint, weil Mama böse ist und schimpft? Oder keine Zeit für sie hat?«

Es war deutlich zu sehen, dass diese Fragen Liz Alby wie Messerstiche trafen.

»Das kann er doch nicht machen!«, rief Virginia vor ihrem Fernseher.

»Ich muss immer an das Karussell denken«, sagte Liz leise.
Der Moderator sah sie mitfühlend und zugleich aufmunternd an. »Erzählen Sie uns davon, Liz«, bat er.

»An dem Tag, an dem… an dem Sarah verschwand«, begann Liz stockend, »wir waren ja in Hunstanton. Am Strand.«

»Wir alle wissen das«, sagte der Moderator sanft, »und jeder der Zuschauer wird sich denken können, wie viele Male Sie es schon bereut haben, dort hingefahren zu sein.«

»Es gibt dort ein Karussell«, fuhr Liz fort, »und meine… meine Tochter bettelte, damit fahren zu dürfen. Sie… weinte, als ich nein sagte.«

»Sie sagten nein, weil Sie meinten, keine Zeit zu haben? Oder weil es zu teuer war? Oder warum?«

»Das geht dich einen Scheißdreck an!«, sagte Virginia wütend.

»Ich… ich weiß auch nicht genau«, sagte Liz, »es war… alles zusammen. Ich habe nicht viel Geld, aber ich hatte auch keine Lust, dort zu stehen und zu warten. Ich… wusste, dass sie kein Ende finden würde und dass wir so oder so am Schluss Streit hätten. Es war einfach…« Sie hob hilflos die Arme.

»Und das tut Ihnen nun leid?«

»Ich… kann nur daran denken. Immerzu. An das Karussell. Ich weiß, dass das nicht das Wichtigste ist, aber ständig muss ich denken, warum ich ihr nicht ein paar Runden spendiert habe. Warum ich ihr nicht noch… eine letzte Freude gemacht habe.« Liz senkte den Kopf und fing an zu weinen. Die Kamera fuhr gnadenlos dicht an ihr gequältes Gesicht heran.

»Das ist zum Kotzen«, schimpfte Virginia und schaltete den Fernseher ab.

In die plötzliche Stille hinein vernahm sie ein nachdrückliches Klopfen an der Haustür.

Sie hoffte, dass es Grace oder Jack wären, obwohl die sonst eher gleich an die Küchentür kamen. Bloß kein Besuch! Es war ihr Abend. Kurz überlegte sie, ob sie so tun sollte, als sei niemand daheim, aber dann würde sie die ganze Zeit über Angst haben, auf der Terrasse überrascht zu werden.

Seufzend stellte sie ihr Glas ab.

Es war Nathan Moor, der vor ihr stand, und sie war so überrascht, dass sie im ersten Moment kein Wort hervorbrachte. Auch Nathan war zusammengezuckt, als sich die Tür öffnete.

»Oh«, sagte er schließlich, »ich dachte schon, es sei niemand da. Ich habe schon eine ganze Weile geklopft.«

»Ich habe es nicht gehört«, sagte Virginia, als sie endlich wieder sprechen konnte. »Der Fernseher lief.«

»Ich störe wohl gerade…«

»Nein. Nein, ich wollte… ich habe sowieso gerade abgeschaltet.«

»Ich hätte anrufen sollen, aber…« Er ließ den Satz unvollendet, so dass Virginia nicht erfuhr, was ihn an dem Anruf gehindert hatte.

»Entschuldigen Sie«, sagte sie, »aber ich bin ziemlich überrascht. Ich dachte, Sie seien noch auf Skye.«

»Das ist eine längere Geschichte«, erwiderte Nathan, und Virginia begriff endlich, dass sie ihn eigentlich hereinbitten sollte.

»Kommen Sie. Wir setzen uns auf die Terrasse. Ich habe mir gerade etwas zum Trinken gemacht. Möchten Sie auch?«

»Nur ein Wasser bitte«, sagte er und folgte ihr.

Als sie auf der Terrasse saßen, Virginia mit ihrem giftgrün schimmernden Curaçao und Nathan mit seinem Wasserglas, fragte sie: »Wo ist eigentlich Ihre Frau?«

»Im Krankenhaus«, sagte Nathan, »und das ist auch der Grund, weshalb wir Skye verlassen haben. In den Arzt dort hatte ich in diesem Fall nicht allzu viel Vertrauen.«

»Was hat sie?«

»Das ist schwer zu sagen. Vermutlich einen Schock wegen des Unglücks. Oder eine schwere Depression, ich weiß es nicht.

Sie hörte plötzlich auf zu sprechen. Sie aß und trank nicht mehr. Sie... sie schien in eine eigene Welt abzugleiten, in der ich sie nicht mehr erreichen konnte. Am Mittwoch wurde mir klar, dass sie verhungern und verdursten würde, wenn ich nichts unternahm. Deshalb haben wir am Donnerstag in aller Frühe Dunvegan verlassen.«

»Wahrscheinlich hätten wir alle daran denken sollen«, sagte Virginia. »Nach allem, was geschehen ist, hätte sie sofort in psychotherapeutische Behandlung gehört.«

Er nickte. »Ich mache mir Vorwürfe. Ich habe nicht begriffen, was in ihr vorging.«

»Schon als ich sie bei Mrs. O'Brian besuchte, kam sie mir wie eine Schlafwandlerin vor«, sagte Virginia. »Ich fand das nicht ungewöhnlich nach... dieser schrecklichen Geschichte. Man hätte es ernster nehmen sollen. Und jetzt ist sie hier in King's Lynn im Krankenhaus?«

Ihre innere Stimme fragte, weshalb er nicht mit seiner Frau nach Deutschland zurückgekehrt war, aber mit dieser Stimme mochte sie jetzt nicht diskutieren. Sie dachte, wie gut es doch war, dass Frederic diesen Moment nicht miterlebte.

»Seit Freitag früh, ja. Sie wird dort erst einmal etwas aufgepäppelt. Vor allem der Flüssigkeitsverlust hat sie sehr geschwächt. Sie ernähren sie künstlich, weil sie nach wie vor alles verweigert.«

»Wie entsetzlich. Ich werde sie gleich morgen besuchen.«

»Sie reagiert auf nichts und niemanden. Aber ich fände es trotzdem schön, wenn Sie hingingen. Wer weiß, vielleicht gibt ihr das einen Schub nach vorn. Sie mag Sie sehr, Virginia. Sie hat immer mit größter Sympathie von Ihnen gesprochen.«

Sie musste die Frage stellen: »Wie... haben Sie uns gefunden? Und weshalb...«

Er erriet, was sie hatte fragen wollen. »Weshalb wir hierher gekommen sind? Virginia, ich hoffe, Sie fangen nicht an, sich von uns verfolgt zu fühlen. Die schlichte Wahrheit ist, dass für eine Reise nach Deutschland das Geld nicht gereicht hätte. Sie waren ja so nett, uns etwas zu leihen...«

Frederic hatte die Stirn gerunzelt, jedoch nichts mehr dazu gesagt.

»...und ich konnte damit gerade noch die Bahnfahrt bis hierher bezahlen. Es war eine schreckliche Reise mit dieser schwachen, vollkommen willenlosen Frau... Ein netter Tourist hat uns mit dem Auto bis Fort William mitgenommen, aber von da an waren wir auf uns allein gestellt. Wir mussten in Glasgow umsteigen und dabei auch noch von einem Bahnhof zum anderen gelangen, dann ging es weiter nach Stevenage, einem Ort, von dem ich im Leben vorher noch nichts gehört hatte. Dort haben wir die halbe Nacht auf den Anschluss nach King's Lynn gewartet. Freitag früh kamen wir hier an. Ich habe die letzte Nacht in einer wirklich schaurigen Unterkunft nahe dem Krankenhaus geschlafen, aber damit waren meine finanziellen Reserven endgültig aufgebraucht. Ich habe nichts mehr. Absolut nichts mehr.«

»Wie...?«

»Richtig. In einer der Schubladen dort in Ihrem Ferienhaus lag ein an Sie gerichtetes Schreiben, auf dem diese Adresse hier stand. Sie haben den Umschlag wohl irgendwann einmal mitgenommen. Und da dachte ich...«

Sie merkte, dass sie leises Kopfweh bekam. Was vor allem mit Frederic zusammenhing.

Wie sie schon auf Skye bemerkt hatte, verfügte Nathan über eine feine Intuition.

»Ihr Mann wird nicht begeistert sein, mich hier anzutreffen, nicht wahr?«, fragte er.

»Er ist in London. Aber er kommt nächste Woche zurück.«

»Er mag uns nicht«, sagte Nathan, »er misstraut uns. Und das kann ich ihm auch nicht verdenken. Er muss glauben, wir sind eine richtige Landplage. Jetzt kreuzen wir auch hier noch auf... Virginia, das Schlimme ist, ich habe keine Wahl. Sonst wäre ich nie auf die Idee gekommen, Sie zu belästigen. Aber ich… wir stehen vor dem Nichts. Buchstäblich. Ich habe keinen einzigen Cent mehr in meiner Tasche. Dieses Wasser hier«, er deutete auf das Glas, das vor ihm stand, »ist das Erste, was ich heute zu mir nehme. Die Nacht werde ich vermutlich auf einer Parkbank zubringen müssen. Keine Ahnung, was werden soll. Und Sie sind der einzige Mensch, den ich in diesem Land kenne.«

Ihr fiel etwas ein, das Frederic gesagt hatte, als sie auf der Rückfahrt von Skye waren und es noch einmal zu einer Diskussion wegen der beiden Deutschen gekommen war.

»Die könnten sich jederzeit an die deutsche Botschaft in London wenden«, hatte er erwidert, als Virginia ihm die verzweifelte Lage der beiden vorhielt. »Die helfen in solchen Fällen. Die organisieren auch die Rückreise und alles, was sonst zu tun ist. Es gibt überhaupt keinen Grund, weshalb die sich an uns festbeißen müssen!«

Jetzt wäre der Moment gewesen, genau dies Nathan Moor nahe zu legen. Ihn an die zuständige Stelle zu verweisen, ihm noch ein paar Pfund als Überbrückung in die Hand zu drücken und ihm dann freundlich klar zu machen, dass sich die Familie Quentin nicht länger verantwortlich fühlte.

Sie wusste später nie zu sagen, warum sie das nicht getan hatte. Manchmal überlegte sie, ob es an ihrem inneren Alleinsein gelegen hatte. Und an der Art, wie Nathan sie anschaute. Sein Blick zeigte keine Neugier. Sondern ein warmes, intensives Interesse.

»Also, so warm sind die Nächte nicht mehr, dass Sie sie auf einer Parkbank zubringen sollten«, sagte sie stattdessen in einem munteren Ton, der ihre Beklommenheit verbergen sollte. »Ich darf Ihnen unser Gästezimmer anbieten? Und jetzt werde ich ein Abendessen machen, damit Sie nicht auch noch halb verhungert im Krankenhaus landen wie Ihre Frau.«

»Ich helfe Ihnen«, sagte er und erhob sich.

Als sie, von ihm gefolgt, in die Küche trat, hatte sie noch immer das mulmige Gefühl, dass sie dabei war, sich in ein Problem zu verstricken, dessen Eigendynamik sie vielleicht irgendwann nicht mehr würde aufhalten können.

Seltsamerweise aber trauerte sie nicht mehr im Geringsten ihrem einsamen Samstagabend hinterher.

Sonntag, 27. August

1

Rachel Cunningham hatte die Entscheidung, an jedem Sonntag von halb zwölf bis halb eins in den Kindergottesdienst zu gehen, ganz allein getroffen. Niemand in ihrer Familie war besonders religiös. Ihre beste Freundin Julia, die regelmäßig mit ihren Eltern in die Kirche ging, hatte sie anderthalb Jahre zuvor überredet, einmal mitzukommen, und Rachel hatte großen Gefallen an den Geschichten gefunden, die dort erzählt wurden, und am gemeinsamen Singen und Beten. Und natürlich an Don. Sie hatte ihre Eltern bestürmt, von nun an regelmäßig dort hingehen zu dürfen, und Claire und Robert Cunningham hatten erfreut zugestimmt – der Kindergottesdienst erschien ihnen als eine gesunde Alternative zu einem gelangweilt vertrödelten Sonntagmorgen, an dem Rachel unvermeidlich irgendwann nach dem Fernseher zu quengeln begann.

Bis zum Beginn der diesjährigen Schulferien hatten entweder Claire oder Robert ihre Tochter zur Kirche gebracht, aber in diesem Sommer hatte sie durchgesetzt, allein gehen zu dürfen. Schließlich war sie schon acht Jahre alt. Claire Cunningham war über die neue Selbstständigkeit ihrer Tochter nicht allzu glücklich gewesen, aber Robert hatte ihr erklärt, dass gewisse Abnabelungsprozesse wichtig für Kinder seien und nicht unterbunden werden sollten.

Am heutigen Sonntag war es noch einmal sehr heiß geworden, und Robert hatte gesagt, er wolle mit Rachels kleiner Schwester Sue ans Meer fahren.

»Möchtest du nicht mitkommen, Rachel? Das ist wahrscheinlich die letzte Gelegenheit in diesem Jahr, um im Meer zu baden!«

Rachel hatte jedoch nachdrücklich den Kopf geschüttelt. Claire registrierte es etwas bekümmert. Seitdem Sue auf der Welt war, weigerte sich Rachel häufig, an gemeinsamen Familienunternehmungen teilzunehmen. Vom ersten Augenblick an war sie mit ihrer kleinen Schwester nicht zurechtgekommen. Sie war eifersüchtig auf die Zuwendung, die das kleine Mädchen von den Eltern bekam, traurig darüber, etwas teilen zu müssen, was ihr bislang allein gehört hatte. Manchmal zog sie sich ganz in sich selbst zurück, manchmal versuchte sie, die Aufmerksamkeit ihrer Eltern durch schlechtes oder widerspenstiges Benehmen auf sich zu ziehen. So wie an diesem Morgen. Noch im Schlafanzug und mit bloßen Füßen war sie die Treppe heruntergekommen, obwohl Claire ihr hundert Mal gesagt hatte, sie solle Hausschuhe anziehen, bevor sie über die kalten Steinplatten in Flur und Küche lief. Natürlich gab es wieder einen Disput deswegen, und Claire hatte fast den Eindruck, als habe Rachel diesen ganz bewusst und nicht aus reiner Nachlässigkeit provoziert.

Nachdem Robert mit Sue das Haus in Richtung Strand verlassen hatte, machte sich eine wieder recht gut gelaunte Rachel auf den Weg zum Kindergottesdienst.

»Du strahlst ja so«, stellte Claire fest.

Rachel nickte. »Heute kommt…« Sie biss sich auf die Lippen.

»Wer kommt heute?«, fragte Claire zerstreut. In Gedanken war sie bereits bei der Arbeit, die sie erwartete, wenn die ganze Familie verschwunden war.

»Ach, so ein Pfarrer«, sagte Rachel rasch. »Ein Pfarrer aus London kommt und zeigt uns Dias über Indien!« Sie gab ihrer Mutter einen Kuss. »Bis später, Mummie!«

Claire atmete tief durch. Manchmal genoss sie das Alleinsein zutiefst. Sie arbeitete freiberuflich als Journalistin und musste am heutigen Sonntag eine Theaterkritik über ein Stück schreiben, das sie sich am Vorabend im Auftrag der *Lynn News* angesehen hatte. Sie setzte sich an ihren Schreibtisch und war entschlossen, die in diesem Haus so selten herrschende völlige Ruhe bis zur letzten Minute auszunutzen.

Sie kam gut voran. Das Telefon läutete kein einziges Mal, im Zimmer war es trotz der draußen rasch ansteigenden Temperatur angenehm kühl, und über der Straße und den Gärten von Gaywood, einem typischen Familienwohnviertel in King's Lynn, lag sonntägliche Stille. Nur ein paar Vögel zwitscherten, ein paarmal bellte ein Hund. Es war die perfekte Arbeitsatmosphäre.

Claire hatte das Stück gut gefallen, daher machte es ihr Spaß, darüber zu schreiben. Sie wusste, dass sie etwa anderthalb Stunden hatte: Um kurz nach elf war Rachel fortgegangen, etwa um Viertel vor eins würde sie zurück sein. Nach dem Gottesdienst war sie stets sehr ausgeglichen – was an ihrer Zuneigung für den sagenhaften Don lag – und sprudelte über vor Mitteilungsbedürfnis. Claire hätte es nicht fertig gebracht, sie dann mit dem Hinweis, keine Zeit zu haben, abzuweisen. Sie würde sich alles, was Don gesagt und getan hatte, haarklein anhören müssen. Danach wollte sie mit Rachel rasch die Hauptstraße hinunter zu dem Fish-&-Chips-Stand fahren, der auch sonntags seine Ware anbot, für jeden eine große Portion kaufen und sie gemeinsam mit ihrer Tochter auf irgendeiner Parkbank verzehren. Rachel liebte es, ein Elternteil für sich allein zu haben und irgendetwas zu unternehmen, auch wenn es nur ein kurzer Mittagsausflug in den Park war. Wann immer sie konnte, versuchte Claire, etwas in dieser Art zu tun und ihrer Erstgeborenen ein wenig ausschließliche Aufmerksamkeit zukommen zu lassen.

Über der Arbeit merkte sie kaum, wie die Zeit verging. Schließlich tippte sie das letzte Wort in den Computer und

lehnte sich seufzend zurück. Sie musste noch einmal alles durch-
gehen, dann konnte sie den Text gleich in die Redaktion mai-
len. Erstaunlich, dass sie alles in der recht kurzen Zeit geschafft
hatte.

Sie schaute auf die Uhr und stieß einen Laut des Erstaunens
aus: Es war ein Uhr! Und Rachel war noch nicht daheim.

Sie trödelte für gewöhnlich nicht herum. Und wenn sie nach
dem Kindergottesdienst noch etwas bei Julia blieb, was gelegentlich vorkam, rief Julias Mutter an.

Sollte man das heute vergessen haben?

Claire, auf einmal von starker Unruhe gepackt, lief ins Wohnzimmer hinunter, wo das Telefon stand, und wählte Julias
Nummer. Zu ihrer Erleichterung meldete sich Julias Mutter
fast sofort.

»Hallo«, sagte Claire, »hier ist Claire Cunningham. Ich wollte
mich nur vergewissern, dass Rachel bei Ihnen ist. Sie soll doch
bitte gleich…«

»Aber Rachel ist nicht hier«, unterbrach Julias Mutter.

Claire schluckte trocken. »Nein? Und Julia?«

»Julia war heute überhaupt nicht im Kindergottesdienst. Sie
klagt über Halsschmerzen.«

»Es ist… es ist nur… Rachel ist noch nicht zu Hause. Es ist
ein Uhr! Ob sie noch mit einem der anderen Kinder zusammen
ist?«

»Es ist so schönes Wetter«, meinte Julias Mutter beruhigend,
»vielleicht hat irgendeine der abholenden Mütter den Kindern
ein Eis spendiert. Und die sitzen jetzt zufrieden in der Sonne
und vergessen ganz, dass daheim jemand wartet.«

»Das könnte sein.« Aber sie glaubte es nicht. Rachel war
sehr zuverlässig. Sie kam praktisch nie zu spät. Oder wollte sie
wieder provozieren? Aber sie war so guter Dinge gewesen, als
sie fortging!

»Ich werde mal zur Kirche gehen und nachsehen«, sagte sie.
Sie fand, dass ihre Stimme ganz verändert klang. Sie legte den

Hörer auf, ohne sich zu verabschieden. Sie hatte Angst. Furchtbare Angst. Sie konnte spüren, wie ihr Herz raste.

Sie nahm nichts mit als den Haustürschlüssel und rannte auf die Straße hinaus. Weit und breit keine Spur von Rachel.

Im Laufschritt legte sie den Weg zur Kirche zurück. In dem angrenzenden Gemeindehaus fand immer der Kindergottesdienst statt. Als sie dort jedoch ankam, war die Tür schon fest verschlossen, und ringsum war niemand zu sehen, weder Kinder noch Eltern. Der reguläre Gottesdienst war seit eineinhalb Stunden vorüber. Der gepflasterte Platz vor der Kirche lag still und ausgestorben in der heißen Mittagssonne.

»Das kann doch nicht wahr sein«, flüsterte sie, »lieber Gott, bitte lass sie mich schnell finden. Ganz schnell!«

Sie überlegte, wie der Mann hieß, der die Veranstaltung für die Kinder leitete. Rachels großer Schwarm. Don natürlich, aber wie mit Nachnamen? Hatte Rachel seinen Nachnamen überhaupt je erwähnt?

Bleib ruhig, Claire, ermahnte sie sich und versuchte, tief durchzuatmen, bleib jetzt ruhig und denke nach. Du musst die Nerven behalten.

Es war wichtig, dass sie mit Don sprach. Wenn jetzt jemand Auskunft geben konnte, dann er. Vielleicht wusste Julias Mutter, wie er hieß und wie man ihn erreichen konnte.

Fünf Minuten später stand sie vor Julias Elternhaus. Sie war gerannt, aber sie merkte kaum, dass sie am ganzen Körper in Schweiß gebadet war. Ihr Atem ging keuchend.

Julias Mutter öffnete und erkannte sofort, dass Claire ihre Tochter offensichtlich nicht gefunden hatte.

»Kommen Sie herein«, sagte sie, »an der Kirche war keine Spur?«

»Nichts. Da ist kein Mensch mehr.«

»Nun machen Sie sich nicht allzu viele Gedanken«, sagte Julias Mutter, »bestimmt gibt es eine ganz vernünftige Erklärung. Sie werden schon sehen.«

»Ich möchte den Lehrer anrufen«, erwiderte Claire. »Don. Wissen Sie, wie er heißt? Oder haben Sie eine Telefonnummer?«

»Donald Asher. Und die Nummer habe ich auch. Kommen Sie, rufen Sie gleich von uns aus an.«

Zwei Minuten später hatte Claire Donald Asher am Apparat. Was sie erfuhr, ließ ihre Knie weich werden und jagte ihr ein Schwindelgefühl durch den Körper, dass sie einen Moment lang meinte, ohnmächtig zu Boden zu fallen.

»Rachel war heute gar nicht da«, sagte er, »und ihre Freundin Julia auch nicht. Aber es fehlten etliche Kinder. Bei dem schönen Wetter fand ich das nicht ungewöhnlich und dachte mir nichts weiter.«

»Sie war nicht da?«, flüsterte Claire. »Aber sie ist pünktlich daheim weggegangen.«

Es war deutlich, dass diese Information Donald nun auch bestürzte, aber er versuchte, die verzweifelte Mutter zu beruhigen. »Vielleicht hatten sie und Julia einfach keine Lust und sind stattdessen ...«

»Julia liegt mit Halsschmerzen im Bett«, unterbrach ihn Claire. »Sie und Rachel waren heute überhaupt nicht zusammen. Sie treffen sich ja auch meist erst bei Ihnen, weil Julia für gewöhnlich vorher mit ihren Eltern in die Kirche geht.«

»Jetzt denken Sie nicht gleich das Schlimmste«, meinte Donald, »Kinder machen sich oft keine Vorstellung davon, in wie viel Angst und Schrecken sie uns versetzen. Vielleicht ist sie in einem Park, träumt vor sich hin und vergisst völlig die Zeit.«

Das passte nicht. Claire kannte ihre Tochter besser. Rachel saß nicht einfach in einem Park und träumte. Hätte sie aus irgendeinem Grund plötzlich beschlossen, heute nicht in die Sonntagsstunde zu gehen, dann wäre sie nach Hause gekommen. Hätte im Garten gespielt oder ihre Mutter so lange genervt, bis sie hätte fernsehen dürfen.

Sie legte den Hörer auf, ohne sich von Donald zu verab-

schieden, und wandte sich wieder an Julias Mutter. »Darf i‹
bitte rasch meinen Mann anrufen? Er ist mit Sue am Strand
und...«

»Selbstverständlich.« Julias Mutter war inzwischen ebenfalls blass bis in die Lippen. Im Hintergrund tauchten leise ihr
Mann und eine erschrockene Julia auf, die trotz der Hitze
einen dicken Schal um den Hals trug. »Rufen Sie an, wen immer Sie brauchen.«

Sie erreichte Robert auf seinem Handy. Im Hintergrund
konnte sie das Reden und Lachen der vielen anderen Menschen am Strand hören, dazu Sues Gequengel.

»Robert, bitte, komm sofort heim. Rachel ist verschwunden.«

»Verschwunden? Was heißt das?«

»Verschwunden heißt verschwunden! Sie ist nicht da!«
Trotz ihrer heftigen Bemühung, die Beherrschung zu wahren,
brach Claire in Tränen aus. »Bitte komm sofort! Bitte!«

Er sagte noch irgendetwas, aber das hörte sie schon nicht
mehr. Der Hörer entglitt ihren zitternden Fingern. Julias Mutter stützte sie, half ihr in einen Sessel. Lautlos krümmte sie sich
zusammen, spürte dann, wie ihr jemand – es war Julias Vater
– ein Glas mit Schnaps an die Lippen hielt. Das scharfe Brennen auf ihrer Zunge ließ ihre Lebensgeister zurückkehren.
Aber sie saß wie erstarrt, hielt den Blick auf die gegenüberliegende Wand gerichtet.

Sie war zu Tode erschöpft, leer und kalt. Für den Moment
vermochte sie sich nicht zu bewegen.

2

Nathan Moor tauchte am Sonntag erst um halb zwei Uhr mittags in der Küche auf. Virginia saß dort am Tisch, löffelte einen
Joghurt und blätterte in einem Magazin. Sie hatte drei Stunden

vor mit Frederic telefoniert, der von einem Dinner am Vorbend erzählt hatte und von den wichtigen Leuten, die er dort getroffen hatte.

»Und wie war dein Samstag?«, hatte er dann gefragt.

Sie hatte mit leichter Stimme geantwortet: »Ruhig. Kim ist bei einer Übernachtungsparty. Ich war endlich mal ganz allein. Ich fand das schön.«

Er hatte gelacht. »Ich kenne niemanden, der so gerne allein ist wie du!«

Es war von vornherein klar gewesen, dass sie ihm nichts von Nathan Moors Auftauchen berichten würde. Es hätte Streit bedeutet, und Frederic hätte darauf verwiesen, dass er genau diese Entwicklung prophezeit hatte. Und wenn er gar erfahren hätte, dass Nathan sogar schon im Gästezimmer schlief … Virginia hatte nicht die geringste Lust auf eine Auseinandersetzung. Sie sagte sich, dass sie letztlich Frederics Nerven schonte, wenn sie schwieg. Bis er am kommenden Mittwoch zurückkäme, wäre Nathan Moor längst fort, und er brauchte nie etwas von dessen Besuch zu erfahren.

»Guten Morgen«, sagte Nathan, und sie musste lachen.

»Es ist halb zwei! Sie haben ewig geschlafen!«

»O Gott. Schon halb zwei?« Er warf einen Blick auf die Küchenuhr. »Tatsächlich. Ich glaube, das liegt an der Reise mit Livia hierher. Die hat mich so geschwächt. Ich war todmüde.«

»Möchten Sie einen Kaffee?«

»Gern.« Er setzte sich an den Tisch und sah zu, wie sie Kaffeepulver in den Filter löffelte und die Maschine anschaltete. Am Vorabend war es genauso gewesen. Sie hatte gekocht, er hatte am Tisch gesessen und zugesehen, aber das hatte sie nicht gestört. Sie mochte es nicht so gern, wenn sich Fremde in ihrer Küche zu schaffen machten. Er hatte von seinem Schiff erzählt und dabei eine Menge Fachausdrücke verwendet, die sie nicht kannte. Als sie zu essen begannen, hatte sie nach dem gefragt, was sie wirklich interessierte.

»Sie sagten, Sie seien Schriftsteller. Was schreiben Sie denn?«

»Kriminalromane.«

»Oh…? Wirklich? Das finde ich… ich lese sehr gern Kriminalromane.«

Er hatte von seinem Teller aufgesehen. »Sie kochen sehr gut, Virginia. Ich habe lange nichts mehr gegessen, das mir so geschmeckt hat.«

»Das liegt nur daran, dass Sie halb verhungert waren. Im Moment würde Ihnen alles schmecken.«

»Nein. Das glaube ich nicht.« Abrupt wechselte er wieder das Thema. »Viele Menschen lesen gern Kriminalromane. Zum Glück für mich.«

»Dann sind Sie ein erfolgreicher Schriftsteller?«

»Das kann man so sagen. Ja.«

»Aber Sie werden nicht ins Englische übersetzt?«

»Leider nicht. Und deutsch können Sie wohl nicht lesen?«

»Nein.« Sie lachte. »Nicht ein einziges Wort.«

Sie wollte etwas fragen und überlegte noch, wie sie ihre Frage formulieren sollte, da hatte er in seiner beunruhigend hellsichtigen Art schon wieder erraten, worüber sie nachdachte.

»Sie denken, als ein erfolgreicher Schriftsteller könnte ich jetzt doch nicht so völlig pleite sein, nicht?«

Sie hatte verlegen mit den Schultern gezuckt. »Na ja, ich…«

»Wissen Sie… ich bin leider nicht der Mensch, der sich großartige Gedanken um die Zukunft macht. Ich habe immer im Hier und Jetzt gelebt. Was ich verdiente, gab ich aus. Reisen, schöne Hotels, Geschenke für Livia, tolle Restaurants… Das Geld kam und ging. Und… nun, was wir dann tatsächlich noch hatten, haben wir in den Kauf des Schiffs gesteckt, das jetzt da oben im Norden irgendwo auf dem Meeresgrund liegt. Wir hatten vor, auf dieser Reise von Gelegenheitsjobs zu leben. Für den Notfall hatten wir Schmuckstücke dabei, die wir hätten verkaufen können. Die sind natürlich auch weg.«

»Diese Weltumsegelung…«

»…sollte in ein Buchprojekt münden.«

»Auch ein Kriminalroman?«

»Ja.«

»Aber Ihre Bücher sind in Deutschland doch lieferbar? Dann…«

Er war so freundlich, ihr auch diese etwas unangenehme Frage abzunehmen. »Dann bekomme ich auch wieder Geld, ja. Virginia, es ist ja nicht so, dass ich für alle Zeiten am Ende bin. Aber wir haben im Moment kein Haus, keine Wohnung, keine Möbel. Und völlig leer geräumte Bankkonten. Die werden sich wieder füllen, aber nicht von heute auf morgen.«

Völlig leer geräumte Bankkonten… Sie konnte sich vorstellen, was Frederic zu einer so leichtsinnigen Verhaltensweise gesagt hätte. Es war wirklich ein Glück, dass er an diesem Wochenende nicht da war.

Nathan war nach dem Essen gleich schlafen gegangen. Sie hatte ihm ansehen können, wie müde er war. Er hatte sich kaum noch auf den Beinen halten können, seine Augen waren gerötet gewesen.

Jetzt, etwa fünfzehn Stunden später, war er ein völlig neuer Mensch. Ausgeruht und entspannt. Seine tief gebräunte Haut wirkte nicht mehr so fahl wie am Vortag.

»Ich habe lange nicht mehr so tief geschlafen«, sagte er nun, »eigentlich seit dem Unglück nicht mehr.«

Sie stellte eine Tasse mit Kaffee vor ihn hin, setzte sich ihm gegenüber. »Ich freue mich, dass es Ihnen besser geht. Werden Sie heute Livia besuchen?«

»Ich fahre nachher zu ihr, ja. Mögen Sie mitkommen?«

»Ich muss meine kleine Tochter von einer Geburtstagsfeier abholen«, sagte Virginia bedauernd, »ich dachte, ich besuche Livia vielleicht morgen.«

»Schön. Das wird sie freuen.« Er sah sich in der Küche um. »Was machen Sie hier so den ganzen Tag, Virginia? Noch dazu, wenn Ihr Mann nicht da ist? Sie sind eine fantastische Köchin, wie ich Ihnen gestern schon sagte, aber Sie verbringen doch sicher nicht all Ihre Zeit hier in der Küche?«

Die Frage überraschte sie. Sie überlegte kurz, ob sie sie als zu indiskret empfand. In Nathans Augen las sie freundliches Interesse.

»Nicht hier in der Küche, nein. Aber ich bin viel daheim. Im Haus, im Park. Ich bin gern hier.«

»Zusammen mit Ihrer Tochter.«

»Ja. Kim braucht mich. Gerade, weil ihr Vater so selten zu Hause ist.«

»Ihr Mann ist Politiker?«

Sie war erstaunt, dass er das wusste. »Er engagiert sich in der Politik. Woher …?«

»Im Zug hierher las ich etwas über ihn in der Zeitung. Er strebt einen Sitz im Unterhaus an.«

»Er könnte es schaffen.«

»Dann sind Sie aber noch viel mehr allein.«

»Ich fühle mich nicht allein.«

»In der fast ausschließlichen Gesellschaft eines siebenjährigen Kindes fühlen Sie sich nicht allein?«

»Nein.« Sie hatte plötzlich das Gefühl, sich zu verteidigen. Und dieses Gespräch nicht zu wollen.

»Ihre Tochter wird älter werden. Sie wird irgendwann eigene Wege gehen. Dann sind Sie immer häufiger ganz allein in diesem großen Haus. Umgeben von diesem riesigen Park. Von diesen mächtigen Bäumen, die fast die Sicht auf den Himmel nehmen.«

Sie lachte unecht. »Jetzt übertreiben Sie aber. Nathan, ich …« Ihr Hals begann schon wieder eng zu werden. Wie am Vortag zwischen all den anderen Müttern. Er kam zu nah. Er kam viel zu nah.

Er kramte in seiner Hosentasche und zog etwas hervor. Sie erkannte nicht sofort, was es war, aber dann begriff sie, dass es sich um eine Fotografie handelte. Irgendein leicht zerknittertes Bild.

»Das«, sagte er, »fand ich gestern Abend. In der untersten Kommodenschublade im Gästezimmer. Da sind eine Menge Fotos in Briefumschlägen untergebracht.«

Sie brauchte einen Moment, die lässige Gleichmütigkeit zu verdauen, mit der er das sagte.

»Schauen Sie in fremden Häusern immer in Schubladen?«, fragte sie schließlich.

Er ging darauf nicht ein, sondern betrachtete das Bild. »Das sind Sie«, sagte er, »vor… vielleicht fünfzehn Jahren? Mit Anfang zwanzig, würde ich schätzen.«

Er reichte ihr das Foto. Es zeigte eine junge Frau im wadenlangen Zigeunerrock, ein T-Shirt mit Fransen an Saum und Ärmeln dazu. Die taillenlangen Haare fielen ihr offen über die Brust. Sie lachte. Sie war barfuß. Sie saß auf der Spanischen Treppe in Rom zwischen hundert anderen Menschen. In ihren Augen war ein erregtes, freudiges Funkeln.

»Dreiundzwanzig«, sagte sie, »dreiundzwanzig bin ich auf diesem Foto.«

»Rom«, sagte er. »Rom im Sommer.«

»Im Frühling.« Sie musste schlucken. Sie wollte nicht an Rom denken. Sie wollte, dass Nathan sofort verschwand und sie in Ruhe ließ.

Sie schob ihren Stuhl zurück. »Nathan…«

Er beugte sich über den Tisch, nahm ihr sanft das Foto aus den Händen.

»Ich muss es immer wieder ansehen«, sagte er. »Und seit gestern Abend kann ich mir nur immer wieder eine einzige Frage stellen: Wohin ist diese wilde, lebendige Frau verschwunden? Und warum?«

Sie war entrüstet, aber so richtig wollte es ihrer Entrüstung nicht gelingen, sich in echte Wut zu verwandeln. Er ging eindeutig zu weit. Ihre Adresse hatte er aus einer Schublade im Ferienhaus in Skye. Nun kam er hierher, brachte seine Frau im nächstgelegenen Krankenhaus unter und rechnete damit, dass er unter diesen Umständen Aufnahme in ihrem Haus finden würde, eine Kalkulation, die tatsächlich aufgegangen war. Kaum hatte er hier sein Nachtlager aufgeschlagen, stöberte er schon wieder in Schränken herum, die ihn nichts angingen. Und stellte Fragen, die vielleicht ein enger, langjähriger Freund hätte stellen dürfen – niemals jedoch ein Fremder. Lächelnd und gleichmütig verletzte er ihre Grenzen.

Und das alles, weil sie ganz offensichtlich am Anfang zu weich gewesen war.

War es so? Lag es an ihr? Nach ihrem Gefühl hatte sie sich einfach nur freundlich und hilfsbereit gegenüber in Not geratenen Mitmenschen gezeigt. Livia hatte eine Woche lang für sie gearbeitet, sie hatte die junge Frau sympathisch und nett gefunden und das Bedürfnis verspürt, ihr zu helfen, als sie in Not geriet. Und Livia hatte sich im Übrigen daraus keinerlei aufdringliches Verhalten angemaßt. Sie hatte die Kleider dankbar angenommen, die Virginia ihr brachte, sie war auch im Ferienhaus eingezogen, aber weder hatte sie dort herumgeschnüffelt, noch war sie anschließend ihren Wohltätern nach Norfolk nachgereist. Vermutlich würde sie sich, wäre sie allein, schon längst wieder in Deutschland befinden.

Es war Nathan, der sich nicht abschütteln ließ.

Hatte Frederic einen so viel besseren Instinkt als sie? Sie kannte Frederic als einen ebenfalls hilfsbereiten Menschen, der andere nicht im Stich ließ, wenn sie ihn brauchten. Im Fall des deutschen Ehepaars jedoch war er von Anfang an zurückhaltend, später sogar ablehnend gewesen. Und offenbar hatte er damit richtig gelegen.

Sie hatte Nathan nicht geantwortet. War stattdessen aufgestanden und hatte erklärt, Kim jetzt von der Geburtstagsparty abholen zu müssen. Er hatte gelächelt. Sie hätte ihm am liebsten gesagt, er solle verschwinden, aber aus irgendeinem Grund kamen ihr diese Worte nicht über die Lippen. Also ging sie zu ihrem Auto und ließ ihn auch noch allein in ihrem Haus zurück, als sei er ein Mensch, den sie seit Jahren kannte, dem sie bedingungslos vertraute.

Wer weiß, was er diesmal aus den Schubladen fischt, dachte sie, während sie den Wagen über die Landstraße steuerte. Wenn sie ihn schon nicht fortschickte, hätte sie ihn wenigstens mitnehmen müssen. Aber um nichts in der Welt hätte sie mit ihm in einem Auto sitzen mögen. Für den Moment wollte sie so viel Abstand wie möglich.

Dass er ausgerechnet das Foto aus Rom gefunden hatte, war natürlich nichts als ein dummer Zufall, aber es hatte sie erschüttert. Sie hatte gar nicht mehr gewusst, wo sich ihre Bilder von früher eigentlich befanden, hatte ihr Vorhandensein irgendwie verdrängt. In einer Schublade im Gästezimmer also... Bei nächster Gelegenheit würde sie sie nehmen und zum Müll werfen, natürlich ohne sie noch einmal einzeln anzusehen. Im Wohnzimmer hatte sie eine lange Reihe ledergebundener Fotoalben stehen, ordentlich mit den ihren Inhalt betreffenden Jahreszahlen beschriftet und manchmal auch mit einem Hinweis auf das, was sie enthielten, versehen. *Ostern auf Skye 2001* etwa oder: *Fünfter Geburtstag Kim.* Auf dem ersten Album stand: *Hochzeit Frederic/Virginia 1997.* Mit der Hochzeit begann die Serie. Aus der Zeit davor gab es keine Alben. Offiziell auch keine Bilder. Wenn irgend möglich nicht mal eine Erinnerung.

Außer es kam jemand wie Nathan daher, der stöberte und suchte, forschte und Fragen stellte, die an Indiskretion nicht mehr zu überbieten waren.

Sie war viel zu früh losgefahren, nur um Nathan zu entgehen. Um halb vier sollten die Kinder abgeholt werden, und es würde nur Verärgerung auslösen, wenn sie allzu zeitig hineinplatzte. Sie hatte ebenfalls schon Partys für Kim veranstaltet und wusste, wie die Eltern dabei beansprucht wurden, auch ohne dass noch jemand erschien und das Programm durcheinanderbrachte. Kurz überlegte sie, dass sie noch rasch Livia besuchen könnte, aber dann hatte sie Angst, dass auch Nathan dort aufkreuzen würde.

Ich fange schon an, Haken zu schlagen wie ein Hase, dachte sie, und das alles wegen eines Mannes, den ich bis vor kurzem überhaupt nicht kannte. Ich sollte ihn zum Teufel schicken.

Sie hielt irgendwo an und zog sich Zigaretten aus einem Automaten. Sie hatte seit Ewigkeiten nicht mehr geraucht – seit sie Frederic kannte, genau genommen, denn er mochte es nicht, wenn Frauen rauchten –, aber plötzlich verspürte sie ein ungeheures Bedürfnis nach einer Zigarette. Im Wagen war es ihr zu heiß, und so ging sie auf der Straße auf und ab und rauchte hektisch. Eine etwas schmuddelige Gegend, Wohnblocks, die ungepflegt und trostlos wirkten, verschönert nur durch den strahlend blauen Augusthimmel und die warme Sonne. Ein paar Geschäfte, eine Reinigung, die so gammelig wirkte, dass man sich nicht vorstellen mochte, Kleider dort abzugeben. Alles sonntäglich ausgestorben. Von irgendwoher dudelte Radiomusik.

Virginia empfand ein Gefühl der Beklemmung, das sie sich mit der ungewohnten Situation erklärte. Für den Moment war es, als sei sie eine andere. Nicht Virginia Quentin, die Frau des reichen Bankiers Frederic Quentin, der vielleicht demnächst eine herausragende Persönlichkeit in der politischen Szene seines Landes darstellen würde. Virginia Quentin mit dem Herrenhaus, dem großen Park, dem Verwalterehepaar. Mit dem Ferienhaus auf Skye und der Wohnung in London. Diese Virginia Quentin verirrte sich für gewöhnlich nicht in den heruntergekommenen Gegenden der Stadt. Sie stand nicht auf irgendeinem Bürgersteig herum und rauchte. Ihr Leben verlief in Bahnen, die dies gar nicht zuließen.

Um dem allen die Krone aufzusetzen, warf sie ihre zu Ende gerauchte Zigarette auf den Asphalt, trat sie mit dem Absatz ihres teuren Schuhs aus und zündete sich die nächste an.

Die Frage, die Nathan ihr zuletzt gestellt hatte, dröhnte plötzlich wieder in ihrem Kopf. *Wohin ist diese wilde, lebendige Frau verschwunden? Und warum?*

Die verschwundene Frau hatte geraucht. Sie hatte sich in Vierteln herumgetrieben, in die sich ein anständiges Mädchen keinesfalls begeben sollte. Sie hatte Haschisch und Kokain ausprobiert, sie hatte manchmal zuviel Alkohol erwischt, und es war vorgekommen, dass sie in fremden Betten neben fremden Männern aufwachte und nicht zu sagen wusste, wie sie dorthin geraten war. Die verschwundene Frau war außerordentlich lebensgierig gewesen und hatte dabei allzu oft jede Vorsicht außer Acht gelassen. Sie hatte das Risiko gesehen, aber ihm auszuweichen hätte Verzicht bedeutet. Sie wollte alles, und sie wollte es ohne Einschränkung.

Jede andere Lebensform hätte sie als *tot sein* empfunden.

Und das war immer die schlimmste Vorstellung gewesen.

Virginia warf ihre zweite Zigarette, obwohl erst zur Hälfte geraucht, auf den Asphalt, trat sie so gründlich und nachdrücklich aus, als wolle sie eigentlich etwas löschen, das in ihrem Kopf zu flackern und zu brennen begann.

Trotz der Hitze setzte sie sich ins Auto, schloss sogar Türen und Fenster. Sie war immer noch zu früh dran, sie konnte Kim noch immer nicht abholen. Sie verschränkte ihre Arme auf dem Lenkrad, ließ ihren Kopf darauf sinken. Sie wollte weinen, aber es gelang ihr nicht.

Sie hatte so lange Zeit im Auto gesessen, dass sie nun sogar ihre Tochter zu spät abholte. Alle anderen Gäste waren schon weg, das Geburtstagskind und Kim schaukelten friedlich im Garten nebeneinander. Als die Kleine begriff, dass nun auch der letzte Gast gehen sollte, fing sie zu weinen an.

»Es ist immer schwierig für ein Kind, wenn ein so schönes Fest endgültig vorüber ist«, sagte die Mutter. »Was meinen Sie, Mrs. Quentin, könnte Kim nicht noch bis morgen bleiben?

Dann ist das Ende nicht so abrupt, und die beiden Mädchen könnten noch ein bisschen miteinander spielen. Schließlich bricht jetzt die letzte Ferienwoche an.«

Für gewöhnlich hätte Virginia Kim dieses Vergnügen gern gegönnt, aber in ihrer augenblicklichen Situation war es ihr gar nicht recht. Noch immer saß Nathan Moor bei ihr zu Hause herum, und sie hatte keine Ahnung, wann er zu gehen beabsichtigte. Sie mochte nicht länger mit ihm allein sein, und die Anwesenheit der kleinen Kim hätte sie als außerordentlich entspannend empfunden. Aber das konnte sie der anderen Mutter natürlich nicht sagen, und ihr fiel auch keine Ausrede ein. Zudem würde sich zwangsläufig ein anderes Problem ergeben, wenn sie Kim mitnahm: Sie konnte dann nicht länger vor Frederic geheim halten, dass Nathan bei ihr Aufnahme gefunden hatte.

Sie vereinbarten, dass Kim am nächsten Abend geholt werden sollte, und beide Mädchen brachen in ein Freudengeheul aus. Virginia wurde noch zu einer Tasse Tee eingeladen, was sie jedoch dankend ablehnte. Zwar hatte sie es nicht eilig, heimzukommen, aber es schien ihr unerträglich, nun mit dieser netten, biederen Frau, in deren Leben alles in Ordnung zu sein schien, Tee zu trinken und über Belanglosigkeiten zu plaudern. Als sie wieder im Auto saß, dachte sie jedoch darüber nach, wie sehr sie bereit war, dem Bild zu trauen, das die äußere Fassade um einen Menschen herum abgab. Woher wollte sie wissen, ob im Leben dieser Frau alles in Ordnung war? Nur weil sie in einem gepflegten Reihenhaus lebte, in dessen Garten die Blumen nach Farben angeordnet waren? Weil sie eine Dauerwelle und etwas vorstehende Zähne hatte? Weil über ihr offenbar nicht das Damoklesschwert hing, Politikergattin werden zu müssen?

Sie überlegte, welche Fassade die anderen wohl bei ihr wahrnahmen. Freundlich, aber unnahbar? Vielleicht nannten sie sie einfach arrogant. Sie nahm nie an den Aktivitäten der anderen

Mütter teil, murmelte immer irgendetwas von *anderen Verpflichtungen*. So, wie sie eben die Einladung zum Tee abgelehnt hatte. Die Frau, in deren Leben alles in Ordnung zu sein schien, hatte traurig gewirkt. Vielleicht war sie einsam. Wo war ihr Mann an diesem Sonntagnachmittag? Virginia hatte ihn nicht gesehen.

Sie traf Nathan auf der Terrasse an, wo er im Liegestuhl lag und in einem Buch blätterte. Das Buch musste er aus der Bibliothek geholt haben, aber Virginia sagte sich, dass das in Ordnung war. Er musste nicht herumsitzen und sich langweilen. Hauptsache, er stöberte nicht wieder in Schubladen herum.

»Da sind Sie ja«, sagte er. »Sie waren lange weg. Ich fing schon an, mir Sorgen zu machen.«

»Wie spät ist es denn?«, fragte Virginia.

»Gleich halb fünf.« Er erhob sich von seinem Liegestuhl und kam auf sie zu. »Sie haben geraucht«, stellte er fest.

Irgendwie empfand sie auch diese Bemerkung schon wieder als aufdringlich, hätte aber nicht genau zu sagen gewusst, weshalb eigentlich. Daher überging sie seine Feststellung und sagte: »Kim wollte noch ein bisschen bei ihrer Freundin bleiben. Sie übernachtet jetzt noch einmal dort. Ich habe mit der Mutter noch einen Tee getrunken.« Sie wollte seinen Eindruck, sie sei eine völlig zurückgezogen lebende, einsame Frau, zerstreuen. Er sollte sehen, dass sie ganz normale Dinge tat. Zugleich fragte sie sich, weshalb ihr überhaupt etwas an seiner Meinung lag.

Es hatte den Anschein, dass er ihr nicht glaubte – was sie verunsicherte –, aber das mochte Einbildung sein.

»Ich würde gerne Livia im Krankenhaus besuchen«, sagte er, »würden Sie mir Ihren Wagen leihen? Als ich hierher kam, bin ich zu Fuß gegangen, aber ich muss zugeben, das schaffe ich nicht jeden Tag.«

Sie reichte ihm ihren Autoschlüssel, wissend, dass Frederic

sich erneut die Haare raufen würde. Als ahnte er, was sie dachte, sagte Nathan: »Ihr Mann hat übrigens angerufen.«

»Frederic?« Sie bekam einen Riesenschreck. Frederic rief an und hatte Nathan Moor am Apparat! Genau das hatte sie vermeiden wollen. »Sie haben mit Frederic gesprochen?«

Er hob abwehrend beide Hände und grinste. »Wo denken Sie hin! Nein! Ich gehe doch nicht an fremde Telefone. Der Anrufbeantworter lief, und man konnte mithören. Frederic sagte jedoch nicht viel, er bat eigentlich nur um Rückruf.«

Ihr fielen jede Menge Steine vom Herzen. »Gut. Dann rufe ich ihn gleich zurück.«

»Oder möchten Sie mich zu Livia begleiten?«

»Nein.« Es wäre durchaus sinnvoll gewesen, dies zu tun, zumal sie unerwarteten Freiraum durch Kims Abwesenheit hatte, aber sie mochte die Vorstellung nicht, mit ihm im Auto zu sitzen. Sie mochte überhaupt keine Nähe zu ihm.

»Okay. Dann bis später!« Er wandte sich zum Gehen. Er sah sehr lässig aus in seinen fleckigen Jeans, ein ebenfalls nicht ganz sauberes weißes T-Shirt darüber. Nicht gerade korrekt gekleidet für einen Krankenhausbesuch. Was ihm, wie ihn Virginia einschätzte, egal war. Oder, dachte sie plötzlich, er will vielleicht gar nicht ins Krankenhaus. Er fährt ein bisschen in der Gegend herum und geht einen trinken.

Seltsamerweise hatte sie keinen Moment lang die Befürchtung, er könne mit dem Auto verschwinden. Sie empfand ihn als durchaus zwielichtig, hielt einen Diebstahl jedoch für ausgeschlossen.

Er war schon fast um die Ecke der Terrasse verschwunden, als sie ihn noch einmal rief. »Nathan!«

»Ja?« Er blieb stehen, wandte sich um.

Sie hatte ihn bitten wollen, darauf zu achten, dass ihn die Walkers nicht sahen, aber plötzlich kam sie sich allzu albern vor. Welches Gewicht verlieh sie ihm damit! Und sie selbst wurde dabei zum Schulmädchen, das fürchtet, bei einer verbotenen Tat erwischt zu werden. Sie hatte nichts zu verbergen, es war nichts geschehen, was Frederic nicht hätte wissen dürfen. Die Walkers konnten ruhig mitbekommen, dass sie Besuch hatte.

Und doch hoffte sie aus tiefster Seele, ihnen würde nichts auffallen.

»Ach, nichts«, sagte sie, »hat sich schon erledigt.«

Er lächelte und verschwand. Kurz darauf hörte sie, wie der Motor ihres Wagens gestartet wurde.

Sofort atmete sie leichter. Sie würde jetzt erst einmal duschen. Dann Frederic anrufen. Dann ein Glas Wein trinken. Sie musste verhindern, dass quälende Gedanken sich in ihr breitzumachen begannen.

3

Sie erreichte Frederic sofort, und zu ihrer Erleichterung musste sie weder lügen noch bestimmte Dinge verschweigen, denn er fragte mit keinem Wort nach ihrem bisherigen Tagesablauf. Stattdessen hatte er Neuigkeiten vorzubringen, und die sprudelte er auch gleich hervor.

»Virginia, Liebste, bist du mir böse, wenn ich ein paar Tage länger in London bleibe? Ich habe einige äußerst wichtige Leute kennen gelernt, die sehr viel Interesse an mir zeigen. Ich müsste an zwei Abendessen teilnehmen, und…«

Sie war wie immer: verständnisvoll und zu allen Zugeständnissen bereit. Und ebenfalls wie immer fiel es ihr auch nicht schwer.

»Natürlich bleibst du länger. Das ist gar kein Problem. Ich komme hier gut zurecht.«

»Ja, dann würde es bis Freitag dauern…« Er zögerte.

»Ja?« Sie hatte das Gefühl, dass er noch etwas sagen wollte. Und dass er sich damit aus irgendwelchen Gründen schwertat.

»Also, die zwei Abendessen sind am Dienstag und am Mittwoch. Am Freitag findet eine Dinnerparty statt bei Sir James Woodward.«

Der Name sagte ihr nichts. Aber alle Alarmsignale in ihr leuchteten auf.

»Sir Woodward sitzt im Unterhaus. Er ist einer der einflussreichsten Männer dort«, erläuterte Frederic. »Bei ihm zu einer Dinnerparty eingeladen zu sein, das ist… ja, das ist das Wichtigste, was passieren kann, und…«

Es war immer alles so unendlich wichtig. Und am wichtigsten. Und am allerwichtigsten. Und sie wusste genau, was er wollte.

»Nein, Frederic«, sagte sie.

»Schatz, Virginia, nur dieses eine Mal! Es geht einfach nicht, dass ich ohne meine Frau dort erscheine. Ich muss schon viel zu oft Erklärungen abgeben und habe langsam das Gefühl, dass mir keiner mehr glaubt. Du hast entweder die Grippe, oder das Kind ist krank, oder wir haben komplizierte Umbauten am Haus, die du beaufsichtigen musst… mir fällt allmählich wirklich nichts mehr ein.«

»Dann erfinden wir doch einfach einen Beruf, dem ich nachgehe. Eine berufstätige Frau kann nicht zwischen London und King's Lynn hin- und herjetten, so wie es die politischen Ambitionen ihres Mannes gerade erfordern!«

»Das habe ich dir doch schon so oft erklärt. In… diesen Kreisen engagieren sich auch die berufstätigen Frauen für die Karrieren ihrer Männer. Man trennt das nicht so: hier sein Job, dort ihrer.«

»Verstehe. *Sein* Job ist *ihr* Job.«

»Virginia…«

»Das Frauenbild ist ein bisschen vorsintflutlich, oder?«

»In der konservativen Partei…«

»Könnte es sein, dass du in der falschen Partei bist?«, schnauzte sie ihn an.

Er seufzte tief, aber es war kein resigniertes Seufzen. Virginia hatte feine Antennen. In diesem Seufzer klang großer Ärger.

»Darüber möchte ich jetzt nicht diskutieren«, sagte er. »Ich bin in genau der Partei, mit deren Konzepten und Wertvorstellungen ich mich identifizieren kann. Ich strebe eine Karriere in dieser Partei an. Das ist mein gutes Recht, und wenn du nicht immer nur über dich und deine Befindlichkeiten nachdenken würdest, wärest du vielleicht auch einmal stolz auf mich oder würdest sogar versuchen, mich zu unterstützen.«

Vom Nacken her stiegen Schmerzen hoch. Feine, leise Nadelstiche. Sie würde heftiges Kopfweh bekommen.

»Frederic ...«

Er ließ sie nicht ausreden. Er war wütend und frustriert. »Ausgerechnet du kommst daher und redest von einem *vorsintflutlichen Frauenbild*. Ich meine, wenn du tatsächlich einem Beruf nachgingest und eine tolle Karriere hinlegen würdest, dann würde ich mir das vielleicht noch sagen lassen. Aber du hast ja nie nach deinem Studium wirklich gearbeitet. Immer nur irgendwelche Gelegenheitsgeschichten. Und zwar nicht wegen mir oder meiner so schrecklich rückständigen Partei! Sondern weil du es so wolltest. Was machst du denn schon den ganzen Tag? Du ziehst unsere Tochter groß und gehst joggen. Das ist alles. Also tu doch nicht so großartig emanzipiert!«

Der Schmerz wurde stärker. Eigentlich hätte sie jetzt sofort eine Tablette nehmen müssen, um das Schlimmste vielleicht noch zu verhindern. Aber aus irgendeinem Grund gelang es ihr nicht, das zu sagen, den Hörer aufzulegen und zum Badezimmer zu gehen. Sie stand wie festgewurzelt und hörte fassungslos seiner Wut zu.

Sie schwiegen beide einen Moment. Frederic atmete tief durch. Sie wusste, dass er diese Dinge nicht hatte sagen wollen und dass er vermutlich schon in diesem Augenblick bereute, es getan zu haben. Dass es aber genau das war, was er dachte.

»Ich möchte nicht mit dir streiten«, sagte er ruhiger, »und es tut mir leid, wenn ich dich verletzt habe. Aber ich bestehe darauf, dass du am Freitag an dieser Dinnerparty teilnimmst. Es geht nicht anders. Bitte komm nach London.«

»Kim…«

»Kim wohnt von Freitag auf Samstag bei den Walkers. Sie mag Grace und Jack sehr, und beide werden sie gnadenlos verwöhnen. Das ist gar kein Problem. Virginia, Himmel noch mal, es geht um *eine Nacht*!«

Es ging um so viel mehr. Aber wie sollte sie ihm das erklären?

»Ich habe schreckliches Kopfweh«, sagte sie endlich, »ich muss unbedingt eine Tablette nehmen.«

»Wir telefonieren morgen wieder«, sagte Frederic und legte auf.

Kein Abschiedsgruß, kein *Ich liebe dich*. Er war wirklich böse auf sie. Frederic wurde selten ungehalten, zumindest zeigte er seinen Ärger praktisch nie. Wenn er es jetzt tat, dann musste er über ihr Verhalten wirklich sehr erzürnt sein.

Weil diese Party wohl wirklich sehr wichtig war.

Die Schmerzen begannen sich wellenförmig in ihrem Kopf auszubreiten. Sie schlich ins Bad, kramte im Schrank nach den Tabletten. Als sie ans Waschbecken trat, um Wasser in ein Glas laufen zu lassen, sah sie ihr Bild im Spiegel. Sie war kreidebleich, ihre Lippen waren grau. Sie sah aus wie ein Gespenst.

Mein Mann hat mich gebeten, ihn zu einer für ihn wichtigen Dinnerparty zu begleiten. Daraufhin bekam ich migräneartige Kopfschmerzen und sah innerhalb weniger Minuten aus wie eine Schwerkranke.

Wären das die Worte, mit denen sie einem Psychotherapeuten ihr Problem schildern würde?

War sie reif für eine Therapie?

Sie schluckte zwei Pillen, taumelte dann ins Wohnzimmer und streckte sich auf dem Sofa aus. Es wäre besser gewesen, ins Schlafzimmer zu gehen, sich in ihr Bett zu legen und die

Fensterläden zu schließen, aber sie tat es nicht, weil Nathan Moor dann, wenn er zurückkehrte, unweigerlich sofort erkennen würde, dass irgendetwas mit ihr nicht stimmte. Er blickte ohnehin schon viel zu tief in sie hinein, sprach Dinge an, über die sie nicht reden wollte. Nicht auszudenken, wenn er sie so am Boden zerstört vorfand.

Sie merkte allerdings bald, dass es ihr kaum gelingen würde, ihm vorzuspielen, alles sei in Ordnung. Die Schmerzen tobten in ihrem Kopf, schienen eher schlimmer als besser zu werden. Sie hatte das Medikament entweder zu spät genommen oder sich einfach schon zu sehr daran gewöhnt, es half jedenfalls nicht mehr richtig. Außerdem wuchs mit jeder Minute ihre Verzweiflung, das Gefühl, auf schreckliche Art zu versagen, ein Mensch ohne echten Wert zu sein.

Was machst du schon den ganzen Tag? Du ziehst unsere Tochter groß und gehst joggen!

Er hatte noch nie so böse und verletzend mit ihr gesprochen. Ihr noch nie so gnadenlos einen Spiegel vorgehalten, in dem sie ein derart vernichtendes Bild von sich selbst erkennen musste. Sie hatte keinen Beruf, keine Karriere, nicht einmal ein groß angelegtes Wohltätigkeitsprojekt, in das sie Zeit und Kraft hätte investieren können. Sie saß in diesem riesigen Haus, kümmerte sich um ein Kind, das sie – wer hatte ihr das eben noch gesagt? Nathan Moor? – in absehbarer Zeit nicht mehr rund um die Uhr brauchen würde. Sie trabte ihre Runden durch den Park, und wenn eine andere Mutter sie zum Tee einlud, entzog sie sich mit der Begründung, wichtige Verpflichtungen zu haben. Sie weigerte sich, die Karriere ihres Mannes zu unterstützen, lehnte kleinste Gefälligkeiten, um die er sie bat, rundheraus ab. Das Einzige, was sie in der letzten Zeit in Bewegung gesetzt hatte, war die Unterstützung der deutschen Schiffbrüchigen oben auf Skye, und wie es schien, hatte sie auch damit wieder einen Fehler gemacht. Nathan Moor wurde sie nun nicht mehr los, genau wie Frederic gesagt hatte, und dabei hatte sie ihm noch Kaltherzigkeit vorgeworfen, als er sie warnte. Inzwischen wohnte Moor schon bei ihr im Haus und gondelte in ihrem Auto durch die Gegend. Es war offensichtlich: Wenn sie einmal etwas unternahm, sich einmal aus ihrem Mauseloch hervorwagte, ging es schief.

Irgendwann kamen die Tränen. Sie wusste, dass es fatal war zu weinen, wenn man Kopfschmerzen hatte, aber es gelang ihr nicht, noch länger dagegen anzukämpfen. Der Schmerz ergoss sich in heftigem Schluchzen über die Kissen, auf denen sie lag. Sie hatte sehr lange nicht mehr geweint, es musste Jahre zurückliegen, und sie konnte sich nicht an den Anlass erinnern. Es hatte in ihrem Leben mit Frederic nie einen Grund für Tränen gegeben. Alles war so überschaubar und friedlich, ein Tag glich dem anderen, frei von Ängsten und Sorgen. Sie hatten nie Streit, und Frederic übte nie Druck auf sie aus. Bis jetzt. Auf einmal kam er mit Forderungen. Verletzte sie, als er ihren Widerstand spürte. Verursachte ihr Kopfschmerzen und Schuldgefühle. Und das alles nur wenige Stunden nachdem Nathan Moor sie mit seinen Fragen attackiert und buchstäblich aus dem Haus getrieben hatte. Wenige Stunden nachdem sie auf irgendeiner gottverlassenen Straße in einem der sozial schwachen Viertel von King's Lynn gestanden und Zigaretten geraucht hatte.

Was, um alles in der Welt, geschah plötzlich mit ihr?

Sie wusste nicht, wie lange sie so gelegen und geweint hatte, aber plötzlich vernahm sie draußen den Motor ihres heimkehrenden Wagens. Nathan Moor kam zurück. Sie setzte sich rasch auf, unterdrückte dabei einen Schmerzenslaut: In ihrem Kopf schienen überall lange Nadeln zu stecken, die sich in ihr Gehirn bohrten. Mit den Händen versuchte sie, ihre Haare ein wenig zu ordnen, aber es war klar, dass sie nicht würde verbergen können, wie schlecht es ihr ging. Sie musste fürchterlich aussehen.

Er kam durch die Küche herein – es war typisch für ihn, nun nicht mehr höflich an der Haustür anzuklopfen, sondern sich zu benehmen, als gehörte er bereits hierher – und stand gleich darauf im Wohnzimmer. Er sah gut aus, fröhlich und entspannt.

Entweder, dachte Virginia, es geht Livia besser, oder es ist ihm egal, wie es ihr geht. Oder er war gar nicht bei ihr.

»Sie sitzen hier drinnen?«, fragte er erstaunt. »Draußen ist ein herrlicher Abend, und…« Er sprach nicht weiter. Im Dämmerlicht des Zimmers hatte er ihr Gesicht nicht gleich deutlich gesehen, aber nun begriff er, dass irgendetwas nicht in Ordnung war.

»Virginia!« Überrascht merkte sie, dass er erschrocken klang. So, als sei er tatsächlich fähig, sich Gedanken um sie zu machen. »Was ist denn los? Es geht Ihnen nicht gut, oder?« Er betrachtete sie schärfer. »Sie haben geweint«, stellte er fest.

Sie wischte sich über die Augen, als könne sie jetzt noch etwas verbergen. »Ich habe schreckliche Kopfschmerzen«, sagte sie.

»Migräne?«

»So ähnlich. Das passiert mir manchmal. Und ich«, sie versuchte ein Lächeln, von dem sie spürte, dass es jämmerlich ausfiel, »ich war wieder einmal zu blöd, meine Tablette rechtzeitig zu nehmen. Da geht es oft um Sekunden.«

Er musterte sie besorgt. »Bei welchen Gelegenheiten bekommen Sie diese Schmerzen?«

»Meistens bei Wetterwechsel. Ab morgen soll es ja kühl werden. Vielleicht liegt es daran.«

»Vielleicht.« Er wirkte nicht sehr überzeugt. Und lieferte ihr gleich wieder eine Kostprobe seiner eigenartigen Hellsichtigkeit, indem er fragte: »Haben Sie Ihren Mann zurückgerufen?«

»Meine Kopfschmerzen haben nichts mit meinem Mann zu tun.«

»Sind die Schmerzen aus dem Nacken gekommen?«

»Ja.«

»Darf ich?« Ohne ihre Antwort abzuwarten, trat er hinter das Sofa, beugte sich über sie und begann ihren Nacken und ihre Schultern zu massieren. Seine Hände fühlten sich kräftig an, die Haut rau, aber seine Bewegungen waren sanft und geübt. Er schien die Punkte genau zu kennen, die er berühren musste, und er wusste, auf welche Weise dies zu geschehen hatte. Manchmal tat es weh, aber es war nie unerträglich. Und in Virginias angespanntem Rücken, in ihrem völlig verkrampften Hals schien sich tatsächlich etwas zu lösen.

»Haben Sie das gelernt?«, fragte sie.

»Nein. Ich folge nur meinem Instinkt. Wird der Schmerz besser?«

Sie war tief erstaunt. »Ja. Er wird tatsächlich besser.«

Er machte weiter. »Ihre Muskeln fühlen sich schon viel weicher an. Was hat Sie so angespannt, Virginia? Was hat Sie derartig verkrampft?«

»Der bevorstehende Wetterwechsel.«

Sie hörte ihn leise lachen. »Der kommt jetzt aber auch wirklich sehr gelegen«, meinte er.

Er presste eine Stelle an ihrem Hals, und diesmal tat es richtig weh.

»Au«, jammerte sie.

»Das war der härteste Knoten«, sagte er, »der Punkt, dessentwegen Sie geweint haben.« Er strich nun sehr sanft und vorsichtig über dieselbe Stelle, und Virginia merkte, wie seltsame, leise Schauer über ihre Kopfhaut liefen, sich am Hals sammelten und über das Rückgrat hinunterrannen. Etwas löste sich. Mehr als nur die Verkrampfung der Muskeln wie zuvor. Irgendetwas anderes… in ihr… Zu ihrem Entsetzen und ohne dass sie die geringste Chance gehabt hätte, es zu verhindern, stiegen ihr schon wieder die Tränen in die Augen.

Nicht, dachte sie panisch, nicht jetzt!

Aber es war zu spät und unaufhaltsam. Die Tränen strömten hervor, noch heftiger als zuvor, sie überschwemmten sie geradezu, als sei irgendwo ein Damm gebrochen und entließe eine Flut, die niemand mehr würde kontrollieren können. Sie krümmte sich auf dem Sofa zusammen, geschüttelt von ihrem Weinen, aber sie merkte, dass Nathan Moor neben sie glitt und sie plötzlich in den Armen hielt.

»Alles in Ordnung«, sagte er beruhigend, »alles ist gut. Weinen Sie, Virginia. Weinen Sie, solange Sie mögen. Es ist wichtig, dass wir weinen können. Vor dem heutigen Tag haben Sie lange nicht geweint, nicht wahr? Viel zu lange.« Er strich ihr sanft über die Haare. Es ging in diesem Moment eine große Kraft und zugleich Zartheit von ihm aus.

»Es tut mir so leid«, stieß Virginia hervor.

»Aber nicht doch. Was denn? Was tut Ihnen leid, Virginia?«

Sie hob den Kopf, starrte ihn aus verweinten Augen an. »Michael«, sagte sie, und im nächsten Moment dachte sie voller Schrecken: Wieso habe ich das gesagt? Wieso habe ich Michaels Namen genannt?

Er hörte nicht auf, ihre Haare zu streicheln. »Wer ist Michael, Virginia?«

Sie wand sich aus seinen Armen, sprang auf die Füße. Sie rannte in die Küche hinüber und erreichte im letzten Moment das Spülbecken.

Er war ihr nachgekommen. Er hielt ihren Kopf und strich wieder und wieder ihre Haare zurück, damit sie nicht schmutzig würden, während sie sich erbrach, als könne sie nie wieder damit aufhören.

Als der Brechreiz endlich versiegte und sie sich aufrichtete, mit zitternden Beinen und so schwach, dass sie kaum wusste, wie sie es von der Spüle bis zu einem der Stühle um den Küchentisch schaffen sollte, wusste sie, dass sie ihm von Michael erzählen würde.

4

Michael

Als sie sieben gewesen waren, hatten sie sich geschworen, einander zu heiraten. Etwas anderes wäre gar nicht in Frage gekommen, denn sie liebten einander so sehr, dass es unvorstellbar schien, je einen anderen zu lieben.

Mit zwölf Jahren erneuerten sie ihren Schwur, ernster und feierlicher als zuvor, denn inzwischen hatte man ihnen erklärt, dass Cousin und Cousine einander nicht heiraten sollten, und nun witterten sie, dass man ihnen Steine in den Weg legen würde, was die ganze Angelegenheit noch viel romantischer und abenteuerlicher machte. Die sogenannte gute Gesellschaft würde sie nie akzeptieren, und vielleicht würden sie auch von ihren Familien verstoßen werden, und Menschen, die sie heute grüßten, würden die Straßenseite wechseln, wenn sie ihnen begegneten. Sie konnten damit Stunden verbringen, sich ihr Leben als Ausgestoßene auszumalen, in den schaurigsten und schrecklichsten Farben, und manchmal lief ihnen dabei ein wohliges Kribbeln nach dem anderen über den Körper. Denn das Schöne bei all dem war ja die sichere Gewissheit, dass sie trotz allem niemals *allein* sein würden. Sie hatten einander, für immer und ewig. Sie waren eine Insel inmitten eines feindlichen Meeres.

Was konnte ihnen geschehen?

Sie waren im selben Jahr, im Abstand von wenigen Monaten, geboren worden. Virginia Delaney kam am dritten Februar zur Welt, Michael Clark am achten Juli. Ihre Mütter waren Schwestern, eng miteinander verbunden, und ihre Lebensplanung hatte immer beinhaltet, dass sie möglichst nie wirklich voneinander getrennt sein würden. Es war ihnen geglückt, mit ihren Ehemännern in zwei nebeneinander liegenden Häusern in London einzuziehen, und nun hatten sie es auch noch geschafft, ihre Kinder altersmäßig dicht beieinander zu platzieren. Sie hatten gehofft, dass Michael und Virginia wie Geschwister aufwachsen würden, und dazu gehörte auch, dass sie geschwisterliche Gefühle füreinander entwickelten. Die heiße, maßlose Liebe zwischen den beiden hatte niemand erwartet, und manchmal kam sie den beiden Schwestern fast ein wenig bedrohlich vor. Sie beruhigten sich mit dem Gedanken, dass die Kinder noch klein seien und sich das Problem sicherlich in der Pubertät lösen würde.

Es war eine wundervolle Kindheit, die Virginia und Michael teilten. Sie gingen gemeinsam in die Schule, machten ihre Hausaufgaben zusammen und beschützten einander vor größeren, stärkeren oder rauflustigen Kindern. Genau genommen beschützte Virginia Michael. Sie war nicht nur die Ältere, sie war auch viel selbstbewusster, lauter und unerschrockener. Michael, immer etwas zart und anfällig, hatte es schwer unter den anderen Jungen. Er wurde nicht für voll genommen und galt als Muttersöhnchen. Dass er stets von seiner energischen Cousine, die auch bereit war, die Fäuste für ihn zu schwingen, verteidigt wurde, vergrößerte sein Ansehen nicht gerade, aber wenigstens traute man sich nicht, ihn so ohne weiteres anzugreifen. Niemand mochte sich mit Virginia Delaney anlegen. Sie konnte sehr unangenehm werden, das hatten selbst die stärksten Jungs schon erleben müssen. Michael Clark stand unter ihrem Schutz. Er hätte eine schwierige Schulzeit voller Hänseleien und Demütigungen durchleben müssen, so jedoch gab es zumeist nur Getuschel hinter seinem Rücken und manch anzüglichen Blick, und beides lernte er im Lauf der Zeit zu ignorieren.

Sie gingen durch dick und dünn. Sie spielten in den kleinen Gärten hinter ihren Elternhäusern wunderbare, fantasievolle Spiele voller Abenteuer und Gefahren. Sie waren Indianer und Piraten und Prinz und Prinzessin. Sie fuhren im Sommer Rollschuh in den Londoner Parks, und im Herbst durchstreiften sie die Stadt, Hand in Hand, auf der Suche nach etwas, wovon sie nicht wussten, was es war. Sie backten Weihnachtsplätzchen zusammen und bestaunten die Spielzeugabteilung von Harrod's, und jeder sparte sein Taschengeld, um dem anderen zu kaufen, was dieser am meisten ersehnte. In den Sommerferien fuhren sie mit ihren Eltern zu den Großeltern ans Meer nach Cornwall, und diese Wochen in völliger Freiheit waren es, worauf sie das ganze Jahr über hinfieberten. Die Großeltern hatten ein kleines Häuschen inmitten eines großen, verwilderten Gartens, und wenn man über den hinteren Zaun kletterte und einen kleinen Pfad zwischen Ginster- und Holunderbüschen entlanglief, gelangte man an den Strand; eine kleine Bucht, in der sich stets nur wenige Menschen aufhielten. Der Sand gehörte den Kindern, und auch das Meer. Im Garten der Großeltern gab es Apfelbäume und Kirschbäume, in denen man sitzen und Obst essen konnte, bis man Bauchweh bekam. Virginia und Michael besaßen natürlich ein Baumhaus, in dem sie die Schätze ihrer Sommerferien horteten: Muscheln und seltsam geschliffene Steine, getrocknete Blumen, Bücher, aus denen der Sand rieselte und die voller Eselsohren waren, kleine Zettel, die sie einander schrieben und die voller verschlüsselter Nachrichten waren, die niemand außer ihnen verstehen konnte. In den Ferien gab es keine festen Mahlzeiten, und niemand sagte ihnen, wann sie ins Bett gehen oder dass sie ihre Füße waschen sollten. Mit Einbruch der Dunkelheit sollten sie sich daheim blicken lassen, aber es war ein Leichtes, später noch einmal aus dem gemeinsamen winzigen Schlafzimmer hinauszuklettern, über ein Schuppendach zu huschen, auf die Regentonne zu springen und in der Nacht unterzutauchen. Beide liebten sie es, unter dem Sternenhimmel noch einmal im Meer zu schwimmen, in dieser gewaltigen, schwarzen, bedrohlichen Weite, immer den Atem des anderen neben sich. Sie taten das oft, und nachher lagen sie im warmen Sand und unterhielten sich oder däm merten ein wenig vor sich hin, und manchmal kehrten sie erst im Morgengrauen nach Hause zurück.

Es war in einer solchen sternklaren Sommernacht in ihrer verschwiegenen Bucht, als Michael Virginia zum ersten Mal küsste. Auf die Art küsste, wie es in Büchern beschrieben wurde, nicht unschuldig und geschwisterlich, wie es natürlich schon tausendmal geschehen war. Michael war vier Wochen zuvor vierzehn geworden, Virginia bereits im Februar. Sie hatte in diesem Jahr ihre Internats- und Pferdebücher beiseite gelegt und begonnen, *richtige* Romane zu lesen, und zwar von der Art, die ihre Mutter möglichst nicht bei ihr finden sollte. Es ging in den Büchern um schöne Frauen und starke Männer und um all die Dinge, die sie miteinander taten. Sie hatte Michael, der zu diesem Zeitpunkt noch Bücher wie *Robinson Crusoe* oder *Tom Sawyer* liebte, davon erzählt, aber schon damals das Gefühl gehabt, dass er die Faszination nicht recht verstand, die sie trieb, Seite um Seite gierig zu verschlingen. Aber eines hatte er begriffen: dass seine Geliebte einen Punkt erreicht hatte, den er noch nicht kannte, von dem er aber instinktiv ahnte, dass er sich nicht allzu viel Zeit lassen sollte, ebenfalls dorthin zu gelangen. Sie hatte ihm genug erzählt, dass er wusste, welche Art Kuss sie ersehnte, und er gab sein Bestes.

Es war Virginias erster richtiger Kuß. Es war das erste Mal, dass sie nackt im Sand lag und ein Mann sich über sie beugte, seine Zunge in ihren Mund schob und seinen Mund mit ihrem minutenlang verschmelzen ließ. Es war genau das, wovon sie inzwischen hundertmal gelesen hatte.

Als es vorüber war, wusste sie, dass Michael nicht der Mann war, der in ihr die Gefühle zu wecken verstand, die sich in diesem Augenblick hätten einstellen müssen. Sie liebte ihn von ganzem Herzen.

Aber ihr Körper vermochte nicht auf ihn zu reagieren.

Von da an war nichts mehr wie vorher. Sie sprachen nicht darüber – es war das erste Mal, dass sie etwas, das sie beide tief beschäftigte, nicht beredeten –, aber sie spürten es beide. In stillschweigender Übereinstimmung wurde das Thema Heirat nun nicht mehr erwähnt. Und auch sonst begannen sie in dem Herbst, der jenem entscheidenden Sommer folgte, mehr und mehr getrennte Wege zu gehen. Michael blieb der introvertierte, scheue Junge, der er immer gewesen war, vertieft in eine eigene Welt, die vornehmlich aus Büchern und Musik bestand. Virginia entdeckte das Leben draußen, und je mehr sie davon sah, desto mehr wollte sie haben. Sie schminkte sich, trug kurze Röcke, war bald Teil einer großen, fröhlichen, lärmenden Clique, die durch die Pubs und Diskotheken Londons zog. Sie hatte unzählige, heftige Diskussionen mit ihrer Mutter, die ihre Aufmachung zu provokant fand, letztlich aber den Kürzeren zog, weil sich Virginia nicht um ihre Ansichten scherte. Sie hatte den ganzen Winter über viel Spaß, wurde sehr dünn, schlief zu wenig, ließ in der Schule nach, hatte aber Verabredungen und Verehrer ohne Ende.

An einem nebligen Januartag erschien Michael ohne Anmeldung bei ihr und überraschte sie in ihrem Zimmer mit einer Zigarette. In der ersten Sekunde hatte Virginia geglaubt, ihre Mutter platze herein, daher drückte sie die Zigarette rasch auf einem Unterteller aus – was ohnehin sinnlos war, da überall im Zimmer der Rauch waberte.

»Ach, du bist es«, sagte sie, als Michael den Kopf hereinsteckte, »du hast mich vielleicht erschreckt!«

»Tut mir leid«, erwiderte Michael. Er kam herein, schloß die Tür hinter sich. Da sie inzwischen in verschiedene Schulen gingen, hatte Virginia ihn länger nicht gesehen. Er war ziemlich gewachsen, aber er wirkte mager und hohlwangig. Sie erschrak, weil er so elend aussah.

»Was ist denn los?«, fragte sie. »Bist du krank?«

»Du rauchst?«, fragte er, statt einer Antwort, indigniert zurück.

»Ab und zu.«

»Wahrscheinlich rauchen alle deine neuen Freunde.«

»Die meisten.«

»Hm.« Er war damit nicht einverstanden, das sah sie ihm an, aber er hätte sie nie offen kritisiert. Er setzte sich neben sie auf ihr Bett und starrte die gegenüberliegende Wand an.

»Meine Eltern lassen sich scheiden«, sagte er unvermittelt.

»Was?«

»Meine Mutter hat es mir gestern Abend gesagt. Aber ich habe so etwas schon geahnt.«

»Aber ... wieso denn? Ich meine – was ist denn passiert?«

»Mein Vater hat eine andere Frau kennen gelernt. Schon letztes Jahr im Oktober. Meine Mutter hat nur noch geweint seitdem. Er ist oft nachts nicht nach Hause gekommen.« Michael zuckte mit den Schultern. »Na ja, und offenbar hat die Neue gewonnen.«

»Das ist ja ein Ding! Kennst du sie?«

»Nein. Ich weiß nur, dass sie Amerikanerin ist und Dad mit ihr nach San Francisco ziehen will.«

»Ach du Scheiße! So weit weg?«

Michael nickte. »Ich bleibe natürlich hier bei Mum. Es ist schwer für sie ... sie weint immerzu.«

Schuldbewusst dachte Virginia, wie wenig sie sich in der letzten Zeit um die Familie gekümmert hatte. Dass sich bei den Clarks nebenan eine Tragödie abspielte, war ihr vollkommen entgangen. Aber ihren Eltern vielleicht auch, jedenfalls hatte niemand etwas gesagt.

»Ach, Michael«, sagte sie hilflos und fühlte zum ersten Mal in ihrem Leben eine Scheu, ihn an sich zu ziehen und in den Armen zu halten, »es tut mir so leid. Ehrlich. Gar keine Chance, dass dein Vater es sich noch anders überlegt?«

»Ich glaube nicht. Er wohnt ja schon jetzt mehr bei ihr als

bei uns. Und er hat offenbar drüben in Amerika auch schon beruflich Dinge für sich in die Wege geleitet. Er will wohl nur noch weg.«

Virginia fragte sich, wie man einen so lieben Jungen wie Michael und eine so nette Frau wie seine Mutter einfach verlassen konnte, aber offenbar gab es andere Kriterien, die das Verhalten mancher Männer bestimmten. Sie war böse auf ihren Onkel, weil er Michael so traurig machte. Aber dann überlegte sie, dass ihr Onkel vielleicht die gleichen Gründe hatte, die sie bewogen hatten, ihre Verlobung mit Michael stillschweigend zu lösen: das Fehlen jeglicher Erotik in der bestehenden Beziehung. So oberflächlich es sein mochte, sie wusste inzwischen, wie stark die Kraft der Sexualität war und von welch heftiger Sehnsucht ihr Nichtvorhandensein begleitet wurde. Vielleicht gab ihm die Amerikanerin in dieser Hinsicht etwas, das sich aus seiner Ehe längst hinausgeschlichen hatte.

Sie litt ein wenig mit Michael, der durch ein elendes, quälendes Frühjahr ging, in dem er im Wesentlichen versuchen musste, seine weinende, völlig verzweifelte Mutter zu trösten. Aber sie litt nicht zu sehr, denn ihr eigenes Leben ging weiter, randvoll mit Erlebnissen und Ereignissen. Anfang März, einen Monat nach ihrem fünfzehnten Geburtstag, schlief sie zum ersten Mal mit einem Jungen. Er war schon neunzehn, der gut aussehende, etwas blasierte Sohn einer sehr reichen Londoner Familie. Sie hatte ihn in einer Diskothek kennengelernt und behauptet, schon siebzehn zu sein, was er ihr offenbar ohne jedes Misstrauen abgekauft hatte. Nicholas besaß ein eigenes Auto, dessen Liegesitze sie als Unterlage für ihren Geschlechtsakt verwenden konnten. Virginia fand Nicholas rasend attraktiv, aber nicht sonderlich sympathisch, und schon gar nicht liebte sie ihn auch nur im Allerentferntesten so sehr wie Michael, aber sie machte die Feststellung, dass, im Gegensatz zu dem, was ihre Mutter ihr immer einzureden versuchte, Liebe und Erotik nicht unbedingt etwas miteinander zu tun haben mussten. Was diesen jungen Mann betraf, so zeigte ihr Körper all die Symptome von Leidenschaft und Begehren, von denen sie immer gelesen und gehört hatte. Sie fand es wunderbar, mit ihm zu schlafen. Sie fand es himmlisch, ihn zu küssen. Sich langsam und verschmelzend mit ihm auf schwach beleuchteten Tanzflächen zu wiegen. Eng umschlungen mit ihm durch die Stadt zu bummeln. In der ersten Zeit konnte sie davon gar nicht genug bekommen. Sie gingen eineinhalb Jahre miteinander, abgesehen von einer vier Wochen während Krise, als Nicholas herausfand, dass ihn Virginia wegen ihres Alters belogen hatte. Er schmollte eine Weile, war jedoch selbst viel zu verrückt nach dem schönen, blonden Mädchen, um wirklich eine Trennung herbeiführen zu können. Sie erlebten aufregende Dinge zusammen, denn Nicholas hatte immer so viel Geld zur Verfügung, wie er nur wollte. Sie besuchten die angesagtesten Nobeldiskotheken, für die Virginias Taschengeld nie gereicht hätte, sie gingen in schicken Restaurants zum Essen, schauten sich Tennis in Wimbledon an und Pferderennen in Ascot. Es war ein neues Leben, eine neue Welt für Virginia, und sie genoss es in vollen Zügen.

Unterdessen zog Michaels Vater endgültig daheim aus, und schließlich ging auch die Scheidung über die Bühne, gegen die sich zu wehren Michaels mittlerweile schwer depressive Mutter nicht mehr die Kraft fand. Zu dem Zeitpunkt, als sich die inzwischen sechzehnjährige Virginia gerade von Nicholas trennte – Geld und Glamour hatten ihren Reiz verloren, und echte Gefühle hatte es zwischen ihnen beiden nie gegeben –, war Michaels Mutter seelisch so schwer erkrankt, dass Michael immer mehr zu einer Art Krankenpfleger für sie wurde. Anstatt endlich sein eigenes Leben führen zu können – oder zumindest herausfinden zu können, worin sein eigenes Leben eigentlich bestand –, begleitete er seine Mutter zu ihren Therapien und saß daheim ganze Wochenenden lang geduldig neben ihr und hörte sich wieder und wieder die Geschichte ihrer Ehe und der Trennung an. Als sie nach zwei Jahren an einem mysteriösen Herzversagen starb, dessen Ursache auf eine Überdosis an Medikamenten zurückzuführen war, von der sich nie klären ließ, ob sie sie absichtlich eingenommen hatte, wusste der knapp achtzehnjährige Michael über lange Zeit nicht, womit er die plötzliche Leere in seinem Alltag füllen sollte. Es war die Zeit, in der seine eigenen Depressionen geboren wurden.

Der einzige Mensch, der ihm blieb, war Virginia, die Gefährtin seiner Kinderjahre. Diese hatte sich gerade mit einem zwanzig Jahre älteren, sehr reichen Kanadier verlobt und war mit ihm nach Vancouver gegangen, flüchtete jedoch ein Jahr später kurz vor der geplanten Hochzeit vor seinen Gewalttätigkeiten zurück nach England. Es ging ihr nach dieser Erfahrung psychisch ebenfalls nicht gut. Auch sie suchte nach einem Halt, und es war fast unausweichlich, dass sie und Michael nun mit ausgestreckten Armen aufeinander zugingen. Angeschlagen und frustriert, wie sie waren, telefonierten sie häufig miteinander, sahen sich beinahe jeden Tag, entdeckten die alten Gefühle füreinander wieder und fanden in die Vertrautheit zurück, die sich in langen Jahren zwischen ihnen aufgebaut hatte. Als sich Virginia in Cambridge für ein Studium der Literaturwissenschaften einschrieb, war es sofort klar, dass auch Michael dort hinkommen würde. Er wollte Geschichte studieren und später eine Professur anstreben.

Sie hausten in einer winzigen Wohnung, die eigentlich nur aus einem einzigen Zimmer und einer Kochnische bestand, hatten viele Freunde und führten ein geselliges Leben. In Virginias Schlepptau verlor auch Michael etwas von seinem Hang zum Eigenbrötlertum, wurde offener und fröhlicher. Virginia gewann sehr schnell ihre alte Lebhaftigkeit und Leichtigkeit zurück, obwohl sie zugleich versuchte, im Hinblick auf ihre Studien ein ernsthafteres Leben zu führen.

Sie veränderte sich auch äußerlich: Die schicken Kostümchen und Stöckelschuhe, die sie in Vancouver getragen hatte, verschwanden in der Versenkung, stattdessen begann sie sich für ausgefranste Jeans, schwarze Pullover, Silberschmuck und ein düsteres Make-up zu begeistern. Sie rauchte ziemlich viel und nahm an literarischen Zirkeln teil, las endlich die Bücher, die sie während ihrer Pubertät zugunsten anrüchiger Liebesgeschichten übersehen hatte.

Sie feierte und trank ein wenig zu viel und schlief zu wenig, und gelegentlich flirtete sie auf Partys mit anderen Männern, was zu heftigen Auseinandersetzungen mit Michael führte. Soweit Michael überhaupt in der Lage war zu streiten. Er jammerte und klagte, und Virginia wurde aggressiv. Denn letztendlich war sie ihm treu. Sie fand es langweilig, mit ihm zu schlafen, aber sie probierte niemand anderen aus. Sie fühlte sich bei ihm geborgen, und über eine gewisse Zeit mochte sie diese Geborgenheit auch nicht zugunsten irgendeines schnellen Verhältnisses aufgeben.

Und dann traf sie Andrew Stewart, und genau wie in jenem Sommer viele Jahre zuvor, als ihre wunderbare Kindheit mit Michael plötzlich geendet hatte, veränderte sich auch diesmal ihr Leben wieder völlig.

Sie war ihrer großen Liebe begegnet.

5

Es war so dunkel im Zimmer geworden, dass sie einander nur noch schattenhaft erkennen konnten. Draußen vor den Fenstern rauschte der Regen. Der angekündigte Wetterumschwung war eingetreten. Der Sommer hatte seinen Abschied genommen.

Nachdem sie sich wieder und wieder übergeben hatte, hatte sie eine ganze Weile warten müssen, ehe sie sich wieder bewegen konnte, dann war sie ins Bad gegangen, hatte sich das Gesicht gewaschen und sich minutenlang die Zähne geschrubbt, um den widerlichen Geschmack von Erbrochenem in ihrem Mund zu beseitigen. Noch immer war ihr das bleiche Gesicht mit den weit aufgerissenen Augen darin wie das einer Fremden erschienen.

Was geschieht mit mir? Es war doch alles in Ordnung!

Aber eigentlich war nichts in Ordnung gewesen, das wusste sie, doch was immer in ihr an Unbewältigtem geschlummert hatte, sie hatte es unter Kontrolle gehabt. Irgendwie war es ihr seit Jahren gelungen, nicht mehr an Michael zu denken. Überhaupt an etwas zu denken, was vor ihrer Zeit mit Frederic Quentin lag. Seitdem jedoch die beiden Deutschen aufgekreuzt waren, besonders Nathan ...

Sie hätte auf Frederic hören und die Finger von den beiden lassen sollen. Frederic hatte keine Ahnung von der Lawine gehabt, die losgetreten werden könnte, aber ein Instinkt musste ihn gewarnt haben. Er hatte mit mehr Vehemenz abgeraten, als sie sie sonst bei ihm kannte.

Ich sollte jetzt hinübergehen und Nathan Moor bitten, endlich zu verschwinden. Und möglichst nie wieder hier aufzutauchen.

Das allein, so viel war klar, hätte ihre Probleme jedoch nicht gelöst. Denn nicht nur Nathan Moor war es, der ihr Schwierigkeiten machte. Ihre Kopfschmerzen, ihr Zusammenbruch waren von Frederic ausgelöst worden. Frederic in seiner Geduld, in seiner Wertschätzung all dessen, was sie tat oder nicht tat, war unverzichtbarer Teil ihres Verdrängungsprogramms gewesen. Dass er plötzlich Forderungen stellte, ärgerlich wurde, ihre Loyalität einforderte, hatte das Gerüst ins Wanken gebracht. Der Zusammenbruch hatte begonnen. Sie würde ihn bereits jetzt nicht mehr aufhalten können.

Sie war in die Küche zurückgegangen, aber Nathan war nicht mehr dort gewesen. Sie hatte ihn im Wohnzimmer angetroffen, wo er sich gerade einen Sherry einschenkte. Er tat das so selbstverständlich und gelassen, als wohne er seit Jahren in diesem Haus und bewege sich dort ganz unbeschwert. Diesmal empfand Virginia deswegen keinen Ärger. Diesmal vermittelte ihr sein Verhalten sogar ein Gefühl der Sicherheit.

»Geht es Ihnen besser?«, fragte er, und sie nickte, wehrte aber ab, als er ihr ebenfalls einen Sherry anbieten wollte. »Nein, danke. Ich fürchte, das schafft mein Magen noch nicht.«

»Sie wollten mir von Michael erzählen«, sagte er sachlich.

Sie hatte sich auf das Sofa gesetzt und die Beine hochgezogen, sie wie einen Schutzschild vor sich gestellt und mit beiden Armen umklammert. Sie hatte gehofft, er würde sich diesmal nicht neben sie setzen wie vorhin, als er ihren Nacken massiert hatte, und er schien das zu spüren, denn er wählte einen Sessel ihr gegenüber, so dass der breite hölzerne Couchtisch zwischen ihnen stand. Zuerst hatte sie nicht gewusst, wie sie anfangen sollte, und fast hätte sie ihn gebeten, das alles zu vergessen und so zu tun, als habe er den Namen *Michael* nie gehört. Aber kaum war sie so weit, einen Rückzieher machen zu wollen, meldete sich der Kopfschmerz wieder, leise und bohrend, und ihr Körper verkrampfte sich.

Nathan neigte sich vor und sah sie eindringlich an. »Ich glaube, Sie müssen da etwas loswerden«, sagte er ernst, »oder Sie werden krank. Was immer es mit Michael auf sich hat, es quält Sie, und es beherrscht Ihr Leben. Sie müssen nicht *mir* davon erzählen, wenn Sie nicht wollen. Aber dann sollten Sie sich einen Therapeuten suchen und mit ihm darüber sprechen. Alleine kommen Sie mit dieser Sache nicht mehr zurecht.«

Irgendwann, zwei oder drei Jahre zuvor, hatte Frederic ihr schon einmal zu einer Therapie geraten; es war eine Phase gewesen, in der ihre Panikattacken an Häufigkeit zugenommen hatten. Das Wort *Therapeut* hatte sie so sichtlich entsetzt, dass Frederic von seinem Vorschlag sofort wieder abgerückt war und nie wieder davon gesprochen hatte. Auch jetzt hob sie abwehrend beide Hände.

»Nein. Ich brauche keinen Therapeuten. Im Grunde ist alles in Ordnung, es ist nur ...«

»Michael«, unterbrach er mit sanfter Stimme, »es ist nur Michael, nicht wahr? Was ist mit Michael? *Wer ist Michael?*«

Er hatte ihr einen Einstieg geboten, den sie annehmen konnte. Er wollte wissen, wer Michael war. Sie konnte mit ihrer Kindheit beginnen, mit ihrer und Michaels Kindheit. Das war harmlos, das barg noch keine Gefahren. Sie hatte zu reden begonnen, stockend zunächst, gequält, aber dann immer fließender und freier. Die einsetzende Dunkelheit half ihr, und auch die Tatsache, dass Nathan der Versuchung widerstand, eine Lampe einzuschalten. Er war da, sie konnte seine Umrisse erkennen, konnte ihn atmen hören, aber sie musste nichts sehen von dem, was sich in seinen Gesichtszügen abspielen mochte. Irgendwann war der Regen sanftes Hintergrundgeräusch ihrer eigenen Stimme. Sie konnte von Dingen sprechen, die sie noch nie zuvor einem anderen Menschen anvertraut hatte: von ihrer wilden, freien Jugend, ihrer Lebensgier, ihrem Leichtsinn, ihrer Rücksichtslosigkeit, ihrer Neugier. Sie konnte von den Männern erzählen, die sie gehabt und wieder abgelegt hatte, von den Irrwegen, die sie gegangen war, von den unguten Dingen, die sie ausprobiert hatte. Nathan unterbrach sie nicht, aber sie konnte spüren, dass er sehr genau zuhörte. Und über allem, was sie sagte, hing das Wort *jung*.

Ich war jung. Alles war verzeihbar. Ich war so jung.

Sie brach ab, als Andrew Stewart auftauchte. Denn von da an war sie nicht mehr jung gewesen. Sie wusste selbst nicht, weshalb sie den harten Einschnitt an dieser Stelle vornahm. Vielleicht war es einfach ein Gefühl. Mit Andrew Stewart war sie erwachsen geworden. Nicht weniger wild, nicht weniger leichtfertig. Und doch erwachsen.

»Wie alt waren Sie, als Sie Stewart kennen lernten?«, fragte Nathan. Es war das erste Mal seit Stunden, dass er sein Schweigen brach. Er hatte ihren letzten Worten eine Weile nachgelauscht, dann aber verstanden, dass sie vorerst nichts mehr sagen würde.

»Zweiundzwanzig«, sagte sie, »ich war zweiundzwanzig Jahre alt.«

»Eine zweiundzwanzigjährige Studentin, die schon eine Menge vom Leben ausprobiert hatte. Nicht wahr?«

Sie nickte, obwohl er das nicht sehen konnte.

Er schien es zu ahnen. »Das Mädchen, das Sie beschrieben haben«, sagte er, »dieses Mädchen passt zu der Fotografie. Wie schön Sie waren, Virginia. Und wie unglaublich lebendig!«

»Ja«, sagte sie. »Lebendig. Wenn ich heute an diese Zeit denke, ist es das, was ich am allerstärksten empfinde: Leben. Ich habe so ungeheuer intensiv gelebt.«

»Andrew Stewart war auch Student?«

»Nein. Er war bereits fertiger Rechtsanwalt. Fing gerade an, in einer sehr renommierten Kanzlei in Cambridge zu arbeiten. Sein Vater hatte ihn dort untergebracht. Die Stewarts hatten einflussreiche Bekannte. Wir trafen uns bei der Promotionsfeier einer Freundin von ihm, die wiederum mit irgendeinem Freund von Michael bekannt war. Ich war aber allein dorthin gegangen, weil Michael die Grippe hatte. Wir kamen ins Gespräch und... alles änderte sich.«

Sie hörte, dass Nathan aufstand. Er bewegte sich geschickt und ohne zu stolpern durch das dunkle Zimmer. Er knipste die kleine Lampe an, die am Fenster stand. Das Licht flammte so plötzlich auf, dass Virginia für einen Moment geblendet die Augen schloss, aber es war ein weicher, gedämpfter Schein, den sie nicht als unangenehm empfand.

»Wir müssen ja nicht ohne Licht hier sitzen«, sagte Nathan. Groß und dunkel stand er vor dem Fenster. Ein Fremder. Ein völlig Fremder.

Warum erzähle ich diesem Mann so viel von mir?

Er kam ein paar Schritte näher, setzte sich aber nicht mehr hin.

»Und es war Liebe auf den ersten Blick?«, fragte er.

Sie nickte. »Was mich betrifft – ja.«

»Und für ihn war das anders?«

»Nein. Aber...«

»Aber?«

Leise sagte sie: »Es änderte sich später.«

»Haben Sie Michael von Andrew erzählt? Sich von ihm getrennt?«

»Nein. Michael erfuhr nichts. Ich trennte mich auch nicht von ihm. Es blieb alles, wie es war zwischen uns. Nur dass ich...«

»Nur dass Sie ein Verhältnis nebenher hatten!«

»Ja.«

»Seltsam. Bei einer Liebe auf den ersten Blick? Warum diese Verschwiegenheit? Die Heimlichtuerei? War Andrew Stewart damit einverstanden, dass Sie weiterhin mit Ihrem Freund zusammenlebten?«

Auf einmal fühlte sie sich in die Enge getrieben. »Was wollen Sie hören?«

Er hob abwehrend beide Hände. »Nichts. Nichts, was Sie nicht sagen wollen.«

Sie hatte einen Fehler gemacht, als sie mit ihm zu reden begann. Sie hatte einen Fehler gemacht, als sie sich nach dem Schiffsunglück um die beiden Deutschen kümmerte. Sie machte seit Tagen nur noch Fehler, und damit kam eines zum anderen, und alles schien plötzlich schief zu laufen.

»Ich glaube, ich möchte jetzt schlafen gehen«, sagte sie, »ich bin sehr müde.«

Ohne ihm eine gute Nacht zu wünschen, verließ sie den Raum. Draußen auf der Treppe fasste sie sich erneut an beide Schläfen, hinter denen es leise pochte. Hoffentlich kehrten die Kopfschmerzen nicht zurück. Es reichte, dass allzu viele Bilder und Erinnerungen wiederkamen.

Das alles war so lange verschüttet gewesen. Vielleicht sollte sie nicht weiter daran rühren. Nie hatte sie einem Menschen von jener Zeit erzählt.

Warum ausgerechnet diesem Fremden?

Montag, 28. August

1

Als Virginia am nächsten Morgen nach einer Nacht voll unruhigen Schlafs und böser Träume die Treppe hinunterkam, klingelte das Telefon. Es war noch nicht einmal halb acht, und für gewöhnlich rief niemand um diese Zeit an. Für einen Moment schwebte sie in der Versuchung, sich taub zu stellen und das Läuten zu ignorieren. Es war Bank Holiday, ein Feiertag, und es gehörte sich nicht, um diese Zeit bei anderen Menschen anzurufen. Allerdings war sie fast sicher, dass Frederic sie zu erreichen versuchte. Wenn auch die meisten Geschäfte heute geöffnet hatten, waren doch die Banken traditionsgemäß geschlossen, und er musste nicht arbeiten. Sie lief ins Wohnzimmer und nahm den Hörer ab.

»Ja?«, sagte sie.

»Ich bin es, Frederic. Ich hoffe, ich habe dich nicht geweckt?«

»Nein. Ich bin gerade aufgestanden.«

»Hast du dein Kopfweh gestern noch in den Griff bekommen?«

»Nein.«

Er schwieg einen Moment. »Das tut mir leid«, sagte er dann. »Ich wollte natürlich nicht, dass du dich quälst.«

»Ist schon gut. Es ist jetzt vorbei.«

»Virginia…« Es fiel ihm sichtlich schwer, ihr schon wieder zuzusetzen. »Virginia, ich möchte dich wirklich nicht unter Druck setzen, aber… hast du noch einmal über meine Bitte von gestern nachgedacht?«

Sie hatte natürlich nicht geglaubt, dass der Fall erledigt sei, aber irgendwie hatte sie gehofft, er werde etwas mehr Zeit verstreichen lassen, ehe er in die nächste Runde ging.

»Es ging mir wirklich nicht gut«, sagte sie, »ich habe eigentlich nicht nachdenken können.«

Er seufzte. »Es fällt mir ziemlich schwer zu verstehen, weshalb das alles überhaupt eine Frage ist, die intensives Nachdenken erfordert.«

Sie wollte nicht aggressiv werden, aber es war schon wieder Schärfe in ihrer Stimme, als sie sagte: »Und mir fällt es schwer zu verstehen, weshalb du deine Karriere nicht allein machen kannst!«

Sie wusste, dass er nun auch den Hörer hätte auflegen können, aber er schien wirklich dringend auf ihre Kooperation angewiesen zu sein, denn in einer betont ruhigen Weise, der man seine mühsame Beherrschtheit anmerkte, erwiderte er: »Lass uns nicht streiten. Ich denke, ich habe dir ausführlich erklärt, weshalb ich dich brauche. Warum versuchst du es nicht wenigstens einmal? Alles, was du tun musst, ist, ein hübsches Kleid in den Koffer zu packen und dich in den Zug nach London zu setzen oder dich von Jack fahren zu lassen. Wir gehen zusammen zu der Party, und ich verspreche dir, dass ich dich, wenn du es dann tatsächlich ganz schrecklich findest, nie mehr um einen derartigen Gefallen bitte.«

Er machte das geschickt, das musste sie zugeben. Er war sanft und freundlich und deutete an, sie nicht dauerhaft zu etwas zwingen zu wollen, was ihr zutiefst zuwider war.

Warum versuchst du es nicht wenigstens einmal?

Sie kam sich so schäbig und so unfair vor, wenn sie weiterhin ablehnte, aber der Gedanke, zu einem Fest mit fremden Menschen zu gehen, die sie unbarmherzig taxieren und womöglich mit hochgezogenen Augenbrauen beurteilen würden, war so schrecklich, dass sie ihn rasch wieder beiseite schieben musste, wenn sie nicht erneut Kopfschmerzen bekommen wollte.

»Ich denke nach«, sagte sie, »das verspreche ich dir. Wirklich. Ich überlege es mir.«

Er war mit dieser Antwort natürlich nicht glücklich, schien aber zu begreifen, dass er mehr für den Moment nicht bekommen würde.

»Gib mir Bescheid, wie du dich entschieden hast«, sagte er und legte auf.

Ich habe mich längst entschieden! Und das weißt du! Warum lässt du mich nicht in Ruhe? Warum gibst du mir das Gefühl, ein furchtbarer Mensch zu sein?

Sie ging in die Küche. Der Duft von frischem Kaffee und gebratenen Eiern mit Speck wehte ihr entgegen. Nathan stand an der Anrichte, ließ gerade zwei sanft gebräunte Brotscheiben aus dem Toaster springen und legte sie in den Brotkorb.

»Guten Morgen«, sagte er, »schon wach?«

»Schon ist gut.« Etwas missmutig sah sie zu, mit welcher Unbefangenheit er in ihrer Küche hantierte. Er trug Jeans und ein T-Shirt, das zu eng war für seine breiten Schultern und muskulösen Arme, und als sie genauer hinsah, entdeckte sie, dass es ein T-Shirt war, das Frederic gehörte, der weniger athletisch war. Für Nathan war es einfach eine Nummer zu klein.

»Sie sollten T-Shirts in Ihrer Größe tragen«, sagte sie.

»Was?« Er blickte an sich hinunter. »Ach so. Das gehört nicht mir. Ich fand es in Ihrer Wäschekammer auf einem Stapel Bügelwäsche. Meine Sachen sind ziemlich verschwitzt, und da dachte ich… Ich hoffe, es stört Sie nicht?«

»Nein. Nein, ist schon okay.« Die Wäschekammer befand sich im Keller. Wieso war er bis in den Keller hinuntergegangen? Wieso streifte er überhaupt derart unbekümmert im Haus herum? Auf einmal empfand sie die Vorstellung als beklemmend, dass sie in ihrem Bett gelegen und geschlafen hatte, während er sich überall umsah. In der nächsten Nacht würde sie jedenfalls ihre Tür abschließen. Sollte *er* in der nächsten Nacht noch da sein.

Er wird da sein, dachte sie resigniert, wenn ich ihn nicht hinauswerfe. Von allein wird er sich nicht einfach umdrehen und verschwinden.

»Ich wollte heute früh eigentlich joggen«, sagte sie, »aber ich habe glatt verschlafen. Das passiert mir sonst nie.«

»Sie haben sich emotional gestern Abend sehr verausgabt. Kein Wunder, dass Sie müde waren. Und dem Joggen sollten Sie nicht nachtrauern. Draußen herrscht Nieselregen, und es ist ziemlich kalt geworden.«

Ihr fiel erst jetzt auf, dass es in der Küche noch düsterer war als gewöhnlich. Sie bemerkte den Regen, der in feinen Bindfäden vor dem Fenster herabrann.

»Es ist plötzlich Herbst geworden«, sagte sie.

»Bald beginnt der September«, meinte Nathan. »Es werden noch schöne Tage kommen, aber nach dieser Abkühlung wird es wohl nicht mehr wirklich warm werden.«

Auf einmal fühlte sie sich traurig. Und seltsam kraftlos.

Er merkte es. »Kommen Sie. Ein heißer Kaffee ist genau das, was Sie jetzt brauchen. Und ein Toastbrot mit Rührei. Ich mache ziemlich gute Rühreier.«

Sorgfältig richtete er ihr Frühstück auf einem Teller an. Erstaunt, wie angenehm das Gefühl war, umsorgt zu werden, ließ sie sich auf einen Stuhl am Tisch sinken und nahm den ersten Schluck Kaffee. Er war genau richtig. Stark und belebend, aber nicht bitter.

»Sie machen auch einen guten Kaffee«, sagte sie.

Er lächelte. »Ich bin bei uns daheim für die Küche verantwortlich. Man gewinnt Erfahrung im Lauf der Jahre.«

Die Erwähnung seines Zuhauses brachte sie auf einen Gedanken. »Ich habe Sie das gestern gar nicht gefragt – wie geht es Livia?«

»Nicht besser, nicht schlechter.« Er zuckte nicht die Schultern, als er das sagte, aber die Antwort klang wie ein Schulterzucken. Ziemlich gleichgültig.

»Sie waren aber bei ihr?«, hakte sie nach. Sie erinnerte sich, dass er so fröhlich und gelöst von seinem Krankenbesuch zurückgekehrt war, dass sie einen Moment lang durchaus die Möglichkeit in Erwägung gezogen hatte, er sei gar nicht dort gewesen.

Er sah sie amüsiert an. Inzwischen hatte er ihr gegenüber am Tisch Platz genommen und sich auch einen Kaffee eingeschenkt, auf Toast und Rührei jedoch verzichtet. »Weshalb sollte ich nicht bei ihr gewesen sein? Deswegen hatte ich mir schließlich Ihr Auto ausgeliehen!«

Sie kam sich albern vor. »Ich dachte nur ... Sie wirkten so ausgeglichen. Ich glaube, wenn mein Mann mit einem schweren Schock im Krankenhaus läge, wäre ich ziemlich bedrückt.«

»Das würde aber an der Situation nichts ändern.«

»Nein. Natürlich nicht.« Betont gleichmütig fügte sie hinzu: »Was sagen eigentlich die Ärzte? Sie haben doch bestimmt mit einem Arzt gesprochen, oder? Wann wird es Ihrer Frau besser gehen?«

Diesmal zuckte er wirklich mit den Schultern. »Da hält man sich mit den Prognosen ziemlich zurück. Denen ist es ja erst einmal wichtig, sie körperlich wieder aufzubauen. Für die Psyche wird man dann wohl eine andere Art von Klinik brauchen.«

»Meinen Sie, sie muss in eine psychiatrische Klinik?«

»Vielleicht. Ich würde es nicht ausschließen. Sie war psychisch schon immer ... ziemlich labil. Diese Geschichte nun ist natürlich eine Katastrophe für sie.«

Virginia überlegte krampfhaft, wie sie das Thema *Rückkehr nach Deutschland* am besten anschneiden könnte, vielleicht mit einer Frage nach guten *deutschen* Kliniken ... Oder sollte sie direkt auf die deutsche Botschaft zu sprechen kommen ... Oder ihn ganz unmittelbar fragen, wann er denn nun die Heimreise anzutreten gedenke ...

Doch während sie noch nachdachte und mit ihren Hemmungen rang, sagte er auf einmal unvermittelt: »Hier in der Gegend ist schon wieder ein kleines Mädchen verschwunden.«

»Was?«

»Ich hatte den Fernseher an, während ich das Frühstück machte. Sie berichteten über ein Kind, das kürzlich hier in der Gegend gekidnappt und wenig später ermordet aufgefunden wurde. Und seit gestern wird schon wieder eines vermisst.«

»Das ist ja entsetzlich!« Sie starrte ihn an, vergaß völlig ihre Absicht, ihn auf irgendeine Weise hinauszukomplimentieren. »Ein Mädchen aus King's Lynn?«

»Ja. Sie nannten den Namen, aber ich weiß ihn nicht mehr. Sie wollte zum Kindergottesdienst gehen, kam dort aber nie an. Und ist wohl seither auch nicht mehr aufgetaucht.«

»Wie furchtbar! Wie furchtbar für die Eltern!«

»Wann holen Sie Ihre Tochter ab?«

»Heute Abend.« Sie schob sich die nächste Gabel Rührei in den Mund, aber obwohl sie es zuvor köstlich gefunden hatte, schmeckte es ihr plötzlich nicht mehr. »Ich dürfte Kim eigentlich keinen Moment mehr aus den Augen lassen.«

»Bei der anderen Familie und in Gesellschaft eines weiteren Kindes wird ihr schon nichts passieren«, sagte Nathan beruhigend, »und hier bei Ihnen auch nicht. Aber sie sollte alleine keine längeren Wege unternehmen.«

»Auf keinen Fall.« Sie schob ihren Teller weg. »Nathan, Ihr Rührei schmeckt fantastisch, aber ich fürchte, ich kann im Moment nichts mehr essen. Ich…«

Er sah sie besorgt an. »Ich hätte jetzt nicht davon anfangen sollen.«

»Ich hätte doch sowieso davon gehört.«

»Was tun Sie heute Morgen? Was tun Sie an so einem kühlen, verregneten Morgen?«

»Ich weiß es nicht. Heute Nachmittag werde ich auf jeden Fall nach King's Lynn fahren. Ich möchte etwas einkaufen. Dann werde ich Livia besuchen. Und dann Kim abholen.«

Er nickte. »Ein guter Plan.«

Sie hielt sich an ihrer Kaffeetasse fest. Das Porzellan war heiß, die Wärme schien sich von ihren Händen aus langsam über den ganzen Körper auszubreiten; ein tröstliches, beruhigendes Gefühl. Der Wetterumschwung deprimierte Virginia, auf einmal kam ihr das Haus, ihre geliebte, vertraute Höhle, düster und kalt vor. Dazu die Nachricht von dem verschwundenen Mädchen, Frederic mit seinem Drängen und seiner Gereiztheit, das Gefühl, dass sie sich mit Nathan und Livia in etwas verstrickt hatte, das sich zunehmend ihrer Kontrolle entzog… Ja, der einzige Trost war tatsächlich diese Tasse mit schönem, heißem Kaffee und die Wärme, die der Herd noch verströmte, nachdem Nathan die Eier darauf gebraten hatte.

Nathan neigte sich vor. In seinen Augen standen Anteilnahme und aufrichtiges Interesse.

»Es geht Ihnen nicht gut, nicht wahr?«

Sie atmete tief. »Doch. Ich habe nur ein paar Probleme, das ist alles.«

»Ein paar Probleme? Die müssen schwerwiegend sein, sonst würden Sie nicht so traurig aussehen.«

Etwas gereizt gab sie zurück: »Es sind meine Probleme!«

»Pardon!« Er lehnte sich wieder zurück, stellte den ursprünglichen Abstand zu ihr her. »Ich möchte nicht zudringlich erscheinen.«

»Schon gut. Es ist nur…« Sie stockte schon wieder. Es war ein guter Moment. Er hatte das Wort *zudringlich* in den Mund genommen. Das war eine Steilvorlage. *Jetzt sag es ihm! Sag ihm, dass er hier nicht ewig bleiben kann. Dass er endlich seine Heimreise organisieren muss. Dass es so nicht geht – hier einzuziehen, sich in deinem Haus zu bewegen, als sei es sein eigenes, keinerlei Angaben zu seinen weiteren Plänen zu machen. Mach ihm klar, dass…*

Er unterbrach ihre Gedanken, noch ehe es ihr gelungen war,

die in ihrem Verstand fertig formulierten Sätze auszusprechen.

»Wissen Sie, worüber ich seit gestern Abend nachdenke?«, fragte er. »Ich überlege immerzu, was damals geschehen ist. Denn irgendetwas muss geschehen sein, nicht wahr? Weshalb konnten Sie Michael, den ewigen Jammerlappen, nicht verlassen? Warum hielten Sie Ihre Beziehung zu Andrew Stewart geheim? Und warum... sind Sie heute mit Frederic Quentin verheiratet? Und nicht mit Andrew Stewart?«

2

Michael

Etwa sechs Wochen nach ihrer ersten Begegnung erfuhr Virginia, dass Andrew Stewart verheiratet war.

Es war Dezember, kurz vor Weihnachten, und er hatte sie eingeladen, mit ihm über ein verlängertes Wochenende in das Ferienhaus eines Freundes in Northumberland zu fahren. Virginia hatte sich für dieses Wochenende eigentlich vorgenommen, ein langes und ernstes Gespräch mit Michael zu führen, ihm von Andrew und ihrer Beziehung zu erzählen, um sein Verständnis zu bitten und sich dann offiziell von ihm zu trennen. Sie hatte diese Aussprache wochenlang vor sich hergeschoben; sie lag ihr schwer im Magen, und als Andrew von der gemeinsamen Reise sprach, war sie froh, erneut einen Aufschub gewonnen zu haben.

Sie erzählte Michael etwas von einem Wellness-Wochenende, das sie gemeinsam mit einer Freundin geplant habe, und als er wissen wollte, um welche Freundin es sich handelte, behauptete sie, es gehe um ein Mädchen aus ihrer wilden Londoner Zeit, das er nicht kenne. Sie kam sich ziemlich schäbig vor und schwor sich, dieses Lügenspiel nicht länger zu spielen.

Michael hatte ein Recht darauf, die Wahrheit zu erfahren, und zudem wollte sie sich endlich in aller Offenheit zu Andrew bekennen.

Northumberland sah in jenem Winter kaum Schnee, dafür Regen und Nebel ohne Ende. Die Welt schien aus kalter, klammer Feuchtigkeit zu bestehen. Das Haus lag sehr einsam, und schon auf dem Weg dorthin blieben sie mit Andrews Auto in einem Schlammloch stecken und mussten im strömenden Regen das Hinterrad mit bloßen Händen freischaufeln, was ihnen erst weit nach Einbruch der Dunkelheit schließlich glückte. Sie waren beide fast erfroren und langten mit nicht einem einzigen trockenen Faden mehr am Körper in dem alten Haus an. Dort empfing sie feuchte, abgestandene Luft und wiederum eisige Kälte. Andrews Freunde waren vergangene Ostern dort gewesen, den Sommer und Herbst über hatte das Haus leer gestanden, und niemand hatte sich in der Zwischenzeit gekümmert.

»Vielleicht war es doch keine so gute Idee, hierher zu kommen«, meinte Andrew, als er feststellte, dass er erst Holz würde hacken müssen, um den einzigen Kamin anzuheizen, während Virginia zitternd und zähneklappernd auf eines der Sofas sank, beide Arme eng um sich schlang und für den Moment offensichtlich zu keiner vernünftigen Handlung mehr in der Lage war.

»Dddoch… es… wwwar eine wun… wunderbare Idee«, erwiderte sie und nieste.

Zum Glück hatte Andrew mehr Energie als sie, und irgendwann am späteren Abend brannte ein warmes Feuer, ein paar Schnäpse wärmten von innen, und Virginia kochte in der herrlich altmodischen Küche einen riesigen Topf Tomatensuppe, von der sie sich in den nächsten beiden Tagen ernährten. Virginia hatte sich bei der Autopanne im Regen leicht erkältet und war während des gesamten Aufenthalts damit beschäftigt, diese Erkältung in Schach zu halten; sie trug ständig einen kratzigen Wollschal um den Hals und lutschte Eukalyptusbonbons, aber auch diese Umstände konnten ihr tiefes Glücksgefühl nicht trüben. In Gummistiefeln und dicken Regenjacken unternahmen sie lange Wanderungen über die nebligen Hochmoore und durch die nassen Täler. Stundenlang begegneten sie keinem einzigen Menschen, nur hin und wieder ein paar Schafen, die mit zotteligem, triefend nassem Fell einsam über ihr Weideland streiften. Virginia, die die Metropole London gewöhnt war und das quirlige Studentenleben von Cambridge, hätte nie geglaubt, dass sie sich im kargen, menschenleeren Norden Englands so wohl fühlen könnte. Nirgends war ein Ort erreichbar, an dem sie einfach irgendwelchen Vergnügungen hätten nachgehen können. Das nächste Dorf lag sechs Meilen entfernt. In einem kleinen Gemischtwarenladen dort kauften sie Brot und Butter ein, und einmal gingen sie abends in das einzige Pub am Ort. Sie tranken dunkles Bier, lauschten den paar wenigen anwesenden alten Männern, die wild politisierten und stritten, und fuhren dann Hand in Hand und voller Zufriedenheit zu ihrem Häuschen zurück.

Virginia vermisste nichts – keine Partys, keine neuen, aufregenden Menschen, weder Glitzer noch Glamour. Es ging nur um das Zusammensein mit Andrew, in langen, dunklen Dezembernächten voller Zärtlichkeit und an kurzen, verregneten Tagen, die verzaubert schienen.

Einmal dachte sie an Michael an ihrem letzten Morgen in Northumberland. Sie saß im Schlafanzug vor dem Kamin im Wohnzimmer und trank einen Becher Kaffee, während jenseits des Fensters endlich ein paar Schneeflocken fielen. Aus dem Radio erklang Weihnachtsmusik. Andrew lag, ebenfalls noch im Schlafanzug, auf dem Sofa und bemerkte plötzlich, dass sie minutenlang abwesend aus dem Fenster starrte.

»Was ist los?«, fragte er. »Du bist auf einmal ganz weit weg.«

Sie wandte sich um.

»Ich musste gerade an Michael denken«, sagte sie, »und daran, dass ich ihm noch vor Weihnachten alles über uns erzählen will. Es fällt mir nicht leicht, weißt du. Er hat sich immer an mir festgehalten, ich war immer seine Zuflucht, seine Beschützerin. Aber es ist schrecklich, ihn ständig zu belügen. Und mir graut bei der Vorstellung, dass er Weihnachten ganz allein verbringen muss. Seine Mutter lebt nicht mehr, zu seinem Vater hat er keinen Kontakt. Vielleicht kann er zu meinen Eltern gehen, aber die wohnen inzwischen den größten Teil des Jahres auf Menorca. Er steht ihnen recht nahe...«

Andrew sagte nichts. Sie dachte, dass er vielleicht keinen Grund sah, sich um das Wohlergehen seines Vorgängers viele Gedanken zu machen.

»Er wird seinen Weg finden«, sagte sie, mit leichterer Stimme, als sie sich tatsächlich fühlte, »und ich möchte Weihnachten auf jeden Fall mit dir verbringen. Nicht mehr mit ihm.«

Andrew sagte noch immer nichts. Er stand von seinem Sofa auf, trat vor den Kamin, legte einen neuen Scheit ins Feuer.

»Andrew?«, fragte Virginia unsicher.

Er blickte in die Flammen, die sich knisternd und prasselnd auf das neue Stück Futter stürzten.

Virginia stellte ihren Kaffeebecher ab. »Andrew, was ist los?«

Er sah sie nicht an. »Wegen Weihnachten«, sagte er. »Schatz, Virginia, es wird nicht gehen, dass wir zusammen feiern.«

»Warum denn nicht?«

Er holte tief Luft. »Wegen Susan«, sagte er, »meiner Frau. Sie trifft am 23. Dezember in Cambridge ein.«

Tiefes Schweigen folgte seinen Worten, aber in dieser Stille dröhnte die ganze Ungeheuerlichkeit dessen, was er gesagt hatte.

»Wie bitte?«, fragte Virginia nach einer Weile, ebenso fassungslos wie ungläubig.

Andrew wandte sich endlich zu ihr um und schaffte es, ihr in die Augen zu blicken. Er wirkte bekümmert, aber zugleich auch ein wenig erleichtert, wie jemand, der sich entschlossen hat, ein unangenehmes Vorhaben nicht länger aufzuschieben, sondern anzupacken.

»Es tut mir leid, Virginia. Ich hätte es dir längst sagen sollen. Ich bin verheiratet.«

»Aber…« Sie fasste sich an den Kopf, als könne sie mit dieser Bewegung Ordnung in ihre sich wild überschlagenden Gedanken bringen.

»Ich war in den letzten Wochen ständig drauf und dran, es dir zu sagen. Aber nachdem ich die richtige Gelegenheit am Anfang versäumt hatte, erschien plötzlich jeder Moment unseres Zusammenseins irgendwie unpassend. Ich war zu feige, Virginia. Ich hoffte auf eine günstige Gelegenheit. Ich hätte wissen müssen, dass es in Fällen wie diesem so etwas wie eine günstige Gelegenheit gar nicht gibt. Und dass jeder Tag, den ich verstreichen lasse, alles nur schlimmer macht.«

»Deine Frau…«

»…lebt im Moment noch in London. Sie ist dort Lehrerin an einer Schule. Ich bekam die Chance, in Cambridge Partner in einer großen Kanzlei zu werden, und ich musste diese Gelegenheit ergreifen. Für Susan bot sich natürlich nicht zeitgleich eine Möglichkeit für einen beruflichen Wechsel, daher blieb sie vorläufig in London. Im nächsten September kann sie an eine Schule in Cambridge wechseln.«

Sie war wie vor den Kopf geschlagen.

»Ich kann es kaum glauben«, flüsterte sie.

Andrew war mit zwei Schritten bei ihr, kauerte sich neben sie und ergriff ihre Hände.

»Virginia, ich spreche mit Susan«, sagte er. »Ich werde ihr von dir erzählen. Ich werde… alles in Ordnung bringen.«

Immer noch betäubt sah sie zu ihm auf.

»Was heißt das – in Ordnung bringen?«

»Ich werde sie um die Scheidung bitten«, sagte Andrew.

Später dachte Virginia oft, dass sie sich genauso verhalten hatte wie manche Frauen, von denen sie gehört und gelesen und die sie verachtet hatte. Frauen, die sich hinhalten, vertrösten und mit äußerst durchsichtigen Argumenten immer wieder beschwichtigen ließen.

Tatsächlich nämlich geschah zunächst nichts. Virginia feierte Weihnachten mit Michael, Andrew mit Susan, und es fanden keinerlei Aussprachen statt. Virginia mochte Michael nicht gestehen, dass sie sich mit einem verheirateten Mann eingelassen hatte und nun darauf warten musste, dass er sich aus seiner Ehe löste, und so sagte sie vorläufig überhaupt nichts. Was bedeutete, dass alles weiterlief wie bisher: Susan Stewart reiste Anfang Januar nach London zurück, und Virginia und Andrew nahmen ihre geheimen Treffen wieder auf. Anstatt sich zu klären, nahm die Geschichte immer konspirativere Züge an. Andrew mochte Virginia nicht mehr, wie noch zu Beginn ihrer Beziehung, in seiner Wohnung empfangen, nachdem alle übrigen Hausbewohner nun wussten, dass es eine Mrs. Stewart gab, und Virginias Ein-Zimmer-Apartment kam wegen Michael nicht in Frage. Also verlegten sie ihre Begegnungen in einsame Landgasthöfe oder kleine Hotels in anderen Städten. Sie fühlten sich unvermindert heftig zueinander hingezogen, verbrachten Stunden voller Leidenschaft und Zärtlichkeit – und schienen sich doch zunehmend in einer gewissen Stagnation zu verfangen. Virginia litt an den Wochenenden, an denen Susan nach Cambridge kam, aber sie sagte sich, dass Andrew auch ihre Nähe zu Michael aushalten musste. Natürlich fragte sie ihn oft, ob er bereits mit Susan gesprochen habe. Andrew begegnete ihren Fragen ausweichend.

»An Weihnachten und Silvester ging es einfach nicht«, sagte er nach den Winterferien, »ich brachte es nicht fertig. Der Dezember ist einfach ein furchtbar sentimentaler Monat.«

Später wies er dann häufig auf Susans Stress hin. »Sie war wieder fix und fertig von der Arbeitswoche. Sie hat schreckliche Klassen. Sie muss Beruhigungsmittel nehmen, um morgens überhaupt zur Arbeit gehen zu können. Ich glaube, sie bricht zusammen, wenn ich ihr jetzt mit Scheidung komme.«

Virginia hatte gehofft, er werde ihr zu ihrem Geburtstag Anfang Februar die Aussprache mit Susan gewissermaßen zum Geschenk machen, aber auch diese Vorstellung zerschlug sich. Stattdessen versprach er, er werde mit ihr im Frühling nach Rom fahren. Virginia freute sich, aber sie dachte, dass es nicht das war, was sie beide weiterbringen würde.

Sie war in der »Ewigen Stadt« noch nie gewesen und verliebte sich auf den allerersten Blick. Das pulsierende Leben, die strahlende Sonne, die Wärme, das Wandern über einen Boden, der von Geschichte getränkt war, faszinierten sie nicht nur, sondern gaben ihr ein andauerndes Leichtigkeitsgefühl, so als habe sie Sekt getrunken. Als sie über die Engelsbrücke auf die Engelsburg zugingen, musste sie einen Moment stehen bleiben und tief atmen, sich fast vergewissern, dass sie nicht träumte. Es kam jedoch gerade auf dieser Brücke im Angesicht der gewaltigen Burg zu einem seltsamen Erlebnis: Sie hatte plötzlich Angst. Von einer Sekunde zur anderen überfiel sie ein panikähnliches Gefühl, sie atmete ein zweites und ein drittes Mal tief durch, nun jedoch, weil ihre Brust auf einmal eng zu werden schien.

»Was ist los?«, fragte Andrew, der neben ihr stand und eifrig fotografierte. Er ließ die Kamera sinken und starrte sie an. »Du bist ja ganz blass!«

»Ich weiß auch nicht…«

»Die Sonne«, meinte er. »Komm, wir gehen zurück und setzen uns irgendwo in den Schatten. Es ist wirklich heiß heute, und…«

»Nein. Es ist nicht die Sonne.« Der Druck wich, sie spürte, dass wieder etwas Farbe in ihre Wangen zurückkehrte. »Ich hatte auf einmal… so ein Gefühl… als ob…«

»Ja?«, fragte er, als sie nicht weitersprach.

»Es ist so albern.« Sie strich sich mit der Hand über die Stirn. Sie war schweißnass. »Ich glaubte plötzlich zu wissen, dass das alles bald vorbei ist. Dass ich zum letzten Mal glücklich bin.«

»Was soll bald vorbei sein?«

»Die Leichtigkeit. Ich habe mich lange nicht mehr so leicht gefühlt wie hier in dieser Stadt. In diesem Frühling. Mit dir. Mir kommt das vor wie der Höhepunkt meines Lebens. Danach wird es abwärts gehen.«

»O Gott, mein Liebes, das sind aber verrückte Einbildungen!« Er nahm sie in die Arme. Sie presste ihr Gesicht gegen seine Schulter und lauschte seiner tröstenden Stimme. »Du bist gerade erst dreiundzwanzig Jahre alt! Da beginnt das Leben noch lange nicht abwärts zu gehen. Auf dich warten noch so viele wunderbare Momente. Du wirst sehen.«

Sie fand es befremdlich, dass er gesagt hatte: Auf *dich* warten noch so viele wunderbare Momente. Warum hatte er nicht gesagt: Auf *uns* warten noch so viele wunderbare Momente?

Sie sprach ihn darauf an. Er reagierte etwas verärgert. »Meine Güte, Virginia! Musst du jedes Wort von mir auf die Goldwaage legen? Schließlich haben wir gerade von dir gesprochen. Nicht von mir. Du bist wirklich manchmal schwierig.«

Sie sah zur Burg hinüber, dann in die tief unter ihr rauschenden dunklen Fluten des Flusses.

Wahrscheinlich hatte er Recht. Sie hatte seinen Worten viel zu viel Bedeutung beigemessen. Sie wunderte sich über sich selbst. Fröhlich, wild und lebenslustig, wie sie war, hatte sie nie dazu geneigt, sich in Grübeleien zu stürzen, den unausgesprochenen Worten anderer Menschen hinterherzulauschen. Warum tat sie es jetzt? Ausgerechnet an diesem herrlichen, sonnigen Tag hoch über dem Tiber, zu Füßen der Engelsburg?

Weil mir die ungeklärte Situation mehr zusetzt, als ich vor mir selbst zugeben möchte, dachte sie und drängte diesen Gedanken gleich darauf erschrocken und mit großer Konsequenz zur Seite.

Die zauberhafte Woche mit Andrew in Rom wollte sie sich durch nichts zerstören lassen.

Am Abend gingen sie wieder zur Spanischen Treppe. Das taten sie an fast jedem Abend, denn das kleine, lauschige Hotel, in dem sie abgestiegen waren, lag nur wenige Minuten entfernt. Da es bis tief in die Nacht hinein sommerlich warm war, hielten sich unzählige Menschen dort auf. Es machte Spaß, einfach auf den Stufen zu sitzen und alles zu beobachten, was ringsum geschah, den vielen Stimmen zu lauschen und dem Hupen der Autofahrer. Nacht für Nacht war der Himmel wolkenlos und wie schwarzer Samt, übersät von Sternen. Andrew machte Fotos von Virginia. Auf allen Bildern hatte sie glücklich funkelnde Augen und schien voller Freude und Lebenslust.

Nie mehr vorher oder nachher würde es Fotos geben, die sie so strahlend zeigten.

Das Glück endete am Tag ihrer Abreise.

Es war früher Morgen, erstes Tageslicht sickerte durch die schmalen Ritzen der hölzernen Fensterläden vor ihrem Zimmer. Leise noch und zaghaft erwachte Rom draußen zum Leben. Virginia und Andrew liebten einander mit der Intensität und Hingabe, die das Bewusstsein des nahenden Abschieds in ihnen weckte. Mittags ging ihr Flug nach London. Abends schon würde Virginia wieder am Tisch mit Michael sitzen, seiner etwas umständlichen Art zusehen, mit der er sich ein Brot belegte, und würde seinem stets leicht larmoyanten Tonfall lauschen, mit dem er erzählte, wie sehr er unter ihrer Abwesenheit gelitten und wie allein er sich gefühlt hatte. Sie würde von ihrer Studienreise nach Rom berichten. Es war im Vorfeld nicht leicht gewesen, ihn davon zu überzeugen, dass sie unbedingt allein fliegen wollte. Genau genommen hatte sie ihn überhaupt nicht überzeugt, es war ihm nur nichts anderes übrig geblieben, als letztlich ihren Willen zu akzeptieren. Er hatte sie jeden Morgen in ihrem Hotel angerufen und wissen wollen, ob sie sich allein wirklich besser fühlte als mit ihm zusammen. Manchmal war er ihr so auf die Nerven gegangen, dass sie hätte schreien mögen.

Jetzt, an diesem letzten Morgen, eng an Andrew geschmiegt, ermattet von der Liebe und geborgen im Nachklang ihrer völligen Verschmelzung, dachte sie plötzlich: Es kann so nicht weitergehen. Es ist unwürdig und schrecklich.

Sie richtete sich auf.

»Andrew, bitte, es kann nicht immer so bleiben wie jetzt«, sagte sie.

Andrew öffnete die Augen, sah sie an. »Was meinst du?«

»Na, alles. Die Lügen. Die Heimlichkeiten. Unser häufiges Getrenntsein. Unsere Liebesstunden in irgendwelchen Hotels. Das hatte sicher anfangs seinen Reiz, aber inzwischen finde ich es nur noch... belastend. Und irgendwie... häßlich.«

Er seufzte, setzte sich ebenfalls auf. Mit der rechten Hand strich er sich über die Augen. Er sah plötzlich sehr müde aus.

Virginia spürte eine leise Beklemmung in ihrer Brust, ähnlich dem Gefühl, das sie auf der Engelsbrücke befallen hatte. Irgendetwas stimmte nicht. Andrew wirkte so gequält.

»Andrew«, fragte sie leise, »du wirst doch bald mit Susan sprechen? Es kann doch nicht ewig so weitergehen.«

Er blickte an ihr vorbei in irgendeine Ecke des Zimmers, in der nichts war als die Dunkelheit der vergehenden Nacht.

»Ich wollte es dir schon die ganze Zeit erzählen«, sagte er so leise wie sie zuvor, »aber mir fehlten die Worte. Mir fehlte der Mut.«

Ihr wurde kalt. Fröstelnd zog sie die Decke enger um ihren Körper. »Was? Was wolltest du erzählen?«

»Es hat sich etwas geändert. Es ist... ich kann nicht mit Susan sprechen. Nicht mehr.«

»Warum nicht?«

»Weil...« Er konnte ihr nicht in die Augen sehen. Er saugte sich förmlich an der leeren, dunklen Ecke fest. »Susan erwartet ein Kind«, sagte er.

Draußen auf der Straße schrie jemand, gleich darauf ertönte ein Klappern und Scheppern. Lautstark wurde offenbar die

Last eines Lieferwagens abgeladen. Zwei Männer schienen miteinander zu streiten. Eine Frau mischte sich mit schriller Stimme ein.

Virginia hörte es kaum. Nur als ein fernes Geräusch im Hintergrund, unwirklich und wie aus einer anderen Welt stammend.

»Was?«, fragte sie fassungslos.

»Sie hat es mir Ende Februar gesagt.«

»Aber wie... ich meine... wann...?«

»Im September«, sagte Andrew, »es wird Mitte September zur Welt kommen.«

Ihr wurde schwindelig, sie musste sich an das wuchtige, hölzerne Kopfteil des Bettes lehnen.

»Im September«, sagte sie. »Dann wurde es also im Dezember...« Sie sprach den Satz nicht zu Ende.

Andrew sah aus, als wollte er am liebsten die Flucht ergreifen. »Ja, im Dezember«, bestätigte er, »als Susan in Cambridge war. Wir hatten beide getrunken, es war Weihnachten... es passierte einfach...«

Sie hatte sofort begriffen, wie die Dinge lagen, und doch gegen jede Vernunft gehofft, alles verhielte sich ganz anders. »Du hast immer gesagt, dass ihr seit über einem Jahr nicht mehr...«

»Das stimmte auch. Es war nur dieses eine Mal. Aus einer Stimmung heraus, aus einer Champagnerlaune... Ich habe es später selbst nicht mehr verstanden.«

»Du bist ganz sicher, dass es dein Kind ist?«

»Ja«, sagte Andrew.

Der Schwindel wurde stärker. Sie öffnete den Mund, um zu schreien. Aber sie brachte keinen Laut hervor.

Janie Brown hasste den Mittagsschlaf, zu dem sie während ihrer Schulferien jeden Tag nach dem Essen verdonnert wurde. Er erschien ihr als eine schreckliche Zeitverschwendung. Zudem fand sie ihn so sinnlos: Während der Schulzeit musste sie ja auch nicht schlafen, denn da kam sie ohnehin erst irgendwann am Nachmittag zurück.

Aber Mum bestand auf dieser halben Stunde Ruhe, ganz gleich, wie oft Janie versicherte, kein bisschen müde zu sein. Einmal, während einer ihrer heftigen Diskussionen um dieses Thema, hatte sie gesagt: »Ich brauche einfach ein wenig Zeit für mich!« Seither argwöhnte Janie, dass sie nur ins Bett geschickt wurde, damit Mum sich nicht mit ihr beschäftigen musste. Sie setzte sich mittags immer entweder ins Wohnzimmer oder im Sommer auf den kleinen Balkon und rauchte hektisch fünf oder sechs Zigaretten hintereinander. Das sei ihre Art zu entspannen, hatte sie Janie einmal erklärt. Mum musste viel arbeiten. Sie hatte einen Job in einer Wäscherei, wo sie die Wäsche anderer Leute wusch und bügelte, und sie war immer fix und fertig. Normalerweise blieb sie während ihrer Mittagspause im Betrieb, aber wenn Janie Ferien hatte und nicht in der Schule essen konnte, kam sie nach Hause geeilt, um rasch irgendetwas zu kochen. Sie selbst rührte davon kaum etwas an.

»Ich ernähre mich von Zigaretten«, sagte sie oft, aber Janie dachte, dass die sie kaum richtig satt machen konnten, denn Mum war entsetzlich dünn. Um zwei Uhr musste sie wieder weg und kam dann erst abends zurück. Janie fühlte sich manchmal sehr allein. Die Mütter ihrer Freundinnen waren zu Hause, spielten mit ihren Kindern, kochten ihnen am Nachmittag Kakao und machten ihnen Marmeladenbrote. Dafür waren diese Kinder allerdings nicht so selbstständig. Sie hatte gehört, wie die Mutter ihrer Freundin Sophie zu Mum gesagt hatte: »Ich staune immer wieder, wie selbstständig Ihre Janie ist!«

Manchmal, wenn sie sich traurig und einsam fühlte, dachte sie daran, und es ging ihr sofort besser. Sie hatte aber auch manch anderes aufgeschnappt, und das war nicht so erfreulich. Sie wusste, dass man Mum »alleinerziehend« nannte und dass dies ein Umstand war, der bei vielen Leuten ein an Verachtung grenzendes Mitleid auslöste. Mrs. Ashkin, die im Haus zwei Etagen unter ihnen wohnte, hatte zu ihrer Nachbarin gesagt, Janies Vater sei unbekannt, und sie hatte hinzugefügt: »Kommen wahrscheinlich zu viele in Frage…« Janie wusste nicht, was sie damit meinte, aber der Tonfall und der Gesichtsausdruck von Mrs. Ashkin hatten ihr gezeigt, dass Mum offenbar schon wieder irgendetwas getan hatte, was ihr die Verachtung der Leute einbrachte.

Janie hatte sich immer nach einem Vater gesehnt. Oder – vielleicht nicht immer, aber zumindest seit der Zeit, als sie zu begreifen begann, dass in ihrem Leben etwas anders war als bei den übrigen Gleichaltrigen. Seit den Tagen der Play School, als sie begonnen hatte, nachmittags andere Kinder zu besuchen und zu Geburtstagspartys zu gehen, war ihr aufgegangen, dass es in anderen Familien einen *Daddy* gab. Daddys waren etwas ganz Tolles. Die Woche über mussten sie arbeiten, verdienten das Geld und sorgten so dafür, dass die Mütter daheim bleiben und sich um ihre Kinder kümmern konnten. An den Wochenenden gingen sie mit den Kindern zum Schwimmen, unternahmen Fahrradtouren oder brachten den Kindern das Skateboardfahren bei. Sie reparierten zerbrochenes Spielzeug, flickten Fahrradschläuche, erzählten Witze und halfen, Baumhäuser zu bauen. Sie luden die Familie in den Tierpark oder zum Pizzaessen ein. Sie waren nicht nervös und halb verhungert und sagten nicht dauernd, dass sie Ruhe brauchten. Oft waren sie genau für die Unternehmungen zu haben, vor denen die Mütter warnten. Zum Beispiel im Schlauchboot einen Nebenfluß des Great Ouse entlangzuschippern. Das hatte der Vater von Katie Mills mit fünf Kindern an Bord getan, und Janie hatte es kaum fassen können, dass sie dabei sein durfte. Gut, natürlich war auch etwas schief gegangen, die unsportliche Alice Munroe war ins Wasser gefallen, aber außer dass sie hinterher patschnass war und von allen ausgelacht wurde, war überhaupt nichts passiert. Sie hatten einfach alle einen Riesenspaß gehabt.

Janie konnte sich absolut nicht vorstellen, dass ihre Mutter jemals so etwas tun würde. An einem Wochenende eine Bootstour mit fünf Kindern zu machen... o Gott, das war undenkbar! Mum mit ihrer Nervosität und ihrem ständigen Kopfweh und ihrer Unfähigkeit, während ihrer Freizeit länger als zehn Minuten ohne eine Zigarette auszukommen... Mum mochte es nicht einmal, wenn Janie am Samstag oder Sonntag eine Freundin zu sich einlud. Und nicht einmal an ihrem Geburtstag im September durfte Janie eine richtige Party veranstalten.

»Du kannst ein Mädchen mitbringen«, sagte Mum immer wieder, »und ich gebe dir etwas Geld, damit du für euch beide ein Stück Kuchen kaufen kannst.«

Das war alles. Wenn sie jedoch einen Daddy hätten... Wenn Mum sich in einen Mann verlieben und ihn heiraten würde...

Und bald war es ja wieder so weit. Heute war der 28. August. Am nächsten Freitag begann schon der September. Und am 17. September war ihr, Janies, neunter Geburtstag. Ein Sonntag in diesem Jahr. Wie wundervoll wäre es, wenn sie alle ihre Freundinnen einladen könnte! Auf kleinen Einladungskärtchen mit vorgedrucktem Text:

Liebe..., ich würde mich sehr freuen, wenn Du am... den... um... Uhr zu meinem Geburtstag kommen würdest.

Deine...

Janie hatte sich die Karten im Schreibwarenladen schon ausgesucht. Sie waren lindgrün und mit vielen kleinen Glückskäfern und Kleeblättern bedruckt. Sie wusste auch schon ganz genau, wer alles eine solche Einladung bekommen sollte, sie hatte sich eine Liste gemacht, die sie in ihrer Schreibtischschublade verwahrte. Sie hatte geplant, welchen Kuchen es geben sollte, welche Spiele sie spielen würden und wie die kleinen Geschenke aussehen sollten, die ihre Gäste dabei gewinnen konnten. Es war alles perfekt. Nur – Mum würde nicht mitmachen. Das wusste sie.

Es regnete draußen in Strömen. Janie fand den Mittagsschlaf deshalb nicht ganz so furchtbar wie am gestrigen Sonntag, als die Sonne geschienen und Mrs. Ashkin morgens gesagt hatte, mit dem schönen Wetter sei es nun bald vorbei. Janie hätte so gern den ganzen Tag unten im Hof gespielt, wo der Hausmeister eine Schaukel aufgestellt hatte. Aber sie hatte hier oben liegen müssen, im sanften Sonnenlicht, das durch die vorgezogenen gelben Vorhänge einfiel. Heute war alles grau, das Zimmer düster.

Sie musste an den Mann denken, den sie am vergangenen Freitag getroffen hatte. Im Schreibwarenladen, als sie sehnsüchtig und unschlüssig vor den Einladungskarten gestanden hatte. Er hatte sie angesprochen. War so richtig nett gewesen. Und sie hatte das Gefühl gehabt, dass er sie wirklich verstand. Er schien auf ihrer Seite zu stehen, ohne dass er Mum schlecht gemacht hatte – was sie ihm auch nie erlaubt hätte.

»Aber das ist doch ganz natürlich, dass du eine Geburtstagsparty veranstalten möchtest«, hatte er gesagt. »Jedes kleine Mädchen, das ich kenne, möchte das! Und diese Einladungskarten hast du dir ausgesucht? Ich muss sagen, die sind wirklich wunderhübsch!«

Er hatte so freundlich ausgesehen. Nett und warmherzig und verständnisvoll. Sie überlegte seither immer wieder, ob er wohl Kinder hatte. Sie fand, dass er eigentlich Kinder haben *musste*. Er hatte etwas von einem Daddy. Ein bisschen kumpelhaft, und trotzdem konnte man sich anlehnen. Er würde einen trösten, wenn man hinfiel und sich die Knie aufschlug, und er würde dabei nicht schimpfen, weil die Jeans ein Loch bekommen hatten. Er würde sagen, dass das nicht so schlimm sei. Ganz anders als Mum. Mum regte sich entsetzlich auf, wenn etwas kaputtging. Sie schimpfte dann so, dass sie das Trösten ganz vergaß.

Am allermeisten musste Janie jedoch daran denken, dass der Mann gesagt hatte: »Ich würde gern die Party für dich ausrichten! Weißt du, dass ich der beste Kindergeburtstagsveranstalter der Welt bin? Ich habe schon so viele gefeiert, dass man mich getrost einen Experten nennen kann!«

»Aber meine Mum wird das nicht erlauben«, hatte sie eingewandt. »Sie sagt, unsere Wohnung ist zu klein für so etwas. Und wenn dann getobt wird, geht bestimmt etwas kaputt. Meine Mum hat nur ganz wenig Geld, wissen Sie. Deshalb hat sie immer solche Angst, dass etwas herunterfällt und zerbricht!«

Der Mann hatte das völlig verstanden.

»Das ist doch ganz klar. Vielleicht ist eure Wohnung deshalb nicht der richtige Ort für eine solche Party!«

Und dann hatte er den verlockenden Vorschlag gemacht: »Warum lädst du deine Freunde nicht zu mir ein? Ich habe ein großes Haus mit einem Garten. Wenn das Wetter schön ist, feiern wir draußen. Sollte es regnen, nun, dann kümmert uns das auch nicht. Es gibt einen riesigen Hobbyraum im Keller, der eignet sich ganz großartig!«

Das klang natürlich alles zu schön, um wahr zu sein. Der Mann hatte sie dann gleich in seinem Auto mitnehmen wollen, um ihr sein tolles Haus zu zeigen, aber sie hatte Angst gehabt, zu spät zum Mittagessen zu kommen. Mum hasste Unpünktlichkeit. Sie verhängte dann immer gleich ziemlich drastische Strafen: Hausarrest, Fernsehverbot oder Taschengeldentzug. Janie hatte das nicht riskieren wollen.

Doch dann sein Angebot: »Es ist ja noch Zeit bis zu deinem

Geburtstag! Du kannst es dir überlegen. Aber du solltest dir wirklich vorher mein Haus ansehen, damit wir genau planen können, wie wir es machen. Pass auf, ich sage dir etwas: Normalerweise bin ich jeden Montag hier und kaufe mir meine Motorradzeitschrift. Heute ist eine Ausnahme. Und ich mache deinetwegen noch eine weitere Ausnahme: Ich komme morgen wieder her. Um die gleiche Zeit. Wie ist es? Kannst du?«

Von wenigen Gelegenheiten abgesehen, arbeitete Mum auch samstags. Zwar nur bis vier Uhr, aber es könnte trotzdem reichen.

»Schon, ja. Aber nicht um diese Zeit. Da muss ich immer zum Essen!«

Er war wirklich nett und entgegenkommend gewesen. »Weißt du, was die Zeit angeht, so ist mir das eigentlich egal. Um wie viel Uhr kannst du denn?«

Sie hatte überlegt. Mum verließ um kurz vor zwei die Wohnung. Wenn sie dann sofort aufstand, sich anzog und gleich losließ, konnte sie um zehn nach zwei an dem Schreibwarenladen sein. Besser, sie gab noch fünf Minuten dazu, um auf Nummer sicher zu gehen.

»Um Viertel nach zwei. Da könnte ich hier sein.«

»Viertel nach zwei passt mir großartig«, hatte der Mann versichert. »Ich werde hier warten, und du kannst dir überlegen, ob du dazustoßen möchtest.«

»Das ist sehr nett von Ihnen«, hatte sie gemurmelt.

Er hatte gelächelt. »Du bist ein besonders hübsches Mädchen, Janie. Und dazu intelligent und freundlich. Wenn ich dir einen Gefallen tun kann, so ist mir das ein Vergnügen.«

Er hatte kurz überlegt und dann hinzugefügt: »Weißt du, Janie, ich denke, unser Plan sollte vorläufig unser Geheimnis bleiben. Ich könnte mir denken, dass deine Mum ärgerlich wird, wenn sie erfährt, dass du ganz ohne sie woanders eine Party feiern möchtest!«

Das konnte sie sich auch denken. Nur allzu gut.

»Aber sie wird es doch merken, wenn ich an meinem Geburtstag weggehe!«

»Klar würde sie das merken. Und kurz vorher sagen wir es ihr auch. Wenn du möchtest, übernehme ich das. Aber dann sollte schon alles perfekt sein. Ich meine, wir sollten uns dann schon genau überlegt haben, was wir deinen Gästen anbieten, was wir spielen und in welcher Reihenfolge. Vielleicht sollten wir schon den Partykeller geschmückt oder im Garten Lampions aufgehängt haben. Wenn sie hört und womöglich sogar sieht, wie viel Mühe wir uns gegeben haben, wird sie bestimmt toll finden, was wir vorhaben!«

Er kannte Mum nicht. Janie konnte sich nicht erinnern, dass ihre Mutter jemals irgendetwas toll gefunden hatte. Aber vielleicht war es einen Versuch wert.

»Und du solltest auch mit deinen Freundinnen noch nicht darüber sprechen«, fuhr der Mann fort, »denn nachher wird das womöglich alles nichts, und dann stehst du blamiert da.«

»Warum sollte es nichts werden?«, hatte sie ganz erschrocken gefragt.

»Nun ja – wenn vielleicht doch noch ein Einwand von deiner Mum kommt. Oder dir gefällt am Ende mein Haus nicht!«

Letzteres konnte sie sich absolut nicht vorstellen. Ersteres dafür umso besser.

»Ja. Da haben Sie Recht.«

»Versprochen?«, fragte er. »Kein Wort zu niemandem?«

»Kein Wort«, hatte sie feierlich gesagt.

Er hatte ihr über die Haare gestrichen. »Wir feiern den schönsten Geburtstag deines Lebens, Janie«, hatte er gesagt.

Und dann das Furchtbare vorgestern, am Samstag: Mum, die schon am frühen Morgen ganz blass gewesen war, hatte sich gleich nach dem Mittagessen, von dem sie wieder nur ein paar Krümel zu sich genommen hatte, übergeben müssen. Sie hatte gesagt, ihr sei sterbenselend, sie könne beim besten Willen nicht in die Wäscherei gehen. Janie wusste, dass es ernst sein musste, denn Mum schleppte sich in fast jedem Zustand zur Arbeit. Sie hatte sich dann noch mal erbrochen, schließlich in der Wäscherei angerufen und sich entschuldigt, und sich dann auf das Sofa im Wohnzimmer gelegt und gesagt, sie glaube sterben zu müssen. Janie hatte sich große Sorgen gemacht, aber fast noch mehr war sie wegen des fremden Mannes beunruhigt gewesen. Um Viertel nach zwei würde er auf sie warten. Sie hatte Mum gefragt, ob sie ihre Freundin Alice besuchen dürfe, das hätte noch eine Chance bedeutet. Aber Mum war sehr ärgerlich geworden. »Einmal bin ich krank! Einmal könnte ich deine Fürsorge gebrauchen! Und da willst du weg! Sehr nett von dir, das muss ich schon sagen!«

Also war Janie geblieben, hatte ihrer Mutter am späteren Nachmittag Tee gekocht und einen geriebenen Apfel serviert und war so unglücklich gewesen wie schon lange nicht mehr. Sicher war der Mann nun sauer auf sie und würde sich nicht mehr blicken lassen.

Am nächsten Tag war Mum wieder gesund gewesen, aber am Sonntag machte es ja keinen Sinn, den Laden aufzusuchen, und Janie hatte kreuzunglücklich zu Hause herumgegammelt. Sie konnte nur beten, dass er tatsächlich am Montag da sein würde. Um seine Motorradzeitschrift zu kaufen.

Mum war zum Glück nicht wieder krank geworden. Und trotz des Bank Holidays ging sie zur Arbeit. Wie viele Arbeitgeber im Land zahlte auch ihre Chefin doppelten Stundenlohn, wenn man den Feiertag ignorierte, und Mum hatte am Morgen erklärt, sie könne jedes zusätzliche Pfund gebrauchen. Nun kam sie aus dem Wohnzimmer, wo sie geraucht und die Wand angestarrt hatte. Wie immer waren ihre Schritte schleppend. Janie fragte sich, wie ein Mensch nur ständig so müde sein konnte.

Jetzt nahm Mum ihren Regenmantel von der Garderobe. Jetzt zog sie ihn an. Strich sich vor dem Spiegel noch einmal über die Haare. Seufzte tief. Sie seufzte jedesmal, bevor sie die

Wohnung verlassen und zur Wäscherei gehen musste. Sie hatte einmal zu Janie gesagt, die Arbeit dort sei das Schlimmste, was sie sich je für ihr Leben hätte vorstellen können.

Der Schlüsselbund klimperte leise, als Mum ihn von der Kommode vor dem Spiegel nahm und in ihrer Handtasche verschwinden ließ. Dann ging die Wohnungstür auf. Klappte gleich darauf wieder zu. Mums Schritte verhallten im Treppenhaus.

Mit klopfendem Herzen warf Janie die Bettdecke zur Seite. Sollte sie wirklich…? Es war nicht leicht, etwas zu tun, wovon sie so genau wusste, dass Mum es nicht billigen würde. Aber dann dachte sie wieder an die grünen Einladungskärtchen mit den Glückskäfern und den Kleeblättern darauf. An Lampions im Garten und an gemeinsames Würstchengrillen. Sie musste es tun. Sie *musste* einfach.

Blitzschnell war sie in ihren Jeans, streifte ihr Sweatshirt über. Nahm ein Paar frische Strümpfe aus dem Schrank und zog dann ihre Turnschuhe an. Sie bürstete sich die Haare und steckte sie mit einer Spange aus der Stirn. Sie wollte hübsch und gepflegt aussehen. Hoffentlich war sie nicht völlig durchweicht, bis sie in dem Laden ankam. Sie verließ das Zimmer, schlüpfte in ihr Regencape.

Ihr Herz klopfte noch mehr, als sie die Wohnung verließ.

Sie wusste, warum: Sie hatte schreckliche Angst, er könnte nicht da sein.

4

Es war kurz vor halb drei Uhr am Nachmittag, als Virginia ihren Wagen am Tuesday Market Place in King's Lynn parkte, jenem Platz im Zentrum der Stadt, auf dem in vergangenen Jahrhunderten regelmäßig Hinrichtungen und Hexenverbrennungen stattgefunden hatten. Obwohl es noch immer heftig regnete und die Wolken tief über der Stadt hingen, fühlte sie sich besser als an den Tagen zuvor. Sie wusste nicht, woran das lag, hatte aber das undeutliche Empfinden, es könnte damit zusammenhängen, dass sie begonnen hatte, über Michael zu sprechen. Jahrelang hatte sie sich verboten, an ihn auch nur zu denken, und nun verbrachte sie Stunden damit, einem wildfremden Mann alles über ihn zu erzählen. Und über sich und ihrer beider gemeinsame Geschichte.

Aber nicht wirklich alles. Sie war fest entschlossen: Alles würde Nathan Moor nicht erfahren.

Sie wollte Livia im Krankenhaus besuchen und dann Kim abholen, aber zuvor… Was sie hierher auf den Marktplatz geführt hatte, war ein tollkühner Entschluss, den sie erst kurz vor ihrem Aufbruch gefasst hatte: Sie wollte sich ein neues Kleid kaufen, heute Abend Frederic anrufen und ihm sagen, dass er am Freitag in London mit ihr rechnen durfte.

Ihr eigener Mut verursachte ihr heftiges Herzklopfen, und sie musste sich immer wieder sagen, dass sie sich noch nicht unter Druck gesetzt fühlen musste. Erst heute Abend, wenn sie Frederic Bescheid sagte, begab sie sich in eine Unausweichlichkeit. Noch gehörte ihr Plan ihr ganz allein. Sie konnte mit ihm spielen, konnte ihn ausbauen, verwerfen, was immer sie wollte.

Also mach dich jetzt nicht verrückt, befahl sie sich, du gehst jetzt hin und kaufst einfach das Kleid. Da ist nichts dabei. Im schlimmsten Fall hast du eben das Geld zum Fenster rausgeworfen.

Sie verließ das Auto und hastete, große Pfützen überspringend, über den Platz. Idiotischerweise hatte sie vergessen, einen Schirm mitzunehmen. Egal. Man kannte sie in der kleinen, feinen Boutique, die sich in zweiter Häuserreihe hinter dem Marktplatz befand, man würde sie dort zuvorkommend behandeln, auch wenn sie völlig durchweicht dort aufkreuzte.

Auf halbem Weg hielt sie inne und beschloss, in dem Schreibwarenladen, an dem sie gerade vorbeikam, nach ein paar Illustrierten oder Taschenbüchern für Livia zu schauen. Sie wusste, dass sie dies auch in der Eingangshalle des Krankenhauses hätte tun können, insofern machte sie sich keine Illusionen über ihr eigentliches Motiv: Sie wollte den Kauf des Kleides wenigstens um ein paar Minuten noch hinausschieben. Ganz gleich, was sie sich vorbetete: In die Boutique zu gehen war der erste Schritt auf einem Weg, der sie zutiefst ängstigte.

Im Laden befanden sich erstaunlich viele Menschen, die wahrscheinlich gar nicht alle etwas kaufen wollten, sondern nur Schutz vor dem Regen suchten. Dem Inhaber, einem grauhaarigen Mann mit Nickelbrille, war das wohl auch klar, denn er blickte ziemlich missmutig drein. Virginia fand, dass man ihm das nicht verdenken konnte.

Der Laden führte auch internationale Presse, und Virginia entdeckte zwei deutsche Magazine, die zwar nicht mehr ganz aktuell waren, aber Livia sicherlich erfreuen würden. Falls sie sie überhaupt wahrnahm. Wenn Nathans Aussage stimmte, gelang es derzeit niemandem, zu ihr durchzudringen.

Sie suchte noch ein Malbuch für Kim aus und drängte sich zwischen den Herumstehenden zur Kasse. Der Grauhaarige fand es sichtlich angenehm, endlich einen echten Kunden vor sich zu haben.

»Verstellen hier nur den Weg und warten, dass es zu regnen aufhört«, brummte er. »Bin ich ein Unterstand oder was?«

»Draußen herrscht aber wirklich die Sintflut«, meinte Virginia und kramte nach ihrem Geldbeutel. Sie zuckte zusammen, als der Ladeninhaber plötzlich brüllte: »Jetzt reicht's mir aber! Noch mal sag ich es nicht! Nimmst du gefälligst deine Pfoten da weg?«

Alle drehten sich um, erschrocken über den plötzlichen Wutausbruch. Ganz hinten im Laden stand ein kleines Mädchen im blauen Regencape vor dem Regal mit Karten aller Art: Geburtstagskarten, Beileidskarten, Hochzeitskarten, Einladungskarten. Die Kleine wurde puterrot und kämpfte sichtlich mit den Tränen.

»Grabscht dauernd die Karten für die Kindergeburtstage an!«, rief der Ladeninhaber. »Ich hab sie schon mal verwarnt! Hör mal, kleine Lady, entweder du kaufst die Karten jetzt, oder du hörst auf, mit deinen Fettfingern Flecken darauf zu machen! Sonst kannst du was erleben!«

»Es ist doch noch ein Kind!«, meinte Virginia beschwichtigend.

Ihr Gegenüber starrte sie entrüstet an. »Die sind aber die Schlimmsten. Die Kinder! Die machen alles kaputt! Sie würden nicht glauben, was ich hier manchmal entdecke, nachdem irgendeine Schülerhorde durchmarschiert ist. Fassen alles an, zerstören mutwillig Bücher und Karten und Andenken. Und klauen wie die Raben. Wissen Sie, in diesen Zeiten ist das hart. Das kostet mich Geld, das ich einfach nicht habe!«

Sie konnte ihn verstehen. Aber das kleine Mädchen, dem jetzt die Tränen über die Wangen liefen, war ganz sicher die falsche Adresse für seinen Zorn. Es sah nicht aus wie jemand, der mutwillig Dinge zerstörte.

Virginia bezahlte ihre Zeitschriften und verließ den Laden. Der Regen wurde um nichts schwächer, und das würde wohl bis zum Abend so gehen. Jetzt gab es keine Ausrede mehr: Jetzt würde sie das Kleid kaufen.

Ehe sie wieder von ihrer Angst überwältigt werden konnte, rannte sie, die Tüte mit den Zeitschriften schützend über den Kopf haltend, zu der Boutique hinüber. Wie immer fand sie eine reiche Auswahl an Cocktailkleidern vor. Sie entschied sich für ein dunkelblaues, das vorn hochgeschlossen war und hinten einen sehr attraktiven, aber keineswegs zu provozierenden Rückenausschnitt hatte. Sie konnte dazu die Saphire tragen, die Frederic ihr zu Kims Geburt geschenkt hatte.

Sehr elegant, dachte sie, und ironisch fügte sie hinzu: Und konservativ genug für den Anlass und die Umgebung!

Es war inzwischen Viertel nach drei. Sie würde nun ins Krankenhaus zu Livia fahren.

Livia Moor war in einem Zimmer mit zwei anderen Frauen untergebracht. Ihr Bett stand direkt am Fenster, und sie lag völlig regungslos, mit abgewandtem Gesicht darin. Die beiden anderen Frauen hatten Obst und Bücher neben sich liegen und unterhielten sich lebhaft, verstummten aber, als Virginia eintrat. Virginia spürte die neugierigen Blicke im Rücken, als sie an Livias Bett trat.

»Livia«, sagte sie leise, »können Sie mich hören? Ich bin es, Virginia!«

Sie war entsetzt, wie schlecht die junge Frau aussah. Auf Skye hatte sie schon fast wie eine Schlafwandlerin gewirkt, zutiefst geschockt von den Erlebnissen, aber die zarte Bräune ihrer Haut, das windzerzauste Haar hatten sie trotzdem körperlich gesund aussehen lassen. Jetzt waren ihre Wangen eingefallen und hatten eine fahle, beinahe gelbliche Farbe angenommen. Ihre Hände, die auf der weißen Bettdecke lagen, zuckten ständig ganz schwach hin und her. Ihre ungewaschenen Haare waren aus der Stirn gekämmt, und man konnte ein Geflecht zarter, blauer Adern an ihren Schläfen pulsieren sehen. War ihre Nase schon immer so spitz gewesen? Ihre Finger so zerbrechlich? Ihr Hals so sehnig?

Sie öffnete die Augen, als Virginia sie ansprach, aber sie wandte nicht den Blick zu ihr hin. Sie schien aus dem Fenster in den Regen zu starren, aber man hatte nicht den Eindruck, dass sie das Wetter dabei wahrnahm. Oder das aufgeweichte Stück Wiese, das sich jenseits ihres Fensters befand.

»Livia, ich habe Ihnen etwas zu lesen mitgebracht.« Sie zog die Zeitschriften aus der nassen Tüte, aber ihr war klar, dass Livia sie nicht ansehen würde. »Ich dachte mir, Sie langweilen sich hier bestimmt sehr…«

Livia rührte sich nicht. Nur ihre Hände zuckten unablässig.

»Die gehört doch in die Psychatrie!«, murmelte eine der Frauen hinter Virginia. »Ich frage mich, was die hier soll!«

Offenbar war Livia nicht gerade beliebt. Ihre Zimmergenossinnen waren stämmig und standen vermutlich kurz vor der Entlassung – so rosig und gesund, wie sie aussahen. Sie hätten sich sicher eine weitere Plaudertasche gewünscht, die Leben in die Bude brachte und neue Themen eröffnete. Stattdessen hatten sie dieses stille Bündel aus Haut und Knochen ins Zimmer bekommen, das kein Wort sprach und dessen Hände ständig vibrierten. Sie schienen von ihr genervt zu sein.

»In erster Linie muss sie aufgepäppelt werden«, erwiderte Virginia. Sie hätte die beiden Weiber gern ignoriert, fand aber, dass man Livia zuliebe um ein wenig Verständnis werben musste. »Um ihre Seele kann man sich später kümmern.«

»Die hat sich noch nicht einmal gemuckst, seitdem sie hier ist«, sagte die andere Frau, »und sie wackelt ständig mit den Händen! Man wird ganz nervös vom Zugucken!«

Virginia wandte sich wieder zu Livia, strich ihr sanft über die Haare. »Es kommt alles in Ordnung«, sagte sie leise.

Sie hoffte, dass Livia hören und begreifen konnte, was sie sagte.

»Nathan wohnt im Moment bei uns«, erklärte sie. Sie sagte absichtlich *uns*, damit Livia nicht auf falsche Gedanken kam. Sie brauchte nicht zu wissen, dass Frederic in London war. Obwohl sie derartige Details vielleicht gar nicht interessierten. Sie schien sich in einem Dämmerzustand zu befinden, der sie in einer anderen Welt festhielt.

Virginia saß noch eine Weile neben ihr und streichelte ein paar Mal über die zuckenden Hände, aber schließlich schloss Livia ihre Augen wieder, und es schien unerheblich, ob jemand an ihrem Bett saß oder nicht.

Als Virginia aufstand, fragte eine der Zimmergenossinnen neugierig: »Stimmt es, dass sie beinahe ertrunken wäre? Oben vor den Hebriden?«

»Ihr Schiff ist mit einem Frachter kollidiert«, bestätigte Virginia.

»Sie hat ja einen unheimlich gut aussehenden Mann«, meinte die andere, »Teufel noch mal, als der gestern hier hereinkam, habe ich mir nur noch gewünscht, zwanzig Jahre jünger zu sein! Der hat einen Sexappeal... Ist ganz schön gefährlich, finde ich. So einen Mann zu haben und dann hier zu liegen und nichts mehr mitzubekommen! Würde mich ziemlich nervös machen!«

Die andere kicherte anzüglich. »Du meinst, der nutzt die Zeit, um...«

»Na, so einer wird doch garantiert andauernd angemacht! Mit dem Gesicht und der Figur... Den jagen die Frauen doch förmlich!«

Beide lachten. Virginia murmelte einen kurzen Gruß und verließ rasch das Zimmer. Die Begegnung mit Livia hatte sie erschüttert, das Gerede ihrer beiden gewöhnlichen Zimmergenossinnen sie aufgewühlt. Sie blieb stehen, lehnte sich mit dem Rücken an die Wand, atmete tief. War Nathan Moor ein Mann, der auf Frauen so intensiv wirkte, dass sie sich in infantil kichernde Geschöpfe verwandelten, so wie die beiden da drinnen eben?

Hat er auf mich auch diese Wirkung?

Sie hatte natürlich längst realisiert, wie gut er aussah. Das hatte sie schon in Mrs. O'Brians gemütlicher Küche auf Skye getan. Er war zur Tür hereingekommen, und obwohl er, genau wie seine bleiche, zittrige Frau, nur einen Tag zuvor knapp dem Tod von der Schippe gesprungen war und nichts weiter auf dieser Welt besaß als die Sachen, die er am Leib trug, hatte er eine überwältigende Energie, ein unerschütterliches Selbstbewusstsein ausgestrahlt. Braun gebrannt, die etwas zu langen, dunklen Haare lässig aus dem Gesicht gestrichen, hätte er auch ein entspannter Urlauber sein können, der gerade von einem ausgedehnten Strandlauf kam, und nicht ein Mann, dessen gesamtes Hab und Gut soeben auf den Meeresgrund gesunken war. Ihr fiel das Bild vom frühen Morgen des heutigen Tages ein: Nathan in Frederics T-Shirt, die breiten Schultern, die kaum Platz in dem Hemd fanden.

Ich sollte mich nicht so lange mit ihm zusammen allein in einem Haus aufhalten.

Es war gut, dass Kim heute zurückkehrte. Es war sogar gut, dass sie, Virginia, am Freitag nach London fahren würde, so elend es ihr noch immer bei der Vorstellung wurde. Ob er dann gehen würde? Oder glaubte er, er könne allein in ihrem Haus bleiben, während sie bei ihrem Mann in London war? Wenn sie das zuließ, würde sie ernsthaften Ärger mit Frederic bekommen, und das war auch verständlich. Aber nachdem sie nun gerade Livia gesehen hatte, erschien es ihr tatsächlich nicht einfach für Nathan, mit ihr nach Deutschland zurückzukehren. War sie überhaupt transportfähig? Konnte man ihr schon wieder eine Veränderung ihrer Umgebung zumuten?

Sie beschloss, noch an diesem Abend mit Nathan darüber zu sprechen. Wenn er Livias wegen weiterhin in King's Lynn bleiben wollte, musste er in ein Hotel gehen. Und wovon sollte er das bezahlen? Notfalls musste sie ihm eben noch einmal etwas leihen. Aber konnte er nicht seinen Verleger um Geld bitten? Als ein erfolgreicher Autor mussten schließlich ständig Zahlungen für ihn eingehen. Oder man würde ihm einen Vorschuss gewähren.

Wo liegt also das Problem?

Mit schnellen Schritten verließ sie das Krankenhaus. Wie immer, wenn sie länger als eine Minute über Nathan Moor nachdachte, wurde sie nervös. Weil sie dann stets auf Ungereimtheiten stieß. Seine ihn in komplette Hilflosigkeit stürzende Notlage – die er dabei keineswegs als wirklich verzweifelt zu empfinden schien, so gelassen und unbekümmert wie er auftrat! – entpuppte sich bei jedem näheren Hinsehen als eine zwar schwierige, jedoch von zahlreichen Lösungsmöglichkeiten begleitete Situation. Das größte Hindernis stellte zweifellos seine hoch traumatisierte Ehefrau dar. Aber war es für Livia wirklich das Beste, in einem englischen Krankenhaus zu liegen? Abgesehen von ihrem Mann – der höchst selten an ihrem Bett weilte – versuchten Ärzte und Schwestern ständig, in einer ihr fremden Sprache in ihre Umnachtung vorzudringen. Livia sprach ein gutes und flüssiges Englisch, aber Virginia war sich sicher, dass in ihrer augenblicklichen Lage größere Erfolge zu erzielen gewesen wären, hätte man sie in ihrer Muttersprache anreden können. Ein weiterer Punkt, den sie bei Nathan vorbringen musste. Wenn sie den Mut zu dem Gespräch denn überhaupt fand.

Er müsste von allein darauf kommen, dachte sie ärgerlich, als sie in ihr Auto stieg, dessen Scheiben von der hereingetragenen Feuchtigkeit sofort beschlugen, er dürfte mich gar nicht in die Situation bringen, ihn mehr oder weniger hinauskomplimentieren zu müssen. Wenn ich ihm sage, dass ich zu Frederic fahre, müsste er von sich aus sofort sagen, dass auch er spätestens am Freitag mein Haus verlassen wird.

Aus gutem Grund beschlich sie jedoch die Ahnung, dass er das nicht tun würde. Wie hatte ihn Frederic genannt? Eine Zecke. Ein böses Wort. Zecken wurde man nicht einfach los. Man konnte sich schütteln und sich kratzen, sie fielen nicht ab, waren wie verwachsen mit ihrer Nahrungsquelle. Erst wenn sie satt waren, so vollgesogen mit Blut, dass sie fast platzten, ließen sie freiwillig los. Dick und fett plumpsten sie zur Erde. Übertrugen vorher aber unter Umständen noch gefährliche Krankheiten, die ihre Opfer sogar das Leben kosten konnten.

Jetzt ist Schluß, befahl sie sich und reihte sich in den wegen des fürchterlichen Wetters eher vorsichtig dahinfließenden Straßenverkehr ein, es ist nicht fair, so über einen anderen Menschen zu denken. Er ist keine Zecke. Er saugt mich schließlich nicht aus.

Was will er dann?

Sie überlegte, ob es um Geld ging. Er hatte sich einen Betrag von ihr geben lassen, er würde es vielleicht wieder tun, aber es handelte sich nicht um wirklich nennenswerte Summen. Nichts, wofür es sich lohnte, großen Aufwand zu treiben. Und er fragte nie nach mehr. Ein Mann, der auf Geld scharf war, hätte schon Frederics Abwesenheit genutzt, um wegen weiterer Beträge zu bohren. Er hätte manches erfinden können – Vorauszahlungen für das Krankenhaus etwa. Aber nichts in dieser Art war geschehen.

Also wieder die Frage: *Was will er dann?*

Sie dachte an den Morgen – gestern war es erst gewesen –, als er mit ihrem Foto in der Hand zu ihr getreten war. *Wohin ist diese wilde, lebendige Frau verschwunden? Und warum?*

Er hatte ihr zugehört. Am Vortag und auch heute wieder den ganzen Vormittag über. Konzentriert, keine Sekunde abschweifend, ohne ein Anzeichen von Ermüdung oder Langeweile. Warum tat er das?

Er will mich. Das ist die Antwort. Er will mich.

Der Gedanke erschreckte sie so, dass sie fast mitten im fließenden Verkehr abrupt auf die Bremse getreten wäre und damit einen Auffahrunfall verursacht hätte. Sie konnte sich gerade noch zusammenreißen, geriet aber dabei ins Schleudern und rutschte auf die Nebenspur hinüber. Sie hörte wütendes Hupen, lenkte rasch auf ihre eigene Spur zurück. Der Fahrer des Wagens, den sie fast geschrammt hätte, zog vorbei und zeigte ihr höchst aggressiv den Mittelfinger. Sie nahm es nur aus den Augenwinkeln wahr. Sie hatte andere Sorgen.

Als sie in die Gaywood Road einbog, die zu dem kleinen Vorort führte, in dem sich Kim seit Samstag aufhielt, hätte sie plötzlich fast wieder eine Vollbremsung hingelegt. An der Ecke befand sich ein kleiner Coffeeshop, und gerade als sie vorbeikam, ging ein Mann über den gepflasterten Vorplatz mit den zusammengeklappten, im Regen triefenden Sonnenschirmen und den ineinander gestapelten Bistrotischen und Stühlen. Virginia sah ihn nur von hinten, aber sie meinte plötzlich, die hoch gewachsene Gestalt mit den dunklen Haaren und den breiten Schultern in dem zu engen T-Shirt unter Tausenden heraus erkennen zu können: Nathan Moor. Es musste Nathan sein. Was tat er hier? Wie war er von Ferndale ohne Auto in die Stadt gekommen? Und weshalb? Als sie wegging, hatte er nichts davon erwähnt, er hatte den Anschein erweckt, als ob...

Ja, was? Genau genommen hatte er überhaupt keinen Anschein erweckt. Sie hatte einfach vorausgesetzt, dass er im Haus bleiben, vielleicht einen Spaziergang durch den Park machen und sich dann mit einem Buch auf das Sofa im Wohnzimmer zurückziehen würde. Im Grunde hatte es dafür so wenig einen Anhaltspunkt gegeben wie für irgendetwas anderes. Blieb die Frage nach dem *Wie*. Natürlich hätte er es zu Fuß schaffen können, aber das hätte einen fast einstündigen Marsch bedeutet, bei dem sintflutartigen Regen eine alles andere als verlockende Vorstellung. Oder ob er auf Jack getroffen war, der ebenfalls in die Stadt wollte und sich angeboten hatte, ihn mitzunehmen? Der Gedanke behagte ihr gar nicht, denn dann wussten die Walkers jetzt, dass ein fremder Mann in Frederics Abwesenheit bei ihr wohnte. Spätestens mit Kims Rückkehr würde die Angelegenheit zwar ohnehin publik werden, aber Virginia hatte gehofft, wenigstens die Tatsache verheimlichen zu können, dass Nathan bereits seit Samstag da war.

Sie stand kurz in der Versuchung, in den Parkplatz einzubiegen, der sich gleich hinter dem Coffeeshop befand, ihr Auto abzustellen und nachzusehen, ob es sich bei dem Mann wirklich um Nathan handelte. Aber dann überlegte sie, dass dies ein peinliches Zusammentreffen geben könnte. Sie hatte kein Recht, ihn zu kontrollieren oder Rechenschaft über seinen Tagesablauf zu verlangen. Er konnte in Cafés sitzen, solange er wollte. Sie würde einfach heute Abend beiläufig erwähnen, dass sie glaubte, ihn in der Stadt gesehen zu haben. Entweder er bot ihr eine plausible Erklärung, oder er stritt es ab. Vielleicht war es ihm auch einfach peinlich, fröhlich irgendwo einen Kaffee zu trinken, anstatt am Krankenbett seiner Frau zu wachen. Es zog ihn deutlich nicht allzu sehr zu ihr hin.

Und auch seine Ehe geht mich überhaupt nichts an, dachte Virginia.

Am Ende war er es auch gar nicht gewesen.

Schon jetzt war sie sich da keineswegs mehr sicher.

Dienstag, 29. August

1

Als drei Polizeibeamte am Dienstag früh um Viertel nach sieben an der Haustür klingelten, wusste Claire Cunningham natürlich sofort, dass dies in einem Zusammenhang mit Rachel stand. Die Mienen der drei Männer verhießen nichts Gutes, dennoch klammerte sich Claire ein paar wenige Sekunden lang an die aberwitzige Hoffnung, man werde ihr nun mitteilen, die Kleine sei gefunden worden, sie habe sich verlaufen gehabt, sei aber wohlauf und werde gerade von einem Polizeiarzt untersucht.

Alles in Ordnung, Mrs. Cunningham. So sind Kinder nun einmal. Plötzlich von der Abenteuerlust gepackt, laufen sie irgendwohin und achten nicht auf den Weg, und ehe sie sich versehen, ist es dunkel,. und sie haben keine Ahnung mehr, wo es nach Hause geht!

Sie hatte zwei Tage und zwei Nächte nicht geschlafen, abgesehen von einem kurzen, erschöpften Einnicken am späten Montagnachmittag, aus dem sie jedoch viel zu schnell und kein bisschen gestärkt erwacht war. Der Regen des gestrigen Tages hatte sie in eine solche Panik gestürzt, dass zweimal der Arzt hatte kommen und ihr eine Spritze geben müssen.

»Siehst du den Regen? Siehst du den Regen?«, hatte sie geschrien. Sie war auf die Knie gesunken, hatte mit den Fäusten auf den Boden geschlagen, den körperlichen Schmerz suchend, um für Sekunden Linderung in ihrer inneren Qual zu finden. Robert, ihr Mann, hatte vergeblich versucht, sie daran zu hindern. »Mein Kind ist da draußen! Mein Kind ist da draußen im Regen! Mein Kind ist da draußen im Regen!« Sie hatte diesen Satz ständig wiederholt, hatte ihn schließlich geröchelt, weil ihre Stimme keine Kraft mehr hatte. Als sie anfing, sich mit allen zehn Fingernägeln durchs Gesicht zu fahren, hatte Robert den Arzt, der beim ersten Zusammenbruch am frühen Morgen schon einmal da gewesen war, noch einmal angerufen. Nach den Spritzen wurde Claire ruhiger, aber der Ausdruck vollkommener Verzweiflung in ihren Augen, ihre schwerfälligen Bewegungen dazu und ihre Bemühungen, etwas zu sagen, das sie dann doch nicht formulieren konnte, waren für ihren Mann fast noch schlimmer zu ertragen gewesen als ihr Toben. Am Montagabend war dann eine Psychologin der Polizei erschienen, um ihre Betreuung anzubieten, und das war der Moment gewesen, da auch Roberts Nerven versagten.

»Unsere Tochter wird seit gestern Vormittag vermisst!«, hatte er die junge Frau angebrüllt. »Gestern am frühen Nachmittag haben wir die Polizei verständigt. Inzwischen sind zweiunddreißig Stunden vergangen, in denen wir hier völlig allein diese Katastrophe durchzustehen versuchten. Und jetzt, *jetzt,* da meine Frau nur noch lallt wie ein Kleinkind, weil sie so viele Spritzen bekommen hat, jetzt hält man es endlich mal für angebracht, uns einen Psychologen vorbeizuschicken?«

»Nun mäßigen Sie sich bitte!«, hatte die Psychologin energisch gemahnt, aber dann war ihr Blick auf Claire gefallen, die fürchterlich aussah. Das Gesicht mit blutigen Kratzern übersät, die Hände und Handgelenke voller Blutergüsse, die in allen Farben, vom dunklen Blau bis zum schreienden Lila, schimmerten. Sie versuchte immerzu etwas zu sagen, schaffte es jedoch nicht, die Buchstaben in ihrem Mund zu formen. Ihre Unterlippe hing schlaff herab und unterlag offenbar nicht mehr ihrer Kontrolle.

»Großer Gott! Ihre Frau ist ja entsetzlich zugerichtet!«
Robert strich sich mit der Hand über sein müdes, blasses Ge-

sicht. Er hatte seine Beherrschung wiedergefunden. »Entschuldigen Sie. Es ist ja gut, dass Sie überhaupt da sind. Ja, es geht Claire sehr schlecht. Sie hat ständig Panikanfälle. Am Sonntag ging es noch, aber seit es draußen regnet und so viel kälter geworden ist…«

»Ich verstehe«, sagte die Psychologin.

»Ich bin noch froh, dass ich sie hindern konnte, sich selbst mit einem Messer zu attackieren. Der Arzt hat sie ruhig gestellt, aber es… es ist…« Seine Stimme hatte gezittert. Er gehörte nicht mehr zu der Generation von Männern, der man beigebracht hatte, auf keinen Fall je zu weinen, dennoch schien es ihm im Moment ganz ausgeschlossen, Tränen zuzulassen. Vielleicht, weil Claire so übel dran war und er daher meinte, stark bleiben zu müssen. Vielleicht auch, weil er ahnte, dass ihn sein Schmerz und seine Angst hinwegtragen würden, ließe er sie erst ausbrechen, und dass er dann irgendwann so dasitzen würde wie Claire.

Und Rachel findet zwei lallende Eltern vor, wenn sie heimkommt, und das geht doch nicht!

»Wo ist Ihre andere Tochter?«, wollte die Psychologin wissen. Sie hatte sich offenbar informiert. »Sie haben doch noch ein jüngeres Kind, nicht?«

»Ja. Sue. Sie ist bei der Schwester meiner Frau in Downham Market. Wir hielten es für besser, dass sie nicht so genau miterlebt…«

»Das ist absolut vernünftig!«

Die Psychologin, die Joanne hieß, hatte einen Imbiss zubereitet und darauf bestanden, dass Robert etwas aß. Draußen senkte sich die Dunkelheit über den Garten. Der Regen rauschte. Der zweite Abend ohne Rachel. Der zweite Abend, an dem sie nicht wussten, wo sie sich aufhielt. Robert hasste sich fast dafür, dass er im Trockenen saß und eine Scheibe Brot und eine Tomate aß. Er trank drei Gläser Wein, und das war das Einzige, was ihm an diesem furchtbaren Tag ein wenig half.

Es hatte ihm gut getan, mit einem ruhigen, gefassten Menschen zu sprechen. Joanne schien etwas von ihrem Job zu verstehen, denn es gelang ihr, ihm ein wenig Frieden zu geben. Sie hatten über die Möglichkeit einer Entführung gesprochen.

»Hält die Polizei das für möglich?«, hatte sie gefragt, und Robert hatte tief und traurig geseufzt.

»Zum jetzigen Zeitpunkt«, sagte er, »schließen die wohl gar nichts aus. Aber Tatsache ist, dass es bislang weder einen Brief noch einen Anruf von möglichen Erpressern gibt. Und ehrlich gesagt...«

»Ja?«

»Ich kann mir nicht so recht vorstellen, dass man ausgerechnet unsere Familie aussucht, wenn man an Geld kommen will. Wir sind alles andere als reich. Das Haus ist noch lange nicht abbezahlt. Ich verkaufe EDV-Programme an Firmen, richte sie ein und halte Schulungen für die Mitarbeiter ab. Ich verdiene je nach Umfang und nach Auftragslage, und die Zeiten sind nicht allzu gut. Claire kümmert sich hauptsächlich um die Kinder und verdient sich ab und zu etwas mit Theaterkritiken für die *Lynn News* dazu. Es geht uns nicht schlecht, aber...« Er sprach den Satz nicht zu Ende. Irgendwie wusste er, dass niemand kommen würde, um Geld zu verlangen.

»Wissen Sie«, sagte er verzweifelt, »abgesehen davon, dass ich aus tiefster Seele wünschte, Rachel säße jetzt hier bei uns, und dass mir die zweitliebste Variante die wäre, dass sie sich verlaufen hat, von anständigen Menschen aufgegriffen und uns zurückgegeben wird, so würde ich als dritte Möglichkeit darauf hoffen, dass jemand sie gekidnappt hat, um daran reich zu werden. Vielleicht jemand, der sie verwechselt hat? Denn dann gäbe es eine Chance, sie unversehrt zurückzubekommen. Die schrecklichste Alternative ist doch die...« Es fiel ihm so schwer, dies auszusprechen. Er sah das Mitgefühl in Joannes Augen und musste erneut gegen die Tränen kämpfen.

»Die schrecklichste Alternative ist doch die, dass sie irgend so einem perversen Kerl in die Hände geraten ist. Wissen Sie, so wie es gerade diesem anderen Mädchen aus King's Lynn passiert ist. Wenn ich mir vorstelle, dass sie jetzt vielleicht gerade von ihm…« Er stöhnte auf, bedeckte die Augen mit der Hand.

Joanna fasste kurz nach seinem Arm. »Stellen Sie es sich nicht vor. Quälen Sie sich nicht mit fürchterlichen Fantasien. Ich weiß, das ist leicht gesagt. Aber es hilft nichts, wenn Sie sich verrückt machen. Sie brauchen Ihre Nerven und Ihre Kraft.«

Sie hatten noch ein wenig über Rachel gesprochen, er hatte Fotos gezeigt und von ihr erzählt. Joanne hatte sich gegen elf Uhr verabschiedet. Robert war in sein Arbeitszimmer gegangen und hatte wahllos im Internet gesurft. Er hatte gehört, wie Claire um drei Uhr morgens unten auf und ab zu gehen begann; offenbar ließ die Wirkung der Spritzen nach, und sie konnte sich wieder bewegen. Irgendwann wurde der Fernseher eingeschaltet.

Okay, Fernsehen ist gut. Computer ist gut. Die Psychologin war gut. Wir müssen überleben. Wir müssen diese Nacht überstehen. O Gott, lass es nicht zu viele solcher Nächte werden!

Und nun standen die drei Polizeibeamten im Wohnzimmer, und es war ihnen anzusehen, dass sie ihren Beruf in diesem Moment hassten. Robert schaute zu Claire hinüber. Sie trug ihren weißen Bademantel und hatte sich die Haare gekämmt, aber sie sah noch immer verwüstet aus mit ihren geschundenen Handgelenken und den tiefen Kratzern im Gesicht.

»Was ist mit Rachel?«, fragte sie. Ihre Stimme und ihre Gesichtsmuskulatur gehorchten ihr wieder.

Einer der Beamten räusperte sich. »Wir wissen nicht, ob es sich um Ihre Tochter handelt, das muss ich gleich vorwegschicken, aber…«

Warum seid ihr dann hier, dachte Robert, *wenn ihr es nicht eigentlich doch wisst?*

Der Polizei lag eine genaue Beschreibung Rachels vor. Größe, Gewicht, Haarfarbe, Augenfarbe. Die Kleidung, die sie am Sonntag getragen hatte. Wenn sie ein Kind gefunden hatten, in welchem Zustand auch immer, dürfte es nicht allzu viele Zweifel geben.

»Ein Jogger hat heute früh die Leiche eines Kindes gefunden.« Der Beamte schaffte es, mit Claire und Robert zu reden, ohne sie beide anzusehen. »Es könnte… Es könnte sein, dass es Rachel ist.«

Claire hatte von Situationen gelesen, die so waren wie die, die ihr gerade widerfuhr. In Büchern, in Zeitungen. Sie hatte Filme darüber gesehen. Erst letzte Woche hatte sie eine Talkshow angeschaut, in der die Mutter der kürzlich getöteten Sarah Alby über die Tragödie berichtete, in die sich ihr Leben unvermittelt verwandelt hatte. Wann immer sie damit konfrontiert worden war – mit dem Verlust eines Kindes durch ein Gewaltverbrechen –, hatte sie den Schmerz der Eltern zutiefst nachempfunden und sich zugleich gefragt, wie ein Mensch dies ertragen und danach weiterleben konnte. Ihre Erkenntnis war immer die gewesen, dass es wohl nicht ging: Man konnte danach vielleicht noch existieren, atmen, schlafen, wachen, essen und trinken, aber man konnte nicht mehr leben. Zu viel würde absterben. Das Wichtigste würde absterben.

Und nun stand sie an einem kühlen, wolkigen Augusttag im Wohnzimmer des behaglichen kleinen Hauses, das sie sich mit Robert geschaffen hatte, stand inmitten ihrer beider beschaulichen, idyllischen Welt, die schon in ihrer Auflösung begriffen war, und erlebte selbst den Moment, von dem sie geglaubt hatte, er sei nicht zu ertragen. Und ertrug ihn. Betäubt und in einer eigenartigen Distanz zu sich selbst. Sie war Teil des Geschehens und zugleich Beobachterin. Später dachte sie, dass es diese Abspaltung gewesen war, die sie in jenem Moment nicht hatte wahnsinnig werden lassen.

Sie hörte Robert fragen: »Wo… wurde dieses Kind…?«

»Ganz nah bei Schloß Sandringham. Fast unmittelbar neben den Parkanlagen«, sagte einer der beiden anderen Beamten, die bis dahin noch nicht gesprochen hatten.

»Sandringham ... ist aber ziemlich weit entfernt von uns«, sagte Robert.

»Es muss sich nicht um Ihre Tochter handeln«, betonte der erste Beamte erneut. »Es wäre hilfreich, wenn Sie beide, oder einer von Ihnen, mit uns kommen und das Kind ansehen würden.«

Claire hatte das Gefühl, immer weiter zurückzutreten, aus immer größerer Distanz die kleine Gruppe zu beobachten.

»Wie wurde das Kind getötet?«, hörte sie sich fragen.

»Das Abschlussgutachten der Gerichtsmedizin liegt noch nicht vor. Für uns erkennbare Spuren weisen jedoch darauf hin, dass es erdrosselt wurde.«

»Und hat man es ... wurde es ...?«

»Sexuell missbraucht? Wie gesagt, das kann uns erst die Gerichtsmedizin beantworten. Meinen Sie, dass Sie ... fühlen Sie sich in der Lage, uns jetzt zu begleiten?«

Robert hätte gern nach Joanne gefragt. Irgendwie hatte sie ihm gut getan, und er dachte plötzlich, dass er dies alles besser mit ihr an seiner Seite durchstehen könnte, aber er wagte nicht, dies zu sagen. Er nickte nur. »Ich komme mit. Claire, du bleibst hier.« Er blickte die Beamten an. »Könnte einer von Ihnen bei meiner Frau bleiben, bis ich wieder da bin?«

»Selbstverständlich.«

Er sah zu Claire hin.

»Komm bald wieder«, bat sie. Er würde ein anderer Mann sein, wenn er zurückkam, das war ihr klar. Und sie eine andere Frau.

Sie wusste, es war Rachel, die man ihm zeigen würde.

2

Michael

Die Wochen, die der Reise nach Rom folgten, waren für Virginia quälend und trostlos. Tag für Tag ging sie zur Uni, aber die Vorlesungen glitten an ihren Ohren vorüber, ohne dass sie wahrgenommen hätte, worum es eigentlich ging. Sie verbrachte lange, trübe Stunden auf dem Campus, sonderte sich von ihren Freunden ab, zog sich ans Flussufer zurück, starrte in die Fluten und versuchte, Andrew Stewart und die Zeit mit ihm aus ihren Gedanken zu verdrängen. Er war ihre große Liebe gewesen, zumindest hatte sie das geglaubt, und in der Intensität der Gefühle kam das möglicherweise auf dasselbe hinaus. Sie wusste nicht, was schwerer wog: die Tatsache, dass sie ihn verloren hatte, dass sie jede Hoffnung auf eine gemeinsame Zukunft aufgeben musste, oder der Umstand, von ihm betrogen worden zu sein. Sie dachte an das herrliche, romantische lange Wochenende in Northumberland. Zehn Tage später hatte er mit Susan ein Kind gezeugt.

Wann immer ihr diese Erkenntnis kam, erfüllten sie Fassungslosigkeit und Schmerz.

Michael gegenüber verhielt sie sich gereizt und launisch. Er reagierte auf seine Art: geduldig und traurig. Er würde sich nie gegen irgendetwas wehren, das von ihr kam. Wenn es sein musste, ließ er sich auch schlecht behandeln von ihr. Er lebte in der Angst, sie zu verlieren, und er wollte nichts tun, was sie hätte dazu bringen können, ihn zu verlassen.

Im Spätsommer begann er, erstmals wieder seit ihrer beider Kindheit, von Heirat zu sprechen. Eines Abends hatte er Virginia bei einem Spaziergang durch die Gärten des King's College begleitet, obwohl sie abgewehrt hatte.

»Michael, ich möchte eigentlich allein sein.«

»Aber ich muss etwas mit dir besprechen.«

Er war hartnäckiger gewesen als sonst, und schließlich hatte sie eingewilligt, dass er mitkam. Es war ein herrlicher Abend, das frisch gemähte Gras duftete, und das rote Licht der Abendsonne färbte den Himmel, die Wellen des Flusses und die Mauern des Colleges in einem kupferfarbenen Schein. Überall waren Menschen unterwegs, Studenten und Dozenten. Lachen, Rufen und Plaudern erfüllten die klare Luft.

Virginia war in sich gekehrt und grüblerisch wie in all den letzten Monaten. Sie vergaß fast, dass Michael neben ihr stand, so sehr war sie mit sich selbst beschäftigt, und sie zuckte zusammen, als er sie plötzlich ansprach. Sie standen gerade auf einer Brücke, lehnten sich an das Geländer und sahen dem unter ihnen dahintanzenden Wasser zu.

»Möchtest du meine Frau werden?«, fragte Michael ebenso unvermittelt wie feierlich.

Sie starrte ihn fast entsetzt an. »Was?«

Er lächelte verlegen. »Ich war vielleicht ein bisschen zu direkt, aber... na ja, wir wollten das doch schon immer, und...«

»Aber da waren wir Kinder!«

»Meine Gefühle für dich haben sich nie geändert.«

»Michael...«

»Ich weiß«, sagte er. »Ich bin vielleicht nicht der Mann, den du dir immer erträumt hast, aber... ich meine, dieser Kanadier, mit dem du verlobt warst, war vielleicht viel aufregender...«

An den hatte sie schon gar nicht mehr gedacht. Und Michael meinte, sie grübele noch immer über ihn nach.

»Aber er hatte doch eindeutig seine Schattenseiten«, fuhr Michael fort. »Er hat dich misshandelt und ständig getrunken... Und so etwas würde dir mit mir nicht passieren.«

Sie sah ihn an. Nein, dachte sie, das Schlimme ist nur, dass mir mit dir überhaupt nichts passieren würde. Dass ich das Gefühl hätte, mein Leben zu verschlafen.

»Weißt du«, sagte Michael, »ich fange ja im nächsten Jahr

an zu arbeiten, und dann möchte ich schnell ein Heim für uns schaffen. Auf die Dauer ist das ja nichts mit dieser kleinen Wohnung. Ich dachte an ein Häuschen mit einem Garten. Was meinst du? Dann hätten auch…« Er stockte.

»Was?«, fragte Virginia.

»Dann hätten unsere Kinder Platz zum Spielen«, sagte Michael. Er räusperte sich. »Ich will dich ja nicht drängen, Virginia, aber ich hätte so gern Kinder. Ich liebe Kinder. Ich würde es genießen, eine richtige Familie zu haben. Was meinst du?«

Das ging ihr alles viel zu schnell. Heiraten, in ein Haus umziehen, Kinder bekommen. Das alles mit einem Mann, der ihr vertraut war, den sie mochte, der aber nicht im Entferntesten in ihr auslösen konnte, was Andrew in ihr auslöste. Sie musste an die Nächte mit ihm denken, an all das, was zwischen ihnen gewesen war, und schon füllten sich ihre Augen mit Tränen. Sie wandte das Gesicht ab, damit Michael es nicht bemerkte.

Er war jedoch feinfühlig genug, um zu spüren, dass sie alles andere als glücklich war.

Unbeholfen strich er ihr über den Arm. »Es tut mir leid. Ich habe dich vielleicht zu sehr überfallen mit alldem. Es ist nur… ich liebe dich so sehr!«

Ein paar Tage nach diesem Abend traf Virginia mitten in Cambridge Andrew auf der Straße. Er war in Begleitung einer attraktiven, blonden Frau, die einen gewaltigen Neunmonatsbauch vor sich her schob. Susan.

Andrew erstarrte sekundenlang, als er Virginias ansichtig wurde, dann sah er zur Seite und ging rasch weiter. Virginia war so geschockt, dass sie mit weichen Knien die Straße überquerte, im nächstbesten Café untertauchte, auf einen Stuhl sank und die Bedienung entgeistert anblickte, als diese sie nach ihren Wünschen fragte. Susan, das Phantom, hatte plötzlich ein Gesicht bekommen. Ganz zu schweigen von dem riesigen Leib, der die Frucht von Andrews Untreue in sich trug. Bei dem Gedanken an den erschrockenen Ausdruck in Andrews Augen und an die hastige Bewegung, mit der er sich von ihr abgewandt hatte, begannen ihre Wangen vor Scham zu brennen. Mit diesem Mann hatte sie sich eine Zukunft erträumt. Von diesem Mann hatte sie sich wochenlang belügen und monatelang hinhalten lassen. Und nun musste sie es ertragen, dass er auf der Straße vorgab, sie nicht zu kennen.

Am Abend erklärte sie Michael, dass sie bereit sei, mit ihm in ein Haus zu ziehen. Sie stellte nur eine Bedienung: Es dürfe nicht in Cambridge sein.

Es war schlimm genug, dass sie dort die Universität besuchte. Aber wohnen wollte sie woanders. Sie hatte keine Lust, bei ihrem nächsten Gang zum Bäcker oder zum Supermarkt Andrew, Susan und einem schreienden Baby im Kinderwagen zu begegnen.

Sie zogen nach St. Ives. Nah genug, um in Cambridge arbeiten zu können, und weit genug, um Andrew und seiner jungen Familie nicht bei jeder Gelegenheit über den Weg zu laufen. Michael hatte vorsichtig dafür plädiert, doch etwas näher an der Universitätsstadt zu bleiben, zumal er Anfang des neuen Jahres eine Assistentenstelle bekäme und sehr eingespannt wäre. Ohne den Fahrtweg hätte er es leichter gehabt. Aber ohne weitere Gründe zu nennen, beharrte Virginia auf ihrem Wunsch, und da Michael viel zu glücklich war, sie überhaupt so weit gebracht zu haben, riskierte er keinerlei Widerworte mehr und fügte sich in ihre Vorstellungen, obwohl er sie nicht begriff.

Sie hatten nicht viel Geld, und das Häuschen in St. Ives war sehr klein, aber es war doch ihr erstes richtiges gemeinsames Zuhause. In der Enge des Ein-Zimmer-Apartments hatten sich beide nicht wirklich wohl gefühlt. Jetzt gab es ein Wohnzimmer mit einem Kamin, eine Küche, in die auch ein Esstisch hineinpasste, und zwei weitere kleine Zimmer, die nach hinten zum Garten hinausgingen. Eines davon richteten sie als Schlafzimmer ein, das andere als Arbeitszimmer. Sie kauften billige

Möbel, deren Schlichtheit sie mit bunten Kissen aufpeppten, und einfache Stoffe, aus denen Virginia mehr schlecht als recht Vorhänge für die Fenster nähte. Sie bepflanzten den Garten und begannen nach Rücksprache mit dem Vermieter, den vorderen Begrenzungszaun abzubauen, um das kleine Grundstück ein wenig großzügiger wirken zu lassen. Da das Haus am Hang gebaut war, bestand der vordere Teil des Gartens aus einem Steilhang, an dessen rechter Seite entlang man über eine Treppe nach oben zur Haustür gelangen konnte. Auf der anderen Seite befand sich eine Auffahrt, die zur Garage führte. Da Virginia und Michael zunächst kein Auto besaßen, funktionierten sie die Garage zur Gartenhütte um, und bald war sie mit allerlei Geräten, Terrakottatöpfen und Kästen voller Saatgut gefüllt. Virginia widmete sich dem Garten mit einer Hingabe, die sie selbst erstaunte; sie hatte nie zuvor Lust verspürt, in der Erde zu graben oder Blumen und Büsche zu pflanzen. Jetzt aber hatte sie den Eindruck, sich unbewusst eine Therapie gesucht zu haben. Das Werkeln in der frischen Luft, der Geruch nach Erde und Gras, die Freude, dem Wachsen und Blühen ringsum zuzuschauen, halfen ihr, mit dem Schmerz um ihre verlorene Liebe fertigzuwerden. Es ging ihr schrittweise immer besser. Auch der räumliche Abstand zu Cambridge tat ihr gut. Zwar fuhr sie jeden Morgen zur Uni und nahm schließlich auch noch einen Aushilfsjob in der Bibliothek an, aber sie verließ kaum je das Collegegelände, und so bestand wenig Gefahr, Andrew und seiner Familie plötzlich über den Weg zu laufen. Und draußen in St. Ives musste sie sich ohnehin nicht fürchten. Sie unternahm lange Spaziergänge, fing an, regelmäßig zu joggen, befreundete sich mit den Nachbarn ringsum. Etwas spießige, aber nette Leute.

Zum ersten Mal seit Jahren nahm ihr Leben eine friedliche Gangart an, wurde jeder Tag zum Abbild seines Vorgängers, breiteten sich Ruhe und Vorhersehbarkeit um sie herum aus.

Problematisch blieb Michael. Er hatte das Thema *Heiraten*

eine Weile nicht mehr angeschnitten, mit Anbruch des neuen Jahres aber umso heftiger wieder damit begonnen. Familie, Kinder – er schien um kaum sonst etwas zu kreisen.

»Ich will jetzt kein Kind«, sagte Virginia dann stets genervt. Was ihn zu der unvermeidlichen Erwiderung brachte: »Aber man sollte nicht zu lange warten. Plötzlich sind Jahre vergangen, und man merkt, dass man zu spät dran ist!«

»Ich bin Anfang zwanzig, mein Gott! Ich habe Zeit ohne Ende!«

»Du bist fast Mitte zwanzig!«

»Na und? Ich studiere noch.«

»Du könntest in diesem Jahr deinen Abschluss machen. Und dann…«

»Und dann nur noch Kinderwagen schieben? Ich bin doch nicht verrückt. Dann hätte ich doch gar nicht erst zur Uni gehen müssen!«

Es waren fruchtlose Diskussionen, die manchmal im Streit, manchmal in gekränktem Schweigen endeten.

»Warum heiraten wir nicht wenigstens?«, fragte Michael.

»Wozu? Was würde sich ändern?«

»Für mich würde sich etwas ändern. Es ist… eine andere Art, sich zu bekennen.«

»Ich brauche dieses Bekenntnis nicht«, behauptete Virginia. In Wahrheit, und das wusste sie genau, hätte sie sagen müssen: Ich möchte mich nicht zu *dir* bekennen.

Als im Nachbarhaus eine junge Familie einzog, begann sich Michael eng mit diesen Leuten anzufreunden. Besonders der siebenjährige Sohn Tommi hatte es ihm angetan.

»So einen Jungen möchte ich auch einmal haben«, sagte er oft zu Virginia, bis diese ihn eines Tages entnervt anschnauzte: »Jetzt lass mich endlich damit in Ruhe! Wenn du eine Gebärmaschine haben willst, musst du dir eine andere Frau suchen!«

Für eine Weile sagte er nichts mehr, aber das Thema stand auch unausgesprochen ständig zwischen ihnen, und Virginia begann sich zu fragen, wie lange ein Zusammenleben unter diesen Umständen funktionieren würde. Im Grunde wusste sie, dass sie ihn verlassen würde, sobald sie die Wunden, die Andrew ihr zugefügt hatte, lange genug geleckt und ihr Selbstvertrauen und ihre Lebensfreude im alten Umfang wiedergefunden haben würde. Manchmal plagte sie deswegen ein schlechtes Gewissen. Dann wieder sagte sie sich, dass Michael es längst spüren musste, dass sie seine Gefühle nur unvollständig und in höchst reduzierter Form erwiderte, und es war nicht ihr Problem, wenn er sich beharrlich selbst etwas vormachte.

Tommi, der Nachbarsjunge, war bald täglich bei ihnen zu Gast. Abends, wenn sie beide aus Cambridge zurückkehrten, stand er häufig schon vor der Haustür und wartete.

»Michael!«, schrie er dann. »Michael!« Und Michael lief hin zu ihm, hob ihn hoch und wirbelte ihn durch die Luft. Er nahm ihn mit in die Küche, wo er ihm beim Kochen helfen und ein richtiges Chaos anrichten durfte, oder er sah mit ihm fern oder ließ ihn an seinem Computer spielen. Als Michael im Sommer genug Geld gespart hatte, um sich ein Auto kaufen zu können, wollte Tommi sich nur noch damit beschäftigen. Stundenlang hockten er und Michael in dem Wagen, Tommi auf dem Fahrersitz, mit glühenden Wangen und leuchtenden Augen. Manchmal ließ Michael sogar den Motor laufen. Tommi tat so, als sei er ein berühmter Rennfahrer, der auf den Rennbahnen von Monza oder Monte Carlo gerade alle anderen Teilnehmer weit hinter sich ließ.

Etwas verärgert dachte Virginia von Zeit zu Zeit, dass es Michael in der für ihn typischen Art und Weise wieder einmal hemmungslos übertrieb. Wenn er einen Menschen mochte, klammerte er sich an ihn, verschlang ihn förmlich mit Haut und Haaren. So machte er es seit Jahren mit ihr, so geschah es nun auch mit diesem kleinen Jungen. Stets gewann man den Eindruck, dass er jeden, den er einmal ins Herz geschlossen hatte, am liebsten für immer und ewig an sich ketten wollte.

Übertrieben, dachte sie, und wie unreif er sein kann!

Andererseits verschaffte ihr seine Zuneigung zu Tommi gewisse Freiräume. In der Zeit, die er mit dem Jungen verbrachte, konnte sie ihren eigenen Dingen nachgehen, ohne ständig befürchten zu müssen, dass er sie in der Heiratsfrage bedrängte. Zudem hoffte sie, er werde das Thema eigenen Nachwuchses weniger häufig anschneiden, wenn er seine Leidenschaft für Kinder anderweitig stillen konnte. Also sagte sie nichts und ließ ihn gewähren, schüttelte nur im Stillen den Kopf über ihn.

Eines Tages sagte Michael: »Es wäre gut, wenn wir die Garage freiräumen und den Wagen darin parken könnten. Tommi ist verrückt nach dem Auto, und ich habe Angst, dass er sich irgendwann einmal hineinsetzt, wenn ich nicht da bin, und die Handbremse löst. Bei dieser Steillage würde er zwangsläufig auf die Straße rollen.«

Virginia hatte die Garage inzwischen vollkommen mit ihren Gartenutensilien okkupiert. »Das geht nicht. Ich weiß nicht, wohin ich mit meinen Sachen soll!«

»Aber…«

»*Du* hast ihn doch so verrückt nach dem Auto gemacht! Das kannst du jetzt nicht mich ausbaden lassen.«

Wie immer mochte er es nicht riskieren, mit ihr in Streit zu geraten. »Okay. Okay. Wir müssen dann aber darauf achten, dass das Auto immer abgeschlossen ist. Dann kann nichts passieren.«

»Alles klar«, sagte Virginia friedlich, »ich passe auf. Versprochen.«

Sie mochte Tommi. Nicht so fanatisch wie Michael, aber sie hatte den fröhlichen Jungen ebenfalls in ihr Herz geschlossen.

Michael lächelte.

»Es ist schön, hier mit dir zu leben«, sagte er.

Sie sah ihn an und dachte: Wie du mich langweilst!

»Ja«, sagte Virginia, »so war das. Wir lebten dort in St. Ives in einer kleinbürgerlichen Idylle, in der Michael sich sehr wohl zu fühlen begann – sieht man davon ab, dass er mit seinen Heiratswünschen bei mir auf Granit biss und dass ich mich seiner Hoffnung auf ein gemeinsames Kind beharrlich widersetzte. Ich dachte viel an Andrew, vergrub mich in der Gartenarbeit und hatte ein chronisch schlechtes Gewissen.«

Sie saßen in der Küche, tranken jeder die vierte oder fünfte Tasse Kaffee. Nathan hatte angeboten, ein Frühstück zu machen, aber Virginia hatte erklärt, keinen Hunger zu haben, und Nathan hatte sich stillschweigend angeschlossen. Es war noch früh am Morgen, und obwohl es aufgehört hatte zu regnen, herrschte eine herbstliche Atmosphäre. Kein Sonnenstrahl fiel durch das Geäst der tropfnassen Bäume, die plötzlich noch dichter an die Fenster des Hauses herangerückt zu sein schienen. Virginia, die schon um sechs Uhr morgens ihre Runde durch den Park gejoggt war und nun im dicken Pullover und mit warmen Socken an den Füßen der Kälte trotzte, überlegte, ob sie die Heizung im Haus anschalten sollte.

Dabei haben wir immer noch August, dachte sie.

Nathan war erschienen, als sie gerade das Kaffeepulver in die Maschine füllte, und sie war erstaunt gewesen, wie sehr sie sich darüber freute. Normalerweise hatte sie nichts dagegen, morgens allein in der Küche zu sitzen, ihren Kaffee zu trinken und ihren Gedanken nachzuhängen, aber etwas begann sich in ihr zu verändern in den letzten Tagen. Nicht unbedingt zum Guten, wie sie fand. Sie wurde unruhiger. Ertrug das Alleinsein schlechter. Wälzte sich nachts schlaflos in ihren Kissen und fühlte sich tagsüber gepeinigt von alten Bildern und Erinnerungen.

Natürlich wusste sie, woran das lag. Sie hielt Michael nicht länger in sich verschlossen. Und Tommi. Den kleinen Jungen, den Michael so sehr geliebt hatte. Sie hatte begonnen sich zu öffnen, und nun drängte die Flut stärker und gewaltsamer nach draußen, als sie das geahnt hatte. Ob es ihr gefiel oder nicht, sie konnte jedenfalls nicht mehr zurück.

Sie hatte nicht mehr von Michael sprechen wollen, aber während sie und Nathan so da saßen in diesen kühlen, trüben Morgenstunden, hatte sie es doch getan. Sie hatte weitererzählt, einmal mehr verwundert, weshalb sie ausgerechnet diesem Fremden soviel Vertrauen entgegenbrachte. Vielleicht tat sie es, *weil* er fremd war. Aber nicht nur deshalb. Es hing auch mit ihm, mit seiner Person zusammen. Dieser Mann bewegte etwas in ihr, ohne dass sie genau hätte sagen können, was es war. Sie dachte, dass sie es womöglich auch gar nicht wissen wollte. Dass es besser wäre, darüber nicht einmal nachzudenken.

»Irgendwie hatte die Situation damals Ähnlichkeit mit Ihrer heutigen Situation«, sagte er nun.

Da sie sich gerade mit seiner Person und nicht mit ihrer eigenen Vergangenheit beschäftigt hatte, brauchte sie eine Sekunde, um zu begreifen, wovon er sprach.

»Wie meinen Sie das?«, fragte sie überrascht.

»Na ja, ein bisschen kommen Sie mir heute so vor wie die Virginia vor ungefähr zwölf Jahren. Nicht wirklich glücklich in der Beziehung, die Sie führen, aber sehr geborgen, sehr beruhigt. Trotzdem... ist es nicht das, was Sie suchen.«

Sie fingerte an ihrer Tasse herum. Hatte er recht? Und sollte sie ihm wirklich all diese Einblicke in ihr Leben gestatten?

Ich habe damit angefangen, dachte sie, nun kann ich nicht gut entrüstet sein.

Die Küchentür ging auf, und Kim kam herein. Sie trug ihren Schlafanzug, war barfuß und hatte das Telefon in der Hand.

»Daddy ist am Telefon!«, verkündete sie.

Virginia hatte das Läuten überhört. Sie war so vertieft gewesen in eine andere Zeit. Gern hätte sie noch herausgefunden, ob Kim ihrem Vater von Nathans Anwesenheit im Haus erzählt hatte, aber dafür blieb keine Zeit.

»Hallo, Frederic?«, fragte sie.

Er hatte am Vorabend nicht angerufen. Sie ihn auch nicht. Das Thema *Dinnerparty* stand allzu problematisch zwischen ihnen.

»Guten Morgen«, sagte Frederic. Seine Stimme klang kühl. »Ich hoffe, du hast gut geschlafen?«

»Ja. So einigermaßen. Ich…«

»Ich wollte dich gestern Abend nicht weiter bedrängen, deshalb habe ich mich nicht mehr gemeldet.«

»Frederic, ich…«

»Kim hat mir gerade etwas sehr Seltsames erzählt«, fuhr Frederic fort. »Stimmt es, dass dieser Moor aus Deutschland bei euch wohnt?«

Es war klar gewesen, dass Kim plappern würde. Virginia hatte nur gehofft, dass es nicht so schnell geschehen würde.

»Ja«, sagte sie, »übergangsweise. Er…«

»Seit wann?«

Sie mochte ihren Mann nicht anlügen. Nicht wegen Nathan und vor allem nicht in dessen Gegenwart.

»Seit Samstag.«

Sie konnte hören, wie Frederic am anderen Ende der Leitung den Atem einsog. »Seit Samstag? Und du sagst mir kein Wort?«

»Ich weiß ja, wie du dazu stehst.«

»Was ist mit seiner Frau?«

»Die liegt hier in King's Lynn im Krankenhaus. Sie wird wegen ihres Schocks behandelt. Das war oben auf Skye nicht möglich.«

»Aha. Und in Deutschland ist das auch nicht möglich?«

Was sollte sie dazu sagen? Sie verstand es schließlich selbst nicht.

»Ich wollte dir eigentlich etwas sehr Schönes mitteilen«, sagte sie hastig. Das entsprach nicht der Wahrheit: Sie hatte ihm keineswegs schon sagen wollen, dass sie nach London kommen würde. Wenn er es wusste, gab es für sie keine Möglichkeit mehr zum Rückzug. Dann war sie gefangen.

»Ich habe mir gestern Mittag ein neues Kleid gekauft«, fuhr sie rasch fort. »Weil ich beschlossen habe, dich am Freitag zu der Party zu begleiten.«

Nun herrschte erst einmal Schweigen in der Leitung.

Nach etlichen Sekunden fragte Frederic zutiefst überrascht: »Wirklich?«

»Ja. Und ich…« Sie überlegte kurz, ob sie sich noch weiter nach vorn wagen sollte, aber auf einmal war ihr ganz klar, dass nun alles schnell gehen musste: Sie musste schnell bei Frederic sein. »Ich komme bereits am Donnerstag, wenn dir das recht ist. Übermorgen also schon. Ich denke, das wird weniger stressig, als wenn ich mich am Freitag erst auf den Weg mache.«

Wiederum hatte sie ihn so sehr erstaunt, dass er nicht sofort reagieren konnte. Als er dann jedoch zu sprechen begann, klang seine Stimme so erfreut und glücklich, dass sich Virginia beinahe schämte. Es ging um eine Lappalie, und ihr Mann konnte sein Glück kaum fassen.

»He«, sagte er leise, »du glaubst nicht, wie sehr ich mich freue.«

»Ich mich auch, Frederic«, log sie. Sie wich Nathans Blick aus. Er merkte genau, wie angespannt und unecht sie klang.

»Du kommst mit dem Zug?«

»Ja. Ich werde dir die Zeiten noch durchgeben.«

Er freute sich wirklich. Sie konnte es an seiner Stimme hören. Und er freute sich nicht nur wegen der Party, auch das spürte sie. Er freute sich auf *sie*.

»Wie wunderbar, dass du schon einen Tag früher kommst. Wir werden irgendwo hingehen, nur wir beide. Ein schönes

Essen... und dann vielleicht ein Nachtclub, was meinst du? Wir haben seit Ewigkeiten nicht mehr getanzt.«

»Das ist... das ist eine gute Idee.« Sie hoffte, er würde aufhören, Pläne zu schmieden. Sie wollte nicht schon wieder Kopfschmerzen bekommen.

»Kim bleibt bei Grace?«, erkundigte er sich.

»Ich habe mit Grace noch nicht gesprochen, aber das wird kein Problem geben. Grace ist ja verrückt nach der Kleinen.«

»Dann kann nichts mehr dazwischenkommen«, sagte Frederic. Es klang beschwörend.

Bis ich am Donnerstag in London aus dem Zug steige, dachte Virginia, wird er nervös sein.

Ihr Hals fühlte sich eng an.

»Ich melde mich«, sagte sie hastig.

»Virginia«, begann Frederic, aber er sprach den Satz nicht zu Ende. »Ach, nichts«, sagte er dann nur. »Pass auf dich auf. Ich liebe dich.«

Sie wusste, dass er nach Nathan Moor hatte fragen wollen. Wie sie es anstellen würde, ihn bis Donnerstag aus dem Haus zu komplimentieren. Aber offenbar erschien ihm das Thema zu heikel, und im Augenblick musste es für ihn in erster Linie darum gehen, die Stimmung seiner Frau nicht zu gefährden. Nathan Moor war als Problem zweitrangig.

Zudem sagt er sich wohl, dass ich schon nicht so wahnsinnig sein kann, ihn hier wohnen zu lassen, während ich fort bin, dachte sie, während sie das Telefonat beendete. Das würde er vielleicht nicht einmal mir zutrauen.

»Ich darf zu Grace und Jack?«, rief Kim und fing an, auf einem Bein zu hüpfen. »Stimmt das, Mum?«

»Wenn die beiden es erlauben – ja.«

Kim jubelte. Grace backte immer Kuchen, Kim durfte viel mehr fernsehen als daheim, und sie bekam heiße Schokolade, soviel sie nur wollte. Sie war erst ein- oder zweimal über Nacht dort gewesen und hatte es toll gefunden.

»Sie fahren übermorgen nach London?«, fragte Nathan jetzt.

»Ja.« Sie holte tief Luft. »Das bedeutet, Sie müssen sich ein anderes Quartier suchen, Nathan. Ab Donnerstag.«

»Klar«, sagte er, »ab Donnerstag.«

Sie sahen einander an. Seine Augen teilten ihr etwas mit, das ihr plötzlich das Rot in die Wangen trieb. Ihr wurde heiß am ganzen Körper; sie strich sich mit einer hilflosen Geste die Haare aus der Stirn. Er hatte etwas an sich, was sie in Worten kaum ausdrücken konnte. Vielleicht war es die Intensität, die in allem lag, was er tat, in jedem Blick, in jedem Wort, in jeder noch so flüchtigen Berührung. *Sexappeal*, so hatten es Livias unerträgliche Zimmergenossinnen im Krankenhaus genannt. Zweifellos verfügte er über eine starke sexuelle Ausstrahlung. Wenn er einer Frau über den Rücken strich – sie musste plötzlich an die Situation im Wohnzimmer denken, als sie von Tränen und Migräne gepeinigt wurde –, hatte das fast etwas von einem Liebesakt.

»Mum, darf ich gleich zu Grace gehen und sie fragen?«, drängelte Kim.

Virginia lächelte. »Geh nur. Aber sag ihr, dass ich nachher auch noch einmal mit ihr spreche. Und zieh dir vorher etwas an!«

Kim sauste nach oben in ihr Zimmer.

»Sie wollen wirklich nach London fahren?«, fragte Nathan.

»Ja.« Sie bemühte sich um eine feste Stimme und einen klaren Blick und hatte dabei den Eindruck, dass ihr beides nicht sonderlich gut gelang. »Ich begleite meinen Mann zu einer Party.«

»Wie schön. Sie freuen sich bestimmt darauf?«

»Natürlich. Warum sollte ich das nicht tun?« Sie hatte plötzlich schreckliche Sehnsucht nach einer Zigarette. Nach etwas, woran sie sich festhalten konnte, etwas, das ihr Ruhe gab. Der warme Rauch, das Nikotin, das ihren Körper entspannte… Wo hatte sie nur die Packung hingelegt, die sie neulich…

Es wunderte sie nicht einmal sehr, als Nathan ein zerknautschtes Päckchen Zigaretten aus seiner Hosentasche kramte und es ihr hinhielt. »Nehmen Sie. Es hilft manchmal.«

Sie zog eine Zigarette heraus und ließ sich von Nathan Feuer geben. Sie registrierte sein elegantes silbernes Feuerzeug und die Wärme und Kraft, die von seinen Händen ausgingen. Als seine Finger ihre berührten, lief eine Gänsehaut ihren Arm hinauf.

»Woher haben Sie plötzlich Zigaretten?«, fragte sie.

»Gestern in King's Lynn gekauft«, erwiderte er gleichmütig.

Sie hatte völlig vergessen, ihn zu fragen, ob er am Vortag in jenem Café gewesen war. Sie hatten am gestrigen Abend zusammen gekocht und gegessen und dann mit Kim am Küchentisch gesessen und Spiele gespielt, und es hatte eine so fröhliche, ausgelassene Stimmung geherrscht, dass sich Virginia nicht mehr erinnert hatte, wie perplex und konsterniert sie gewesen war. Nun fiel es ihr wieder ein.

»Ich habe Sie gestern vor einem Café in der Stadt gesehen«, sagte sie, »und mich sehr gewundert. Sie hatten gar nicht erwähnt, dass Sie…«

Er lächelte. »Ich wusste nicht, dass ich so etwas ankündigen muss.«

Sie nahm einen hastigen Zug von ihrer Zigarette. »Das müssen Sie natürlich nicht. Ich war auch einfach nur… überrascht.«

»Ich langweilte mich«, erklärte Nathan, »und beschloss, mich für zwei Stunden in ein Café zu setzen und Zeitung zu lesen. Ich tue das hin und wieder sehr gern, wissen Sie.«

»Ein weiter Weg ohne Auto.«

»Ich bin gut zu Fuß.«

»Auch im strömenden Regen?«

»Regen ist für mich kein Hinderungsgrund.« Er zündete sich ebenfalls eine Zigarette an. Übergangslos sagte er: »Ich werde jetzt in mein Zimmer gehen und noch etwas arbeiten.«

»Schreiben?«

»Das ist mein Job. Und ich fürchte, ich muss langsam wieder ans Geldverdienen denken.«

»Woran schreiben Sie gerade?«

»Ich beschreibe eine Weltreise.«

»Aber...«

»Ich glaube, sie wird mit einem Schiffsuntergang beginnen. Manchmal ist der Verlauf von Weltreisen etwas... eigenwillig.«

»Aber Sie werden die Reise doch gar nicht fortsetzen können.«

Er starrte an ihr vorbei. »Nicht so, wie ich sie geplant hatte, nein. Es wird eine andere Reise werden – eine ganz andere.«

»Vielleicht lese ich dieses Buch ja irgendwann einmal«, sagte Virginia.

»Vielleicht.«

Schweigend rauchten sie ihre Zigaretten zu Ende. Der warme Rauch wogte durch die Küche. Sie konnten Kim hören, die aus dem Haus stürmte. Die Bäume jenseits der Fenster schienen die Mauern des Hauses beinahe zu streicheln.

Ich glaube, ich würde gern ein paar Bäume fällen lassen, dachte Virginia. Es müsste schön sein, den Himmel sehen zu können.

Und im nächsten Moment dachte sie: Ich will nicht nach London. Ich will es einfach nicht!

»Ich habe es vor einer halben Stunde im Radio gehört«, sagte Grace, »es ist einfach entsetzlich!«

Sie stand in ihrer gemütlichen, kleinen Küche mit den geblümten Vorhängen an den Fenstern und dem alten Sofa in der Ecke, auf dem eine dicke Katze lag und schlief. Überall an den Wänden hingen getrocknete Lavendelsträußchen, dazwischen, auf weiß gestrichenen Regalbrettern, präsentierte Grace ihre eindrucksvolle Sammlung von Tassen mit den Konterfeis der königlichen Familie darauf. Der Prince of Wales lächelte gleich neben seiner Mutter, der Queen, und daneben befand sich ein Kinderbild, das Prinz William im Alter von drei Jahren zeigte. Es mussten an die fünfzig Tassen sein. Täglich wurden sie von Grace liebevoll abgestaubt, eine Fleißarbeit, die Virginia immer wieder in stumme Bewunderung versetzte.

Von Jack konnte man nur die Beine sehen. Er lag auf dem Rücken unter der altmodischen Spüle, zur Hälfte verborgen von dem gerüschten Vorhang, der den Spültisch abtrennte. Er schimpfte leise vor sich hin.

»Ich weiß nicht, was du da immer reinschmeißt, Grace«, erklang es etwas dumpf. »Mindestens einmal die Woche liege ich hier und schraube die verdammten Rohre auseinander, nur weil du mal wieder alles verstopft hast!«

Im Spülbecken stand das schaumige Wasser bis fast zum Rand.

»Die Rohre sind einfach zu alt«, sagte Grace. »Ich traue mich schon fast gar nicht mehr, überhaupt noch zu spülen. Irgendetwas verkeilt sich immer, und schließlich geht gar nichts mehr durch.«

»Grace sagt, ich kann bei ihr bleiben, Mummie«, sagte Kim, die vor dem Sofa kauerte und der Katze beim Schlafen zusah.

»Ist das wirklich in Ordnung, Grace?«, fragte Virginia. »Es wäre nur von Donnerstagmittag bis Samstagabend.«

»Das ist doch gar keine Frage«, sagte Grace, »Sie wissen doch, wie gern Jack und ich die Kleine haben!«

Von Jack kam ein zustimmendes Brummen.

Virginia senkte die Stimme. »Nach dem, was Sie mir gerade erzählt haben, Grace, wäre es mir lieb, wenn Sie Kim nicht aus den Augen ließen. Nicht einmal innerhalb des Parks sollte sie sich zu weit von Ihrem Haus entfernen.«

Grace hatte es vor einer halben Stunde im Radio gehört: Das vermisste Mädchen, Rachel Cunningham, war tot unmittelbar hinter den Parkanlagen von Schloß Sandringham aufgefunden worden. Ermordet. Die Polizei gab noch keine Auskunft darüber, ob sie missbraucht worden war.

»Vermutet man, dass es derselbe Täter war wie bei Sarah Alby?«, fragte Virginia. Noch immer sprach sie mit leiser Stimme. Aber Kim hatte jetzt begonnen, der schnurrenden Katze den Bauch zu kraulen, und war völlig abgelenkt.

»Die sind noch sehr zurückhaltend«, sagte Grace, »aber zwei kleine Mädchen aus King's Lynn innerhalb weniger Tage – das gibt schon zu denken. Wenn Rachel Cunningham auch missbraucht wurde, dann glaube ich schon, dass hier irgendein perverser Verbrecher sein Unwesen treibt!«

»Sarah Alby war vier. Rachel Cunningham acht.«

»Na und? Das sind gerade mal vier Jahre Unterschied! Wenn so ein verkorkster Typ auf kleine Mädchen steht, dann ist es ihm bestimmt egal, ob die ein bisschen jünger oder älter sind!«

Wahrscheinlich hat Grace Recht, dachte Virginia.

Kim war sieben Jahre alt. Sie wusste, dass Grace und Jack sie wie ihren Augapfel hüten würden, aber sie waren beide nicht mehr die Jüngsten, und Kim war ein lebhafter Wirbelwind. Sie war es gewohnt, in dem riesigen Park umherzustreifen, auf Bäume zu klettern, Eichhörnchen zu füttern und in dichten Gebüschen verschwiegene Höhlen für ihre Puppen zu bauen. Der Park war von einer Mauer umgeben, die jedoch absolut nicht geeignet war, jemanden am Darübersteigen zu hindern. Kim braucht nur ein Stück vom Verwalterhaus entfernt einem Menschen begegnen, der es nicht gut mit ihr meinte, und Grace und Jack würden nichts davon mitbekommen.

Ausgerechnet jetzt wollte ihre Mutter nach London.

Nein, sie wollte nicht. Ihr wurde, im Gegenteil, fast schlecht, wenn sie daran dachte. Sollte sie Frederic anrufen? Ihm von dem zweiten Mordfall erzählen und ihn bitten, auf ihre Anwesenheit zu verzichten? Er würde es nicht verstehen. Weil er, genau wie sie, das Verwalterehepaar kannte. Weil er wusste, dass nicht einmal die eigene Mutter so fürsorglich auf Kim achten konnte, wie es diese beiden Leute tun würden.

Grace schien zu ahnen, was in Virginia vorging, und legte ihr beruhigend die Hand auf den Arm. »Machen Sie sich keine Sorgen, Mrs. Quentin. Jack und ich würden niemals zulassen, dass unsere Kleine in eine gefährliche Situation gerät. Wir werden sie nicht aus den Augen lassen, da können Sie ganz sicher sein!«

Jack kroch ächzend unter der Spüle hervor. »Also wirklich, Mrs. Quentin, haben Sie je Grund zur Klage gehabt? Wir wollen doch selber um Gottes willen nicht, dass etwas passiert! Ich sage Ihnen, wenn so ein perverser Typ sich hier im Park blicken lässt, dem jage ich eine Ladung Schrot in den Hintern! Und dann schneide ich ihm die...«

»Nicht, Jack!«, rief Grace hastig. »Das Kind ist doch hier!«

Jack brummte etwas Unverständliches vor sich hin, angelte nach einem Schraubenschlüssel und kroch wieder in die Dunkelheit hinter dem Vorhang.

Kim streichelte die Katze.

Grace stand rund und zuverlässig zwischen all den lächelnden Gesichtern der Königsfamilie.

Es war ein Bild des Friedens in dieser behaglichen Küche.

Virginia wusste, sie brauchte keine Angst um Kim zu haben. Und sie würde keinen nachvollziehbaren Grund finden, die London-Reise wieder abzusagen.

Am Donnerstag, den 31. August, um 16.15 Uhr würde Frederic sie am King's-Cross-Bahnhof in London abholen.

Ihr war plötzlich so sehr zum Weinen zumute, dass sie sich hastig von den Walkers verabschiedete, Kim an der Hand nahm und fast fluchtartig das kleine Haus verließ. Sie sehnte sich nach ihrer eigenen Küche, der die dichten Bäume jenseits der Fenster alles Licht nahmen und das feindliche Leben weit weg zu verbannen schienen.

Mittwoch, 30. August

1

Liz Alby fragte sich, ob es ein Fehler gewesen war, sich krankschreiben zu lassen. Der Arzt, der ihre Geschichte kannte, hatte ihr keinerlei Schwierigkeiten gemacht.

»Sie brauchen Zeit, dieses furchtbare Geschehen zu verarbeiten«, hatte er gesagt, »und ich denke, es ist in Ordnung, vorläufig nicht zur Arbeit zu gehen. Allerdings sollten Sie auch nicht zu viel daheim herumsitzen und grübeln. Sie brauchen professionellen Beistand.«

Er hatte ihr eine Liste mit Namen und Adressen von Therapeuten gegeben, die sich zum Teil auf die Betreuung von Verbrechensopfern und deren Angehörigen spezialisiert hatten, zum Teil auch auf die Arbeit mit Eltern, die ihre Kinder verloren hatten. Liz' Mutter hatte höhnisch gelacht, als Liz sagte, sie werde vielleicht in eine Therapie gehen.

»Zu den Quacksalbern willst du gehen? Die labern nichts als Scheiße, und hinterher wollen sie 'ne Menge Geld dafür haben! Echt, Liz, ich hätt' nicht gedacht, dass du so blöd bist!«

»Aber vielleicht kann man mir auch helfen, Mum. Ich träume immerzu von Sarah. Und ich kann«, ihr waren schon wieder die Tränen gekommen, »ich kann ständig nur denken, warum ich sie nicht auf das Karussell gelassen habe!«

Betsy Alby hatte theatralisch geseufzt. »Herrgott, hör doch endlich mit dem blöden Karussell auf! Glaubst du, sie wär' jetzt nicht tot, wenn sie drei Runden auf dem dämlichen Ding herumgejuckelt wäre?«

Ich weiß es nicht, hatte Liz antworten wollen, aber sie hatte nicht mehr sprechen können, weil die Tränen sich nicht länger hatten zurückhalten lassen. Sie musste immer weinen, wenn es um das Karussell ging. Darum, dass sie Sarahs letzten Wunsch nicht erfüllt hatte. Seltsamerweise warf sie sich das mehr vor als die Tatsache, zu dem Kiosk gelaufen und ihre Tochter so lange allein gelassen zu haben.

Sie fand keinen Trost bei ihrer Mutter, aber das hatte sie eigentlich auch nicht erwartet. Es war nicht so, dass die grausame Ermordung ihrer Enkelin spurlos an Betsy Alby vorübergegangen wäre. Aber die verbitterte Frau versuchte auf ihre Weise, damit fertigzuwerden: Sie trank noch mehr Alkohol, und der Fernseher lief nun fast rund um die Uhr. Manchmal wurde Liz um drei Uhr morgens wach und hörte, dass ihre Mutter immer noch oder schon wieder vor der Glotze saß. Das war früher nicht der Fall gewesen. Nachts zumindest hatte Betsy, leise schnarchend, tief und fest geschlafen.

Liz und ihre schreckliche Geschichte waren ausführlich durch die Presse gegangen, so dass sie eine gewisse Prominenz erlangt hatte und ohne Probleme bei zweien der Therapeuten auf ihrer Liste sofort einen Termin bekam. Die erste Praxis verließ sie jedoch geradezu fluchtartig, nachdem der Psychologe, ein sehr junger und idealistischer Mann, beharrlich auf ihrer, Liz', gestörten Vater-Beziehung herumritt, obwohl sich Liz an ihren Vater weder erinnern konnte noch den Eindruck hatte, ihre kurze Beziehung zu ihm sei es wert, analysiert zu werden. In der zweiten Praxis sollte sie sich auf ein Sofa setzen, den Therapeuten umklammern und so laut schreien, wie sie nur konnte. Sie hatte damit größte Schwierigkeiten, und der Therapeut schien das ziemlich bedenklich zu finden, aber Liz konnte nicht aus ihrer Haut heraus und hatte keine Lust, von nun an monatelang Woche für Woche den Urschrei zu üben und sich dabei an einem Mann festzuhalten, der säuerlich aus dem Mund roch und ständig unzufrieden mit ihr war.

Sie knüllte die Liste zusammen und warf sie in den Papierkorb.

Aber es trat ein, wovor der Arzt sie gewarnt hatte: Sie saß in der Wohnung und grübelte. Der Anblick ihrer Mutter reichte aus, um sie nachhaltig daran zu hindern, in ihrer Verzweiflung zum Alkohol zu greifen oder sich von der Dauerberieselung durch das Fernsehen verblöden zu lassen, aber es war auch nicht besser, den ganzen Tag aus dem Fenster zu starren und die Bilder aus Sarahs kurzem Leben an sich vorüberziehen zu lassen. Sarah als neugeborenes Baby, so warm und vertrauensvoll in den Arm ihrer ständig weinenden Mutter geschmiegt. Sarah, die ihre ersten wackeligen Schritte machte. Sarah, die ihre ersten Worte sprach. Sarah, die »Mummiiie!« brüllte, wenn sie auf dem Spielplatz beim Toben hinfiel. Und Mummie, die dann ... ja, die eigentlich selten getröstet hatte. Die genervt gewesen war, geschimpft hatte. Die im Grunde jede Sekunde gehasst hatte, die ihr das Kind an Zeit für sich selbst gestohlen hatte. Und die dennoch nun begriff, dass es ein Band zwischen ihr und ihrer Tochter gegeben hatte, das stärker und inniger gewesen war, als sie geahnt hatte.

Sie fehlte ihr. Sarah fehlte ihr, in jedem Moment eines langen, langen Tages.

Könnte ich nur mit irgendjemandem sprechen, dachte Liz, einfach nur sprechen. Über das, was war, und über die vielen Fehler, die ich gemacht habe.

An diesem Morgen nun, an dem sie überlegte, ob sie nicht doch ihren Platz an der Kasse in der Drogerie wieder einnehmen und sich damit ablenken sollte, kam ihr noch ein anderer Einfall. Voller Entsetzen hatte sie am Vortag von der Ermordung der kleinen Rachel Cunningham aus King's Lynn gehört, jetzt am Morgen darüber in den Zeitungen, die sie sich gleich geholt hatte, gelesen. Für den heutigen Nachmittag war eine Pressekonferenz der Polizei angesetzt, aber schon jetzt spekulierte die Presse heftig über Parallelen zum Fall Sarah Alby.

Noch war nicht öffentlich geworden, ob es sich um ein Sexualdelikt handelte, aber die Journalisten schienen das bereits vorauszusetzen.

Wer ist das nächste Opfer?, lautete eine Schlagzeile, und ein anderes Blatt fragte: *Sind unsere Kinder noch in Sicherheit?*

Überall war das Foto der kleinen Rachel abgebildet. Ein hübsches kleines Mädchen mit langen Haaren und einem offenen Lächeln.

Rachels Mutter, dachte Liz, weiß genau, wie man sich fühlt. Wenn ich mit ihr reden könnte…

Der Gedanke fraß sich fest. Zwar wusste sie, dass es wohl zu früh war, Mrs. Cunningham, die knapp vierundzwanzig Stunden zuvor von der Ermordung ihrer Tochter erfahren hatte, zu kontaktieren, aber sie fürchtete, dass es später nicht mehr so einfach sein würde. Über die Cunninghams würde nun das geballte Medieninteresse hereinbrechen, und über kurz oder lang würde keiner von ihnen mehr ans Telefon gehen, oder sie würden sowieso eine neue Nummer beantragen.

Sie holte das Telefonbuch und verzog sich mit dem Apparat in das kleine Zimmer ihres toten Kindes. Betsy saß vor dem Fernseher und bekam sowieso nichts mit. Liz blätterte im Telefonbuch. Es gab etliche Cunninghams, aber sie wusste aus der Zeitung, dass Rachels Vater Robert hieß. Sie fand einen *R. Cunningham* und einen *Cunningham, Robert* und versuchte es bei letzterem. Ihre Hände waren eiskalt.

Ich kann jederzeit einfach auflegen, dachte sie.

Es läutete ziemlich lange, und Liz wollte schon aufgeben, da meldete sich eine Männerstimme.

»Hallo?« Es war eine leise Stimme, vorsichtig und zurückhaltend.

»Mr. Cunningham?«

»Wer ist da?«

»Hier spricht Liz Alby.« Sie wartete, ließ ihm Zeit zu begreifen, mit wem er redete.

»Oh«, sagte er schließlich, »Mrs. Alby…«

Sie nahm ihren Mut zusammen. »Ich spreche doch mit dem Vater von… von Rachel Cunningham?«

Sein Misstrauen war noch nicht besiegt. »Sie sind wirklich Liz Alby? Oder sind Sie von der Presse?«

»Nein, nein. Ich bin wirklich Liz Alby. Ich… wollte Ihnen sagen, wie… wie sehr ich mit Ihnen fühle. Es tut mir so leid um Ihre Tochter.«

»Danke«, sagte er.

»Ich weiß, was Sie empfinden. Das hilft Ihnen nicht, schon klar, aber ich wollte es Ihnen trotzdem sagen.«

Seine Stimme klang unendlich müde. »Es hilft schon, Mrs. Alby. Auf eine bestimmte Weise hilft es.«

»Man ist so fassungslos. Und man kann gar nichts Richtiges mehr tun. Mir geht es jedenfalls so. Ich kann den ganzen Tag über nichts tun.«

»Wir sind auch fassungslos«, sagte Robert Cunningham. Nach einer kurzen Pause fügte er hinzu: »Meine Frau ist krank. Sie muss starke Beruhigungsmittel bekommen. Zeitweise ist sie kaum bei Bewusstsein.«

»Das ist schrecklich.« Liz dachte, dass sie sich das vielleicht auch wünschen würde. Manchmal das Bewusstsein zu verlieren. Es war gnädiger, als Therapeuten abzuklappern und Urschreie auszustoßen. »Ich wollte Ihnen noch sagen… also, falls Sie oder Ihre Frau einmal reden wollen… ich meine, mit jemandem, der das Gleiche erlebt hat… ich würde das jederzeit tun. Sie können mich immer anrufen.«

»Das ist sehr freundlich von Ihnen, Mrs. Alby. Im Moment ist zumindest meine Frau absolut nicht in der Lage zu reden, aber vielleicht später…«

»Möchten Sie sich meine Nummer aufschreiben?«

»Ja. Gern.« Sie hörte ihn rascheln und kramen. »So«, sagte er, »diktieren Sie bitte.«

Sie gab ihm ihre Telefonnummer. Sie sagte ihm noch einmal,

wie leid es ihr tat, was ihm zugestoßen war, und hatte den Eindruck, dass seine Stimme brach, als er sich verabschiedete.

Nachdem sie den Hörer aufgelegt hatte, starrte sie den Apparat an. Die Cunninghams taten ihr ehrlich leid, aber wenigstens waren sie zu zweit. Sie konnten sich aneinander festhalten. Es war noch schlimmer, wenn man niemanden hatte. Nur eine versoffene Mutter und einen Exfreund, dem das gemeinsame Kind immer nur eine drohende Last gewesen war.

Es gab niemanden, der sie in die Arme nahm. Niemanden, an dessen Schulter sie weinen konnte.

Sie blieb sitzen und betrachtete weiterhin den schweigenden, stummen Telefonapparat, wünschte sich verzweifelt, er würde läuten, und wusste doch, dass er das höchstwahrscheinlich nicht tun würde.

Grau und endlos lag der Tag vor ihr. Grau und ebenso endlos scheinend ihr Leben.

2

Frederic Quentin kehrte am späten Nachmittag in seine Wohnung zurück. Er hatte den Vormittag in der Bank in Terminen mit etlichen wichtigen Kunden verbracht, hatte dann ein Mittagessen mit einem Abgeordneten gehabt und sich anschließend zu einem Vier-Augen-Gespräch mit einem führenden Mitglied der Konservativen Partei getroffen. Er war müde, aber es war alles zu seiner Zufriedenheit verlaufen. Überhaupt schien das Glück derzeit auf seiner Seite zu stehen. Was er auch anfasste, funktionierte, und was seine politischen Bestrebungen anging, kamen ihm immer neue, viel versprechende Menschen und Gelegenheiten entgegen. Er hatte das Gefühl, dass gerade jetzt alles stimmte. Er war mit den richtigen Absichten zu den richtigen Zeiten an den richtigen Orten und traf die richtigen Menschen. Er glaubte eigentlich nicht an schicksalhafte Bestimmungen, doch sollte es so etwas geben, dann schien im Augenblick alles und jeder um ihn herum zugunsten seiner, Frederic Quentins, Bestimmung zu agieren: der Bestimmung, seinen Norfolker Wahlkreis im Unterhaus zu vertreten.

Er sah auf seine Uhr, es war erst halb sechs, und er pflegte nie vor sechs Uhr alkoholische Getränke zu sich zu nehmen, aber er beschloss, am heutigen Tag eine Ausnahme zu machen. Schließlich hatte er etwas zu feiern. Denn so sehr das Glück ihm hold war, so hatte er doch fast nicht zu hoffen gewagt, dass es so weit gehen würde, ihm sogar Virginia nach London zu schicken. Seit sie ihm am gestrigen Morgen telefonisch mitgeteilt hatte, sie werde ihn zu der Party am Freitag begleiten, schwankte er zwischen Euphorie und der bohrenden Sorge, sie könnte es sich anders überlegen.

Er hatte sie am Dienstagabend wieder angerufen und auch heute früh. Er hatte sie nicht bedrängen, sich aber doch vergewissern wollen. Er hatte über das Wetter geredet, über Kim, ein bisschen über Politik. Das Thema *Nathan Moor*, sosehr es ihm auf der Seele brannte, hatte er ausgelassen, denn er hatte den Eindruck, dass ihn Virginia in diesem Punkt nicht verstand und dass sie sich von ihm in die Enge getrieben fühlte. Er fand es höchst befremdlich und irritierend, dass dieser seltsame Schiffbrüchige seit nunmehr fünf Tagen in Ferndale wohnte, allein mit Virginia, denn offenbar war auch Kim zwei Nächte lang fort gewesen, und die unglückliche Livia hatte man ins Krankenhaus gesteckt. Es war nicht so, dass er gefürchtet hätte, zwischen Nathan Moor und Virginia könnte sich etwas entwickeln, das seine Ehe bedrohte, denn er hatte ein tiefes und gefestigtes Vertrauen in Virginia, und es war absolut unvorstellbar für ihn, sie könnte aus dem Leben mit ihm und Kim ausbrechen. Aber er konnte den Kerl nicht ausstehen, er war ihm auf den ersten Blick zuwider gewesen. Er traute ihm nicht über den Weg, hatte sofort den Eindruck gehabt, ihm höchstens ein Drittel von allem, was er erzählte, abnehmen zu können. Und was nun geschah, schien ihm seine unguten Gefühle nur zu bestätigen. Der Typ klebte wie eine Zecke an Virginia. War ihr sogar nach Norfolk nachgereist, hatte offenbar irgendwie ihre Adresse herausgefunden und sich schon wieder bei ihr eingenistet. Ließ sich vermutlich von ihr bekochen und schnorrte jede Menge Geld. Erzählte ihr sonst etwas von seiner kranken Frau und hatte wahrscheinlich schon wieder jede Menge Ausreden parat, weshalb er keinesfalls nach Deutschland zurückkehren konnte.

Blieb die Frage, weshalb sich die intelligente Virginia derart ausnutzen ließ.

Er konnte sich nur vorstellen, dass sie innerlich einsamer war, als sie es je nach außen dringen ließ. Ferndale House in seiner Düsternis war einfach nicht der richtige Ort für eine junge Frau, deren Mann so häufig abwesend sein musste. Aber sie hatte es so haben wollen. Hatte erklärt, nur dort, nirgendwo sonst, leben zu können. Hatte ihn bekniet, mit ihr dorthin zu ziehen. Hatte behauptet, sich in das Haus auf den ersten Blick verliebt zu haben und gerade seine Düsternis so anziehend zu finden.

Was hätte er sagen sollen? Mit welcher Begründung hätte er ihr diesen Wunsch abschlagen sollen?

Und heute ist sie schon froh, wenn sich Schmarotzer bei ihr einnisten, dachte er, nur damit überhaupt jemand da ist.

Insofern konnte jedoch der Freitag ein guter Anfang sein. Wenn sie sich überwand und dann vielleicht doch Gefallen an Aktivitäten dieser Art fand, würde sie vielleicht in Zukunft öfter nach London kommen. Er meinte, dass das nur gut für sie sein konnte.

Sie hatten also am Telefon über dies und das gesprochen, und nur ganz am Ende hatte er jedesmal gesagt: »Ich freue mich so, dass du kommst!«

»Ich freue mich auch«, hatte sie erwidert. Es klang nie überzeugend, aber sie schien guten Willens zu sein, ein wenig Gefallen an dem bevorstehenden Ereignis zu finden.

Dann hatte sie ihm erzählt, dass ein weiteres Kind aus King's Lynn ermordet aufgefunden worden war.

»Das ist schon das zweite, Frederic! Ich frage mich wirklich, ob es gut ist, Kim gerade jetzt alleine zu lassen!«

Ihm war himmelangst geworden. »Virginia, so schrecklich es klingt, aber irgendwo werden immer Kinder umgebracht. Du könntest nie mehr fort, wenn es danach ginge.«

»Es werden nicht immer Kinder genau in unserer Region umgebracht.«

»Du weißt, wie sehr die Walkers unsere Kim mögen. Sie lassen sie bestimmt keinen Moment aus den Augen.«

»Aber sie sind nicht mehr die Jüngsten, und…«

»Aber Tattergreise sind sie auch nicht. Virginia, es ist für Kims Entwicklung nicht gut, wenn ihre Mutter wie ein Schatten an ihr klebt. Willst du einen unselbstständigen, völlig verschüchterten Menschen aus ihr machen, der irgendwann keinen Schritt mehr ohne seine Mum tun kann?«

Er hörte sie seufzen. »Ist es so unverständlich, dass ich mich sorge?«, fragte sie.

»Nein. Aber in diesem Fall sorgst du dich umsonst. Glaube mir.«

»Ich werde kommen, Frederic«, sagte sie leise, »ich habe es dir versprochen.«

Ihm hätte es gut getan, wenn sie ein wenig mehr Enthusiasmus gezeigt hätte, aber wie die Dinge lagen, musste er sich damit begnügen, dass sie wenigstens bereit war, ihm ein Opfer zu bringen.

Er schenkte sich einen Sherry ein und wanderte mit dem Glas in der Hand durch die Wohnung. Morgen um diese Zeit wäre Virginia schon hier. Sie würden gemeinsam auf dem Sofa sitzen, etwas trinken und überlegen, wo und wie sie den Abend verbringen wollten. Sie würde ihm hoffentlich berichten, dass

Nathan Moor endlich zum Teufel geschickt hatte, und dann
rde sie ein wunderschönes Kleid anziehen, und sie würden
n Essen, später zum Tanzen gehen. Er hatte sich den ganzen
orgigen Abend freigehalten.

Er betrachtete das gerahmte Foto von ihrer Hochzeit, das in
nem der Bücherregale stand. Er selbst strahlte vor Glück auf
iesem Bild.

Virginia sah leicht melancholisch aus wie immer, hatte sich
jedoch um ein Lächeln bemüht. Es war nicht so, dass sie unglücklich gewirkt hätte. Aber auch nicht so, als hätte die Tatsache, dass sie gerade den Mann geheiratet hatte, den sie liebte,
sie für einen Tag zum glücklichsten Menschen gemacht. Virginia bei ihrer Hochzeit war dieselbe wie immer: nicht traurig,
nicht fröhlich. Sondern auf eine eigentümliche Art unberührt
von allem, was mit ihr passierte, was um sie herum geschah.
In sich abgekapselt, nach innen gewandt. Schon oft hatte ihn
diese Eigenart mit Besorgnis erfüllt, und doch war es dieser
Zug ihres Wesens, der ihn von Anfang an so stark zu ihr hingezogen hatte. Das Stille, Nachdenkliche, Weltabgewandte...
Wer ihn kannte, hätte ihn nie als einen schüchternen Mann
eingeschätzt, aber er wusste, dass er es Frauen gegenüber war.
Traten sie allzu laut, zu lebhaft, zu kokett oder gar sexuell aggressiv auf, zog er sich zurück, überrumpelt und verunsichert.
Mit Virginia war das anders gewesen; sie war ihm wie die Antwort erschienen auf seine tiefsten Wünsche, die er an das
Leben hatte. Schön, intelligent, gebildet, zurückhaltend, über-
schattet von einer Melancholie, die ihm das Gefühl gab, ihr Be-
schützer zu sein, die Kraft, die sie durch ihr Leben geleitete. Es
waren altmodische Gefühle, die er mit einer Partnerschaft,
einer Ehe verband, aber er fand nicht, dass sie deshalb nicht le-
gitim gewesen wären.

Er war zu klug, um nicht zu wissen, dass alles seinen Preis
hat. Bei Virginia bezahlte er ihre Sanftheit mit ihrer Angst vor
der Welt, aus der möglicherweise ihre völlige Unfähigkeit, die

perfekte Gattin eines aufstrebenden Politikers zu sein, resultierte. Er wusste, dass es sie unglücklich und angespannt sein ließ, ihn am Freitag zu dem Fest begleiten zu müssen. Sie tat es, weil sie ihn liebte.

Während er ihr Bild ansah, dachte er plötzlich voller Schuldgefühle, dass er sie möglicherweise zu sehr unter Druck gesetzt hatte.

»Ich will, dass es dir gut geht«, sagte er leise zu dem Bild, und diese Worte entsprangen seinem tiefsten und aufrichtigsten Wunsch. »Ich mag dich nicht zu etwas zwingen, was du überhaupt nicht willst!«

Ihr angestrengtes, aufgesetztes Lächeln sagte ihm plötzlich mit grausamer Deutlichkeit, dass es ihm nicht einmal am Tag ihrer Hochzeit gelungen war, sie glücklich zu machen.

3

Livia Moor begriff nicht, wo sie war, und für etliche Momente wusste sie nicht einmal, *wer* sie war und woran sie sich erinnern könnte. Alles war Nebel, war eine unwirkliche, grau wogende Masse, die sie umschloss, in der sie atmete und existierte, aber nicht wirklich lebte. Über sich sah sie eine schmuddelig weiße Zimmerdecke, neben sich Wände in dem gleichen unangenehmen Farbton. Sie lag auf dem Rücken in einem Bett, ihre Hände fingerten an einem dünnen Laken herum, das sie bedeckte. Der Geruch, der sie umgab, war ihr nicht vertraut, und sie mochte ihn auch nicht. Mühevoll versuchte sie zu ergründen, woraus er sich zusammensetzte. Bohnerwachs. Desinfektionsmittel. Verkochtes Essen.

Ich möchte hier nicht sein, dachte sie.

Dann wandte sie langsam den Kopf zur Seite. Sie sah einen Mann an ihrem Bett sitzen. Braungebrannt, dunkelhaarig. Er trug ein T-Shirt, das ihm zu eng war um die breiten Schultern.

Er musterte sie, kühl und emotionslos. Sie wusste plötzlich, dass es Nathan war, dass er ihr Mann war.

»Ich bin Livia Moor«, sagte sie leise.

Er neigte sich nach vorn. »Die ersten Worte seit Tagen«, sagte er.

Livia nahm zwei Frauen wahr, die, in Morgenmäntel und Pantoffeln gekleidet, ein Stück hinter Nathan standen und ihn mit ihren Blicken förmlich verschlangen. Im Übrigen schienen sie entschlossen, sich kein Wort, keinen Moment von der sich vor ihnen abspielenden Szene entgehen zu lassen.

Ganz allmählich begann sich ihr Gehirn mit Bildern zu füllen: Nathan und sie. Ein Haus mit einem Garten. Menschen, die durch alle Räume zogen, sich die besten Stücke aussuchten. Dann das Schiff. Sie warf ihren Koffer über die Reling, hörte ihn auf dem Deck aufprallen. Sie balancierte hinterher, musste die Zähne zusammenbeißen, weil die Tränen in ihre Augen drängten. Nathan, der die Segel hisste. Der Wind spielte in seinen Haaren. Der Tag war klar und kühl. Die Wellen schwappten klatschend gegen die Bordwand.

Die Wellen. Das Meer.

Sie setzte sich ruckartig auf.

»Unser Schiff!« Ihre eigene Stimme kam ihr fremd vor. »Unser Schiff ist untergegangen!«

Nathan nickte. »Oben vor den Hebriden.«

»Wann?«

»Am siebzehnten August.«

»Welcher Tag ist heute?«

»Der dreißigste August.«

»Dann... ist das gerade erst passiert...«

Er nickte wieder. »Ziemlich genau vor zwei Wochen.«

»Wo bin ich?«, fragte sie.

»In einem Krankenhaus. In King's Lynn.«

»King's Lynn?«

»Norfolk. England.«

»Wir sind immer noch in England?«

»Du warst nicht transportfähig. Es war grauenhaft, dich überhaupt bis hierher zu bringen. Du warst kaum noch bei Bewusstsein. Streckenweise müssen die Menschen um uns herum gedacht haben, ich schleppe eine Halbtote mit mir herum.«

Eine Halbtote... Ihr Blick irrte in dem häßlichen Zimmer umher. Sie fing die frustrierten, feindseligen Blicke der beiden Frauen in den Morgenmänteln auf. Nathan und sie sprachen deutsch miteinander, vermutlich konnten die beiden kein Wort verstehen. Waren sie deshalb so verärgert?

»Was war los mit mir?«

Er lächelte sanft. Sie entsann sich dieses Lächelns. Es war das Lächeln, in das sie sich viele Jahre zuvor verliebt hatte. Inzwischen kannte sie es gut genug, um leise zu schaudern, wenn er es ihr schenkte.

»Du hast einen Schock erlitten, als das Schiff sank. Es hätte dich fast mit nach unten gezogen. Wir trieben die ganze Nacht auf der Rettungsinsel im Meer. Du bist seither nicht mehr dieselbe.«

Sie versuchte den Sinn seiner Worte zu erfassen. »Willst du sagen, ich bin... ich bin verrückt?«

»Du leidest unter den Nachwirkungen eines Schocks. Das ist nicht das Gleiche wie verrückt. Du hattest aufgehört zu essen und zu trinken. Du warst völlig dehydriert und hast wirres Zeug erzählt. Sie haben dich hier künstlich ernährt.«

Langsam ließ sie sich in das Kissen zurücksinken. »Ich will nach Hause, Nathan.«

Er lächelte abermals sanft. »Wir haben kein Zuhause mehr, Liebes.«

Er sagte das in dem gleichen Ton, in dem andere sagen würden: »Wir haben keine Butter mehr im Kühlschrank, Liebes.« Wie nebenhin, völlig harmlos. Als gebe es keine Tragödie, die hinter seinen Worten lag.

Sie versuchte, die ganze Grausamkeit in seinen Worten nicht zu sich durchdringen zu lassen.

»Wo wohnst du?«, fragte sie.

»Bei den Quentins. Sie haben hier in der Nähe ein Haus und waren so freundlich, mir Unterkunft zu gewähren. Du erinnerst dich doch an die Quentins?«

Die Quentins fielen ihr tatsächlich erst in diesem Moment wieder ein. Ihr Verstand, ihr Gedächtnis arbeiteten noch immer sehr langsam.

»Virginia«, sagte sie mühsam, »ja, ich weiß. Virginia Quentin war sehr freundlich zu mir.«

Sie hatte ihr Wäsche und Kleidung gebracht und hatte sie in ihrem Ferienhaus wohnen lassen. Das gemütliche Häuschen mit dem gemauerten Kamin und den hölzernen Möbeln... Und dem großen Garten, über dessen flach gedrücktes, gelbliches Gras der Wind fegte... Livia konnte sich dort am Fenster stehen und über das Meer starren sehen. Dann riss plötzlich der Faden. Zwischen dem kleinen Fenster mit seinem herrlichen Blick und diesem scheußlichen Krankenhauszimmer lag keinerlei Erinnerung.

»Ich kann dort wohnen, bis es dir besser geht und du wieder reisefähig bist«, fuhr Nathan fort.

Livia bemühte sich, den bohrenden Blicken der beiden fremden Frauen auszuweichen. »Ich möchte nicht hier bleiben«, flüsterte sie, obwohl die beiden sie offensichtlich ohnehin nicht verstanden, »es ist furchtbar. Die beiden Frauen können mich nicht ausstehen.«

»Schatz, du bist seit etwa zehn Minuten zum ersten Mal seit fast einer Woche wieder bei vollem Bewusstsein. Du kennst die beiden Frauen überhaupt nicht. Wie willst du wissen, ob sie dich mögen oder nicht?«

»Ich kann das spüren.« Ihr stiegen die Tränen in die Augen. »Und es riecht hier so schrecklich. Bitte, Nathan, ich möchte nicht bleiben!«

Er nahm ihre Hand. »Der Arzt hat mir gerade gesagt, dass er dich frühestens am Freitag entlässt. Danach sollten wir uns schon richten.«

»Am Freitag... Welcher Tag ist heute?«

»Heute ist Mittwoch.«

»Übermorgen...«

»Das ist doch nicht mehr lange. Das kannst du aushalten.«

Sie hatte das Gefühl, es keine zehn Minuten mehr auszuhalten, aber sie konnte Nathans Unerbittlichkeit spüren. Wenn sie etwas ganz genau an ihm kannte, dann war es die stählerne Härte, die hinter seinem Lächeln lag. Nathan würde nicht hingehen und mit dem Arzt verhandeln und debattieren und seine Frau am Ende ein oder zwei Tage eher mitnehmen dürfen. Er würde sie so lange hier liegen lassen, wie es nur ging.

Und dann...

Hoffnungslos dachte sie, dass es kein *und dann* gab. Sie hatten kein Zuhause mehr. Alles, was sie noch besessen hatten, war das Schiff gewesen, und das lag auf dem Meeresgrund. Sie hatten kein Geld, sie hatten nichts.

Die Tränen quollen ihr nun aus den Augen, sie konnte sie nicht mehr zurückhalten. Sie wusste, dass er es hasste, wenn sie weinte, und er wäre nun sicher sehr barsch geworden, wenn sie allein gewesen wäre. So aber musste er sich zusammennehmen.

»Du leidest unter den Nachwirkungen eines schweren Schocks«, wiederholte er geduldig. »Ein Schock, der zudem noch viel zu spät diagnostiziert und behandelt wurde. Es ist klar, dass du dich jetzt sehr elend fühlst und das ganze Leben in düsteren Farben siehst. Das wird besser, glaube mir.«

»Aber«, ihre Stimme war nur ein Hauch, »wohin sollen wir gehen?«

»Wir können erst einmal bei den Quentins wohnen.«

»Aber doch nicht ewig!«

»Nicht ewig, natürlich nicht.« Jetzt schwang Ungeduld in

seiner Stimme. Er war verärgert. Er wollte über dieses Thema nicht sprechen. »Wir werden dann schon einen Weg finden.«

»Wie soll denn der Weg aussehen?«, fragte sie.

Er erhob sich. Er würde nicht länger mit ihr sprechen. Das Schlimme für sie war, dass er jederzeit gehen konnte. Sie musste hilflos zurückbleiben.

»Nathan, kannst du nicht noch ein bisschen…«

Er tätschelte ihre Hand. Die Geste war alles andere als liebevoll. »Schatz, ich habe mir das Auto von Virginia Quentin geliehen. Sie muss es wieder zurückhaben.«

»Ein paar Minuten nur. Bitte!«

»Außerdem stehe ich im Parkverbot. Wenn ich mich jetzt nicht beeile, riskiere ich einen Strafzettel, und für den…« Er lächelte wieder. Jungenhaft und charmant. Oh, sie wusste, wie Frauen dahinschmolzen unter diesem Lächeln! »Für den fehlt uns jetzt auf jeden Fall das Geld!«, vollendete er seinen Satz.

Sie fand das nicht komisch. Früher hätte sie sich trotzdem ein Lächeln abgerungen, um ihn zufriedenzustellen, jetzt fühlte sie sich zu krank und zu erschöpft.

»Kommst du morgen wieder?«, fragte sie.

»Klar. Und du schläfst jetzt noch ein bisschen, ja? Du musst deine Nerven schonen, und da ist genügend Schlaf sehr wichtig.«

Und Liebe, dachte sie, während sie ihm nachsah. Die Tränen liefen ihr immer noch über das Gesicht, und die beiden Weiber glotzten sie an.

Sie wandte sich ab, starrte wieder zur Decke.

Kein Zuhause, kein Zuhause, hämmerte es in ihrem Kopf, ein grausames, bösartiges Stakkato. Kein Zuhause, keinzuhausekeinzuhausekeinzuhause…

4

Janie hätte am liebsten den ganzen Tag nur geweint. Bis um fünf Uhr hatte sie sich am Montag in dem Schreibwarenladen herumgedrückt, und der fremde Mann hatte sich nicht blicken lassen. Sie war von dem Ladenbesitzer böse angefahren worden, weil sie die Einladungskarten angefasst hatte, dabei war sie ganz vorsichtig gewesen, hatte nichts kaputt gemacht und auch keine Fettflecken hinterlassen. Der Laden war voller Menschen gewesen, die Schutz vor dem Regen gesucht hatten. Es hatte wirklich in Strömen gegossen, und Janies ganze Hoffnung war, dass der Mann bei einem so scheußlichen Wetter einfach nicht hatte vor die Tür gehen wollen. Vielleicht hatte er auch geglaubt, sie, Janie, würde bestimmt nicht kommen. Aber natürlich konnte es auch sein, dass er sauer war, weil sie ihn in der Woche davor versetzt hatte. Schließlich wollte sie etwas von ihm, nicht umgekehrt.

Als sie gegen fünf Uhr noch immer vor den Karten gestanden und mit den Tränen gekämpft hatte, war dem Ladenbesitzer der Kragen geplatzt.

»Hör mal, mein Fräulein, mir reicht's jetzt«, sagte er gereizt. »Ich bin hier kein öffentlicher Wartesaal für Kinder, die nichts mit sich anzufangen wissen. Entweder du kaufst jetzt etwas, oder du verschwindest. Aber ein bisschen plötzlich!«

Sie hatte ihr ganzes Taschengeld mitgebracht. Da sie nicht viel bekam – und nicht regelmäßig, eigentlich nur dann, wenn Mum etwas übrig und zudem gute Laune hatte, und beides war selten der Fall –, besaß sie insgesamt nur ein knappes Pfund, und das reichte gerade für fünf Karten. Sie wollte aber mindestens fünfzehn Freunde einladen. Andererseits war es am Ende überhaupt Unsinn, auch nur eine einzige Karte zu kaufen, denn wie es aussah, ließ sich ihr Wohltäter ja nicht mehr blicken, und sie würde das Fest gar nicht feiern können. Bei dem Gedanken waren ihr schon wieder die Tränen in die Augen geschossen, und der Ladenbesitzer hatte ausgesehen, als werde er sie gleich höchstpersönlich hinaus in den Regen setzen. Ohne länger nachzudenken, hatte sie geflüstert: »Ich möchte fünf Karten, bitte!«

Zu Hause hatte sie die Karten ganz hinten in ihre Schreibtischschublade gelegt, aber sie musste sie immer wieder hervorholen und ansehen. Die Verlockung, die ihr der fremde Mann angeboten hatte, war zu groß, sie konnte die Hoffnung, ihr Traum würde sich erfüllen, noch nicht aufgeben. Sie war auch am Dienstag zu dem Laden gelaufen, denn vielleicht hatte es wirklich am Regen gelegen, dass der Mann nicht gekommen war, und er würde nun einen Tag später erscheinen, aber er ließ sich nicht blicken. Sie hatte diesmal vor dem Geschäft herumgelungert, denn nun hatte der Besitzer sie auf dem Kieker, und sie traute sich nicht wieder hinein. Zumal ohne einen einzigen Penny in der Tasche. Auch heute, an diesem Mittwoch, war sie wieder dort gewesen, aber wiederum vergeblich. Eigentlich konnte sie nur auf den nächsten Montag hoffen. Das war dann schon der vierte September. Knapp zwei Wochen später hatte sie bereits Geburtstag.

Selbst ihrer Mutter, die stets in ihre eigenen düsteren Gedanken versunken war, fiel beim Abendessen auf, dass mit ihrer Tochter etwas nicht stimmte.

»Was ist los?«, fragte sie. »Du siehst ja aus wie drei Tage Regenwetter!«

»Ich weiß auch nicht... ich...«

»Bist du krank?« Doris Brown legte ihre Hand auf Janies Stirn. »Fieber hast du nicht«, stellte sie fest.

Janie erschrak; Mum durfte auf keinen Fall glauben, sie sei krank, sonst durfte sie die Wohnung überhaupt nicht mehr verlassen.

»Nein, mir geht's gut«, behauptete sie, »ich bin nur traurig, weil die Ferien nächste Woche vorbei sind.«

»Na, du hast doch jetzt wirklich lange genug herumgegammelt! Es wird Zeit, dass du wieder arbeitest. Sonst kommst du noch auf dumme Ideen!«

»Hm«, machte Janie. Sie kaute auf ihrem Sandwich herum. Mum machte gute Sandwiches, mit Schinken, Gewürzgurken und Mayonnaise, und für gewöhnlich aß Janie sie besonders gern. Aber an diesem Tag war ihr völlig der Appetit vergangen. Sie überlegte, ob sie einen Vorstoß wagen sollte.

»Ich habe ja bald Geburtstag«, sagte sie.

»Ich weiß«, sagte Doris, »und wenn du jetzt mit irgendwelchen überspannten Wünschen kommst, muss ich dir leider gleich sagen: Schlag sie dir aus dem Kopf! Das Geld reicht mal wieder vorn und hinten nicht.«

»Oh – ich habe eigentlich gar keinen Wunsch!«, erwiderte Janie hastig.

Ihre Mutter zog die Augenbrauen hoch. »Das wäre aber mal etwas ganz Neues!«

»Na ja, *einen einzigen* Wunsch hätte ich schon, aber es ist nicht direkt ein Geschenk… also, keines, das du im Laden kaufen kannst.«

»Da bin ich aber gespannt.«

»Ich würde so gern eine Party feiern, Mum. Meine Freunde einladen und…«

Ihre Mutter ließ sie nicht aussprechen. »Schon wieder! Das Thema hatten wir doch erst letztes Jahr. Und das Jahr davor auch!«

»Ich weiß, aber… Mein Geburtstag ist dieses Jahr an einem Sonntag. Du müsstest dir nicht freinehmen oder so… und wir könnten am Samstagnachmittag, wenn du zu Hause bist, alles vorbereiten, und…«

»Und du meinst, dieses Geschenk kostet kein Geld? Wenn du jede Menge Kinder einlädst und ich sie durchfüttern muss?«

»Wir könnten den Kuchen doch selber backen.«

»Janie!« Doris legte für eine Sekunde den Kopf in den Nacken und schloss die Augen. Janie sah die feinen blauen Adern unter der weißen Haut an Mums Schläfe pochen. Über dem Ohr zogen sich graue Strähnen durch ihre blonden Haare, obwohl Mum noch ziemlich jung war. Sie sah so müde und abgekämpft aus, dass es Janie plötzlich ganz klar wurde: Es nützte nichts. Sie konnte bitten und betteln so viel sie wollte. Mum würde es nicht erlauben. Mum hatte vielleicht wirklich nicht die Kraft dafür.

Doris öffnete die Augen wieder und sah ihre kleine Tochter an. Sie wirkte plötzlich viel weniger gereizt und ungeduldig als sonst. Sie hatte fast etwas Weiches an sich.

»Janie, es tut mir leid, aber ich schaffe das nicht«, sagte sie leise. »Es tut mir wirklich leid. Dein Geburtstag ist ein ganz besonderer Tag, auch für mich. Aber ich schaffe es nicht. Ich bin zu müde.«

Sie sah so traurig und erschöpft aus, dass sich Janie zu versichern beeilte: »Das macht nichts, Mummie. Ehrlich, es ist nicht so schlimm.«

Doris wandte sich wieder ihrem Sandwich zu. Das Gespräch war nicht zu Janies Gunsten verlaufen, und dennoch schöpfte sie Hoffnung. Mum hatte so traurig ausgesehen, dass Janie den Eindruck hatte, sie litt wirklich darunter, ihrer Tochter deren sehnsüchtigen Wunsch nicht erfüllen zu können. Und das wiederum bedeutete, dass sie vielleicht nichts dagegen haben würde, wenn Janie die Party im Garten des fremden Mannes feierte. Sie konnte damit ihr Kind glücklich machen, ohne auf Kräfte zurückgreifen zu müssen, die sie nicht hatte.

Wichtig war es jetzt umso mehr, den geheimnisvollen Fremden wiederzufinden.

Den ganzen Abend über zerbrach sich Janie den Kopf, wie sie es anstellen konnte, ihn noch einmal zu treffen.

Donnerstag, 31. August

1

Kurz hatte er sogar überlegt, eine rote Rose mit an den Bahnhof zu nehmen. Für gewöhnlich hatte er wenig romantische Ambitionen, aber es ging ihm darum, Virginia zu zeigen, wie sehr er sich über ihr Kommen freute. Und wie sehr er es zu schätzen wusste, dass sie einen so großen Sprung über ihren Schatten tat, um ihn zu unterstützen. Er hatte sich dann doch dagegen entschieden, weil er sich in seinem Alter und nach neun Jahren Ehe etwas albern vorgekommen wäre, und auch weil er fürchtete, sie könne die Geste als unehrlich oder berechnend empfinden. Vielleicht war es am besten, so normal wie möglich aufzutreten. Am Ende beruhigte es sogar ihre Nerven am ehesten, wenn er wenig Aufhebens um die ganze Angelegenheit machte. Wenn er so tat, als sei alles ganz normal.

Trotzdem war er eine halbe Stunde zu früh am King's-Cross-Bahnhof. Er hätte es schön gefunden, wenn die Sonne geschienen und London in ein freundliches Licht getaucht hätte, aber der August verabschiedete sich in grauen Farben, und der September würde wohl ebenso grau beginnen. Der Himmel war voller Wolken, ganz selten einmal blitzte irgendwo ein kleines Stück Blau hindurch. Aber wenigstens regnete es nicht.

Weil er noch so viel Zeit hatte bis zur Ankunft des Zuges, trank er einen Kaffee in einem Stehimbiss und beobachtete die Menschen, die an ihm vorüberströmten. Er mochte Bahnhöfe. Und Flughäfen. Er mochte Orte, die einen Aufbruch signalisierten, Bewegung und eine gewisse Hektik und Eile ausstrahlten. Begriffe, die ihm besonders in seine augenblickliche Lebensphase zu passen schienen. Er befand sich selbst im Aufbruch, wollte vorankommen, wollte weiterkommen. Das war nicht immer so gewesen. Lange Jahre hatte er geglaubt, es reiche ihm völlig, die ererbte Bank weiterzuführen, den Reichtum seiner Familie zu erhalten und sich möglichst so geschickt anzustellen, dass er ihn noch mehrte. Als er Virginia heiratete, als Kim geboren wurde, war ihm die Familie als das Zentrum seines Lebens erschienen, wichtiger als alle beruflichen Möglichkeiten und Vorstellungen. Die Unruhe hatte sich später erst an ihn herangeschlichen, als Kim ungefähr drei Jahre alt war, als das Leben mit Frau und Kind schon Alltag geworden war, ihm nicht mehr als einziges großes Wunder erschien. Auf einmal war er fast schwermütig geworden bei dem Gedanken, sein ganzes weiteres Leben Morgen für Morgen in seine Bank zu gehen, mit langweiligen Kunden zu sprechen und öde Partys zu veranstalten, bei denen sich alle auf seine Kosten betranken. Er musste die Großanleger hofieren, auch wenn er sie verabscheute, und nie hatte er das Gefühl, wirklich etwas zu bewegen, nicht in seinem Leben und schon gar nicht in seinem Land. Er tat das, was seine Vorfahren getan hatten, aber ohne dabei das Bewusstsein zu genießen, etwas selbst geschaffen zu haben. Sein Urgroßvater hatte die Bank gegründet. Sein Großvater und sein Vater hatten sie entscheidend ausgebaut. Er selbst hielt nur noch zusammen, was andere aus dem Boden gestampft hatten.

Er war schon als Student bei den Konservativen engagiert gewesen, hatte etliche gute Kontakte aufgebaut, diese dann jedoch lange Zeit vernachlässigt. Als die Phase der Unruhe begann – er nannte diese Zeit auch für sich immer so: *Die Phase der Unruhe* –, hatte er zunächst langsam begonnen, diese alten Fäden wieder aufzunehmen. Er wusste nicht genau, ob er von Anfang an eine politische Karriere im Sinn gehabt hatte. Wahrscheinlich schon. Vielleicht hatte der Gedanke, einmal im

Unterhaus zu sitzen und aktiv etwas zu den Geschicken seines Landes beizutragen, schon immer in ihm geschlummert.

Er sah auf seine Uhr. Noch zehn Minuten bis zur Ankunft des Zuges. Seinen Kaffee hatte er längst ausgetrunken. Er legte ein paar Münzen auf den Bistrotisch neben seine Tasse und machte sich langsam auf den Weg zum Bahnsteig.

Es war auch ein Bahnhof gewesen, auf dem er Virginia zum ersten Mal gesehen hatte. Allerdings nicht King's Cross, sondern Liverpool Street. Beide hatten sie auf den Zug nach Cambridgeshire und Norfolk gewartet. Er wollte nach King's Lynn, weil ihn der Verwalter seines Landsitzes, Jack Walker, zwei Tage zuvor angerufen hatte. Ein verheerendes Unwetter hatte große Schäden am Dach des Haupthauses angerichtet, Jack konnte die Reparaturen nicht allein durchführen und wollte sich wegen der zu erwartenden Kosten mit seinem Chef absprechen. Frederic hatte gestöhnt, es war Dezember, und wie immer platzte sein Terminkalender kurz vor Weihnachten und Jahresende aus allen Nähten. Aber er sah ein, dass er einen Angestellten mit derart kostenintensiven Entscheidungen nicht allein lassen konnte. Während er am Bahnhof stand, frierend, die kalten Hände tief in seine Manteltaschen vergraben, hatte er sehr ernsthaft darüber nachgedacht, ob es vielleicht sinnvoll wäre, Ferndale House zu verkaufen. Er selbst würde nie dort leben wollen, nicht einmal seine Urlaube verbrachte er in dem düsteren Gemäuer. Ein Klotz am Bein, der gewaltige Kosten verursachte, mehr war Ferndale nicht für ihn. Nur seine Loyalität gegenüber seinen verstorbenen Ahnen, für die das Haus eine Art Sammelpunkt für alle Familienmitglieder dargestellt hatte, hielt ihn bislang vor einer endgültigen Entscheidung zurück.

Virginia hatte ein paar Schritte von ihm entfernt gewartet. Eine junge blonde Frau, sehr schmal und blass, gehüllt in einen schwarzen Wintermantel, in den sie sich tief hineinkuschelte. Die Traurigkeit auf ihrem Gesicht hatte ihn fasziniert. Er hatte sich ertappt, dass er immer wieder zu ihr hinüberschaute und dass er ihr am liebsten noch seinen Mantel angeboten hätte, da sie so sehr zu frieren schien. Als der Zug endlich kam, war er ihr wie zufällig in dasselbe Abteil gefolgt und hatte ihr gegenüber Platz genommen. Er konnte seinen Blick nicht von ihr wenden und kam sich zudringlich, albern und irgendwie verzweifelt vor. Sie hatte sofort ein Buch aus der Tasche gezogen und sich in seine Seiten vertieft, und er hatte auf den Umschlag gestarrt und sich den Kopf zerbrochen, wie er es anstellen könnte, mit ihr ins Gespräch zu kommen. Als sie endlich den Kopf hob und für ein paar Minuten hinaus in die von Raureif überzogene Landschaft von Essex blickte, über deren sanft gewellte Hügel sich bereits die frühe winterliche Dämmerung senkte, hatte er einen Vorstoß gewagt.

»Tolles Buch«, sagte er wie nebenher, »ich habe es auch gelesen.«

Das stimmte nicht. Er kannte weder den Titel noch den Autor. Die junge Frau hatte ihn überrascht angeblickt.

»Ja?«

»Ja. Vor … einem Jahr ungefähr …« Er hatte einen größeren Zeitraum angegeben, um eine Entschuldigung zu haben, wenn er in Details Unsicherheit zeigte – sollte sich eine Diskussion ergeben.

Sie runzelte die Stirn. »Das kann nicht sein. Dieses Buch ist doch gerade erst erschienen …«

Er hätte sich ohrfeigen können. »Ja? Wirklich?«

Sie blätterte ganz nach vorn. »Ja. Im Oktober. Also vor acht Wochen etwa.«

»Hm.« Er tat so, als studiere er den Titel noch einmal ganz genau. »Ich glaube, ich habe mich geirrt«, bekannte er dann und kam sich wie ein Idiot vor. »Ich kenne das Buch wohl doch nicht.«

Sie hatte darauf nichts erwidert, sich stattdessen wieder in die Lektüre vertieft.

Er hatte alles vermasselt, aber es war ihm schon manchmal so ergangen: Wenn er nichts mehr zu verlieren hatte, wurde er von genau der Kühnheit erfasst, die ihm sonst üblicherweise fehlte.

»Ich habe mich nicht geirrt«, sagte er. »Ich wusste von Anfang an, dass ich das Buch nicht kenne.«

Sie blickte auf. Wirkte etwas genervt. »Ach?«

»Ich wollte mit Ihnen ins Gespräch kommen. Und habe es wohl außerordentlich dumm angefangen.« Er lächelte hilflos. »Ich heiße Frederic Quentin.«

»Virginia Delaney.«

Immerhin hatte sie ihm ihren Namen genannt. Sie hätte sich auch wortlos abwenden können. Er hatte es sich nicht völlig mit ihr verdorben.

Sie hatten im September des darauffolgenden Jahres geheiratet, zwei Wochen nachdem die Prinzessin von Wales bei einem Autounfall in Paris ums Leben gekommen war. Er erinnerte sich, dass alle Gäste der Hochzeit nur *darüber* gesprochen hatten, dass jeder der Anwesenden den Trauerfall in der königlichen Familie für spannender gehalten hatte als die Tatsache, dass sich zwei Menschen das Jawort gaben. Aber das hatte ihn nicht gestört. Er war so glücklich gewesen, dass er nicht einmal dann gelitten hätte, wenn überhaupt niemand zu der Feier erschienen wäre.

Er blickte auf seine Uhr. Jede Sekunde musste der Zug eintreffen. Er überprüfte noch einmal, ob er am richtigen Gleis stand. Er hatte wirklich ein wenig Herzklopfen, genau wie damals, an jenem dunklen Dezembertag. Er wusste, dass er Virginia nach neun Jahren Ehe noch ebenso unvermindert liebte wie am Anfang, vielleicht sogar noch mehr.

Er fieberte dem Moment entgegen, da er sie in die Arme nehmen konnte.

Zwanzig Minuten später war er völlig ratlos.

Der Zug war fast auf die Minute pünktlich eingetroffen, Scharen von Reisenden waren aus den geöffneten Türen geströmt. Da Frederic nicht wusste, in welchem Wagen Virginia saß, hatte er sich so positioniert, dass er einen guten Überblick gewann; er konnte sich nicht vorstellen, sie zu übersehen. Er wartete und wartete. Vielleicht war sie in einem der letzten Waggons gewesen, und hoffentlich musste sie sich nun nicht mit zu viel Gepäck abschleppen. Er wäre ihr gern entgegengegangen, wagte es aber zunächst nicht, seinen Platz zu verlassen, aus Angst, sie könnten sich dann verfehlen. Zwischendurch versuchte er sie auf ihrem Handy anzurufen, aber entweder hatte sie es nicht eingeschaltet, oder sie hörte es nicht. Es sprang nur die Mailbox an.

Hier spricht Virginia Quentin. Bitte hinterlassen Sie mir eine Nachricht…

Als sich der Bahnsteig so weit gelichtet hatte, dass er nicht mehr fürchten musste, im Gewühl an ihr vorüberzulaufen, begann er am Zug entlangzugehen. Niemand stieg mehr aus, inzwischen waren sogar die meisten Wartenden schon eingestiegen. Vereinzelt standen noch Leute herum, die einander gerade begrüßten, zwei jugendliche Tramper sortierten ihre unzähligen Gepäckstücke, eine ältere Dame mühte sich mit einem Stadtplan ab, dessen Faltsystem sie offensichtlich nicht durchschaute. Ein Bahnbediensteter schob herumstehende Gepäckwagen ineinander. Nirgendwo eine Spur von Virginia.

Frederic lief jetzt schneller, versuchte, durch die Fenster in die Abteile hineinzusehen. War sie eingeschlafen und hatte die Ankunft überhaupt nicht mitbekommen? Hatte sie sich derart intensiv in ein Buch vertieft, dass die Welt um sie herum versunken war?

Was war geschehen?

Wo war Virginia?

Ankunft 16.15 Uhr, hatte sie ihm gesagt, er war sich völlig sicher. King's Cross, auch da war er sich sicher. Er hatte es auf einem Zettel notiert und es sich von ihr auch noch einmal bestätigen lassen.

Die Furcht, die sich tief in seinem Innern zu regen begann, war nicht neu, wurde keineswegs erst in diesem Moment geboren. Er hatte sie die ganze Zeit über in sich getragen, seit Virginia ihm versprochen hatte, nach London zu kommen. Er kannte seine Frau nur zu gut. Ihm war klar, wie nervös ihre Zusage sie gemacht haben musste. Wahrscheinlich hatte sie in den letzten Nächten kaum geschlafen, hatte sicher auch immer wieder erwogen, in letzter Sekunde noch einen Rückzieher zu machen. Sie hatte nichts davon gesagt, aber er wusste, dass sie von ihren Ängsten gequält worden war.

Konnte es sein, dass sie in King's Lynn gar nicht eingestiegen war?

Auf jeden Fall war sie ganz offensichtlich in London nicht ausgestiegen. Inzwischen gab es keinen Zweifel mehr, dass sie sich nirgendwo auf dem Bahnsteig befand. Er konnte sie nicht verpasst haben, es war unmöglich, dass sie unbemerkt an ihm vorübergegangen war. Der Zug war längst weitergefahren. Schon sammelten sich Reisende, die auf den nächsten Zug warteten.

Er versuchte es immer wieder auf ihrem Handy, geriet aber unweigerlich an die Mailbox. Schließlich hinterließ er eine Nachricht. »Virginia, ich bin es, Frederic. Ich stehe hier am King's-Cross-Bahnhof. Es ist zwanzig vor fünf. Wo steckst du? Melde dich doch bitte!«

Wenn sie tatsächlich irgendwo auf dem Bahnhof herumirrte und ihn nicht fand, würde sie ihn anrufen. Zumindest ihr eigenes Handy einschalten. Es war absurd. Sie war nicht da.

Nach einigem Zögern wählte er schließlich die Nummer von

Ferndale. Zögernd deshalb, weil er größte Angst hatte, sie könnte sich dort tatsächlich melden. Das hieße, dass sie ihre Pläne geändert hatte, dass sie nicht kommen würde.

Aber auch dort sprang nach sechsmaligem Klingeln nur der Anrufbeantworter an. Frederic sprach nichts auf das Band. Er wollte ihr nicht unterstellen, zu Hause geblieben zu sein. Er ging in das Bistro zurück, bestellte noch einen Kaffee. Von seinem Stehtischchen aus hatte er einen recht guten Überblick über die Bahnhofshalle, und noch immer musterte er mit scharfen Augen die vorüberströmenden Menschen. Obwohl er nicht mehr wirklich glaubte, dass sie überhaupt da war. Sie hätte ihn längst über ihr Handy zu orten gesucht. Es sei denn, sie hätte ihr Gerät aus Versehen daheim gelassen. Was er für unwahrscheinlich hielt, da es ihre Kontaktmöglichkeit zu Kim darstellte. Außerdem glaubte er nicht an so viele Zufälle. Erst rannten sie aneinander vorbei, was schon kaum möglich gewesen wäre, dann stellte sich auch noch heraus, dass sie ihr Telefon liegen gelassen hatte ...

Nein. Es war viel einfacher: Sie war daheim geblieben und meldete sich nun nicht, weil sie sich denken konnte, dass es ihr Mann war, der anrief.

Irgendeine Kraft in ihm hoffte noch immer. Es ging ihm dabei schon gar nicht mehr um das Abendessen am morgigen Tag. Sondern um seine persönliche Enttäuschung. Es schmerzte so sehr, von ihr im Stich gelassen zu werden.

Nach dem Kaffee suchte er eine Fahrplananzeige auf und fand heraus, dass der nächste Zug aus King's Lynn um 17.50 Uhr eintraf. Ohne sich große Hoffnungen zu machen, beschloss er, diesen noch abzuwarten. Es war inzwischen kurz nach fünf.

Um halb sechs hielt er es nicht mehr aus und rief bei den Walkers an. Er hatte diese Möglichkeit lange vor sich hergeschoben, weil er sich vor dem Verwalterehepaar nicht die Blöße geben wollte, von seiner Frau auf diese Weise versetzt worden zu sein. Aber Grace und Jack waren seine einzige Chance auf Klärung, und schließlich siegte seine Nervosität über seinen Stolz.

Jack meldete sich nach dem dritten Klingeln. »Ferndale House«, sagte er wie immer anstelle seines Namens. Frederic wusste, dass er sehr stolz war, auf einem so alten Landsitz arbeiten zu können.

»Jack, hier ist Frederic Quentin. Ich stehe gerade am King's-Cross-Bahnhof in London und…«, er lachte verlegen und fragte sich gleich darauf, weshalb er eigentlich alles noch schlimmer machte, indem er lachte, »und warte vergeblich auf meine Frau. Sie ist nicht in dem Zug gewesen, den wir vereinbart hatten. Und…«

»Nicht?«, fragte Jack überrascht.

»Nein. Und da wollte ich fragen… sie wollte ja Kim zu Ihnen bringen. Hat sie das getan?«

»Ja. Heute Mittag schon. Wie vereinbart.«

Diese Auskunft zumindest beruhigte Frederic ein wenig. Zu irgendeinem Zeitpunkt heute hatte Virginia wenigstens vorgehabt, tatsächlich nach London zu reisen.

»Haben Sie sie zum Bahnhof gebracht?«, erkundigte er sich.

»Das wollte sie nicht.« Jack klang ein wenig gekränkt. »Ich habe es natürlich angeboten. Aber sie wollte ihren kleinen Wagen nehmen und ihn dann dort stehen lassen. Ehrlich gesagt halte ich so etwas nicht für vernünftig. Aber…« Er sprach den Satz nicht zu Ende. Frederic konnte sich vorstellen, wie er beleidigt die Schultern zuckte.

Er fand das allerdings auch merkwürdig. Andererseits aber nicht vollkommen außergewöhnlich. Sie war sicher nervös gewesen. Hatte vielleicht einfach keine Lust auf Jacks unvermeidliche politische Monologe gehabt, die eine höchst schlicht gestrickte Weltsicht offenbarten, die man nicht in jeder Gemütsverfassung ertragen konnte. Frederic war es auch manchmal so ergangen.

»Ich würde gern kurz mit Kim sprechen«, sagte er.

»Sie ist mit Grace draußen. Beeren pflücken. Ich schau mal, ob sie in der Nähe sind.«

Frederic konnte hören, dass der Hörer abgelegt wurde und dass sich Jacks Schritte entfernten. Eine Tür knarrte. Gedämpft vernahm er die Stimme, die abwechselnd nach Kim und Grace rief. Dann hörte er das Getrappel schneller Füße und Kims aufgeregte Stimme: »Daddy ist am Telefon?«

Gleich darauf schnaufte sie in den Hörer. »Daddy! Wir haben ganz viele Brombeeren gepflückt! Sie sind riesig und ganz süß!«

»Wie schön, mein Schatz.«

»Kommst du bald? Dann zeige ich dir, wo sie wachsen. Es sind noch viele da!«

»Ich komme bald«, versprach er. Dann fügte er hinzu: »Sag mal, Mummie hat dir doch gesagt, dass sie zu mir nach London kommen will, oder?«

»Ja. Und dass ihr beide am Samstag wiederkommt.«

»Hm. Sie hat gar nichts davon erwähnt, dass sie es sich vielleicht anders überlegt hat?«

»Nein. Wo ist Mummie denn?«

Im Hintergrund konnte er nun Grace und Jack hören.

»Was heißt das?«, fragte Grace gerade. »Sie ist nicht in London angekommen?«

»Es heißt, was es heißt«, brummte Jack. »Wahrscheinlich ist sie in den falschen Zug gestiegen. Ich wollte sie ja zum Bahnhof bringen, aber nein! Sie kommt ja allein bestens zurecht!«

»Wo ist Mummie?«, drängte Kim.

»Mummie hat vielleicht den falschen Zug erwischt«, nahm er Jacks Vermutung auf, obwohl er nicht daran glaubte. »Du musst dir keine Sorgen machen. Mummie ist erwachsen. Sie kann auf sich aufpassen. Sie wird in einen anderen Zug umsteigen und zu mir nach London kommen.«

»Ich darf aber noch bei Grace und Jack bleiben?«

»Klar. Hör mal«, ihm fiel noch etwas ein, »was ist denn aus … wie hieß er noch? Nathan. Was ist aus Nathan Moor geworden?«

»Er ist so nett, Daddy. Er hat gestern einen Spaziergang mit mir gemacht. Dabei hat er mir gezeigt, wie man eine Spur auslegt, damit man den Rückweg findet. Man muss …«

»Schon gut, Schatz, das erzählst du mir am besten ein anderes Mal. Hat Mummie ihn heute irgendwo hingebracht? Zu einem anderen Haus oder zum Bahnhof?«

»Nein«, sagte Kim verwirrt.

Er seufzte. Wenn Kim seit dem Mittag bei den Walkers war, hatte sie nicht mehr mitbekommen können, wohin sich Nathan Moor abgeseilt hatte. Oder besser: wohin er abgeseilt *worden war*. Den Anstand, von selbst zu gehen, hatte er vermutlich nicht besessen.

Grace hatte Kim offenbar den Hörer aus der Hand genommen, denn nun erklang ihre Stimme: »Mr. Quentin … Sir … mir gefällt das gar nicht. Soll ich nicht zum Haus hinübergehen und nachsehen? Ich meine, ob Mrs. Quentin wirklich abgereist ist. Vielleicht …«

»Ja?«

»Na ja, nicht, dass sie irgendwie unglücklich gestürzt ist und sich nicht melden kann oder so etwas!«

An etwas Derartiges hatte er noch gar nicht gedacht. Es war sicher vernünftig, Grace nachsehen zu lassen. Kurz überlegte er, ob es sein konnte, dass Virginia dem Widerling Nathan Moor am Ende gestattet hatte, weiterhin in ihrem Haus zu wohnen, und ob man Grace auf die Möglichkeit hinweisen musste, dass sie drüben auf einen fremden Mann stoßen würde, aber er entschied sich, nichts zu sagen. Offenbar hatten die Walkers von der Anwesenheit des Deutschen bislang nichts bemerkt, und auch Kim hatte ihn noch nicht erwähnt; er empfand es als angenehmer, wenn sie auch weiterhin nichts wussten.

»Okay, Grace, das ist nett. Sie rufen mich dann zurück, ja? Ich bin auf meinem Handy erreichbar.« Er ließ sich noch einmal Kim geben, verabschiedete sich von ihr, beendete dann das Gespräch. Es war fast Viertel vor sechs. Noch knapp zehn Minuten bis der nächste Zug eintraf. Weshalb nur glaubte er nicht, dass Virginia darin sein würde?

Und die nächste Frage war: Wenn sie tatsächlich nicht auftauchte und wenn auch Grace sie daheim nicht antraf – was sollte er dann tun? Die Polizei verständigen?

Der Zug erreichte den Bahnhof mit zwanzigminütiger Verspätung. Noch während Frederic am Bahnsteig wartete und alle Reisenden scharf musterte, rief Grace zurück.

»Niemand da, Sir«, berichtete sie, »und das Auto ist auch weg. Sieht so aus, als wäre Mrs. Quentin wirklich abgereist. Es war alles gut verschlossen, Fenster und Türen, auch die Läden hat sie zugemacht.«

Er empfand eine seltsame Mischung aus Erleichterung und Besorgnis. Erleichterung, weil Virginia offenbar tatsächlich abgereist war, weil sie loyal zu ihrem Versprechen gestanden hatte – oder zumindest hatte stehen wollen. Denn irgendetwas war schief gegangen. Sie kam auch mit diesem Zug nicht. Sie meldete sich nicht. Sie war spurlos verschwunden. Die Besorgnis begann seine Erleichterung zu verdrängen.

Was war passiert?

Und welche Rolle, dachte er plötzlich, spielt Nathan Moor bei Virginias Verschwinden?

Um neun Uhr abends hielt er es nicht mehr aus. Er hatte noch einen dritten Zug aus King's Lynn abgewartet und war schließlich direkt vom Bahnhof in seine Wohnung zurückgekehrt, in der vagen Hoffnung, Virginia könnte auf irgendwelchen abenteuerlichen Umwegen inzwischen dort gelandet sein, aber natürlich war alles still und leer. Auf dem Tisch am Fenster standen zwei Sektgläser, im Kühlschrank befand sich der Champagner, den er mit ihr zur Begrüßung hatte trinken wollen. Sogar neue weiße Kerzen hatte er in alle Kerzenhalter im Zimmer gesteckt, ein Feuerzeug bereitgelegt. Romantischer Trottel, der er war. Er hätte wissen müssen, dass es nicht klappen würde.

Jetzt werde nicht wütend auf sie, rief er sich zwischendurch zur Ordnung, du hast keine Ahnung, in welcher Klemme Virginia womöglich steckt!

Wieder und wieder rief er ihr Handy an, obwohl ihm inzwischen klar war, dass sie die Anrufe nicht annehmen wollte oder konnte. Aber irgendetwas musste er tun, und im Moment fiel ihm nichts anderes ein. Noch zweimal sprach er auf die Mailbox. Es war die einzige, winzig kleine Möglichkeit, so etwas wie einen Kontakt zu ihr herzustellen.

Sollte er zur Polizei gehen? Nach allem, was er wusste, musste eine bestimmte Zeit seit dem Verschwinden einer Person vergangen sein, ehe die Polizei etwas unternahm. Vierundzwanzig Stunden? Oder mehr? Er wusste es nicht genau. Aber Virginia war knapp fünf Stunden abgängig, wenn man die Ankunft des Zuges aus King's Lynn als Ausgangspunkt nahm. Bestimmt würde sich noch kein Beamter an diesem Abend in Bewegung setzen.

Schließlich wurde ihm klar, dass er verrückt werden würde, wenn er bis zum nächsten Morgen nur in der Wohnung auf- und ablief.

Natürlich konnte es sinnvoll sein, in London zu warten, aber aus irgendeinem Grund glaubte er nicht, dass Virginia überhaupt bis London gekommen war. Wo war sie zuletzt gesehen worden? In Ferndale, am Mittag, als sie Kim bei den Walkers ablieferte. Und genau dort wollte er hin. Denn da war sie immerhin neun Stunden zuvor definitiv gewesen. Alles andere, was man über ihren Aufenthaltsort mutmaßen konnte, war reine Spekulation.

Er rief bei den Walkers an, erreichte wieder Jack und teilte ihm mit, dass er sich auf den Weg nach Norfolk machte.

»Soll ich Sie nicht morgen früh abholen, Sir?«, fragte Jack. »Sie haben schließlich kein Auto, und…«

»Nein. So lange möchte ich nicht warten. Ich nehme einen Leihwagen. Sollte sich Mrs. Quentin bei Ihnen melden, dann sagen Sie ihr bitte, dass ich irgendwann um Mitternacht herum zu Hause eintreffen werde.«

»Alles klar, Sir«, sagte Jack.

Frederic hatte beschlossen, mit der U-Bahn bis zum Flughafen Stansted zu fahren und sich dort ein Auto zu nehmen. Der Flughafen im Nordosten Londons war eine gute Ausgangsbasis, um nach Norfolk zu reisen, zudem vermied er damit die selbst zu später Stunde noch recht vollen Umgehungsstraßen Londons. Die U-Bahn-Station befand sich gleich vor seiner Haustür. Es war besser, irgendetwas zu tun.

Um kurz nach zehn saß er in einem Auto und steuerte auf die M11 Richtung Norfolk. So dicht an der Stadt herrschte noch starker Verkehr, aber je weiter er vorankam, umso ruhiger wurde es. Er fuhr schneller, als es erlaubt war, ab und zu bemerkte er es, wurde langsamer, stellte aber nach einiger Zeit fest, dass er schon wieder zu schnell fuhr. In ihm war eine schreckliche Unruhe. Er konnte einfach keine logische Erklärung für Virginias Verschwinden finden. Sie hätte am helllichten Tag in einen ganz normalen Zug auf einer viel befahrenen Strecke einsteigen und ebenfalls am helllichten Tag mitten in London aussteigen müssen. Wo, zum Teufel, sollte da etwas passieren? Sie hatte das Haus verriegelt, hatte ihr Kind beim Verwalterehepaar abgegeben. Sie war ganz offenbar zur Abreise entschlossen gewesen.

Das einzige Fragezeichen in der Kette war ihr Weg nach King's Lynn hinein zum Bahnhof. Möglicherweise war sie dort schon nicht angekommen. Von einem Unfall hätten die Walkers jedoch längst gehört.

Immer intensiver kreisten Frederics Gedanken um Nathan Moor. Er vermutete, dass Virginia ihn im Auto dabeigehabt

236

hatte. Wie anders hätte er von Ferndale in die Stadt kommen sollen? Sie hatte ihn mitgenommen, in der Absicht wahrscheinlich, ihn zu dem Krankenhaus zu fahren, in dem seine Frau lag. War er dort angekommen?

Er würde am nächsten Morgen als Erstes Livia Moor aufsuchen müssen. Vielleicht hatte sie eine Ahnung, wo ihr Mann abgeblieben war. Und wenn nicht? Wenn sie auch nichts mehr von ihm gehört hatte?

Frederic bildete sich ein, eine recht gute Menschenkenntnis zu besitzen, und eines war ihm an jenem letzten Urlaubstag, den er erzwungenermaßen gemeinsam mit den Moors in seinem Haus in Dunvegan verbracht hatte, klar geworden: Nathan Moor hatte nicht die geringsten Gefühle für seine Frau übrig. Was immer ihn irgendwann einmal bewogen haben mochte, Livia zu heiraten, inzwischen war sie ihm völlig gleichgültig. In die Klinik nach King's Lynn hatte er sie nur gebracht, da war sich Frederic sicher, um sich erneut an Virginia heranzuschleichen. Wobei ihm auch noch das Glück zur Hilfe gekommen war, dass sie allein, dass ihr Mann verreist war.

Was wollte er von ihr?

Vielleicht ging es ihm nur ums Geld. Seitdem er das Haus auf Skye zum ersten Mal betreten hatte, schnorrte er sich gnadenlos durch. Frederic mochte nicht wissen, um wie viele Pfund er Virginia in den vergangenen Tagen erleichtert hatte. *Der Bestsellerautor!* Der aus unerfindlichen Gründen nicht an einen einzigen müden Euro auf seinem deutschen Konto herankam.

Am Ende war er einfach nur scharf auf das Auto gewesen. Befand sich damit längst auf der Flucht irgendwohin. Aber was hatte er mit Virginia gemacht? Auf welche Weise war er sie losgeworden?

Frederic schlug mit der geballten Faust auf das Lenkrad, erhöhte weiter die Geschwindigkeit, obwohl er sowieso gerade wieder einmal viel zu schnell fuhr. Er hätte sich ohrfeigen können! Er hätte einen Aufstand machen müssen, als er erfuhr, dass sich Nathan Moor in Ferndale einquartiert hatte. Schließlich hatten alle Alarmglocken in seinem Kopf zu schrillen begonnen. Er erinnerte sich, wie empört er gewesen war, als er davon hörte. Und dass er, irgendwo verborgen in sich, eine unbestimmte Furcht verspürt hatte, die mit seinem Abscheu gegenüber Moor zu tun hatte, mit dem tiefen Misstrauen, das er ihm von der ersten Sekunde an entgegengebracht hatte.

Aber klar – anderes war ihm wichtiger gewesen. Er musste ehrlich mit sich sein: Seine Gedanken waren fast ausschließlich um das wichtige Abendessen am Freitag gekreist. Um das Problem, Virginia an seine Seite zu ziehen. Er hätte es nicht riskiert, ihre Stimmung wegen eines Streits um Nathan Moor zum Kippen zu bringen. Er hatte sein dummes Gefühl, die warnende Stimme, seine Entrüstung beiseite geschoben, so weit weg gedrängt, dass er sie kaum mehr wahrnahm. Er hatte sich ausschließlich auf den Freitag konzentriert. Auf Virginia, die nach London kommen sollte. Auf ihren gemeinsamen Abend. Der, wenn alles gut gegangen wäre, der Auftakt zu weiteren gemeinsamen Aktivitäten zugunsten seiner politischen Karriere hätte sein sollen.

Idiot, der er gewesen war. Beschäftigt nur mit seinen momentan wichtigen Belangen. Und deshalb raste er nun durch diese dunkle, wolkige Nacht. Hatte Glück, wenn er nicht von der Polizei gestoppt wurde. Und hatte keine Ahnung, was auf ihn zukommen würde.

Freitag, 1. September

1

Es war kurz nach Mitternacht, als er in die Auffahrt zu Ferndale House einbog. Entlang des gewundenen Wegs brannten Laternen. Er konnte die dicht belaubten Bäume sehen. Es war, als führe man durch einen tiefen Wald.

Mit steifen Gliedern kroch er aus dem kleinen Leihwagen, kramte seine Schlüssel hervor. Er entsicherte die Alarmanlage, dann schloss er die Haustür auf. Im Flur roch es schwach nach Virginias Parfüm. Der Geruch kam von ihren Mänteln und Schals, die an der Garderobe hingen. Ganz kurz senkte er sein Gesicht in eine Jacke aus flauschigem Mohair. Es roch so warm und so tröstlich.

»Wo bist du nur?«, murmelte er. »Wo bist du denn nur?«

Er schaltete die Lichter ein, ging in die Küche. Der Wasserhahn an der Spüle tropfte ein wenig, geistesabwesend drehte er ihn fester zu. Die Küche war sauber aufgeräumt, alle Arbeitsflächen und auch der Esstisch ordentlich gewischt. Die Pflanzen am Fenster – hauptsächlich Kräuter – hatten frisches Wasser bekommen; er sah, dass die Teller unter den Töpfen randvoll mit Wasser waren.

Er ging ins Wohnzimmer hinüber, nahm ein Glas aus dem Schrank und die Whiskyflasche von der Bar und schenkte sich einen doppelten Chevas ein. Trank ihn in einem Zug. Der Alkohol brannte in seiner Kehle, für einen Moment breitete sich eine Hitze in seinem Magen aus, die er als angenehm empfand. Er schenkte sich noch einmal ein. Für gewöhnlich löste er seine

Probleme nicht mit Alkohol, aber im Augenblick hatte er das Gefühl, etwas zu brauchen, um nicht völlig durchzudrehen.

Das Glas in der Hand, streifte er durch das Haus. Es war alles wie immer, nirgendwo der kleinste Hinweis, was mit Virginia passiert sein konnte. Im Schlafzimmer waren die Betten gemacht. Er öffnete den Kleiderschrank, aber er hatte zu wenig Überblick über die Sachen seiner Frau, als dass er hätte sagen können, ob etwas fehlte und was es war. Ihm fiel nur auf, dass der kleine rote Reisekoffer, der immer zwischen Schrank und Wand stand, verschwunden war. Sie hatte gepackt. Sie hatte mit einem Koffer dieses Haus verlassen.

Nach einigem Zögern betrat er auch das Gästezimmer. Hier musste Nathan Moor gewohnt haben.

Aber auch das Zimmer gab keinen Aufschluss. Das Bett war gemacht, der Schrank leer. Es gab nichts, was auf Moors Anwesenheit hinwies.

Und selbst wenn ich eine alte Socke von ihm gefunden hätte, dachte Frederic müde, hätte mich das auch um keinen Schritt weitergebracht.

Er verließ das Zimmer wieder, ging ins Schlafzimmer hinüber, zog sich mit langsamen Bewegungen aus. In der Spiegeltür des Schranks sah er einen müden Mann, der grau und ausgebrannt wirkte. In seinen Augen standen Furcht und Verwirrung. Es war ein Gesichtsausdruck, den er von sich nicht kannte. Weder furchtsam noch verwirrt zeigte er sich jemals, auch waren dies keine Gefühle, die für gewöhnlich sein Innenleben beherrschten. Aber in eine derartige Situation war er auch noch nie geraten. Noch nie hatte ihm etwas derart die Kehle zugeschnürt wie Virginias Verschwinden. Noch nie hatte ihn etwas derart aus der Ruhe gebracht.

Er schlüpfte in seinen dunkelblauen Bademantel. Unmöglich, sich ins Bett zu legen und zu schlafen, er würde kein Auge zutun. So früh wie möglich wollte er Livia Moor aufsuchen. Zuvor musste er seine Sekretärin in London anrufen; es waren für den Vormittag etliche Termine abzusagen, einige würden auch von seinen Mitarbeitern wahrgenommen werden können. Was aus dem wichtigen Abendessen werden sollte, das womöglich der Ausgangspunkt für die beunruhigenden Ereignisse gewesen war, wusste er nicht. Ihm bliebe natürlich die Zeit, am Nachmittag nach London zu fahren und an der Einladung teilzunehmen, Virginia mit irgendeiner Ausrede zu entschuldigen. Aber würde ihm das möglich sein, wenn er bis dahin noch immer nichts über ihren Verbleib wusste? Er konnte es sich nicht vorstellen.

Ruhelos wanderte er wieder ins Wohnzimmer hinunter, schaltete die kleinen Lampen am Fenster ein. Auf dem Sofa lagen ein paar Zeitungen der letzten Tage. Ganz oben die von gestern. Er griff danach. Die Morde an den zwei kleinen Mädchen beherrschten die Schlagzeilen auf der ersten Seiten. *Was gedenkt die Polizei zu tun?*, wurde gefragt, und im Nachfolgenden mutmaßte der Verfasser des Artikels, dass es sich bei beiden Verbrechen aller Wahrscheinlichkeit nach um denselben Täter handelte. Beide Kinder, die vierjährige Sarah Alby und die achtjährige Rachel Cunningham, stammten aus King's Lynn. Beide waren am helllichten Tag verschwunden, ohne dass offenbar irgendjemand etwas bemerkt hatte. Beide waren sexuell missbraucht und anschließend erdrosselt worden. Beide hatte man an abgelegenen, aber mit einem Auto gut erreichbaren Orten gefunden. Die Bevölkerung sei zutiefst beunruhigt, hieß es, Eltern ließen ihre Kinder nicht mehr allein auf der Straße spielen, und es hätten sich bereits Fahrgemeinschaften gebildet, die sicherstellten, dass Kinder auf dem Schulweg keinen Schritt mehr ohne Aufsicht taten. Allgemein wurde der Ruf nach einer *SoKo* laut, die sich mit konzentriertester Kraft der Aufklärung dieser beiden entsetzlichen Verbrechen widmen sollte. Frederic wusste, dass Sonderkommissionen den ohnehin knappen Polizeietat erheblich belasteten, aber auch er fand, dass man in diesem Fall nicht länger zögern durfte. Er war Politiker genug, um auf Anhieb zu erkennen, wie sehr sich dieses brisante, hoch emotionale Thema für den Wahlkampf eignete.

Nur dass er im Augenblick ganz andere, eigene Sorgen hatte. Um sich abzulenken, vertiefte er sich in die Zeitungen, las sie von der ersten bis zur letzten Seite, selbst den Sportteil, der ihn gewöhnlich nicht besonders interessierte. Als allererstes graues Tageslicht zwischen den Vorhängen hindurch ins Zimmer sickerte, sank sein Kopf zurück auf die Sofalehne, und er schlief zutiefst erschöpft ein.

2

Ihr Gedächtnis war jetzt wieder klar und hellwach, aber Livia wusste nicht, ob sie diesen Umstand begrüßen sollte. Eigentlich wäre es ihr lieber gewesen, sich nicht so genau zu erinnern. Immer wieder stand ihr die Szene vor Augen, als Nathan sie über die Reling der *Dandelion* gestoßen hatte: über ihr der dunkle Nachthimmel, unter ihr die schwarzen Wellen des Meeres. Nathan, der brüllte: »Runter vom Schiff! Spring!«

Sie hatte das Gefühl gehabt, in den Tod zu springen. Sie hatte Wasser nie besonders gemocht, das Meer nicht, Schiffe schon gar nicht. Sie hatte schon immer schreckliche Angst gehabt zu ertrinken. Sie konnte sich nicht einmal Filme über Schiffsunglücke ansehen.

Und irgendwie wurde sie das Gefühl, dem Tod direkt ins Auge gesehen zu haben, von ihm bereits umarmt worden zu sein, nicht los. Sie wusste, dass sie lebte. Sie wusste es, seit sie es geschafft hatte, aus dem schwarzen, rauschenden, alles verschlingenden Meer in das Rettungsboot zu kriechen. Seit das Fischerboot aufgetaucht war und sie an Bord genommen hatte. Seit sie in Portree wieder festen Boden unter den Füßen gespürt hatte, gehüllt in eine Wolldecke, in der Hand eine Flasche

Mineralwasser, die ihr irgendjemand gegeben hatte. Sie wusste auch jetzt, dass sie lebte. Aber sie schaffte es nicht, den Gedanken an den Tod beiseite zu schieben. Er war immer noch da, dicht neben ihr. In Gestalt der schwarzen, gurgelnden Wellen.

Am frühen Morgen war der Arzt bei ihr gewesen und hatte ihr erklärt, dass man sie an diesem Tag entlassen würde.

»Körperlich sind Sie wiederhergestellt«, hatte er gesagt, »und dies zu erreichen war unsere Aufgabe. Mehr können wir jetzt nicht für Sie tun. Sie sollten sich aber unbedingt in psychotherapeutische Behandlung begeben. Mit einem Schock ist nicht zu spaßen.«

Sie hatte noch im Bett gefrühstückt, mehr als zwei Schlucke Kaffee und einen Löffel Marmelade jedoch nicht herunterbekommen. Ihre Zimmergenossinnen hatten einige Male versucht, sie in ein Gespräch zu verwickeln, aber sie hatte so getan, als verstehe sie nur schlecht Englisch und könne es noch schlechter sprechen, und so hatten die anderen schließlich aufgegeben. Sie aber hielt es in dem Zimmer nicht mehr aus. Sie stand auf, schleppte sich auf weichen Knien ins Bad, starrte das hohlwangige, bleiche Gespenst im Spiegel an. Entlassen! Das stellte sich der Arzt so einfach vor. Sie musste warten, bis Nathan vorbeikam, und nachdem er sich am Vortag nicht hatte blicken lassen, stieg von Minute zu Minute ihre Angst, er werde auch heute nicht auftauchen. Dann stand sie da, ohne ein Bett, aber auch ohne Geld und ohne eine Ahnung, wohin sie gehen sollte. Den höhnischen Blicken der beiden Weiber in ihrem Zimmer ausgesetzt, die sicher schon allmählich spannten, dass in ihrer Ehe etwas ganz und gar nicht stimmte.

Sie wusch sich oberflächlich. Ihre Haare waren schon ganz dunkel vor Fett, aber sie hatte kein Shampoo, und eigentlich waren fettige Haare ihr geringstes Problem. Sie schlich ins Zimmer zurück, kramte ihre Sachen aus dem Schrank. Virginia Quentins Sachen, korrigierte sie sich. Sie selbst besaß ja nichts mehr auf dieser Welt. Überhaupt nichts mehr.

Die Jeans und der Pullover hatten ihr recht gut gepasst, waren aber jetzt viel zu weit. Sie musste viel Gewicht verloren haben. Die Hose rutschte bedenklich tief auf ihre knochigen Hüften hinunter, und in dem Pullover hätte sie glatt eine zweite Person untergebracht. Sie musste aussehen wie eine Vogelscheuche.

Eine skelettierte Vogelscheuche, fügte sie in Gedanken hinzu. Immerhin hatte die Erinnerung an Virginia Quentin sie auf den Einfall gebracht, zu versuchen, die Telefonnummer ihrer Wohltäterin ausfindig zu machen und sich mit ihr in Verbindung zu setzen. Nur so konnte sie mit Nathan in Kontakt treten. Er musste sich um sie kümmern. Sie hoffte aus tiefstem Herzen, dass die Quentins im Telefonbuch standen oder bei der Auskunft registriert waren.

Sie packte ihre wenigen Habseligkeiten in die Segeltuchtasche, die Nathan im Schrank verstaut hatte, als er sie hier ablieferte. Was das betraf, hatte sie im Übrigen noch immer den einzigen Filmriss in ihrer Erinnerung an die vergangenen zwei Wochen: Sie wusste nicht, was auf Skye geschehen war, was Nathan veranlasst hatte, sie in ein Krankenhaus zu bringen. Auch von der Reise nach Norfolk und von der Aufnahme im Krankenhaus existierten für sie keine Bilder. Ihr abgemagerter Körper zeigte ihr jedoch, dass es womöglich unumgänglich für Nathan gewesen war, sie in eine Klinik zu bringen. Die Vorstellung, dass er nicht nur nach irgendeiner Möglichkeit gesucht hatte, sie bequem zu entsorgen, beruhigte sie.

Sie murmelte einen Abschiedsgruß in Richtung ihrer Zimmergenossinnen, der jedoch nicht erwidert wurde, dann trat sie hinaus auf den Gang. Im Schwesternzimmer war man erstaunt, dass sie so früh und so schnell gehen wollte, aber sie behauptete, ihr Mann erwarte sie bereits unten in der Eingangshalle. Sie dachte, wie gut es zumindest gewesen war, dass sie sich vor der Abreise in Deutschland für den Abschluss einer Reisekrankenversicherung stark gemacht hatte. Wenigstens die Kosten für ihren Krankenhausaufenthalt waren nun kein Problem.

In der Eingangshalle unten war es zu dieser frühen Stunde recht leer. Die Cafeteria hatte noch nicht geöffnet. Ein Mann, der den Zeitschriftenkiosk betrieb, rollte soeben ein weißes Drehgestell vor die Tür seines Ladens und begann die Tageszeitungen hineinzusortieren. Er gähnte ausgiebig und schien nicht mit besonderer Fröhlichkeit an die vor ihm liegenden Stunden zu denken.

Ein alter Mann im Morgenmantel stolperte, auf seine Gehhilfe gestützt, an den Auslagen einiger Geschäfte entlang, starrte in die Schaufensterscheiben, schien aber nicht wirklich an irgendetwas, das er dort sah, interessiert zu sein. Die triste Krankenhausatmosphäre, der sich Livia schon entronnen glaubte, als sie ihr Zimmer verließ, brach noch einmal mit geballter Wucht über sie herein. Sie kannte nur zu gut ihre gefährliche Neigung zu heftigen Depressionen. Sie musste möglichst rasch hier weg.

In einer Ecke entdeckte sie einen öffentlichen Fernsprecher, daneben lagen glücklicherweise auch etliche etwas ramponiert scheinende Telefonbücher. Sie stellte ihre Tasche ab, zog das erste Telefonbuch heran. Ihr war immer noch schwindelig, bei der kleinsten Bewegung brach ihr der Schweiß aus. Sie hatte zu lange gelegen und zu wenig gegessen. Ihr war klar, wenn Nathan sie nicht abholte, würde sie kaum hundert Meter weit kommen.

Und wohin sollte ich auch gehen?, dachte sie angstvoll.

Noch während sie entsetzt feststellte, dass es zahlreiche Quentins in King's Lynn und Umgebung gab, nahm sie aus den Augenwinkeln wahr, dass sich die automatische Schiebetür öffnete, die von der Eingangshalle ins Freie führte. Ohne besonderes Interesse und eher zufällig wandte sie den Kopf. Der Mann, der in Jeans und Pullover, ungekämmt und unrasiert, das Krankenhaus betrat, kam ihr sofort bekannt vor, aber ihr

Gehirn brauchte ein paar Momente, um sich zu erinnern. Noch immer schien alles bei ihr langsamer zu laufen: ihre Bewegungen, ihr Denken, selbst ihr Fühlen. Aber dann begriff sie, klappte das Telefonbuch zu und versuchte, hinter dem Mann herzulaufen, der die Fahrstühle ansteuerte.

»Mr. Quentin!«, rief sie. »Mr. Quentin, warten Sie!«

Der Schwindel, der sie überfiel, war so heftig, dass sie sich an einer der Säulen in der Mitte der Halle festhalten musste.

»Mr. Quentin!«, krächzte sie noch einmal.

Gott sei Dank hatte er sie endlich gehört. Er blieb stehen, drehte sich um, sah sie an. Kam dann mit raschen Schritten auf sie zu.

»Mrs. Moor!«, sagte er überrascht. Er starrte sie an. »Lieber Himmel, Sie ...« Er sprach nicht weiter. Sie wusste, dass sie zum Gotterbarmen aussah, sie konnte es in seinen Augen lesen.

»Wo ist Ihr Mann?«, fragte er.

Sie schüttelte den Kopf. »Ich weiß es nicht.« Sie hätte gern lauter gesprochen, denn sie merkte, dass Frederic Quentin sich sehr anstrengen musste, sie zu verstehen, aber sie war mittlerweile so entkräftet, dass sie nur noch flüstern konnte. »Ist er ... ist er denn nicht bei Ihnen? Er sagte, dass er ... bei Ihnen wohnt.«

»Das ist alles etwas kompliziert«, sagte Frederic. Sie war dankbar, dass er ihren Arm fasste, denn sie war dicht daran, einfach umzufallen.

»Hören Sie, ich glaube, wir sollten nach oben gehen und einen Arzt ...«

»Nein!« Sie schüttelte den Kopf. Fast panisch wiederholte sie: »Nein! Ich will hier weg! Ich will hier weg! Der Arzt hat gesagt, dass ich gehen darf. Bitte helfen Sie mir, dass ich ...«

»Okay, okay«, sagte er beschwichtigend, »es war nur ein Vorschlag. Wir verlassen jetzt das Krankenhaus, in Ordnung? Haben Sie Gepäck?«

Sie wies zu der Telefonzelle, wo ihre Tasche stand. »Ja. Diese Tasche.«

Er hielt weiterhin ihren Arm fest, als er mit ihr die Halle durchquerte und die Tasche hochnahm.

»Ich fürchte, in einem Café kippen Sie mir um«, sagte er. »Ich denke, wir fahren nach Ferndale. Zu mir nach Hause. Sind Sie einverstanden? Dort können Sie sich auf das Sofa legen, und irgendwo finde ich bestimmt noch ein paar Kreislauftropfen. Sind Sie ganz sicher, dass Sie hier weg dürfen?«

»Ja.«

Sie hatte den Eindruck, dass er ihr nicht recht glaubte, aber wenigstens versuchte er nicht, sie wieder nach oben zu schaffen, sondern steuerte die Tür ins Freie an.

»Mein Mann ist also nicht da?«, vergewisserte sie sich. »Er ist nicht bei Ihnen daheim?«

Frederics Lippen pressten sich zu einem Strich zusammen. Livia erkannte, dass er wütend war. Sehr wütend. »Nein«, sagte er, »er ist nicht da. Und, offen gestanden, hatte ich gehofft, von Ihnen zu erfahren, wo er sein könnte.«

Eineinhalb Stunden später war Livia nur noch ratlos. Körperlich ging es ihr besser, der schreckliche Schwindel war abgeflaut, der Schweiß auf ihrer Haut getrocknet. Sie saß am Tisch in der Küche von Ferndale House und trank ihre dritte Tasse Kaffee. Frederic hatte ihr ein Brot getoastet, an dem sie mit winzigen Bissen herumkaute. Sie konnte nicht schnell essen, da ihr sonst wieder übel wurde. Sie hatte aber eingesehen, dass sie irgendetwas zu sich nehmen musste.

Frederic hatte sich nicht gesetzt, er war, seine Kaffeetasse in der Hand, auf und ab gegangen. Er hatte ihr erzählt, wie er vergeblich in London am Bahnhof auf Virginia gewartet hatte und wie er sich schließlich am späten Abend noch auf den Weg nach King's Lynn gemacht hatte. Dass seine Tochter wie vereinbart bei dem Verwalterehepaar abgegeben worden war und dass Virginias Koffer fehlte. Dass ihr Auto fort war, dass er das Haus verriegelt vorgefunden hatte. Dass es keine Spur von

Nathan Moor gab, der in den vergangenen Tagen hier gewohnt hatte.

»Ich habe heute in aller Frühe mit meiner Tochter gesprochen«, sagte er, »aber leider hat das nicht viel gebracht. Ihre Mutter hat ihr gesagt, dass sie zu mir nach London fahren wird und dass wir beide am Samstag wiederkommen werden. Sie haben zusammen ein paar Sachen eingepackt und sind dann hinüber zu den Walkers gegangen. Von Nathan Moor hat sich Kim im Wohnzimmer verabschiedet, er schaute sich irgendeine Sportsendung im Fernsehen an. Gegenüber Mrs. Walker hat meine Frau nur erwähnt, dass sie nun packen will. Das Angebot Mr. Walkers, sie zum Bahnhof zu fahren, lehnte sie ab. Es gab aber nicht den kleinsten Hinweis, dass sie nicht vorgehabt haben sollte, tatsächlich nach London aufzubrechen.«

Livia würgte den nächsten kleinen Bissen Brot hinunter. Es kam ihr vor, als sei ihr Magen verschlossen. Jeder kleine Krümel Nahrung musste sich mühsam und langsam seinen Weg bahnen.

»Ich verstehe das nicht«, sagte sie hilflos, »ich denke dauernd über den letzten Besuch meines Mannes im Krankenhaus nach. Das war vorgestern. Das Schlimme ist, dass es mir so schlecht ging. Ich weiß gar nicht, ob ich überhaupt alles wahrgenommen habe, was er sagte. Ich erinnere mich, dass er zum Schluss versprach, am nächsten Tag wiederzukommen. Aber das tat er nicht.«

»Fällt Ihnen sonst noch irgendetwas ein?«, fragte Frederic. Sie konnte spüren, dass er sie am liebsten geschüttelt hätte, um den Fluss ihrer Erinnerungen anzukurbeln, dass er sich nur mühsam beherrschte.

Er hat Angst, dachte sie, er hat richtig Angst um Virginia.

»Er ... er sagte, dass ich am Freitag entlassen würde, und ich fragte, wohin wir dann gehen sollten. Er meinte, wir könnten für eine Weile hier wohnen ... bei Ihnen.« Sie wagte nicht, ihn anzusehen. Es war demütigend. So schwerfällig sich ihr Gehirn bewegte, hatte sie doch längst begriffen, dass Frederic Quentin vom Aufkreuzen der Moors in King's Lynn alles andere als begeistert gewesen war, von der Einquartierung Nathan Moors in seinem Haus noch viel weniger. Dass er die Moors am liebsten schon oben auf Skye losgeworden wäre. Dass er die Gutmütigkeit seiner Frau gegenüber den schiffbrüchigen Habenichtsen verfluchte.

»Er hatte sich das Auto Ihrer Frau geliehen«, fuhr sie fort, »ja, das erwähnte er noch.«

»Er hat sich hier richtig heimisch gefühlt«, sagte Frederic zynisch, »wie schön!«

Sie legte das Brot auf den Teller zurück. Ausgeschlossen, dass sie noch einen Bissen herunterbekam. »Es … tut mir leid«, flüsterte sie.

Frederics Stimme nahm einen versöhnlicheren Klang an. »Sie können für das alles überhaupt nichts, Livia«, sagte er, »entschuldigen Sie, wenn mein Ton grob war. Es ist nur … ich mache mir größte Sorgen. Es passt nicht zu Virginia, einfach unterzutauchen und sich nicht mehr zu melden. Nicht einmal bei den Walkers hat sie angerufen, um sich nach Kim zu erkundigen oder ihr gute Nacht zu sagen. Das ist so absolut ungewöhnlich, dass ich …« Er sprach den Satz nicht zu Ende. Er stellte seine Tasse ab, trat auf den Tisch zu, stützte beide Arme auf und sah Livia eindringlich an.

»Ich muss wissen, was mit Ihrem Mann los ist, Livia«, sagte er, »und ich bitte Sie, ganz offen zu sein. Etwas stimmt doch hier nicht. Ihr Mann ist angeblich ein bekannter Schriftsteller. Trotzdem besitzt er keinen Penny. Sie beide sind deutsche Staatsbürger. Ihre Botschaft hier in England würde sofort für Sie sorgen, in erster Linie für Ihre Heimreise. Trotzdem kommt Ihr Mann nicht auf die Idee, sich dorthin zu wenden. Stattdessen klebt er wie eine Klette an meiner Familie. Meine Frau packt ihren Koffer für eine Reise zu mir nach London, kauft das Bahnticket und ist nun spurlos verschwunden. Mit ihr Ihr

Mann Nathan Moor und das Auto. Livia, *was, zum Teufel, geht hier vor?*«

Er war sehr laut geworden am Ende. Livia zuckte zusammen.

»Ich weiß es nicht«, sagte sie. Ihre Stimme schwankte. Sie musste aufpassen, dass sie nicht in Tränen ausbrach. »Ich weiß nicht, was hier vorgeht. Ich weiß nicht, wo mein Mann ist.«

»Sie sind seine Frau. Sie müssen ihn kennen. Sie müssen etwas über sein Leben wissen. Sie können nicht so ahnungslos sein, wie Sie jetzt tun!«

Sie zog die Schultern hoch, hätte sich am liebsten in sich selbst verkrochen. »Ich weiß nichts«, flüsterte sie.

Seine Lippen waren schmal und weiß vor Wut. »Das nehme ich Ihnen nicht ab, Livia. Sie wissen nicht, wo er jetzt gerade ist, das glaube ich Ihnen. Aber Sie können mir Informationen über ihn geben. Und zwar solche, die mir vielleicht dabei helfen, etwas über den Verbleib meiner Frau herauszufinden. Verdammt noch mal, Sie werden mir alles sagen, was Sie wissen. Das sind Sie Virginia schuldig nach allem, was sie für Sie getan hat!«

Sie begann zu zittern. »Er... er ist kein schlechter Mensch. Er würde... er würde Virginia nichts antun...«

Frederic lehnte sich noch weiter vor. »Aber?«

Ihre Stimme war nun kaum noch hörbar. »Aber es stimmt manches nicht, was er...«

»Was stimmt nicht?«

Sie fing an zu weinen. Das alles war ein Albtraum. Und er hatte nicht erst mit dem Untergang der *Dandelion* begonnen.

»Es stimmt nicht, dass er Schriftsteller ist. Das heißt, er schreibt schon, aber... aber es ist noch nie etwas veröffentlicht worden. Noch... noch nicht eine einzige Zeile.«

»Habe ich es mir doch gedacht. Wovon haben Sie gelebt in all den Jahren?«

»Von... von meinem Vater. Ich habe ihn versorgt. Dafür

wohnten wir bei ihm und lebten von seiner Pension. Nathan schrieb, ich kümmerte mich um Haus und Garten.«

Frederic nickte grimmig. »Der Bestsellerautor! Ich hatte sofort ein dummes Gefühl. Ich wusste, dass mit diesem Mann etwas nicht in Ordnung ist.«

»Mein Vater starb im letzten Jahr. Ich erbte sein Haus, das allerdings noch mit einer hohen Hypothek belastet war. Zudem war es alt und verwohnt. Der Verkauf brachte nicht allzu viel Geld, aber es hätte gereicht, Nathan und mich für eine Weile über Wasser zu halten. Ich hatte gehofft, dass Nathan in dieser Zeit versuchen würde, eine Arbeit zu finden. Dass er endlich aufhören würde zu glauben, zum großen Schriftsteller berufen zu sein.«

»Aber so kam es nicht?«

Sie schüttelte den Kopf. Die Erinnerung an die trostlose Kälte jener Zeit breitete sich wieder in ihr aus. Ihr Flehen und Bitten. Ihre Versuche, eine Arbeit zu finden. Gleichzeitig die stetig wachsende Erkenntnis, dass er weg wollte. Dass er sich gar nicht bemühen würde, Livia und sich ein Heim, eine sichere Existenz zu schaffen.

»Nathan hat nie einen richtigen Beruf ausgeübt. Er hat Verschiedenes studiert: Anglistik, Germanistik, Geschichte … Was soll man damit anfangen? Aber er versuchte es auch gar nicht. Stattdessen kam er wieder auf die Weltumsegelung zu sprechen. Damit hatte er mir schon seit Jahren in den Ohren gelegen, aber es war immer klar gewesen, dass ich meinen Vater nicht allein lasse. Doch nun …«

»Und da setzte er Ihr ererbtes Geld in ein Schiff um?«

Sie nickte. »Was bedeutete, dass alles weg war. Wir hatten fast nichts mehr. Seine Idee war, dass wir uns in den Häfen mit Gelegenheitsjobs über Wasser halten. Er wollte an seinem Buch arbeiten. Er sagte, das würde sein Durchbruch werden. Er müsse nur endlich weg aus der Enge. Das Haus, die Kleinstadt, mein Vater … all das habe ihn gelähmt.«

»Wie bequem«, sagte Frederic zynisch. »Es geht nichts über die Möglichkeit, andere für das eigene Scheitern verantwortlich zu machen.«

Sie wusste, dass er Recht hatte – und dass es doch komplizierter war. Sie dachte an das alte, düstere Haus mit den knarrenden Treppenstufen, dem muffigen Geruch zwischen den Wänden, der einfach nicht verschwinden wollte, den zugigen Fenstern, der mitten im eiskalten Winter immer wieder streikenden Heizung. An ihren halsstarrigen Vater, der so geizig geworden war, dass er sich weigerte, dringend notwendige Erneuerungen vornehmen zu lassen. Der es nicht einmal gestattete, die Wände zu streichen, um einen frischen Geruch und hellere Farben in die Räume zu bringen. Mit ihrem Vater zu leben war in den letzten Jahren eine Strafe gewesen. Die kleine Stadt, in der jeder jeden kannte, in der Tratsch und Klatsch blühten, in der jeder Schritt, jedes Wort der Mitmenschen beäugt und beurteilt wurde, musste jemanden, der das nicht gewöhnt war, in die Schwermut treiben. *Sie* hatte damit umgehen können. Sie war dort aufgewachsen, war beheimatet gewesen in dieser Enge. Was Nathan mit *tödlich* und *lähmend* bezeichnet hatte, war für sie doch zumindest vertraut gewesen. Und so sehr sie gelitten hatte damals nach dem Tod ihres Vaters, so sehr hatte sie auch verstanden, dass Nathan ganze Ozeane zwischen sich und den Ort hatte legen wollen, der zwölf Jahre lang sein Zuhause gewesen war.

Sie seufzte, verzweifelt, müde und ratlos. »Wir haben nichts mehr. Absolut nichts. Sie sagen, die deutsche Botschaft würde uns helfen, zurückzukehren. Aber wohin? Wir haben kein Haus, kein Geld, keine Arbeit. Nichts, nichts, nichts! Ich kann nur vermuten, dass Nathan sich deshalb so sehr an Sie und Ihre Familie klammert. Um ein Dach über dem Kopf zu haben. Weil er buchstäblich nicht weiß, wohin er sonst gehen soll.«

Frederic richtete sich auf, strich sich langsam die Haare zurück. »Mist«, sagte er, und zweifellos meinte er damit den Umstand, dass es ausgerechnet Virginia hatte sein müssen, die zum Opfer eines auf ganzer Linie gescheiterten Traumtänzers geworden war, »verdammter Mist. Ich möchte nur wissen, was Ihr Mann sich vorstellt. Dass er sich auf ewig hier hätte einnisten können? Oder hatte er irgendwelche Pläne, wie er seine missliche Situation in den Griff bekommen wollte?«

»Er meinte, dass es einen Schadensersatzanspruch …«

Frederic lachte. »So dumm kann er nicht sein. Aller Wahrscheinlichkeit nach werden Sie überhaupt nie herausfinden, wer Sie da eigentlich in jener Nacht gerammt hat. Und sollte es Ihnen doch gelingen, können sich entsprechende Prozesse über Jahre hinziehen. Wie wollte er das denn durchhalten?«

Sie hob ihren Blick, sah Frederic an.

»Ich weiß es nicht«, sagte sie, »ich weiß es wirklich nicht. Ich war sehr krank. Ich habe von den letzten Tagen überhaupt nichts mitbekommen. Ich weiß nicht, was geschehen ist in dieser Zeit. Ich weiß nicht, wo Nathan ist. Und ich weiß nicht, wo Ihre Frau ist. Ich schwöre Ihnen, ich habe keine Ahnung. Ich bitte Sie nur, mich nicht auf die Straße zu setzen. Ich weiß nicht, wohin ich gehen soll.«

Der Blick, den er ihr zuwarf, war nicht verächtlich, aber ein stummes Seufzen spiegelte sich in ihm wieder. Vor dem Gefühl, sich bis in den Staub erniedrigt zu haben, schloss sie sekundenlang die Augen.

Aber wenigstens würde er sie nicht wegschicken.

Zweiter Teil

Freitag, 1. September

1

Sie waren schon zwei Stunden gefahren, als sie merkte, wie hungrig sie war. Beim Aufwachen in den dunklen, kalten Morgenstunden hatte sie geglaubt, nie mehr wieder einen Bissen essen zu können. Jeder Knochen in ihrem Körper schmerzte. Ihr Hals war steif; als sie den Kopf zu bewegen versuchte, entfuhr ihr ein leiser Schmerzenslaut. Eine feuchte Kälte herrschte um sie herum, und trotz der Finsternis konnte sie erkennen, dass sich undurchdringlicher Nebel auf die Erde gesenkt hatte.

Um im Auto zu übernachten, hatte sie gedacht, bin ich offenbar schon zu alt.

Sie hatte die Tür aufgestoßen, hatte sich zu Boden gleiten lassen, sich mühsam aus Jeans und Slip geschält und einfach in das nasse Heidekraut unter ihren Füßen gepinkelt. Es war dunkel, und ohnehin war weit und breit kein Mensch. Sie befanden sich am Rand einer einsamen Landstraße, die sich durch den Norden Englands schlängelte, ein Stück bereits hinter Newcastle. Es konnte nicht mehr weit sein bis zur schottischen Grenze. Aber irgendwann am gestrigen Abend waren sie einfach zu erschöpft gewesen, um weiterzufahren. Virginia hätte sich gern ein *Bed & Breakfast* gesucht, um dort die Nacht zu verbringen, aber Nathan hatte gemeint, man könne genauso gut im Wagen schlafen. Sie vermutete, dass er es als peinlich empfunden hätte, auch die Übernachtung von ihr bezahlen zu lassen. Sie hatte an den Tankstellen bezahlt und war auch für das Abendessen aufgekommen, das sie in einem kleinen Gemischtwarenladen erstanden hatten, auf den sie in einem winzigen Dorf gestoßen waren. Sie hatten fast nicht zu hoffen gewagt, an einem Ort in der Mitte von Nirgendwo etwas Essbares zu finden, doch dann hatte es dort erstaunlich gute Sandwiches gegeben. Sie tranken Mineralwasser dazu, genossen die Stille und Einsamkeit um sich herum, die nur von ein paar sich neugierig nähernden Schafen gestört wurde. Es war deutlich kühler als in Norfolk. Virginia hatte einen dicken Pullover aus ihrem Koffer gekramt, sich auf die Kühlerhaube des Autos gesetzt, ihr Sandwich gekaut und ihren Blick über die Weite gleiten lassen, an deren Ende die geballten grauen Wolken mit den matten Farben dieser nordischen, bereits sehr herbstlich anmutenden Landschaft verschmolzen. Zu ihrem eigenen Erstaunen war sie von einem schon lange nicht mehr gekannten Gefühl des Friedens erfüllt gewesen, von einer sie bis in alle Winkel ihres Körpers und ihrer Seele durchströmenden Freiheit und Einheit mit sich selbst. Sie atmete tief die frische, klare Luft und empfand die Momente, in denen sich die Dunkelheit um sie herum auszubreiten begann, das Auflösen des Tageslichts in der Nacht, als magisch. Sie hatte früher manchmal Stunden wie diese gekannt, sie jedoch über all die Jahre inzwischen vergessen: Stunden, in denen sie aus der Zeit herausgelöst schien und nichts anderes war als ein Teil der Gegenwart, ohne Vergangenheit und ohne Zukunft. Das Aufgehen im Jetzt. Sie erinnerte sich an die Erfahrungen, die sie in ihrer Studentenzeit mit dem Konsum von Haschisch gemacht hatte. Das Berückende war genau dieses Erleben gewesen, dieses Verschmelzen mit dem Augenblick. Nun gelang ihr das ohne Rauschmittel. Es reichten das seltsame, verhaltene Licht und der vollkommene Frieden um sie herum.

Nathan hatte sie allein gelassen, war ein Stück gelaufen, um seine steifen Knochen zu bewegen. Als sie ihn eine Stunde später durch die Dämmerung wieder auf sich hatte zukommen sehen, war ihr schlagartig noch etwas anderes eingefallen, und schon hatte sich der Zauber gelöst. Ihr war eingefallen, welche Wirkung das Haschisch außerdem auf sie gehabt hatte: Es hatte sie extrem sexualisiert. Partys, auf denen Joints oder reichlich mit Drogen versetzte Kekse herumgereicht worden waren, hatten häufig in sexuellen Orgien geendet. Virginia erinnerte sich dunkel an weit mehr als einen One-Night-Stand mit irgendeinem namenlosen Mann, der auf diese Weise zustande gekommen war. Sie war einfach gierig gewesen. Und alle Hemmungen hatten sich in Luft aufgelöst.

Nathan war vor ihr stehen geblieben, er hatte nach der schon etwas feuchten Abendluft gerochen, und auf seinem Gesicht lagen die ersten Schatten der Dunkelheit, und sie hatte gedacht: Das gibt es nicht, diesmal sind garantiert keine Drogen im Spiel!

Aber sie hätte ihn genau in dieser Sekunde haben wollen. Auf der Kühlerhaube des Wagens oder drinnen auf dem Rücksitz oder direkt auf dem sandigen Boden zu ihren Füßen. Es wäre ihr gleich gewesen. Wenn es nur sofort und schnell und wild gewesen wäre. Ohne ein Vorher oder Nachher. Einfach nur Sex.

Das darf doch nicht wahr sein! Ich bin so verrückt wie nach einem halben Dutzend Joints!

Sie meinte zu erkennen, dass er wusste, was in ihr vorging, denn er hatte auf seltsame Art gelächelt und sie abwartend angeschaut. Sein Blick sagte ihr, dass er bereit war, ihr jedoch allein die Entscheidung überließ. Und es erfüllte sie mit Bedauern, später mit Erleichterung, dass dann doch etwas anders gewesen war als früher. Ihre Hemmungen existierten noch, jedenfalls zum Teil. Ausreichend genug, sie rasch von der Kühlerhaube rutschen und mit kühler Stimme sagen zu lassen: »Wir sollten vielleicht noch ein Stück weiterfahren, ehe es richtig Nacht wird.«

»Okay«, hatte er leise zugestimmt.

Jetzt, an diesem nebligen Morgen, waren alle Gefühle dieser

Art verschwunden. Virginia hätte heulen mögen. Sie empfand die Schmerzen in ihrem Nacken als unerträglich. Sie sehnte sich nach einer heißen Dusche, nach ihrer Zahnbürste, nach duftendem Shampoo in ihren Haaren, nach der warmen Luft und dem beruhigenden Brummen ihres Föns. Und dann, irgendwann, mehr als nach allem anderen nach einer Tasse heißen Kaffee.

Sie musterte Nathan von der Seite. Wenn ihm das verkrampfte Schlafen ebenfalls in den Knochen steckte, so merkte man ihm das zumindest nicht an. Er sah eigentlich nicht anders aus als am Abend zuvor. Nicht einmal müde. Er blickte konzentriert geradeaus, orientierte sich im dichten Nebel an dem Grasstreifen links des Straßenrandes. Dieses schmale, nasse Asphaltband, das sich durch die gottverlassene Heide- und Moorlandschaft schlängelte... Wo, zum Teufel, sollte sie hier einen Kaffee herbekommen?

»Ich brauche irgendetwas zum Essen und zum Trinken«, sagte sie schließlich. »Mir ist kalt, und mir tut jeder Knochen weh. Ich schwöre dir, dass ich nicht eine einzige Nacht mehr in diesem Auto schlafe!«

Er wandte den Blick nicht von der Straße. »Wir verlassen jetzt bald diese Landstraße und kommen auf eine Autobahn. Dort finden wir sicher eine Möglichkeit, etwas zu frühstücken.«

Sie wusste selbst nicht, weshalb sie so aggressiv war. »Ach? Und du kennst dich hier so toll aus, dass du das genau weißt?«

»Ich habe mir die Karte angesehen, ehe wir losfuhren.«

»Hoffentlich hast du sie richtig gelesen. Mir sieht es hier nämlich nicht nach Autobahn aus. Ich habe eher den Eindruck, wir landen demnächst in irgendeinem Sumpf oder auf einer Schafweide!«

Endlich wandte er den Kopf und sah sie an. »Du kannst ja richtig zickig sein«, sagte er, »was ist los mit dir?«

Sie rieb sich den Nacken. »Ich bin völlig verspannt. Mir tut alles weh. Wenn ich nicht bald einen Kaffee bekomme, werde ich schreckliche Kopfschmerzen haben.«

»Du kriegst bald einen Kaffee«, sagte er.

Sie presste beide Handflächen gegen die Schläfen. »Mir geht es nicht gut, Nathan. Ich weiß auf einmal nicht mehr, ob es richtig ist, was ich hier tue.«

»Wußtest du jemals, ob es richtig ist? Gestern hatte ich den Eindruck, es ginge für den Moment nur darum, dich in Sicherheit zu bringen. Dich zu retten. Du warst kurz vorm Durchdrehen.«

»Ja«, sie starrte aus dem Seitenfenster in den Nebel hinaus, »ja, das war ich wohl.«

Sie sah sich wieder auf ihrem Bett im Schlafzimmer liegen, daheim in Ferndale. Unter sich begraben das neue Kleid, das sie gerade hatte zusammenlegen und in den Koffer packen wollen. Sie hatte alles getan, was sie sich vorgenommen hatte: die Zugkarte gekauft, Frederic die Zeiten durchgegeben. Kims Sachen gepackt, die Kleine bei den Walkers abgeliefert. Ihren Koffer hinter dem Schrank hervorgezogen, Unterwäsche, Strümpfe und Schuhe hineingelegt. Zuletzt hatte sie das neue Kleid vom Bügel gezogen und kurz überlegt, dass sie es besser in einem Kleidersack transportieren sollte, um es nicht zu zerknittern. Doch dann hatte sie gedacht, es sei einfacher, nur einen einzigen Koffer mit sich zu führen, und sicher konnte sie das Kleid in der Londoner Wohnung noch rasch bügeln. Sie breitete es auf dem Bett aus, faltete die Ärmel – und konnte plötzlich nicht weitermachen. Sie starrte auf das Kleid und wusste, sie würde es nicht schaffen, es in diesen Koffer zu packen. Es würde ihr nicht gelingen, in den Zug nach London zu steigen. Sie konnte einfach nicht als die perfekte Gattin eines aufstrebenden Politikers zu dieser Party gehen.

Als Nathan schließlich nach ihr sah, lag sie auf dem Bett, und Tränen liefen ihr über das Gesicht. Sie schluchzte nicht, es waren sehr stille Tränen, die jedoch unaufhörlich flossen.

»Ich kann nicht«, flüsterte sie, »ich kann nicht. Ich kann nicht.«

Undeutlich erinnerte sie sich jetzt, dass er sie hochgezogen und in die Arme genommen hatte. Es war schön gewesen, den Kopf an seine Schulter zu legen. Aber zugleich hatte sie heftiger zu weinen begonnen.

»Ich kann nicht«, hatte sie wiederholt, »ich kann nicht.«

Seine Stimme war dicht an ihrem Ohr gewesen. »Dann tu es nicht. Hörst du? *Dann tu es nicht!*«

Sie konnte nichts erwidern. Sie konnte nur weinen.

»Wo ist die wilde, starke Frau geblieben?«, fragte er leise. »Die Frau, die nichts tat, was sie nicht wollte?«

Sie weinte weiter. Es waren die Tränen von Jahren, die aus ihr herausströmten.

»Was möchtest du, Virginia? Wohin möchtest du gehen?«

Sie hatte darüber zuvor nicht nachgedacht. Es war nur plötzlich klar gewesen, wohin sie nicht gehen konnte. Nach London. In das Leben an Frederics Seite.

Sie hatte den Kopf gehoben. »Nach Skye«, sagte sie, »ich möchte nach Skye.«

»Okay«, sagte er ruhig, »dann lass uns aufbrechen.«

Vor lauter Erstaunen waren ihre Tränen versiegt. »Das geht doch nicht!«

»Und warum nicht?«, hatte er nur gefragt, und ihr war keine Antwort eingefallen.

»Für dich war es ja die perfekte Lösung aller Probleme«, sagte sie nun.

Noch immer war ihr nach Streit zumute. Daran mochten die Vorboten einer drohenden Migräne schuld sein und auch der Nebel, der wie eine Wand um sie herum waberte. Als wolle er in das Auto hineingekrochen kommen. »Ich meine, dass ich nicht nach London wollte.«

Er zuckte mit den Schultern. »Du lagst auf deinem Bett und weintest. Ich habe nichts dazu beigetragen.«

»Du hättest mir auch zureden können, mein Versprechen zu halten, das ich Frederic gegeben hatte.«

»He!« Er lachte leise. »Ich dachte, von dem Trip wärst du runter. Dass andere dir sagen, was du tun sollst. Du wolltest nach Skye, und nun fahren wir dorthin.«

»Gestern warst du dicht davor, von mir vor dem Krankenhaus, in dem Livia liegt, aus dem Auto gekippt zu werden. Du hättest nicht einmal gewusst, wo du die Nacht verbringen sollst.«

»Na ja, schlechter als jetzt hätte ich sie auch kaum verbracht.«

»Dann tut dir auch alles weh?«

»Klar. Ich bin außerdem ein ganzes Stück größer als du. Denkst du, für mich war es einfacher, meine Knochen zusammenzufalten?«

Urplötzlich verrauchte ihr Zorn.

»Ich müsste Kim anrufen«, sagte sie müde.

»Tu es.«

Sie betrachtete das Handy vor ihr auf der Ablage. Es war ausgeschaltet. Sie konnte sich denken, dass Frederic sie seit dem gestrigen Nachmittag, seit der Ankunft des Zuges in London, im Minutentakt zu erreichen suchte. Sicherlich hatte er auch schon mit den Walkers gesprochen und auch mit Kim. Ihre Tochter wusste also, dass ihre Mutter verschwunden war.

»Was soll ich Kim denn sagen? Dass ich mit dir nach Skye fahre?«

»Das würde ich nicht sagen«, meinte Nathan, »denn dann macht sich dein Mann auf den Weg. Es sei denn, du möchtest das?«

»Nein.« Fröstelnd hob sie die Schultern. »Nein. Frederic kann ich wahrscheinlich sowieso nie wieder unter die Augen treten.«

Ihr wurde schlecht, wenn sie sich vorstellte, was er gerade über sie denken mochte.

Sie erreichten tatsächlich die Autobahn Richtung Glasgow und kamen endlich schneller voran. Der Nebel lichtete sich langsam ein wenig.

»Heute Abend sind wir auf Skye«, meinte Nathan.

Er hatte versprochen, bei der nächsten Raststätte anzuhalten. Virginia, die sich verzehrte bei der Vorstellung, Kim könnte voller Angst und Tränen rätseln, wo Mummie abgeblieben war, schaltete schließlich doch ihr Handy ein. Wie sie erwartet hatte, sprang ihr auf dem Display die Nachricht entgegen, dass sie vierundzwanzig unbeantwortete Anrufe bekommen hatte und ihre Mailbox abfragen sollte. Dies würde sie jedoch auf keinen Fall tun. Sie mochte nicht einmal Frederics Stimme hören.

Stattdessen wählte sie die Nummer der Walkers.

Grace meldete sich beim zweiten Klingeln. »Ja?«

»Grace? Hier ist Virginia Quentin. Ich…«

Sie kam nicht weiter. Grace schnappte hörbar nach Luft und unterbrach sofort: »Mrs. Quentin! Meine Güte! Wir haben uns ja alle solche Sorgen gemacht! Wo sind Sie?«

»Das spielt jetzt keine Rolle. Ich möchte Kim sprechen. Ist sie da?«

»Ja, aber…«

»Ich möchte sie sprechen. Bitte sofort.«

»Mr. Quentin ist aus London gekommen«, sagte Grace, »er ist drüben im Haupthaus. Es geht ihm richtig schlecht. Er…«

Virginia legte eine Schärfe in ihre Stimme, die sie Grace gegenüber noch nie gezeigt hatte. »Ich möchte jetzt Kim sprechen. Nichts weiter.«

»Wie Sie wollen«, sagte Grace spitz. Gleich darauf erklang Kims Stimme. »Mummie! Wo bist du denn? Daddy ist hier. Er sucht dich.«

»Kim, Kleines, mir geht es gut. Du musst dir keine Sorgen machen, hörst du? Es ist alles in Ordnung. Ich habe nur meine Pläne geändert.«

»Du willst nicht mehr zu Daddy nach London?«

»Nein. Es ist … es ist etwas dazwischen gekommen. Ich bin woandershin gereist. Aber ich komme bald wieder zu dir.«

»Wann?«

»Bald.«

»Wenn am Montag die Schule anfängt, bist du dann da?«

»Ich versuche es, ja?«

»Kann ich so lange bei Grace und Jack bleiben?«

Virginia dankte dem Schicksal dafür, dass Kim die beiden älteren Leute so liebte. Sie hätte sonst sicher sehr viel heftiger und womöglich mit Tränen auf das seltsame Verhalten ihrer Mutter reagiert.

»Natürlich kannst du das. Aber du schaust auch mal nach Daddy, ja? Ich habe gehört, er ist da?«

»Ja. Er war heute ganz früh hier.«

»Okay, Kleines, sei brav und tu alles, was Grace und Jack sagen, ja? Und lauf nicht weit vom Haus weg, hörst du? Auch nicht im Park!«

Kim seufzte. »Das sagt Grace auch dauernd! Ich hab's schon kapiert, Mummie. Ich bin wirklich kein Baby mehr!«

»Ich weiß. Und ich bin sehr stolz auf dich. Ich ruf dich wieder an, ja? Auf Wiedersehen, und ich liebe dich!«

Sie unterbrach die Verbindung sofort, um Grace nicht die Gelegenheit zu geben, sich den Hörer zu schnappen und weiterzulamentieren. Der Höflichkeit halber hätte sie ohnehin noch einmal mit ihr sprechen und sie fragen müssen, ob Kim länger als geplant bleiben durfte, aber sie mochte nicht riskieren, nach ihrem Aufenthaltsort ausgequetscht zu werden. Sollte Jack im Raum gewesen sein, hatte Grace ihn vermutlich ohnehin schon losgejagt, Frederic so rasch wie möglich herüberzuholen, und hätte dann versucht, Virginia auf irgendeine Weise am Apparat zu halten. Dieser Gefahr mochte sie sich nicht aussetzen. Sie wollte auf gar keinen Fall mit Frederic sprechen.

»Fühlst du dich besser?«, fragte Nathan.

Sie nickte. »Ja. Wenigstens nicht mehr ganz so schäbig wie zuvor. Obwohl… Frederic ist nach Hause gekommen. Er muss ziemlich aufgelöst sein.«

»Das war zu erwarten«, sagte Nathan nur. Er wies nach vorn. »Eine Raststätte. Nun bekommst du endlich deinen Kaffee.«

2

Nach zwei Bechern heißen, starken Kaffees und einer großen Portion Rührei mit Toastbrot fühlte sich Virginia um Lichtjahre besser. Die Raststätte war sauber, gepflegt, freundlich und warm. Die Waschräume rochen nach einem starken Desinfektionsmittel und wurden offensichtlich regelmäßig geputzt. Virginia war dort ganz allein, konnte sich Gesicht und Hände waschen, ihre völlig verwirrten Haare bürsten, etwas Lippenstift auftragen. Sie war sofort in ihrem Selbstbewusstsein gestärkt, als sie zu Nathan in den Gastraum zurückkehrte. Es war nichts los an diesem düsteren Morgen, der eher an einen Novembertag erinnerte als an den ersten September. Außer ihnen saß nur noch ein einziger Mann an einem der Tische und las Zeitung. Leise Musik dudelte im Hintergrund. Es war angenehm, in den bequemen Stühlen zu sitzen, die Beine weit auszustrecken, den heißen Keramikbecher zwischen den kalten Fingern zu spüren. Virginias Lebensgeister regten sich wieder, und langsam kehrte das Gefühl vom vergangenen Abend zurück: ein Gefühl von Freiheit, von Abenteuer, von Leichtigkeit.

Sie merkte, dass sie zu lächeln begann.

Nathan zog die Augenbrauen hoch. »Was geht in dir vor?«, fragte er. »Du siehst ein bisschen wie eine Katze aus, die schnurrt.«

»Ich sollte mich schämen«, sagte Virginia, »ich habe meinen Mann versetzt, bin einfach weggelaufen, habe ihn in größte Sorgen gestürzt… und fühle mich gut. Ja«, sie hielt einen Moment inne, als lausche sie in sich hinein, »ich fühle mich wirklich gut. Findest du das bedenklich?«

Statt einer Antwort fragte er zurück: »Und was ist dieses gute Gefühl? Wie würdest du es definieren?«

Sie brauchte nicht zu überlegen. »Freiheit. Es ist Freiheit. Sie ist ganz tief in mir, und sie bricht sich ihren Weg nach draußen. Ich weiß, dass ich mich völlig rücksichtslos verhalte, aber ich könnte jetzt nicht umkehren. Um keinen Preis.«

»Dann kehre auch nicht um«, sagte er.

Sie nickte. Sie sah ihn über den Rand ihres Kaffeebechers an. Sie wusste, dass ihre Augen zu glitzern begonnen hatten. Draußen fing es an zu regnen.

»Es ist fast wie…«, begann sie und hielt dann inne.

»Fast wie was?«, fragte Nathan.

Sie stellte den Becher ab, atmete tief. »Fast so, wie es war, bevor Tommi starb«, sagte sie.

3

Michael

Der 25. März des Jahres 1995 war ein besonders warmer, sehr sonniger Frühlingstag. Ein Samstag. In Virginias Garten blühten Krokusse und Osterglocken, und über die Mauer am hinteren Garten schauten dicke, rosafarbene Zweige, die im warmen Wind leise wippten.

Michael war an diesem Morgen ziemlich verkatert, ein Zustand, der bei ihm höchst selten vorkam. Am Vorabend war er in seinem Fitnessstudio in St. Ives gewesen, und einer seiner Freunde dort hatte Geburtstag gehabt und etliche Runden in einer Kneipe ausgegeben. Michael, der mit dem Fahrrad unterwegs gewesen war, sagte, es wundere ihn, dass er überhaupt noch in der Lage gewesen war, die Pedale zu bewegen.

»Ich wollte dich schon anrufen, dass du mich mit dem Auto abholst«, sagte er zu Virginia, »aber dann war mir das doch zu peinlich.«

Sie nickte abwesend. Wie üblich hörte sie ihm nur zerstreut zu. Manchmal stellte er für sie nicht mehr dar als ein beliebiges Hintergrundgeräusch.

»Ich glaube, ich brauche ein Aspirin«, sagte Michael und holte sich ein Glas Wasser und eine Tablette aus der Küche. Als er ins Wohnzimmer zurückkehrte, ließ er sich in einen Sessel fallen, sah mit gefurchter Stirn zu, wie sich das Medikament langsam aufzulösen begann, und jammerte über seine Kopfschmerzen. Virginia wusste, dass man sich mit einem handfesten Kater wirklich scheußlich fühlen konnte, dennoch hatte sie nach kürzester Zeit das Gefühl, seinem Lamentieren nicht länger zuhören zu können. Seine ewigen Klagen zerrten an ihren Nerven. Das Wetter, die Arbeit, die Menschen ringsum – Michael fand einfach immer und überall ein Haar in der Suppe. Dann natürlich die Tatsache, dass sich Virginia seinen Heiratsabsichten verschloss und sich weigerte, schwanger zu werden. Wenn ihm gar nichts anderes einfiel, ging er in die Vergangenheit zurück und philosophierte in tragischen Tönen über das unverantwortliche Verhalten seines Vaters, die Scheidung seiner Eltern, die Depressionen und das elende Ende seiner Mutter.

»Ich glaube, du würdest durchdrehen, wenn du plötzlich keinen Grund mehr hättest, unter dem Leben zu leiden«, sagte Virginia manchmal zu ihm, und dann sah er sie verletzt und mit waidwundem Blick an.

Heute jedoch sagte sie nichts. Sie verabschiedete sich möglichst rasch in den Garten und ließ Michael mit seinen Kopfschmerzen allein zurück. Es lag noch genug altes Laub vom

Herbst auf dem Rasen, das dringend zusammengerecht werden musste. Virginia war froh, sich beschäftigen zu können.

Später, viel später, als sie und Michael wieder und wieder die Abläufe dieses Vormittags durchgingen und sich fragten, wie das Furchtbare hatte geschehen können, war es für sie vor allem so unerklärlich, wie sie Tommi nicht hatten bemerken können. Normalerweise rief und winkte er, wenn er das Grundstück betrat. Hatte er das diesmal nicht getan? Oder war sie so sehr in Gedanken versunken gewesen, dass sie nicht einmal eine Bombe bemerkt hätte, die neben ihr einschlug?

Michael hatte jedenfalls nichts merken können, denn er hatte sich schließlich auf dem Sofa im Wohnzimmer ausgestreckt und vor sich hin gedöst.

Tommi musste gegen elf Uhr gekommen sein. Er hatte seiner Mutter Bescheid gesagt, und da diese wusste, dass er bei den Nachbarn ein gern gesehener Gast war, hatte sie ohne Bedenken zugestimmt. Ohne dass Michael und Virginia ihn wahrnahmen, musste er dann sofort versucht haben, in das am Steilhang geparkte Auto zu steigen, und es tatsächlich unverschlossen vorgefunden haben. Er hatte sich hinter das Steuer gesetzt und die Handbremse gelöst. Der Wagen war vermutlich sofort ins Rollen geraten.

Virginia, die ganz hinten im Garten gerade damit begonnen hatte, das zusammengerechte Laub in Plastiksäcke zu füllen, hörte die Geräusche von der Straße alle auf einmal, und es war wie eine unerwartete Detonation, die den Frieden des Morgens urplötzlich durchschnitt: quietschende Bremsen, schrilles Hupen, das heftige Krachen von Metall.

Sie richtete sich auf und dachte: Ein Unfall. Direkt vor unserem Haus!

Sie lief um das Haus herum und schaute den Abhang hinunter auf die Straße.

Es war einer jener Momente, in denen sich das Gehirn nicht bereit zeigt, sofort alle Zusammenhänge zu begreifen, obwohl sie offensichtlich sind und nicht auf verschiedene Art interpretiert werden können. Virginia sah, dass ihr Auto nicht mehr in der Auffahrt parkte. Es war verschwunden. Völlig verloren lag die Fahrertür unten am Fuß des Steilhangs, direkt an dem dicken braunen Pfosten, der das Grundstück begrenzte und an dem sie offenbar hängen geblieben und abgerissen war. Auf der Straße standen kreuz und quer drei Autos, von denen nicht sofort klar war, inwieweit sie zusammengestoßen oder durch waghalsige Bremsmanöver in die bizarren Positionen geschlittert waren, in denen sie sich nun befanden.

Eines der Autos – diese Erkenntnis grub sich ganz langsam ihren Weg in Virginias betäubtes Gehirn – war ihres.

»Was ist passiert?« Michael tauchte neben ihr auf, mit wirren Haaren, weil er auf dem Sofa gelegen hatte, und mit bleichem Gesicht, weil ihn noch immer die Übelkeit quälte.

Er starrte auf die Straße. »Da ist unser Auto!« Er schaute zur Seite, dorthin, wo der Wagen eigentlich hätte stehen müssen. »Was … wie kommt unser Auto …?« Er sah Virginia an, und gleichzeitig riefen beide: »Tommi!«

Nebeneinander rannten sie die Auffahrt hinunter. Virginia atmete vor Angst so verkrampft, dass sie, unten angekommen, keuchte und heftiges Seitenstechen spürte. Michael sah aus, als müsse er sich jeden Moment übergeben.

Sie sahen Tommi, der regungslos auf der Straße lag. Ein Mann, der aus einer Wunde am Kopf blutete, beugte sich über ihn und versuchte hektisch und ungeschickt, den Puls des Kindes zu ertasten. In einem schwarzen Rover, der mit der Nase zu Tommis Elternhaus gedreht stand, saß eine blonde Frau am Steuer und starrte aus weit aufgerissenen Augen auf ihr Armaturenbrett, als gebe es dort etwas Faszinierendes zu sehen. Sie schien sich in einem Schockzustand zu befinden und sich nicht bewegen zu können.

Der Mann mit der Kopfwunde blickte auf. »Da ist noch ein Puls. Ich kann ihn spüren!«

Virginia sank neben Tommi auf die Knie. Der Junge lag mit dem Gesicht nach unten auf dem Asphalt, aber sie wagte nicht, ihn herumzudrehen, aus Angst, er könnte innere Verletzungen erlitten haben, die sie verschlimmerte, indem sie ihn bewegte.

»Tommi«, flüsterte sie, »Tommi!«

»Er schoss rückwärts aus der Einfahrt«, sagte der Mann, »ich... ich bremste wie verrückt, aber... es ging alles so schnell...«

Virginia fuhr Michael an: »Los, beeil dich! Ruf einen Krankenwagen! Ganz schnell!«

Der totenbleiche Michael setzte sich in Bewegung.

»Ich... bin voll mit dem Wagen zusammengestoßen, und er ist rausgeschleudert worden«, sagte der Mann. Es schien ihm wichtig zu reden, obwohl Virginia dies alles im Moment nicht hören wollte. Sie wollte nur, dass Tommi sich umdrehte, sie wollte sein sommersprossiges Gesicht sehen, er sollte grinsen und alle seine Zahnlücken blecken und sagen: »Schöner Mist! Tut mir echt leid!«

Aber er rührte sich nicht.

Der Mann redete noch immer.

»...und dann kam die Frau da in dem Rover. Die fuhr viel zu schnell. Das ist doch ein Wohngebiet hier. Die hatte vielleicht ein Tempo drauf! Und die hat ihn erfasst. Die hatte überhaupt keine Chance mehr zu bremsen, so wie die gerast ist...«

»Tommi«, flüsterte Virginia, »Tommi, sag doch etwas!«

»Da liegt ja auch die Tür von dem Auto!«, sagte der Mann. »Der Junge hat die nicht richtig zugemacht. Deshalb ist er rausgeflogen! Sagen Sie, wie können Sie denn Ihrem Sohn erlauben, einfach so in Ihr Auto zu steigen... ich meine, in seinem Alter...«

Sie hatte keine Lust, sich mit ihm auseinanderzusetzen. Wahrscheinlich hatte er ebenso einen Schock wie die Frau im Rover. Aber während sie zur völligen Bewegungslosigkeit erstarrt war, schien er nicht aufhören zu können, zu reden.

Sie nahm eine Bewegung im Garten von Tommis Eltern wahr. Tommis Mutter kam auf die Straße gestürzt. Sie schrie irgendetwas, aber Virginia konnte sie nicht verstehen. Michael tauchte soeben wieder neben ihr auf.

»Der Krankenwagen ist gleich da.« Er war so weiß im Gesicht, wie es Virginia noch nie bei einem Menschen gesehen hatte. Er schüttelte immer wieder den Kopf, fassungslos und beinahe ungläubig.

»Gott, großer Gott«, flüsterte er, »ich habe das Auto nicht abgeschlossen! Ich hätte schwören können... aber ich muss es vergessen haben! O Gott, wie konnte mir das passieren?«

Er starrte sie mit einem Ausdruck furchtbarster Verzweiflung in den Augen an.

Sie meinte, in diesem Moment beinahe zusehen zu können, wie etwas in seiner Seele zerbrach.

4

Sie kamen gegen fünf Uhr am Nachmittag in Kyle of Lochalsh an, einem kleinen Dorf, von dessen Hafen aus man früher die Fähre nach Skye genommen hatte. Inzwischen gab es außerdem die Brücke, die sich in eindrucksvollem Bogen über den Loch Alsh hinüber zur Insel spannte. Skye lag zum Greifen nah vor ihnen, ragte aus einem schiefergrauen, stürmisch bewegten Meer empor. Der Gipfel des höchsten Berges verschwand in den schwarzen, dramatisch zusammengeballten Wolken, die der Wind über den Himmel jagte. Gelegentlich riss er Lücken in die wild bewegte Masse, dann blitzte ein Stück leuchtend blauer Himmel auf, und gleißendes Sonnenlicht fiel theatralisch zur Erde hinab, verwandelte die bleierne Farbe des Meeres in glitzerndes Silber und ließ bizarre Schatten über die Landschaft tanzen. Dann schloss sich die Lücke schon wieder, und die Welt lag erneut in Düsternis und Dämmerung.

Sie saßen im Auto auf einem Parkplatz, der zu einem imposanten, schneeweißen Gebäude gehörte, dem *Lochalsh Hotel*. In einem kleinen Laden im Dorf hatten sie sich Mineralwasser gekauft, hielten jeder eine Flasche auf dem Schoß und tranken immer wieder durstig. Niemand außer ihnen war zu sehen. Der Sommer war vorüber, Reisende zog es nicht mehr so hoch hinauf in den Norden. Kreischende Möwen jagten über die Felsen, die gleich vor dem Hotel ins Wasser abfielen. Sonst war keine lebende Seele weit und breit zu sehen.

Virginia hätte gern Kim noch einmal angerufen, wagte es aber nicht, da sie fürchtete, dass Frederic bei den Walkers Stellung bezogen hatte und sofort ans Telefon gehen würde, wenn es klingelte. Seit ihrem Anruf am Morgen musste er damit rechnen, dass sie sich wieder meldete. Oder war er nach London zurückgekehrt? Es war Freitag, später Nachmittag. In drei Stunden würde die Party beginnen, die so wichtig für ihn war. Vielleicht nahm er daran teil, murmelte irgendetwas von einer plötzlichen Erkrankung seiner Frau und lavierte sich irgendwie durch den Abend. Blass wahrscheinlich, sehr sorgenvoll. Er wusste, dass Virginia am Leben war, hatte aber keine Ahnung, wo sie sich aufhielt und was eigentlich geschehen war. Er zermarterte sich den Kopf und fand keine Antwort. Ob ihm schwante, dass ihre Flucht etwas mit Nathan Moor zu tun hatte? Er musste verzweifelt und ratlos sein. Und vor genau dieser Verzweiflung und Ratlosigkeit fürchtete sie sich. Sollte er die Party abgesagt haben und bei den Walkers am Telefon warten, würde sie sie geballt abbekommen. Sie hatte keine Ahnung, wie sie damit umgehen sollte.

»Ich hoffe einfach, dass Kim sich keine Sorgen um mich macht«, sagte sie.

Nathan nahm einen tiefen Schluck aus seiner Flasche. »Nach allem, was du mir erzählt hast, wird sie bei den Walkers nach Strich und Faden verwöhnt und genießt ihren Aufenthalt«, meinte er. »Und dass ihrer Mum nichts zugestoßen ist, weiß sie seit deinem Anruf heute früh. Ich vermute, sie ist recht guter Dinge.«

Virginia nickte. »Ich hoffe, du hast Recht.« Sie presste ihr Gesicht gegen die Fensterscheibe. Wie immer, wenn sie hierherkam, wurde sie von der Schönheit der Landschaft förmlich aufgesogen. Stets hatte sie das Gefühl, mit dem Wasser, dem Himmel, dem Licht verschmelzen zu müssen, weil sie anders nicht genug davon bekommen konnte. Selbst an diesem schon so herbstlich dunkel anmutenden Tag versagte das Land nicht seine Wirkung. Es war ein Nachhausekommen, es war die Rückkehr an einen Ort, von dem sie oft schon gedacht hatte, er müsse ihr seit vielen Leben vertraut sein.

»Meinst du, wir können jetzt die Brücke in Angriff nehmen?«, fragte Nathan.

Sie schüttelte den Kopf. Sie war es gewesen, die gebeten hatte, noch eine Weile am Festland zu warten, ehe sie hinüber nach Skye fuhren. Sie hatte keinen Grund genannt, aber zu spüren gemeint, dass Nathan verstand, was in ihr vorging. Sie hatte das Gefühl, dass etwas Unwiderrufliches geschah, wenn sie die Insel betrat. Fast zwei Tage waren sie unterwegs gewesen, durch England und Schottland gefahren, und doch war es noch immer so, als könne sie jeden Moment umkehren. Zurück nach Ferndale, zurück in ihr altes Leben. Sie müsste eine Menge Erklärungen abgeben, sich von Frederic mit Fragen und Vorwürfen bombardieren lassen, vermutlich auch einer entrüsteten Grace und einem verständnislosen Jack irgendetwas erklären – aber sie hatte sich dennoch bislang nicht wirklich von ihnen allen entfernt. Frederic gegenüber würde sie das alles letztlich auf ihre Panik vor dem bevorstehenden wichtigen Abend zurückführen, und es würde ihr auch irgendein Brocken einfallen, den sie den Walkers hinwerfen konnte. Aber wenn sie das Festland verließ, wenn sie gemeinsam mit Nathan die Insel betrat, schnitt sie das Band durch. Nicht, was die anderen betraf, aber was sie selbst anging. Danach, das spürte sie, war eine einfache Rückkehr nicht mehr möglich.

»Ich kann noch nicht«, sagte sie.

»Okay«, erwiderte Nathan.

Sie mochte seine Art. Er schien immer sehr genau zu begreifen, wann sie keine Erklärungen abgeben wollte, und er nahm sich dann sofort zurück.

Und er konnte lange und schweigend zuhören. Fast die ganze Fahrt über hatte sie von Michael und Tommi erzählt. Er hatte sie kaum je unterbrochen, ihr mit gelegentlichen Einwürfen jedoch bewiesen, dass er nicht abgeschaltet hatte, sondern ihren Ausführungen sehr konzentriert folgte. Es war eigenartig gewesen, durch die einsame, manchmal sehr karge Landschaft zu fahren und die alten Geschichten auferstehen zu lassen, befreiend und zugleich traurig.

»Tommi... hat den Unfall nicht überlebt?«, fragte Nathan. Wie so oft war sie über seine Intuition erstaunt. Auch sie hatte gerade an den kleinen Jungen gedacht.

»Nein. Das heißt, zunächst schon. Er lebte noch, als sie ihn ins Krankenhaus brachten. Aber er wachte nicht mehr aus dem Koma auf. Er hatte schwerste Kopfverletzungen davongetragen. Die Ärzte erklärten, er werde, selbst wenn er mit dem Leben davonkommen sollte, wohl für immer geschädigt bleiben. Also, sich nicht mehr normal entwickeln können, für immer auf dem geistigen Stand eines kleinen Kindes bleiben. Trotzdem hofften und beteten seine Eltern, er möge nicht sterben.«

»Das ist verständlich.«

»Aus der Sicht der Eltern – ja. Ich selbst war irgendwie zerrissen. Manchmal dachte ich... der Tod wäre besser für ihn.«

»Wie ging es Michael in jener Zeit?«

»Ganz furchtbar. An jenem Freitag, der dem schrecklichen Unglück vorausging, war er in Cambridge gewesen. Mit dem Auto. Ich nicht. Ich hatte daheim zuerst an einem Referat gearbeitet, mich später in die Gartenarbeit gestürzt. Michael hatte den Wagen am späten Nachmittag in unserer Auffahrt geparkt. Und offenbar nicht abgeschlossen. Er gab ausschließlich sich selbst die Schuld an dem Unfall, und natürlich kam er damit überhaupt nicht zurecht. Er ging jeden Tag zu Tommi ins Krankenhaus, wachte, weinte und betete an seinem Bett. Er schlief kaum noch und magerte ab.«

»Gabst auch du ihm die Schuld?«, fragte Nathan.

Sie starrte an ihm vorbei in die Ferne. Gerade zerrte der Wind wieder eine große Lücke in die Wolken, und für Augenblicke wurde der Gipfel des Sgurr Alasdair, des höchsten Berges der Black Cuillins, sichtbar. Die Sonne strahlte ihn an, doch im nächsten Moment hüllten ihn die Wolken schon wieder ein, und er verschwand.

»Es war ein Unglück«, sagte sie, »ein tragisches Unglück. Ich glaube, dass niemanden die Schuld trifft.«

»Diese Sichtweise konntest du Michael aber wohl nicht vermitteln?«

»Nein. Wir redeten ständig und immer wieder über das alles, aber er blieb dabei, dass er praktisch ein Verbrechen begangen hätte. Und dann, am elften April, starb Tommi. Von da an wurde alles noch schlimmer.«

Sie musste an die Beerdigung des kleinen Jungen denken. Michael war wie erstarrt gewesen. Er hatte schlimmer ausgesehen als die verzweifelten Eltern. Totenblass und mit einem Ausdruck von tiefer Erschöpfung und Leere in den Augen.

»Michael versuchte, irgendwie sein normales Leben weiterzuführen, aber das gelang ihm von Tag zu Tag schlechter. Zuerst dachte ich, nach einer gewissen Zeit würde er in den Alltag zurückfinden, aber schließlich gewann ich den Eindruck, dass ihn seine Kräfte und auch der Wille, das Geschehene hinter sich zu lassen, immer mehr verließen. An manchen Tagen ging er gar nicht mehr zur Arbeit, saß daheim im Wohnzimmer und starrte die Wände an. Er ließ sich nicht mehr im Fitnessstudio blicken, wohin er früher so gern gegangen war, er traf sich nicht mehr mit seinen Freunden. Sein Schuldgefühl erdrückte ihn ganz und gar. Es war, als… ja, als wolle er auch nicht mehr leben, weil Tommi hatte sterben müssen. Ich weiß, dass er auch über Selbstmord nachdachte. Aber Michael ist nicht der Typ, der sich umbringt. Da fehlte es ihm an Entschlusskraft.«

»Vielleicht hättest du ihn auffangen können«, meinte Nathan, »wenn du ihn endlich geheiratet hättest. Es hätte ihn sicherlich stabilisiert.«

Sie nickte. »Vermutlich. Aber es ging einfach nicht. Ich war ja vorher schon so weit von ihm entfernt gewesen. Seine depressive Art, sein ewiges Lamentieren – all das ertrug ich im Grunde ja schon lange nicht mehr. Und nun war das alles noch schlimmer geworden. Wie sollte ich plötzlich damit zurechtkommen?« Sie strich sich die Haare zurück. Ihr Blick heftete sich noch immer auf die Insel unter den jagenden Wolken. »Ich wusste doch genau, wie unser Leben von da an ausgesehen hätte. Tag um Tag, Stunde um Stunde wären wir um das Thema *Schuld* gekreist. Michael hätte niemals damit aufgehört. Denn dazu hätte er anfangen müssen, sich selbst zu verzeihen, und das wäre ihm wie ein Verrat an Tommi und dessen Schicksal vorgekommen.«

»Hast du überlegt, ihn zu verlassen?«

»Ständig. Jeden Tag. Aber mir war klar, dass er dann untergehen würde. Ich fing langsam an, selbst durchzudrehen. Ich fühlte mich plötzlich an Michael gefesselt, obwohl ich ja, bevor der Unfall geschah, in Gedanken schon ständig unsere Trennung durchgespielt hatte. Es war eine Zeit, die ich… die ich nie wieder erleben möchte.«

Sie sah Nathan endlich an. »Und dann beendete er selbst die Qual unseres Zusammenseins. Als ich von einem Wochenende zurückkehrte, das ich bei einer Freundin in London verbracht hatte, war er weg. Mit ihm zwei Koffer und die meisten seiner

Klamotten. Auf dem Wohnzimmertisch lag ein Abschiedsbrief an mich. Er schilderte darin die Verzweiflung, in der er seit Tommis Tod lebte, er rollte noch einmal das ganze Ausmaß seiner Schuld auf. Er warf sich ja nicht nur vor, das Auto nicht abgeschlossen zu haben, er klagte sich auch für seine Zuneigung zu Tommi an. Damit erst habe er ihn an sich gebunden, ihn zu einem Dauergast bei uns gemacht. Nur so habe das alles passieren können… Ach, er schrieb in dem Brief all das, was er auch sonst stets erzählt hatte. Und dann, zum Schluss, gab er mich gewissermaßen frei.«

»Wohin ging er?«

Sie zuckte mit den Schultern. »Das wusste er wohl selbst noch nicht. Ich denke, ihm schwebte eine Art Nomadendasein vor. Er hoffte, zumindest ein gelegentliches Vergessen zu finden, wenn er nur ständig in Bewegung bliebe. Heute hier, morgen da. Ich solle ihn nicht suchen, schrieb er. Ich solle mein eigenes Leben führen, frei von ihm.«

»Hast du ihn denn je gesucht?«, fragte Nathan.

»Nein.«

»Dann hast du keine Ahnung, was aus ihm geworden ist?«

Sie schüttelte den Kopf. »Ich habe nie wieder von ihm gehört. Er war fort, so als habe es ihn nie gegeben.«

»Welch ein Absturz«, meinte Nathan nachdenklich. »Ein intelligenter junger Mann, der offenbar eine Karriere an der Universität vor sich hatte, der womöglich einmal Professor in Cambridge geworden wäre… und dann passiert eine solche Geschichte. Wo ist er heute? Lebt er auf der Straße? Als Landstreicher? Hängt er am Alkohol? Oder ist es ihm gelungen, noch einmal so etwas wie eine bürgerliche Existenz aufzubauen?«

»Ich weiß es nicht«, sagte Virginia.

»Würdest du es gern wissen?«

»Ich glaube nicht.«

Er sah sie an. »Was ich nicht verstehe, ist… weshalb hat *dich* das alles so traurig gemacht? Ich meine, sicher ist dir der Tod des kleinen Jungen nahe gegangen, bei wem wäre das nicht so? Auch Michaels Schicksal läßt dich natürlich nicht ungerührt. Vielleicht plagen dich auch dann und wann Schuldgefühle, weil du nicht nach ihm gesucht, weil du ihn letztlich nicht gerettet hast. Aber das alles reicht mir nicht aus, dich zu erklären. Was hat dich in die Dunkelheit von Ferndale gejagt, Virginia? Wovor versteckst du dich unter den Bäumen dort? Was quält dich so, dass du nicht leben magst?«

Sie starrte zum Horizont. Der Gipfel des Sgurr Alasdair tauchte erneut aus den zerfetzten Wolken auf, übergossen nun vom Abendlicht. Anstelle einer Antwort nickte sie Nathan zu.

»Lass uns jetzt über die Brücke fahren«, sagte sie.

Samstag, 2. September

1

Seit Stunden schon starrte er den Telefonapparat an, zuerst hoffnungsvoll, später zunehmend zermürbt, müde und frustriert. Er glaubte schließlich nicht mehr, dass sich Virginia noch einmal melden würde. Seit ihm Jack von dem Anruf berichtet hatte, saß er vor dem Apparat im Wohnzimmer der Walkers und hoffte, er würde noch einmal die Gelegenheit bekommen, mit Virginia zu sprechen. Er war sich fast sicher, dass sie nicht im Haupthaus anrufen würde, denn es ging ihr offenbar ausschließlich um eine Kontaktaufnahme mit Kim, und solange sie diese bei den Walkers wusste, würden die ihre Anlaufstelle sein. Obwohl sie vielleicht vermutete, dass sie dort auch auf ihren Mann treffen würde.

Er hatte es noch einige Male auf ihrem Handy versucht, war aber wie zuvor stets nur auf der Mailbox gelandet. Sie hatte den Apparat wahrscheinlich ausgeschaltet, was bedeutete, sie wollte tatsächlich auf keinen Fall von ihrem Mann behelligt werden.

Warum nur?, fragte er sich schon die ganze Zeit, warum nur? Was ist denn bloß geschehen? Was habe ich ihr getan?

Lag es an dem Fest? Hatte er sie derart überfahren, hatte sie sich so sehr unter Druck gefühlt, dass sie nur noch davonlaufen konnte? Sie hatte zögernd, sehr zögernd eingewilligt, das stimmte, doch er hatte nicht den Eindruck gehabt, dass sie in Panik war. Sie hatte sich sogar ein neues Kleid gekauft. Das hatte er als ein absolut positives Zeichen gewertet. Frauen, die sich für einen gesellschaftlichen Anlass ein neues Kleid kauften, befanden sich nicht in einem völlig desolaten Zustand. Hatte er jedenfalls gedacht. Jetzt fand er, dass es für diese Annahme nicht den geringsten Beweis gab.

Er hatte in London bei den Gastgebern des festlichen Abends angerufen und sich und seine Frau entschuldigt. Sie sei sehr heftig erkrankt, er könne sie im Moment nicht allein lassen. Auf der anderen Seite reagierte man sehr höflich, aber er hatte den Eindruck, dass man ihm nicht glaubte. Dann telefonierte er mit einem Parteifreund, um ihn ebenfalls in Kenntnis zu setzen, dass er nicht da sein würde. Er blieb bei der Version von der erkrankten Ehefrau, hatte aber wiederum den Eindruck, dass ihm nicht so recht Glauben geschenkt wurde.

»Das ist ganz und gar ungünstig«, hatte der Freund gesagt, »ausgerechnet diesen Abend abzusagen!«

»Ich weiß. Ich habe es mir nicht ausgesucht.«

»Du musst wissen, was du tust.«

Ja, dachte er nun, ich muss wissen, was ich tue. Und es verantworten.

Die Zeiger der Standuhr in der Ecke verrieten, dass es schon halb eins in der Nacht war. Er saß nun schon über fünfzehn Stunden in diesem Zimmer. Grace hatte ihm Essen angeboten, aber er hatte keinen Hunger, nahm nur dankend den Kaffee, den sie ihm brachte. Zweimal im Lauf des Tages und einmal am Abend hatte das Telefon geklingelt, und er hatte sofort den Hörer abgenommen, aber einmal war es ein Handwerker gewesen, der einen Termin bestätigte, einmal eine Freundin von Grace und einmal ein Kumpel von Jack, der die übliche sonntägliche Kneipentour verabreden wollte. Ansonsten blieb alles still.

Sie würde nicht mehr anrufen.

Er hätte nach London fahren und an der Party teilnehmen sollen, anstatt hier sinnlos herumzusitzen und auf etwas zu warten, das nicht geschah. Unter seiner Müdigkeit begann sich

Zorn zu regen. Es war so unfair von ihr! Was immer ihre Gründe sein mochten, wie verständlich sie vielleicht am Ende auch waren – es war unfair, einfach davonzulaufen. Sie hätte mit ihm reden müssen. Notfalls mit ihm streiten. Aber nicht einfach verschwinden.

Ich will jetzt nicht in Wut geraten. Mir fehlt die Energie. Wenn ich jetzt wütend werde, klappe ich zusammen.

Er erschrak, als hinter ihm ein Niesen erklang. Es kam von Grace, die gerade das Zimmer betrat, im weißen, bodenlangen Morgenmantel, der über und über mit roten Rosenknospen bestickt war.

»Sie sind ja immer noch hier, mein Gott! Sie sehen todmüde aus, Sir, wenn ich das so sagen darf.« Sie nieste erneut. »Himmel! Ich glaube, ich bekomme eine Erkältung!«

Er rieb sich mit beiden Händen die brennenden Augen. Er fühlte sich, als habe er jahrelang nicht geschlafen.

»Oh, Grace! Ich glaube, ich kann kaum noch geradeaus gucken. Wie geht es Kim? Schläft sie?«

»Wie ein Murmeltier. Sir, Sie sollten jetzt auch ins Bett gehen. Ich glaube nicht, dass... dass Mrs. Quentin heute Nacht noch anruft. Sie wird weder uns noch Kim aus dem Schlaf reißen wollen.«

Er wusste, dass sie Recht hatte. Natürlich würde heute Nacht nichts mehr geschehen.

Er stand auf. »Ich gehe hinüber. Wenn sie doch noch anruft...«

»Dann sage ich Bescheid. Jetzt versuchen Sie mal, ein bisschen zu schlafen, Sir. Sie sehen wirklich zum Gotterbarmen aus.«

Sie begleitete ihn zur Haustür, drückte ihm Jacks Taschenlampe in die Hand, damit er seinen Weg durch den Park fand. Er atmete tief. Die frische, kühle Luft tat ihm gut, das Laufen auch. Er hatte viel zu lange auf ein und demselben Fleck gesessen.

Am Haus schloss er leise die Tür auf und trat ein. Er wollte Livia nicht wecken, die ihren Schlaf ganz sicher auch brauchte. Doch als er das Licht im Flur anschaltete, sah er sie auf der Treppe sitzen. Sie trug ein Nachthemd von Virginia, das er ihr gegeben hatte, und hatte sich in eine grüne Wolldecke gehüllt. Sie war weiß wie die Wand.

»Livia! Sie sitzen hier im Dunkeln?«

»Ich konnte nicht schlafen.«

»Warum haben Sie dann nicht wenigstens den Fernseher eingeschaltet? Oder sich ein Buch geholt?«

Sie zuckte mit den Schultern. »Ich habe nur nachgedacht.«

»Und worüber?«

»Über die Situation. Meine Situation. Wie es passieren konnte, dass...«

»Was?«

»Dass ich jetzt hier sitze.« Sie machte eine Handbewegung, die den Flur, das Haus meinte. »In einem geliehenen Nachthemd mit einer geliehenen Decke um die Schultern. Wissen Sie, was mir vorhin einfiel? Ich besitze nicht einmal mehr einen Pass. Keinen Führerschein. Absolut nichts.«

»In all diesen Angelegenheiten würde Ihnen die deutsche Botschaft weiterhelfen.«

»Ich weiß.«

Er seufzte, strich sich über die Augen, die vor Müdigkeit brannten. »Aber das hatten wir ja schon. Die Botschaft kann Ihnen kein neues Zuhause beschaffen. Es ist...« Er schüttelte den Kopf. »Ich sollte jetzt wahrscheinlich gar nicht weiter darüber sprechen. Im Grunde bin ich viel zu erschöpft. Sicher bringe ich kaum noch einen klaren Gedanken zustande.«

»Sie müssen unbedingt schlafen«, sagte Livia. Nach einem kurzen Zögern fügte sie hinzu: »Sie... hat nicht noch einmal angerufen, nicht wahr?«

»Nein. Ich vermute, sie konnte sich ausrechnen, dass ich vor dem Telefon sitze wie ein Hund vor dem Knochen. Und mit mir will sie offenbar unter keinen Umständen ein Wort wechseln.« Er überlegte. Obwohl er völlig erledigt war, rumorten Fragen über Fragen in seinem Kopf. Am Ende würde er gar nicht schlafen können, wenn er sie nicht wenigstens angeschnitten hatte.

»Sowohl Grace Walker als auch Kim waren absolut sicher, dass Virginia aus einem Auto heraus telefonierte. Und sie machte laut Grace nicht den Eindruck, als sei sie verstört oder verzweifelt. Es war wohl nicht so, dass sie gegen ihren Willen in diesem Auto saß.«

»Hatten Sie das erwartet?«

Er nickte. »Es war Teil meiner Überlegungen, ja. Dass Nathan Moor sie ...«

»Dass er sie verschleppt hat?«

»Liegt der Gedanke nicht durchaus nahe, wenn zwei Menschen gleichzeitig verschwinden und man zumindest einen von ihnen noch nie zuvor so egozentrisch und rücksichtslos erlebt hat?«

»Aber warum sollte Nathan Virginia entführen?«

»Um Geld zu bekommen?«

»Nein!« Sie schüttelte mit Entschiedenheit den Kopf. »So ist er nicht. Er ist nicht kriminell. Er erzählt Geschichten, die nicht stimmen, er biegt sich die Wirklichkeit so lange zurecht, bis sie für ihn passt, aber er ist kein Verbrecher. Wenn Virginia jetzt mit ihm zusammen ist, dann ist sie das freiwillig. Daran gibt es für mich keinen Zweifel.«

So wenig Frederic die Vorstellung gefallen hatte, dass Virginia entführt worden war, so unangenehm und beängstigend erschien ihm auch der Gedanke, dass Virginia aus freien Stücken mit Nathan Moor durchgebrannt war. Diese Möglichkeit barg Bilder in sich, die er in seinen schlimmsten Träumen nicht sehen wollte.

»Nun«, sagte er in scharfem Ton, »vielleicht gibt es verschiedene Anschauungen, was den Begriff *kriminell* betrifft. Ich würde sagen, alles, was Sie mir über ihn erzählt haben, zeigt zumindest eine ausgeprägte Tendenz in eine kriminelle Richtung. Sich jahrelang vom Schwiegervater aushalten lassen, irgendwelches Geschreibsel verfassen, das niemand verlegen und erst recht niemand lesen möchte, das alles ist schon mehr als eigenartig. Und was hat er dann getan? Kaum war Ihr Vater tot, hat er alles zu Geld gemacht, was eigentlich Ihnen gehörte, sich ein Schiff gekauft und eine Weltumsegelung angetreten, zu der *Sie* überhaupt keine Lust hatten. Es gehört ein ziemliches Maß an Rücksichtslosigkeit dazu, einer Frau das Zuhause wegzunehmen in der Absicht, sie um den halben Erdball herumzuschleifen, und es gehört noch mehr Rücksichtslosigkeit dazu, sie zur Annahme irgendwelcher Gelegenheitsjobs in fremden Häfen zu nötigen. Dann schafft er es noch, das Schiff in den buchstäblichen Untergang zu segeln, und um das Maß voll zu machen, bringt er Sie in ein Krankenhaus und macht sich aus dem Staub. Sie hätten jetzt auf der Straße stehen können! Was dachte er, wohin Sie gehen sollten? In ein Obdachlosenasyl?«

Sie sah ihn still an. In ihren Augen glitzerten Tränen. Eine löste sich und rollte über ihre Wange.

»Ich weiß nicht, was er dachte. Ich weiß es nicht.«

Er musste die Frage einfach stellen. Es war demütigend für sie beide, aber er wusste, dass er trotz seiner brennenden Müdigkeit keinen Schlaf finden würde, wenn er jetzt nicht fragte.

»Livia, verzeihen Sie, das klingt sehr indiskret, aber… ich meine, ist Ihr Mann jemals… gab es jemals Frauengeschichten während Ihrer Ehe?«

Sie hob abrupt den Kopf, starrte ihn an. »Wie meinen Sie das?«

»Wie ich es sagte. Hatten Sie Probleme mit ihm wegen anderer Frauen?«

»Was genau wollen Sie wissen?«

Er atmete tief. Es war so entsetzlich. »Sie sagten, wenn

meine Frau jetzt mit ihm zusammen ist, dann aus freiem Willen. Sie sind überzeugt, dass er sie nicht verschleppt, entführt oder sonst irgendwie genötigt hat, mit ihm zu kommen. Also liegt doch die Frage nahe... Könnte es sein, dass er sich irgendwelche Hoffnungen auf sie macht?«

Livia schwieg eine ganze Weile. Dann sagte sie: »Warum fragen Sie mich das?«

»Nun, weil...«

»Wenn Virginia freiwillig mit ihm gegangen ist, könnten Sie diese Frage doch auch an sich selbst richten.« Ihre Stimme wurde sehr leise. Sie wirkte nicht aggressiv, als sie fragte: »Könnte es sein, dass sich Virginia irgendwelche Hoffnungen auf ihn macht? Hatten Sie jemals Probleme wegen anderer Männer?«

Er war wie vor den Kopf geschlagen.

Er vermochte keine Antwort zu geben.

Ihm war nur sofort klar, dass er trotz seiner schmerzhaften Müdigkeit die ganze Nacht über kein Auge zumachen würde.

2

Liz Albys Telefon klingelte am frühen Morgen und riss sie aus einem unruhigen Schlaf. Sie hatte von Sarah geträumt. Es war kein schöner Traum gewesen, denn Sarah schrie und quengelte und versuchte ständig, auf das Dach eines hohen Hauses zu klettern. Sie hangelte sich an einem Balkongitter entlang. Liz stand unten und wusste, dass es eine Frage der Zeit war, bis ihr Kind stürzen würde. Sie rannte hin und her, um im Ernstfall mit ausgebreiteten Armen dazustehen, aber es gelang ihr nicht, die Flugbahn des kleinen Körpers zu berechnen. Ganz gleich, wohin sie sich stellte, es hatte immer den Anschein, dass Sarah an der entgegengesetzten Seite aufschlagen würde. Liz war schon ganz verzweifelt, aber da hörte sie ein lautes Schrillen und wusste, dass die Feuerwehr zu ihrer Hilfe nahte. Im nächsten Moment erwachte sie und begriff, dass das Telefon läutete.

Sie starrte auf die Uhr neben ihrem Bett. Halb sieben. Wer rief so früh an?

Der Telefonapparat stand gleich neben der elektronischen Uhr. Liz setzte sich auf, knipste das Licht an, nahm den Hörer ab.

»Ja?«, fragte sie. Ihre Stimme klang noch etwas heiser.

Auf der anderen Seite herrschte Schweigen.

»Ja?«, wiederholte Liz ungeduldiger.

Die Stimme am anderen Ende klang ebenfalls krächzend. Jedoch nicht verschlafen. Sondern vollkommen kraftlos.

»Mrs. Alby?«

»Ja. Wer ist denn da?«

»Hier ist Claire Cunningham.«

Liz brauchte eine Sekunde, dann begriff sie. »Oh«, sagte sie überrascht, »Mrs. Cunningham!«

»Ich weiß, es ist eine unmögliche Uhrzeit«, sagte Claire. Sie sprach ein wenig schleppend, die Endungen ihrer Worte verwischten ganz leicht. Da Liz nicht davon ausging, dass Claire Cunningham morgens um halb sieben betrunken war, nahm sie an, dass sie unter ziemlich starken Beruhigungsmitteln stand.

»Ich war schon wach«, behauptete Liz. Schließlich war sie ja dankbar, dass jemand ihren verzweifelten Traum beendet hatte.

»Mein Mann ist endlich eingeschlafen«, sagte Claire, »er hat seit … seit er …« Sie holte tief Luft. »Seit er Rachel identifiziert hat, konnte er nicht mehr richtig schlafen. Jetzt schläft er ganz tief. Ich möchte ihn nicht wecken.«

»Ich verstehe.«

»Aber ich werde fast verrückt. Ich muss immerzu reden. Wenn ich schweige, meine ich zu ersticken. Ich muss über Rachel reden. Über das, was … mit ihr geschehen ist.«

»Das ging mir in den ersten Tagen ganz genauso«, sagte Liz.

Sie entsann sich ihrer vergeblichen Versuche, mit ihrer Mutter in ein Gespräch zu kommen. Sie hatte fast gebettelt. Aber natürlich hatte ihre Mutter nicht reagiert.

»Mein Mann hat mir erzählt, dass Sie angerufen haben«, sagte Claire, »und dass Sie angeboten haben, mit mir zu sprechen. Ich weiß, ich sollte trotzdem nicht um halb sieben...«

»Nein, wirklich, machen Sie sich keine Gedanken. Ich bin froh, dass Sie mich anrufen. Ich... brauche auch jemanden zum Reden.«

»Wir haben inzwischen unsere Telefonnummer geändert«, sagte Claire, »es haben so viele Leute angerufen. Vor allem Journalisten. Aber ich möchte nicht mit Journalisten sprechen. Die vermarkten doch nur den Tod meines Kindes.«

Liz dachte an die Talkshow, in der sie kurz nach Sarahs Tod gewesen war. Erst später war ihr aufgegangen, wie sehr man sie benutzt hatte.

»Ja, da muss man vorsichtig sein«, bestätigte sie.

»Könnten Sie... ich meine, könnten wir uns vielleicht einmal treffen?«, fragte Claire schüchtern. »Ich weiß nicht, ob Sie Zeit haben, aber...«

»Ich habe Zeit. Wollen wir gleich etwas ausmachen? Heute Vormittag?«

»Das wäre wunderbar!« Claire klang erleichtert. »Vielleicht irgendwo in der Innenstadt. Ich könnte mit dem Bus dorthin kommen. Ich kann nicht Auto fahren, weil ich so viele Tabletten nehme.«

Sie einigten sich auf ein Café am Marktplatz um elf Uhr.

»Ich habe Sie im Fernsehen gesehen«, sagte Claire, »ich werde Sie erkennen.« Zögernd fügte sie hinzu: »Sie taten mir so entsetzlich leid damals. Ich ahnte nicht, dass ich selbst so bald darauf...« Sie verstummte. Betäubt von der Wucht des Schmerzes, der sich kaum aushalten ließ.

Scheißkerl, dachte Liz, nachdem sie den Hörer aufgelegt hatte. Sie starrte zur Decke hinauf. Scheißkerl! Er zerstört die

Kinder, und er zerstört alle um sie herum. Verdammter Scheiß-kerl!

Da es klar war, dass sie nun nicht mehr einschlafen würde, stand sie auf, zog ihren Bademantel an und streifte dicke Socken über ihre ewig kalten Füße. Sie zog die Vorhänge zurück und blieb am Fenster stehen, starrte hinaus in das zaghafte Erwachen des schon herbstlich gefärbten Morgens.

Sie überlegte, ob sie, als sie gerade das Wort *zerstört* gedachte hatte, auch sich selbst gemeint hatte. Es war eine schreckliche Vorstellung, zerstört zu sein. Als zerstört hatte sie immer ihre Mutter empfunden, und sie hatte sich geschworen, dass ihr dieses Schicksal erspart bleiben sollte. Sie war noch so jung. Sie wollte leben. Lachen, tanzen, fröhlich sein. Lieben. Es wäre so schön, irgendwann einen Mann zu treffen, den sie liebte und der ihre Gefühle voller Ehrlichkeit und Wärme erwiderte. Aber konnten zerstörte Frauen noch lieben?

Regenschwere Wolken am Himmel. Schon wieder. Der Sommer hatte sich wirklich verabschiedet. Vielleicht brauchte sie Sonne, damit es ihr besser ging.

Das war zumindest so etwas wie ein Plan. Ein Gedanke, eine Perspektive. Wie das genau aussehen sollte, wusste sie nicht. Aber die Vorstellung, wegzugehen, irgendwohin, wo es warm war, versorgte sie zum ersten Mal seit jenem Augusttag in Hunstanton wieder mit einem Anflug von Energie. Positiver Energie. Ein anderes Land. Spanien. Südfrankreich. Italien. Sonne und blauer Himmel, Olivenbäume, hohes, trockenes Gras, das sich im heißen Wind wiegte. Nächte unter samtschwarzem Himmel. Das rauschende Meer, warmer Sand unter den Füßen. Nie wieder hinter der Kasse in der Drogerie sitzen. Nicht länger dem körperlichen, seelischen und moralischen Verfall ihrer Mutter zusehen müssen. Und vielleicht noch mal Kinder haben. Nicht als Ersatz für Sarah. Sondern als Vertrauensbeweis an das Leben.

Den Kopf an die Scheibe gelehnt, fing sie an zu weinen.

Der Wind, der sie am Vorabend in Kyle of Lochalsh begrüßt und dafür gesorgt hatte, dass sie im gleißenden Abendsonnenlicht die Brücke nach Skye überqueren konnten, war über Nacht zum Sturm geworden. Frisch und kalt kam er über das Meer gejagt, fegte heulend über die Insel. Die Wellen draußen türmten sich zu meterhohen Brechern auf. Die Bäume bogen sich bis fast zur Erde. Über den Himmel rasten Wolkenfetzen, getrieben von einer wütenden Kraft, ballten sich zwischendurch zu hohen Türmen zusammen und wurden dann gleich darauf wieder auseinandergerissen und weitergewirbelt.

Virginia erwachte vom Pfeifen und Toben um sie herum und wunderte sich, dass sie trotz allem so tief und fest geschlafen hatte. Wahrscheinlich hatte die lange Autofahrt sie völlig erschöpft. Die Müdigkeit war am gestrigen Abend jäh und schlagartig über sie hergefallen. Ganz plötzlich hatten sie alle Energie, alle Kraft verlassen. Sie hatte das Haus aufgeschlossen, war hinauf in ihr Zimmer geschlichen, hatte es gerade noch geschafft, sich das Bett zu beziehen, ihre Zähne zu putzen, in einen Schlafanzug zu schlüpfen. Dann lag sie schon zwischen den weichen Kissen und sank in einen tiefen, traumlosen Schlaf.

Es war sieben Uhr, der Tag brach gerade herein. Durch ihr Fenster konnte sie den Himmel sehen. In den Lücken zwischen den Wolken trug er kühle Pastellfarben. Später würde er in ein leuchtendes Blau übergehen.

Sie sprang aus dem Bett, fröstelte in der kalten Luft. Sie hatte nicht mehr die Kraft gehabt, die Heizung im Haus anzuschalten, hatte sich sofort unter die Bettdecken geflüchtet. Rasch zog sie ihren warmen Wollpullover über den Schlafanzug, schlüpfte in ihre knöchelhohen, dick gefütterten Hausschuhe. Mit wirren Haaren und ungewaschenem Gesicht kam sie sich wie eine Vogelscheuche vor, aber das war ihr gleichgültig. Sie brauchte rasch einen Kaffee. Mit einer großen, heißen Tasse würde sie sich dann wieder in ihr Bett zurückziehen und den Tag ganz langsam beginnen. Nathan schlief sicher noch.

Als sie jedoch ins Wohnzimmer trat, stand er dort bereits am Fenster. Er trug Jeans, dazu einen Rollkragenpullover von Frederic, der ihm wie üblich an den Schultern zu eng war. Es roch nach Kaffee im Zimmer. Nathan hatte einen Becher in der Hand.

Er wandte sich nicht um, aber er hatte ihr Kommen offenbar bemerkt, denn er sagte: »Hast du das Licht draußen gesehen? Den Sturm? Die Wolken? Es ist unglaublich.«

Sie nickte, obwohl er das nicht sehen konnte. »Ein fantastischer Tag. Solche Tage machen mir immer wieder klar, weshalb ich den Norden so liebe.«

»Mehr als den Süden?«

»Ja. Viel mehr.«

Er drehte sich um, sah sie an. Der erste Schatten eines Bartes lag auf seinem Gesicht. »Ich auch«, sagte er, »ich liebe den Norden auch mehr als den Süden.«

Sie wusste nicht, weshalb sie plötzlich Herzklopfen bekam. »Ich dachte immer, ich sei die Einzige mit dieser Vorliebe.«

»Nein. Bist du nicht.«

»Ich liebe auch den Herbst mehr als den Frühling.«

»Ich auch.«

»Ich liebe Weißwein mehr als Rotwein.«

Er lachte. »Ich auch.«

»Ich kämpfe mich lieber durch einen Wintersturm, als im Sommerwind spazieren zu gehen.«

Er trat einen Schritt näher an sie heran. »Was ist es, wonach du dich in Wahrheit sehnst?«, fragte er leise.

»In Wahrheit?«

»Du liebst nicht, was lieblich ist. Sanft, warm, umschmeichelnd. Du liebst, was rauh ist, kalt, herausfordernd. Du liebst alles, was dich spüren lässt, dass du lebst. Du sehnst dich so sehr nach dem Leben, Virginia. So sehr man sich nur sehnen kann, wenn man in einem alten Gemäuer sitzt, umgeben von hohen Bäumen, die Sonne und Wind und die ganze Welt draußen fern halten.«

Sie merkte zu ihrem Entsetzen, dass ihr die Tränen in die Augen stiegen. *Um Gottes willen, jetzt nicht heulen!* Welche Saite hatte er angeschlagen mit seinen Worten?

»Ich will…«, sagte sie und verstummte.

»Was? Was willst du, Virginia?«

Sie holte tief Luft. »Ich wollte eigentlich nur einen Kaffee haben«, sagte sie.

Er stellte seinen Becher auf den Tisch, trat noch einen Schritt näher. »Und was noch? Was wolltest du noch?«

Verwirrt blickte sie an ihm vorbei. Innerhalb der letzten zwei Minuten hatte sie sich auf etwas Neues eingelassen. Der Ton zwischen ihnen hatte sich verändert. Sie hatten nur über ihrer beider Vorlieben gesprochen, oder nicht? Irgendwie schienen sie ganz andere Informationen ausgetauscht zu haben. Noch begriff sie nicht ganz, was geschehen war und weshalb es geschehen war.

»Was wolltest du noch? Weshalb bist du mit mir nach Skye gefahren?«

»Ich weiß es nicht.«

»Doch. Du weißt es.«

»Nein.«

»Du weißt es«, beharrte er und trat noch näher. Er stand jetzt dicht vor ihr. Sie roch die Seife, mit der er sich gewaschen hatte. Sein lächelnder Mund war zum Greifen nah. Sein Atem streifte ihre Wange.

Und zu ihrer Verwunderung verspürte sie nicht das Bedürfnis, zurückzuweichen.

Sie liebten sich den ganzen Tag über. Am Mittag verließen sie für zwei Stunden das Bett und liefen an den Strand, durch einen tobenden Sturm voller Wolken, Sonne und vereinzelten Regenspritzern. Sie rannten Hand in Hand am Wasser des Dunvegan-Fjords entlang, schmeckten Salzwasser auf den Lippen, rochen den Seetang. Sie waren die einzigen Menschen weit und breit. Die Möwen um sie herum wetteiferten in ihrem Kreischen mit dem Tosen des Sturmes, breiteten weit die Flügel aus und ließen sich in wilden Achterbahnflügen durch die Luft tragen.

Sie liefen, bis ihre Lungen und ihre Seiten schmerzten und sie beide rote Wangen von der frischen Luft hatten, dann kehrten sie eng umschlungen langsam zum Haus zurück und gingen wieder ins Bett. Sie machten weiter, wo sie aufgehört hatten, erschöpfter jetzt als am frühen Morgen, zärtlicher, ruhiger, geduldiger als zuvor. Seit den Tagen mit Andrew hatte sich Virginia nicht mehr zu einem Mann sexuell so stark und unvermeidlich hingezogen gefühlt wie zu Nathan. Sie konnte nicht genug bekommen, wollte ihn wieder und wieder, lag zwischendurch in seine Arme geschmiegt, spürte seinen Herzschlag an ihrem Rücken und fühlte, wie alles in sie zurückströmte, was sie vor so langer Zeit verlassen und was sie für immer verloren geglaubt hatte: Leben, Frieden, Zuversicht, Gelassenheit und Glück. Abenteuerlust und Neugier. Ein erwartungsvolles Vertrauen in die Zukunft.

Weil er da ist, dachte sie verwundert, *nur weil er da ist, verändert sich alles.*

Es war fast sechs Uhr am Abend, als sie feststellten, dass sie Hunger hatten.

»Und, ehrlich gesagt, auch Durst«, sagte Nathan und schwang seine Beine aus dem Bett, »außer dem Kaffee heute früh hatte ich nichts zu trinken.«

»Ich hatte nicht mal den«, meinte Virginia, »und bislang hat er mir auch nicht gefehlt.«

Sie zogen sich an, stiegen die steile Treppe hinunter und inspizierten die Speisekammer. Zum Glück gab es etliche Konserven, und es fanden sich auch einige Flaschen Wein. Sie stellten einen Weißwein kalt, dann machte sich Virginia an die Zubereitung des Essens, während Nathan Holz aus dem Garten holte und den Kamin im Wohnzimmer in Gang setzte. Virginia stand am Herd und blickte mit glänzenden Augen hinaus in den stürmischen Septemberabend, der ein unglaubliches Wechselspiel aus wolkenverhangener Düsternis und goldfarbenem Licht bot. Sie dachte auf einmal: Dies hier festhalten. Diese Stunden und Tage auf Skye. Zusammen mit diesem Mann. Nur ein bisschen noch, ein bisschen noch festhalten!

Im nächsten Moment wurde ihr bewusst, dass sie mit diesen Gedanken instinktiv zum Ausdruck brachte, wie abgegrenzt von der Welt draußen sich ihr Glück auf der Insel abspielte. Was immer zwischen ihnen noch geschehen würde, es konnte nur mit Problemen behaftet sein.

Im Kamin brannte ein warmes, knisterndes Feuer, und jenseits der Fenster senkte sich langsam die Dunkelheit über das Land. Nur schattenhaft noch waren die Bäume am Ende des Gartens wahrnehmbar, die sich tief unter dem Sturm bogen. Virginia und Nathan saßen direkt vor den Flammen auf dem Fußboden, verzehrten ihre einfache Mahlzeit, die ihnen köstlicher vorkam als alles, was sie je gegessen hatten, tranken den Wein, sahen einander immer wieder an, verwundert und bezaubert. Nach all den Tagen und Nächten, die sie zusammen in Ferndale verbracht hatten und während derer sie nicht auf die Idee gekommen wären, einander zu berühren, waren sie fassungslos über die Intensität der Leidenschaft, mit der sie sich konfrontiert gesehen hatten, nachdem das Festland hinter ihnen geblieben war und sie das Gefühl gehabt hatten, plötzlich in eine andere Wirklichkeit geraten zu sein.

»Wir werden zurückmüssen«, sagte Virginia nach einer

Weile. »Skye und dieses Haus hier, das wird nicht für ewig sein.«

»Ich weiß«, sagte Nathan.

Sie schüttelte den Kopf, nicht ablehnend, nur erstaunt. »Ich habe Frederic noch nie zuvor betrogen.«

»Kommt es dir wie ein Betrug vor?«

»Dir nicht?«

Er überlegte. »Es geschah so zwangsläufig. Wir hätten nichts dagegen tun können. Seit ich das Bild von dir gesehen hatte, du weißt, das alte Foto, das dich in Rom zeigt, wusste ich …«

»Was? Dass du mit mir schlafen wolltest?«

Er lachte. »Dass ich diese Frau wiederfinden wollte. Und jetzt ist sie da.«

Sie nahm einen weiteren Schluck Wein, schaute in die Flammen. »Was empfindest du, wenn du an Livia denkst?«

»Offen gestanden, habe ich bislang nicht an sie gedacht. Hast du etwa den ganzen Tag über an Frederic gedacht?« Er sah sie so entsetzt an, dass sie nun auch lachen musste. »Nein. Nein, wirklich nicht. Aber ich denke jetzt an ihn. Ich frage mich, was ich ihm sagen werde.«

»Am besten die Wahrheit.«

»Wirst du Livia die Wahrheit sagen?«

»Ja.«

»Was wirst du sagen?«

»Dass ich dich liebe. Dass ich sie nie geliebt habe.«

Sie schluckte. »Ich glaube, ich habe Frederic auch nie geliebt«, sagte sie leise. Sie seufzte tief. Was sie nun fühlte, dachte und auch aussprach, hatte er nicht verdient, das wusste sie. Dennoch war es die Wahrheit.

»Er war da, als ich einen Menschen brauchte. An einem sehr einsamen und traurigen Punkt meines Lebens war er da. Nach Tommis Tod und als Michael sozusagen bei Nacht und Nebel verschwunden war. Er war verständnisvoll, fürsorglich. Er liebte mich. Er gab mir Wärme und Geborgenheit. Er war wie ein

Hafen, in den ich flüchten konnte. Aber ich liebte ihn nicht. Und deshalb wohl konnte ich auch nicht wirklich aus der Starre auftauchen, in die mich Tommis Tod gestürzt hatte. Ich war immer noch einsam, nur spürte ich es nicht mehr so stark.« Sie sah Nathan an. »Glaubst du, dass das so ist? Dass wir an der Seite eines Menschen, den wir nicht lieben, einsam bleiben?«

»Zumindest dann, wenn wir vorher schon einsam waren, ja. Etwas Wichtiges in uns wird dann nicht berührt. Wir sind nicht mehr allein, aber wir sind einsam.«

»Ich war wie tot vor Einsamkeit«, sagte Virginia, »es wurde erst nach Kims Geburt etwas besser. Aber sie ist ein Kind. Sie konnte mir nie ein Partner sein.«

Zärtlich strich er ihr mit dem Finger über die Wange. Sie hatte in den letzten Stunden gemerkt, wie sehr sie die Sanftheit seiner großen, kräftigen Hände liebte.

»Aber jetzt bin ich da«, flüsterte er. Vorsichtig schob er die Gläser beiseite, drängte Virginia langsam mit seinem Gewicht zu Boden. Sie seufzte voller Behagen und Verlangen. Sie begannen einander im warmen Schein der tanzenden Flammen zu lieben, während es draußen Nacht über den Inseln wurde.

Sonntag, 3. September

1

Er fragte sich, weshalb er nicht früher darauf gekommen war.

Er hatte in der Nacht von Samstag auf Sonntag zum ersten Mal seit jenem alles verändernden Donnerstag tief geschlafen – nicht, weil er sich plötzlich ruhiger oder zuversichtlicher gefühlt hätte, aber die Erschöpfung war so groß geworden, dass ihn selbst Angst und Unruhe nicht länger wachzuhalten vermochten. Vielleicht lag es auch daran, dass er im Lauf des Abends ein paar Schnäpse zu viel getrunken hatte, jedenfalls war er plötzlich weg gewesen, und als er erwachte, war es schon hell draußen, und ein dünner Regen sprühte gegen die Fensterscheibe seines Schlafzimmers.

Er setzte sich auf und dachte: Skye. Was, wenn sie nach Skye gefahren ist?

Virginia liebte die Insel, und sie liebte das kleine Haus dort mit dem großen, wilden Garten. Wenn sie verwirrt oder verstört war – und irgendetwas musste ja los sein mit ihr, sonst hätte sie diese seltsame Flucht nicht angetreten –, konnte man sich durchaus vorstellen, dass sie sich an einen Ort zurückziehen würde, der ihr schon immer viel bedeutet hatte.

Frederic stand auf, zog seinen Morgenmantel an. Er spürte einen stechenden Schmerz in seinem Kopf, was darauf hindeutete, dass er tatsächlich dem Schnaps zu sehr zugesprochen hatte.

Den Samstag hatte er zwischen Wut, Verzweiflung und schließlich in einer Art Resignation verbracht. Am Vormittag war er auf seinem Posten am Telefon der Walkers gewesen, aber schließlich hatte er sich derartig geschämt, dass er das Verwalterhaus verlassen hatte und mit Kim in den Tierpark gefahren war. Das Kind spürte, dass etwas nicht stimmte, obwohl sämtliche Erwachsenen ständig versicherten, es sei alles in Ordnung. Aber die Tiere heiterten es auf. Es war wolkig und kühl, aber noch nicht regnerisch gewesen, und Frederic hatte es geschafft, sich für eine Weile auf die Begeisterung seiner Tochter konzentrieren zu können. Am Nachmittag war er mit ihr zu McDonald's gegangen, sie hatten Big Mäcs gegessen und Schokoladenmilchshakes getrunken.

»Möchtest du mit mir nach Hause kommen?«, hatte Frederic gefragt, und obwohl Kim so gern bei den Walkers war, hatte sie erfreut genickt. Das hatte sein Herz erwärmt. Wenigstens sein Kind war noch ganz bei ihm.

Zurück in Ferndale, hatte er dennoch als Erstes bei den Walkers gefragt, ob Virginia angerufen hatte. Beide, Jack und Grace, hatten ihn bekümmert angeblickt. Graces Erkältung war offensichtlich schlimmer geworden, sie hatte gerötete Augen und trug einen Schal um den Hals.

»Nein, Sir«, sagte sie, »und wir waren wirklich die ganze Zeit über daheim. Es hat niemand angerufen.«

Grace war traurig, dass Kim zu ihrem Vater übersiedelte, aber da sie heftige Halsschmerzen hatte, hielt sie es für vernünftig. Daheim hatten Livia und Kim Papierbögen auf dem Küchentisch ausgebreitet und Wasserfarben bereitgestellt und zusammen zu malen begonnen. Frederic, der sich ausgepumpt und leer fühlte, registrierte dankbar Livias stillschweigendes Angebot, ihn für ein paar Stunden zu entlasten. Er war in die Bibliothek gegangen, zwischen den Fenstern herumgelaufen, hatte hinaus in die Bäume gestarrt. Die dunklen Zweige berührten die Scheiben.

Warum lassen wir die nicht endlich fällen?, dachte er. *Was findet Virginia nur daran, sich hier lebendig zu begraben?*

Ihm fiel darauf keine Antwort ein. Zum ersten Mal kam ihm der Gedanke, dass er die Frau, mit der er seit neun Jahren verheiratet war, vielleicht nur sehr wenig kannte.

Dann hatte er mit dem ersten Schnaps begonnen, dem etliche weitere folgten, und schließlich war er todmüde ins Bett gekippt, nachdem er mitbekommen hatte, dass Livia Kim gerade eine Gutenachtgeschichte vorlas und er offenbar für diesen Tag nicht mehr gebraucht wurde.

Es war jetzt kurz nach acht Uhr. Er würde sofort in Dunvegan anrufen. Da Virginia nicht an ihr Handy ging, stand natürlich zu erwarten, dass sie auch auf das Telefon dort nicht reagieren würde, aber vielleicht rechnete sie nicht mit ihm und nahm automatisch den Hörer ab.

Es war alles still, Livia und Kim schliefen offenbar noch. Er ging ins Wohnzimmer, schloss die Tür hinter sich. Er wollte ungestört sein.

Während er das Telefon läuten ließ, starrte er in den Regen hinaus. Es hätte November sein können. Ihm war kalt.

Er war völlig perplex, als sich nach dem vierten Läuten eine Stimme meldete. »Ja? Hallo?« Es war Virginia.

Er brauchte einen Moment, sich zu fassen.

»Virginia?«, fragte er dann. Seine Stimme war nur ein Krächzen. Er räusperte sich.

»Virginia?«, wiederholte er.

»Ja?«

»Ich bin es. Frederic.«

»Ich weiß«, sagte sie.

Er räusperte sich noch einmal. »Erstaunlich, dass du ans Telefon gegangen bist.«

»Ich kann ja nicht ewig weglaufen.«

»Du bist also auf Skye?« Diese Frage war nicht besonders intelligent, aber Virginia tat so, als sei sie zumindest berechtigt.

»Ja, ich bin auf Skye. Du weißt ja …«

»Was?«

»Du weißt ja, wie sehr ich die Insel liebe.«

»Ist das Wetter schön?«, erkundigte er sich höflich, desinteressiert und nur, um sich für das eigentliche Gespräch zu sammeln.

»Stürmisch. Aber trocken.«

»Hier bei uns regnet es seit heute früh.«

Sie ging nicht weiter auf den albernen Austausch von Wetterinformationen ein. »Wie geht es Kim?«

»Gut. Sie schläft hier bei mir. Grace ist ziemlich erkältet...«

Er hörte, dass sie seufzte.

Er musste die nächste Frage stellen, obwohl ihm heiß wurde beim Gedanken an die Antwort. »Ist... ist Nathan Moor bei dir?«

»Ja.« Keine weitere Erklärung. Einfach nur *ja*. Als sei es das Normalste von der Welt, dass sie mit einem anderen Mann durchbrannte und ihre Familie im Ungewissen ließ.

War sie mit ihm durchgebrannt? Was implizierte der Begriff *durchbrennen*?

»Warum, Virginia? Warum? Ich verstehe es nicht!«

»Was meinst du? Warum Nathan Moor? Warum Skye? Warum jetzt?«

»Alles. Ich vermute, das hängt alles zusammen.«

Von der anderen Seite folgte ein so langes Schweigen, dass er schon meinte, Virginia habe aufgelegt. Als er gerade nachfragen wollte, sagte sie: »Du hast Recht, es hängt alles zusammen. Ich wollte nicht nach London kommen.«

Fast hätte er gestöhnt. »Aber warum? Eine Dinnerparty! Eine lächerliche, einfache, normale Dinnerparty! Guter Gott, Virginia!«

»Es ging eben nicht.«

»Aber das hättest du mir sagen müssen. Ich habe Stunde um Stunde am Bahnhof gewartet. Ich habe mir die Finger wund gewählt, um dich auf dem Handy zu erreichen. Ich habe mir entsetzliche Sorgen gemacht. Ich habe die Walkers verrückt gemacht, die sich das auch nicht erklären konnten. Wir waren alle krank vor Sorge! Virginia, das passt doch nicht zu dir! Ich habe dich noch nie so... so skrupellos und egoistisch erlebt!«

Sie erwiderte nichts. Wenigstens versuchte sie sich nicht zu rechtfertigen.

Es wurde nicht leichter, nach Nathan Moors Rolle in dem Drama zu fragen, aber es blieb Frederic nichts anderes übrig. »War es seine Idee? Hat Nathan Moor dich überredet...«

»Nein. Mich musste niemand überreden. Ich wollte weg. Er hat mir nur dabei geholfen.«

»Geholfen? Weißt du, wie das klingt? Das klingt, als habe dir jemand *zur Flucht verhelfen* müssen! Als seist du eingesperrt gewesen bei mir, gegen deinen Willen festgehalten, eingemauert, eingekerkert...«

»Unsinn«, unterbrach sie, »so war das nicht. Und du weißt, dass ich das auch nicht gemeint habe.«

»Aber was meinst du dann? Was war los? War es wirklich nur diese Party in London?«

»Ich glaube, ich kann dir das gar nicht alles erklären.«

»Ach nein? Und du meinst nicht, dass ich nach all dem wenigstens das Recht auf eine Erklärung habe?«

»Natürlich hast du das.« Plötzlich klang sie müde. »Nur passt das vielleicht nicht zu einem Telefongespräch.«

»*Du* bist davongelaufen, anstatt mit mir zu reden. Es war nicht meine Idee, dass wir nur noch per Telefon kommunizieren.«

»Ich versuche nicht, meine Verantwortung für all das abzuschieben, Frederic.«

»Für all das? Für was?«

Sie erwiderte nichts. Aggressiv fragte er: »Was ist zwischen dir und Nathan Moor?«

Wieder schwieg sie.

Er merkte, dass eine kalte Angst, gemischt mit ebenso viel

301

Wut in ihm hochkroch. Er fand, dass die Wut sogar ein wenig stärker war.

»Was ist zwischen dir und Nathan Moor?«, wiederholte er. »Verdammt, Virginia, sei bitte ehrlich! Das ist das Mindeste, was du mir schuldest!«

»Ich liebe ihn«, sagte sie.

Ihm blieb fast die Luft weg.

»Was?«

»Ich liebe ihn. Es tut mir leid, Frederic.«

»Du haust mit ihm nach Dunvegan ab, in *unser* Haus, und dann sagst du mir am Telefon so einfach, dass du ihn liebst?«

»Du hast gefragt. Und du hast Recht, du verdienst Ehrlichkeit.«

Ihm war schwindelig, und er hatte das Gefühl, als bewege er sich durch einen bösen Traum. »Seit wann? Seit wann läuft das zwischen euch? Seitdem er hier in Ferndale aufgekreuzt ist?«

Sie klang gequält. »Begriffen habe ich es erst hier auf Skye. Aber ich glaube...«

»Ja? Was?«

»Ich glaube«, sagte sie leise, »verliebt in ihn habe ich mich in der ersten Sekunde. Auch hier auf Skye. Damals gleich nach dem Schiffsunglück.«

Frederic meinte, alle Zimmerwände auf sich zukommen zu sehen. »Deshalb also. Deshalb deine plötzlich so überaus wohltätige Ader. Die ganze Zeit fragte ich mich, weshalb du gar nicht aufhören kannst, diesen wildfremden Menschen ständig deine hilfreichen Hände entgegenzustrecken. Aber nun wird manches klar. Es waren, weiß Gott, nicht nur deine hilfreichen Hände, nicht wahr? Nathan Moor dürfte eine ganze Menge mehr von dir bekommen haben.«

»Du bist verletzt, und ich kann verstehen, dass...«

»Ach ja? Du kannst verstehen, dass ich verletzt bin? Wie ginge es denn dir in der umgekehrten Situation? Wenn ich ein-

302

fach verschwunden wäre und dir bald darauf lapidar mitteilen würde, dass ich mich in jemand anderen verliebt habe?«

»Es wäre entsetzlich. Aber… ich kann nichts dafür, Frederic. Es ist passiert.«

Die Wirkung des Schocks ließ nach. Die Wände standen wieder gerade, Frederic bekam wieder Luft.

»Du weißt, dass du auf einen Betrüger und Hochstapler hereingefallen bist?«, fragte er kalt.

»Frederic, es ist klar, dass du…«

»Hat er dir inzwischen gestanden, dass er überhaupt kein Schriftsteller ist, der berühmte Bestsellerautor? Oder prahlt er noch immer mit seinen großartigen Erfolgen?«

»Ich weiß nicht, was du meinst.«

»Vielleicht solltest du dich mal mit Livia unterhalten. Denn falls du es vergessen hast: Dein neuer Liebhaber ist auch noch verheiratet. Aber das stört dich vermutlich nicht weiter. Schließlich bist du auch verheiratet, und das war für dich gar kein Hinderungsgrund, in sein Bett zu springen.«

Sie schwieg.

Klar, dachte er aggressiv, was soll sie darauf auch sagen?

»Tatsache ist, nicht ein einziges Buch wurde je von ihm veröffentlicht. Es gibt keinen Verleger, der sein wirres Geschreibsel zu drucken bereit ist. Nathan Moor hat sich während der letzten zwölf Jahre ausschließlich bei seinem Schwiegervater durchgeschnorrt und nach dessen Tod auch noch Livia um alles gebracht, was eigentlich ihr gehörte. Das ist die feine Art dieses Schmarotzers! Aber wen interessiert das, wenn er im Bett gut ist! Stimmt's?«

»Was soll ich dazu sagen?«, fragte sie hilflos.

»Willst du das von mir wissen?«, schrie er.

Dann knallte er den Hörer auf die Gabel.

Er starrte das Telefon an, als könne ihm der unschuldige schwarze Apparat irgendeine Erklärung für die Ungeheuerlichkeiten geben, die er gehört hatte, aber natürlich blieb er stumm. Wie das ganze Zimmer, das ganze Haus. Niemand sagte: *Das war ein Traum, Frederic. Ein böser, schlimmer Traum. Oder ein Scherz. Ein verdammt schlechter Scherz, klar, aber doch nur ein Scherz. Das alles ist nicht wirklich passiert.*

Er ließ sich auf das Sofa fallen, stützte den Kopf in die Hände. Es war wirklich passiert, und vielleicht hatte er begonnen, die Wahrheit zu ahnen, als er noch auf dem Bahnhof in London stand und Virginia nicht erschien. Ja, er wusste es genau, er hatte so etwas geahnt. Seit er erfahren hatte, dass Nathan Moor in Ferndale House abgestiegen war, ohne dass ihm Virginia sofort davon erzählte, war jene dumpfe, abgründige Ahnung in ihm erwacht, nur hatte er ihr nicht erlaubt, Besitz von ihm zu ergreifen. Manche Dinge waren so unerträglich, dass es einem selbst dann gelang, sie nicht zu sehen, wenn sie in schreiend roter Farbe vor einem an der Wand standen. Er hatte immer geglaubt, er sei schlecht im Verdrängen. Diese Ansicht schien er revidieren zu müssen: Er war ein exzellenter Verdränger.

Er hob den Kopf, starrte zum Fenster hinaus in die dunkle Wand von Bäumen. Die Bäume, an denen Virginia festgehalten hatte, die wie ein Sinnbild für ihr seltsam verschlossenes, melancholisches Wesen waren. Eben gerade am Telefon hatte sie anders geklungen. Keine Spur mehr von der Traurigkeit, die sie zu jeder Minute umgeben hatte, seit er sie auf jener Zugfahrt durch die frühe winterliche Dunkelheit angesprochen hatte. Er hatte damals erfahren, dass ihr langjähriger Lebensgefährte sie verlassen hatte und unauffindbar untergetaucht war, weil er sich die Schuld am tragischen Tod eines kleinen Jungen aus der Nachbarschaft gab. Er hatte es als verständlich und natürlich empfunden, dass sie wegen dieser Geschichte viel grübelte und häufig in sich gekehrt und traurig war. Irgendwann hatte er sich so an ihren Kummer gewöhnt, dass er gar nicht mehr darüber nachgedacht hatte, ob es eigentlich normal war, dass dieser über Jahre anhielt. Der Kummer war einfach ein Teil von Virginia gewesen, etwas, das zu ihr gehörte, wie ihre Arme und Beine, ihre blonden Haare und ihre dunkelblauen Augen. Virginia war eben oft unglücklich. Mied andere Menschen. Lebte in einem Haus, das so sehr von Bäumen zugewuchert wurde, dass man selbst an sonnigen Sommertagen das Licht in den Räumen einschalten musste. Er hatte sich über all das niemals wirklich gewundert.

Hätte er sich wundern müssen? Hätte er mit ihr sprechen müssen? Konnte er sich Gleichgültigkeit vorwerfen, Blindheit? Er hatte ihre andauernde, einmal stärker, dann weniger stark ausgeprägte Depression durchaus bemerkt. Wäre er verpflichtet gewesen, nachzuforschen, ihr Hilfe anzubieten? Natürlich hatte er sie oft gefragt, ob es ihr gut gehe. Ihre Antwort, *alles in Ordnung*, hatte ihn zufrieden gestellt, obwohl er, wie ihm jetzt klar wurde, immer gespürt hatte, dass auf irgendeine Weise eben nicht *alles in Ordnung* gewesen war. Aber es war bequemer gewesen, sich mit dieser Auskunft zufrieden zu geben, als Nachforschungen anzustellen. Ihr *alles in Ordnung* in den Ohren, war er wieder und wieder für lange Tage nach London abgereist, um seine politische Karriere voranzutreiben. Musste er sich das vorwerfen?

Es ist, verdammt, kein Grund, mit einem anderen Mann ins Bett zu steigen, dachte er. Wir sind verheiratet, wir haben ein Kind zusammen. Wenn sie unglücklich mit mir war, hätte sie mir das sagen müssen. Wir hätten reden können. Eine Eheberatung aufsuchen. Was weiß ich. Wir hätten kämpfen können. Aber man darf doch nicht einfach abhauen!

Und überhaupt schien es ihm völlig absurd, dass ausgerechnet der Hochstapler Nathan Moor, der Pleitegeier und Habenichts, der Aufschneider vom Dienst, innerhalb weniger Tage den Weg zu Virginias Seele gefunden haben sollte. Zu jenem Ort, an dem ihre Traurigkeit geboren wurde. Zu jenem Ort, den er, Frederic, nie entdeckt hatte. Hatte Nathan Moor etwas berührt, das niemand zuvor zu berühren vermocht hatte?

Unsinn, entschied er, verdammter Unsinn.

Aber was war es dann?

Mit müden Bewegungen stand er auf. Kim würde bald wach werden. Und Livia auch. Sollte er ihr sagen, was geschehen war? Aber er verspürte nicht die geringste Lust, mit diesem Trauerkloß zusammenzusitzen und plötzlich in einem gemeinsamen Schicksal vereint zu sein. Zwei Gehörnte, die darauf warteten, dass ihre treulosen Ehepartner irgendwann zurückkehrten. Falls sie überhaupt vorhatten, dies jemals zu tun.

Ich fahre nach London zurück, beschloss er, ich setze mich nicht hierher und stehe zu ihrem Empfang bereit, wenn sie auf einmal genug bekommt von ihrem neuen Lover. Oder wenn sie sich erinnert, dass sie ein Kind hat, für das sie verantwortlich ist.

Dann kann sie auf mich warten.

2

Es war auf den Tag genau eine Woche her, seit Rachel verschwunden war.

Heute war Sonntag, der 3. September. Am Sonntag, den 27. August hatte sie sich auf den Weg zur Kirche gemacht, und dann war sie nicht mehr aufgetaucht, und Robert hatte bei der Polizei ihre Leiche identifizieren müssen.

Vor einer Woche. Es war, als liege eine Welt, ein Leben, eine Unendlichkeit dazwischen.

In all der Qual der vergangenen Tage erschien Claire Cunningham dieser Sonntagmorgen als besonders quälend. Der Ablauf der Stunden, wie er sich genau sieben Tage zuvor gestaltet hatte, stand ihr ständig vor Augen.

Um diese Zeit bin ich aufgestanden. Jetzt war ich in der Küche und bereitete das Frühstück vor. Ungefähr jetzt tauchte Rachel in der Küche auf. In ihrem hellblauen Schlafanzug mit dem Pferdekopf vorn auf der Brust. Ich habe geschimpft, weil sie barfuß war und die Steinfliesen in der Küche immer so kalt sind. Habe ich richtig geschimpft? Nein. Ich war ein bisschen ungehalten, weil ich ihr tausendmal gesagt hatte, sie soll morgens ihre Hausschuhe anziehen. Weil sie so leicht eine Halsentzündung bekommt. Weil sie so leicht eine Halsentzündung bekam. Wir hatten keinen Streit. Ich sagte nur, verflixt, Rachel, musst du schon wieder ohne Schuhe herumlaufen? Wie oft soll ich dir sagen, dass der Boden zu kalt ist? Sie brummte irgendetwas. Ging wieder hoch in ihr Zimmer, kehrte in Hausschuhen zurück. Wir stritten nicht, nein. Ich schimpfte nicht. Es war nicht so, dass ich an ihrem letzten Tag mit ihr geschimpft hätte.

Sie hatte zuvor gar nicht an diese Episode gedacht. An die Hausschuh-Episode. Sie war ihr erst nach der gestrigen Begegnung mit· Liz Alby eingefallen. Weil Liz nicht hatte aufhören können, sich wegen des Karussells anzuklagen. Offenbar hatte sie ihrer kleinen Tochter nicht nur den Wunsch nach einer Runde auf dem Karussell abgeschlagen, sie war auch sehr unfreundlich und gereizt wegen Sarahs Gequengel gewesen.

»Wenn ich wenigstens wüsste, sie ist in ihren letzten Stunden glücklich gewesen«, hatte Liz gesagt, als sie in dem kleinen Café am Marktplatz einander gegenüber saßen. Liz hatte einen Kaffee getrunken, Claire hatte sich nur einen Tee bestellt. Essen mochten sie beide nichts. Claire hatte seit Rachels Verschwinden ohnehin fast nichts mehr zu sich genommen. Ihr Magen fühlte sich an, als sei er fest verschlossen. »Wissen Sie, Claire, wenn ich sie vor mir sehen könnte, wie sie auf dem Karussell sitzt und laut schreit vor Glück, und ihre Haare fliegen im Wind. Es wäre leichter.« Dann war sie in Tränen ausgebrochen. Claire hätte ebenfalls gern geweint, aber sie konnte nicht. Sie saß nur wie erstarrt da, rührte mit mechanischen Bewegungen in ihrer Teetasse. Sie wusste, dass Ströme von Tränen darauf warteten, endlich aus ihr herausbrechen zu können, aber seit sie die Gewissheit hatte, dass Rachel nicht mehr wiederkommen würde, war es ihr nicht gelungen, zu weinen. Es war genau wie mit ihrem Magen: Die Tränen waren eingeschlossen, eingesperrt hinter irgendeiner Tür, die sich um keinen Millimeter bewegte. Claire wusste nicht, ob sie sich wünschen sollte, dass die Tür aufging. Es gab Momente, da sie sich vorstellen konnte, dass die Tränen sie erleichtern würden. Aber in weit stärkerem Maß hegte sie Angst vor dem, was sie jenseits der Starre erwartete. Sie litt, wie sie noch nie in ihrem Leben gelitten hatte, und doch wusste sie, dass sie mit dem ganzen Ausmaß ihres Schmerzes noch gar nicht in Berührung gekommen war. Er lauerte dort, wohin eine gnädige Macht sie noch nicht gelangen ließ.

Sie war nicht sicher, ob ihr die Begegnung mit Liz Alby irgendetwas gebracht hatte. Eigentlich hatte sie Liz auf den ersten Blick nicht besonders gemocht. Zu billig, zu gewöhnlich in ihrer ganzen Aufmachung, wenn auch vom Leid gezeichnet und daher sicher feinfühliger, als sie es zuvor gewesen war. Liz' Art zu sprechen und sich zu bewegen verrieten ihre einfache Herkunft. Zudem wurde es Claire, trotz Liz' Tränen und ihres ganz offensichtlich echten Kummers, rasch klar, dass die junge Frau keine enge, wohl nicht einmal im Ansatz liebevolle Beziehung zu ihrem Kind gehabt hatte. Die arme kleine Sarah war ein ungewolltes Kind gewesen, im falschen Moment in das Leben einer Frau geraten, die ihren Platz selbst noch nicht gefunden hatte und die das kleine, schreiende Geschöpf nur als Last und grausame Blockade für all ihre Ziele und Träume sah. Während sie ihren Selbstanklagen zuhörte, war Claire mehr als einmal der aggressive Gedanke gekommen, dass es Liz ganz recht geschah, was passiert war, denn offenbar hatte sie ohnehin ständig darüber nachgedacht, wie sie sich ihre kleine Tochter möglichst oft vom Leib halten könnte.

Aber warum ich? Es ist so ungerecht! Ich habe Rachel so sehr geliebt. Sie war mein erstgeborenes Kind, ein Wunder, die Erfüllung eines Traums. Sie war ein Geschenk des Himmels.

Es gab nicht einen einzigen Moment, da Robert und ich nicht dankbar dafür waren, mit ihr leben zu dürfen.

Aber dann wieder war sie über sich selbst erschrocken, denn es war nicht in Ordnung, so zu denken, und dieses schreckliche Schicksal hätte Liz Alby so wenig zustoßen dürfen wie irgendjemandem sonst. Vor allem hätte es der kleinen Sarah nicht passieren dürfen. Keinem Kind durfte etwas so Grausames geschehen.

Mit schleppenden Schritten bewegte sie sich von der Küche hinüber ins Esszimmer. Ein behaglicher Raum mit einem großen hölzernen Tisch, an dem Rachel oft gesessen und gemalt hatte. Das Esszimmer mit dem gemauerten Kamin, den geblümten Vorhängen und dem Blick in den immer etwas verwilderten, daher sehr verwunschen wirkenden Garten war viel mehr das Familienzimmer gewesen als das Wohnzimmer, das zur Straße hinausging. Hier hatten sie alle vier so viel Zeit verbracht. Zusammen Spiele gespielt, oder die Kinder hatten in seltener Einmütigkeit am Tisch Papierkleider für ihre Anziehpuppen gebastelt, während Robert und Claire in den Lehnstühlen am Kamin saßen und lasen. Ein Glas Wein tranken und sich leise unterhielten.

So würde es nie wieder sein. Auch wenn sie versuchen mussten, für die kleine Sue wieder ein Stück der ihr vertrauten, alten Welt herzustellen, wenn sie alles daran setzen mussten, ihr trotz allem eine schöne Kindheit zu schenken. Niemals würden sie aufhören können, die klaffende Wunde zu sehen, die Rachels Tod in die Familie gerissen hatte.

Am letzten Sonntag war hier für das Frühstück gedeckt gewesen. Cornflakes mit Milch und Obst für die beiden Mädchen, dazu Toastbrot und verschiedene Sorten Marmelade. Rachel hatte Kakao getrunken und danach wie immer einen dicken, dunkelbraunen Bart auf der Oberlippe gehabt. Trotz der Kontroverse wegen der Hausschuhe war sie fröhlich gewesen. Sie hatte sich auf den Gottesdienst gefreut.

Heute war der Tisch leer. Weder Claire noch Robert verspürten Hunger. Sue war noch immer in Downham Market. Sie mussten sie jetzt bald zurückholen. Sie hatte noch keine Ahnung, was geschehen war, wurde aber sicher langsam unruhig. Rachel war immer eifersüchtig auf Sue gewesen. Das gibt sich, hatte Claire dann gedacht, das ist ganz normal. Hatte das Vorhandensein der jüngeren Schwester Rachel mehr gequält, als ihre Eltern begriffen hatten? Was hieß schon *normal* in diesem Zusammenhang? Hätten sie verständnisvoller auf ihre Wutausbrüche der Kleinen gegenüber eingehen sollen? Sie ernster nehmen? Sie nicht herunterspielen und verharmlosen sollen?

Hätte, hätte, hätte... Für immer würde es nun dieses grausame *hätte* geben. Ohne die geringste Chance, noch irgendetwas an den Dingen zu ändern, wie sie nun einmal geschehen waren.

Als es leise an der Haustür klopfte, wandte sich Claire von dem Zimmer, zwischen dessen Wänden so unendlich viele Erinnerungen hingen, ab und trat in den Flur hinaus. Robert war oben im Arbeitszimmer, er hatte das Klopfen wohl nicht gehört. Claire öffnete die Tür ohne Angst. Zwar wollte sie unter keinen Umständen mit Journalisten sprechen, aber sie hätte sich nicht gefürchtet, einen Pressevertreter ohne Umschweife zum Teufel zu schicken. Es gab im Augenblick ohnehin praktisch überhaupt nichts, was ihr Angst eingeflößt hätte. Vielleicht war das zwangsläufig der Fall, wenn einem das Schlimmste bereits zugestoßen war.

Es war der Pfarrer ihrer Gemeinde, der sie besuchen kam, Ken Jordan. Er blickte sie etwas unsicher an. Schließlich gehörte sie nicht zu den Kirchgängern.

»Wenn ich ungelegen komme, dann sagen Sie es bitte«, bat er. »Ich möchte Ihnen keinesfalls lästig fallen. Aber ich dachte... da es heute genau eine Woche her ist, seit...«

»Müssten Sie nicht in der Kirche sein?«, fragte Claire.

Er lächelte. »Ich habe noch etwas Zeit.«

Sie bat ihn ins Wohnzimmer. Auf dem Bücherregal stand ein gerahmtes Foto von Rachel. Es war im vergangenen März auf einer Wanderung mit ihrer Schulklasse aufgenommen worden. Rachel trug einen roten Anorak, hatte windzerzauste Haare und strahlte über das ganze Gesicht.

»So ein hübsches, liebenswertes Mädchen«, sagte Ken.

Sie nickte. »Ja.«

»Und das ist Ihre andere Tochter?« Direkt neben Rachels Foto stand eines von Sue. Eine vergnügte Sue im letzten Jahr am Strand von Wells-next-the-Sea. Im blauen Badeanzug und mit einem weißen kleinen Stoffhut auf dem Kopf.

»Das ist Sue.« *Sag jetzt nicht, dass ich dankbar sein kann, sie wenigstens noch zu haben!*

Er sagte es nicht. Hier war nichts gegenzurechnen, und das wusste er.

»Bitte nehmen Sie doch Platz«, sagte Claire.

Er setzte sich auf das Sofa. Er sah eigentlich gar nicht wie ein Pfarrer aus, fand sie. Jeans, anthrazitgrauer Rolli, farblich passendes Jackett. Er war noch ziemlich jung.

»Rachel ist sehr gern sonntags in den Kindergottesdienst gegangen«, sagte sie, »sie mochte Donald Asher so gern. Am meisten liebte sie es, wenn er Gitarre spielte und die Kinder dazu sangen.«

Er lächelte. »Ja, Don kommt bei den Kindern gut an. Er hat eine intuitive Art im Umgang mit ihnen.«

»Ich habe gestern die Mutter von … von dem anderen Mädchen getroffen«, sagte Claire. Sie wusste selbst nicht, weshalb sie ihm das erzählte. Vielleicht, weil er eine vertrauenerweckende Ausstrahlung hatte. Vielleicht war es aber auch nur ihr Versuch, Konversation zu machen. Sie war dieser Typ. Sie funktionierte auch dann noch, wenn ihr sterbenselend zumute war. »Liz Alby. Die Mutter von Sarah Alby.«

»Ja. Ich weiß. Ein ebenso entsetzlicher Fall.«

»Sie macht sich schlimme Vorwürfe. Sie hat Sarah kurz vor… vor deren Verschwinden nicht erlaubt, Karussell zu fahren, obwohl die es sich so sehr gewünscht hat. Sie haben wohl gestritten deswegen. Das geht ihr jetzt sehr nach. Ich kann das verstehen. Den ganzen Morgen schon…« Sie biss sich auf die Lippen.

Er sah sie freundlich und verständnisvoll an. »Ja?«

»Den ganzen Morgen schon überlege ich, wie meine… letzten Stunden mit Rachel waren. Ob es irgendeinen Missklang gab. Ich war ungehalten, weil sie barfuß in die Küche kam. Wir haben dort einen Steinfußboden, und Rachel bekam so rasch Halsentzündung. Ich meine, ich habe nicht richtig mit ihr geschimpft, aber ich war verärgert, weil ich sie so oft schon gebeten hatte… Ich weiß nicht mehr ganz genau… ich meine, ich weiß noch, was ich sagte, aber ich erinnere mich nicht mehr genau an meinen Tonfall, ob ich sie anfuhr, oder ob ich nur ein bisschen genervt war…« Sie konnte nicht weitersprechen. Es war egal, ob sie sie angefahren, angemeckert oder sich nur ein wenig gereizt gezeigt hatte. Es war in jedem Fall überflüssig gewesen. Nur weil sie keine Schuhe anhatte! Es war so unwichtig. So schrecklich unwichtig.

Über den Couchtisch hinweg fasste Ken Jordan kurz nach ihrer Hand, drückte sie in einer beruhigenden, tröstenden Geste. »Machen Sie sich deswegen nicht verrückt, Claire. Jede Mutter verbietet ihren Kindern Dinge, die diese gern tun mögen. Jede Mutter schimpft, ist verärgert, weil die Kleinen nicht folgen. Und weil das häufig zu ihrem Nachteil ist. Es ändert doch nichts an der Liebe, die man empfindet. Sie waren voller Fürsorge gegenüber Rachel am vergangenen Sonntag. Es war Ihnen eben nicht gleichgültig, ob sie eine Halsentzündung bekommt oder nicht. Und selbst wenn Rachel vielleicht die Augen verdreht hat, als Sie mit diesen lästigen Hausschuhen anfingen, so hat sie doch Ihre Liebe und Sorge genau empfunden. Darauf können Sie sich verlassen.«

Seine Worte taten ihr gut, aber der Schmerz war zu heftig, zu frisch, als dass ein echter Trost möglich gewesen wäre. Im Moment konnte sie sich sowieso nicht vorstellen, dass es jemals einen Trost für sie geben konnte.

»Ich halte mich immer daran fest, dass sie sich so sehr auf den Kindergottesdienst freute an jenem Morgen«, sagte sie, »sie war ganz erwartungsvoll, wissen Sie. Wegen dieses Londoner Pfarrers, der irgendwelche Dias zeigen wollte. Sie konnte es gar nicht erwarten.«

Sie seufzte, sah Rachel vor sich in ihrer Aufgeregtheit und Fröhlichkeit. Sie war ungeheuer begeisterungsfähig gewesen, und Claire hatte diesen Zug besonders an ihr geliebt.

»Welcher Pfarrer?«, fragte Ken.

Sie sah auf, bemerkte, dass er die Stirn runzelte.

»Es sollte doch irgendein Pfarrer aus London kommen«, erklärte sie, »und Dias zeigen. Über... über Indien, glaube ich. Rachel war sehr gespannt darauf.«

»Das ist seltsam«, meinte Ken, »von einem solchen Projekt ist mir absolut nichts bekannt. Weder war ein anderer Pfarrer eingeplant noch ein Diavortrag. Für gewöhnlich spricht Don solche Dinge mit mir ab.«

»Aber Rachel hat ganz bestimmt davon geredet. Das weiß ich genau. Praktisch im Weggehen noch hat sie mir davon erzählt. Ich hatte noch gefragt, weshalb sie so fröhlich aussah... Rachel hat sich für alles interessiert, wissen Sie. Es gab nichts, was ihr gleichgültig gewesen wäre.«

Nun begann sie doch leise zu weinen. Es war jedoch nicht der erlösende Tränenstrom, es waren nur ein paar kleine, zaghafte Tränen. *Rachel. Ach, meine Rachel. Könnte ich dich doch einmal noch in den Armen halten. Dein Lachen hören und in deine strahlenden Augen blicken. Die zarten Sommersprossen auf deiner Nase bewundern. Könnte ich noch einmal deine heißen Wangen an meinen fühlen. Könnte ich nur einen Tag wenigstens mit dir noch bekommen!*

»Claire, es ist jetzt vielleicht nicht der richtige Moment, aber Sie sollten dieser Sache nachgehen«, sagte Ken. Er blickte sehr nachdenklich drein. »Ich bin fast überzeugt, dass nichts in dieser Art geplant war. Weder am letzten Sonntag noch irgendwann in der Zukunft. Donald Asher hat kein Wort über einen Diavortrag verloren. Mir fällt auch nichts ein, was Rachel falsch verstanden haben könnte. Mag sein, dass das alles einen ganz harmlosen Hintergrund hat, aber man sollte es nicht auf sich beruhen lassen.«

Sie hob den Kopf. Die Tränen waren schon wieder versiegt. Die Zeit des Weinens war noch fern.

»Das ist doch jetzt nicht mehr wichtig«, sagte sie.

Ken neigte sich vor. »Doch, Claire, das ist es. Denn diese Geschichte könnte in einem Zusammenhang mit Rachels Tod stehen. Ich werde selbst Nachforschungen anstellen. Als Erstes werde ich mit Don sprechen. Und wir müssen die Polizei informieren. Claire, Sie wollen doch auch, dass der Kerl gefasst wird, der Rachel und Ihnen so unvorstellbar Schreckliches angetan hat?«

Sie nickte. Sie war noch nicht so weit, dies wirklich zu wollen. In dem Meer des Schmerzes, durch das sie schwamm, war dieser Strohhalm noch nicht aufgetaucht. Der Strohhalm, für eine Gerechtigkeit nach Rachels Tod zu kämpfen.

Ken spürte das. Er sah sie sanft an. »Wie kann ich Ihnen helfen, Claire? Möchten Sie, dass wir zusammen beten?«

»Nein«, sagte sie.

Sie würde nie wieder in ihrem Leben beten.

3

Er hatte es Kim freigestellt, ob sie unter Livias Aufsicht in ihrem Elternhaus bleiben oder wieder zu Jack und Grace übersiedeln wollte, und Kim hatte sich für die ihr vertrauten Walkers entschieden. Er hatte sie am Mittag dort abgeliefert und angesichts von Graces heftiger Erkältung ein ziemlich schlechtes Gewissen verspürt, aber in ihrer netten Art hatte sie ihm dies sofort auszureden versucht.

»Wirklich, Sir, Kim ist wie unser Enkelkind, und ein Enkelkind kann zu seiner Großmutter, auch wenn die ein bisschen Schnupfen hat. Machen Sie sich nur keine Sorgen.«

»Ich muss leider nach London zurück ...«

»Natürlich.«

»Morgen beginnt die Schule wieder ...«

»Wir werden sie hinfahren und abholen. Das ist kein Problem. Zerbrechen Sie sich nicht den Kopf. Passen Sie vor allem auf sich selbst auf, Sir. Ich muss sagen, Sie gefallen mir gar nicht. Sie sind ja weiß wie eine Wand.«

Er hatte sich im Spiegel gesehen. Es stimmte, er sah zum Gotterbarmen aus. Ihn quälten heftige Kopfschmerzen. Seine Lippen waren grau, sein Mund zu einem Strich zusammengepresst.

»Nun ja. Die gegenwärtige Situation ist nicht ... ganz einfach.«

Sie hatte ihn mitfühlend gemustert. Oh, wie er dieses Mitgefühl hasste! Das Schlimme war, er würde noch jede Menge davon abbekommen. Wenn erst herauskam, was tatsächlich der Grund für Virginias Flucht gewesen war. »Ihre Frau ... hat sich immer noch nicht wieder gemeldet?«

»Nein«, behauptete er. Er hatte keine Lust, Grace Walker irgendetwas zu erklären, weder die Wahrheit noch irgendeine abgeschwächte Variante davon.

Mit seinem Leihwagen trat er den Rückweg nach London an. Er war in einem schrecklichen nervlichen Zustand, er wusste, es wäre besser gewesen, nicht mit dem Auto zu fahren. Aber still im Zug zu sitzen, zur Untätigkeit verdammt, erschien ihm völlig undenkbar. Beim Fahren war er wenigstens noch aktiv. Und da Sonntag war, herrschte wenig Verkehr, er kam gut durch.

Um vier war er in seiner Wohnung, wo er sich sofort einen großen Whisky einschenkte und in einem Zug austrank. Zum ersten Mal in seinem Leben hatte er das Bedürfnis, sich richtig zulaufen zu lassen. Sich zu besaufen, bis er nichts mehr spürte. Bis er nicht mehr wusste, wer er war. Oder Virginia. Bis er sich möglichst gar nicht mehr erinnerte, dass es überhaupt eine Frau in seinem Leben gab.

Der Alkohol verscheuchte die allerquälendsten Bilder in seinem Gehirn, die Bilder, die Virginia in leidenschaftlicher Umarmung mit Nathan Moor zeigten, aber er vermochte nicht das Vergessen zu bringen, das sich Frederic ersehnte. Plötzlich fühlte er sich von dem kindischen Wunsch beseelt, Unfrieden und Beunruhigung in den satten Liebesrausch zu bringen, der sich da oben in seinem Haus auf Skye abspielte. Er ging ans Telefon und gab ein Telegramm auf: *Bin wieder in London + terminliche Gründe + Kim bei Grace, die krank ist + morgen Schulanfang + dein Kind braucht dich + Frederic*

Er verachtete sich ein wenig, fand aber, dass er keineswegs die Unwahrheit sagte und dass es durchaus angebracht war, Virginia an ihre Mutterpflichten zu erinnern. Es war ohnehin mehr als befremdlich, dass sie sogar ihr Kind vergessen hatte. Was hatte Nathan Moor mit ihr gemacht? Was gab er ihr? Was sah sie in ihm?

Es war zum Wahnsinnigwerden. Er wusste, dass der Kerl nicht in Ordnung war, er wusste es einfach, und er war überzeugt, dass diese Einschätzung nicht mit seiner Eifersucht zusammenhing. Abgesehen davon, hatte er genügend Hinweise von Livia erhalten. Bestsellerautor! Es wäre zum Lachen, wenn man nicht heulen müsste.

Livia.

Er fand die Vorstellung, dass sie nun ganz allein in Ferndale wohnte, nicht besonders beruhigend, obwohl sie nicht im Mindesten der Typ war, der mit dem Silber durchbrennen würde. Er hätte sie nicht so einfach wegschicken können, zudem fand er, dass er nicht verpflichtet war, Nathans Gattin aus dem Weg zu räumen. Sollte sie ihn doch erwarten und ihm die Hölle heiß machen, wenn er von seinem kleinen Liebesabenteuer mit Virginia zurückkehrte. Leider nur war Livia ein so schrecklich verschüchtertes Mäuschen, allzu heftige Attacken würde ihr Mann nicht auszustehen haben.

Grace gegenüber hatte er sie als eine Urlaubsbekanntschaft bezeichnet, die sich einige Zeit in England aufhalten würde. Grace war zu höflich, näher nachzufragen, aber sicherlich gingen ihr die verschiedensten Gedanken durch den Kopf. Von Kim wusste sie bestimmt längst, dass auch Nathan in Ferndale logiert hatte. Durch das urplötzliche Verschwinden Virginias mochte sie am Ende sogar Schlüsse ziehen, die durchaus in die Nähe der Wahrheit kamen. Vielleicht besprach sie sich mit Jack, der seinen Chef womöglich bereits insgeheim als den *Gehörnten* titulierte.

Gegen halb sechs Uhr hielt es Frederic in seiner Wohnung nicht mehr aus. Draußen herrschte regnerisches Wetter. Er zog seine Barbourjacke an und verließ das Haus, lief durch die Straßen und gelangte schließlich zum Hyde Park. Trotz des unangenehmen Nieselregens in der Luft hielten sich hier erstaunlich viele Menschen auf. Jugendliche Skateboardfahrer, Familien mit Kindern, ältere Menschen, die pflichtschuldig die ihnen ärztlich verordnete Runde drehten. Und Liebespaare. In der Hauptsache sah er Liebespaare. Hand in Hand oder eng umschlungen schlenderten sie über die Wege, blieben stehen, küssten einander, vergaßen sichtlich die Welt um sich herum. Mit geschärftem Blick erkannte er, dass viele von ihnen wie verzaubert wirkten, eingesponnen zu zweit in einen Kokon, der sie der Welt und all ihrem banalen Treiben entfernte. Er überlegte, aber es fielen ihm keine Situationen ein, die ihn und Virginia in dieser Abgekehrtheit, in dieser völligen Fixierung aufeinander gezeigt hätten. Nicht einmal in ihrer allerersten Zeit. Und wenn er ganz ehrlich war, dann wusste er, dass er, was Virginia betraf, durchaus jene Verzauberung gespürt hatte, die er nun auf den Gesichtern der jungen Menschen ringsum wahrnahm. Aber er war allein gewesen damit. Er hatte sie geliebt, begehrt, bewundert. Er hatte sie angebetet. Er war verrückt nach ihr gewesen. Und in diesem Strudel starker, ihn mitreißender Gefühle hatte er überhaupt nicht bemerkt, wie schwach die Resonanz auf der anderen Seite ausfiel. Es kamen Lippenbekenntnisse zurück – obwohl sie keineswegs allzu häufig ein *Ich liebe dich* hervorgebracht hatte –, und sie hatte ziemlich rasch eingewilligt, seine Frau zu werden. Aber während er geglaubt hatte, sterben zu müssen, wenn sie ihn nicht heiratete, war sie gleichmütig gewesen, am Tag der Trauung so in sich gekehrt wie sonst auch.

Er starrte ein junges blondes Mädchen an, das an den Lippen eines langhaarigen Mannes hing und fasziniert den Worten zu lauschen schien, die er sprach. Natürlich stimmte es nicht, wenn er es sich richtig überlegte, dass er nichts bemerkt hatte. Ja, genau genommen war er sogar manchmal unglücklich gewesen über die Kühle, die von ihr ausging. Aber er hatte ihre Art verantwortlich gemacht, ihre Neigung zur Schwermut, die Melancholie, die tief in ihr wurzelte. Keine Sekunde lang hatte er in Erwägung gezogen, es könnte ein Mangel an Gefühlen für ihn sein, was diese Distanz erzeugte. Wahrscheinlich hatte er es auch nicht in Erwägung ziehen wollen. Dafür war seine Liebe zu groß gewesen, hatte ihn zu sehr mitgerissen. Er, der er sich immer als einen sachlichen Vernunftmenschen beschrieben hätte, war so gefesselt gewesen von einer Frau, dass er sich die Wahrheit verschönte und zurechtrückte, bis sie genau passte, und er hatte von diesem Vorgang in sich nicht einmal etwas bemerkt. Er war das Paradebeispiel für perfekte Verdrängung. Und das Ende vom Lied war, dass er an einem regnerischen Septembertag im Hyde Park stand, frustriert und müde den Liebespaaren zusah und dabei wusste, dass sich seine Frau, die Frau, die er mehr liebte als alles andere auf der Welt, in seinem Ferienhaus auf den Hebriden von einem hergelaufenen, zwielichtigen Typen beglücken ließ und womöglich gar nicht zu ihm zurückkehren würde. Denn wieso sollte er annehmen, dass sie das tat? Die ganzen Stunden über hatte er sich ausgemalt, wie sie reuevoll vor ihm stehen würde, nachdem Moor sie wie eine heiße Kartoffel hatte fallen lassen, wie sie reden und diskutieren würden, wie er Erklärungen fordern und sie auch bekommen würde – und wie sie sich am Ende wiederfinden würden.

Und wenn sie nicht kam?

Und wenn ich sie nicht zurücknehmen kann?, fragte er sich.

Er tat ein paar Schritte zu einer Bank, die nass glänzte im Regen, ließ sich schwerfällig darauf fallen. Er sehnte sich eine Flasche Wodka herbei. Schöner, hochprozentiger Alkohol. Er wollte wie ein Penner auf einer Bank sitzen und das scharfe Zeug seine Kehle hinunterrinnen lassen. Um nicht darüber nachdenken zu müssen, dass er Virginia vielleicht für immer verloren hatte.

Oder dass seine eigenen Gefühle die ihnen aufgebürdete Last nicht würden tragen können.

Das konnte ebenfalls passieren, und es war vielleicht die schlimmste aller vorstellbaren Möglichkeiten.

4

Es war fünf Uhr am Nachmittag, als Ken Jordan an der Haustür der Familie Lewis klingelte. Er kannte Margaret und Steve Lewis, Julias Eltern, recht gut; sie waren aktive Mitglieder der Gemeinde und verzichteten kaum einen Sonntag auf den Kirchenbesuch. Er wusste, dass Julia eng mit Rachel Cunningham befreundet gewesen war. So verwunderte es ihn nicht, dass Margaret Lewis verweinte Augen hatte, als sie ihm öffnete. Sie hatte schon am Vormittag während seiner Predigt, in der er ausführlich über Rachel und ihr schreckliches Schicksal gesprochen hatte, immer wieder leise vor sich hin geschluchzt.

»Ich hoffe, ich komme nicht völlig ungelegen«, sagte Ken, »aber es ist sehr wichtig.«

Sie ließ ihn eintreten. »Nein, im Gegenteil, ich bin froh, Sie zu sehen, Herr Pfarrer. Ich muss heute den ganzen Tag weinen. Vielleicht, weil es genau vor einer Woche war, als…« Sie biss sich auf die Lippen. Ihre Stimme versagte.

»Wir alle können es nicht fassen«, sagte Ken.

»Wer tut so etwas? Wer tut etwas so Furchtbares?«

»Derjenige muss krank sein«, sagte Ken. »Ein schwer kranker Mensch.«

Er folgte ihr ins Wohnzimmer. An dem kleinen, runden Tisch im Erker saß Steve Lewis vor einer Tasse Tee. Er erhob sich. »Herr Pfarrer! Wie schön, dass Sie uns besuchen. Setzen Sie sich bitte.«

Ken nahm Platz, und Margaret brachte eine weitere Tasse und schenkte ihm Tee ein.

»Vor allen Dingen möchte ich mit Julia sprechen«, sagte Ken, »aber zuvor eine Frage an Sie: Hat Julia vor dem Kindergottesdienst in der letzten Woche etwas von einem geplanten Diavortrag erwähnt? Den ein Pfarrer aus London halten sollte?«

Margaret und Steve sahen ihn verwirrt an. »Nein. Sie hat nichts dergleichen erwähnt.«

»Ich möchte mich nicht in die Arbeit der Polizei einmischen«, sagte Ken, »oder auf dilettantische Art Detektiv spielen. Aber ich wurde stutzig. Ich war heute früh bei Rachels Mutter.« Kurz berichtete er, was Claire erzählt hatte. »Heute am frühen Nachmittag erreichte ich endlich Donald Asher. Es hätte ja sein können, dass er irgendetwas geplant, mir aber nichts erzählt hatte, obwohl das sehr ungewöhnlich gewesen wäre. Tatsächlich war aber auch Don nichts von einem Diavortrag bekannt. Er hat keine Ahnung, was Rachel gemeint haben könnte. Und nun denke ich…«

»Ja?«, fragte Steve mit gespannter Aufmerksamkeit.

»Vielleicht ist das ganz dumm. Aber es könnte doch sein, dass es da einen Zusammenhang gibt. Zwischen Rachels Verschwinden und ihrer Ermordung und diesem eigenartigen… Gerede von einem ominösen Pfarrer aus London, den weder Asher noch ich kennen.«

»In der Tat ist das seltsam«, stimmte Steve zu.

»Ich hole Julia«, sagte Margaret.

Julia kam aus ihrem Zimmer herunter. Sie sah blass aus und nicht mehr so fröhlich wie noch eine Woche zuvor. Ihre beste Freundin war tot und würde nie mehr wiederkommen. Ken Jordan hatte den Eindruck, dass Julia fast noch unter Schock stand.

»Der Pfarrer möchte dich sprechen, Julia«, sagte Margaret.

Sie starrte ihn aus großen Kinderaugen an. Er fragte sich plötzlich, was diese Geschichte aus ihr und ihrem Leben machen würde.

Er lächelte sie an. »Nur eine kurze Frage, Julia. Dann kannst du gleich wieder nach oben zum Spielen gehen.«

»Ich spiele nicht«, korrigierte ihn Julia.

»Nein?«

»Nein. Ich denke an Rachel.«

»Du hast Rachel sehr lieb gehabt, nicht?«

Julia nickte heftig. »Sie war meine beste Freundin.«

»Die beiden waren ja fast wie Schwestern«, meinte Margaret.

»Wie Schwestern…«, sagte Ken. »Dann habt ihr einander alles anvertraut, stimmt's? Ich wette, du wusstest alles über Rachel. Vielleicht sogar mehr als Rachels Mum und ihr Dad?«

»Ja«, sagte Julia.

»Dann hat Rachel dir bestimmt auch von dem Diavortrag erzählt? Den ein Pfarrer aus London bei euch im Kindergottesdienst halten wollte?«

Julias Augen weiteten sich. Ein Flackern huschte durch ihren Blick.

Volltreffer, dachte Ken.

»Sie hat dir davon erzählt?«, hakte er nach.

Julia schwieg. Sie starrte auf ihre Fußspitzen.

»Julia, wenn du etwas weißt, musst du es sagen«, mahnte Steve, »das ist sehr wichtig.«

»Donald Asher weiß nichts von solch einem Vortrag«, fuhr Ken fort, »und das bedeutet, dass Rachel es von irgendjemand anderem gehört haben muss. Jemand hat ihr davon erzählt. Weißt du, wer das war?«

Julia schüttelte heftig den Kopf.

»Aber du weißt, *dass* ihr jemand davon erzählt hat?«

Julia nickte. Immer noch sah sie keinen der Erwachsenen an.

»Bitte, Julia, sag uns, was los ist«, bat Margaret, »vielleicht hilft es, den Menschen zu finden, der Rachel... der Rachel etwas so Schlimmes angetan hat.«

Mit kaum hörbarer Piepsstimme sagte Julia: »Ich habe Rachel versprochen...«

»Was?«, fragte Ken behutsam. »Was hast du Rachel versprochen? Mit niemandem über den Pfarrer aus London zu sprechen?«

Wieder ein Nicken.

»Aber weißt du, ich bin sicher, dass Rachel nun nichts mehr dagegen hat, wenn du dein Versprechen brichst. Vielleicht ist jemand sehr böse zu ihr gewesen. Hat sie gequält. Jemand, dem sie vertraut hat. Sie würde wollen, dass dieser Mensch bestraft wird.«

»Julia, du musst sagen, was du weißt«, sagte Steve, »du bist ein großes Mädchen, und du verstehst, dass das wichtig ist. Nicht wahr?«

Julia nickte erneut. Es hatte nicht den Anschein, als verstehe sie die Bedeutung, die die Erwachsenen ihrer Aussage zuschrieben, aber sie begriff das besorgte Drängen, und es hatte beruhigend geklungen zu hören, dass Rachel nichts dagegen hätte, wenn sie ihr Schweigegelübde brach.

»Der… der Mann hat Rachel gesagt, dass er uns Bilder zeigt. Diabilder. Über die Kinder in Indien.«

Alle hielten den Atem an.

»Welcher Mann?«, fragte Ken.

Endlich hob Julia den Blick. »Der Mann vor der Kirche.«

»Hast du ihn auch gesehen?«, fragte Margaret. Sie hatte hektische rote Flecken im Gesicht bekommen. »Oder mit ihm geredet?«

»Nein.«

»Rachel hat ihn allein getroffen?«

»Ja. An einem Sonntag bevor… bevor… das passiert ist. Vor ein paar Wochen schon. Als sie zum Kindergottesdienst wollte. Er war in der Straße vor der Kirche.«

»Und hat sie angesprochen?«

»Ja. Er hat sie gefragt, wo sie hingeht und ob sie ihm vielleicht helfen könnte…«

»Und dann?«

Julia schluckte. »Dann hat er gesagt, dass er ein Pfarrer aus London ist und ganz tolle Bilder bei uns im Kindergottesdienst zeigen will. Über Kinder in Indien. Aber es soll eine Überraschung sein, und er muss sich darauf verlassen, dass Rachel keinem etwas erzählt. Nicht mal ihrer Mum und ihrem Dad, weil die es dann wieder jemand anderem erzählen, und plötzlich wissen es alle.«

»Hm«, machte Ken, »und Rachel wollte natürlich alles richtig machen und kein Spielverderber sein?«

Julia senkte den Kopf. »Sie hat es dann trotzdem mir erzählt. Als sie von ihrer Ferienreise zurückkam.«

»Oh – aber du warst ja auch ihre beste Freundin! Der besten Freundin erzählt man immer alles, das hätte auch der fremde Mann wissen müssen. Das ist ganz etwas anderes als mit den Eltern.«

»Ja?«, fragte Julia hoffnungsvoll. Offensichtlich wollte sie auf keinen Fall etwas Schlechtes über die tote Rachel sagen.

»Da kannst du ganz beruhigt sein. Wann hat sie dir von all dem erzählt?«

»Erst… erst am Samstag. An dem Samstag bevor… sie verschwunden ist. Sie war gerade aus den Ferien zurückgekommen und hat mich gleich besucht.«

»Wollte sie den fremden Mann noch mal treffen?«

»Ja. Er hat gesagt, er braucht eine Assistentin. Und das soll sie sein. Und sie soll ihn vor dem Kindergottesdienst im Chapman's Close treffen. Er zeigt ihr dann, was sie genau machen muss, und nimmt sie im Auto mit zum Kindergottesdienst.«

Margaret schloss für Sekunden die Augen. Steve atmete tief.

»Chapman's Close«, sagte Ken. Eine Straße, an deren Anfang sich ein paar Wohnhäuser befanden. Weiter hinten gab es dann nur noch Wiesen rechts und links, und am Ende ging sie in einen Feldweg über. Wenn ein Mann dort ein kleines Mädchen in sein Auto steigen ließ, konnte er ziemlich sicher sein, dass ihn niemand dabei beobachtete. Und er konnte zuvor in einer der angrenzenden Nebenstraßen warten und sich vergewissern, dass sein Opfer wirklich allein kam. Andernfalls hatte er genügend Möglichkeiten, sich unauffällig aus dem Staub zu machen. Ein einfacher Plan, der keine allzu großen Risiken barg.

»Ich war sauer auf sie«, sagte Julia. In ihren Augen blitzten Tränen. »Wir haben uns gestritten.«

Ken ahnte, weshalb. »Du hättest auch gern so eine Aufgabe gehabt, nicht? Assistentin von einem wichtigen Mann sein.«

»Ja. Ich war… richtig böse auf sie!« Jetzt rollten die Tränen über Julias Wangen. »Ich fand es so ungerecht. Immer Rachel! Immer passierten ihr so tolle Sachen. Ich dachte, ich platze, wenn sie da vorn steht und dem Mann mit den Dias helfen darf. Und ich muss mit den anderen Kindern hinten sitzen. Ich wollte gar nicht mehr zum Kindergottesdienst gehen.«

»Dann kamen dir deine Halsschmerzen ganz gelegen, oder?«

Sie weinte heftig. »Es war gar nicht so schlimm. Es war nur

ein … kleines bisschen Halsweh. Ich habe zu Mum gesagt, dass ich ganz schöne Schmerzen habe, aber das hat gar nicht gestimmt. Ich wollte nicht dorthin, auf keinen Fall. Ich war so neidisch. Dabei …«

»Ja?«

Julia wischte sich mit dem Ärmel ihres Pullovers über das nasse Gesicht. »Dabei war Rachel so lieb. Sie hat schließlich gesagt, dass ich mitkommen darf. Zum Chapman's Close. Sie wollte den Mann fragen, ob er mich nicht auch brauchen kann. Aber ich war schon so sauer. Ich habe gesagt, ich will nicht.«

»O mein Gott«, rief Margaret leise.

Alle schwiegen. Alle drei Erwachsenen dachten das Gleiche: Was, wenn Julia Rachel begleitet hätte? Hätte sie deren grausames Schicksal geteilt? Oder, was wahrscheinlicher erschien, hätte der Fremde das Weite gesucht, wenn ein zweites kleines Mädchen auftauchte? Könnte Rachel noch fröhlich unter ihnen weilen, hätte es nicht den Streit zwischen ihr und Julia gegeben?

Aber ohne den vorangegangenen Streit hätte Rachel wahrscheinlich gar nicht vorgeschlagen, ihre Freundin mitzunehmen, dachte Ken Jordan und rieb sich die Augen, die vor Erschöpfung brannten. Die letzte Viertelstunde hatte ihn völlig ausgelaugt.

»Wir werden das der Polizei melden müssen«, sagte er zu Steve und Margaret, »und vermutlich werden die auch noch einmal mit Julia sprechen wollen. Es tut mir leid, aber …«

»Das ist völlig in Ordnung«, stimmte Steve rasch zu, »wir möchten doch auch, dass der Typ gefasst wird, und vielleicht trägt Julias Aussage etwas dazu bei.«

»Warum hast du uns bloß nichts erzählt?«, wandte sich Margaret an ihre Tochter. Sie weinte. »Warum habt ihr beiden Mädchen nichts davon gesagt? Ich habe dir immer wieder erklärt, dass du dich von Fremden nicht ansprechen lassen darfst. Und Rachel hat das von ihrer Mutter bestimmt auch tausendmal gehört. Warum...«

»Nicht jetzt, Margaret«, unterbrach Steve leise, »das nützt jetzt nichts. Wir müssen später in Ruhe darüber reden.«

Ken wandte sich noch einmal an Julia. Er hatte wenig Hoffnung, dass sie ihm diese Frage beantworten konnte, aber er wollte sie trotzdem stellen.

»Hat Rachel dir erzählt, wie der Mann aussah?«

Julia nickte. »Ganz toll, hat sie gesagt. Wie einer aus dem Film.«

Ken, Steve und Margaret sahen einander an. Das konnte stimmen oder auch nicht. Vermutlich hatte Rachel die ganze Geschichte etwas aufgebauscht und aus ihrem Mörder einen Mister Universum gemacht. Aber auch wenn es sich tatsächlich um einen Adonis handelte – was nützte es?

Nichts, dachte Ken Jordan. Die Polizei weiß dann nur, dass Rachel von einem Mann ermordet wurde, der gut aussieht.

Trotzdem würde er, Sonntag hin oder her, sofort von daheim bei der Polizei anrufen. Vielleicht konnten die aus dem dürftigen Material mehr machen, als er vermutete.

5

Der Himmel über Skye war von einem stählernen, kalten, unverschleierten Blau. Der Sturm hatte im Lauf des Tages die letzten Wolken verblasen. Die Luft war klar wie ein Diamant. Das Meer spiegelte den Himmel, trug dicke weiße Schaumkronen auf seinen aufgewühlten Wellen. Die Sonne neigte sich dem westlichen Horizont zu. Nicht mehr lange, und dieser würde in pastellige Farben getaucht sein, die langsam emporsteigen und nach und nach die ganze Insel umhüllen würden, ehe die Nacht kam.

Die zweite Nacht. Die zweite Nacht mit Nathan.

Virginia war allein zu einem Spaziergang aufgebrochen. Sie wollte ein paar Stunden für sich sein, und Nathan hatte dieses Bedürfnis bei ihr gespürt, ohne dass sie es hätte in Worte fassen müssen. Er hatte erklärt, etwas Holz zu hacken, damit sie genügend Nachschub für den Kamin hatten. Sie hatte ihm einen dankbaren Blick zugeworfen, und er hatte gelächelt.

Sie war über eine Stunde am Meer entlanggelaufen, über die lang gestreckte Hochfläche von Dunvegan Head, ohne einem Menschen zu begegnen, sie hatte sich völlig frei allen ihren Gedanken überlassen können. Irgendwann hatte sie angefangen, diese Gedanken zu ordnen.

Ich liebe Nathan.

Diese Liebe hat irgendetwas in mir verändert. Ich habe das Gefühl, nach langen Jahren wieder zu leben.

Ich habe ihm Dinge von mir erzählt, die niemand sonst weiß, auch nicht und schon gar nicht Frederic.

Ich werde ihm von meiner Schuld erzählen.

Ich möchte nicht wieder zurück in mein altes Leben.

Ich will dieses Gefühl von Freiheit, von Glück, von Lebendigkeit nie wieder hergeben.

Ich werde alles umstürzen. Ich werde Frederic verlassen. Ferndale. Vielleicht sogar England.

Alles, alles hat sich verändert.

Der Stand der Sonne sagte ihr, dass es besser wäre, an den Heimweg zu denken, wenn sie nicht von der Dunkelheit überrascht werden wollte. Sie freute sich auf den Abend. Auf das kleine, gemütliche Wohnzimmer. Das prasselnde Kaminfeuer. Den Wein. Nathans Zärtlichkeit. Sie sehnte sich schon wieder danach, mit ihm zu schlafen. Sie konnte nicht genug davon bekommen.

Frederic hatte schrecklich geklungen am Telefon. Zu Tode verletzt. Schockiert. Verzweifelt. Trotzdem stand für sie fest, dass sie den eingeschlagenen Weg weitergehen würde. Sie hatte gar keine Wahl. Sie atmete anders als zuvor. Sie träumte anders. Sie hätte das Leben umarmen, es an sich pressen mögen.

Der Wind wehte ihr ins Gesicht, als sie umkehrte. Zwar hatte der Sturm deutlich nachgelassen, aber dennoch musste sie sich sehr anstrengen, um vorwärts zu kommen. Die Luft war kalt, sie schlug den Kragen ihrer Jacke hoch.

Skye würde sie auch verlieren. Egal. Sie und Nathan würden sich ein neues Skye suchen. Solange sie zusammen waren, war alles in Ordnung.

Warum nur hatte sie sich so tot gefühlt an Frederics Seite? Weil sie ihn nicht geliebt hatte? Weil sie sich von seiner Zuneigung, seiner aufrichtigen Liebe, manchmal wie erschlagen gefühlt hatte? Weil sie oft wie erstickt gewesen war von ihrem Schuldgefühl ihm gegenüber? Vielleicht hatte sie immer gewusst, dass sie ihm eines Tages davonlaufen würde. Vielleicht hatte sie immer gewusst, dass er nicht der Mann war, mit dem sie ihr Leben verbringen konnte. Vielleicht hatte sie wie tot sein müssen, um diese Gedanken nicht an die Oberfläche gelangen zu lassen. Vielleicht hatte sie sich hinter den hohen Bäumen von Ferndale House einfach nur vor der Wahrheit versteckt.

Und nie, nicht in ihren kühnsten Gedanken, hatte sie die Möglichkeit erwogen, ihm *alles* über sich, über ihr Leben, über ihre Schuld zu erzählen. Er wusste, dass sie einige Jahre mit ihrem Cousin zusammen in einer eheähnlichen Beziehung gelebt hatte, er wusste von dem tragischen Tod des kleinen Tommi und von Michaels Verschwinden bei Nacht und Nebel, von seinem Untertauchen in die totale Versenkung. Andeutungsweise hatte sie ihm sogar einmal von ihren Gefühlen danach berichtet – von ihren quälenden Schuldgefühlen, weil sie Erleichterung verspürt hatte, als Michael nicht mehr da war, und weil sie nie nach ihm gesucht, ihn ganz und gar seinem ungewissen Schicksal überlassen hatte. Aber mehr wusste er nicht. Er kannte nicht ihre wilden Londoner Jahre, ihre vielen Affären, ihre Drogengeschichten. Er wusste nichts über Andrew. Nie wäre es ihr in den Sinn gekommen, dies alles ihm gegenüber zu erwähnen. Vielleicht hatte es einfach an seiner Art gelegen. Er war so konservativ, so angepasst an Recht und Ordnung, hielt sich immer an die Regeln, nach denen man Dinge tun durfte oder nicht. Was er von der Vergangenheit seiner Frau wusste, war sorgfältig gesiebt und gefiltert. Ein blasses Bild, schemenhaft fast, voller Lücken, die mit Nebel gefüllt waren. Und offenbar hatte ihn das nie gestört. Er kannte die Frau nicht, mit der er verheiratet war, mit der er ein Kind hatte, mit der er sein Leben bis zum Ende hatte leben wollen. Er kannte sie nicht, weil er sich mit den wenigen Brocken zufrieden gab, die sie ihm hinwarf.

Und sie würde ihm auch nicht erzählen, was da noch gewesen war. Zwischen ihr und Michael. Nicht einmal Nathan hatte sie bislang davon berichtet. Aber sie wusste, dass sie es tun würde. Nathan würde alles über sie erfahren.

Weil Nathan nicht feige ist, dachte sie, nicht zu feige, auch die hässlichen Farben im Bild einer Frau zu ertragen.

Der Himmel hatte die herrlichen Pastellfarben angenommen, die Virginia so liebte. Sie blieb stehen, schaute über das Wasser. Am Horizont stiegen Streifen in blassem Rosa, zartem Lila, sanftem Rot auf, verschmolzen mit dem Blau des Himmels, nahmen ihm die Leuchtkraft. Die Sonne war zu einem glühend orangefarbenen Ball geworden, der seine Strahlen bei sich behielt und bald langsam ins Meer sinken würde. Die Luft wurde kälter, die Schreie der Möwen lauter.

Sie würde Kim den Vater nehmen. Sie würde die sichere Welt, in der ihr Kind bislang aufgewachsen war, einstürzen lassen. Zweifellos lud sie eine große Schuld auf sich, hatte sie bereits auf sich geladen, als sie ausbrach, nach Skye fuhr, fast zwei Tage lang durch ganz England raste, um sich so weit von ihrem Leben zu entfernen, wie es nur möglich war. Als sie sich in Nathans Arme stürzte. Sie betrog nicht nur Frederic, sie betrog auch Kim. Vielleicht würde sie irgendwann jemand deswegen zur Rechenschaft ziehen. Vielleicht musste sie für ihre Schuld bezahlen. Sie konnte dennoch den Weg nicht verlassen, den sie eingeschlagen hatte.

Schon von weitem sah sie den Rauch aus dem Schornstein des Cottage steigen, sah den Lichtschein hinter den Fenstern, der sie warm und freundlich in der immer schneller einfallenden Dämmerung willkommen hieß. Sie beschleunigte ihre Schritte. Sie wollte zu ihm.

Er kniete im Wohnzimmer neben dem Kamin, schichtete die Holzscheite, die er gehackt hatte, an der Wand entlang auf. Er schien sehr auf seine Arbeit konzentriert zu sein.

»Nathan!«, sagte Virginia.

Er blickte hoch.

»Virginia!« Er stand auf, trat auf sie zu. Er lächelte. »Du siehst hübsch aus. Ich mag es, wenn du so rote Wangen hast und deine Haare zerzaust sind.«

Etwas verlegen über das Kompliment fuhr sie sich mit der Hand über ihre wirren Haare. »Es ist ziemlich kalt draußen. Und recht stürmisch.«

»Hm.« Er trat noch dichter an sie heran, beugte sich hinab, vergrub seine Nase an ihrem Hals. »Du riechst wunderbar. Nach Meer. Nach Wind. Nach allem, was ich liebe.«

Sie schaute ihn an. Sie wusste, dass ihre Augen idiotischerweise verklärt leuchteten, aber sie konnte es nicht ändern. Er lächelte schon wieder. In seinem Lächeln konnte sie erkennen, dass er um seine Wirkung auf sie genau wusste.

»Irgendwie«, sagte er, »habe ich nicht so große Lust, heute Abend schon wieder eine Konserve aufzumachen und in das immer gleiche Kaminfeuer zu blicken. Wie wäre es, wenn wir in ein Pub gingen? Ich habe riesigen Appetit auf Bohnen, Lammkoteletts und ein dunkles Bier!«

Sie erschrak. »Ich glaube, ich habe hier auch eine Dose Bohnen«, sagte sie hastig und machte schon einen Schritt in Richtung Küche. Nathan hielt sie am Arm fest.

»Darum geht es doch gar nicht. Ich möchte mit dir ausgehen.«

»Das ist kaum die richtige Jahreszeit zum Ausgehen auf Skye. Außerhalb der Saison haben die meisten Pubs hier geschlossen.«

»Also wirklich, Virginia! Als ob die Menschen auf Skye auch nur einen Tag ohne ihre Pubs, ihren Whisky und ihre Musik auskämen! Es haben genügend Kneipen geöffnet. In Portree kenne ich ein paar. Wie wäre es mit dem *Portree House*? Da gibt es übrigens auch fantastischen Fisch!«

Sie seufzte. Er war doch sonst so feinfühlig. »Ich finde das einfach keine gute Idee«, meinte sie unglücklich.

Er lächelte nun nicht mehr. »Aha«, sagte er, »ich werde versteckt, nicht wahr? Mit mir kann man an einsamen Stränden entlangspazieren, daheim am Kamin sitzen oder hinter fest verschlossenen Türen stundenlang vögeln, aber nach draußen soll möglichst nichts dringen. Man würde uns sehen, wenn wir irgendwo essen gehen. Du bist bekannt auf der Insel. Es würde Gerede und Getuschel geben. Stimmt's?«

Langsam streifte sie ihre Jacke ab, hängte sie über eine Stuhllehne. Ihr Gesicht glühte. »Nathan, es geht doch nicht darum, dass ich dich auf Dauer verstecken will. Oder unsere Beziehung. Im Gegenteil. Aber müssen wir das Frederic antun? Zu diesem Zeitpunkt? Hier auf der Insel? Es ist sein Haus. Er wird immer wieder herkommen. Die Leute wissen, dass ich noch im August hier mit ihm die Ferien verbracht habe. Es ist gerade Anfang September, und schon bin ich mit einem anderen Mann hier. Müssen wir ihn so bloßstellen?«

Er zuckte die Schultern. »Du bist sehr besorgt um ihn.«

»Er hat mir doch nichts getan. Es gibt absolut nichts, was ich ihm vorwerfen könnte. Ich tue ihm schon so sehr weh. Muss ich es noch schlimmer machen, indem ich ihn auf Jahre dem Getuschel der Menschen auf Skye aussetze?«

Er war verärgert, aber sie hatte den Eindruck, dass es ihm

nicht wirklich darum ging, unbedingt in einem Restaurant zu essen. Das Ganze war eher eine Machtprobe. Er verlor sie, und das machte ihn wütend.

Besänftigend strich sie über seinen Arm. »He«, sagte sie leise, »lass uns nicht streiten, okay? Lass uns ein Glas Wein trinken und dann...«

Er schüttelte ihre Hand ab. »Auf dem Tisch liegt ein Telegramm für dich«, sagte er mürrisch.

»Ein Telegramm? Von wem?«

»Keine Ahnung. Glaubst du, ich lese Post, die für dich bestimmt ist?«

Sie nahm den braunen Umschlag vom Tisch. Das Kuvert war nicht zugeklebt, die Lasche nur eingesteckt.

»Ach, du lieber Gott«, sagte sie leise, nachdem sie gelesen hatte.

Nathan sah sie fragend an. »Und? Von wem ist es?«

»Von Frederic. Aus London.« Sie las vor: »*Bin wieder in London + terminliche Gründe + Kim bei Grace, die krank ist + morgen Schulanfang + dein Kind braucht dich + Frederic.*«

»Sehr wirkungsvoll«, sagte Nathan, »er benutzt das Kind, um dich aus meinen Armen zu reißen. Ich frage mich nur, was er sich davon verspricht? Auf diese Weise würde ich eine Frau nicht zurückgewinnen wollen.«

»Ich glaube, das denkt er sich so auch nicht. Er musste tatsächlich nach London, Grace ist wahrscheinlich wirklich krank, und es ist auch nicht zu leugnen, dass morgen die Schule beginnt.« Virginia biss sich auf die Lippen. »Ich fürchte, Nathan, ich muss zurück.«

»Er hat dich ganz gut im Griff, muss ich sagen.«

»Kim ist erst sieben. Und wenn Grace tatsächlich krank ist...«

»Dann ist immer noch ihr Mann da.«

»Aber der ist vielleicht überfordert. Er muss sich um seine Frau kümmern und...«

»…und Kim morgens zur Schule bringen und irgendwann am Nachmittag wieder abholen. Lieber Gott, das ist doch zu schaffen! Grace liegt bestimmt nicht im Sterben. Vielleicht hat sie einen Schnupfen, aber den wird sie sicher überleben.«

»Nathan, ich habe ein Kind. Ich kann nicht einfach…«

»Dass du ein Kind hast, wusstest du auch am Donnerstag, als du dich zu dieser Flucht entschlossen hast.«

Plötzlich ebenfalls wütend fuhr sie ihn an: »Was soll ich denn tun? Du hast es leichter. Du hast viel weniger zurückgelassen!«

»Oh – eine kranke Ehefrau immerhin auch.«

»Die ist dir doch so egal wie… wie…« Sie suchte nach einem Vergleich.

Nathan lächelte, aber es war kein warmes Lächeln wie zuvor. Es war zynisch und kühl. »Wie was?«

»Wie der berühmte Sack Reis, der in China umfällt! Erzähl mir doch nicht, dass du dich in Gewissensbissen windest, seit du das erste Mal mit mir geschlafen hast!«

»Keineswegs. Aber so einfach, wie du es darstellst, ist es auch wieder nicht. Ich mache mir durchaus Gedanken um Livia, aber ich finde nicht, dass das ein Thema ist, mit dem ich dich behelligen sollte. Ich habe meine Lebensumstände und meine Vergangenheit, du ebenso. Jeder von uns muss selbst herausfinden, wie er damit umgeht.«

»Ich will dich nicht mit Frederic behelligen, aber…«

»Genau das tust du. Wegen Frederic dürfen wir diese Hütte hier praktisch nicht verlassen. Wenn Frederic ein Telegramm schickt, möchtest du im nächsten Moment abreisen. Frederic hier, Frederic da. Der arme Frederic, dem du so wehtust! Der arme Frederic, auf den wir Rücksicht nehmen müssen! Du wirst kaum behaupten können, dass ich dich auf ähnliche Weise bisher mit Livia und ihren zweifellos ebenfalls verletzten Gefühlen behelligt habe!«

Sie merkte, dass sie Kopfweh bekam. Das Gespräch entglitt

ihr, auch deshalb, weil Nathan es so wollte. Sie hatte über Frederic gesprochen, aber nur weil Nathan sie wegen des Pubbesuchs unter Druck gesetzt hatte. Aber sie wusste, dass es keinen Sinn hatte, darauf hinzuweisen, weil er es widerlegen würde. Er war wütend, und er wollte nicht fair sein.

»Es geht doch in erster Linie um Kim«, sagte sie müde.

»Irrtum«, widersprach Nathan, »es ist nur so, dass Kim von nun an gnadenlos instrumentalisiert werden wird. Dieses Telegramm«, er wies auf den Umschlag in Virginias Händen, »ist eine Kriegserklärung. Frederic wird mit harten Bandagen kämpfen, das macht er dir hier deutlich.«

Sie strich sich mit beiden Händen über das Gesicht. Es entsetzte sie zu merken, wie sehr sie sich bereits davor fürchtete, ihn zu verlieren.

»Ich muss trotzdem zurück«, sagte sie.

»Du musst dich entscheiden.«

»Zwischen meinem Kind und dir?«

»Zwischen deinem Mann und mir. Wenn du jetzt zurückfährst, beugst du dich seinen Regieanweisungen. Dann bist du alles andere als eine in der Ablösung begriffene Frau.«

»Ich bin auch Mutter. Das ist eine Verpflichtung, aus der ich mich weder lösen kann noch will.«

»Ohne dieses Telegramm hättest du aber kaum jetzt daran gedacht.«

»Ich hätte nicht gewusst, dass Grace offenbar ernsthaft krank ist. Und dass Frederic schon wieder nach London gefahren ist. Natürlich ist mir klar, dass er damit ganz bewusst Druck auf mich ausübt, aber ich kann mich nicht auf einen Machtkampf mit ihm einlassen, der letztlich auf Kosten eines siebenjährigen Mädchens geführt wird. Nathan, das musst du doch verstehen!«

Er erwiderte nichts, und plötzlich fühlte sich Virginia wie in einem Schraubstock gefangen: Frederic machte Druck, aber Nathan tat das auf mindestens ebenso rücksichtslose Weise, und er schien sich wenig Gedanken zu machen, wie sie dabei empfand. Er zeigte ein Gesicht, das sie an ihm nicht mochte. Sie flüchtete sich in den Gegenangriff.

»Tu doch nicht so, als ob bei dir alles in Ordnung wäre! Du urteilst über mich und mein Verhalten, als seist du selbst völlig unangreifbar. Du hast mir schließlich keineswegs die ganze Wahrheit über dich gesagt!«

Für einen Moment wirkte er aufrichtig verblüfft. »Nein?«

»Nein. Was ist zum Beispiel mit den vielen Bestsellern, die du schon geschrieben hast? Und mit denen du in Deutschland zu einem bekannten und beliebten Autor geworden bist?«

Er trat einen Schritt zurück. Seine Augen wurden schmal. »Oh – man hat ein paar Erkundigungen eingezogen?«

»Ich bin nicht der Mensch, der anderen hinterherspioniert. Livia hat es Frederic erzählt.«

»Aha. Und der hatte natürlich nichts Besseres zu tun, als diese Neuigkeit sofort an die treulose Gattin weiterzugeben!«

»Hättest du das anders gemacht an seiner Stelle?«

»Ich vermute, Livia hat nicht alles gesagt.«

»Keine Ahnung. Bist du nun ein erfolgreicher Schriftsteller oder nicht?«

»Wo sind die Untiefen in deinem Leben?«

»Und wo in deinem?«

Sie starrten einander an. Endlich sagte Nathan mit weicherer Stimme: »Wir sollten einander alles erzählen. Eine andere Chance haben wir nicht.«

Dankbar registrierte Virginia, dass die unerträgliche Spannung der letzten Minuten verschwunden war. Sie konnte wieder die Zärtlichkeit spüren, die Nathan für sie hegte, und sie fand ihre eigenen Gefühle für ihn wieder. Aber der Tag hatte sein Leuchten verloren. Sie hatten zum ersten Mal gestritten, sie hatte sich zum ersten Mal in seiner Gegenwart nicht mehr wohl gefühlt. Er hatte keinerlei Verständnis für ihre Situation gezeigt, und er hatte Livias Behauptung, was seine beruflichen

Umstände anging, nicht abgestritten. Was höchstwahrscheinlich bedeutete, dass alles stimmte. Und auf einmal fragte sie sich auch, weshalb er gerade an diesem Abend, gerade im Moment ihres Nachhausekommens, auf einen Restaurantbesuch gedrängt und sie damit gestresst und unglücklich gemacht hatte. Sie konnte sich des Eindrucks nicht erwehren, dass irgendetwas seine Laune schon vorher getrübt hatte, und im Grunde konnte es nur das Telegramm von Frederic gewesen sein. Das hieß aber, er hatte es, entgegen seiner Beteuerung, doch sogleich gelesen. Da der Umschlag nicht zugeklebt gewesen war, hatte er dies ohne Schwierigkeiten tun können. Er hatte sich geärgert und dann alles unternommen, um einen Streit vom Zaun zu brechen. Sie in eine Lage zu manövrieren, in der sie am Ende mit dem Rücken zur Wand stand und gezwungen war, über Frederics Gefühle zu reden und ihn in Schutz zu nehmen. Was Nathan wiederum die Gelegenheit gegeben hatte, sie der Loyalität gegenüber ihrem Ehemann wegen anzugreifen. Als Erkenntnis blieb, dass seine unwahren Behauptungen über seinen Beruf zusammen mit der Möglichkeit, dass er das Telegramm gelesen hatte, nicht dazu angetan waren, das Vertrauen zwischen ihm und Virginia zu festigen. Sie musste daran denken, wie er sich ihre Adresse in Norfolk aus den Schubladen gesucht hatte, und ihr fiel auch der Morgen ein, an dem er mit ihrem alten Foto in der Hand aufgekreuzt war.

Er ist einfach anders als ich, dachte sie, offenbar empfindet er in diesen Dingen anders. Das heißt nicht, dass er ein unehrlicher, betrügerischer Mensch ist.

Er lächelte. Es war das alte Lächeln, das sie stets mit dem Gefühl von Wärme erfüllte.

»Wir fahren morgen nach King's Lynn zurück«, sagte er, »wenn du das möchtest.«

Sie holte tief Luft. »Ich werde dir alles über mich erzählen. Alles.«

Er nickte. »Und ich werde dir alles über mich erzählen.«
»Muss ich Angst haben?«
Er schüttelte entschieden den Kopf. »Nein. Und ich?«
»Ja«, sagte sie und brach in Tränen aus.

Montag, 4. September

1

Noch zwei Wochen bis zu meinem Geburtstag, dachte Janie bedrückt.

Genau genommen war es sogar schon wieder ein Tag weniger. Am übernächsten Sonntag war es so weit. Und sie wusste immer noch nicht genau, wie das Ereignis gefeiert werden würde.

Heute war Montag, und somit bestand wieder die Chance, den netten Mann in dem Schreibwarengeschäft zu treffen. Obwohl es ja wirklich so aussah, als habe er ihre Verabredung vergessen. Oder er war ernsthaft sauer, weil sie damals nicht gekommen war. Sie hätte ihm so gern erklärt, dass es nicht ihre Schuld gewesen war, dass sie keine andere Wahl gehabt hatte, aber womöglich würde er ihr gar keine Gelegenheit dazu geben.

Janie seufzte. Sie streifte die Bettdecke zurück, schwang die Füße auf den Boden. Sie tappte zu ihrem Schreibtisch, zog die Schublade auf und kramte ganz vorsichtig die fünf Einladungskarten heraus, die sie noch immer weit hinten versteckt hielt. Sie hatte sie inzwischen so oft in die Hand genommen und angesehen, dass eine von ihnen bereits an einer Ecke eingeknickt war. Sie versuchte die Delle zu glätten. Wie schön, ach, wie schön wäre es, wenn sie sie bald beschriften und in ihrer Klasse verteilen könnte!

»Janie!« Von draußen vernahm sie die Stimme ihrer Mutter. »Erster Schultag! Du musst aufstehen!«

»Ich bin schon wach, Mum!«, rief Janie zurück.

Doris Brown öffnete die Tür und steckte den Kopf ins Zimmer. »Die Zeit des Trödelns ist vorbei! Beeil dich! Das Bad ist frei!«

»Okay!« Janie versuchte, die Karten unauffällig in die Schublade zurückzuschieben, und erregte damit erst recht den Argwohn ihrer Mutter.

»Was hast du denn da?« Doris war mit zwei Schritten neben ihr und nahm ihr die Karten aus der Hand. Überrascht betrachtete sie die Inschrift.

»Ich dachte eigentlich«, sagte sie dann, »dass ich mich klar ausgedrückt hätte? Es wird keine Party geben!«

»Ich weiß. Aber...«

»Das Geld hättest du dir sparen können.« Doris gab ihrer Tochter die Karten zurück. »Du musst nicht glauben, dass ich meine Meinung noch ändern werde!«

Wenn Janie gelernt hatte, etwas nicht zu glauben, dann dies. Doris war noch nie von einer einmal gefassten Entscheidung abgewichen.

»Ich habe...«, begann sie und hielt dann inne... *einen ganz netten Mann kennengelernt*, hatte sie gerade sagen wollen. Aber sie war nicht sicher, ob das klug wäre. Vielleicht wurde Mum wütend und verbot ihr von vornehrein den Umgang mit ihrem Bekannten. Eigentlich aber war es eine Gelegenheit, Mum in ihre Pläne einzuweihen.

Mum, mach dir keine Gedanken wegen der Party, hätte sie gern gesagt, *du musst dich um gar nichts kümmern! Stell dir vor, ich kenne jemanden, der will das alles für mich machen. Er hat ein schönes Haus mit einem großen Garten, in den ich so viele Kinder einladen kann, wie ich nur will. Bei schlechtem Wetter können wir in seinem Keller feiern. Er hat schon viele Kindergeburtstage veranstaltet. Das Schlimme ist nur, ich finde ihn nicht mehr. Wir haben einen Treffpunkt ausgemacht, an dem wir uns an dem Samstag treffen wollten, an dem du krank wurdest und ich daheim bleiben musste. Er sagt, er kommt jeden Montag dorthin, aber ich habe ihn nicht mehr dort gesehen. Heute will ich wieder versuchen, ihn zu treffen. Vielleicht könntest du mir helfen. Vielleicht hast du eine Idee, was ich machen könnte, um ihn zu finden?*

»Ja?«, fragte Doris. »Du hast…?«

»Ich habe…« Janie schloss die Augen. Sie hätte sich ihrer Mutter so gern anvertraut. Das Schlimme war nur, dass Doris Brown so unberechenbar war. Es konnte entsetzlich schief gehen, wenn man sich ihr öffnete.

»Nichts«, sagte sie, »ich wollte eigentlich gar nichts sagen.«

Doris schüttelte den Kopf. »Manchmal kommst du mir ganz schön wirr vor. Also, los jetzt. Beeil dich. Du musst nicht gleich am ersten Tag zu spät zur Schule kommen!«

2

»Wann kommt Mummie wieder?«, fragte Kim. Sie war quengelig an diesem Morgen, und ihre Augen glänzten ein wenig. Grace, die sich nur krächzend verständigen konnte und vor Kopfschmerzen meinte, jeden Moment rasend zu werden, legte dem Kind besorgt die Hand auf die Stirn.

»Fieber hast du nicht«, stellte sie fest, »ich fürchte ja, du wirst dich bei mir anstecken!«

»Ich mag nicht zur Schule gehen«, maulte Kim.

»Aber da bist du doch immer gern hingegangen«, meinte Grace. »Denk nur an all die vielen netten Kinder, die du wiedersiehst! Die hast du doch sicher schon vermisst!«

»Nein«, sagte Kim störrisch. Sie nahm einen tiefen Schluck aus ihrer Tasse. Sie war müde. Sie mochte nicht in die Schule gehen, wo sie wieder stundenlang still sitzen und aufpassen musste. Sie vermisste ihre Mutter. Wieso war sie am ersten Schultag nicht da?

Grace nahm sich ein Taschentuch und schneuzte sich die Nase. Ihre Glieder schmerzten, und sie konnte kaum mehr schlucken. Sie hatte gehofft, nur eine leichte Erkältung zu haben, die sie mit viel Vitaminen und einem Kamilledampfbad schnell wieder wegbekommen würde, aber dies nun schien sich zu einer richtigen Grippe auszuwachsen. Es war ihr hundeelend. Hätte sie nicht die Verantwortung für Kim gehabt, sie wäre an diesem Tag gar nicht aufgestanden. Zu allem Überfluss hatte Jack schon ganz früh am Morgen zu einer zweitägigen Fahrt hinunter nach Plymouth aufbrechen müssen. Er fuhr einen Transport mit Styroporplatten, für den er schon vor Wochen zugesagt hatte. Beim Anblick seiner Frau allerdings hatte er überlegt, aus dem Geschäft auszusteigen. Grace hatte jedoch heftig widersprochen.

»Auf keinen Fall! Mr. Trickle ist immer so nett und verschafft dir diese Jobs. So schnell kann er niemanden als Ersatz finden. Du darfst ihn nicht enttäuschen!«

»Dir geht es aber ganz schön schlecht!« Jack war wütend geworden. »Es ist rücksichtslos, was Mrs. Quentin sich da leistet! Ich meine, Mr. Quentin kann nichts dafür, dass er nach London musste, dort ist sein Beruf, und da kann er nicht einfach alles stehen und liegen lassen. Aber Mrs. Quentins Aufgaben sind nun einmal hier. Wie kann eine Mutter sich so benehmen? Verschwindet von heute auf morgen, und andere Menschen können zusehen, dass es ihrem Kind gut geht!«

»Sie wusste ja nicht, dass ich gerade jetzt krank werde«, beschwichtigte Grace, »und ich hatte ihr vorher gesagt, dass ich gern für Kim sorge und dass sie bei uns bleiben kann, so lange sie will.«

»Trotzdem ist das keine Art. Abgesehen von den Sorgen, die sie uns allen bereitet hat. Ich muss sagen, ich finde…«

»Psst! Ich will nicht, dass Kim dich hört!«

Jack hatte weiter vor sich hin gebrummt, aber am Ende hatte er sich überreden lassen, die Fahrt nach Plymouth wie geplant durchzuführen. Grace hatte ihm versprochen, sich sofort wieder ins Bett zu legen, wenn sie Kim zur Schule gebracht hatte. Etwas anderes wäre ihr auch gar nicht übrig geblieben. Sie glühte vor Fieber, und jeder Muskel in ihrem Körper schmerzte. Musste das jetzt sein?, dachte sie müde.

Sie hatte Jack, den Choleriker, nicht noch weiter auf die Palme treiben wollen und daher abgewiegelt, als er über Virginia Quentin zu wettern begann, aber in Wahrheit war sie auch wütend. Ganz schön wütend. Sie wusste nämlich mehr als ihr Mann. Sie hatte Kim ein wenig ausgefragt und herausbekommen, dass Virginia tagelang drüben mit einem fremden Mann unter einem Dach gelebt hatte. Während ihr Ehemann sich in London aufhielt. Und jetzt waren beide verschwunden.

Grace konnte eins und eins zusammenzählen. Der arme Mr. Quentin! Betrogen und hintergangen auf seinem eigenen Grund und Boden. Und nun auch noch im Stich gelassen, zusammen mit dem kleinen Kind.

Das hätte ich nicht von ihr gedacht, überlegte sie, ich glaube, ich habe sie immer ganz falsch eingeschätzt. Diese ruhige, sanfte Frau. Aber stille Wasser sind bekanntlich tief.

»Wann kommt denn nun meine Mummie zurück?«, bohrte Kim.

Grace seufzte. »Das weiß ich nicht genau.« Sie nieste und putzte sich zum hundertsten Mal an diesem Morgen die Nase. Ihre Augen brannten und tränten.

»Bist du denn nicht mehr gern bei mir?«, fragte sie vorwurfsvoll.

Kim seufzte. »Doch. Aber …« Sie drehte ihre Tasse herum.

»Was?«, fragte Grace und nieste schon wieder.

»Ich dachte, zum Schulanfang ist sie da«, erklärte Kim. Und nieste nun auch.

Schöne Bescherung, dachte Grace erschöpft.

Virginia Quentin war die Frau von Jacks Arbeitgeber, aber

dennoch würde sie ihr ein paar unangenehme Wahrheiten mitten in ihr hübsches Gesicht sagen, sobald sie sie wiedersah.

Sollte das jemals der Fall sein. Grace war sich da keineswegs sicher. Aber das brauchte Kim zu diesem Zeitpunkt nicht zu erfahren. Das Kind musste nun erst einmal über die Hürde des ersten Schultags kommen. Dann konnte man weitersehen.

3

Der Mann stellte sich als Superintendent Baker vor und sagte, er leite eine Sonderkommission, die sich mit der Aufklärung der Verbrechen an Sarah Alby und Rachel Cunningham beschäftige. Liz saß in ihrem Zimmer und hatte einen Berg von Prospekten über spanische Städte und Dörfer um sich herum ausgebreitet. Sie mochte mit Baker nicht ins Wohnzimmer gehen, wo der Fernseher wie üblich dröhnte und es außerdem ziemlich durchdringend nach einer Mischung aus Schnaps und Schweiß stank. Betsy Alby verkam mit jedem Tag mehr, in Riesenschritten, wie es Liz schien. Oder war das auch vorher so gewesen, und sie hatte es bloß nicht richtig gemerkt? Sie war empfindlicher geworden seit Sarahs Tod, hatte feinere Antennen bekommen. Inzwischen meinte sie, ihre Mutter kaum noch eine Woche länger ertragen zu können.

Sie bat den Superintendent, auf ihrer Schlafcouch Platz zu nehmen. Sie selbst setzte sich auf einen alten Küchenschemel, den sie mit einem selbst genähten, farbenfrohen Bezug aufgepeppt hatte. Sie dachte in diesem Moment, dass sie keinesfalls für alle Zeiten Besucher auf diese Art empfangen wollte.

»Ich sehe, Sie planen einen Urlaub«, sagte Baker und wies auf die Prospekte.

Ob er das unpassend fand angesichts der Tragödie, die sie gerade erlitten hatte?

Sie schüttelte den Kopf. »Keinen Urlaub, nein. Ich... ich

möchte England verlassen. Weg von allem, verstehen Sie?« Sie machte eine Kopfbewegung in Richtung Wohnzimmer, von wo man gerade einen Sprecher lautstark die Nachrichten des Tages verlesen hörte.

»Ich verstehe«, sagte Baker, »nach allem, was war, ist ein Neuanfang sicher eine gute Idee.«

»Ich möchte mir eine Gegend aussuchen, die mir gut gefällt. Und dann will ich dort in den Hotels fragen, ob sie jemanden brauchen können. Ich habe schon öfter als Kellnerin gejobbt, ich bin ganz gut darin. Na ja«, sie zuckte mit den Schultern, »wenigstens ist es dort wärmer als hier. Und vielleicht lerne ich ja auch mal jemand Nettes kennen.«

»Ich wünsche es Ihnen von Herzen«, sagte Baker. Er klang aufrichtig.

Dann räusperte er sich. »Miss Alby, weswegen ich komme … Es gibt da eine neue Information, den … den mutmaßlichen Mörder der kleinen Rachel Cunningham betreffend.« Kurz berichtete er von Julias Aussage, nach der Rachel mit dem Mann, der sie wahrscheinlich später missbraucht und getötet hatte, verabredet gewesen war.

»Sie hatte ihn einige Wochen zuvor kennen gelernt, fieberte der Begegnung mit ihm entgegen. Leider ist mit ihrer Beschreibung wenig anzufangen. Sie hatte ihrer Freundin lediglich erzählt, dieser Mann sähe *ganz toll, wie aus einem Film* aus.« Er seufzte. »Das hilft uns nicht wirklich.«

»Nein«, sagte Liz.

»Unsere Überlegung ist nun die, dass jener Mann vielleicht auch schon im Vorfeld an Ihre Tochter Sarah herangetreten ist. Wenn wir davon ausgehen, dass es sich um denselben Täter handelt, was wir vorläufig tun. Der Mann scheint eine gewisse Geschicklichkeit zu haben, Kindern Versprechungen zu machen, die diese alle Vorsicht vergessen lassen. Vielleicht hat Ihre Tochter irgendetwas in dieser Art erwähnt – etwas, dem Sie gar keine Bedeutung beimaßen, das aber unter diesen Umständen in einem neuen Licht erscheint? Oder Sie haben sie mit jemandem zusammen gesehen? Kann das sein?«

Er sah sie hoffnungsvoll an.

Die tappen völlig im Dunkeln, dachte Liz, die haben nicht die kleinste Spur. Die greifen nach jedem Strohhalm.

Sie überlegte. »Nein. Nein, ich habe niemanden in ihrer Nähe gesehen. Meine Tochter war ja auch erst vier Jahre alt. Sie lief nicht allein in der Gegend herum.«

»Sie könnte mal eine Weile unbeaufsichtigt auf einem Spielplatz...«

»Was wollen Sie damit sagen?«, fragte Liz empört. »Dass ich mein Kind ohne Aufsicht auf irgendwelchen Spielplätzen habe herumsitzen lassen?«

»Miss Alby, das wollte ich keinesfalls...«

»Ich weiß schon, das haben Sie ja zur Genüge aus meiner Nachbarschaft erfahren. Dass ich eine schlechte Mutter bin... war. Dass ich mich nicht genug gekümmert habe. Dass Sarah nicht genug geliebt wurde. Und da denken Sie nun...«

»Bitte, Miss Alby!« Baker hob beschwichtigend beide Hände. »Nehmen Sie nicht alles persönlich und versuchen Sie zu verstehen, dass ich hier nur meinen Job mache. Wobei ich wirklich zutiefst daran interessiert bin, den Kerl hinter Gitter zu bringen, der zwei kleine Kinder auf dem Gewissen hat und vielleicht schon hinter dem nächsten Opfer her ist. Ich versuche, Möglichkeiten zu konstruieren, bei denen er auf Ihre Tochter aufmerksam werden und mit ihr in Kontakt treten konnte. Das ist alles.«

Sie atmete tief. Er hatte Recht. Er hatte sie nicht angegriffen. Er versuchte, ein Monster zu fassen. Er konnte nicht ständig darüber nachdenken, wem er mit welcher Frage vielleicht zu nahe trat.

»Sie hat mir nichts erzählt. Daran würde ich mich erinnern. Und ich habe sie nie mit einem Fremden gesehen. Vielleicht... dass sich im Kindergarten mal jemand an sie herangemacht hat? Aber dort passt man sehr auf…« Sie schüttelte den Kopf. »Das kann ich mir eigentlich nicht vorstellen.«

»Wir werden selbstverständlich mit den Betreuern im Kindergarten auch noch einmal sprechen«, sagte Baker. Er sah müde aus. Liz konnte spüren, dass ihm der Fall wirklich an die Nieren ging.

»Haben Sie Kinder?«, fragte sie.

Er nickte. »Zwei Jungs. Acht und fünf Jahre alt.«

»Jungs sind nicht so gefährdet«, sagte Liz.

»Leider doch«, widersprach Baker, »leider machen sich die Pädophilen auch an Jungen heran. Kein Kind ist vor ihnen sicher.«

»Schaffen Sie oder Ihre Frau es immer, auf Ihre Kinder aufzupassen?«

»Nein. Natürlich nicht. Vor allem der Große ist stundenlang mit seinem Fahrrad unterwegs. Meist zusammen mit Freunden, aber wenn die sich unterwegs trennen, würden wir es nicht mitbekommen. Man kann seine Kinder nicht an die Leine legen. Man kann sie nicht rund um die Uhr bewachen. Man kann nur versuchen, ihnen mit aller Klarheit einzuschärfen, dass sie Fremden nicht vertrauen dürfen. Nie in fremde Autos steigen. Nie mit jemandem mitgehen. Den Eltern sofort Bescheid sagen, wenn jemand sie anspricht, den sie nicht kennen. Aber«, er schüttelte resigniert den Kopf, »all das hatten Mr. und Mrs. Cunningham ihrer kleinen Rachel auch immer wieder erklärt. Sie war ein verständiges, vernünftiges Mädchen. Dennoch fand sie das, was der Fremde ihr anbot, so verlockend, dass sie alles vergaß, was sie gelernt hatte.«

»Scheiße«, sagte Liz.

»Ja«, stimmte Baker zu, »das kann man wohl sagen.« Er überlegte. »Gab es etwas, womit Ihre Tochter zu locken war? Wofür sie bereit gewesen wäre, mit jedem mitzugehen?«

Der schwere Stein sank wieder auf Liz' Brust. Ihre Augen irrten unwillkürlich zu den Prospekten, die heißes spanisches

Land unter strahlend blauem Himmel zeigten. Würde sie es *dort* vergessen können? Würde sie es je vergessen können?

»Das Karussell«, sagte sie.

Baker neigte sich vor. »Das Karussell?«

»Ja. Das Karussell, das in New Hunstanton steht. Nur ein paar Schritte von der Bushaltestelle entfernt. Das hatte es ihr angetan.«

»Ich kenne das Karussell. Ist sie öfter damit gefahren?«

Liz nickte. »Eigentlich immer, wenn wir zum Baden nach Hunstanton fuhren. Sie fieberte förmlich darauf hin. Nur…« Sie stockte.

»Ja?«, fragte Baker behutsam.

»Es… es war immer so schwer, sie von dort loszueisen«, sagte Liz leise, »verstehen Sie, sie mochte dann nicht mehr aufhören. Sie schrie und heulte, wenn ich sagte, dass jetzt Schluss ist. Oft wehrte sie sich mit Händen und Füßen dagegen, wenn ich weiterwollte.«

Er lächelte. »So sind sie nun mal. Das ist normal.«

Liz schluckte. »Ich… ich hasste diese Auftritte. Und deshalb…«

»Ja?«

»An dem Tag, an dem… es geschah, ließ ich sie gar nicht erst mit dem Karussell fahren. Ich sagte gleich nein. Ich… ich…«

»Was denn?«

Die Tränen würgten sie im Hals. »Ich hatte einfach keine Lust, in der heißen Sonne zu stehen und diesem blöden Karussell zuzusehen«, sagte Liz verzweifelt. »Verstehen Sie, ich war einfach zu faul. Ich hatte keine Lust, mir hinterher ihr Geschrei anzuhören. Ich wollte schnell einen schönen Platz für uns suchen. Mich hinlegen. Meine Ruhe haben. Ich…« Sie konnte nicht weitersprechen. Sie wäre sonst in Tränen ausgebrochen.

»Aber das ist doch verständlich«, sagte Superintendent Baker mit ruhiger Stimme. Er wirkte überzeugend. Voll Dankbarkeit registrierte Liz, dass er sie wohl nicht nur zu trösten versuchte, sondern dass er wirklich meinte, was er sagte.

»Machen Sie sich nicht so verrückt«, bat er. »Jeder Vater, jede Mutter hat den Kindern schon Wünsche abgeschlagen. Und nur allzu häufig aus sogenannten egoistischen Gründen. Weil man gerade keine Lust hatte. Weil einem alles zu viel wurde. Weil man mit seinen Gedanken woanders war. Weil irgendetwas anderes wichtiger oder dringender war. Das ist doch in Ordnung. Wir werden doch nicht Eltern und geben damit gleichzeitig alles an der Garderobe ab, was uns zu ganz normalen Menschen macht. Unsere Bequemlichkeit, unseren Eigennutz, unsere kleinlichen Bedürfnisse. Unsere Unzulänglichkeit eben. Die bleibt uns. Das ist normal.«

Sie atmete tief. Sie war nicht wirklich getröstet, aber es war, als lege sich ein erster feiner Balsamfilm über ihre wunde Seele. Sie konnte weitersprechen.

»Sie war furchtbar enttäuscht. Sie weinte heftig, stemmte die Füße in den Boden, wollte nicht an dem Karussell vorbeigehen. Ich ... zerrte sie vorwärts. Ich war so wütend auf sie! Wütend, dass ... ich sie hatte mitnehmen müssen. Wütend, dass sie ...«

»Dass sie ...?«

Liz schluckte. »Dass sie überhaupt da war«, sagte sie fast tonlos.

Baker schwieg. Ganz kurz hatte Liz den Eindruck, dass er ihre Hand nehmen wollte, aber er tat es dann doch nicht. Sie saßen beieinander, aus dem Nebenzimmer dröhnte der Fernseher, der kleine Wecker auf Liz' Nachttisch tickte. Die Prospekte leuchteten in schrillem Blau und Gelb, plötzlich unpassend und aufdringlich. Es gab nichts weiter zu sagen, das wusste Liz. Die Menschen konnten mit ihr über das Karussell reden, ihre Versäumnisse relativieren und zurechtrücken. Aber niemand konnte ihr die Schuld nehmen, die sie auf sich geladen hatte, indem sie ihre Tochter zutiefst ablehnte. Indem sie sie nie, zu keinem Moment, als ein Geschenk, sondern immer nur als eine große Last begriffen hatte. Und irgendwie hing das alles zusammen. Liz hatte eine undeutliche Ahnung, dass sie sich wegen der ausgeschlagenen Karussellrundfahrt nicht so entsetzlich grämen würde, wäre sie ihrem Kind eine liebevolle und fürsorgliche Mutter gewesen. Das Karussell stand für alles, was zwischen ihr und Sarah nicht in Ordnung gewesen war.

Baker schließlich brach das Schweigen. Er hatte einen Job zu erledigen. Er musste vorwärts denken.

»Sie sagen, dass Sarah sehr heftig auf die Nichterfüllung ihres Wunsches nach einer Karussellfahrt reagiert hatte. War das auch für andere sichtbar?«

Seine Sachlichkeit half Liz, aus dem sie umfangenden Schmerz aufzutauchen und ihre Sprache wiederzufinden. »Ja, natürlich. Sie kämpfte ja regelrecht gegen mich. Ich musste sie etliche Meter mitschleifen.«

»Könnte es auch sein, dass jemand mitbekommen hat, worum es bei dieser Auseinandersetzung ging?«

Liz überlegte. »Ich glaube schon. Sie brüllte ja ziemlich laut, dass sie zu dem Karussell wollte, und ich brüllte schließlich ebenfalls ziemlich laut, dass das nicht in Frage kommt. Umstehende können das durchaus gehört haben.«

»Es wäre also denkbar«, meinte Baker, »dass jemand Zeuge des Konflikts wurde, Ihnen beiden dann gefolgt ist und bei sich bietender Gelegenheit – als Sie weggegangen waren, um die Sandwiches zu kaufen – die Kleine angesprochen und ihr eine Karussellfahrt angeboten hat. Ich vermute, Sarah wäre problemlos mit ihm mitgegangen?«

»Ganz sicher«, sagte Liz zutiefst überzeugt, »für eine Karussellfahrt wäre sie mit jedem gegangen. Ohne das geringste Zögern.«

»Hm«, machte Baker.

»Aber«, fuhr Liz fort, »woher sollte dieser Mensch denn wissen, dass er Sarah allein antreffen würde? Er konnte ja nicht ahnen, dass ich... dass ich sie so lange allein lassen würde.«

»Das konnte er natürlich nicht wissen. Aber diese Typen warten einfach auf eine Chance. Der Strand war sehr voll. Durchaus denkbar, dass sich eine Mutter und ihr Kind inmitten eines solchen Gedränges für ein paar Momente aus den Augen verlieren. Oder die Mutter schläft ein, das Kind spielt in einiger Entfernung... Ihm war wahrscheinlich klar, dass es blitzschnell gehen würde, dass Sarah sofort mitkommen und er mit ihr in der Menge verschwinden konnte. Er hat's einfach versucht. Und tatsächlich bot sich ihm dann ja auch die Chance.«

»Diese vierzig Minuten!«, rief Liz verzweifelt. »Diese furchtbaren vierzig Minuten! Ich...«

»Quälen Sie sich nicht so«, sagte Baker. »Es ist kein Trost für das, was passiert ist, aber vielleicht mindert es ein wenig Ihre Selbstvorwürfe, wenn ich Ihnen sage, dass er es auch so mit einer ziemlich hohen Wahrscheinlichkeit geschafft hätte. Wenn der Ablauf so war, wie ich glaube, dann hatte er Ihre Tochter ins Visier genommen. Und es ist davon auszugehen, dass sich ihm irgendeine Möglichkeit geboten hätte. Bestimmt sind Sie für eine Weile weggedämmert. Mir geht das jedenfalls immer so, wenn ich in der Sonne liege.«

Aber seine Kinder waren noch am Leben. Diesmal hatte Liz nicht das Gefühl, dass er aufrichtig war. Diesmal versuchte er sie zu trösten. Es gab Menschen, die ließen ihr vierjähriges Kind eben keinen Moment aus den Augen. Denen passierte so etwas nicht. Aber ihr war es passiert. Wegen ihres Leichtsinns, ihres Überdrusses, ihres Lebenshungers.

»Sie können sich nicht vielleicht erinnern, ob im Bus jemand saß, der Sie öfter angeschaut hat?«, fragte Baker. »Und der auch danach in Ihrer Nähe stand? Oder jemand, der an der Bushaltestelle war und den Sie irgendwann später in der Nähe Ihres Liegeplatzes noch einmal sahen? Ohne dass es Ihnen in diesem Moment seltsam vorgekommen wäre? Aber vielleicht im Nachhinein...?« Er sah sie hoffnungsvoll an.

Sie zerbrach sich den Kopf, aber da war völlige Leere. Wenn sie an jenen furchtbaren Tag dachte, dann sah sie nur sich. Und ihre kleine Tochter. Und hörte die Musik aus dem sich drehenden Karussell. Alles andere war ein Meer aus Gesichtern, Stimmen, Körpern. Eine unüberschaubare Masse von Menschen. Sie schaffte es nicht, jemanden herauszukristallisieren.

»Nein«, sagte sie, »ich kann mich nicht erinnern. Mir ist niemand aufgefallen. Schon im Bus war ich so in meine Gedanken vertieft. Ich glaube, mich hätte jemand eine Stunde lang anstarren können, ich hätte es nicht bemerkt. Und auch später... nein, da ist nichts. Absolut nichts.«

Baker war sichtlich enttäuscht. Er erhob sich. »Nun gut«, sagte er, »ich gebe Ihnen hier meine Karte. Falls Ihnen doch noch etwas einfällt, dann rufen Sie mich bitte gleich an. Egal, wie nichtig Ihnen vielleicht ein Gedanke vorkommt, haben Sie bitte keine Hemmungen. Alles kann wichtig sein. Wirklich alles.« Er reichte ihr seine Karte.

Jeffrey Baker, las Liz. Sie mochte ihn. Er hatte sie gut behandelt. Er war der erste Beamte, bei dem sie keine Verachtung gespürt hatte. Der erste, der ihr nichts vorwarf. Der erste, der nicht durchblicken ließ, was er von ihrem Verhalten als Mutter hielt: nämlich gar nichts.

»Ich melde mich«, versprach sie.

Sie folgte ihm durch den kurzen Flur zur Wohnungstür. Durch die geöffnete Wohnzimmertür konnte man Betsys aufgedunsenen Körper im Sessel sehen. Inzwischen plärrten die Teilnehmer irgendeiner Vormittagstalkshow ihre peinlichen Offenbarungen ins Publikum.

An der Tür drehte sich Baker um.

Er lächelte sie an. »Das mit Spanien«, sagte er, »also, das mit Spanien, das finde ich eine sehr gute Idee.«

Er hatte auf der ganzen Fahrt noch fast kein Wort gesprochen. Am Vorabend hatte sich die Stimmung wieder entspannt; sie hatten dann doch eine Konserve aufgemacht, Kerzen angezündet und Musik gehört. Aber sie hatten nicht mehr miteinander geschlafen. Beide waren sie nicht mehr in der Stimmung dazu gewesen.

Morgens waren sie schon um sechs Uhr aufgebrochen, nachdem sie jeder eine Tasse Tee getrunken, aber ansonsten vor lauter Müdigkeit nichts zu sich genommen hatten. Virginia hatte Nathans Schweigen auf die frühe Tageszeit geschoben, darauf, dass er noch unausgeschlafen und nicht ganz wach war. Aber dann fuhren sie Meile um Meile, erst durch die Dunkelheit, dann in den erwachenden Morgen hinein, der sich jedoch grau und wolkenverhangen präsentierte und ihnen nicht mit dem kleinsten Sonnenstrahl entgegenkam. Und Nathan sagte immer noch nichts. Sie musterte ihn von der Seite, sein gut geschnittenes Profil, und sie hätte weinen mögen bei dem Gedanken an das Gefühl von Freiheit und Leichtigkeit, das sie noch vor wenigen Tagen erfüllt hatte, als sie die Fahrt in die umgekehrte Richtung antraten. Als die Landschaft immer weiter und offener und menschenleerer wurde und der Abstand zu Frederic immer größer. Jetzt fuhren sie in den dichter besiedelten Teil Englands hinein und wieder dorthin, wo die Probleme und Sorgen waren. Und noch dazu sprach er kein Wort. Bald würden sie die von Industriebauten durchsetzte Gegend um Leeds erreichen. Sie dachte an Dunvegan und an den vom Sturm leer gefegten, hohen, blauen Himmel vom Vortag und musste schlucken.

Wir bringen jetzt unsere Vergangenheit in Ordnung, dachte sie, und von da an wird alles besser werden.

Auf der Höhe von Carlisle hielt sie es nicht mehr aus.

»Nathan, was ist los? Du hast fast nichts gesprochen, seit wir losgefahren sind. Liegt es an mir? Hast du irgendein Problem mit mir?«

Er wandte ihr sein Gesicht zu. »Ich habe kein Problem mit dir«, sagte er.

»Was ist es dann? Du fährst ungern nach Norfolk zurück, das kann ich verstehen, aber...«

Er antwortete nicht sofort, erhöhte das Tempo des Wagens und steuerte gleich darauf auf einen Rastplatz, der bereits seit einer Weile immer wieder angekündigt worden war. Er hielt vor dem Gebäude, in dem man die Tankrechnung bezahlen und Kleinigkeiten kaufen konnte.

»Ich brauche einen Kaffee«, sagte er, nahm ein paar Münzen, die in der Ablage lagen, und stieg aus.

Fünf Minuten später erschien er mit zwei großen Deckelbechern aus Styropor. »Komm, wir setzen uns irgendwohin«, schlug er vor, und Virginia hatte plötzlich den Eindruck, dass er die Enge des Autos, das Eingesperrtsein nicht mehr ertrug.

Zum Glück regnete es nicht, und es war auch nicht allzu kalt. Sie setzten sich an einen Picknicktisch, der sich gleich neben einem kleinen Kinderspielplatz befand, und hielten ihre heißen Kaffeebecher umklammert.

»Ich habe nachgedacht«, sagte Nathan.

Virginia meinte für einen Moment, ihr Herz setze ein paar Schläge aus.

»Und?«, fragte sie beklommen.

Er sah sie an. Sein Blick war weich. »Es ist nicht einfach, dir meine Situation der letzten Jahre zu schildern«, sagte er, »aber wir haben einander Ehrlichkeit versprochen, und ich möchte die Dinge so formulieren, dass du wirklich begreifst, wie sie zusammenhängen.«

Sie atmete tief. Sie hatte geglaubt, er wolle die kaum begonnene Beziehung aufkündigen. Wegen Frederic. Wegen Livia.

Wegen all der unwägbaren Probleme, die auf sie zukommen würden.

»Es stimmt, nicht wahr?«, fragte sie. »Du hast noch nie ein Buch veröffentlicht?«

Er nickte. »Das ist richtig. Richtig ist aber auch, dass ich seit Jahren schreibe. Dass ich jedenfalls zu schreiben versuche.«

»Was hat daran nicht funktioniert?«

Er starrte an ihr vorbei in die schon in erstem Gelb getönten Blätter des dichten Buschwerks um den kleinen Spielplatz herum.

»Alles«, sagte er, »oder nichts. Wie man es nimmt. Nichts hat funktioniert.«

»Lag es an den Ideen? An der Umsetzung?« Sie überlegte, wollte etwas sagen, das ihm zeigte, wie sehr sie ihn verstand. Aber letztlich hatte sie keine Ahnung, wie ein Schriftsteller lebte und arbeitete und welche Probleme seinen Schaffensprozess begleiten konnten.

»Es lag wohl an der Umsetzung«, sagte er, »und dies wiederum hing mit dem Leben zusammen, das ich führte. Es war ein Leben, das ich als tödlich empfand – als eng, eingeschränkt, lähmend. Manchmal glaubte ich, keine Luft zu bekommen, dachte, ich müsste buchstäblich ersticken. Ich setzte mich an meinen Schreibtisch, starrte auf den Bildschirm meines Computers und fühlte nichts als Leere in mir. Es war gnadenlos. Es war entsetzlich.«

»Das kann ich verstehen«, sagte Virginia. Sie konnte es wirklich verstehen. Zögernd streckte sie die Hand aus, berührte sacht seinen Arm.

»Was war so lähmend? Was hat dich erstickt?«

Er lehnte sich zurück. Plötzlich sah er müde aus und grau unter seiner Sonnenbräune. Grau wie der Himmel über ihnen, welk wie das Laub, das regennass und schwer an den Ästen hing. Sie hatte ihn immer stark und strahlend, sehr selbstbewusst und zuversichtlich erlebt. Auf einmal erblickte sie eine andere Seite. Die Seite, die gelitten hatte. Die Seite, die er offenbar perfekt zu verbergen gelernt hatte. Seine Verletzlichkeit rührte sie, und sie hätte ihm das gern gesagt, doch ein Instinkt hielt sie zurück. Sie ahnte, dass er derlei Worte von ihr nicht hören wollte.

»Wo soll ich anfangen?«, fragte er.

5

»Stell dir eine Kleinstadt in Deutschland vor. Die kleinste, spießigste, provinziellste Kleinstadt, die du dir ausmalen kannst. Jeder kennt jeden. Jedem ist es ganz wichtig, was die anderen von ihm denken. Man schaut ganz genau, wer den Gehsteig vor seinem Haus nicht ordentlich fegt oder seine Gardinen nicht regelmäßig wäscht. Oder die Büsche am Gartenzaun nicht ordentlich zurückschneidet! Zu weit herauswuchernde Zweige können dazu führen, dass eine Bürgerinitiative ins Leben gerufen wird.

Leider ist es nicht übertrieben, was ich erzähle.

Ich lernte Livia an der Uni kennen. Heute – ganz ehrlich – frage ich mich, weshalb ich mich in sie verliebt habe. Ich glaube, etwas an ihrer stillen, verschlossenen Art reizte mich. Ich witterte etwas dahinter, das ich gern entdecken wollte. Sehr spät erst merkte ich, dass da gar nichts war. Oder vielleicht war ich einfach nicht geeignet, es zu entdecken. Das mag natürlich sein.

Auf jeden Fall wurden wir ein Paar. Ich jobbte für die Hochschulzeitung, veröffentlichte regelmäßig Artikel. Die Idee zu einem großen Roman spukte aber bereits ständig in meinem Kopf herum. Meine Vorstellungen waren vage, noch schwer formulierbar. Aber ich wusste, da ist etwas, und es drängt hinaus. Ich fragte Livia, ob sie es sich vorstellen könnte, mit einem Schriftsteller verheiratet zu sein. Sie freute sich über den

Heiratsantrag, der sich ja mit meiner Frage verband. Dass das Leben mit einem Schriftsteller schwierig sein könnte – darüber hat sie, glaube ich, in diesem Moment nicht so genau nachgedacht.

An den Wochenenden zog es mich regelmäßig ans Meer. Nicht, dass ich ein eigenes Boot gehabt hätte, aber die Eltern eines Kommilitonen besaßen eines, und wir durften damit segeln. Ich machte meinen Segelschein, entdeckte meine Leidenschaft für das Wasser. Die Weite der Meere stellte eine ungeheure Faszination für mich dar. Ich glaube, damals wurde der Gedanke geboren, irgendwann einmal zu einer Weltumsegelung aufzubrechen. Später natürlich, viel später. Livia war davon nicht sehr begeistert. Ich nahm sie ein paar Mal mit auf das Schiff, aber sie konnte sich nicht recht für das Segeln erwärmen. Livia hatte schon immer ziemliche Angst vor dem Wasser.

Alle paar Wochen besuchten wir ihre Eltern, meine künftigen Schwiegereltern. In jener entsetzlichen Kleinstadt. Ich fuhr nicht gern dorthin, aber da es nicht allzu häufig geschah, war es okay. Immerhin kochte Livias Mutter sehr gut. Sie war nett, aber total angepasst an das Leben dort und völlig unterwürfig ihrem Mann gegenüber. Der saß nach einem Schlaganfall, den er in relativ jungen Jahren erlitten hatte, im Rollstuhl, war rundum pflegebedürftig, hing eigentlich völlig von der Gnade seiner Frau ab und schaffte es trotzdem, sie von morgens bis abends zu schikanieren und mit seinen bösen Launen und gehässigen Bemerkungen regelmäßig zum Weinen zu bringen. Er war unbeschreiblich geizig, obwohl er eine sehr gute Pension bekam. Beispielsweise durfte keine Putzfrau eingestellt werden, und seine gesundheitlich ebenfalls angeschlagene Frau musste das riesige, unpraktische Haus ganz allein in Ordnung halten. Im Winter froren wir alle, weil er verbot, die Heizungen ausreichend aufzudrehen. Er weigerte sich, Reparaturen an dem alten Kasten vornehmen zu lassen und zu bezahlen. Es zog wie verrückt durch die Fenster. Für ihn war das sicher auch ungemütlich, aber er hielt es aus, weil es ihn so tief befriedigte, uns leiden zu sehen. Meiner Meinung nach hasste er uns, weil wir nicht auch im Rollstuhl saßen. Wenn wir uns schon normal bewegen konnten, dann wollte er uns wenigstens das Leben schwer machen, wo er nur konnte.

Ich beendete mein Studium, wir legten unseren Hochzeitstermin fest. Ich begann erste Notizen für meinen geplanten Roman zu machen. Nebenher jobbte ich hier und dort. Ich freute mich auf die Arbeit. Ein paar Figuren nahmen schon Gestalt an. Es drängte mich, anfangen zu können. Es war wie ein langer, langer Geburtsvorgang, den ich jedoch nicht als schmerzhaft, sondern als schön empfand.

Dann passierte die Katastrophe.

Knapp drei Wochen vor unserer Hochzeit starb Livias Mutter. Ohne jede Vorwarnung, von einer Minute auf die andere. Ein Herzinfarkt. Livias Vater rief an, um es uns mitzuteilen. Er erreichte mich, und selbst in diesem tragischen Moment hatte ich den Eindruck, dass es ihn mit einer gewissen Befriedigung erfüllte, dass *sie* zuerst gestorben war. Dass er, der Krüppel, nun länger durchhalten würde.

Klar, dass Livia gleich zu ihm reiste und sich um ihn kümmerte, der Alte konnte ohne fremde Hilfe ja nicht mal auf die Toilette. Er konnte sich kein Spiegelei braten, und angeblich bekam er mit seinen verkrüppelten Händen auch nicht die Kühlschranktür auf, um sich einen Joghurt herauszuholen. Für die kleinste Kleinigkeit brauchte er eine Bedienstete. Livia war vom ersten Moment an praktisch rund um die Uhr im Einsatz.

In den Wochen vor der Hochzeit sah ich sie nun gar nicht mehr. Ich reiste dann hinterher, wir heirateten standesamtlich mit zwei Nachbarn als Trauzeugen. Wir konnten danach nicht einmal essen gehen, weil Livia schnell wieder nach Hause zu dem bedauernswerten Pflegefall musste.

Mir war klar, dass sie nicht Knall auf Fall mit mir wieder abreisen konnte, aber ich dachte doch, dass wir nun gemeinsam ein geeignetes Pflegeheim suchen, den Alten dorthin schaffen, das Haus verkaufen oder vermieten würden. Tatsächlich führte Livia auch einige Telefonate mit Heimen, ließ sich Prospekte zuschicken, sah sich eines der Häuser auch persönlich an... aber irgendwie ging alles nicht voran, sie blieb in der Planung stecken, und irgendwann vertraute sie mir an, dass sich ihr Vater weigere, sein Haus zu verlassen, dass er auch nicht von einer fremden Person betreut werden wolle und dass sie, Livia, es nicht fertigbrächte, ihn gegen seinen Willen zu etwas zu zwingen, wogegen er sich derart heftig sträube.

Das war's dann. Damit waren im Prinzip die Würfel gefallen. Ich kapierte, dass Livia bleiben würde, dass sie ihre Rolle im Grunde schon akzeptiert hatte. Eigentlich war sie wie ihre Mutter. Das Wort eines Mannes ist ihr Befehl. Seltsam, dass es so etwas heute noch gibt, nicht? Aber vielleicht ist es nicht einmal so selten.

Ich wollte mich nicht gleich nach der Hochzeit von ihr trennen. Ich redete mir ein, es sei schließlich ganz gleich, wo ich meinen Roman schriebe. Und natürlich hatte ich vor, darauf hinzuwirken, dass wir letztlich doch eine andere Lösung finden würden. Länger als ein Jahr, dachte ich, sind wir keinesfalls hier.

Es wurden zwölf Jahre. Zwölf Jahre, die vielleicht sehr schwer erklärbar sind. Es gab immer wieder Vorstöße in Richtung Heim. Es gab immer wieder Termine, die wir uns setzten. Es gab aber auch immer wieder Gründe, geplante Schritte nicht zu tun. *Wir warten bis nach Weihnachten. Wir warten noch seinen nächsten Geburtstag ab. Lass ihn den Sommer noch hier verleben. Lass ihn nicht gerade im Herbst in ein Heim ziehen, da ist alles so grau.* Verstehst du? Wir lebten zwölf Jahre lang in der Erwartung, dass er *jetzt gleich* umsiedeln würde. Ich glaube, wir merkten kaum, dass es mit jedem Jahr unwahrscheinlicher wurde, dass er es wirklich tat.

Und ich lief durch diese kleine Stadt wie ein Tiger durch seinen Käfig. Zehn Schritte in die eine Richtung, zehn Schritte in die andere. Ich wusste, dass mich alle Welt für einen Schmarotzer hielt, während Livia als Heilige galt. Wenn ich mich in das einzige Café am Platz setzte, um Notizen zu machen, wurde ich von fettleibigen Hausfrauen angestarrt, die mit einem Kopftuch über ihren Lockenwicklern zum Brotkaufen kamen. Wollte ich abends allein sein und im örtlichen Gasthof zu Abend essen, tagte dort gleichzeitig der Schützenverein oder der Mütterverein. Irgendjemand sprach mich todsicher darauf an, dass unser Gehsteig nicht sauber gefegt war oder dass irgendein blöder Busch aus unserem Garten zum Nachbarn wucherte. Es wurde feindselig registriert, dass ich weder am samstäglichen Männerstammtisch teilnahm noch mich breitschlagen ließ, bei Straßenfesten Würstchen zu grillen oder das Sackhüpfen der Schulkinder zu moderieren. Eigentlich tat ich niemandem etwas. Aber ich war ein Individualist, und das galt dort als schlimmstes Verbrechen. Irgendwann hätte ich am liebsten dieses alte, hässliche Haus meines Schwiegervaters nicht mehr verlassen. Aber dann musste ich ständig in seine böse Fresse schauen, und das war auch unerträglich. Es gab keinen Ort, an dem ich mich gut fühlte. An dem ich Frieden empfunden hätte.

Es gab somit keinen Ort, an dem ich schreiben konnte.

Natürlich spielte ich immer wieder mit dem Gedanken, einfach abzuhauen. Oder Livia ein Ultimatum zu stellen. Ihr zu sagen, dass sie sich bis zu irgendeinem Termin entscheiden solle zu gehen, dass ich andernfalls allein gehen würde. Aber es blieb bei den Überlegungen. Denn letztlich wusste ich genau, wie das ausgehen würde: Sie würde nicht mit mir kommen. Sie würde bei ihrem Vater bleiben, weil sie nicht in der Lage wäre, sich dem Gefühl der Verpflichtung zu entziehen. Und ich würde dann irgendwo allein sitzen und von den Bildern verfolgt werden. Wie sie von ihm schikaniert wurde. Wie sie sich abhetzte und abmühte und dennoch nie seine Zustimmung errang. Und mit vielen Verrichtungen auch kräftemäßig völlig überfordert war.

Ob ich sie noch liebte, nachdem ein paar Jahre vergangen waren? Die Umstände bildeten nicht gerade einen guten Nährboden für das Gedeihen oder das Pflegen und Bewahren von Gefühlen. Ich war frustriert, oft wütend, hatte den Eindruck, geradewegs in eine Falle marschiert zu sein, aus der ich mich nicht mehr zu befreien vermochte. Es machte mich verrückt, kein eigenes Geld zu verdienen. Ich lebte von meinem Schwiegervater, was mir teilweise gerecht erschien, weil ich viele Arbeiten am Haus und im Garten verrichtete und auch zur Stelle war, wenn er zum Arzt gebracht werden musste oder eine Spazierfahrt unternehmen wollte. Aber es war nicht das Gleiche, als ginge ich einem Beruf nach und erhielte ein regelmäßiges Gehalt. Außerdem gab mir der Alte immer das Gefühl, mich auf seine Kosten durchzuschnorren.

Irgendwie, unwillkürlich, gab ich Livia die Schuld an der Misere. Vom Verstand her war mir klar, dass sie da auch in etwas hineingerutscht war, was sie nicht gewollt hatte, aber immer wieder kam mir auch die Überlegung, dass ich in dem ganzen Schlamassel nicht stecken würde, hätte ich sie niemals kennen gelernt. Und da war der Schritt nicht weit hin zu dem Gedanken: Wäre ich ihr doch nur nie begegnet…

Außerdem verlor ich immer mehr die Achtung vor ihr. Wer war sie? Eine immer grauer, dünner, blasser werdende, verhuschte Person, die sich von einem alten Mann tyrannisieren ließ. Ihre Unterwürfigkeit machte mich ganz rasend. Warum sagte sie ihrem Vater nicht einmal die Meinung? Brüllte ihn an? Machte ihm klar, wie jämmerlich er dran wäre, wenn sie sich plötzlich umdrehte und ginge?

Aber der Typ ist sie nicht. War sie nie, wird sie nie sein.

Und so saßen wir dort, und die Jahre vergingen, und schließlich, im letzten Jahr, lag der Alte eines Morgens tot in seinem

Bett, und ich konnte es zunächst kaum fassen. Aber er war wirklich gegangen, und wir waren frei.

Ich weiß, dass Livia keine Lust hatte, auf diese Weltumsegelung zu gehen. Und vielleicht war es von mir nicht richtig, sie deswegen unter Druck zu setzen. Aber, verdammt, ich musste eine Chance haben, mich ganz und gar von den Ketten zu befreien! Ich konnte nicht einfach das Haus verkaufen, in eine andere Stadt ziehen, die furchtbaren Jahre abhaken und von vorn durchstarten, als wäre nichts gewesen. Ich musste alles hinter mir lassen. Mein Land, meine Bekannten, meine Bürgerlichkeit. Ich wollte auf einem Schiff durch die Wellen pflügen, über mir nur den Himmel, rund um mich nur das Wasser, ich wollte die salzige Gischt auf meinen Lippen schmecken und die Schreie der Möwen hören. Ich wollte andere Länder sehen, andere Menschen treffen.

Ich wollte endlich keine Gewichte mehr an meinen Füßen spüren.

Ich wollte mein Buch schreiben.

Es ist tragisch ausgegangen, wie du weißt. Ich kam bis Skye. Dann sank mein Schiff und damit alles, was ich hatte. Ich bin dreiundvierzig Jahre alt und besitze nichts mehr. Absolut nichts. Und die ganze Zeit frage ich mich: Ist das nicht die wirkliche, die große Freiheit? Nichts mehr zu verlieren zu haben, an nichts mehr zu hängen? Ist es die Freiheit, von der ich zwölf Jahre lang geträumt habe?

Oder bin ich in Wahrheit abhängiger und unfreier als je zuvor? Ein Gestrandeter, ein Gescheiterter? Man kann schöne Worte finden, um meine Situation zu beschreiben, und man kann schreckliche Worte finden. Vielleicht treffen beide nicht die ganze Wahrheit. Vielleicht ist diese Wahrheit sehr schillernd, widersprüchlich und vielschichtig. An guten Tagen denke ich, dass ich ein beneidenswerter Mann bin. An schlechten Tagen wünsche ich mir, ich könnte endlich aus diesem Albtraum erwachen.

Aber da ist noch etwas. Ich sage es am Ende, aber es ist sehr wichtig. Es rückt alle Dinge in ein anderes Licht.

Als ich vor Skye unterging, bist du in mein Leben getreten. Ich musste alles verlieren, um dir zu begegnen. Das ist das wirklich Besondere an meiner Situation. Es macht aus einem Schiffsunglück ein Wunder.

Ich habe dir gesagt, dass es gute und schlechte Tage für mich gibt.

Seit dem letzten Wochenende glaube ich, dass die schlechten vorbei sind.«

6

Um Viertel vor vier begriff Janie, dass der nette Mann schon wieder nicht kommen würde. Sie hatte sich nicht mehr in das Schreibwarengeschäft hineingetraut, aber sie hatte rasch durch die Scheiben geblinzelt und gesehen, dass der Laden leer war. Nur der Inhaber hing gelangweilt hinter seiner Theke herum, blätterte in einer Zeitschrift und gähnte ohne Unterlass.

Dann hatte sich Janie auf der anderen Straßenseite postiert, wo sich ein Maklerbüro befand. Im Schaufenster hingen die Fotos verschiedener Häuser in der Gegend, und Janie tat so, als studiere sie angelegentlich, was dort geschrieben stand, und betrachte staunend die bunten Bilder. Aus den Augenwinkeln konnte sie die Tür zum Schreibwarenladen beobachten. Sie war um Viertel vor drei da gewesen, und bis um Viertel vor vier waren nur drei Menschen hineingegangen und nach ziemlich kurzer Zeit wieder herausgekommen. Eine alte Dame, die sich beim Gehen auf einen Stock stützte. Ein junges Mädchen mit schwarzen Haaren, in die sie gelbe Streifen eingefärbt hatte. Ein junger Mann in grauem Anzug mit roter Krawatte.

Das waren alle. Janies Freund war nicht dabei.

Es war zum Heulen. Er hatte es sich anders überlegt, ihn

hatte ihre Unzuverlässigkeit geärgert. Vielleicht hatte er ein anderes kleines Mädchen kennen gelernt, dem er jetzt den Geburtstag ausrichtete. Einem, das nicht gleich bei der ersten Verabredung weggeblieben war.

Janie schaute auf ihre Armbanduhr. Es war eine alte Uhr von Mum, sie hatte sie ihr im letzten Jahr zu Weihnachten geschenkt. Janie war stolz, sie zu besitzen.

Zehn nach vier. Sie konnte eigentlich nach Hause gehen.

Die Tür des Maklerbüros öffnete sich, und eine sehr elegante Dame im nachtblauen Hosenanzug schaute heraus.

»Na, junge Frau, möchten Sie ein Haus kaufen?«, fragte sie spöttisch. »Oder was ist so schrecklich interessant an unserem Schaufenster?«

Janie zuckte zusammen. »Ich...ich...«, stotterte sie, »ich finde die Bilder so schön.«

»Na ja, aber du schaust sie nun schon seit über einer Stunde an. Ich denke, langsam dürftest du sie auswendig kennen. Hast du kein Zuhause?«

Janie erschrak. Die Dame begann sich zu sehr für sie zu interessieren. Ob sie ihr ansah, dass sie gerade den Sportunterricht schwänzte?

Denn genau das tat Janie. Sie hätte sonst nicht rechtzeitig bei dem Schreibwarenladen sein können. Der Sportunterricht dauerte am Montag jetzt immer von drei bis fünf Uhr. Im letzten Schuljahr war das anders gewesen, da waren sie am Montag immer schon um halb drei fertig gewesen. Am Morgen hatte Janie gar nicht daran gedacht, dass sich das ändern könnte. Als der neue Stundenplan diktiert wurde, war sie blass geworden vor Entsetzen. Und hatte ziemlich schnell beschlossen, dass es im Augenblick wichtigere Dinge in ihrem Leben gab. Eine gute, zuverlässige Schülerin konnte sie später immer noch sein.

»Ich... gehe schon«, sagte sie hastig.

Die Dame sah sie eindringlich an. »Wenn es Probleme

gibt... möchtest du, dass ich deine Mutter anrufe? Wenn du mir ihre Nummer...«

Um Gottes willen, das wäre das Letzte, was sie gebrauchen konnte.

»Keine Probleme«, versicherte sie, »ich habe einfach die Zeit vergessen.«

Sie lächelte unsicher, überquerte dann die Straße, wobei sie den Schreibwarenladen fixierte. Es war die letzte Gelegenheit... Aber nichts rührte sich, niemand betrat das Geschäft oder kam heraus. Es war ein völlig ereignisloser Montag.

Und Janie wusste, dass sie den Rest des Tages damit verbringen würde, ihre Einladungskarten, deren Einsatz immer unwahrscheinlicher wurde, anzusehen und dabei mit den Tränen zu kämpfen. Und sie würde darüber nachdenken, wie viel Ärger ihr das heutige Schwänzen einbringen würde.

Bis Mum davon erfuhr, sollte sie sich eine richtig gute Erklärung überlegt haben.

7

Um fünf Uhr holte Grace Kim von der Schule ab, und sie tat es mit der letzten Kraft, die sie noch aufbringen konnte. Sie spürte, dass das Fieber gestiegen war, aber sie wagte nicht, die Temperatur zu messen, weil sie Angst hatte, dass das Ergebnis sie erschrecken und noch mehr lähmen würde. Gegen drei Uhr hatte Jack angerufen. Die Verbindung war schlecht gewesen; sie hatte das gleichmäßige Brummen des Motors ziemlich laut und seine Stimme eher leise gehört.

»Wie geht's?«, hatte er gefragt.

Ihr taten die Zähne weh und alle Knochen, aber sie hatte behauptet: »Gut. Na ja... den Umständen entsprechend.«

»Du hörst dich aber nicht gut an.«

»Wirklich, es geht schon.«

»Ich hätte nicht fahren sollen.«

»Doch. Es war mir wichtig, dass du fährst.«

»Hat sich Madame gemeldet?« Grace wusste gleich, dass er Mrs. Quentin meinte. Das Wort *Madame* klang abfällig, und so hatte er sie auch noch nie bezeichnet. Bei ihm hatte sie wohl für alle Zeiten verspielt.

»Nein. Ich habe nichts von ihr gehört.«

Er murmelte etwas, das Grace geflissentlich überhörte. Nachdem er ihr aufgetragen hatte, sich zu schonen, beendeten sie das Gespräch, und Grace kroch in ihr Bett zurück. Ihr graute vor dem Moment, da sie aufstehen und sich auf den Weg zu Kims Schule machen musste. Ganz kurz spielte sie sogar mit dem Gedanken, sich an Livia Moor zu wenden, die offenbar für einige Zeit drüben im Haupthaus wohnte. Über ihre Anwesenheit hatte Frederic Grace informiert, aber wer genau sie war und weshalb sie hier Unterschlupf gesucht hatte, blieb ein wenig unklar. Grace hatte sich jedoch zusammengereimt, dass sie irgendetwas mit dem Mann zu tun hatte, mit dem Virginia Quentin durchgebrannt war. Ihr war das zu suspekt. Dieser Person hätte sie ihren kleinen Liebling nicht anvertraut.

Irgendwie schaffte sie es, mit dem Auto bis zur Schule und wieder zurück zu kommen. Kim erzählte ohne Punkt und Komma, aufgeregt und überdreht. Sie hatte zwei neue Mitschüler bekommen, neue Lehrer, ein neues Klassenzimmer. Ihre Traurigkeit vom frühen Morgen war verflogen. Grace fürchtete aber, dass sie am Abend wieder unglücklich sein würde. Alles das, was sie Grace erzählte, hätte sie zu gern auch ihrer Mummie berichtet.

Wenn ich nicht so krank wäre, würde ich mich richtig über sie ärgern, dachte Grace.

Daheim kochte sie einen Kakao für Kim und stellte ihr einen Teller mit Keksen hin, aber dann merkte sie, dass sie wieder ins Bett musste. Sie hatte weiche Knie und fror so, dass ihre Zähne aufeinanderschlugen.

»Kim, mein Schatz«, sagte sie mühsam, »ich muss mich ein wenig hinlegen. Es tut mir leid, aber mir geht es gar nicht gut. Du kannst ein bisschen fernsehen, wenn du möchtest, ja?«

»Wir müssen meine neuen Bücher einbinden«, sagte Kim.

»Wir hätten Papier kaufen sollen«, stellte Grace schuldbewusst fest. »Wir werden das morgen tun, ja? Wenn dich morgen jemand schimpft, dann sagst du, dass ich so krank war, aber dass ich mich darum kümmern werde.«

Kim machte ein betrübtes Gesicht. Sie hätte gern die Bücher in schönes, neues Papier gewickelt, ihre Hefte beschriftet, ihre Stifte gespitzt. Das alles an Graces großem Küchentisch, gemütlich unter der hellen Lampe.

»Wann kommt Mummie?«, fragte sie.

Grace seufzte. »Ich weiß es nicht. Und nun, bitte, sei lieb. Ich brauche ein, zwei Stunden Schlaf, dann geht es mir besser.«

So würde es nicht sein, das wusste sie: Ihr stand eine schaurige Nacht bevor. Sie kroch in ihr Bett, rollte sich wie ein Embryo zusammen, zog ihre Knie bis fast ans Kinn. Sie konnte nicht aufhören zu frieren.

Vielleicht sollte ich doch einen Arzt anrufen, dachte sie, aber über diesem Gedanken schlief sie schon ein.

Als sie aufwachte, war es draußen dunkel. Im Zimmer brannte eine Stehlampe in der Ecke. Wind war aufgekommen und bewegte die Zweige der Bäume; Grace konnte die tanzenden Schatten der Blätter an den Wänden sehen.

Sie richtete sich langsam auf. Ihr Kopf schmerzte, jeder Knochen im Körper tat ihr weh, aber sie fühlte sich ein wenig kräftiger als am Nachmittag. Ein Blick auf die Uhr zeigte ihr, dass es fast acht war. Längst an der Zeit, dass Kim ihr Abendessen bekam. Wie rührend von der Kleinen, dass sie sich so ruhig verhalten und ihren, Graces, Schlaf nicht gestört hatte.

Grace kletterte aus dem Bett. Als sie sich aufrichtete, drehte sich das Zimmer für einen Moment vor ihren Augen, und sie musste sich kurz am Nachttisch abstützen. Aber dann wurde ihr Blick klarer. Sie schlüpfte in ihre warmen Pantoffeln, zog ihren Morgenmantel über und schlurfte in die Küche.

Da war niemand. Nur die Katze lag in ihrem Körbchen und schlief. Auf dem Tisch standen der leere Becher, in dem sich der Kakao für Kim befunden hatte, daneben der Teller, auf dem die Kekse gewesen waren. Alles ausgetrunken, alles aufgegessen. Die Küchenuhr tickte gleichmäßig.

Grace ging ins Wohnzimmer hinüber in der Erwartung, Kim vor dem Fernseher zu finden. Aber das Zimmer war dunkel, der Fernseher ausgeschaltet. Grace runzelte die Stirn. War Kim etwa schon ins Bett gegangen?

Es gab eine kleine Kammer neben dem Bad, die den Walkers als Gästezimmer diente. Von wachsender Unruhe geplagt, schaute Grace hinein: Die Kammer war leer. Das Bett unbenutzt.

»Das gibt es doch nicht«, murmelte sie.

Das Bad war leer. Die Speisekammer war leer. Selbst in den Keller tappte Grace hinunter, schaute in die Waschküche und in den Vorratsraum. Nichts. Keine Spur von einem kleinen Mädchen.

Sie griff sich an den Kopf. Spielte ihr das Fieber einen Streich? Hatte Kim angekündigt, irgendwo hin gehen zu wollen, und hatte sie es unter dem seltsamen Schleier, der sie umgab, nicht wahrgenommen? Aber derart benommen war sie nicht, wirklich nicht. Sie erinnerte sich, dass Kim ihre neuen Bücher hatte einbinden wollen. War sie hinübergegangen in das Haus ihrer Eltern, um nach Papier zu suchen?

Bleib ganz ruhig, ermahnte sie sich, aber ihr Herz raste dennoch wie irr. Es muss gar nichts passiert sein. Bevor diese … diese Morde an den zwei kleinen Mädchen in King's Lynn geschahen, hätte dich das gar nicht besonders aufgeregt. Da war Kim immer irgendwo auf dem großen Grundstück unterwegs, und kein Mensch hat sich Gedanken gemacht.

Aber diese Morde waren eben geschehen. Die Idylle war keine Idylle mehr.

Mit zitternden Fingern wählte Grace die Nummer vom Haupthaus. Nach endlosem Klingeln wurde schließlich abgenommen, und eine zarte Stimme hauchte: »Hallo?«

»Grace Walker hier«, krächzte Grace, »ich bin die Frau des Verwalters hier von Ferndale. Ist Kim drüben bei Ihnen?«

»Wer spricht dort?«, fragte das Stimmchen.

Grace hätte das begriffsstutzige Wesen durch das Telefon hindurch schütteln mögen. »Ich bin Grace Walker. Die Frau von Jack Walker, dem Verwalter. Wir wohnen in dem kleinen Pförtnerhaus ganz unten an der Auffahrt...«

»Ach so, ja«, sagte das Stimmchen.

»Kim wohnt doch zur Zeit bei uns. Ich habe ein paar Stunden geschlafen, weil ich ziemlich erkältet bin. Nun kann ich sie nirgends finden. Ich dachte, sie ist vielleicht drüben?«

»Nein. Das hätte ich gemerkt.«

»Und wenn Sie noch einmal nachsehen? Das Haus ist ja ziemlich groß und vielleicht...« Grace ließ den Satz offen.

»Ich schaue nach«, versprach das Stimmchen, »ich rufe Sie gleich zurück.«

Grace diktierte ihr die Nummer und legte dann auf.

Lieber Gott, dachte sie. Ein siebenjähriges Kind, das ihr anvertraut war. Und sie legte sich einfach schlafen. Schlief so tief und fest, dass sie über Stunden nichts sah und hörte.

Wenn etwas passiert ist... das verzeihe ich mir nie. Niemals.

Aber es musste nichts passiert sein. Warum sollte sie das Schlimmste denken? Das war Unsinn. Es lag am Fieber, dass sie kurz vor dem Durchdrehen stand.

Um irgendetwas zu tun, setzte Grace Teewasser auf. Als sie gerade einen Beutel Salbeitee in eine Tasse hängte, klingelte das Telefon.

»Livia Moor hier. Es tut mir leid, Mrs. Walker, ich habe im ganzen Haus nachgesehen. Kim ist nicht hier.«

Grace wurde innerlich ganz kalt. »Das kann nicht sein«, stieß sie hervor.

»Wirklich, ich habe in jeden Winkel geschaut«, beteuerte Livia.

Beide Frauen schwiegen.

»Es ist… mir geht es nicht gut«, sagte Grace schließlich. »Ich habe hohes Fieber. Sonst hätte ich mich nie mitten am Tag hingelegt.«

»Vielleicht spielt sie im Park«, meinte Livia.

»Es ist aber schon dunkel.«

»Trotzdem. Sie hat die Zeit vergessen…«

Grace fühlte ein Würgen in ihrem Hals. »Ich darf mir nicht vorstellen… guter Gott, sie ist erst sieben…«

»Soll ich zu Ihnen hinüberkommen?«, fragte Livia. »Vielleicht kann ich irgendetwas für Sie tun?«

»Das wäre nett von Ihnen«, flüsterte Grace. Es war nicht so, dass sie ein großes Bedürfnis nach der Anwesenheit dieser Fremden verspürt hätte, aber sie meinte, jeden Moment den Verstand zu verlieren, und vielleicht half es ihr, wenn jemand da war, mit dem sie reden konnte. Und wenn es diese seltsame Person aus Deutschland war.

Jack. Ach, wäre doch Jack da!

Sie beendeten das Gespräch. Grace goss das Wasser in ihre Tasse, dann wählte sie kurz entschlossen Jacks Nummer. Sein Handy war ausgeschaltet, aber es gelang ihr, ihn über sein Hotel in Plymouth zu erreichen.

»Wie geht es dir?«, fragte Jack sofort.

»Ach, nicht gut, gar nicht gut. Kim ist verschwunden.«

»Was?«

Jetzt konnte Grace die Tränen nicht länger zurückhalten. »Ich hatte mich hingelegt und habe ungefähr drei Stunden geschlafen. Kim wollte fernsehen… aber jetzt ist sie nicht da. Sie ist nirgendwo im Haus.«

»Vielleicht ist sie hinüber…«

»Nein. Da ist sie auch nicht.«

»Hör zu«, sagte Jack, »dreh jetzt nicht durch. Sie muss ja irgendwo sein.«

»Sie war so traurig«, weinte Grace, »weil ihre Mum heute am ersten Schultag nicht da ist. Und… und sie hatte sich darauf gefreut, mit mir zusammen die neuen Bücher einzubinden. Aber ich hatte vergessen, Papier zu kaufen. Sie war enttäuscht, und…«

»Was und?«, fragte Jack. Seine Stimme klang rauh. Grace spürte, dass er sich auch Sorgen machte, aber dass er es vor ihr nicht zeigen wollte.

»Vielleicht ist sie vor Enttäuschung und Kummer weggelaufen. Und dann…«

»Meine Güte«, sagte Jack.

»Und dann ist sie dem Kerl begegnet, der…«, fuhr Grace fort, obwohl Jack sowieso schon gewusst hatte, was ihr im Kopf herumging. Sie sprach nicht weiter.

»Unsinn«, sagte Jack ruppig. So kratzbürstig wurde er immer, wenn ihm etwas an die Nieren ging. »Grace, ich würde dir jetzt gern helfen, aber selbst wenn ich heute Nacht noch wie der Teufel zurückrase…«

»Tu das nicht. Du brauchst jetzt deinen Schlaf.«

»Ich weiß nicht, wie fit du bist. Aber vielleicht könntest du im Park nachsehen, trotz der Dunkelheit. Kim hat viele Verstecke dort. Wenn du eine Taschenlampe nimmst…«

Grace stöhnte leise. Im Grunde fühlte sie sich für eine Suchaktion in dem unwegsamen Gelände kaum in der Lage.

»Ich werde Livia bitten.«

»Wen?«

»Das ist… ach, das ist zu kompliziert. Jack…«

»Ja?«

»Ich habe Angst.«

»Unkraut vergeht nicht«, sagte Jack. »Ruf mich an, wenn's was Neues gibt, ja?«

»Ja. Ja, natürlich.«

»Und, Grace…«

»Ja?«

»Ruf mich auch an, wenn es nichts Neues gibt«, sagte Jack.

»Ich möchte einfach… ach, Scheiße! Ich wusste schon heute früh, dass ich nicht fahren sollte. Ich hatte ein blödes Gefühl. Ich höre sonst immer auf solche Gefühle. Warum diesmal nicht?«

8

Livia bot dreimal an, mit einer Taschenlampe durch den Park zu gehen und nach Kim zu rufen, und dreimal zog sie ihr Angebot wieder zurück.

»Ich weiß nicht… das Gelände ist riesengroß«, sagte sie ängstlich, »ich verlaufe mich am Ende und finde nicht zum Haus zurück!«

Inzwischen war es stockfinster draußen. Grace begriff, dass Livia viel zu viel Angst hatte, nachts durch einen riesigen, bewaldeten Park zu streifen, und dass sie es letztlich nie im Leben tun würde.

»Ich werde selbst gehen«, krächzte sie.

»Auf keinen Fall«, widersprach Livia. »Sie glühen ja vor Fieber! Sie holen sich eine Lungenentzündung.«

»Wir können doch aber nicht hier sitzen und nichts tun!«

»Vielleicht sollten wir die Polizei anrufen.«

»Unternehmen die so schnell schon etwas?«

»Nach allem, was war… vielleicht schon«, antwortete Livia leise. Im Krankenhaus hatte sie nichts vom Tagesgeschehen um sie herum mitbekommen, aber Frederic hatte ihr von den beiden Verbrechen erzählt.

»Wenn ich wenigstens einen Hund hätte«, fuhr sie fort, »dann würde ich…«

»Wir haben jetzt aber keinen Hund«, erwiderte Grace gereizt. Sie begriff, dass Livia zu den Menschen gehörte, die ewig lamentieren, aber nicht handeln, und dass von ihr im Grunde keine Hilfe zu erwarten war. Sie riss nur die Augen auf und machte einen spitzen Mund und hatte keine Ahnung, wie sie mit der Situation umgehen sollte. Fast fühlte Grace Verständnis für Livias Ehemann, der vor ihr geflüchtet war und sich einer anderen Frau zugewandt hatte. Aber nur fast. Dass es ihm möglicherweise gelang oder schon gelungen war, die Ehe von Frederic und Virginia Quentin zu zerstören, würde Grace ihm niemals verzeihen.

»Ich rufe jetzt die Polizei an«, sagte sie entschlossen. »Wir können nicht hier sitzen und die Zeit verstreichen lassen. Die müssen uns Leute schicken, die den Park durchsuchen.«

Sie ging ins Wohnzimmer hinüber. Gerade als sie den Hörer abheben wollte, rief Livia, die in der Küche geblieben war: »Da kommt jemand!«

»Kim!«, krächzte Grace und lief in die Küche zurück.

Aber es war nicht das sehnlichst erwartete Kind. Es waren Virginia und Nathan.

Sie hatten anhalten und das Tor öffnen müssen, und Livia hatte das Scheinwerferlicht des Autos gesehen.

Grace riss die Haustür auf und stolperte in Bademantel und Pantoffeln hinaus auf die Auffahrt, um den Wagen zu stoppen. Nathan, der am Steuer saß, bremste scharf. Virginia sprang sofort hinaus, als sie die völlig aufgelöste Frau im Lichtkegel erblickte.

»Grace! Was ist passiert? Ist etwas mit Kim?«

Grace, die während der letzten Minuten ihre Fassung mühsam wiedergefunden hatte, brach nun erneut in Tränen aus. »Sie ist verschwunden«, schluchzte sie.

»Was heißt das?«, fragte Virginia schrill. »Was heißt *verschwunden*?«

Inzwischen stieg auch Nathan aus. »Beruhigen Sie sich«, sagte er zu Grace. »Kim ist verschwunden? Seit wann?«

Grace berichtete vom Ablauf des Nachmittags. »Ich konnte mich einfach nicht länger auf den Beinen halten«, weinte sie, »deshalb wollte ich mich kurz hinlegen. Ich wollte nicht einschlafen. Ich verstehe nicht, wie ...«

»Niemand macht Ihnen einen Vorwurf«, sagte Nathan. »Sie sind krank, und Sie waren überfordert.«

Virginia biss sich auf die Lippen. »Wo ist denn Jack?«

»Der hat einen Transport nach Plymouth. Er konnte nicht absagen.«

»Wir müssen sofort die Polizei anrufen«, sagte Virginia voller Panik.

»Vielleicht hält sie sich irgendwo im Park verborgen«, sagte Grace, »sie baut sich doch andauernd Höhlen und Geheimgänge und solche Verstecke.«

»Aber weshalb sollte sie sich verstecken?«, fragte Virginia.

»Sie war sehr traurig und bedrückt heute«, sagte Grace. Sie wich Virginias Blick aus. »Es war doch der erste Schultag, und sie konnte nicht verstehen, weshalb ... Nun, weshalb ihre Mutter nicht hier war. Und ich konnte mich auch nicht richtig um sie kümmern. Vielleicht wollte sie einfach ...« Sie hob die Schultern. »Vielleicht wollte sie einfach weg!«

»O Gott«, flüsterte Virginia.

»Wir brauchen Taschenlampen«, sagte Nathan. »Was Grace sagt, klingt plausibel. Vielleicht hat sie sich wirklich versteckt und hat Angst vor dem Rückweg in der Dunkelheit. Wir sollten sofort das ganze Gelände durchstreifen.«

»Wir sollten sofort die Polizei benachrichtigen«, sagte Virginia. Ihre Stimme klang schrill.

Verdammt, nicht Kim! Nicht Kim!

Nathan legte ihr die Hand auf den Arm. »Ich vermute, die würden jetzt noch gar nichts unternehmen«, sagte er. »Kim ist noch nicht sehr lange fort, und sie ist auch nicht auf dem Schulweg, dem Spielplatz oder von sonst einem öffentlichen Ort verschwunden. Sie war hier im Haus. Niemand ist gekommen und hat sie von hier weggeholt, das halte ich zumindest für sehr unwahrscheinlich.«

»Aber sie...«

Der Druck seiner Hand auf ihrem Arm verstärkte sich. Selbstsicher und beruhigend. »Es gibt keine Übereinstimmung mit den Geschichten der beiden anderen kleinen Mädchen. Keinerlei Parallelen. Ich denke, wir finden sie.«

Sie atmete tief durch. »Okay. Okay, wir suchen sie. Aber wenn wir sie innerhalb der nächsten Stunde nicht finden, rufe ich die Polizei an.«

»In Ordnung«, stimmte Nathan zu.

»Wir haben Taschenlampen«, sagte Grace.

Sie hustete und weinte, während sie sich vor Virginia und Nathan her zum Pförtnerhaus schleppte. In der hell erleuchteten Haustür stand Livia. Sie starrte ihren Mann an. Sie war totenblass.

»Nathan«, sagte sie.

Er zog nur die Augenbrauen hoch. Virginia hielt den Kopf gesenkt. Sie wagte es nicht, Livia anzusehen.

»Das ist jetzt nicht der Moment zum Reden«, sagte Nathan sehr bestimmt, als Livia erneut den Mund öffnete. Sie zuckte zusammen, schwieg.

Grace kam mit zwei großen Taschenlampen aus der Küche. »Die sind sehr stark. Damit müsste es gehen.«

»Soll ich... mitkommen?«, fragte Livia leise.

Nathan schüttelte den Kopf. »Bleib hier bei Grace. Kümmere dich um sie. Sie glüht ja vor Fieber. Virginia hat ihr Handy dabei. Wenn wir Hilfe brauchen, melden wir uns.«

Wieder verstummte Livia. Die gräuliche Blässe ihrer Wangen vertiefte sich noch ein wenig. Wortlos und hilflos sah sie zu, wie ihr Mann und die andere Frau zwischen den Bäumen verschwanden.

Grace, obwohl soeben noch so gereizt über die zögerliche Art der jungen Deutschen, legte ihr nun in einer mitfühlenden Geste den Arm um die Schultern.

»Sie sind ja bleich wie der Tod«, sagte sie. »Ich glaube, Sie kippen mir gleich um. Wissen Sie was, Sie bekommen jetzt erst einmal einen Schnaps. Damit Sie wieder wie ein Mensch aussehen.«

Livia wollte protestieren, aber Grace schüttelte den Kopf.

»Nein, Sie tun, was ich sage. Wir haben da etwas, darauf schwört mein Jack. Gibt einem die Kraft zurück, sagt er immer.« Sie lächelte etwas schief und voller Mitgefühl. »Und Kraft werden Sie brauchen in der nächsten Zeit, das ist mal sicher!«

9

Nebeneinander her stolperten sie durch den Park. Zu Anfang waren sie über die breiten, sandigen Wege, die Virginia allmorgendlich entlangjoggte, gut vorangekommen, hatten mit ihren Lampen rechts und links in die Büsche geleuchtet und Kims Namen gerufen, aber irgendwann war Virginia schwer atmend stehen geblieben.

»Wenn sie sich wirklich versteckt«, sagte sie, »dann wahrscheinlich nicht hier, wo man sie leicht finden könnte. Dann ist sie bestimmt tiefer in den Park hineingelaufen, dorthin, wo sie auch immer spielt.«

»Dann müssen wir da auch hin«, sagte Nathan. Er nahm ihre Hand. »Komm. Versuch dich an die Orte zu erinnern, die sie gern aufsucht, und dort probieren wir dann unser Glück.«

Die Orte, die Kim gern aufsuchte, waren nur über Trampelpfade zu erreichen, die zum Teil so von Gestrüpp und Gebüsch zugewuchert waren, dass sie beinahe nicht mehr erkennbar waren. Im gespenstisch anmutenden Lichtkegel der Taschenlampen schien die Wildnis jedes Durchkommen zu verhindern, aber irgendwie kamen Virginia und Nathan voran, wobei sie sich immer wieder mit den Haaren in Zweigen verfingen, mit den Ärmeln ihrer Pullover an Dornenranken hängen blieben oder über Wurzelwerk stolperten.

»Das ist hier wirklich ein Paradies für Kinder«, murmelte Nathan einmal, um gleich darauf einen leisen Schmerzenslaut von sich zu geben, als ihm ein Zweig durch das Gesicht peitschte. »Verdammt, fünf Köpfe kleiner, und man käme hier ungeschorener durch. Wir werden nachher aussehen, als wären wir in eine Schlägerei geraten!«

Virginia wollte zu den Brombeerhecken, unter denen sich Kim ein kunstvoll verschlungenes Höhlensystem angelegt hatte, zu einem kleinen Steinbruch, in dem ihre Tochter eine Stadt für ihre Puppen gebaut hatte, zu einem Wäldchen, in dem Frederic im letzten Jahr eine Hängematte angebracht hatte. Sie kannte die Plätze gut, war oft dort gewesen, aber immer nur bei Tageslicht. Im Dunkeln schien alles verändert. Mehr als einmal blieb sie ratlos stehen, weil sie nicht mehr sicher war, welche Richtung sie einschlagen sollte. Zwischendurch rief sie wieder und wieder nach Kim.

Aus dem dunklen, schweigenden Park kam keine Antwort.

Sie erreichten die Brombeerhecken, leuchteten alles, so gut es ging, ab, fanden aber keine Spur von dem kleinen Mädchen. Auch an dem Steinbruch war sie nicht zu entdecken. Virginia sank auf einen Felsen, vergrub für einen Moment das Gesicht in den Händen.

»Sie ist weg, Nathan. Sie ist weg, und ich habe das Gefühl, dass...«

Er kauerte sich vor sie, zog die Hände von ihrem Gesicht. »Welches Gefühl?«

»Dass *er* sie hat! Dieser Perverse! Nathan«, sie sprang auf, »wir vertun hier unsere Zeit! Wir müssen sofort zur Polizei! Sie ist nicht hier im Park. Warum sollte sie hier herumirren?«

»Weil sie verstört und durcheinander ist«, sagte Nathan. Nach einer kurzen Pause fügte er mit behutsamer Stimme hinzu: »Hast du mal überlegt, dass... Frederic etwas damit zu tun haben könnte?«

»Was?« Sie starrte ihn entgeistert an.

»Er könnte dir damit eins auswischen wollen. Du hast ihm Hörner aufgesetzt, nun siehst du, was du davon hast. Er weiß genau, wo du am besten zu treffen bist: wenn er dir das Gefühl gibt, eine pflichtvergessene Mutter zu sein.«

Abrupt, völlig übergangslos, schossen ihr bei diesen Worten die Tränen in die Augen. »Aber das bin ich doch auch! Nathan, genau das bin ich! Wäre ich nicht mit dir nach Skye...«

Er hielt immer noch ihre Hände fest, schüttelte sie leicht. »Psst! Keine Selbstanklagen. Auch Mütter können Krisen haben und ausbrechen. Du glaubtest Kim zu Hause gut versorgt. Wäre Grace nicht krank geworden und hätte sie sich richtig um Kim kümmern können, wäre die Kleine mit Sicherheit nicht so traurig über deine Abwesenheit gewesen. Dann kam noch dazu, dass auch Jack ausfiel. Es war einfach eine Verkettung unglücklicher Umstände. So etwas kann passieren.«

Sie nickte, zog ihre Hände aus seinen, wischte sich energisch die Tränen ab. »Keine Zeit zum Heulen«, sagte sie und stand auf. »Ich möchte noch bei ihrer Hängematte nachschauen. Wenn sie da nicht ist, laufen wir heim, und ich rufe Frederic und die Polizei an.«

Bis sie in dem dichten, dunklen Wäldchen die alte Hängematte gefunden hatten, waren sie völlig erschöpft. Von Kim war auch hier nichts zu entdecken, und es sah auch nicht so aus, als sei hier in den letzten Stunden oder Tagen ein Mensch vorbeigekommen. Nathan leuchtete die Umgebung ab, nirgendwo waren niedergetretenes Gras, abgebrochene Äste oder gar Fußspuren zu entdecken.

»Hier ist sie nicht, und hier war sie auch nicht«, sagte er. »Okay, dann zurück zum Haus!«

Auch während des Rückwegs hörten sie nicht auf, nach Kim zu rufen, aber sie erhielten keine Antwort. Als sie die hell erleuchteten Fenster des Pförtnerhauses zwischen den Bäumen hindurchschimmern sahen, wurde Virginia von der Hoffnung gepackt, Kim könnte inzwischen aufgetaucht sein und sich in Graces Obhut befinden. Aber kaum näherten sie sich dem Haus, kam die alte Frau schon herausgelaufen.

»Haben Sie sie gefunden?«, rief sie. »Haben Sie sie mitgebracht?«

Livia tauchte hinter ihr auf. Nathan tat so, als sei sie gar nicht vorhanden. »Können wir hier telefonieren?«, fragte er.

Grace kämpfte immer noch oder schon wieder mit den Tränen. »Selbstverständlich. Der Apparat ist im Wohnzimmer.«

Virginia war schon im Haus.

»Zuerst Frederic«, sagte sie, »und dann die Polizei.«

10

Frederic war mit einigen politischen Freunden bei einem Inder zum Essen gewesen, aber er hatte an der lebhaften Unterhaltung der anderen kaum teilgenommen, hatte über weite Strecken nicht einmal mitbekommen, worum es in dem Gespräch der anderen ging. Er musste immerzu an Virginia denken, daran, was sie nun gerade auf Skye mit dem anderen Mann tat. Er hätte nie gedacht, dass er unter Bildern der Art, wie sie sich ihm soeben aufdrängten, so leiden würde, dass er überhaupt der Mensch war, der sich derartigen Fantasien hingab. Sich seine Frau in der Umarmung eines anderen vorzustellen … Warum tat er das? Warum konnte er damit nicht aufhören? Und warum empfand er einen so schrecklichen, fast körperlichen Schmerz dabei? Er hätte von sich selbst stets geglaubt, zu sachlich, zu nüchtern zu sein für derartige Emotionen. Wenn die Frau fremdging, dann litt ein Mann nicht wie ein Hund. Gegen Kummer, gegen Enttäuschung gab es die Mechanismen, die man über den Verstand einschaltete, und die verhinderten, dass man zum Spielball dessen wurde, was im eigenen Inneren vor sich ging. Man ließ Emotionen, gute wie schlechte, nicht Macht über sich gewinnen. Frederic hatte stets an den Sieg des Intellekts über die Gefühle geglaubt.

Allerdings war das weit vor allen Überlegungen gewesen, Virginia könnte ihn verlassen, sich einem anderen Mann zuwenden. Virginia war die Frau seines Lebens, die Frau, mit der er alt werden wollte, daran hatte es nie den mindesten Zweifel gegeben. Er hatte vorausgesetzt, dass sie ebenso empfand. Offenbar hatte er sich gründlich getäuscht. Und zu seinem Entsetzen hatte er der Schärfe des Schmerzes nichts entgegenzusetzen. Er war ihm vollkommen hilflos ausgeliefert.

Verzweifelt versuchte er, seit er wieder in London war, den Anschein der Normalität aufrechtzuerhalten. Seine Termine wahrzunehmen, sich um wichtige Menschen zu kümmern, all das zu tun, was für diese Woche auch vor dem Eintritt der Katastrophe auf seinem Programm gestanden hatte. Es war weniger die Sorge um seine Karriere, die ihn dazu trieb, eher der Versuch, nicht vollends den Boden unter den Füßen zu verlieren. Hätte er sich in seine Wohnung gesetzt und die Wände angestarrt, hätte er den Verstand verloren oder sich ständig sinnlos betrunken. Er musste in der Struktur eines ganz gewöhnlichen Tagesablaufs bleiben, das war seine einzige Chance.

Chance worauf?, fragte er sich. Nicht verrückt zu werden? Herauszufinden, was er tun sollte? Den Schmerz niederzuringen? Hass und Wut und Verzweiflung in sich nicht dominieren zu lassen?

Etwas von all dem. Vor allem aber war es die Chance, nicht ununterbrochen grübeln zu müssen. Wenigstens dann, wenn er einem Gesprächspartner gegenübersaß und sich auf dessen Anliegen konzentrieren musste, hörte die Mühle in seinem Kopf auf, sich zu drehen.

An diesem Abend jedoch hielt er das Gerede, das Gelächter, die Heiterkeit, die Scherze fast nicht mehr aus. Zu groß war die Diskrepanz zu dem, was sich in seinem Inneren abspielte.

Um kurz nach zehn erklärte er, unter starken Kopfschmerzen zu leiden, was niemanden verwunderte, denn seine Schweigsamkeit, seine Geistesabwesenheit waren den anderen die ganze Zeit über schon aufgefallen. Er nahm ein Taxi, ließ sich durch die Nacht fahren, die von den tausend verschiedenen Lichtern der Großstadt erleuchtet wurde. Den ganzen Tag lang hatte er sich um Möglichkeiten gerissen, sich abzulenken. Jetzt auf einmal sehnte er sich danach, sich in seiner Wohnung zu verkriechen. Wie ein krankes Tier in seiner Höhle.

Er hörte das Telefon klingeln, als er gerade den Schlüssel ins Türschloss steckte. Das Schloss klemmte, hektisch fingerte er daran herum. Mit einem Sprung war er am Apparat.

»Ja?«, fragte er, bemüht, nicht atemlos zu klingen. Er ärgerte sich über die Inbrunst, mit der er hoffte, es handele sich bei dem Anrufer um Virginia, aber zugleich glaubte er nicht, dass sie sich bei ihm melden würde. Er war tief erstaunt, als er ihre Stimme hörte.

»Frederic? Ich dachte schon, du bist nicht da. Ich wollte gerade wieder auflegen.«

»Oh… Virginia. Ich bin eben erst nach Hause gekommen.« Sie soll ruhig glauben, dass ich ein ganz normales Leben führe und keineswegs zu Tode verletzt herumsitze, dachte er und fand sich selbst dabei kindisch.

»Ich war mit Bekannten beim Essen«, erklärte er.

»Ich bin in Ferndale«, sagte Virginia. Übergangslos setzte sie hinzu: »Kim ist verschwunden.«

»Was?«

»Grace hat sie von der Schule abgeholt, sich dann aber wegen ihrer Grippe ins Bett gelegt. Als sie ein paar Stunden später aufwachte, war Kim verschwunden.«

»Das gibt es doch gar nicht!«

»Sie ist fort. Ich bin schon an allen möglichen Orten im Park gewesen, aber nirgends gibt es eine Spur von ihr. Ich bin völlig verzweifelt. Ich ...«

»Ich komme sofort«, sagte Frederic.

Ihr Zögern war lautlos und doch so spürbar durch den Telefonapparat, dass Frederic nach einer Sekunde des Staunens begriff. Es überraschte ihn, wie intensiv der Schmerz war, trotz der Sorge um sein Kind.

»Verstehe«, sagte er, »dein Liebhaber ist da. Im Augenblick passe ich da vermutlich nicht ins Konzept.«

»Spielt das jetzt eine Rolle?«

»Warum soll ich dann nicht kommen?«

Sie klang erschöpft und deprimiert. »Ich habe nicht deswegen gezögert«, sagte sie, »es war nur ...«

»Ja?«

»Ich war ... ich wusste nicht, ob ich erleichtert sein soll oder nicht. Ich hatte gefürchtet ... dass Kim bei dir ist. Offensichtlich ist sie es nicht, aber wenigstens wüsste ich sie dann in Sicherheit.«

Jetzt war er für einen Moment sprachlos. »Du dachtest, sie ist bei mir?«, fragte er dann.

»Ja.«

»Weshalb sollte sie hier sein? Weshalb sollte ich sie einfach mitnehmen, ohne irgendjemandem Bescheid zu sagen?«

Sie atmete tief. »Um mir meinen Ausflug nach Skye heimzuzahlen«, sagte sie.

Während er um Fassung rang, völlig perplex, mit einer solchen Anschuldigung konfrontiert zu werden, sagte Virginia: »Ich werde jetzt die Polizei anrufen. Sie müssen sofort etwas unternehmen.«

»Du glaubst, ich fahre schnell von London nach King's Lynn, hole mir irgendwie unbemerkt Kim aus dem Haus der Walkers, rase mit ihr nach London zurück, nur um auf diese abartige Weise mit meiner Kränkung fertigzuwerden?«

»Es ist doch jetzt gleichgültig, was ich geglaubt habe. Wichtig ist nur, dass wir Kim finden.«

Sie hatte Recht. Es war nicht der Moment, sich auseinander zu setzen. Dafür würde später Zeit sein. Viel später.

Ihm kam plötzlich ein Gedanke. »Warst du bei ihrem Baumhaus?«

»Bei welchem Baumhaus?«

»Das ich mit ihr gebaut habe, als sie vier war.«

Ein heißer, langer Sommer. Sie hatten damals noch in London gelebt, den Juli und August ausnahmsweise nicht auf Skye, sondern in Ferndale verbracht. Kim hatte gerade eine Phase durchlebt, in der sie sich besonders stark an ihren Vater klammerte, und Frederic hatte sich viel Zeit für sie genommen. Er war mit ihr zum Baden gefahren und durch die Wälder gestreunt, hatte mit ihr Tiere beobachtet und Blumen gesammelt. Und ein Baumhaus gebaut. Ein richtig tolles Baumhaus mit einer Leiter, die man nach oben ziehen konnte, und mit einer Bank zum Sitzen und sogar einem wackeligen Tisch darin.

»Aber da ist sie doch ewig nicht mehr gewesen«, sagte Virginia.

»Trotzdem erinnert sie sich. Und es war eine besonders glückliche Zeit für uns. Möglich, dass es sie deshalb dorthin zieht.«

Ihr Familienleben war in jenem Sommer von großer Harmonie erfüllt gewesen. Manchen Nachmittag hatten sie alle zusammen in dem Baumhaus verbracht, obwohl Virginia immer gefürchtet hatte, es werde unter ihnen zusammenbrechen. Kim hatte gespielt, dass sie ihre Eltern zum Tee einlud, hatte in Plastiktassen aus ihrer Puppenküche Wasser serviert und kleine Stückchen Sandkuchen auf winzigen Tellern.

Sie hatten viel Spaß gehabt. Das Baumhaus mochte für alles stehen, was Kim im Augenblick zu verlieren fürchtete.

»Findest du die Stelle noch?«, fragte Frederic.

»Ja. Natürlich.«

»Pass auf, du schaust dort nach. Wenn sie da auch nicht ist, verständigst du sofort die Polizei. Und rufst mich an. Ich werde irgendeinen Weg finden, heute Nacht noch nach Ferndale zu kommen.«

»In Ordnung.« Er konnte ihrer Stimme anhören, wie verzagt sie war. Die Angst um Kim schnürte ihr buchstäblich den Hals zu.

»Ich warte hier neben dem Apparat«, sagte er und legte den Hörer auf.

Er glaubte nicht, dass Kim entführt worden war. Nicht aus dem Haus der Walkers. Sie war weggelaufen, protestierte auf die einzige Art, die ihr zur Verfügung stand, gegen das drohende Auseinanderbrechen ihres Weltgefüges.

Aber auch das war schlimm genug. Er hatte vorgehabt, die nächste Zeit in London zu bleiben, abzuwarten, dass Virginia den nächsten Schritt auf ihn zu tat. Sie war aus ihrer Beziehung davongelaufen, sollte sie sich nun etwas überlegen, wie man mit dem Scherbenhaufen umgehen konnte. Nun wurde ihm klar, wie kindisch seine Einstellung war und dass er sie möglichst schnell aufgeben sollte. Denn bei der ganzen Geschichte ging es nicht bloß um ihn und Virginia, ihrer beider Gefühle füreinander, die Verletzungen, die sie ihm zugefügt hatte, und um das, was er beigetragen hatte, es so weit kommen zu lassen. In allererster Linie ging es um Kim. Ihr Wohl mussten sie im Auge haben, dann erst konnten sie an sich selbst denken.

Spätestens morgen würde er nach King's Lynn aufbrechen. Sie mussten miteinander reden. Besprechen, wie die nächsten Wochen aussehen sollten. Wie sich mögliche Änderungen im Familienleben mit Kim am besten und schmerzlosesten vereinbaren ließen.

Kim.

Er starrte das Telefon an.

Kim, komm zurück! Wo bist du? Komm zurück, alles wird gut!

Die nächste Stunde, das war ihm klar, würde zu den längsten seines bisherigen Lebens zählen.

Dienstag, 5. September

1

Es war kurz vor sechs Uhr am Morgen, als das Taxi die Auffahrt zu Ferndale House hochfuhr. Es regnete. Der Fahrer blendete die Lichter auf, gespenstisch anmutend tanzten sie den gewundenen Weg zwischen den dunklen, nassen Bäumen entlang.

Der Wagen hielt vor dem Haus, hinter dessen Fenstern noch alles dunkel war. Nirgends brannte eine Lampe. Nebel spannte sich wie ein feines Netz zwischen den Schornsteinen. Der Morgen erinnerte an den späten Herbst. Hätte nicht so viel Laub noch an den Baumästen gehangen, es hätte ein anbrechender Novembertag sein können.

Die Haustür öffnete sich, und Livia trat heraus. Sie trug Jeans und Turnschuhe und eine blaue Regenjacke. In der Hand die Tasche mit den Kleidungsstücken, die sie von Virginia bekommen hatte.

Der Fahrer stieg aus und öffnete ihr die hintere Wagentür. »Ich bin pünktlich«, sagte er stolz.

Livia nickte. »Ja. Danke schön.«

»Also, zum Bahnhof?«, vergewisserte er sich.

Sie nickte. »Zum Bahnhof.«

Er ließ den Motor wieder an, wendete das Auto.

»Und wohin soll's dann gehen?«, fragte er.

»Nach London.«

»Ich weiß aber nicht, ob so früh schon ein Zug fährt.«

»Das macht nichts. Ich warte, bis einer kommt.«

Sie fuhren die Auffahrt wieder hinunter. Der Fahrer hatte das Tor zum Park offen stehen lassen. Jenseits der Mauer traten die Bäume weiter auseinander, der Morgen wurde ein wenig heller. Aber der Nebel lag wie Blei über den Feldern, und die Luft war voller Regen.

»Kein schönes Reisewetter«, bemerkte der Fahrer. Er erhielt keine Antwort. Als er einen prüfenden Blick in den Rückspiegel warf, sah er, dass sein Fahrgast weinte.

Er schaltete das Radio ein, nahm die Lautstärke aber so weit zurück, dass nur er gerade noch die Nachrichten verfolgen konnte. Wenn er sich schon nicht unterhalten durfte, wollte er wenigstens eine Stimme hören.

Arme Frau. Wie ausgemergelt sie war und wie bedrückt sie schien. Nein, nicht bloß bedrückt. Er spähte noch einmal unauffällig nach hinten.

Verzweifelt. Richtig verzweifelt.

Armes Ding!

2

»Holst du mich auch nach der Schule ab, Mum?«, fragte Kim. Sie saß hinten im Auto, die Schultasche auf dem Schoß, und sah sehr blass und schmal aus.

Sie hatte wie Espenlaub gezittert, als Virginia und Nathan sie in der vergangenen Nacht in dem Baumhaus gefunden hatten; sie hatte Stunden dort verbracht, war völlig durchgefroren, übermüdet und verängstigt gewesen. Nathan hatte sie durch den Wald zurückgetragen, Virginia hatte ihm den Weg geleuchtet. Sie hatte sofort mit ihrer Tochter einen Arzt aufsuchen wollen, aber Nathan hatte gemeint, damit rege man das Kind nur noch mehr auf.

»Sie braucht heiße Milch mit Honig, ein warmes Bad und viel Ruhe«, hatte er geraten, und schließlich hatte sich Virginia seiner Ansicht angeschlossen. Sie war aufgewühlt bis in ihr Innerstes. Noch nie hatte sie ihre fröhliche, ausgeglichene Tochter in solch einem Zustand erlebt.

»Warum hast du dich dort versteckt?«, fragte sie, als die Kleine im Bett lag, einen dicken Schal um den Hals und warme Socken an den Füßen.

»Ich wollte mich nicht verstecken«, sagte Kim. »Ich wollte nur dort sein, und dann war es irgendwann dunkel, und da hab ich mich nicht mehr durch den Wald getraut.«

»Aber warum wolltest du dort sein? An einem regnerischen, kühlen Spätnachmittag? Bei so einem Wetter ist es doch gar nicht schön in einem Baumhaus!«

Kim hatte geschwiegen und den Kopf zur Seite gewandt.

»Ich weiß, dass du traurig warst, weil ich an deinem ersten Schultag nicht da war«, hatte Virginia gesagt, »und es tut mir entsetzlich leid, dass das passiert ist. Ich dachte nur … du bist immer so gern drüben bei Grace. Ich war wirklich überzeugt, du würdest mich nicht vermissen!«

Später, nachdem sie mit Frederic in London telefoniert hatte und als Kim endlich eingeschlafen war, hatte sie das Gleiche zu Nathan gesagt. Sie traf ihn in der Küche an, wo er am Kühlschrank stand und ein Glas Milch trank. Er sah angegriffen aus. Sie wusste, dass er lange mit Livia gesprochen hatte.

»Klar ist sie immer gern bei Grace«, hatte er gesagt, »aber diesmal war die Situation nicht wie sonst. Du warst nicht einfach nur weg. Sie hat mitbekommen, dass die Erwachsenen, allen voran ihr Vater, nicht wussten, wo du steckst. Kinder haben feine Antennen. Dass da im Augenblick etwas zusammenbricht zwischen ihren Eltern, weiß sie zwar noch nicht, aber das Beben der Erde spürt sie durchaus. Es kommt etwas Bedrohliches auf sie zu, und deshalb ist sie in dieses Baumhaus geflüchtet.«

Virginia hatte sich an den Küchentisch gesetzt, den Kopf in beide Hände gestützt. »Wir machen so viel kaputt«, flüsterte sie, »wir richten so viel Zerstörung an!«

»Das war uns bewusst«, sagte Nathan.

Sie sah ihn an. »Du hast mit Livia gesprochen?«

»Ich habe es versucht.«

»Versucht?«

»Sie weint die ganze Zeit nur. An ein Gespräch war im Grunde gar nicht zu denken. Zwischendurch fängt sie immer wieder mit dem Schiffsuntergang an. Dabei bricht sie dann fast zusammen. Alles, was ich ihr sonst sage, scheint sie gar nicht richtig wahrzunehmen.«

»Sie ist völlig traumatisiert. Und jetzt auch noch das…«

»Ja«, sagte Nathan, »jetzt auch noch das…«

Er hatte sich ihr gegenüber an den Tisch gesetzt und ihre beiden Hände in seine genommen. Es war Magie in dieser Berührung, genauso wie in den vergangenen Tagen in Dunvegan.

»Aber ich kann nicht zurück«, sagte sie, »ich kann nicht mehr von dir lassen.«

Er hatte nichts erwidert, sie nur angesehen. Ein einziges Licht brannte in der dunklen Küche. Sie hatten Stunde um Stunde so gesessen, schweigend, einander an den Händen haltend. Irgendwann waren sie ins Wohnzimmer gegangen, hatten sich eng aneinandergeschmiegt auf das Sofa gekuschelt und zu schlafen versucht. Sie steckten noch in ihren Kleidern, und es war schmal und unbequem, und bis auf ein gelegentliches Wegdämmern schliefen sie nicht wirklich. Aber es war eine Nacht, die Virginia wie verzaubert schien. Als sie am nächsten Morgen mit steifen Knochen und schmerzendem Rücken aufstand, waren ihre Schuldgefühle gegenüber Frederic und vor allem Kim nicht kleiner geworden, aber die Sicherheit, dass Nathan ihr einziger Weg war, hatte sich noch mehr verfestigt.

Nun saß sie im Auto, hatte soeben vor Kims Schule gehalten, und als Kim fragte, ob sie am Nachmittag von ihrer Mutter auch abgeholt würde, war sie kurz versucht, ihr eine rasche, beruhigende Antwort zu geben. Doch dann dachte sie, wie wichtig es war, dass sie inmitten dieser Situation nicht auch noch das Vertrauen beschädigte, das Kim ihr trotz allem entgegenbrachte.

»Ich weiß nicht, ob ich dich abholen kann«, sagte sie. »Daddy kommt gegen fünf Uhr mit dem Zug aus London. Ich werde ihn wahrscheinlich am Bahnhof abholen müssen. Er hat kein Auto dort stehen.«

Frederic hatte ihr noch in der Nacht angekündigt, zwecks *Klärung der Situation* so schnell wie möglich nach Ferndale zu kommen und am nächsten Tag gegen fünf Uhr in King's Lynn einzutreffen. Den Wunsch, ihn am Bahnhof erwarten zu dürfen, hatte er ihr sofort abgeschlagen, aber Virginia spielte mit dem Gedanken, es dennoch zu tun. Irgendwie erschien es ihr klüger, ihrer beider erste Begegnung auf neutralem Boden stattfinden zu lassen. Auch hätte sie das Gespräch mit ihm gerne in einem Café oder Restaurant geführt, nicht daheim im Wohnzimmer. Sie wusste selbst nicht genau, weshalb ihr dies leichter erschien. Vielleicht lag es an den Stunden und Tagen, die sie mit Nathan in Ferndale verbracht hatte. Das Haus atmete bereits ihrer beider Geschichte, obwohl es dort kein sexuelles Zusammensein zwischen ihnen gegeben hatte. Aber die vergangene Nacht wog für Virginia mehr als jede einzelne ihrer leidenschaftlichen Umarmungen auf Skye. In der vergangenen Nacht waren ihre Seelen verschmolzen. Sollte sie in wenigen Stunden auf demselben Sofa sitzen und mit Frederic reden?

»Aber wer holt mich dann ab?«, fragte Kim. Sie hatte bläuliche Schatten unter den Augen.

»Es wird ganz bestimmt jemand da sein«, versprach Virginia. »Vielleicht Grace, wenn es ihr besser geht. Vielleicht Jack, wenn er bis dahin zurück ist. Vielleicht...«

»Ja?«

»Vielleicht Nathan. Wäre dir das recht?«

Kim zögerte.

Virginia hakte nach. »Du magst Nathan doch, oder?«

»Er ist nett«, sagte Kim.

»Vielleicht holt er dich ab und geht mit dir irgendwo eine Schokolade trinken. Wie fändest du das?«

»Schön«, sagte Kim, aber sie klang nicht wirklich begeistert. Virginia sah sie an. »Mein Kleines, ich... ich gehe nie wieder von dir weg. Das verspreche ich dir.«

Kim nickte. »Und Daddy?«

»Daddy muss manchmal nach London, das weißt du ja.«

»Aber er kommt dann immer wieder zu uns zurück?«, vergewisserte sich Kim.

»Du verlierst ihn nicht«, sagte Virginia, und dann schaute sie rasch zur Seite, weil ihr die Tränen in die Augen schossen.

Gott verzeihe mir, murmelte sie lautlos.

3

»Sie ist weg, und sie hat mein Geld genommen«, sagte Nathan. Er sah wütend aus, blass unter seiner Bräune. »Ich meine, das Geld, das du mir geliehen hast. Sie hat zehn Pfund zurückgelassen, aber mit dem Rest ist sie verschwunden.«

Virginia stand am Fuß der Treppe und starrte hinauf. »Livia ist weg?«

»Ihre Kleider – *deine* Kleider – hat sie auch mitgenommen. Sieht nach einer Abreise aus.«

»Die Kleider hatte ich ihr geschenkt. Das ist in Ordnung.«

Nathan kam die Stufen hinunter. »Ich vermute, sie versucht nach Deutschland zu reisen.«

»Ist das so seltsam?«, fragte Virginia. »Nach allem, was war? Ich verstehe, dass sie es hier nicht mehr aushält.«

»Ich stehe mit *zehn* Pfund da!«

»Nathan, das ist doch kein Problem! Du kannst jederzeit wieder Geld von mir haben.«

»Ich hatte gehofft, nichts mehr zu brauchen«, sagte er zornig. »Ich meine, es war ohnehin dein Geld, aber ich hoffte, dass es dabei nun bleibt! Kannst du dir vorstellen, wie...«

Er sprach nicht weiter, und sie legte ihm sanft die Hand auf den Arm. »Nathan... zwischen uns sollte das kein Thema sein.«

»Für mich ist es ein Thema. Ich bin dreiundvierzig Jahre alt. Ich stehe mit nichts in den Händen da, mit überhaupt nichts! Ich schnorre mich bei der Frau durch, die ich liebe. Verdammt, kannst du dir vorstellen, wie scheußlich ich mich dabei fühle?«

»Ich kann es mir vorstellen«, sagte Virginia.

Er war unten angelangt, strich sich die Haare aus der Stirn. Seine Bewegung war eher müde als wütend. »Wenn ich nur einen Weg sehen könnte! Ich weiß, dass ich schreiben werde. Ich weiß, dass ich Erfolg haben werde. Aber das ist nichts, was schnell gehen wird.«

»Aber irgendwann bist du am Ziel. Lass dir doch bis dahin von mir helfen.«

»Mir bleibt kaum etwas anderes übrig«, sagte Nathan. Virginia stellte erstaunt fest, dass er wirklich elend aussah. Offenbar hatte er tatsächlich vorgehabt, sie nicht um weiteres Geld zu bitten, wobei sie nicht wusste, wie er das hätte durchhalten wollen. Die Tatsache, dass Livia seine magere Barschaft hatte mitgehen lassen, schien ihn in eine echte Krise zu stürzen.

»Mir bleibt nichts anderes übrig«, wiederholte Nathan, »weil ich ja von irgendetwas leben muss. Und ich werde zunächst kaum hier in Ferndale bleiben können, so wie es aussieht.«

Sie sah ihn an. »Wieso?«, fragte sie begriffsstutzig.

Er lächelte, aber er wirkte nicht glücklich dabei. »Süße, dein Mann kommt heute. Schon vergessen? Ich meine, ich habe ja nichts gegen ihn, aber glaubst du, er kann wirklich gelassen damit umgehen, wenn ich im Wohnzimmer sitze und ihm einen Drink anbiete, sobald er hereinkommt?«

Sie wunderte sich, dass sie bislang nicht über das Problem nachgedacht hatte, wie sich ein Zusammentreffen zwischen

Nathan und Frederic vermeiden ließe. Sie war wohl zu sehr in die Aufregung um Kim verstrickt gewesen.

»Das stimmt«, sagte sie, »du solltest besser nicht hier sein.«

»Ich werde mir irgendwo ein *Bed & Breakfast* suchen und mich dort einmieten. Ich müsste dich nur leider bitten…«

»Kein Problem. Ich bezahle das.«

»Du bekommst jeden Penny zurück. Das schwöre ich dir.«

»Wenn es dir damit besser geht…«

»Anders könnte ich es nicht ertragen«, betonte er.

Unschlüssig standen sie voreinander. »Ich weiß nicht, wie ich die nächsten Nächte ohne dich aushalten soll«, sagte Virginia leise.

»Wir haben noch unser ganzes Leben«, erwiderte er ebenso leise.

In schneller Folge zogen Bilder wie Momentaufnahmen vor Virginias innerem Auge vorüber: ein kleines Haus auf dem Land. Ein sonnendurchfluteter Garten. Sie und Nathan am Küchentisch, Becher mit starkem, schwarzem Kaffee vor sich. Sie diskutierten über sein neuestes Buch, leidenschaftlich, tief versunken, jenseits der Welt und doch nicht einsam, weil sie zusammen waren. Gemeinsame Nächte, ineinander verschlungen, einer den anderen spürend und atmend. Ein Glas Wein bei Sonnenuntergang. Stunden vor dem Kaminfeuer, während draußen Schneeflocken fielen und die Welt in vollkommene Schweigsamkeit hüllten. Spaziergänge, Hand in Hand, lachend und redend, oder in tiefer Übereinstimmung schweigend. Partys, Menschen, Musik, wortlose Verständigung mit den Augen.

Glück, Glück, Glück.

Sie würde es wiederfinden. Sie konnte seine Nähe schon spüren. Es war zum Greifen nah. Es stand bereits vor ihr, so dicht, dass es ihren Herzschlag zu beschleunigen vermochte.

Nathans Lippen waren in ihrem Haar. »Ich gehe dann jetzt«, sagte er.

»Jetzt schon? Frederic kommt erst am späten Nachmittag.«

»Trotzdem. Ich muss ein bisschen für mich sein. Vielleicht fahre ich ans Meer. Es ist so viel geschehen.«

»Du kannst mein Auto haben. Ich nehme dann das von Frederic.«

Er ballte die Hände zu Fäusten. »Eines Tages«, sagte er, »werde ich nicht mehr abhängig sein. Alles wird anders werden.«

»Natürlich.« *Mach dich doch nicht so fertig deswegen,* dachte sie.

Sie drückte ihm ihren Autoschlüssel in die Hand, kramte in ihrer Handtasche nach ein paar Geldscheinen. Dann fiel ihr noch etwas ein.

»Könntest du um fünf Uhr Kim von der Schule abholen? Grace ist, fürchte ich, noch zu krank, und Jack wird wohl noch nicht zurück sein. Ich beschreibe dir den Weg.«

»Kann ich machen. Klar.«

»Setze sie bei Grace ab. Ich will Frederic am Zug abholen und dann irgendwo mit ihm reden.«

»Ich hole Kim rechtzeitig ab. Keine Sorge.«

Sie nickte. Sie klammerte sich an den Worten *Keine Sorge* förmlich fest. Ein schwerer Tag lag vor ihnen. Schwere Wochen. Eine schwere Zeit.

»Nathan«, sagte sie, »wir schaffen das. Ganz sicher.«

Er lächelte erneut. Diesmal nicht bitter, sondern zärtlich.

»Ich liebe dich«, sagte er.

4

Grace fühlte sich nicht gesund, aber es ging ihr ein bisschen besser. Sie hatte den ganzen Tag im Bett gelegen, war nur gelegentlich aufgestanden, um zur Toilette zu gehen oder sich einen frischen Tee zu machen. Sie war noch recht wackelig auf den Beinen, aber nicht mehr so schwindelig wie am Tag zuvor.

Und auch ihre Knochen schmerzten schon weniger. Das Schlimmste hatte sie überstanden.

Jack hatte zweimal angerufen und gesagt, er werde bis zum frühen Abend zurück sein. Selten hatte sie ihm so entgegengefiebert. Er war ein ruppiger Mensch, aber er konnte recht fürsorglich sein, wenn es anderen schlecht ging. Sicher würde er ihr etwas Schönes kochen und ihr den Fernseher ins Schlafzimmer tragen, dann konnte sie gemütlich im Bett liegen und sich den Liebesfilm ansehen, der an diesem Abend gezeigt werden sollte.

Sie war so froh und erleichtert, dass Kim noch in der Nacht wohlbehalten in die Arme ihrer Mutter zurückgekehrt war. Sie hätte es sich nie verziehen, wenn dem Kind etwas zugestoßen wäre, nur weil sie eingeschlafen war, anstatt auf sie aufzupassen. Aber trotz ihrer Grippe und ihrer fast lähmenden Angst um Kim war ihr die Brisanz des Moments noch durchaus bewusst gewesen. Dass zwischen Virginia Quentin und dem gut aussehenden Deutschen etwas lief, war so spürbar, dass die beiden ihre Gefühle füreinander auch in roter Leuchtschrift auf ein Transparent hätten schreiben und vor sich hertragen können. Livia Moor hatte ein Gesicht gemacht, als werde sie jeden Moment in Ohnmacht fallen. Schneeweiß war sie gewesen, und ihre Lippen hatten gezittert. Aber sie hatte auch Angst vor ihrem Mann, das hatte Grace begriffen. Obwohl er sie so offensichtlich betrog, wagte sie es nicht, ihm eine Szene zu machen. Er hatte ihr einen Blick zugeworfen, der sie verstummen ließ. Er behandelte sie wie ein Stück Dreck, voller Verachtung und ohne die geringste Rücksicht auf ihre Gefühle. Grace fragte sich, weshalb sich Virginia Quentin mit einem Mann einließ, der eine andere Frau so offenkundig schlecht behandelte. Merkte sie das nicht? Oder glaubte sie, Nathan Moor sei mit ihr zusammen ein neuer Mensch? Grace, die gern tratschte, hätte sich zu gern mit ihren Freundinnen über den Fall ausgetauscht, aber abgesehen davon, dass sie sich zu

schlecht fühlte, gab es einen weit gewichtigeren Hinderungsgrund: Es gehörte zu Graces eisernen Prinzipien, dass sie über
ihre Familie nicht klatschte. Da konnte sein, was wollte, über
ihre Lippen würde kein Sterbenswörtchen kommen. Vom
möglichen Ende des glücklichen Ehepaares Frederic und Virginia Quentin würden die Menschen in King's Lynn vielleicht
durch die Regenbogenpresse erfahren, nichts jedoch von Grace
Walker.

Es war vier Uhr. Grace stand im Bademantel am Fenster und
blickte hinaus. Es regnete noch immer. Was für ein schrecklicher September das war in diesem Jahr! Keine spätsommer-
lichen Tage mit klarer, warmer Luft, blauem Himmel und
leuchtend bunten Gärten. Nur Regen und Nebel. November-
stimmung. Kein Wunder, dass sie sich diese heftige Erkältung
zugezogen hatte! Grace hasste es, sich schwach und elend zu
fühlen; in ihrer zupackenden, energischen Art fand sie kaum
etwas so ärgerlich, wie hilflos und matt in der Ecke liegen und
die Stunden des Tages vertrödeln zu müssen. Sie bewegte sich
gern, liebte es, das Haus und den Garten in Ordnung zu halten, schöne Dinge zu kochen und zu backen, die Wäsche säu-
berlich zu bügeln und in die mit kleinen Lavendelsträußen ver-
sehenen Schubfächer der Schränke zu räumen. Sie sorgte gern
für andere, kümmerte sich. Sie hätte es sich gut vorstellen können, mindestens sechs Kinder zu haben und ihnen eine fürsorgliche Mutter zu sein, aber am Anfang ihrer Ehe war das
Geld immer so knapp und Jack ständig mit dem Lastwagen
unterwegs gewesen. Sie hatten auf günstigere Lebensumstände
gewartet, aber als sie dann tatsächlich günstiger wurden, war
Grace schon Mitte vierzig gewesen und nicht mehr schwanger
geworden. Oft dachte sie, dass ihre Kinderlosigkeit immer wie
ein Schatten über ihrem ansonsten glücklichen Leben liegen
würde. Wie gut, dass sie wenigstens eine Art Großmutter für
die kleine Kim sein durfte!

Doch während sie hinaus in den verregneten Tag starrte und

sich zum hundertsten Mal ihre ständig laufende Nase putzte, dachte sie plötzlich: Ob wohl alles so bleibt, wie es ist? Wenn sich Mr. und Mrs. Quentin trennen und Mrs. Quentin am Ende mit diesem Schönling auf und davon geht – dann nimmt sie Kim bestimmt mit! Das Kind bleibt doch immer bei der Mutter. Und Mr. Quentin verkauft dann vielleicht Ferndale House, er ist ja doch immer nur in London, was soll er dann mit einem Landsitz voll trauriger Erinnerungen?

Ihr wurde so schwer ums Herz, dass sie sich rasch auf das Sofa setzen und tief durchatmen musste. Jack meinte immer, man solle sich nicht wegen etwas aufregen, das noch gar nicht geschehen war.

»Am Ende kommt es ganz anders, und du hast jede Menge Kraft vergeudet«, pflegte er zu sagen. Oft hatte er damit Recht behalten.

Vielleicht sehe ich Gespenster, versuchte sich Grace zu trösten, aber ihr Herz ging trotzdem schneller, und am ganzen Körper brach ihr der Schweiß aus.

Mitten in diese trüben Gedanken hinein klingelte das Telefon.

Sie hoffte, es wäre Jack, der ihr sagen würde, er sei jeden Moment zu Hause; dann könnte sie ihm von ihren Ängsten berichten, und sicher fiele ihm eine beruhigende Antwort ein.

»Ja?«, sagte sie erwartungsvoll.

Es war jedoch der Deutsche, sie hörte es sogleich an seinem Akzent.

»Mrs. Walker, ich bin es, Nathan Moor. Der… Gast von Mrs. Quentin.«

»Ich weiß, wer Sie sind«, sagte Grace kühl.

»Ich bin hier in einer Telefonzelle in Hunstanton. Mein Wagen springt nicht an.«

Grace fiel keine schlauere Erwiderung ein als: »Was machen Sie denn bei diesem Wetter in Hunstanton?«

Er klang ein wenig ungeduldig. »Manche Leute gehen auch

im Regen gern am Meer spazieren. Hören Sie, Mrs. Walker, das Problem ist, dass ich Virginia … dass ich Mrs. Quentin versprochen habe, Kim um fünf Uhr von der Schule abzuholen. Wie es aussieht, kann es aber länger dauern, bis ich das Auto in Gang bringe. Ich habe versucht, Mrs. Quentin telefonisch zu erreichen, aber sie geht nicht an den Apparat. Und bei ihrem Handy springt sofort die Mailbox an.«

»Mrs. Quentin ist vor einer halben Stunde hier vorbeigefahren. Soviel ich weiß, will sie ihren Ehemann«, Grace legte nachdrückliche Betonung auf das Wort *Ehemann*, »am Bahnhof abholen.«

»Mist!«, sagte Nathan.

»Offenbar hat sie ihr Handy nicht eingeschaltet«, sagte Grace, die es ein wenig genoss, Nathan Moor hilflos und von seiner Geliebten abgeschnitten zu erleben. Obwohl sie natürlich ahnte, worauf dies nun hinauslief: Blieb Virginia Quentin unerreichbar, würde sie, Grace, Kim abholen müssen, und wieder war es nichts mit einem Tag im Bett, um sich auszukurieren.

Prompt kam es auch schon. »Es ist mir wirklich unangenehm, Sie bitten zu müssen, Mrs. Walker«, sagte Nathan, »aber könnten Sie vielleicht Kim abholen? Ich weiß, Sie sind krank, aber …«

»Was ist denn mit Ihrer Frau?«, fragte Grace.

Eine kurze Pause.

»Meine Frau ist abgereist«, antwortete Nathan dann.

»Oh«, sagte Grace.

»Mein Geld ist gleich aus«, fuhr Nathan fort, »Was ist nun? Können Sie …?«

Mit so viel Verachtung in der Stimme, wie es ihr nur möglich war, sagte Grace: »Ich werde Kim abholen. Es ist selbstverständlich, dass ich das Kind nicht im Stich lasse.« Und mit diesen Worten legte sie den Hörer auf.

Livia Moor war also schon abgereist. Die Lage spitzte sich zu.

Ruhig bleiben, befahl sich Grace, ganz ruhig bleiben.

Aber ihr Herz raste, und auf einmal war ihr wieder genauso schwindelig wie am Vortag. Sie hätte ins Bett kriechen und weinen mögen, aber ihr blieb nichts übrig, als jetzt zu funktionieren.

Sie rief Jack auf seinem Handy an und schilderte ihm die Situation, aber sie erwischte ihn im dicksten Rush-Hour-Stau auf der Umgehung Londons steckend, und er meinte, kaum vor sieben Uhr zurück in King's Lynn sein zu können.

Es war wirklich zum Heulen.

»Dann muss ich doch raus und Kim abholen«, sagte Grace.

Jack polterte natürlich wieder los. »Du bist krank, du gehörst ins Bett! Wer ist denn dieser Typ, dem Mrs. Quentin ihr Kind anvertrauen wollte? Und wieso ist sie nicht erreichbar?«

»Das ist eine längere Geschichte. Ich erzähle sie dir später. Jetzt muss ich mich anziehen«, sagte Grace, legte den Hörer auf und brach in Tränen aus.

5

Grace hatte es nicht bis fünf Uhr geschafft, aber um genau vierzehn Minuten nach fünf, wie sie mit einem Blick auf ihre Armbanduhr feststellte, fuhr sie an der Schule vor. Sie ärgerte sich, dass sie nicht pünktlich war, denn für gewöhnlich war absolute Zuverlässigkeit ihre herausragende Tugend. Aber sie hatte nicht geahnt, wie schwer ihr jede Bewegung fallen, wie lange sie allein zum Anziehen brauchen würde. Als sie sich hinuntergebeugt hatte, um sich die Schuhe zuzubinden, war ihr am ganzen Körper der Schweiß ausgebrochen, und es war ihr so schwindelig geworden, dass sie sich wieder hatte aufrichten und minutenlang abwarten müssen, ehe sie den nächsten Anlauf wagte.

»Ich bin richtig krank«, jammerte sie leise, »richtig krank. Ausgerechnet jetzt!«

Der Regen war in leichtes Nieseln übergegangen und hüllte die Welt in graue Trostlosigkeit. Das rote Backsteingebäude, in dem die Schule untergebracht war, schien still und verlassen, auf dem geteerten Schulhof hatten sich viele Pfützen gebildet, auf der Mauer am Eingang saß ein kleiner Spatz und blickte etwas trübsinnig in die Welt.

Genau auf dieser Mauer saß auch Kim für gewöhnlich, wenn sie und Grace sich an der Schule trafen und Kim früher als erwartet herausgekommen war. Heute konnte Grace außer dem Spatz niemanden entdecken, was ihr aber angesichts des Regens nicht verwunderlich schien.

Sie ist drinnen, natürlich, dachte sie müde. Nun musste sie einen Parkplatz suchen und das Auto verlassen, und das, obwohl das Fieber sie am ganzen Körper zittern ließ. Ihr blieb nichts erspart an diesem Tag. Mehr denn je sehnte sie sich nach ihrem Bett, einer Tasse heißem Tee und Ruhe, viel Ruhe.

Sie stellte den Wagen einfach im Parkverbot direkt vor der Schule ab, stieg aus und eilte, so schnell sie konnte, über den Hof. Sie hatte vergessen, einen Schirm mitzunehmen. In ihrer Hast trat sie mitten in eine Pfütze und merkte gleich darauf, wie sich ihr Schuh und ihr Strumpf mit kaltem Wasser vollsogen.

»Scheiße«, murmelte sie inbrünstig.

Endlich hatte sie das schützende Vordach erreicht und zog die große gläserne Schwingtür auf, die in das hohe Treppenhaus führte. Rechts und links des Eingangs waren Tafeln und Pinnwände angebracht, auf denen sich eine Vielzahl Zettel und Inschriften befanden: Informationen, Aufrufe, Nachrichten aller Art. Man ging drei Stufen hinauf und stand in der riesigen Halle, in der auch Versammlungen abgehalten oder Vorträge veranstaltet wurden. Aus der Mitte führte eine breite Treppe hinauf zu einer Galerie mit steinerner Brüstung. Von dort gingen zahlreiche Türen in die verschiedenen Klassenzimmer, Büros und Konferenzräume ab.

Die Halle war menschenleer.

Grace hatte erwartet, Kim auf der Treppe sitzend anzutreffen, und sah sich nun suchend um. Nirgendwo konnte sie das kleine Mädchen entdecken.

Stirnrunzelnd wandte sie sich um, spähte durch die Glastür ins Freie. War Kim doch draußen? Unter einem der Bäume vielleicht? Nein, auch dort stand niemand.

Ihr nasser Fuß war eisig kalt, in ihrem Schuh quietschte das Wasser. Grace nieste und umrundete einmal die ganze Halle, stieg dann die Treppe hinauf, wobei sie sich krampfhaft am Geländer festhielt. Ihre Knie zitterten.

Von irgendwoher klang leise Klavier- und Flötenmusik. Auf gut Glück öffnete Grace ein paar Türen, schaute in leere Klassenzimmer hinein. Nichts. Keine Spur von Kim.

In einem der hinteren Räume stieß sie auf eine Gruppe von zehn Jungen und Mädchen, die unter der Leitung einer gestresst wirkenden jungen Frau mehr schlecht als recht auf ihren Blockflöten herumfiepten. Ein Junge saß am Klavier und schlug ebenso kräftig wie ungekonnt in die Tasten.

»Ja, bitte?«, fragte die Lehrerin genervt, als sie Grace erblickte. Die Kinder ließen erleichtert ihre Instrumente sinken.

Grace nieste wieder. Sie hätte dringend ein Taschentuch gebraucht, konnte aber in ihrer Manteltasche keines finden.

»Entschuldigen Sie bitte, ich wollte hier die Tochter einer ... einer Bekannten abholen. Ihr Unterricht war um fünf Uhr zu Ende. Leider war ich nicht ganz pünktlich. Nun kann ich sie nirgendwo finden.«

»Also, hier ist sie nicht«, sagte die Lehrerin. »Oder?«

»Nein. Nein, Kim spielt nicht Flöte. Vielleicht kennen Sie sie trotzdem? Kim Quentin.«

Der jungen Frau war anzumerken, dass es ihr schwer fiel, höflich zu bleiben. »Nein, ich kenne sie nicht. Und meines Wissens sind wir mit unserer Flötengruppe die Letzten, die sich heute noch im Haus aufhalten. Außer dem Hausmeister dürfte hier niemand sonst mehr sein.«

»Ich verstehe… Gibt es hier eine Art Aufenthaltsraum? Irgendwo muss Kim ja auf mich warten. Wir treffen uns sonst draußen, aber bei diesem Wetter…«

»Unten am Eingang, erste Tür rechts«, sagte der Junge am Klavier, »da ist ein Aufenthaltsraum. Vielleicht sitzt sie da drin.«

»Oh, danke, vielen Dank!«, sagte Grace erleichtert. Sie schloss die Tür, und sogleich setzte dahinter wieder das schiefe, von zahlreichen Misstönen durchsetzte Konzert der Flöten ein.

Schwerer Job, dachte sie, während sie nach unten eilte, schneller und leichtfüßiger diesmal, denn sie war nun fast sicher, Kim in dem beschriebenen Raum anzutreffen, und diese Gewissheit beflügelte sie. Kein Wunder, dass diese Frau so gereizt ist!

Sie riss die Tür gleich rechts hinter dem Eingang auf und blickte in einen Raum voller Tische und Bänke, die in ungeordneten Gruppen herumstanden. Zweifellos der Aufenthaltsraum.

Er war leer.

Grace seufzte tief vor Enttäuschung. Auch hier keine Spur von Kim.

Inzwischen war halb sechs vorbei. Hatte Kim sich auf den Weg zur Bushaltestelle gemacht, als um fünf Uhr niemand da gewesen war?

Grace war einige Male mit der Kleinen zusammen in dem Bus gefahren, aber nur bei schönem Wetter oder wenn sie aus irgendwelchen Gründen Lust auf einen Spaziergang gehabt hatte. Denn die Ferndale House nächstgelegene Haltestelle lag immer noch eine gute halbe Stunde zu Fuß entfernt, mitten zwischen Wiesen und Feldern. Kim war noch nie allein gefahren. Grace hatte keine Ahnung, ob sie überhaupt Geld dabei hatte.

Ein anderer Gedanke kam ihr: Vielleicht hatte der Deutsche doch noch Mrs. Quentin auf deren Handy erreicht, und diese selbst hatte ihre Tochter um fünf Uhr abgeholt.

Die sind längst gemütlich daheim, und ich irre hier herum, dachte Grace.

Trotz des Regens umrundete sie noch einmal das ganze Schulgelände, schaute auch in den Toiletten nach, die in einem gesonderten kleinen Gebäude untergebracht waren, und als sie sicher war, dass sich Kim dort tatsächlich nirgends aufhielt, ging sie zu ihrem Auto zurück und stieg ein. Sie sehnte sich danach, endlich den nassen, eiskalten Schuh ausziehen zu können. Ihre schmerzenden Glieder auszustrecken. Vor sich hin zu dösen und nicht nachdenken zu müssen.

Sie startete ihr Auto.

Bestimmt ist Kim daheim, sagte sie sich noch einmal.

Es war zehn vor sechs, als sie losfuhr.

Sie hatte ein ungutes Gefühl.

6

Frederic und Virginia verließen das Café in der Main Street um kurz nach sechs Uhr. Sie hatten eine gute Stunde dort verbracht, jeder zwei Tassen Kaffee getrunken, einander angeschaut, ein Gespräch zu führen und das Geschehene zu begreifen versucht.

Als er sie am Bahnhof erblickte, hatte Frederic gesagt: »Du solltest mich doch nicht abholen! Ich hatte dir…«

»Ich weiß«, hatte sie ihn unterbrochen, »aber ich wollte irgendwo mit dir sprechen, wo uns Kim nicht hören kann.«

»Wie geht es ihr?«

»Besser. Sie wirkte ganz ausgeglichen heute früh.«

»Wer holt sie von der Schule ab?«

»Grace«, log Virginia. Ihm in diesem Moment zu erklären,

dass es ihr Liebhaber war, der Frederics Tochter abholte, erschien ihr unmöglich. Eine Notlüge hingegen angesichts der Umstände verzeihlich.

Frederic kommentierte den Umstand, dass Virginia in seinem Auto gekommen war, nicht; vielleicht, so dachte sie, fiel es ihm gar nicht wirklich auf. Sie war erleichtert, denn so musste sie ihm nicht offenbaren, dass sie ihr Auto an Nathan verliehen hatte.

Im Café hatte lange Zeit keiner von ihnen einen Anfang gefunden. Virginia merkte, mit welch geschärfter Aufmerksamkeit Frederic sie musterte, und ihr war klar, was er sah und wie es auf ihn wirken musste. Trotz der gestrigen Aufregung um Kim, trotz der Sorgen, die sie sich der ganzen Situation wegen machte, sah sie aus wie eine glückliche Frau, das hatte sie im Spiegel festgestellt und nicht ändern können. Rosige Wangen, leuchtende Augen, eine Art inneres Strahlen, das selbst dann auf ihrem Gesicht lag, wenn sie ernst dreinblickte. Das, was sie stets so verhärmt und sorgenvoll hatte erscheinen lassen, war wie von Zauberhand weggewischt. Die Lebenslust, für die sie als junge Frau bewundert worden war und die die Männer um sie herum so anziehend gefunden hatten, war dabei, wieder zu erwachen. Das war es, was sie so erstaunt hatte, als sie sich am Morgen im Spiegel gemustert hatte, nach dieser wunderbaren, verzauberten Nacht mit Nathan: Sie sah aus wie die zwanzigjährige Virginia. Da war wieder dieses lebendige, herausfordernde, neugierige Glitzern in ihren Augen. Als hätte es die Jahre zwischen damals und heute nicht gegeben.

Irgendwann, nachdem er sie lange genug angesehen und dabei abwesend in seiner Kaffeetasse gerührt hatte, hatte sich Frederic vorgebeugt und sehr leise gefragt: »Warum?«

Jede Erklärung konnte ihn nur verletzen.

»Ich weiß es auch nicht genau«, sagte sie, »es ist, als ob…«

»Ja?«

»Als ob er mich aufweckt nach einem langen Schlaf«, hatte

403

sie, ebenso leise wie er, erwidert und an seinem Gesichtsausdruck erkannt, dass er sich fragte, was, um Himmels willen, sie damit meinte.

Aber vielleicht dämmerte ihm doch etwas, denn nachdem wiederum etliche Minuten verstrichen waren, sagte er: »Ich habe deine Melancholie immer einfach hingenommen. Als einen Teil von dir. Etwas, das unabdingbar zu dir gehörte. Ich wollte sie dir nicht nehmen, weil ich dich in deinem Wesen nicht verändern wollte. Weil ich gar nicht glaubte, das Recht dazu zu haben.«

»Vielleicht hattest du auch Angst.«

»Wovor?«

»Die Frau, die hinter den hohen Bäumen lebte und sich kaum je hervorwagte, war sehr ungefährlich. Meine Melancholie machte mich schwach. Damit auch abhängig. Ich war schutzbedürftig und klein. Vielleicht mochtest du *das* auch nicht ändern.«

»Oh«, seine Stimme war nun etwas schärfer geworden, »jetzt springen wir mitten ins Klischee, oder? Als was siehst du mich? Als Macho, der sich groß und stark fühlt, wenn die Frau neben ihm klein und schwach ist? Sehr schlicht, findest du nicht? Ich habe dich nicht zu der Frau gemacht, die du warst. Ich habe dich nicht nach Ferndale hinter die hohen Bäume verbannt. Im Gegenteil. Ich wollte, dass wir in London wohnen. Ich wollte dich teilhaben lassen an meinem Leben. Ich wollte auch an deinem Leben teilnehmen, wenn du mir nur einmal gesagt hättest, worin es besteht. Aber du hast mir keine Chance gegeben. Was also wirfst du mir vor?«

»Ich werfe dir gar nichts vor.«

»Dass ich nicht mehr Druck ausgeübt habe? Ja, vielleicht hätte ich das tun sollen. Aber als ich es einmal tat, in der letzten Woche wegen dieses wichtigen Abendessens in London, wie ist es mir da ergangen? Ich stand wie ein Trottel am Bahnhof und wartete drei Züge aus King's Lynn ab, ehe ich mir eingestand, dass du nicht kommen würdest, und dann musste ich auch noch herausfinden, dass du stattdessen mit einem mehr als zwielichtigen Typen durchgebrannt und flugs in die Kiste gesprungen warst. Es sind höchst angenehme Gefühle, durch die man dabei geht, das kann ich dir sagen.« Dann war der Sarkasmus jäh aus seiner Stimme verschwunden, und leise und traurig hatte er gesagt: »Mein Gott, Virginia, ich hätte nie gedacht, dass uns das passiert. Alles, aber nicht das. Nicht ein so furchtbarer, im Grunde banaler und doch am Ende tödlicher Seitensprung!«

Sie hatte nichts erwidert. Was sollte sie sagen? Er war im Recht und sie im Unrecht, und es gab nichts, was sie zu ihrer Verteidigung hervorbringen konnte. Man durfte aus einer Ehe ausbrechen, natürlich, aber nicht so. Nicht indem man den anderen hinterging und betrog. Die meisten, denen das passierte, hatten es nicht verdient, und Frederic Quentin ganz bestimmt nicht.

Irgendwann fragte er: »Und jetzt? Wie geht es weiter?«

Sie sagte nichts, aber ihr Schweigen war sehr beredt.

»Verstehe«, sagte er bitter, »es ist kein Abenteuer gewesen, stimmt's? Es ist ernst. Die Sache ist nicht vorbei.«

Sie hasste sich für ihre Feigheit, aber sie wagte nicht, ihn anzusehen. »Nein. Sie ist nicht vorbei.«

»Aha.« Er schwieg einen Moment. »Du wirst verstehen, dass ich nicht vorhabe, geduldig zu warten, bis es *irgendwann* vorbei ist«, sagte er dann.

»Natürlich nicht. Ich glaube auch nicht...« Sie brach ab, biss sich auf die Lippen.

Er wusste, was sie hatte sagen wollen. »Du glaubst nicht, dass es je vorbei sein wird.«

»Nein.«

Er stützte den Kopf in die Hände, in einer Geste, als wolle er sich die Haare raufen. »Virginia, du wirst unterstellen, dass ich Nathan Moor gegenüber bestimmt befangen bin, und das ist

sicher richtig, aber ... verstehst du, ich hasse den Mann, ich
könnte ihm den Hals umdrehen, weil er in unsere Ehe einge-
brochen ist und weil er irgendetwas mit dir angestellt hat, was
dich alles, was zwischen uns war, jetzt in hohem Bogen hin-
schmeißen lässt, und doch ... ich weiß, dass er mir vorher
schon zuwider war. Vom ersten Moment an. Ich habe ihn
schon nicht ausstehen können, da war es noch nicht um meine
Objektivität geschehen. Ich empfand ihn als undurchsichtig.
Als zwielichtig. Irgendwie ... unehrlich. Sehr gut aussehend,
sicher. Sehr gewinnend in seiner Art. Und doch ... mir graute
vor ihm. Ich hätte gar nicht sagen können, weshalb. Er war mir
zutiefst suspekt und unsympathisch.«

Sie schwieg, wollte nicht sagen, was sie dachte. Sie wusste
jetzt, dass sie sich in der ersten Sekunde, da sie ihn sah, in Nathan Moor verliebt hatte. Und auch wenn Liebe vielleicht ein
zu großes Wort für jenen ersten Moment war, so hatte sie ihn
doch zumindest begehrt, sich nach ihm gesehnt. Sie hatte es
sich nicht eingestanden, aber das Gefühl war da gewesen, und
sie vermutete, dass auch Frederic dies unterschwellig gespürt
hatte. Und dass er deshalb nicht anders gekonnt hatte, als Nathan Moor abzulehnen und zu verabscheuen. Seine Gefühle
für diesen Mann waren, ohne dass er es wusste, von Angst und
einer furchtbaren Erkenntnis gesteuert worden: An diesen
Mann werde ich meine Frau verlieren.

»Ich sagte dir ja schon, er hat nicht ein Buch veröffentlicht«,
fuhr Frederic fort, »es stimmt nicht, dass er ...«

»Ich weiß. Er hat mir das alles erklärt.«

»Ach ja? Und welche Gründe hat er angeführt? Immerhin
hat er uns belogen und getäuscht in dieser Sache. Nicht gerade
die ganz anständige Art, oder? Aber du scheinst so blind ver-
knallt zu sein, dass du ihm alles nachsiehst!«

»Seine Gründe haben mich überzeugt.«

»Er ist ein Schmarotzer. Und er ist ein bettelarmer Schlucker.
Er besitzt buchstäblich nichts mehr auf dieser Welt! Und es ist

mehr als fraglich, ob je ein Buch von ihm erscheinen wird. Ob er je Geld verdienen wird. Er hat alles verloren, als sein verdammtes Schiff unterging. Er ist in einer absolut verzweifelten Lage. Ist dir nie die Idee gekommen, dass es auch ganz einfach Geld sein könnte, was er bei dir sucht? Ein Dach über dem Kopf? Eine Existenz?«

»Die Tage mit ihm...«

»Ja? Was?«

»Die Tage mit ihm sagen mir einfach etwas anderes.«

Frederic schloss für einen Moment gequält die Augen. »Und noch mehr vermutlich die Nächte«, flüsterte er.

Virginia blieb stumm.

Es regnete noch immer, als sie schließlich auf die Straße traten. Es war sehr kalt geworden.

»Das ist der kälteste und nasseste September, an den ich mich seit Jahren erinnern kann«, sagte Frederic.

»Dieser September macht traurig«, stimmte Virginia zu.

»Das liegt aber nicht in erster Linie am Wetter«, meinte Frederic.

Sie sprachen nicht mehr, als sie im Auto nach Hause fuhren. Ringsum an den Bäumen färbte sich das Laub bunt und hing triefend und trostlos herunter.

Wo werden Kim, Nathan und ich Weihnachten verbringen?, fragte sich Virginia plötzlich. Über die einfache Frage, unter welchem Dach sie in Zukunft leben würden, hatte sie so konkret noch gar nicht nachgedacht. Was hatte Frederic gesagt? *Er besitzt buchstäblich nichts mehr auf dieser Welt!*

Sie selbst besaß ebenfalls nicht viel. Das Haus ihrer Eltern in London war längst verkauft, ihre Eltern nach Menorca umgesiedelt. Ihrer Tochter, ihrer Enkelin und dem neuen Lebensgefährten würden sie immer Unterkunft gewähren, aber das war in dem kleinen Häuschen dort keine Lösung auf Dauer. Zudem glaubte Virginia nicht, dass sich Nathan auf der Baleareninsel, auf der es vor allem im Herbst und Winter von alten Menschen nur so wimmelte, besonders wohl fühlen würde. Das Leben im Haus seines verstorbenen Schwiegervaters hatte ihn jahrelang aller Kreativität beraubt. Der betuliche Tagesablauf des etwas spießigen Ehepaars Delaney würde ihn sicherlich kaum mehr inspirieren.

Ich werde das möglichst bald mit ihm besprechen, nahm sie sich vor.

Das Tor zum Park von Ferndale stand offen. Virginia hoffte, dass Nathan Kim bei Grace abgesetzt hatte und dann verschwunden war, denn es war nicht im Geringsten der Moment, an dem sich die beiden Männer begegnen durften. Sie bremste direkt vor Graces Haustür. »Ich hole nur schnell die Kleine ab«, sagte sie.

Aber da wurde die Tür schon aufgerissen, und Grace kam herausgestürzt.

»Mrs. Quentin, ich warte schon ständig am Fenster... Haben Sie Kim abgeholt?«

»Nein. Ich hatte doch...« Sie verschluckte den Namen, denn nun stieg auch Frederic aus.

»Was ist los?«, fragte er.

»Kim war nicht mehr in der Schule, als ich sie abholen wollte, Sir. Aber ich dachte...« Auch Grace wagte es nicht, weiterzusprechen. Unruhig irrten ihre fiebrig glänzenden Augen von einem zum anderen.

Virginia gab sich einen Ruck. Die Situation war unwürdig, sie hatte sie verschuldet, sie musste sie nun auch klären.

»Frederic, es tut mir leid, aber ich hatte Nathan Moor gebeten, Kim um fünf Uhr abzuholen. Ich wollte mich mit dir treffen, Jack ist noch nicht zurück, und Grace ist krank. Daher hielt ich es für das Beste...«

Frederics Augen verengten sich, er sagte jedoch nichts.

»Mrs. Quentin, Mr. Moor rief bei mir an«, sagte Grace, erleichtert, dass sie nun auch offen reden durfte. »Er war in Hunstanton und hatte irgendwie Probleme mit dem Wagen. Er sprang nicht an oder so... und Sie konnte er nicht erreichen. Ihr Handy war ausgeschaltet.«

»Das stimmt«, sagte Virginia.

»Er bat mich, Kim abzuholen. Ich habe dann Jack angerufen, aber der steckte im Stau und meinte, er kann vor sieben Uhr nicht hier sein. Also bin ich losgefahren. Ich kam etwas zu spät, weil mir so schwindelig war, alles geht im Moment langsamer bei mir als sonst, und...« Graces Stimme schien brechen zu wollen, aber sie fing sich wieder. »Kim war nicht da. Ich habe die ganze Schule abgesucht, aber nichts! Keine Spur!«

Frederic schaute auf seine Uhr. »Gleich halb sieben. Und Kim ist seit fünf Uhr nicht aufgetaucht?«

Jetzt rollten doch die Tränen aus Graces Augen. »Ich hatte gehofft, Mr. Moor hat Sie vielleicht doch noch erreicht. Oder sein Auto ist noch angesprungen, und er hat Kim doch selber abgeholt und nur vergessen, mir das zu sagen...«

»Haben Sie in unserem Haus nachgesehen?«, fragte Frederic.

Sie nickte. »Da ist niemand. Aber Mr. Moor würde vielleicht...«

Frederic verstand. »Er würde vielleicht nicht ausgerechnet dort auf uns warten. Mit welchem Auto übrigens ist er unterwegs?«

»Mit meinem«, sagte Virginia.

»Verstehe«, sagte Frederic. »Wo ist Livia Moor?«, fügte er hinzu.

»Sie ist abgereist.«

Frederic überlegte. »Wenn Moor Kim abgeholt hat, weshalb hat er sie dann nicht hier bei Grace abgeliefert?«

»Das verstehe ich auch nicht«, sagte Grace.

»Vielleicht haben sich die beiden verfehlt«, meinte Virginia, »Nathan kam mit Kim genau zu der Zeit hier an, als Grace in der Schule war und suchte.«

»Und wo ist er dann jetzt?«, fragte Frederic. »Wo ist Nathan Moor mit meiner Tochter?«

Alle drei sahen einander an.

»Vielleicht hat sie sich auch…«, begann Grace.

Und Virginia beendete den Satz: »…wieder versteckt? Wie gestern Abend?«

»Das Kind ist offenbar völlig verzweifelt und durcheinander«, sagte Frederic. »Wir sollten vorsichtshalber bei ihrem Baumhaus nachschauen, ehe wir irgendetwas anderes unternehmen.«

»Ich kann mir kaum vorstellen, wie sie es von der Schule bis dorthin geschafft haben sollte«, meinte Virginia. Sie merkte, wie sie am ganzen Körper zu frieren begann. Es war keine vierundzwanzig Stunden her, seit Kim schon einmal verschwunden gewesen war. Der Schreck, das Entsetzen vom gestrigen Abend waren jäh und grausam gewesen, diesmal schlich sich die Angst ganz langsam an sie heran. Vieles sprach dafür, dass es zwischen Nathan und Grace ein Missverständnis oder einen Fehler in der Koordination gegeben hatte, und in diesem Fall saß Kim jetzt vielleicht mit Nathan in einem Burger King, trank einen Milchshake und war guter Dinge. Weniger schön war die Vorstellung, dass sie sich vielleicht erneut irgendwo verkrochen hatte. Zum einen würde es schwierig sein, sie zu finden. Zum anderen bedeutete es weitere, erhebliche Probleme. Unter Umständen würde es notwendig werden, einen Kinderpsychologen aufzusuchen. Zumindest bewirkten die Geschehnisse vom Vorabend, dass Virginia diesmal nicht sofort an den Kindermörder dachte.

Sie schlang die Arme fröstelnd um ihren Leib.

»Aber du hast Recht«, sagte sie, »wir gehen als Erstes zu ihrem Baumhaus. Grace, Sie warten hier und rufen uns an, wenn Kim auftaucht, ja?«

»Dann müssen Sie aber Ihr Handy wieder einschalten«, mahnte Grace.

»Natürlich.«

»Weshalb hattest du es überhaupt ausgeschaltet?«, fragte

Frederic, während sie im Sturmschritt in den Wald einbrachen. Virginia antwortete nicht.

Er begriff. »Du hattest Angst, *er* ruft an, während wir beide miteinander reden, stimmt's? Für solch eine Affäre zahlt immer eine ganze Familie einen hohen Preis. In diesem Fall sogar dein eigenes Kind.«

Sie biss die Zähne zusammen. Nicht weinen. Sie mussten Kim finden. Es war keine Zeit für Tränen.

Sie betete, ihre Tochter möge in dem Baumhaus sein.

Aber sie glaubte es nicht.

Dritter Teil

Mittwoch, 6. September

1

Es schien Virginia, als sei sie unvermittelt in ein schreckliches Drama geraten, in dem sie die Hauptrolle spielte und das schlimmer war als alles, was sie sich je hätte vorstellen können.

Ein kühler Septembertag. Neun Uhr am Morgen. Draußen war Wind aufgekommen. Er ließ die Blätter in den Bäumen rauschen und verblies die Regenwolken vom Vortag. Virginia wusste, dass der Himmel immer weiter werdende Strecken von Blau zeigte. Nach dem Schmuddelwetter der letzten Tage würde heute wohl sogar noch die Sonne hervorkommen.

Es wunderte sie, dass sie diesen Umstand – die sich anbahnende Veränderung des Wetters – überhaupt wahrnahm und in einem seltsam eintönig ablaufenden Rhythmus sogar schon wiederholt reflektiert hatte.

Die Sonne wird scheinen. Es wird wärmer werden. Irgendwann ist alles wieder gut.

Unfassbar war es jedoch, einem Superintendent gegenüberzusitzen, der sich als Jeffrey Baker vorgestellt hatte und der ihr, einen Notizblock in der Hand, Fragen nach ihrer verschwundenen Tochter stellte.

Denn Kim war noch nicht wieder aufgetaucht.

Im Baumhaus war sie nicht gewesen, die erleichternde Situation der Nacht zuvor, als sie sie erschöpft, verfroren, verängstigt, aber lebendig dort gefunden hatten, hatte sich nicht wiederholt. Natürlich hatten sie es auch nicht wirklich erwartet. Der Weg von der Schule bis dorthin war weit, kaum vorstellbar, wie ein siebenjähriges Kind ihn hätte zurücklegen sollen.

Sie waren durch weitere Teile des Parks gestreift, aber es war immer dunkler geworden, und sie hatten keine Taschenlampen dabeigehabt. Irgendwann war Frederic, dem die Dornenranken zwei blutige Kratzer ins Gesicht geschnitten hatten, stehen geblieben.

»Das hat keinen Sinn, Virginia. Wir laufen hier ziellos herum, dabei wissen wir doch, dass sie so weit nicht gekommen sein kann. Lass uns zum Wagen zurückgehen und heimfahren.«

Als sie ihr vor Graces Haus geparktes Auto erreichten, fuhr soeben der Wagen von Jack Walker durch das große Parktor. Ein erschöpfter und ziemlich übernächtigt wirkender Jack stieg aus.

»Mrs. Quentin! Sir!«, rief er, und sein verwunderter Blick verriet Virginia, dass sie wohl beide nach ihrem Streifzug durch Dickicht und Unterholz recht abenteuerlich aussahen. »Ist irgendetwas passiert?«

»Kim ist verschwunden«, antwortete Frederic kurz.

»Verschwunden? Grace wollte sie doch von der Schule abholen. Sie hatte…«

»Sie war nicht in der Schule, als Grace dorthin kam«, unterbrach ihn Virginia.

»Jack, ich weiß, Sie haben eine lange Fahrt hinter sich und sind todmüde, aber würden Sie mich zur Schule begleiten?«, fragte Frederic. »Ich möchte das ganze Schulgelände und die Straßen ringsum absuchen. Sie hat sich gestern in ihrem Baumhaus versteckt, vielleicht tut sie heute etwas Ähnliches. Und vier Augen sehen mehr als zwei.«

»Klar, Sir. Ich bin dabei«, sagte Jack sofort.

Frederic wandte sich an Virginia. »Du gehst nach Hause und telefonierst alle ihre Klassenkameraden an. Und ihre Lehrer. Vielleicht ist sie mit jemandem mitgegangen und hat behauptet, wir wüssten davon. Und dann…«

»Was?«, fragte Virginia, als er stockte.

»Und dann versuche doch Kontakt mit Nathan Moor aufzunehmen. Vielleicht weiß er noch etwas.«

»Das geht nicht. Er hat kein Handy, und ich weiß nicht, wo er Unterkunft gefunden hat. Ich muss warten, bis er sich bei mir meldet.«

»Zweifellos wird er das irgendwann tun«, sagte Frederic kalt. Ohne dass er es mit einem einzigen Wort erwähnte, war klar, wem er die Schuld an Kims Verschwinden gab: ihrer Mutter und dem Umstand, dass sie dabei war, die Familie zu zerstören.

Während Frederic und Jack die Schule absuchten, den Hausmeister herausklingelten, sich alle Räume aufschließen ließen und sogar einen nahe gelegenen Park durchkämmten, telefonierte sich Virginia durch die ganze Liste der Telefonnummern von Kims Klassenkameraden. Überall erhielt sie die gleiche niederschmetternde Antwort: »Nein. Bei uns ist sie nicht.«

Sie ließ sich die Kinder an den Apparat holen, aber keines wusste etwas zu berichten, das ihr weiterhelfen konnte. Die interessanteste Information bekam sie von Kims bester Freundin, der kleinen Clarissa O'Sullivan: »Wir sind zusammen rausgegangen. Sie hat gesagt, dass sie abgeholt wird, und ist vor dem Tor stehen geblieben. Ich bin schnell weitergegangen, weil es so geregnet hat.«

Das klang nicht so, als habe Kim vorgehabt, sich zu verstecken oder wegzulaufen. Virginia sah ihre Tochter vor sich, wie sie im strömenden Regen vor dem Schultor stand, die Kapuze ihres gelben Regenmantels ganz fest um den Kopf gezurrt. *Ich werde abgeholt...* Und dann war niemand gekommen. Mummie nicht, Daddy nicht, Nathan nicht. Und Grace mit einer Viertelstunde Verspätung.

Was war in dieser Viertelstunde geschehen?

Der Regen. Virginia strich sich über die müden Augen, in

denen die Tränen brannten, die zu weinen sie sich jedoch nicht erlaubte. Der Regen mochte sie von der Straße weggetrieben haben. Aber doch höchstens bis ins Innere des Schulgebäudes. Und dort hatte Grace überall nachgesehen, wie sie immer wieder versichert hatte.

Warum meldete sich Nathan nicht?

Warum hatte sie ihr Handy ausgeschaltet?

Warum hatte sie ihr Kind schon wieder anderen überlassen?

Die Klassenlehrerin, die sie nach mehreren vergeblichen Versuchen erreichte, konnte ihr auch nicht weiterhelfen. Nein, ihr sei nichts Besonderes an Kim aufgefallen an diesem Tag. Ein bisschen müde habe sie gewirkt. Aber nicht verstört oder durcheinander. In den Pausen habe sie lebhaft mit den anderen Kindern gespielt. Virginia ließ sich die Nummern der anderen Lehrer geben und rief einen nach dem anderen an, aber sie erhielt keinerlei Hinweise. Alles heute schien ganz normal gewesen zu sein.

Der Lehrer, bei dem Kim in den letzten beiden Stunden Zeichenunterricht gehabt hatte, erinnerte sich, sie nach Schulschluß am Tor stehen gesehen zu haben.

»Mir war klar, dass sie darauf wartete, abgeholt zu werden«, sagte er. »Sie schaute die Straße hinauf und hinunter. Ich dachte noch: *Kind, stell dich doch irgendwo unter!* Es regnete ja ziemlich heftig. Aber sie trug solide Gummistiefel und einen langen Regenmantel. Ich saß schon im Auto und wurde angehupt, deshalb konnte ich nicht halten und ihr sagen, sie solle doch nach drinnen gehen. Ich nahm aber an, dass sowieso jeden Moment ihr Vater oder ihre Mutter auftauchen würden.«

»Sie haben… niemanden gesehen, der sie angesprochen hat?«, fragte Virginia. Vielleicht war ja doch Nathan erschienen.

»Nein«, sagte der Zeichenlehrer, »das habe ich nicht.«

Es war zum Verzweifeln. Kein Anhaltspunkt, nicht der geringste.

Sie ging in die Küche, um sich einen Tee zu machen, von dem sie hoffte, er werde ihre Nerven ein wenig beruhigen, aber dann fand sie das Teesieb nicht und war unfähig, sich zu erinnern, wohin sie es für gewöhnlich legte. In ihrem Kopf ging alles durcheinander. Draußen herrschte pechschwarze Nacht, und ihr Kind war nicht daheim, und sie hatte keine Ahnung, wo es sich aufhielt. Es war die Situation, die jede Mutter mehr fürchtete als alles andere auf der Welt und von der sie vom Tag der Geburt des Kindes an am inbrünstigsten hoffte, sie werde niemals eintreten.

Als ihr Handy läutete, stürzte sie ins Nebenzimmer, sehnlichst hoffend, der Anrufer sei Frederic, der ihr mitteilte, er habe Kim gefunden und werde nun gleich mit ihr nach Hause zurückkehren.

Aber es war nicht Frederic. Es war Nathan.

Er klang ein wenig gestresst. »Virginia? Kannst du mir sagen, weshalb du stundenlang nicht zu erreichen bist und…«

Sie unterbrach ihn. »Ist Kim bei dir?«

Er stutzte. »Nein. Wieso? Ich habe Grace angerufen und…«

»Grace kam zu spät zur Schule. Kim war nicht mehr da. Sie ist bis jetzt nicht aufgetaucht.« O Gott, dachte Virginia. Wieder zerschlug sich eine Hoffnung. Immer noch hatte sie sich an der Möglichkeit festgeklammert, Kim könne bei Nathan sein. Nun musste sie diesen Gedanken begraben.

»Sie hat sich bestimmt wieder irgendwo versteckt. Habt ihr schon in ihrem Baumhaus nachgesehen?«

»Natürlich. Da ist sie nicht!« Virginias Nervenanspannung entlud sich über Nathan. »Wieso warst du nicht da?«, fuhr sie ihn an. »Ich habe mich auf dich verlassen. Es ging um ein siebenjähriges Kind. Wie konntest du…«

»Moment mal, ich hatte Probleme mit dem Auto, und die hatte ich mir nicht ausgesucht. Also schieb mir jetzt nicht die

Schuld für irgendetwas in die Schuhe!« Er klang aufgebracht. »Ich habe wieder und wieder versucht, dich zu erreichen, aber das war ja nicht möglich. Du hattest dich ja komplett verabschiedet. Schließlich habe ich über die Auskunft Graces Nummer herausgefunden, wobei ich mir zuerst das Hirn darüber zermartern musste, wie dein Verwalterpaar eigentlich mit Nachnamen heißt. Also, ich habe getan, was ich konnte, um die Situation zu retten.«

Virginias Wut fiel in sich zusammen, zurück blieben nur ihr Elend und ihre Angst.

»Entschuldige«, sagte sie, »aber ich bin krank vor Sorge. Frederic und Jack suchen seit anderthalb Stunden die Schule und das umliegende Gelände ab, aber offenbar haben sie bislang nichts gefunden.«

»Ich weiß, das ist schrecklich«, sagte Nathan. Auch er klang nun ruhiger, sprach mit der sanften Stimme, die sie an ihm liebte. »Aber du solltest nicht gleich an das Schlimmste denken. Gestern Abend hatten wir die gleiche Situation. Bestimmt hat sich Kim wieder irgendwo verkrochen. Sie ist traurig und fühlt sich vernachlässigt, und es ist vielleicht ihre Art, deine Aufmerksamkeit zu erzwingen.«

»Aber es sind schon so viele Stunden vergangen...«

»Das beweist nur, dass sie diesmal ein besseres Versteck gefunden hat. Nicht, dass ihr etwas zugestoßen ist. Virginia, Liebste, dreh jetzt nicht durch. Du wirst sehen, sie ist ganz bald wieder bei dir.«

Tatsächlich spürte Virginia, dass sie ruhiger wurde. Ihr Herzschlag ging wieder ein wenig langsamer.

»Ich hoffe, du hast Recht. Wo bist du überhaupt?«

»In Hunstanton. In einem *Bed & Breakfast*.«

»In Hunstanton? Warum so weit draußen?«

»Schatz, wir werden uns in den nächsten Tagen ohnehin nicht viel sehen können. Bei euch kann ich nicht aufkreuzen, und du wirst viel mit deinem Mann zu klären haben. Und du solltest mit deiner Tochter zusammen sein. Sie braucht dich, sie ist jetzt wichtiger als wir.«

Er hatte Recht, natürlich. Virginia war froh, dass er so dachte.

»Und wenn ich schon so lange ohne dich sein muss«, fuhr er fort, »dann bin ich am liebsten am Meer. Hier kann ich am Strand entlangwandern, und hier gefällt es mir.«

»Ja. Ich verstehe das.«

»Wie lief es mit deinem Mann?«, fragte er.

Sie seufzte. »Er ist verletzt. Verzweifelt. Hilflos. Es ist eine schreckliche Situation.«

»Geschichten dieser Art sind immer schrecklich. Wir werden das durchstehen.«

»Wenn nur Kim...«

»Psst«, unterbrach er sie. »Kim ist bald wieder bei dir. Etwas anderes darfst du gar nicht denken.«

Ihr fiel noch etwas ein. »Was ist denn nun mit meinem Auto?«

»Offensichtlich die Batterie. Keine Ahnung, warum. Mir hat schließlich jemand mit seinem Starterkabel geholfen. Es fährt jetzt wieder.«

»Ausgerechnet heute! Ausgerechnet heute musste so etwas passieren!«

»Vielleicht hätte ich sie auch nicht angetroffen, selbst wenn ich pünktlich da gewesen wäre. Wenn sie vorhatte zu verschwinden, dann...«

»Aber sie stand zuerst noch am Tor und wartete. Das haben mir ihre Freundin und einer ihrer Lehrer bestätigt.«

Er seufzte. »Gut. Dann hat sie gewartet. Niemand erschien, und sie begann sich schon wieder von Mummie vernachlässigt zu fühlen. Und darauf reagiert sie derzeit nun einmal mit Weglaufen. Das wissen wir doch jetzt.«

»Nathan...«

»Ja?«

»Kannst du mir deine Telefonnummer geben? Ich möchte das Gefühl haben, dich erreichen zu können.«

Er diktierte ihr die Adresse und die Telefonnummer des Hauses, in dem er untergekommen war.

Nachdem sie das Gespräch beendet hatten, fühlte sich Virginia schrecklich einsam und müde. Allein gelassen mit ihrer Angst. Frederic war nicht da. Nathan war so weit weg.

Ihr Kind war dort draußen in der Dunkelheit.

Irgendwann waren Frederic und Jack zurückgekommen. Müde und vom Regen durchnässt. Und ohne Kim.

»Nirgends«, sagte Frederic, »wir haben alles abgesucht. Sie ist nirgends.«

»Der Hausmeister ist mit uns durch alle Räume gegangen«, berichtete Jack, »sogar bis hinunter in den Keller. Es gibt keinen Flecken in dieser Schule, an dem wir nicht nachgesehen hätten.«

»Ich rufe jetzt die Polizei an«, sagte Frederic und ging zum Telefon.

Wie war diese Nacht vergangen? Für den Rest ihres Lebens würden blinde Flecken durch Virginias Gedächtnis ziehen, wenn sie an jene Stunden bis zum ersten Morgengrauen dachte. Weder sie noch Frederic waren ins Bett gegangen. Jack hatte noch eine Weile bei ihnen gesessen, grau vor Erschöpfung im Gesicht, und nachdem er zweimal in seinem Sessel eingenickt war, hatten sie ihn nach Hause geschickt.

»Grace braucht Sie jetzt«, hatte Frederic gesagt, und Jack war gegangen, nicht ohne zu bitten, man möge sofort anrufen, wenn sich etwas Neues ergebe.

Die Polizei hatte gesagt, am nächsten Morgen werde jemand vorbeikommen. Sie hatten sich eine genaue Beschreibung von Kim diktieren lassen. Alter, Größe, Haar- und Augenfarbe, Kleidung.

Irgendwann gegen ein Uhr morgens war Frederic noch einmal mit der Taschenlampe losgezogen, um den Park abzusuchen. Virginia hatte mitkommen wollen, aber er hatte abgewehrt. »Schone deine Kräfte. Außerdem ist es besser, wenn jemand am Telefon bleibt.«

Als Kind hatte Virginia immer zu heftigem Fieber geneigt, wenn sie krank war, und ähnlich wie jene Fiebernächte war auch die Nacht, die auf Kims Verschwinden folgte. Unwirklich. Voll innerem Aufruhr. Verzweifelt. Von seltsamen Bildern und Stimmen erfüllt.

Frederic kam zurück, nach Stunden. Allein.

Sie hatten Kaffee getrunken, hinausgestarrt in die Finsternis. Der Regen ließ nach gegen Morgen. Sie hörten, dass Wind aufkam. Er rauschte in den herbstlichen Bäumen. Schließlich sickerte erstes Tageslicht zwischen den hohen Wipfeln hindurch, bahnte sich einen schmalen Streifen in das Wohnzimmer und ließ Virginias und Frederics übermüdete Gesichter noch fahler erscheinen.

»Gegen neun wollte die Polizei da sein«, sagte Frederic.

»Ich koche noch mal Kaffee«, sagte Virginia. Sie hatte schon viel zuviel davon getrunken, aber sie hielt sich an der Wärme der gefüllten Tassen fest wie an einem allerletzten Strohhalm.

Und nun also war Superintendent Jeffrey Baker da, ein sympathischer, großer Mann, der Ruhe und Autorität ausstrahlte, und doch war es der Beginn des eigentlichen Entsetzens: plötzlich der Polizei gegenüberzusitzen und über ein Kind zu sprechen, das seit nunmehr sechzehn Stunden von niemandem mehr gesehen worden war. Virginia erzählte von Kims Verschwinden einen Tag zuvor, und Baker schien dies als ein beruhigendes Indiz zu werten.

»Manches spricht dafür, dass sich Ihre Tochter erneut verstecken wollte«, sagte er. Virginia blickte aus dem Fenster, sah ein paar kleine Fetzen Himmelsblau zwischen den Baumästen und dachte: Daran halte ich mich ja auch fest. An ihrem vorgestrigen Verschwinden. Wäre das nicht gewesen, ich würde wahnsinnig werden. Ich würde den Verstand verlieren.

Und dann lehnte sich Superintendent Baker vor, sah sie und Frederic an und sagte behutsam: »Ich leite die Ermittlungen in den Fällen Sarah Alby und Rachel Cunningham.«

Da begriff Virginia, welche Version in Wahrheit in Superintendent Bakers Kopf herumgeistern mochte.

Sie begann zu schreien.

2

»Es spricht wirklich vieles dafür, dass sich Ihre Tochter versteckt hat, nachdem genau das einen Abend vorher schon einmal passiert ist«, wiederholte Baker beruhigend. Er hatte eine Weile allein mit Frederic im Wohnzimmer gesessen, während Virginia nach oben gegangen war, ihre Tränen getrocknet und ihre Nase geputzt hatte. Es war nicht so, dass sie nicht selbst auch diesmal wieder an die beiden ermordeten Mädchen gedacht hatte, aber angesichts von Kims Flucht in ihr Baumhaus hatte sie diesen Gedanken nicht mehr wirklich zugelassen. Als Superintendent Baker die beiden Namen aussprach, war die Erkenntnis, dass auch dies nach wie vor eine echte Möglichkeit war, mit aller Macht über sie hereingebrochen, hatte sie verschlungen wie eine große Flutwelle und in eine Panik gestürzt, die namenlos und unendlich war. Frederic hatte sie in die Arme genommen und gehalten, und oben in ihrem Badezimmer hatte sie schließlich langsam ihre Fassung wiedergefunden. Rote, verschwollene Augen starrten ihr aus dem Spiegel entgegen, ein bleiches Gesicht, aufgesprungene Lippen.

»Das kann nicht sein«, murmelte sie beschwörend, »das kann einfach nicht sein.«

Als sie wieder unten saß, fühlte sie sich kalt und leer. Sie fror, ohne das Bedürfnis zu haben, etwas gegen das Frieren zu tun. Sie hatte zudem nicht den Eindruck, dass es irgendetwas gab, das sie dieser inneren Kälte hätte entgegensetzen können.

Baker sah sie aus freundlichen, einfühlsamen Augen an. »Mrs. Quentin, während Sie oben waren, erzählte mir Ihr Mann, Ihre Tochter sollte von einem Bekannten abgeholt werden, der dann jedoch verhindert war. Ein Mr ...«, er warf einen Blick in seine Aufzeichnungen, »... ein Mr. Nathan Moor. Ein Deutscher.«

»Ja.«

»Ich würde ihn gern sprechen. Können Sie mir sagen, wie ich ihn erreiche?«

Sie kramte den Zettel mit seiner Anschrift aus ihrer Jeanstasche. »Hier. Das ist eine Pension in Hunstanton. Dort wohnt er zur Zeit.«

Baker schrieb sich Adresse und Telefonnummer ab und gab Virginia den Zettel zurück. »Äh ... Mrs. Quentin, so ganz habe ich noch nicht begriffen, um wen es sich bei Nathan Moor genau handelt. Ihr Mann sagte ... eine Art Zufallsbekanntschaft, die Sie in Ihrem Ferienhaus auf Skye machten? Mr. Moor hatte dort einen Schiffsunfall?«

»Er und seine Frau befanden sich auf einer Weltumsegelung. Direkt vor den Hebriden kollidierten sie mit einem Frachter. Ihr Schiff sank. Sie konnten sich nur mit der Rettungsinsel in Sicherheit bringen. Da Mrs. Moor zuvor bei uns gejobbt hatte, fühlte ich mich irgendwie ... verantwortlich. Sie besaßen ja nichts mehr, von einem Moment zum anderen. Ich nahm sie in unser Ferienhaus auf.«

»Verstehe. Und nun hat sich Mr. Moor hier ganz in der Nähe eingemietet?«

»Ja.«

»Wo ist seine Frau?«

»Sie ist gestern früh abgereist. Vermutlich versucht sie, über die deutsche Botschaft in London nach Deutschland zurückzukommen.«

»Aber ihr Mann ist hier geblieben?«

»Ja.«

Baker neigte sich ein wenig nach vorn. »Verzeihen Sie«, sagte er, »aber so ganz verstehe ich es immer noch nicht. Weshalb sitzt dieser Schiffbrüchige nun in Hunstanton? Wie wollte er von dort übrigens Ihre Tochter hier in King's Lynn von der Schule abholen?«

»Er hat mein Auto.« Es war Virginia klar, wie befremdlich dies alles in den Ohren des Superintendent klingen musste. »Das Auto war auch der Grund... Es sprang gestern Nachmittag plötzlich nicht an. Deshalb rief er Grace an. Grace Walker, unsere...«

»Ich weiß«, unterbrach Baker, »von Mrs. Walker haben Sie ja bereits berichtet. Mr. Moor hat also Ihr Auto?«

Ihm wird gerade manches klar, dachte Virginia.

Sie schaute Frederic nicht an. »Mr. Moor und ich... wir möchten in Zukunft zusammen bleiben. Zwischen uns... ich hätte mein Kind nicht einer Zufallsbekanntschaft anvertraut, Superintendent. Es ist inzwischen sehr viel mehr als das.«

Ein verlegenes Schweigen folgte ihren Worten. Frederic starrte auf den Boden zwischen seinen Füßen. Superintendent Baker notierte sich etwas.

»Ist Ihre Tochter über diese Pläne unterrichtet?«, fragte er.

»Nein«, sagte Virginia, »aber ich glaube, sie spürt, dass sich etwas verändert. Sie ist verängstigt. Ihr Weglaufen am vorgestrigen Abend hatte wohl etwas damit zu tun.«

»Nun«, sagte Baker, »so bedauerlich die derzeitigen... Familienkomplikationen in Ihrem Haus sind, so denke ich doch, dass Sie sich unter diesen Umständen auch ein wenig beruhigter fühlen dürfen. Es sieht mir immer mehr danach aus, dass Kim vor all diesen sich anbahnenden Umbrüchen weggelaufen ist. Sie versteckt sich irgendwo, wobei es mir sonderbar erscheint, dass ein siebenjähriges Kind dies so lange durchhalten sollte – angesichts von Hunger, Durst und der ganz natürlichen Angst vor der Dunkelheit. Ich fürchte daher, dass sie den Rückweg nicht mehr findet und irgendwo herumirrt.« Er erkannte die Panik in den Augen der Eltern und hob beide Hände. »Ich weiß, diese Vorstellung ist auch alles andere als schön. Und wir müssen alles tun, sie so schnell wie möglich zu finden. Aber es ist doch immer noch besser als der Gedanke an… an diese ungeheuerlichen Verbrechen, die geschehen sind.«

Virginia und Frederic sahen einander an. Beide dachten sie in diesem Moment das Gleiche: Vielleicht war sie tatsächlich weggelaufen. Vielleicht suchte sie wirklich verzweifelt nach dem Heimweg. Aber irgendwo da draußen befand sich auch jener Irre noch auf freiem Fuß, der es auf kleine Mädchen abgesehen hatte, und solange Kim nicht zu Hause war, bestand die Gefahr, dass sie ihm in die Hände fiel.

»Was werden Sie konkret als Nächstes tun, Superintendent?«, fragte Frederic.

»Ich werde Polizeistaffeln losschicken, die mit Hunden die ganze Gegend absuchen. Wir werden jeden Grashalm umdrehen, das kann ich Ihnen versprechen. Eventuell geben wir auch Suchmeldungen über den Rundfunk aus.«

»Aber ist das nicht zu gefährlich?«, fragte Virginia. »Denn dann erfährt doch auch der… dieser Geisteskranke, dass hier ein kleines Mädchen unbeaufsichtigt herumläuft!«

»Aber damit ahnt er immer noch nicht, wo sie ist. Zudem weiß ich inzwischen einiges über seine Methode. Er greift sich nicht irgendein Kind und zerrt es in sein Auto, das wäre ihm vermutlich viel zu riskant. Er baut vorher eine Beziehung zu dem Kind auf, so dass dieses dann, ohne irgendein Aufsehen zu erregen, zu ihm einsteigt. Er geht sehr planvoll und vorausschauend vor.« Er überlegte kurz. »Etwas Derartiges haben Sie bei Kim nicht beobachtet in der letzten Zeit, oder? Sie hat Ihnen nicht von einem neuen Freund oder einem netten fremden Mann berichtet?«

»Nein. Nein, absolut nicht.«

»Ich werde trotzdem auch noch einmal mit ihren Freundinnen sprechen«, sagte Baker. »Kleine Mädchen vertrauen oftmals der besten Freundin doch mehr an als den Eltern. Sie können mir da sicher Adressen und Telefonnummern geben, Mrs. Quentin?«

»Natürlich«, sagte Virginia und stand auf.

Als sie mit der Klassenliste zurückkehrte, hörte sie, wie Frederic gerade sagte: »Ich möchte unbedingt, dass Sie diesen Nathan Moor überprüfen, Superintendent. Der Mann ist mir mehr als suspekt. Mir ist klar, Sie werden nun denken, dass ich eine verständliche Abneigung gegen ihn hege, aber ich kann Ihnen nur versichern, er war mir schon zutiefst unangenehm, lange bevor er… sich für meine Frau interessierte.«

»Nathan Moor steht ganz oben auf meiner Liste«, versicherte Baker.

Als er gegangen war, blickte Virginia Frederic zornig an. »Ich finde es durchaus in Ordnung, wenn Nathan überprüft wird. Aber es war unnötig, ihn derart bei dem Superintendent anzuschwärzen!«

Frederic schloss sorgfältig die Haustür. »Ich habe ihn nicht angeschwärzt. Ich habe gesagt, was ich denke. Es geht um das Leben meines Kindes. Da werde ich doch nicht mit Informationen hinter dem Berg halten, nur weil das irgendwelche Empfindlichkeiten bei dir auslöst.«

»Er hat nichts mit ihrem Verschwinden zu tun!«

»Dabei würde er in das Muster passen, findest du nicht? Der nette Mann, der ganz neu in Kims Leben getreten ist und zu dem sie bedenkenlos ins Auto steigen würde.«

»Er hat sich nicht an sie herangemacht.«

»Nein, er war diesmal besonders clever. Er bumst ihre Mutter. Auch keine schlechte Strategie.«

»Du bist abartig!«, schrie Virginia. Sie rannte die Treppe hinauf, lief in ihr Schlafzimmer und knallte die Tür hinter sich zu. Neben ihrem Bett sank sie auf die Knie. Verschwommen sah sie hinter Tränenschleiern das Gesicht ihrer Tochter im silbernen Bilderrahmen auf ihrem Nachttisch. Dieses geliebte, süße Gesicht. Sie ließ den Kopf auf die Bettdecke sinken und wurde überschwemmt von ihren Tränen.

Und einem namenlosen, unendlichen Schmerz.

3

Gegen Mittag erschienen Jack und Grace; Grace war völlig verweint und sah noch immer aus, als habe sie Fieber. Sie brach sofort wieder in Tränen aus, als sie Virginia gegenüberstand.

»Ich kann es mir nicht verzeihen«, schluchzte sie, »ich kann mir einfach nicht verzeihen, dass ich zu spät zur Schule gekommen bin.«

»Hören Sie auf, sich Vorwürfe zu machen, Grace«, beschwichtigte sie Frederic, noch ehe Virginia antworten konnte, »der Fehler liegt bei uns. Ganz gewiss nicht bei Ihnen.«

Obwohl das Verwalterpaar alles mitbekam, konnte Virginia nicht an sich halten. »Der Fehler liegt bei *mir*«, sagte sie heftig, »nicht bei *uns*! Das ist es doch, was du in Wahrheit denkst, Frederic, also solltest du es auch sagen.«

»Bei uns«, wiederholte er, »denn wie die Dinge nun einmal lagen, hätte ich hier sein müssen und nicht in London sein dürfen.«

Wie die Dinge nun einmal lagen…

Virginia wusste genau, was er damit sagen wollte: *Da meine Frau gerade von ihren Hormonen überwältigt wurde und als Mutter komplett ausfiel, hätte ich da sein und mich um das Kind kümmern müssen.*

Sie wäre ihm ins Gesicht gesprungen, hätte sie sich nicht gescheut, Grace und Jack ein unvergessliches Schauspiel zu bieten.

Jack, der selten durch allzu große Sensibilität auffiel, schien die Hochspannung zu bemerken, die in der Luft lag.

»Äh, weshalb ich hier bin«, sagte er rasch, »ich dachte, wir könnten noch einmal die Umgebung absuchen, Sir. Ich vermute, die Polizei tut das auch...«

»Ja«, sagte Frederic.

»...aber überall können die nicht sein. Ich meine... es ist so unerträglich, nur herumzusitzen...«

»Da haben Sie Recht«, sagte Frederic, »wir gehen gleich los. Virginia, du bleibst beim Telefon?«

»Ich gehe nicht weg.«

»Kann ich irgendetwas tun, Mrs. Quentin?«, fragte Grace und putzte sich die Nase. Sie sah so krank und elend aus, dass sich Virginia trotz der furchtbaren Angst um Kim nun auch um sie zu sorgen begann.

»Grace, Sie sollten zum Arzt gehen. Oder einen Arzt kommen lassen. Sich auf jeden Fall ins Bett legen. Es hat keinen Sinn, dass Sie sich jetzt eine Lungenentzündung holen. Damit ist niemandem gedient.«

»Aber ich halte es nicht aus...« Grace fing schon wieder an zu weinen und kramte nach einem neuen Taschentuch.

Nach langem Hin und Her gelang es Virginia, Grace zu überreden, nach Hause zu gehen und sich ins Bett zu legen, und schließlich waren auch die beiden Männer verschwunden, Frederic sichtlich erleichtert, dass er etwas zu tun bekam und dass er sich nicht länger mit Virginia unter einem Dach aufhalten musste. Und auch sie war froh, dass er weg war, empfand sie ihn doch als einen einzigen stummen Vorwurf.

Als das Schrillen des Telefons die Stille zerriss, schrak sie so heftig zusammen, als wäre ein Pistolenschuss gefallen.

Die Polizei. Vielleicht war es die Polizei. Vielleicht hatten sie Kim gefunden!

Ihr Herz raste, als sie den Hörer abnahm.

»Ja?«, fragte sie atemlos.

Es verging ein Moment, dann sagte eine leise, gepresst klingende Stimme: »Hier ist Livia Moor.«

»Oh«, sagte Virginia nur.

»Ich… ich rufe aus London an. Ich bin hier in einem Hotel. Man hat mir in der Botschaft mit Geld ausgeholfen. Heute Abend fliege ich nach Deuschland.«

Virginia hatte sich noch immer nicht von ihrer Verlegenheit erholt. Sie liebte den Mann dieser Frau. Sie würde mit ihm zusammenbleiben. Am liebsten hätte sie einfach aufgelegt.

»Wie geht es Ihnen?«, fragte sie unbeholfen und fand sich selbst idiotisch.

»Nicht besonders gut«, antwortete Livia mit einer für sie ungewöhnlichen Direktheit, »aber wenigstens habe ich erst einmal eine Bleibe. Eine Freundin meiner verstorbenen Mutter nimmt mich bei sich auf. So lange, bis ich… nun ja, ich muss Arbeit finden. Ich hoffe, dass mir das gelingt.«

»Ich wünsche es Ihnen so sehr.«

»Danke. Ich rufe an, weil ich… ich brauchte Geld für meine Fahrt nach London. Ich habe es von… meinem Mann genommen, aber ich weiß, dass es eigentlich Ihr Geld ist. Ich möchte Ihnen nur sagen, dass ich es Ihnen zurückzahlen werde. Sobald ich Arbeit habe, sobald ich ein bisschen was zurücklegen kann, schicke ich Ihnen…«

»Das brauchen Sie nicht. Wirklich nicht.«

Livia schwieg wieder einen Moment. Es klang nicht hämisch, als sie dann sagte: »Sie sollten das Geld nicht ablehnen, Virginia. Wenn Sie in Zukunft mit meinem Mann zusammenleben, werden Sie es brauchen.«

Nun schwieg Virginia eine Weile. Ihre Hand hielt den Telefonhörer so fest umklammert, dass ihre Fingerknöchel weiß hervortraten. Endlich gelang es ihr zu antworten: »Es tut mir leid, Livia. Ich weiß, dass Nathan und ich… dass wir zwei Menschen sehr verletzen. Sie und Frederic. Ich… wünschte…« Sie sprach nicht weiter. Was sollte sie auch sagen? *Ich wünschte, das alles wäre nicht geschehen?* Das wäre gelogen gewesen.

Ich wünschte, wir müssten niemandem dabei wehtun.

Das klang lächerlich. Zumindest wohl in Livias Ohren. Also ließ sie den begonnenen Satz einfach stehen.

»Wissen Sie«, sagte Livia, »nach all den Jahren mit Nathan empfinde ich fast auch ein wenig Erleichterung. Ich bin sehr traurig, und ich weiß nicht, wie es weitergehen soll, aber in den letzten Tagen habe ich begriffen, dass es auch so... ich meine, auch ohne Sie nicht einfach weitergegangen wäre. Und nicht nur, weil das Schiff untergegangen ist. Wir waren vorher schon am Ende. Er klammerte sich an dem Gedanken dieser Weltumsegelung fest, und ich redete mir ein, dass wir beide glücklich werden würden, wenn *er* nur glücklich wäre... Aber so funktioniert es eben nicht. Ich habe dieses Schiff gehasst. Ich habe die Häfen gehasst. Die Jobs, die ich mir suchen musste. Ich bin ein Mensch, der ein festes Zuhause braucht. Ich will Blumen pflanzen und über den Gartenzaun hinweg mit meinen Nachbarn reden und in meiner eigenen Waschmaschine waschen und morgens beim Bäcker Brötchen holen und mit den Leuten plaudern, die ich dort treffe... Ich will nicht heute hier und morgen da wohnen und nie jemanden näher kennen lernen, weil ich nie lange genug an einem Ort bin. Ich will... ich will Kinder, Virginia. Ich sehne mich so sehr nach Kindern. Und sie sollen in Ruhe und Sicherheit aufwachsen.«

Kinder.

»Kim ist verschwunden«, sagte Virginia.

»Schon wieder?«

»Nach der Schule. Gestern. Aber wir haben sie bis jetzt nicht gefunden.«

»Das muss... schrecklich für Sie sein.«

Virginia merkte, wie ihr angesichts des echten Mitgefühls in Livias Stimme die Tränen kamen. Verzweifelt kämpfte sie dagegen an.

»Ja«, sagte sie, »es ist ganz furchtbar. Die Polizei sucht mit Hundestaffeln nach ihr. Frederic und unser Verwalter sind auch gerade wieder losgezogen. Ich frage mich, wo sie die ganze Nacht...« Ihre Stimme brach, sie verstummte. Die Bilder, die vor ihrem inneren Auge aufstiegen, waren zu grausam.

»Mein Gott, Virginia!«, sagte Livia, und dann schwiegen sie beide, aber Virginia spürte aus Livias Schweigen größte Anteilnahme, und traurig dachte sie, dass diese junge Frau eine Freundin für sie hätte werden können – wäre nicht alles ganz anders gekommen.

»Ich gebe Ihnen die Telefonnummer meiner Bekannten in Deutschland«, sagte Livia schließlich, »dort werde ich auf jeden Fall in der nächsten Zeit erreichbar sein. Es wäre nett, wenn Sie mich anrufen könnten, sobald Kim wieder bei Ihnen ist. Ich möchte es gern wissen.«

»Natürlich. Das mache ich, Livia.« Virginia schrieb die Telefonnummer auf.

»Noch etwas...« Livia zögerte. »Sie könnten die Nummer auch an meinen Mann weitergeben. Vielleicht möchte er Kontakt zu mir aufnehmen. Es wird sicher manches zu regeln sein.«

»In Ordnung«, sagte Virginia.

Sie verabschiedeten sich voneinander. Virginia legte den Hörer auf, lief hinauf in das Zimmer ihrer Tochter. Nervös rückte sie die Stofftiere zurecht, die auf der Fensterbank saßen, zupfte an den weißen Gardinen. Sie betrachtete den Zeichenblock, der auf dem Schreibtisch lag, daneben stand noch der Kasten mit den Wasserfarben. Kim hatte versucht, ein Pferd zu malen. Es sah ein bisschen nach einer verunglückten Ratte aus.

Lass sie zurückkehren, lieber Gott! Lass sie bald wieder zurückkehren und lass sie wieder glücklich werden!

Getrieben von Angst und Hilflosigkeit, lief sie wieder hinunter und wählte die Nummer von der Pension, in der Nathan abgestiegen war. Eine schlechtgelaunte Frau meldete sich und erklärte, Mr. Moor sei zu einem Strandspaziergang aufgebrochen. Sie wisse nicht, wann er zurückkommen werde.

Warum rief er nicht an? Erkundigte sich nicht nach Kim?

Fragte nicht, wie es ihr, Virginia, ging? Konnte er sich nicht vorstellen, wie elend sie sich fühlte?

Kurz nach ein Uhr am Mittag tauchte Frederic wieder auf.

»Ihr habt nichts gefunden«, sagte Virginia. Es war keine Frage, sondern eine Feststellung.

»Nein.« Frederic fuhr sich mit beiden Händen über das Gesicht. Er war sehr blass, seine Augen vor Müdigkeit gerötet. »Nichts. Wir waren noch einmal am Baumhaus. An den Brombeerhecken, unter denen sie die Höhlen gebaut hat. Wir sind einen Teil des Schulwegs abgelaufen. Aber nirgends war eine Spur zu finden.«

Sie streckte die Hand aus und strich ihm kurz über den Arm.

»Leg dich ein bisschen hin. Du siehst entsetzlich erschöpft aus.«

»Ich glaube nicht, dass ich jetzt Ruhe finde«, meinte Frederic, aber als Virginia ein paar Augenblicke später aus der Küche, wo sie für ihn ein Glas Wasser geholt hatte, ins Wohnzimmer zurückkehrte, fand sie ihn schlafend in seinem Sessel am Fenster vor.

Sie stand gerade im Schlafzimmer vor dem Kleiderschrank, um sich etwas Wärmeres zum Anziehen zu suchen – sie fror an diesem Tag ständig, obwohl es eigentlich nicht kalt war –, als ihr Handy klingelte. Sie vermutete sofort, dass es Nathan war, der anrief, und war froh, dass sie sich im ersten Stock und weit weg von Frederic befand.

Nathan klang recht munter.

»Guten Morgen, Darling«, sagte er, unbekümmert darum, dass es bereits nach ein Uhr war. »Ich war lange am Meer. Es ist herrliches Wetter heute, blauer Himmel und Sonne – falls du das durch deine dichten Bäume hindurch überhaupt schon bemerkt hast?«

Sie fand seinen Ton völlig unangemessen.

»Mein Kind ist verschwunden. Mir war bislang wirklich nicht danach zumute, über das Wetter nachzudenken.«

»Sie ist immer noch nicht wieder aufgetaucht?«

»Nein. Was du wüsstest, wenn du mich irgendwann im Lauf des Vormittages einmal angerufen und dich nach ihr erkundigt hättest!«

Er seufzte. »Entschuldige. Ich dachte, sie ist sicher wieder da. Es ist schwierig für mich, bei dir anzurufen. Ich weiß doch nicht, ob dein Mann nicht gerade neben dir sitzt. Das fühlt sich für mich auch nicht gerade gut an.«

»Das kann ich verstehen, ja.«

»Ich habe eine Idee«, meinte er. »Du kommst hierher zu mir, wir laufen ein Stück am Meer entlang, und du versuchst ein bisschen ruhiger zu werden. Wie wäre das?«

»Ich möchte nicht von hier fort.«

»Du kannst doch im Moment gar nichts machen.«

»Ich will trotzdem hier sein. Vielleicht taucht Kim plötzlich auf und…«

Er seufzte. »Ich würde ja zu dir kommen. Aber ich habe wenig Lust, Frederic zu begegnen, und außerdem muss ich mit dem Benzin haushalten. Ich denke wirklich, du solltest…«

Sie hatte sich danach gesehnt, von ihm getröstet und gestützt zu werden, aber auf einmal war dieser Wunsch wie weggeblasen. Es war nicht die Zeit, sich trösten zu lassen. Es war die Zeit, nichts unversucht zu lassen, um Kim zu finden.

»Nein«, unterbrach sie ihn, und weil sie selbst merkte, wie schroff sie geklungen hatte, fügte sie besänftigend hinzu: »Tut mir leid. Ich weiß, du meinst es gut.«

Er wirkte ein wenig beleidigt. »Ich kann dich nicht zwingen. Wenn du es dir anders überlegst… du hast ja meine Adresse.« Damit legte er den Hörer auf.

Sie schaltete ihr Handy aus, betrachtete das Display, das ein Foto von Kim zeigte – Kim, die ihre Wange in das weiche Fell ihres Teddybären drückte.

»Wo bist du nur?«, flüsterte sie. »Mein Liebstes, wo bist du nur?«

In einem Punkt hatte Nathan Recht gehabt: Sie konnte hier im Haus im Moment nicht viel unternehmen, und es tat ihren Nerven nicht gut, in den Räumen umherzuwandern und sich von albtraumhaften Bildern bedrängen zu lassen.

Sie schrieb einen Zettel für den schlafenden Frederic, legte ihn auf den Küchentisch: *Ich gehe spazieren. Muss einfach raus, sonst ersticke ich. Virginia.*

Fünf Minuten später saß sie im Auto und fuhr durch das Parktor hinaus, ließ die dichten, dunklen Bäume hinter sich. Das weite, grüne Land öffnete sich vor ihr.

Es stimmte, was Nathan gesagt hatte: Der Himmel war blau, und die Sonne schien.

4

Obwohl es Mittwoch war und daher nicht der Vereinbarung entsprach, stand Janie um halb zwei vor dem Maklerbüro gegenüber dem Schreibwarengeschäft und behielt wieder einmal mit aller Konzentration die Eingangstür im Auge. Sie hatte die halbe Nacht wach gelegen und über ihre Geburtstagsparty nachgedacht, und irgendwann war ihr der Gedanke gekommen, dass sich der fremde Mann, der schließlich so überaus nett zu ihr gewesen war, vielleicht gar nicht über sie geärgert hatte, sondern dass er nur aus irgendeinem Grund seine Gewohnheiten verändert hatte. Menschen taten das ständig, und anstatt jeden Montag zu dem Schreibwarengeschäft zu kommen, tat er es nun womöglich an jedem Mittwoch oder Donnerstag. Da er von Janie nur den Vornamen und keine Adresse kannte, konnte er sie davon natürlich nicht unterrichten.

Es war auf jeden Fall einen Versuch wert.

Unglücklicherweise musste sie allerdings dafür wieder die Schule schwänzen. Diesmal nicht den Sportunterricht. Von ein bis zwei Uhr aßen sie zu Mittag, und sie hoffte, es werde nicht allzu sehr auffallen, dass sie daran nicht teilnahm. Von zwei bis vier Uhr hatten sie Zeichnen. Die Lehrerin würde natürlich merken, dass jemand fehlte. Sie würde fragen, und die anderen Kinder würden sich erinnern, dass Janie den Vormittag über da gewesen war. Sicher dachten alle, ihr wäre schlecht geworden. Neulich war auch ein Kind mittags nach Hause gegangen, weil ihm schlecht war. Allerdings hatte es sich abgemeldet. So war es vorgeschrieben. Man durfte nicht einfach abhauen.

Sie würde Ärger bekommen, gar keine Frage. Es war erstaunlich, dass sich wegen des Schwänzens vorgestern noch nichts getan hatte. Sicher würden sie Mum einen Brief schicken. Diesen abzufangen dürfte nicht allzu schwer sein, denn Janie war ja immer zuerst daheim und nahm die Post mit hinauf. Ihr schwante nur, dass sich die Schule auf die Dauer nicht damit zufrieden geben würde, Benachrichtigungen zu versenden, die immer ohne Antwort blieben. Aber bis der Krach richtig losging, hatte sie vielleicht den netten Mann schon wiedergetroffen, und wenn sie Mummie dann erklärte, worum es gegangen war – und dass es sich niemals wiederholen würde –, wäre sicher bald alles im Lot.

Hoffentlich.

Sie blickte auf ihre Uhr. Zehn Minuten nach zwei. Niemand hatte das Geschäft betreten, niemand war herausgekommen. Wenn er nun wieder nicht kam... Dann müsste sie morgen erneut ihren Beobachtungsposten einnehmen. Welche Fächer versäumte sie? Musik, soweit sie wusste. Mist. Miss Hart, die den Unterricht gab, war streng und immer etwas hysterisch. Sie regte sich über alles auf, ging sofort auf die Barrikaden, wenn ein Schüler nur flüsterte oder im falschen Moment mit einem Papier raschelte. Janie seufzte. Miss Hart würde einen ziemlichen Zirkus veranstalten, das stand fest.

Und woher wusste sie überhaupt, dass der Fremde nicht auch die Uhrzeit seiner Besuche im Schreibwarenladen geändert hatte? Vielleicht kam er morgens um neun hierher. Eigentlich müsste sie von morgens bis abends auf ihrem Beobachtungsposten Wache halten. Also morgens direkt von daheim hierhergehen, sich überhaupt nicht in der Schule blicken lassen...

Sie zuckte zusammen, als sich plötzlich eine Hand auf ihre Schulter legte. Sie hatte niemanden kommen gehört. Als sie sich zaghaft umwandte, blickte sie in das strenge Gesicht der Dame aus dem Maklerbüro. Heute trug sie ein graues Kostüm und sah genauso gepflegt und adrett aus wie schon am Montag.

»Du schon wieder«, sagte sie.

Janie lächelte hilflos.

»Weißt du, langsam glaube ich, dass mit dir irgendetwas nicht in Ordnung ist«, sagte die Dame, »und ich finde, ich sollte jetzt wirklich deine Mutter anrufen.«

»Es ist alles okay«, beteuerte Janie hastig, »ich wollte sowieso gerade weitergehen und...«

Sie machte einen Schritt zur Seite, aber die Hand der Dame griff erneut zu. Diesmal an Janies Oberarm. Ziemlich fest. Es war ein Griff, der sich nicht so leicht abschütteln ließ.

»Du müsstest doch um diese Zeit in der Schule sein, stimmt's? Und außerdem finde ich es merkwürdig, dass du dich immer gerade an dieser Ecke herumtreibst. Hier gibt es doch überhaupt nichts, was für dich interessant sein könnte!«

Janies Augen füllten sich mit Tränen. Die Fremde verdarb ihr alles. Alles!

»Wir gehen jetzt in mein Büro und rufen deine Mutter an«, sagte die Dame und dirigierte Janie durch die Glastür hinein in das Maklerbüro. »Setz dich!« Sie wies auf einen von zwei schwarzen Stühlen, die vor einem ebenfalls schwarzen, sehr ordentlich aufgeräumten Schreibtisch standen. Sie selbst nahm hinter ihrem Schreibtisch Platz, griff nach dem Telefonhörer.

»Sagst du mir bitte eure Telefonnummer?«

»Meine Mum ist nicht zu Hause«, flüsterte Janie. Sie hatte eigentlich in ganz normaler Lautstärke sprechen wollen, aber ihre Stimme schien ihr nicht richtig zu gehorchen.

»Wo ist deine Mum?«

»Sie arbeitet.«

»Wo?«

»Ich weiß nicht.«

Die Dame setzte wieder ihren strengen Blick auf. »Ich kann auch gleich die Polizei anrufen, Miss ... Wie heißt du eigentlich?«

»Janie«, murmelte sie.

»Also, Janie, hör mal zu, ich mache mir Sorgen um dich. Du schwänzt die Schule und treibst dich hier aus unerfindlichen Gründen herum – und das bereits zum zweiten Mal, jedenfalls soweit ich weiß. Vielleicht geht das auch schon länger, und ich habe es vorher bloß nicht bemerkt. Ich möchte diese Angelegenheit jetzt klären. Entweder du sagst mir, wie ich deine Mutter oder deinen Vater erreichen kann, oder ich übergebe dich der Polizei. So einfach ist das!«

»Meine Mum arbeitet in einer Wäscherei«, sagte Janie. Die Tränen liefen ihr nun in Strömen über das Gesicht. Sie beugte sich über ihre Schultasche, kramte darin herum und förderte schließlich einen Zettel zutage. »Hier ist die Telefonnummer.«

»Na also«, sagte die Dame. Sie nahm den Zettel und tippte in rasantem Tempo auf der Telefontastatur herum. »Es geht doch!«

»Dass du mir so etwas antust!« Doris hatte sich eine Zigarette angezündet, aber die war schon wieder erloschen, ohne dass sie es bemerkt hatte. Sie stand mitten im Wohnzimmer, noch mit dem weißen Kittel bekleidet, den sie in der Wäscherei immer trug. Ihre Haare waren straff zurückgebunden, kräuselten sich an der Stirn durch die Feuchtigkeit, der sie an ihrem Arbeitsplatz stets ausgesetzt war. Sie sah grau und elend aus.

Aber das tut sie eigentlich immer, dachte Janie.

»Kannst du dir überhaupt vorstellen, wie ärgerlich die Chefin war, weil ich plötzlich wegmusste? In welchen Rückstand die dort jetzt geraten, weil ich ausfalle? Damit schaffe ich mir keine Freunde, verstehst du? Wenn dort das nächste Mal Arbeitsplätze gestrichen werden, sind das genau die Vorfälle, an die man sich dann erinnert. Selbst dir müsste klar sein, wie brenzlig unsere Lage wird, wenn ich meinen Job verliere!«

»Du hättest mich ja nicht abholen müssen…«

»Ach ja? Wenn ich einen Anruf bekomme, dass meine achtjährige Tochter die Schule schwänzt und sich auf der Straße herumtreibt – dann soll ich so tun, als ob nichts wäre, und einfach weitermachen? Was hätte ich denn zu dieser affigen Maklerin sagen sollen? Interessiert mich nicht, was mein Kind so treibt, schicken Sie es wieder auf die Straße? Soll ich dir mal was sagen? So, wie die drauf war, hätte die uns das Jugendamt auf den Hals gehetzt. Wärst du gerne am Ende in einem Heim gelandet?«

So weit hatte Janie nicht gedacht. Als ihre Mutter mit dem Gesichtsausdruck eines Racheengels in das Büro gestürmt war – einen fast Schmerz erregenden Kontrast zu der Dame im grauen Kostüm bildend – und ihre Tochter so hart an der Hand gepackt hatte, dass es wehtat, da hatte Janie gedacht, dass ihre Lage kaum schlimmer werden konnte. Dass Doris vor Wut fast platzte, hatte man ihr von weitem ansehen können. Janie hatte sich gewünscht, der Boden würde sich unter ihr auftun und ihr die Möglichkeit geben, irgendwohin zu verschwinden, wo sie nicht gefunden werden konnte.

Aber *Heim* – das klang noch mal ganz anders. Dorthin wollte sie auf gar keinen Fall. In dem Haus, in dem sie wohnten, waren die drei Kinder der Familie unter ihnen ins Heim gekommen, weil ihr Vater immer betrunken war und ihre Mutter zweimal vom Balkon gesprungen war, um sich umzubringen, sich stattdessen aber nur so ziemlich jeden Knochen im Körper gebrochen hatte. Janie hatte die drei weggehen sehen, zusammen mit einer fremden Frau, die überhaupt nicht nett wirkte. Ihr waren Schauer über den Rücken gelaufen, und sie war nachts schreiend aus dem Schlaf aufgeschreckt, weil sie die Szene noch einmal geträumt hatte.

Nein. Ein Heim war das Schlimmste.

Sie fing wieder an zu weinen.

Doris merkte endlich, dass ihre Zigarette nicht brannte, und zündete sie erneut an. Das tiefe Inhalieren schien sie ein wenig zu beruhigen. Sie musterte ihre Tochter, die wie ein Häufchen Elend im Sessel kauerte.

»Also – wirst du mir nun sagen, was du dort zu suchen hattest? Eines dieser Traumhäuser, die sie dort im Schaufenster hatten, wolltest du ja wohl nicht ernsthaft kaufen, oder?«

Janie schwieg. Die ganze Zeit über hatte sie gedacht: Wenn ich Mummie alles erzähle und erkläre, dann wird sie mich verstehen. Dann wird sie nicht böse sein, sondern mir vielleicht sogar helfen, den netten Mann zu suchen. Sie wird froh sein, dass er mir etwas so Schönes schenken will!

Aber auf einmal war sie sich da gar nicht mehr so sicher. Mummie war so schrecklich böse.

Doris kniff die Augen zusammen. »Weißt du, wenn du mir nicht sagst, was los ist, dann muss ich doch langsam befürchten, dass ich mit deiner Erziehung völlig überfordert bin. Und dann muss ich ...«

»Nein!« Janie blickte hoch. »Ich will nicht in ein Heim! Bitte, Mummie! Nicht!«

»Dann sag mir, was los ist.« Doris warf einen Blick auf ihre Armbanduhr. »Und zwar schnell. Ich muss ins Geschäft zurück.«

»Es war wegen dem Mann«, flüsterte Janie.

»Wegen welchem Mann?«, fragte Doris.

»Wegen der Geburtstagsfeier ...«

Doris seufzte. »Ich verstehe nur Bahnhof. Welche Geburtstagsfeier? Deine?«

»Ja. Ich wollte doch so gern eine Party mit meinen Freunden feiern.«

»Ich weiß. Wir haben das ja hinlänglich diskutiert.«

»Der Mann hat gesagt, er kann mir helfen.«

»Wer ist denn dieser Mann?«

»Ich weiß es eben nicht. Ich weiß nicht seinen Namen. Das ist ja das Schlimme. Und er kommt nicht mehr in den Schreibwarenladen, obwohl er erst gesagt hat, dass er jeden Montag dort ist. Wegen mir wollte er sogar am Samstag kommen und mir sein Haus zeigen, aber da hattest du diesen verdorbenen Magen und warst total krank, und ich konnte nicht weg. Ich glaube, er ist sauer auf mich, dabei konnte ich doch gar nichts dafür. Er ist an keinem Montag mehr gekommen, und nun habe ich gedacht, vielleicht kommt er an einem anderen Tag. Deshalb bin ich heute dorthin gegangen. Ich weiß, ich hätte nicht schwänzen dürfen, aber ich wollte doch so gern…«

Doris starrte ihre Tochter aus weit aufgerissenen Augen an. Ihre Zigarette glühte vor sich hin, ohne dass sie noch einmal einen Zug genommen hätte.

»Verstehe ich das richtig? Ein wildfremder Mann wollte dir helfen, eine Geburtstagsparty zu organisieren?«

»Ja. Er sagt, er hat ein großes Haus und einen großen Garten, und er weiß, wie man tolle Kindergeburtstage feiert. Er wollte mir alles zeigen, und wir wollten zusammen überlegen, wie wir den Garten oder den Keller schmücken. Er sagte, ich kann so viele Kinder einladen, wie ich will. Deshalb habe ich ja dann auch die Karten gekauft.«

Doris sank langsam auf das Sofa, das hinter ihr stand. Janie stellte erstaunt fest, dass ihre Mutter noch bleicher im Gesicht geworden war als zuvor.

»Mein Gott«, flüsterte Doris.

»Er ist wirklich nett, Mum«, sagte Janie.

Eine lange Minute herrschte völliges Schweigen im Zimmer. Dann war die Zigarette bis auf Doris' Fingerkuppen heruntergebrannt. Doris schrie leise auf und warf die Kippe in den Aschenbecher auf dem Tisch.

»Wo hat er dich angesprochen?«, fragte sie.

»In dem Laden. Ich stand dort und schaute immer wieder die Einladungskarten an. Er fragte mich, ob ich bald Geburtstag hätte. Ich habe ihm dann erzählt, dass du nicht möchtest, dass ich meine Freunde einlade und dass ich… dass ich ziemlich traurig deswegen bin…«

Doris nickte langsam. Dann stand sie plötzlich entschlossen auf, streifte ihren weißen Kittel ab und griff nach ihrer Handtasche.

»Komm«, sagte sie zu ihrer Tochter.

Janie sah sie unsicher an. »Wohin?«

»Wir gehen jetzt sofort zur Polizei. Dort wirst du alles erzählen, was du mir eben erzählt hast, und du wirst diesen Mann ganz genau beschreiben. Das ist wichtig.«

»Mummie! Nicht zur Polizei! Ich will nicht in ein Heim!«

»Du kommst nicht in ein Heim. Ganz bestimmt nicht. Aber wenn wir Glück haben, kommt dein neuer Freund ins Gefängnis.«

»Er hat aber doch gar nichts gemacht!«

Doris schloss für einen Moment die Augen. »Nein«, sagte sie dann leise, »mit dir hat er nichts gemacht. Es hat nicht funktioniert. Und zum ersten Mal in meinem Leben danke ich dem lieben Gott aus tiefstem Herzen für einen verdorbenen Magen!«

Janie verstand absolut nicht, was ihre Mutter meinte. Aber wenigstens schien sie nicht mehr sauer zu sein. Und das war weit mehr, als Janie noch eine halbe Stunde zuvor zu hoffen gewagt hätte.

Sie hatte eine Stunde lang geweint, all die Angst und Verzweiflung der letzten Stunden herausgeschluchzt, und es ging ihr hinterher ein wenig besser. Es war nicht so, dass ihre Ängste verschwunden gewesen wären, das konnten sie nicht, ehe nicht Kim sicher und wohlbehalten wieder daheim war. Aber der Druck hatte sich ein wenig gelöst, die starren Finger der Furcht lagen nicht mehr so schmerzhaft um sie gekrallt.

»Sie kommt natürlich zurück«, hatte sie am Ende zu sich selbst gesagt, sich gründlich die Nase geputzt und aufgehört zu weinen.

Ohne dass sie sich das zuvor überlegt hatte, war sie, einem inneren Bedürfnis folgend, zu Kims Schule gefahren, hatte das Auto in einiger Entfernung geparkt und war zu dem Gebäude hinübergelaufen, dessen Hof und Grünanlagen gerade von Hunderten von Schülern bevölkert wurden, die ihre Mittagspause genossen. Sie spielten Nachlaufen, hüpften durch kreidegemalte Kästchen, gingen in kleinen Trupps spazieren oder saßen in der Sonne. Rufen, Lachen und Schreien erfüllten die Luft.

Bis zum gestrigen Tag war Kim eine von ihnen gewesen.

Kim musste wieder eine von ihnen werden. Alles andere war nicht vorstellbar.

Es war nicht so, dass Virginia geglaubt hätte, Kim hier aufstöbern oder auch nur eine wirklich brauchbare Spur von ihr finden zu können. Frederic und Jack hatten die Schule und das gesamte Umfeld so gründlich abgesucht, dass ihnen kaum etwas entgangen sein konnte. Sie hatte nur plötzlich den Wunsch verspürt, ihrem Kind nahe zu sein, den Platz aufzusuchen, von dem sie sicher wusste, dass es zuletzt dort gewesen war. Ehe es verschwand.

Dort hatte Kim gestanden. Vor dem großen Eisentor, das so

mächtig, so gewaltig wirken musste hinter einem kleinen, siebenjährigen Mädchen. Es hatte geregnet, nicht einfach nur ein wenig genieselt, sondern das Wasser war in Strömen zur Erde gerauscht. Trotzdem hatte sich Kim offensichtlich nirgendwo untergestellt. Sie musste sehr sicher gewesen sein, dass jeden Moment jemand kommen und sie abholen würde. So sicher, dass es ihr nicht mehr lohnend erschienen war, zurück ins Schulgebäude zu laufen und Schutz vor dem Schauer zu suchen.

Sie war so vertrauensvoll.

Zu wem ist sie eingestiegen?

Virginia hatte auf dem Gehweg gestanden und die Stelle angestarrt, an der ihr Kind gewartet haben musste, und sie hatte versucht, etwas von dem zu erfassen, was in Kim vorgegangen war.

Bist du gar nicht bei irgendjemandem eingestiegen? Die Zeit verstrich, niemand kam. Du dachtest, dass Mummie schon wieder nicht da ist. So, wie sie an deinem ersten Schultag nicht da war. Du bist in Panik geraten, hast dich verlassen und einsam gefühlt. Du wolltest nur noch weg, so wie am Abend zuvor. Aber wohin bist du gelaufen? Wohin nur?

Sie hatte an Skye gedacht. An ihre wilde, rücksichtslose Flucht. Die Nächte mit Nathan. Ihre Entscheidung, ihr weiteres Leben mit ihm zu verbringen. Bei all dem war sie nicht gerade sanft mit den Gefühlen ihrer Umwelt umgegangen. Nicht mit Frederics Gefühlen, aber auch nicht mit denen von Kim. Frederic hatte schließlich begriffen, was geschah. Kim hatte es nur gespürt, und das mochte noch schlimmer, noch bedrohlicher gewesen sein. Sie war einmal weggelaufen und nun womöglich ein zweites Mal. Sie schrie um Hilfe. Ihre Mutter war dabei, das ganze vertraute Leben der Familie aus den Gleisen zu kippen. Ein Schock für ein Kind.

Virginia hatte sich abgewandt und war in den kleinen Park gegangen, der sich gleich neben dem Schulgelände befand. Ein paar Spaziergänger waren unterwegs, aber niemand achtete auf sie. Als die Tränen zu rinnen begannen, setzte sie ihre Sonnenbrille auf. Sie entdeckte eine Bank, die sich in einer Nische aus hohen Kirschlorbeerwänden befand; dort ließ sie sich nieder und weinte und weinte, aus Angst und aus Schuld, und als sie fertig war, wusste sie, dass sie trotz allem wieder genauso handeln würde, denn nach einem neuen Leben – dem Leben mit Nathan? – hatte sie so lange schon gesucht.

Aber vorsichtiger, dachte sie, vorsichtiger und behutsamer hätte ich das alles angehen sollen.

Sie lief noch einmal zur Schule zurück, die jetzt sehr still in der Sonne lag. Der Nachmittagsunterricht hatte begonnen. Aus einigen der geöffneten Fenster konnte man Stimmen hören, von irgendwoher wehten Klaviertöne herüber.

Aber keine Antwort. Auch an diesem Ort fand Virginia keine Antwort über den Verbleib ihres Kindes. Keine Ahnung, kein plötzliches Gefühl, kein erwachender Instinkt, der ihr einen Hinweis gegeben hätte.

Und doch meinte sie zu spüren, dass Kim nach ihr rief. Dass sie lebte und nach ihrer Mutter verlangte.

Als sie ihren Wagen daheim in Ferndale vor dem Haus zum Stehen brachte, wurde die Haustür aufgerissen, und Frederic kam heraus. Er schien auf sie gewartet zu haben. Wahrscheinlich hatte er sich Sorgen gemacht. Sie war fast zweieinhalb Stunden fort gewesen.

Sie wappnete sich innerlich gegen seine Vorwürfe und stieg aus dem Auto.

»Frederic«, sagte sie.

Zu ihrer Überraschung kam keine Attacke wegen ihres Verschwindens. Frederic war leichenblass im Gesicht, seine Augen plötzlich ganz dunkel, fast schwarz.

»Kim«, sagte er.

Das Zittern, das Virginias Knie erfasste, kam so jäh und unerwartet, dass sie zu stürzen drohte und Hilfe suchend nach

Frederics Arm griff. Er hielt sie fest. Ihre Gesichter waren einander ganz nahe.

»Was ist? Was ist mit ihr?« Virginia brauchte eine Sekunde, um zu begreifen, dass die schrille Stimme, die diese Fragen schrie, ihre eigene war.

»Da hat jemand angerufen«, sagte Frederic, »und gesagt, dass er Lösegeld für sie haben will.«

»Lösegeld?«

»Sie ist entführt worden«, sagte Frederic.

6

»Mit großer Wahrscheinlichkeit«, sagte Superintendent Baker, »handelt es sich um einen Trittbrettfahrer. Oder ganz schlicht um einen Scherzbold – wobei ich dieses Verhalten nicht herunterspielen möchte. Selbst wenn sich jemand nur einen dummen Spaß erlauben wollte, hat er sich natürlich strafbar gemacht.«

»Ein Trittbrettfahrer hingegen ...«, sagte Frederic.

»Ein Trittbrettfahrer spielt das Spiel vielleicht noch eine ganze Weile weiter«, erklärte Baker, »möglicherweise bis hin zu einer Lösegeldübergabe. Was nicht heißt, dass er das Kind tatsächlich in seiner Gewalt hat. Er macht sich nur die Situation zunutze, um an Geld zu kommen. Er hört im Radio, dass ein kleines Mädchen vermisst wird, und ...«

»Der Name Quentin ist nicht gerade selten«, sagte Frederic, »weshalb würde er dann gerade bei uns anrufen?«

Baker zuckte mit den Schultern. »Sie genießen eine gewisse Prominenz, Mr. Quentin. Als Bankier und noch mehr, seit Sie in der Politik tätig sind. Der Typ versucht es einfach, schon deshalb, weil man bei Ihnen davon ausgehen kann, dass Sie in der Lage wären, eine hohe Summe aufzubringen. Und *Bingo*! Er hat Glück. Es ist tatsächlich die Tochter des Bankiers und

Politikers Frederic Quentin, die verschwunden ist. Das dürfte ihm anhand Ihrer Reaktion sofort klar geworden sein. Andernfalls hätte er einfach aufgelegt. Was hatte er zu verlieren?«

»Aber Sie können nicht ausschließen, dass Kim tatsächlich entführt wurde«, sagte Virginia. Seit ihrer Rückkehr aus der Stadt saß sie in einem Lehnstuhl im Wohnzimmer und konnte nicht mehr aufstehen. Frederic hatte sie zu diesem Sessel geführt, ihr geholfen, sich zu setzen. Sie hatte sich unbeholfen, vorsichtig bewegt wie eine alte Frau. Noch nie zuvor im Leben war sie sich so hinfällig und schwach vorgekommen, so als sei plötzlich alle Kraft, alle Vitalität und Jugend, von ihr gewichen.

Noch vor ihrer Rückkehr hatte Frederic Superintendent Baker angerufen, der schließlich mit zwei Beamten erschien. Sie installierten eine Fangschaltung sowie ein Aufnahmegerät am Telefon. Was die Fangschaltung anging, war Baker natürlich skeptisch. »Die Leute sind heute bestens informiert. So lange, dass wir das Gespräch zurückverfolgen können, sprechen sie im Allgemeinen nicht mehr. Dennoch kann ein Versuch nichts schaden.«

Zum ersten Mal hatte Virginia nun erfahren, was der Anrufer gesagt hatte. Vorher war es ihr gar nicht in den Sinn gekommen, Frederic danach zu fragen.

»Es war ein Mann«, erklärte Frederic, »aber mit einer völlig verzerrten Stimme. Sie erinnerte mich...«

»Ja?«, hatte Baker sofort eingehakt.

Frederic schüttelte den Kopf. »Sie erinnerte mich leider nicht an jemanden, den ich kenne, nein. Ich wollte nur sagen: Die Art, wie diese Stimme verzerrt wurde, erinnerte mich an ein Spielzeug meiner Tochter. Als sie vier war, bekam sie einen Kassettenrekorder für Kinder geschenkt. Es gibt dabei ein integriertes Mikrophon, durch das die Kinder selber singen können. Und durch verschiedene Einstellungen können sie ihre Stimme verzerren – ganz tief, ganz hell, wie auch immer. Kim hatte sehr viel Spaß damit. Und daran erinnerte mich die

Stimme des Anrufers. Als ob sie auf eine eigenartige Weise verzerrt würde.«

Baker machte sich Notizen.

»Und weiter?«, fragte er.

»Er fragte, ob er mit Frederic Quentin spreche«, fuhr Frederic fort, »und als ich dies bejahte, sagte er wörtlich: *Ich habe Ihre Tochter. Es geht ihr gut. Für hunderttausend Pfund können Sie sie wiederhaben.*«

»Ich muss noch einmal fragen«, unterbrach Baker. »Sie konnten diese Stimme absolut niemandem zuordnen? Sie hatten zu keinem Zeitpunkt den Anflug einer Idee?«

»Nicht im Geringsten, nein. Die Stimme war so grotesk verzerrt, dass ich ohnehin Mühe hatte, den Inhalt des Gesagten zu verstehen.«

»Aber dass es sich um einen Mann handelte, da waren Sie sicher?«

Frederic hatte plötzlich gezögert. »Es war eine Männerstimme. Aber die kann natürlich auch technisch hergestellt worden sein. So gesehen, muss ich Ihre Frage verneinen, Superintendent. Ich bin nicht sicher, dass es sich um einen Mann handelte.«

»Verstehe. Wie ging das Gespräch weiter?«

»Ich fragte ihn, wer er sei. Er antwortete, das tue nichts zur Sache. *Beschaffen Sie das Geld*, sagte er, *ich melde mich wieder.* Dann legte er auf.«

Virginia stützte den Kopf in die Hände.

Dann sprachen die Männer über die Möglichkeit, dass sich ein Trittbrettfahrer an sie herangemacht hatte, der auf gut Glück die prominente Familie Quentin angerufen hatte.

»Aber Sie können nicht ausschließen, dass Kim tatsächlich entführt wurde«, sagte Virginia.

»Ausschließen können wir gar nichts im Moment«, erwiderte Baker.

»Wir stehen nicht im Telefonbuch«, sagte Frederic, »und

unser Eintrag ist auch bei der Auskunft gesperrt. Woher hat dieser Typ unsere Nummer?«

»Von Kim!«, rief Virginia. Sie war erstaunt, wie schrill ihre Stimme klang. »Von Kim! Weil sie eben doch entführt worden ist!«

Baker, der ihr gegenüber auf dem Sofa saß, neigte sich ein Stück vor. »Mrs. Quentin, ich weiß, das ist leicht gesagt, aber verlieren Sie jetzt nicht die Nerven. Vielleicht ist Ihre Tochter wirklich entführt worden. Aber das würde zumindest bedeuten, dass sie nicht jenem Triebtäter in die Hände gefallen ist, nach dem wir mit Hochdruck fahnden. Denn dem geht es gewiss nicht um Geld.«

»Es ist ein Albtraum«, sagte Virginia leise, »es ist ein Albtraum.«

»Alles ist möglich«, sagte Baker, »es kann sich bei dem Anrufer sogar um einen Klassenkameraden Ihrer Tochter handeln. Oder um den großen Bruder oder die große Schwester eines Klassenkameraden. Da ist Ihre Nummer bestimmt bekannt, und am Ende haben sich ein paar Teenager einen schrecklichen und grausamen Scherz erlaubt.«

»Was tun Sie als Nächstes, Superintendent?«, fragte Frederic.

Baker ignorierte die Frage, schaute erneut Virginia an. »Wo waren Sie heute Mittag, Mrs. Quentin? Ihr Mann sagte vorhin, Sie seien kurz nach dem Anruf nach Hause gekommen?«

Sie strich sich die Haare aus der Stirn. »Ich war an Kims Schule. Ich kann gar nicht genau sagen, warum. Es war … Irgendwie wollte ich an den Ort, an dem sie zuletzt gesehen wurde. Und ich hatte das Gefühl, als ob …«

Sie sprach nicht weiter.

»Ja?«, fragte Baker. »Welches Gefühl hatten Sie?«

»Als ob sie nach mir ruft. Ich konnte das ganz deutlich hören.« Sie atmete tief. »Meine Tochter lebt, Superintendent«, sagte sie mit fester Stimme. »Ich bin ganz sicher, dass sie lebt.«

»Davon gehen wir selbstverständlich ebenfalls aus«, stimmte

ihr Baker zu, doch sie fragte sich, ob er tatsächlich so überzeugt war, wie er sich den Anschein gab.

Nach einem Augenblick, in dem sie alle schwiegen, fragte Frederic unvermittelt: »Wollten Sie nicht auch mit Nathan Moor sprechen, Superintendent?«

Baker nickte. »Ich bin noch nicht dazu gekommen.« Er wandte sich an Virginia. »Mr. Moor weiß natürlich, dass Ihre Tochter verschwunden ist«, sagte er.

»Natürlich. Aber was wollen Sie damit sagen?«

»Gar nichts«, meinte Baker, »es war lediglich eine Feststellung.«

»Wann werden Sie denn mit Moor sprechen?«, drängte Frederic.

»So bald wie möglich, Mr. Quentin, das kann ich Ihnen versichern. Ich hätte es bereits getan, es kam dann jedoch etwas dazwischen…«

Frederic sah ihn fragend an.

»Heute Mittag war ein achtjähriges Mädchen zusammen mit seiner Mutter bei mir«, erzählte Baker. »Die Kleine ist vor knapp zwei Wochen von einem Mann angesprochen worden, der – getreu dem Muster, das wir inzwischen zu kennen glauben – als Erfüller ihrer größten Wünsche aufgetreten ist. Es ist einem Zufall zu verdanken, dass sie bislang nicht in sein Auto gestiegen ist, und es ist ebenfalls ein Zufall, dass das Kind sich schließlich seiner Mutter anvertraut hat. Wegen des Gesprächs mit dem Mädchen musste ich die Befragung Mr. Moors verschieben.«

»Dann gibt es jetzt eine Beschreibung des Täters?«, fragte Frederic.

Baker wiegte bedauernd den Kopf. »Leider ist die nicht allzu präzise. Als ich vorhin fortging, wurde gerade versucht, eine Phantomzeichnung anzufertigen, aber das Mädchen ist so aufgeregt, und es ist ja auch schon etwas Zeit vergangen, seitdem es den Mann gesehen hat – die Angaben erscheinen mir ziemlich widersprüchlich und ungenau. Aber immerhin haben wir einen allerersten Ansatzpunkt.«

»Mit unserem Fall hat das jedoch nichts zu tun«, sagte Virginia.

»Ich vermute – nein«, sagte Baker.

»Was tun Sie als Nächstes? Was sollen wir tun?«, fragte Frederic, als Baker seinen Notizblock einsteckte und Anstalten machte, sich zu erheben.

»Ich spreche mit Moor, ich spreche mit den Lehrern und mit den Klassenkameraden«, sagte Baker, »und wir lassen die Suchmannschaften weitersuchen. Sie selbst können im Moment leider gar nicht viel machen – nur die Nerven bewahren. Und es sollte immer jemand daheim sein, falls sich der Anrufer wieder meldet. Wenn das geschieht, informieren Sie mich bitte sofort.«

»Selbstverständlich«, sagte Frederic. Er begleitete Baker und die anderen Beamten zur Tür. Virginia blieb in ihrem Stuhl sitzen, sie konnte noch immer nicht aufstehen.

Als Frederic zurückkehrte, suchte sie in seinem Gesicht nach einem Ausdruck, der ihr etwas über seine Gefühle verraten würde, aber seine Züge waren vollkommen verschlossen. Er schien nicht bereit, seine lähmende Angst um sein einziges Kind mit ihr zu teilen. Sie hatte ihn zu sehr verletzt. Auch die Tragödie, die sie nun zusammen erlitten, brachte ihn ihr nicht näher.

»Ich gehe nach oben«, sagte er, »ich möchte von dort mit der Bank telefonieren.«

»Wegen …«

»Wegen der hunderttausend Pfund. Man soll sie dort bereitstellen. Ich will das Geld hier haben. Ich will sofort bezahlen können, wenn der Erpresser sich wieder meldet.«

»Und wenn er sich nicht mehr meldet?«

»Dann hat Baker Recht, und es gibt ihn womöglich gar nicht. Dann ist Kim nicht entführt worden, sondern …«

»…sondern hat sich verlaufen«, beendete Virginia hastig den Satz.

»Sie wird wieder bei uns sein«, sagte Frederic und verließ das Zimmer.

Bei uns, hatte er gesagt, aber das *uns* war ein leerer Begriff, und vermutlich wusste er das auch. Es gab kein *uns* mehr.

Virginia stützte den Kopf in die Hände. Sie wollte weinen, aber sie hatte all ihre Tränen am Mittag in dem kleinen Park neben der Schule geweint.

Nun war sie vollkommen leer.

7

»Sie wissen natürlich nicht mehr, wer Ihnen geholfen hat, den Wagen wieder zum Laufen zu kriegen?«, fragte Superintendent Baker.

Nathan Moor hob bedauernd die Schultern. »Nein. Tut mir leid. Es war jemand, der neben mir parkte, zu seinem Wagen zurückkam und merkte, wie ich vergeblich versuchte, mein Auto anzulassen. Er bot an, mir mit seinem Starterkabel zu helfen, und das tat er dann auch. Namen und Adressen haben wir nicht ausgetauscht.«

»Das ist schade«, meinte Baker.

»Ich ahnte nicht, dass ich ein Alibi brauchen würde«, sagte Nathan.

Baker schüttelte den Kopf. »Sie brauchen kein Alibi, Mr. Moor. Aber alles, was die Aussage einer Person untermauern oder gar belegen kann, ist von Nutzen.«

Sie saßen in dem kleinen Frühstücksraum der Pension, in der Nathan wohnte. Drei Holztische mit jeweils vier Stühlen, Kakteen an den Fenstern, weiße Gardinen. Ein Ölgemälde an der Wand, das ein untergehendes Schiff in stürmischer See zeigte.

Wie passend, dachte Baker. War es nicht ein Schiffsuntergang gewesen, der Nathan Moor in das Leben der Familie Quentin hineinkatapultiert hatte?

Draußen wurde es dunkel. Der Septembertag neigte sich seinem Ende zu. Schwach konnte man noch die Dünen erkennen. Dahinter lag das Meer.

Ein schöner Platz zum Wohnen, dachte Baker.

Jenseits seines beruflich begründeten Interesses an Nathan Moor war er neugierig gewesen, zu sehen, welcher Mann es geschafft hatte, in die Ehe der Quentins einzubrechen. Schon bevor die kleine Kim Quentin verschwunden war, hatte Baker Frederic Quentin aus den Medien gekannt, er war häufig in den Zeitungen oder sogar im Fernsehen zu sehen gewesen. Ein gut aussehender, sehr gebildeter und kultivierter Mann, der noch dazu über großes gesellschaftliches Ansehen und einigen Reichtum verfügte. Ein Mann, wie Baker geglaubt hätte, von dem jede Frau träumte und den die Frau, die ihn für sich gewonnen hatte, nicht so leicht wieder hergeben würde. Nun aber schien Virginia Quentin drauf und dran, aus ihrer Beziehung auszubrechen.

Was, wie Baker etwas resigniert dachte, wieder einmal geeignet war, den Unterschied zwischen Sein und Schein deutlich werden zu lassen. Vielleicht hatte hinter der schönen Fassade der Quentins nichts gestimmt.

Nathan Moor war ein Mann, der es leicht hatte bei Frauen, das war Baker auf den ersten Blick klar gewesen. Er sah nicht nur gut aus, er verfügte zudem über eine Menge Charme, den er vermutlich recht gezielt einzusetzen wusste. Auch ging eine gewisse sexuelle Aggressivität von ihm aus, die Frauen sicherlich noch viel stärker wahrnahmen als er, der nüchterne männliche Kriminalbeamte.

Ein hohes Einfühlungsvermögen, ein intuitives Gespür für die Bedürfnisse und möglicherweise die Defizite seines Gegenübers und eine latent spürbare erotische Bereitschaft.

So hätte ihn Baker beschrieben, wenn er ihn in wenigen

Worten hätte charakterisieren sollen. Wobei er wusste, dass er sich damit vollkommen an der Oberfläche bewegte. Nathan Moors Tiefen oder Untiefen hatte er damit natürlich nicht im Mindesten erfasst.

»Seit wann kennen Sie Mrs. Virginia Quentin?«, fragte er nun sachlich.

Moor überlegte nicht einen Moment. »Seit dem 19. August diesen Jahres. Seit nunmehr bald drei Wochen also.«

»Vorher haben Sie niemanden von der Familie gekannt?«

»Nicht persönlich. Aber während wir im Hafen von Portree auf Skye ankerten, hat meine Frau für die Quentins gearbeitet. Im Garten und im Haushalt geholfen. Daher waren sie mir auch vorher schon ein Begriff.«

»Kim Quentin kennen Sie ebenfalls seit dem 19. August?«

»Ja.«

»Wie steht das Kind zu Ihnen?«

»Ich glaube, sie mag mich. Wobei ihr im Moment wohl noch nicht klar ist...« Er sprach nicht weiter. Baker sah ihn aufmerksam an.

»Ja? Was ist Kim nicht klar?«

Moor lehnte sich nach vorn. »Superintendent Baker, ich bin nicht sicher, ob...«

Baker wusste, worauf er hinauswollte.

»Mr. Moor, es ist mir bekannt, dass Sie intime Beziehungen zu Mrs. Quentin unterhalten. Und dass Sie beide eine gemeinsame Zukunft planen. Es erscheint mir, wie auch den Eltern des Kindes, als eine recht wahrscheinliche Möglichkeit, dass das Verschwinden der Kleinen auf genau diesen Umstand zurückzuführen ist.«

»Dann wissen Sie Bescheid«, sagte Moor, »und ich kann offen reden.«

»Darum würde ich Sie dringend ersuchen«, entgegnete Baker.

»Um auf Ihre Frage nach dem Verhältnis Kims zu mir zu-

:ückzukommen«, sagte Moor, »so denke ich, dass Kim nichts von der Affäre zwischen mir und ihrer Mutter weiß. Insofern beeinträchtigt dies nicht ihre Sympathie für mich. Kim fühlt sich von Virginia vernachlässigt, und sie hat sicher den Eindruck einer diffusen Bedrohung, die sich in ihr Leben zu schleichen beginnt. Darum ist sie schon einmal weggelaufen. Und sicher ist es diesmal aus demselben Grund geschehen.«

Baker nickte. Im Geiste machte er sich eine Notiz: Moor hatte das Wort *Affäre* benutzt, als er über seine Beziehung zu Virginia Quentin sprach. Da er Ausländer war und sich in einer ihm fremden Sprache ausdrückte, mochten ihm gewisse Feinheiten nicht geläufig sein. Es bestand jedoch auch die Möglichkeit, dass die Geschichte mit Virginia für ihn nicht den gleichen Stellenwert besaß wie für sie. Es mochte für den Fall unerheblich sein, aber Baker war daran gewöhnt, sich derlei Details zu merken.

»Ich verstehe«, sagte er.

Er überlegte einen Moment und fuhr dann fort: »Als Sie merkten, dass Ihr Wagen nicht ansprang, dass Sie also Ihren Auftrag, Kim Quentin von der Schule abzuholen, nicht erfüllen konnten, was haben Sie da gemacht?«

»Ich war ja auf dem Strandparkplatz drüben in New Hunstanton«, erklärte Moor, »und da gibt es zum Glück noch eine gute, altmodische Telefonzelle. Ein Handy besitze ich nicht mehr. Das ist zusammen mit meinem Schiff untergegangen.«

»Sie telefonierten?«

»Ja. Zuerst versuchte ich ein paar Mal, Virginia zu erreichen. Aber sowohl bei ihr daheim als auch auf ihrem Handy sprang immer nur der Anrufbeantworter an. Sie hatte an diesem Nachmittag eine Aussprache mit ihrem Mann. Sie wollte nicht gestört werden.«

»Verstehe«, sagte Baker noch einmal.

»Ja, und dann fiel mir nur noch dieses Verwalterehepaar ein, wobei ich ziemlich lange überlegen musste, wie die eigentlich heißen. Walker. Jack und Grace Walker. Ich wusste, dass Jack Walker in Plymouth war und dass Grace die Grippe hatte, aber was blieb mir übrig? Über die Auskunft bekam ich die Nummer. Ich verständigte Grace. Dann ging ich wieder zu meinem Auto und versuchte weiterhin, es zum Anspringen zu bewegen.«

»Wie viel Uhr war es, als Ihr Wagen ansprang? Als Ihnen der fremde Herr mit dem Starterkabel geholfen hatte?«

»Ich schätze, das war kurz vor sechs«, meinte Nathan.

»Sie fuhren dann nicht mehr zu der Schule in King's Lynn?«

»Nein. Natürlich nicht. Ich wäre wohl erst gegen sieben Uhr dort gewesen. Ich hoffte einfach, dass alles geklappt hätte und dass Kim längst daheim sei.«

»Wann erfuhren Sie, dass dem nicht so war?«

»Ziemlich spät am Abend. Von hier aus rief ich noch einmal bei Virginia an. Es war bestimmt schon halb elf. Sie war völlig aufgelöst und zunächst ziemlich aggressiv. Sie gab mir die Schuld an Kims Verschwinden.«

»Hm.« Baker wechselte abrupt das Thema. »Wie lange werden Sie in England bleiben, Mr. Moor?«

»Ist das wichtig?«

»Ich frage nur.«

»Ich weiß es noch nicht. Ich habe noch keine Gelegenheit gehabt, mir über meine Zukunft klar zu werden.«

Drei Wochen, dachte Baker, seit sein Schiff untergegangen ist. Und er hatte noch keine Gelegenheit, sich über seine Zukunft klar zu werden?

Vielleicht war er sich aber durchaus klar geworden. Und hatte auch schon eifrig daran gebastelt, seine Vorstellungen in die Tat umzusetzen. Er lebte im Augenblick offenbar auf Virginia Quentins Kosten. Er fuhr ihr Auto, und wahrscheinlich bezahlte sie auch seine Unterkunft in dem idyllischen Häuschen am Meer. Darüber hinaus war sie entschlossen, ihr Schicksal mit dem seinen zu verbinden. Kein schlechter Fang, den er da getätigt hatte.

Baker sagte sich jedoch auch, dass er vorsichtig sein musste, was Unterstellungen betraf. Langjährige Berufserfahrung hatte ihn gelehrt, dass die Dinge selten das waren, was sie zu sein schienen. Vielleicht liebte Nathan Moor Virginia Quentin wirklich. Die bloße Tatsache, dass ein Unfall ihn bettelarm gemacht hatte, musste nicht bedeuten, dass er mögliche Beziehungen nur unter dem Aspekt des Geldes sah. Man musste sich vor Klischees hüten. Häufig war alles etwas anders, als man dachte, und häufig war es vor allem ziemlich vielschichtig. Beinhaltete von diesem Aspekt ein wenig und von jenem auch.

Und möglicherweise hatte Nathans und Virginias Liebesgeschichte auch überhaupt nichts mit dem Verschwinden der kleinen Kim zu tun.

»Ihre Frau ist aber schon in Deutschland?«, hakte Baker noch einmal nach.

»Das weiß ich nicht genau. Sie ist jedenfalls abgereist, und ich vermute, dass sie versucht, nach Deutschland zu gelangen. Wo sie sich im Moment genau aufhält, kann ich Ihnen nicht sagen.«

Baker faltete seinen Zettel zusammen, schob ihn und seinen Kugelschreiber in die Innentasche seines Jacketts. Er stand auf.

»Das wäre erst einmal alles, Mr. Moor«, sagte er. »Ich muss Sie sicher nicht darauf hinweisen, dass Sie verpflichtet sind, mir alles zu sagen, was auch nur entfernt in einem Zusammenhang mit Kim Quentins Verschwinden stehen könnte. Also, wenn Ihnen noch etwas einfällt...«

»Dann wende ich mich selbstverständlich sofort an Sie«, sagte Nathan und erhob sich ebenfalls. Die beiden Männer verließen den Raum und gingen zur Haustür. Baker trat hinaus. Er atmete tief. Kam es ihm nur so vor, oder war es eine Tatsache, dass die Nacht stets alle Gerüche intensivierte? Die Mischung aus Salzwasser, Meereswind und süß duftenden Septemberrosen war einmalig schön.

Man sollte wirklich nicht in der Stadt wohnen, dachte er.

Als er in sein Auto stieg, hatte Nathan Moor bereits die Haustür wieder geschlossen. Nur die kleine Lampe am Gartenweg brannte, sonst war alles dunkel und still. Wie üblich fertigte Baker im Kopf eine kurze Zusammenfassung seiner Eindrücke an: *Undurchsichtiger Typ. Verständlich das Unbehagen, mit dem Frederic Quentin von Anfang an auf ihn reagiert hat – unabhängig von der Tatsache, dass er womöglich seine Frau an ihn verliert. Moor ist intelligent, höflich, sehr von sich überzeugt. Er lässt niemanden hinter seine Fassade schauen.*

Ist er ein Verbrecher?

Dafür wiederum, dachte Baker und startete seinen Wagen, gibt es nun auch wieder nicht den geringsten Anhaltspunkt.

Was den Fall Kim Quentin betraf, hatte ihm das Gespräch, zumindest vorläufig, überhaupt nichts gebracht.

Donnerstag, 7. September

1

Zum ersten Mal, seit sie zur Schule ging, durfte Janie zu Hause bleiben, ohne krank zu sein. Und sie hatte nicht einmal darum bitten müssen: Ihre Mutter hatte es ganz von selbst vorgeschlagen. Am gestrigen Abend noch, als sie daheim zusammensaßen. Nach den vielen Stunden bei der Polizei. In Janies Kopf hatte sich alles gedreht, und sie war völlig durcheinander gewesen.

Das nächste Wunder war: Auch Doris nahm sich frei. Obwohl sie ebenfalls nicht krank war. Das war auch noch nie vorgekommen, im Gegenteil: Doris schleppte sich noch in die Wäscherei, selbst wenn sie hohes Fieber oder Schüttelfrost hatte. Janie hatte schon oft gedacht, dass Mum auf dieser Welt nur eine einzige Angst kannte – dass sie ihre Arbeit verlieren könnte.

Doch nun ging ihr auf, dass es da noch eine andere Angst gab, eine, die vielleicht sogar schwerer wog. Doris hatte auch Angst um sie, um Janie. So elend, so blass, so entsetzt wie am gestrigen Tag war sie noch nie gewesen. Irgendwie hatte Janie zunächst gar nicht verstanden, weshalb das so war. Im Lauf der Stunden hatte sie gemerkt, dass offenbar niemand den netten Mann, der ihr den Geburtstag hatte ausrichten wollen, so toll fand wie sie. Jeder, der ihre Geschichte hörte, schien ganz erschrocken zu sein, und dann hatte sie sie wieder und wieder erzählen müssen, jede Kleinigkeit wollte man bei der Polizei wissen. Vor allem, wie der Mann aussah. Ihn zu beschreiben fiel Janie am schwersten. So lange hatte sie ja nicht mit ihm gesprochen, und es war auch schon einige Zeit verstrichen.

»Würdest du ihn denn erkennen, wenn du ihn siehst?«, hatte die nette Frau mit den langen braunen Haaren gefragt, die sich hauptsächlich um Janie gekümmert hatte. Janie hatte ständig überlegt, ob sie auch Polizistin war. Sie war so hübsch und hieß Stella. Janie durfte sie auch so nennen.

»Ich glaube schon«, hatte Janie geantwortet, »ja, ich würde ihn erkennen.«

»Weißt du ungefähr, wie alt er war?«

Das war schwer zu sagen. »Mittelalt«, meinte Janie.

»So wie deine Mummie?«

»Älter.«

»Wie dein Großvater?«

»Ich habe keinen Großvater.«

»Aber du kennst die Großväter von anderen Kindern?«

»Ja.« Aber die wirkten immer so verschieden alt, fand Janie. »Ich weiß nicht«, sagte sie.

Stella war die ganze Zeit über geduldig geblieben. Auch als sich Janie beim besten Willen nicht an die Augenfarbe des Fremden erinnern konnte oder daran, was er angehabt hatte. Wenigstens die Haarfarbe glaubte sie noch zu wissen.

»Braun«, sagte sie, »so wie Ihre.«

»Aha«, sagte Stella und seufzte leise, »also die durchschnittlichste Haarfarbe, die man sich denken kann.«

»Vielleicht noch mit ein bisschen grau…« Aber das hätte Janie nicht beschwören können.

Ein Zeichner war gekommen, der den Fremden nach ihren Angaben malen sollte, aber sie merkte, wie schwankend und ungenau ihre Erinnerungen waren. Alle blieben nett, und doch konnte Janie die Enttäuschung der Erwachsenen spüren. Sie war sich vorgekommen wie in der Schule, wenn ein Lehrer unzufrieden mit ihr war, und hatte schließlich zu weinen begonnen. Klar war es nicht richtig von ihr gewesen, die Schule zu schwänzen, aber wie hätte sie wissen sollen, dass sie einen solchen Trubel auslösen würde?

Dann hatten sie endlich nach Hause gehen dürfen, aber diesmal hatten sie nicht den Bus genommen wie auf der Hinfahrt. Diesmal hatte ein Beamter sie im Auto gefahren. Zum Abschied hatte er zu Mummie gesagt: »Sie müssen jetzt sehr, sehr ernsthaft mit Ihrer Tochter reden. Sie muss begreifen, in welcher Gefahr sie geschwebt hat!«

Und Mummie hatte geantwortet: »Ich werde mit ihr reden. Verlassen Sie sich darauf.«

Janie hatte heftiger geweint, denn es war klar, dass nun wütende Vorhaltungen über sie hereinbrechen würden. Außerdem würde sich Mummie schlimme Strafen ausdenken: keine Geburtstagsgeschenke, monatelang überhaupt kein Taschengeld mehr, und wahrscheinlich durfte sie mindestens bis Weihnachten keine Freundin besuchen oder an Geburtstagsfeiern teilnehmen.

Aber seltsamerweise hatte Mummie nicht geschimpft, sondern ihr Sandwiches gemacht, ein Schaumbad eingelassen und sie dann ins Bett geschickt.

Beim Essen hatte Mummie auch geweint. Und schließlich verkündet, sie werde am nächsten Morgen nicht zur Arbeit gehen, und Janie werde ebenfalls daheim bleiben, und sie würden miteinander reden.

»Ich tu es nie wieder«, beteuerte Janie beim Frühstück, »ich schwänze nie wieder die Schule.«

»Nein, das solltest du auch nicht«, sagte Doris, »es ist nicht gut, die Schule zu schwänzen. Aber…«

»Ja?«

»Aber es ist nicht das Schlimmste. Es ist, weiß Gott, nicht das Schlimmste«, sagte Doris und wischte sich mit dem Handrücken über die Augen.

Sie sah Janie an.

»Dieser Mann«, sagte sie, »dieser Mann, der angeblich eine

Geburtstagsparty für dich veranstalten wollte – weißt du, was er in Wahrheit vorhatte?«

»Nein.«

»Er wollte dich töten«, sagte Doris.

Janie wäre fast der Kakaobecher aus der Hand gefallen. »Töten? Warum?«

»Es ist schwierig, so etwas in deinem Alter zu verstehen«, sagte Doris, »aber es gibt solche Männer. Sie töten kleine Mädchen. Oder auch kleine Jungs. Es macht ihnen Spaß. Sie sind krank, sie sind verrückt, was weiß ich. Es ist auch egal, was sie zu Monstern gemacht hat. Wichtig ist nur, dass man sich vor ihnen in Acht nimmt. Man darf nie, nie, nie zu ihnen ins Auto steigen. Ganz gleich, was sie versprechen oder behaupten. Nie. Unter keinen Umständen. Das habe ich dir doch früher schon manchmal gesagt, erinnerst du dich? Dass du nie mit Fremden mitgehen sollst.«

»Ja«, sagte Janie leise. Das hatte ihre Mutter gesagt. Sie hatte überhaupt nicht daran gedacht.

»Aber er war so nett«, fügte sie hinzu, »wirklich, Mummie, total lieb und freundlich.«

»Ja, was glaubst denn du, wie sie das sonst machen sollten?«, fragte Doris erregt. »Meinst du, sie bringen Kinder dazu, mit ihnen zu gehen, indem sie garstig und böse sind? Nein, natürlich sind sie reizend, und sie versprechen immer wunderbare Überraschungen. Aber am Schluss landest du in irgendeinem gottverlassenen Keller, und sie tun Dinge mit dir…« Sie sprach nicht weiter.

Janie sah sie aufmerksam an. »Was für Dinge, Mummie?«

»Schreckliche Dinge. Sie tun dir weh. Sie quälen dich. Du weinst und schreist nach deiner Mummie, aber sie lachen nur. Und schließlich töten sie dich, damit du niemandem erzählen kannst, dass sie dir wehgetan haben. Und das alles nur, weil du so leichtsinnig warst, ihnen zu glauben.«

Janie konnte sich das fast nicht vorstellen. Der nette Fremde hatte ihr wehtun wollen? Sie töten? Mum war offenbar davon überzeugt. Stella auch. Und alle anderen bei der Polizei ebenfalls. Vielleicht stimmte es. Schon wieder traten ihr die Tränen in die Augen.

»Ich tu es nicht, Mummie«, schluchzte sie, »ich gehe nicht mit, wenn mich noch einmal einer fragt.«

Doris zündete sich eine Zigarette an. Ihre Hände zitterten leicht. »Würdest du morgen früh mit mir zu einer Beerdigung gehen?«, fragte sie.

»Morgen früh? Muss ich da schon wieder nicht in die Schule?«

»Nein. Und ich werde auch nicht arbeiten. Stattdessen…«

»Wer wird denn beerdigt?«, fragte Janie. Sie hätte kaum sagen können, wie verwirrend sie das alles fand.

»Ein kleines Mädchen«, antwortete Doris. »Sie war etwa so alt wie du.«

Ein schrecklicher Verdacht keimte in Janie. Sie wagte es beinahe nicht, ihn auszusprechen. »Ist sie… dieses Mädchen… ist sie…?«

»Ja«, sagte Doris. »Sie wurde getötet. Von einem Mann, der ihr etwas Schönes versprochen hat. Deshalb ist sie in sein Auto gestiegen.«

Janie schluckte. Ihr Hals fühlte sich plötzlich ganz eng an. »Nein«, hörte sie sich sagen, »ich will dort nicht…«

Mit ihrer freien Hand griff Doris über den Tisch und drückte Janies Hände. »Stella hat mich gebeten, dass wir dorthin gehen. Es kann sein, dass… dass es derselbe Mann war. Verstehst du? Sie wissen es nicht, aber es besteht die Möglichkeit, und… nun, manchmal, weißt du, kommen solche Leute dann dazu, wenn… ihre Opfer beerdigt werden. Sie schauen sich das gern an, weil sie sich dann besonders stark fühlen. Und…«

»Nein! Ich will nicht! Ich will da nicht hin!«

»Janie, du bist die Einzige, die ihn gesehen hat. Du würdest ihn erkennen, wenn er dort ist. Sieh mal, wahrscheinlich kommt er ja gar nicht. Und dann wirst du ihn nie wiedersehen. Aber wenn doch… Du willst doch auch, dass er eingesperrt wird, oder? Dass er niemandem mehr etwas antun kann!«

Janie hörte, was ihre Mutter sagte. Aber die Stimme schien sich langsam von ihr zu entfernen, so als gehe Doris von einem Zimmer zum anderen, immer weiter weg, so dass ihre Stimme leiser und leiser wurde. Und gleichzeitig erhob sich ein Rauschen in Janies Ohren, und auf einmal schwankte auch der Boden unter ihr, und der Tisch mit allem, was darauf stand, drehte sich vor ihren Augen.

»Ich will nicht«, sagte sie, aber jetzt konnte sie schon ihre eigene Stimme nicht mehr richtig hören, und vielleicht hatte sie auch gar nichts gesagt, sondern sich nur eingebildet, es getan zu haben. »Ich will nicht. Ich will nicht.«

Dann wurde es dunkel.

2

Virginia stand vor dem Spiegel im Flur und betrachtete sich. Der alte Spiegel stammte aus Frederics Familie und hatte sich wahrscheinlich schon immer an dieser Stelle befunden. Das Glas, eingefasst von einem wunderschönen, kostbaren Goldrahmen, war jedoch nicht so geschliffen, wie es sein sollte: Jeder Betrachter konnte sich nur verzerrt wahrnehmen; dünner, als er eigentlich war, und seltsam in die Länge gezogen. Früher war Virginia manchmal, wenn sie sich zu dick fühlte, vor diesen Spiegel getreten und hatte sofort optisch etliche Kilos verloren. Jetzt, an diesem sonnigen Herbstmorgen, sah sie geradezu grotesk dünn aus, und zum ersten Mal ging ihr auf, dass sie in den vergangenen Tagen, aber wohl auch schon in den Wochen zuvor, stark abgenommen haben musste. Tatsächlich schlabberten auch ihre Kleider an ihr herum, was sie zuvor gar nicht richtig wahrgenommen hatte. In dem Spiegel wirkte sie wie eine verhungerte Vogelscheuche. Hohlwangig und mit tiefen Ringen unter den Augen. Sie trug ein ausgeschnittenes T-Shirt, und die Knochen an ihrem Dekolleté stachen wie kleine Schaufeln hervor.

Wann habe ich zuletzt geschlafen?, überlegte sie.

Es schien eine Ewigkeit her zu sein.

Sie kam nicht dazu, noch länger ihre eigene unattraktive Erscheinung zu mustern, denn plötzlich schrillte das Telefon. Sie schrak zusammen, stürzte ins Wohnzimmer und erreichte gleichzeitig mit Frederic den Apparat. Beide hatten sie den gleichen Gedanken: Vielleicht meldete sich der Erpresser ja wieder.

Es war jedoch nur Superintendent Baker. Und obwohl Virginia glaubte, ihre Nerven müssten zerreißen, wenn sich der Mann, der vielleicht ihre kleine Kim entführt hatte, nicht endlich wieder rührte, zeigten ihre zitternden Hände zugleich, wie sehr sie gerade diesen Moment fürchtete. Sie hatte Angst vor der verzerrten Stimme, von der Frederic berichtet hatte. Angst vor dem Grauen, das diese in ihr auslösen würde.

Frederic nahm das Gespräch an, schaltete jedoch den Lautsprecher ein.

»Ich habe eine große Bitte an Sie«, sagte Baker. »Falls sich bis morgen früh nichts weiter ergeben hat – könnten Sie dann wohl an der Beerdigung der kleinen Rachel Cunningham teilnehmen?«

»Rachel Cunningham?«, fragte Frederic. »Das ist das Mädchen, das …«

»Das wir in Sandringham draußen gefunden haben, ja. Sie wird morgen beigesetzt. Es ist nicht völlig auszuschließen – wir haben das nicht selten erlebt –, dass sich ihr Mörder auf dem Friedhof herumtreiben wird.«

»Aber wie können wir Ihnen da nützen?«

Baker seufzte. »Es ist nur ein ganz kleiner Strohhalm. Aber vielleicht fällt Ihnen dort jemand auf, den Sie in der letzten Zeit einmal in der Nähe Ihrer Tochter gesehen oder erlebt haben.

Jemand, an den Sie sich jetzt nicht erinnern, weil die Begegnung vielleicht so flüchtig und unauffällig war... Aber möglicherweise, wenn Sie ihn sehen...«

Nun seufzte auch Frederic, tiefer als Baker zuvor und sehr verzweifelt.

Bakers Stimme klang mitfühlend. »Ich weiß, Mr. Quentin, es ist eine Zumutung. In Ihrer Situation auf die Beerdigung eines kleinen Mädchens gehen zu müssen... aber Sie verstehen sicher, dass wir...«

»Natürlich«, sagte Frederic, »wir verstehen das, und es ist ganz in unserem Interesse.«

Wie müde er aussieht, dachte Virginia.

Die beiden Männer beendeten ihr Gespräch. Frederic wandte sich zu Virginia um.

»Ich breche jetzt sofort auf«, sagte er. »Ich fahre nach London und hole das Geld.«

»Hat die Bank es schon bereitgestellt?«

»Bis heute Mittag haben sie es.« Frederic hatte am Vortag lange mit einem seiner ältesten und vertrautesten Mitarbeiter gesprochen und ihn in die Situation eingeweiht. »Ich komme dann sofort damit zurück. Es darf keine Verzögerung geben, wenn sich der... wenn sich dieser Mensch wieder meldet.«

»Du willst dir das Geld nicht bringen lassen?«

Er schüttelte den Kopf. »Ich vertraue mir selbst immer noch am meisten.«

Sie nickte, fühlte sich angesprochen, obwohl er das kaum gemeint haben dürfte: Auch seiner Frau konnte er nicht mehr vertrauen.

»Fahr vorsichtig«, sagte sie. So, wie sie es tausendmal gesagt hatte, wenn er nach London aufbrach.

»Du bleibst hier?«, vergewisserte er sich. »Am Telefon?«

»Natürlich.«

»So natürlich ist das nicht. Vielleicht bist du verabredet.«

Sie konnte ihm nicht in die Augen sehen. Sie empfand diesen

verletzten Ausdruck, für den sie verantwortlich war, als unerträglich.

»Ich bleibe hier«, sagte sie, »und warte auf dich. Bitte… komm, sobald du kannst!«

Als er verschwunden war, wurde es entsetzlich still im Haus. Viel stiller als in den Stunden zuvor, obwohl Virginia und Frederic da kein Wort gesprochen hatten. Ein Haus, in dem sich ein weiterer Mensch aufhält, schweigt nicht so nachdrücklich wie eines, in dem ein Mensch allein ist.

Sie rief in Nathans Pension an, aber die Wirtin sagte, Mr. Moor sei fortgegangen.

»Ist er mit dem Auto weggefahren?«, fragte Virginia.

»Ich kontrolliere meine Gäste nicht«, versetzte die Wirtin pikiert.

»Sie können doch sehen, ob das Auto noch vor Ihrem Haus parkt!«

Die Wirtin brummte vor sich hin, bequemte sich aber, zum Fenster zu gehen und nachzuschauen.

»Das Auto ist weg«, meldete sie dann.

Warum war er nie erreichbar? Warum blieb er nie daheim?

Aber was war schon *daheim* in seinem Fall? Das winzige Zimmer in einer kleinen Pension in einem fremden Land. Sollte er den ganzen Tag dort sitzen und aus dem Fenster starren? Und warten, dass… ja, worauf eigentlich? Darauf, dass Kim wieder auftauchte, dass er und Virginia darangehen konnten, ihre gemeinsame Zukunft zu planen. Aber wie sollte die aussehen? Nathan besaß nichts mehr. Virginia würde Unterhalt für Kim bekommen. Für sich selbst erschien ihr das mehr als fraglich, da sie ja mit einem anderen Mann zusammenleben würde. Wenn Nathan über diese Dinge nachdachte, musste er verrückt werden. Ein unlösbares Dilemma.

Gab es das? Eine wirklich ausweglose Situation? Oder war da immer ein Weg, den man nur finden musste? Dachte Nathan über diesen Weg nach? Fuhr in der Gegend herum und grübelte? Oder lief er vor genau diesem Grübeln fort, fuhr über die sonnenbeschienenen Landstraßen und versuchte, seine Misere, Virginias Misere, ihrer beider Misere zu vergessen?

Sie lief im Haus umher, mied diesmal jedoch Kims Zimmer. Der Anblick schmerzte zu sehr. Qualvoll langsam tickten die Minuten dahin. Immer länger, immer leerer, immer zäher schien der Tag zu werden, als laufe die Uhr rückwärts statt vorwärts.

Ihre Unruhe wuchs. Das Gefühl, eingesperrt zu sein, nach Luft zu ringen, wurde stärker. Sie lief in die Küche, füllte sich ein Glas mit Wasser, starrte darauf und kippte es dann weg, weil es sie beim bloßen Gedanken, etwas zu sich zu nehmen, schon würgte. Sie ging ins Wohnzimmer, verließ es wieder, wanderte die Treppe hinauf, betrat das Bad, betrachtete wieder einmal, wie schon am Morgen im Flur, die Fremde im Spiegel. Ihre Hände waren eiskalt. Irgendjemand atmete laut, und sie brauchte einen Moment, um zu begreifen, dass sie selbst es war.

Ihr fiel ein, dass Superintendent Baker gleich an jenem ersten Morgen – und der war erst gestern gewesen, schien aber Wochen her zu sein – gefragt hatte, ob sie und Frederic psychologische Hilfe in Anspruch nehmen wollten. Er würde ihnen jemanden schicken können. Sie hatten beide abgelehnt, nicht, weil sie sich nicht für hilfebedürftig hielten, sondern weil sie Angst hatten, sich von den stereotypen Trostphrasen einer im Grunde unbeteiligten professionellen Person noch stärker gequält zu fühlen.

Jetzt dachte Virginia: Ich brauche jemanden. Ich komme sonst nicht über den Tag.

Sie stand dicht vor einer Panikattacke, das spürte sie.

Kim. Kim. Kim. Vielleicht schrie sie in diesem Augenblick nach ihrer Mutter. War voller Angst, voller Hilflosigkeit. Einsam. Verlassen.

Virginias Atem ging lauter, keuchender, schien das ganze

Badezimmer auszufüllen. Sie versuchte sich die Atemtechnik ins Gedächtnis zu rufen, die sie während ihrer Schwangerschaft zur Geburtsvorbereitung gelernt hatte. Tatsächlich bekam sie etwas leichter Luft, aber der Eindruck, jeden Moment den Verstand zu verlieren, wich nicht von ihr.

Immerhin schaffte sie es, bis ins Wohnzimmer hinunterzugelangen. Sie hatte die Hand schon am Telefonhörer, um Superintendent Baker anzurufen und um Hilfe zu bitten, da zögerte sie erneut.

Was sollte ein Therapeut ihr schon nutzen in dieser Situation? Wie sollte er ihre Panik abbauen?

Ihr Kind war verschwunden. Niemand konnte ihr einreden, es werde schon alles in Ordnung kommen. Sie mochte sich nichts darüber anhören, dass sie positiv denken und das Beste hoffen sollte, es konnte ihr nichts von der Angst nehmen, dass sich am Ende eben nicht alles in Wohlgefallen auflösen würde.

Ich muss etwas tun, dachte sie, ich muss etwas tun, sonst laufe ich gegen die Wand und schreie.

Superintendent Baker hatte gesagt, er wolle mit Nathan reden. Sie hatte sehr wohl begriffen, dass Nathan in den Augen der Polizei durchaus unter den Verdächtigen rangierte, genauer gesagt: Er war der einzige konkrete Verdächtige, den Superintendent Baker im Moment überhaupt zur Hand hatte.

Der nette neue Mann in Kims Leben.

Sie glaubte es nicht. Es schien unvorstellbar, und doch: Er hatte Kim abholen sollen. Er hatte etwas von einer Autopanne erzählt, die niemand überprüfen konnte. Er hatte damit den Eindruck erweckt – der den Tatsachen entsprechen mochte –, dass er in Hunstanton festgesessen und keine Möglichkeit gehabt hatte, nach King's Lynn zu fahren.

Und wenn er *nicht* festgesessen hatte?

Legte er ein seltsames Verhalten seit gestern an den Tag? Er meldete sich selten, fragte kaum nach Kim, schien guter Dinge zu sein.

Konnte es sein, dass er doch etwas mit ihrem Verschwinden zu tun hatte?

Sie würde es nicht herausfinden, indem sie hier herumsaß. Vielleicht nicht einmal, indem sie mit ihm telefonierte.

Vielleicht nur, indem sie ihm in die Augen blickte.

Das Telefon konnte sie über eine Rufweiterleitung auf ihr Handy schalten, so dass sie erreichbar war – für den Entführer, für Superintendent Baker, für Frederic. Vor dem späten Nachmittag oder frühen Abend konnte Frederic nicht zurück sein.

Nun musste sie nur noch irgendwie an ein Auto kommen.

Sie tippte die Rufumschaltung ein, nahm ihre Handtasche und verließ das Haus. Es war warm draußen. Wer hätte gedacht, dass es noch einmal so schön werden würde?

Zum Glück war Jack Walker daheim und auch gleich bereit, ihr sein Auto zu leihen. Sie bat ihn, die Auffahrt im Auge zu behalten und sie sofort anzurufen, sollte sich die Polizei oder sonst jemand blicken lassen, und wenige Minuten später lenkte sie bereits den Jeep mit dem ungewohnt dröhnenden Motor zum Parktor hinaus. Ihr Atem ging leichter.

Die namenlose Angst blieb.

3

Die Straßen waren leer, sie kam gut voran. Gegen zwölf Uhr erreichte sie Hunstanton, fragte einen Passanten nach dem Weg zu der Adresse, die Nathan ihr genannt hatte, und fand kurz darauf ohne Schwierigkeiten die kleine Pension. Auf den ersten Blick sah sie, dass Nathans Auto – oder besser: *ihr* Auto – noch immer nicht wieder vor dem Haus parkte. Sie seufzte enttäuscht, denn sie hatte gehofft, er sei inzwischen da. Aber vielleicht kehrte er nun jeden Moment wieder zurück.

Die Wirtin jätete Unkraut im Vorgarten und antwortete auf

Virginias Frage: Nein, sie habe keine Ahnung, wohin Mr. Moor gegangen sei und wann er wiederkomme.

»Bestimmt wird er jetzt irgendwo zu Mittag essen«, fügte sie hinzu, »denn außer dem Frühstück serviere ich hier keine Mahlzeiten.«

Das hätte mir eigentlich klar sein müssen, dachte Virginia. Sie fühlte sich erschöpft, leer und auf einmal ziemlich mutlos.

»Kann ich hier auf ihn warten?«, fragte sie.

Die Frau zuckte mit den Schultern. »Wenn Sie mögen... Gehen Sie ins Haus, geradeaus durch, dann kommen Sie in den Frühstücksraum. Dort können Sie warten. In sein Zimmer kann ich Sie natürlich nicht lassen!«

Virginia durchquerte den schmalen Flur und betrat das Frühstückszimmer. Unruhig ging sie auf und ab, schaute zu den Fenstern hinaus in die sonnige Landschaft und betrachtete das Bild an der Wand, das ein untergehendes Schiff zeigte.

Er ist nie da!

Aber muss er wirklich hier sitzen und warten, nur für den Fall, dass ich hereinschneie und ihn frage, ob er etwas mit dem Verschwinden meines Kindes zu tun hat?

Sie war hierher gefahren, um etwas zu tun, und nun saß sie schon wieder zwischen engen Wänden und schien zum Warten verurteilt. Zu ihrem Schrecken bemerkte sie, dass sich die Panik, die sie daheim schon verspürt hatte, erneut bedrohlich näherte. Vielleicht hätte sie genauer nachdenken und nicht diese überstürzte Fahrt unternehmen sollen. Vielleicht wäre es sogar besser gewesen, einen Spaziergang daheim im Park zu machen oder mit Jack und Grace einen Tee zu trinken, aber dann fiel ihr ein, dass Grace sich wieder in endlosen Selbstanklagen ergangen hätte, und es war klar, dass sie das nicht ausgehalten hätte.

Sie öffnete eines der Fenster, lehnte sich hinaus, um mehr Sauerstoff zu bekommen. Am allervernünftigsten wäre es zweifellos gewesen, Superintendent Baker anzurufen und um psychologische Betreuung zu bitten. Man wusste bei der Polizei schon, weshalb man das anbot, und wahrscheinlich war es hochnäsig von ihr gewesen zu glauben, sie käme ohne dies aus.

Sie schaute auf ihre Armbanduhr. Zehn Minuten waren erst vergangen, dabei hätte sie schwören können, dass sie seit mindestens einer halben Stunde in dem engen Raum saß. Sie beschloss, das Verbot der Wirtin zu ignorieren und Nathans Zimmer aufzusuchen. Sie war keine Fremde, sie war seine zukünftige Frau. Und vielleicht ging es ihr dort oben zwischen all seinen Sachen besser.

Zwischen welchen Sachen allerdings, fragte sie sich, während sie leise die steile Treppe hinaufhuschte, er hat ja nichts.

Auf dem oberen Treppenabsatz gab es zwei Türen. Die erste, deren Klinke Virginia herunterzudrücken versuchte, war verschlossen, aber die zweite ließ sich öffnen, und das Zimmer, das sie gleich darauf betrat, sah so vollkommen unpersönlich und unbewohnt aus, dass sie sogleich wusste, es konnte nur von einem Schiffbrüchigen ohne Hab und Gut gemietet worden sein.

Das Fenster stand offen, der Raum war von frischer Seeluft erfüllt, der Wind spielte sacht mit den Gardinen. Das Bett war sorgfältig mit einer geblümten Tagesdecke abgedeckt. An den Wänden befanden sich ebenfalls Bilder mit Schiffsmotiven, aber wenigstens keines, das einen Untergang gezeigt hätte.

Sie ging in das winzige angrenzende Bad. Ein Stück Seife auf dem Waschbecken, darüber eine Tube Rasiercreme, eine Klinge und ein Kamm. Nathan kam wirklich mit wenig aus. Es blieb ihm allerdings auch nichts anderes übrig.

Wieder im Zimmer, schaute sie erneut zum Fenster hinaus, setzte sich auf das Bett, knetete ihre Hände ineinander. Als das Handy klingelte, sprang sie so entsetzt auf, als hätte sie im Leben nichts weniger erwartet als das.

Mit zitternden Fingern nahm sie es aus ihrer Handtasche

und meldete sich. »Ja? Virginia Quentin hier.« Ihre Stimme klang schwach.

Am anderen Ende war Frederic. »Virginia? Ich bin es bloß, Frederic. Was ist los? Du klingst schrecklich.«

Sie bemühte sich um ein wenig Festigkeit. »Es… es gibt überhaupt nichts Neues. Niemand ruft an. Ich bin… meine Nerven…«

»Ich weiß«, sagte Frederic, »und ich werde zusehen, dass ich so schnell wie möglich wieder bei dir bin. Ich bin jetzt in London, und ich habe das Geld. Ich muss nur irgendwo schnell einen Kaffee trinken, dann mache ich mich auf den Rückweg.«

Ich bin in Hunstanton im Zimmer meines Liebhabers, versuche einen ungeheuerlichen Verdacht zu entkräften und stehe dicht vor einem Nervenzusammenbruch…

Das sagte sie natürlich nicht. Stattdessen wiederholte sie ihre Worte vom Morgen: »Fahr vorsichtig.«

Es folgte ein kurzes Schweigen, und gerade als Virginia schon dachte, Frederic habe aufgelegt, sagte er: »Wir stehen das durch, Virginia. Wir stehen das durch.«

»Ja«, sagte sie leise, dann beendete sie das Gespräch, schob das Handy in ihre Tasche zurück.

Sie setzte sich wieder auf das Bett, fand aber keine Ruhe und stand erneut auf. Vielleicht sollte sie einen Spaziergang machen und eine Stunde später noch einmal vorbeischauen. Es erschien ihr sinnvoller, als in dem kleinen Zimmer langsam den Verstand zu verlieren.

Sie ging zur Tür, und dabei fiel ihr Blick auf einen kleinen, bunten Gegenstand, der halb versteckt zwischen dem Kleiderschrank und der Wand klemmte, irgendetwas aus Plastik, gelb, rot und grün leuchtend. Irritiert trat sie näher, griff nach dem Objekt und zog es hervor, schaute es völlig perplex und zunächst ohne jedes Erkennen an: ein Kassettenrekorder. Für Kinder. Anzusehen wie ein großer, runder Wecker, der auf zwei dicken Füßen stand. Vorne die Klappe, um die Kassette einzulegen. Darüber die Tasten für die verschiedenen Einstellungen. Oben herum ein gebogener, breiter Griff, mit dem man ihn herumtragen konnte. Seitlich, in einer Halterung steckend, das Mikrofon, durch das man mitsingen oder verschiedene, grotesk verzerrte Stimmen herstellen konnte.

Verschiedene, grotesk verzerrte Stimmen…

Ihr Gehirn arbeitete plötzlich ganz langsam, so als weigere es sich, das Offensichtliche zu begreifen.

Kim besaß genau solch einen Rekorder.

Irgendwo tief aus ihrem Gedächtnis vernahm sie Frederics Stimme.

»…*Es war ein Mann…die Art, wie diese Stimme verzerrt war, erinnerte mich an ein Spielzeug meiner Tochter… Es gibt dabei ein integriertes Mikrofon… Durch verschiedene Einstellungen können sie ihre Stimmen verzerren…*«

Vor ungefähr vierundzwanzig Stunden hatte Frederic diese Worte gesprochen. Als er Superintendent Baker von dem Anruf des Erpressers berichtete.

Sie wollte nicht hinsehen, wollte nicht fassen, was sich ihr aufdrängte, aber dann, von einem Moment zum anderen, explodierte die Erkenntnis in ihr, und wie in gleißendes Licht getaucht sah sie, was geschehen war, und in demselben Moment ging die Tür auf, und Nathan erschien auf der Schwelle.

Er schaute sie an – später dachte sie, dass sie wie eine Salzsäule gewirkt haben musste dort neben dem Kleiderschrank, das bunte Spielzeug in der Hand – und sagte: »Du hast dich gründlich umgesehen, wie mir scheint!«

Und sie brachte kein Wort hervor, nur einen leisen, seltsamen Laut, der wie ein Stöhnen klang.

»Was soll ich dir erklären? Du würdest meine Beweggründe weder verstehen noch sie überhaupt glauben wollen«, sagte Nathan. Und fügte hinzu: »Wie ich jedenfalls annehme.«

Sie wusste nicht, wie viel Zeit vergangen war, seit sie, in je-

475

ner seltsamen Starre gefangen, einfach nur da gestanden und kaum hörbar geseufzt hatte. Es mochten Minuten gewesen sein oder auch nur Sekunden. Schließlich, als sie spürte, dass sie sich wieder bewegen konnte, hatte sie ihr furchtbares Beweisstück ein wenig höher gehoben und mit belegter Stimme gefragt: »Was ist das?«

Aber er hatte natürlich verstanden, dass sie nicht um eine Definition des Gegenstands bat, sondern um eine Erklärung dafür, weshalb sich dieses Gerät in seinem Zimmer befand. Irgendwo in ihrem tiefsten Inneren war noch ein Funke Hoffnung gewesen, er könne ihr eine Antwort geben, die alles in ein anderes Licht setzte und für das Offensichtliche eine harmlose Alternative aufzeigte. Zugleich war da die Angst, er könne sich herauszureden versuchen, könne die Situation noch unerträglicher machen, indem er sich in völlig unglaubwürdige Ausreden flüchtete.

Nichts von beidem geschah. Er erklärte gar nichts. Verschaffte sich Zeitgewinn, indem er behauptete, sie würde ihn ohnehin nicht verstehen. Und bestätigte damit zugleich die Richtigkeit ihres Verdachts.

»Wo ist sie?«, stieß sie heiser hervor. »Wo ist Kim?« Und als er nicht antwortete, schrie sie plötzlich: »Wo ist Kim? Wo ist Kim? Wo ist sie?«

Er zuckte mit den Schultern. »Keine Ahnung.«

Die gleichgültige Geste, sein unbeteiligter Gesichtsausdruck, ließen von einer Sekunde zur anderen eine Sicherung in ihr durchbrennen. Ihr wurde so schwindelig, dass sie meinte, im nächsten Augenblick ohnmächtig auf dem Boden zu landen. Stattdessen ließ sie den Rekorder fallen, der krachend und scheppernd auf den hellen Dielenbrettern aufprallte, und stürzte auf Nathan zu, die Hände zu Fäusten geballt, die Arme erhoben. Sie merkte gar nicht, mit welcher Kraft sie auf ihn einschlug, ins Gesicht, auf die Schultern, gegen seine Brust. »Wo ist Kim?«, keuchte sie. »Wo ist Kim? Wo ist Kim?«

Es gelang ihm, ihre beiden Handgelenke zu packen und fest-zuhalten. Er schüttelte sie grob. »Ich weiß es nicht, verdammt! Ich weiß es nicht!«

Sie hielt in ihrem wütenden Kampf inne. »Wo ist sie?«

Vorsichtshalber hielt er ihre Arme weiterhin umklammert. Sein harter Griff brannte wie Feuer auf ihrer Haut. »Ich habe sie nicht. Ich hatte sie nie. Ich wollte nur das Geld!«

Ihr Misstrauen und ihr Entsetzen waren zu groß. »Du wirst mir sagen, wo sie ist. Und was du ihr angetan hast. Hast du sie...«, es würgte sie in der Kehle, sie vermochte das Wort nicht auszusprechen. »Hast du ihr das Gleiche angetan wie den anderen Kindern?«

»Gott, verdammt!«, sagte Nathan. Er ließ sie los und stieß sie dabei ein Stück von sich. Sie stolperte, stürzte aber nicht. Er trat einen Schritt zurück. Sein Gesicht war weiß, seine Lippen schmal. »Ich habe ihr nichts getan. Ich habe überhaupt keinem Kind etwas getan. So gut müsstest du mich kennen. Ich bin kein... Ich würde so etwas nie tun.«

Sie fühlte sich wie in einem bösen Traum gefangen. Mit me-chanischen Bewegungen rieb sie ihre geröteten Handgelenke. Das Brennen war der einzige Beweis, dass sie sich in der Rea-lität befand.

»Du hast bei uns angerufen. Du hast gesagt...«

»Ich weiß, was ich gesagt habe. Ich wollte hunderttausend Pfund haben. Es war einfach ein... ein Einfall. Ein idiotischer Einfall. Ich hätte kein weiteres Mal angerufen. Ich wusste über-haupt nicht, wie ich die Übergabe hätte organisieren sollen. Mir wurde klar, dass ich dabei garantiert geschnappt würde. Dass das alles eine... eine Schnapsidee war. Ich habe nur noch nicht dieses«, er wies auf den Kassettenrekorder, der auf dem Boden lag, »dieses Teil da entsorgt. War ein Riesenfehler.«

Die Gelassenheit, mit der er seine ungeheuerliche Tat zu einer Lappalie herunterzuspielen versuchte, machte sie fassungslos. »Du wusstest, wie verzweifelt ich bin. Welche Angst ich ausstehe. Und du hast diese Situation benutzt, um...« Ihr fehlten die Worte. Es gab nichts, womit man das, was er getan hatte, erklären konnte.

»Ich sagte ja schon, du würdest meine Beweggründe nicht verstehen«, sagte Nathan.

Ihr stiegen die Tränen in die Augen. »Was, bitte, soll denn daran zu verstehen sein?«

»Kommt dir da keine Idee?«

Sie starrte ihn an.

Er fuhr sich mit der Hand durch die Haare. »Du redest doch immer von unserer gemeinsamen Zukunft. Wir beide, irgendwo, irgendwie... Aber hast du dir je Gedanken gemacht, wie es funktionieren soll? Vollkommen ohne Geld?«

»Unsere Zukunft ist doch nicht eine Frage des Geldes!«

»Nein? Dann kann ich nur sagen, du träumst offenbar in einem Märchenschloss vor dich hin. Ich habe dir von Anfang an gesagt, dass ich nichts habe. Kein Geld, kein Haus, keine Wohnung, kein Schiff mehr, nichts. Ich...«

Sie unterbrach ihn. Ihre Stimme klang rauh und in ihren eigenen Ohren seltsam emotionslos. »Du hast mir das nicht von Anfang an gesagt. Bis Frederic das Gegenteil herausfand, hast du mich zumindest in dem Glauben gelassen, du seist ein erfolgreicher Schriftsteller, dessen Tantiemen zwangsläufig irgendwann wieder zu fließen beginnen müssten.«

»Oh – und das klang gut in deinen Ohren, wie? Doch alles eine Frage des Geldes?«

Er verdrehte ganz und gar, was sie sagte und meinte, aber ihr fehlte die Kraft, sich auch darüber noch zu empören. »Ich kann nicht verstehen, wie du diesen Weg einschlagen konntest«, sagte sie.

Er seufzte. »Ja. Das wusste ich. Es war einfach ein... ein Gedanke, wie wir zu einem Startkapital kommen könnten. Ein blöder Gedanke, ein saublöder Gedanke, den ich, wie gesagt, längst wieder verworfen hatte.«

»Aber war dir nicht klar, was du da tust? War dir nicht klar, in welchem Zustand Frederic und ich uns im Moment befinden? Dass dieser Anruf eines vermeintlichen Entführers uns Hoffnung gemacht hat? Dass wir voller Verzweiflung gewartet haben, dass er sich wieder meldet? Frederic ist heute in London, um das Geld zu holen. Ich saß daheim und bin fast durchgedreht.« Jetzt liefen ihre Augen über. Die Tränen ließen sich nicht länger zurückhalten, und es waren Tränen der Fassungslosigkeit und der Wut. »Kein Mensch, der auch nur einen Funken Anstand besitzt, hätte so etwas tun können!«, rief sie.

Er machte einen Schritt auf sie zu, aber sie wich zurück, stand nun mit dem Rücken direkt am Fenster. »Fass mich bloß nicht an!«, fauchte sie.

Wieder hob er die Schultern. »Aber dafür bist du doch wahrscheinlich hergekommen«, sagte er, »damit ich dich in die Arme nehmen und trösten kann.«

»Glaubst du, ich will jetzt noch von dir getröstet werden?«

»Meine Güte«, erwiderte er wütend, »nun behandle mich doch nicht wie einen Schwerverbrecher! Ich habe deiner Tochter kein Haar gekrümmt. Ich weiß nicht mal, wo sie ist. Ich habe nicht das Geringste mit ihrem Verschwinden zu tun. Auch nicht mit dem Verschwinden der anderen Kinder. Ich habe einen furchtbaren, dummen Fehler gemacht. Es tut mir leid. Ich … bitte dich um Entschuldigung, wenn du das möchtest.«

»Und woher weiß ich, dass es stimmt, was du sagst? Vielleicht ist ja kein Wort davon wahr, dass vorgestern dein Auto nicht ansprang. Ziemlich schlau, denn hättest du wie vereinbart Kim abgeholt, hättest du sie kaum zum selben Zeitpunkt entführen können, ohne in Verdacht zu geraten. So glaubte jeder, du hättest hier in Hunstanton festgesessen. In Wahrheit bist du nach King's Lynn gefahren und hast dir Kim geschnappt, bevor Grace …« Ihre Stimme brach, die Tränen machten es ihr unmöglich, weiterzusprechen.

Nathan schüttelte den Kopf. »Nein! Ich steh nicht auf Kinder! Ich finde die Typen komplett abartig, die das tun. Ich kann es in meinen finstersten Träumen nicht nachvollziehen!«

»Und warum soll ich dir das glauben?«, schrie sie.

»Weil du mich kennst!«, schrie er zurück. »Weil du meine Geliebte warst! Weil du es gespürt hättest, wenn dich ein Kinderschänder gevögelt hätte!«

Sie fuhr sich mit dem Unterarm über die Augen, schniefte hörbar. Nicht mehr weinen. Keinen Moment mehr. Sondern handeln.

Sie griff sich den Rekorder, nahm ihre Handtasche. »Sicher weiß die Polizei besser als ich, wie man die Wahrheit herausfindet«, sagte sie. »Dort kannst du dann auch erklären, wo du dich aufgehalten hast, als das erste Kind ermordet wurde. Auf Skye jedenfalls noch nicht.«

»Aber auch nicht hier. Was sich leicht beweisen lässt, da man ja in jedem Hafen, in dem man ankert, registriert wird. Du wirst in der gesamten Umgebung hier nicht eine Registrierung der *Dandelion* finden.«

»Das kann ja Superintendent Baker überprüfen. Er wird seinen Job gut machen.« Sie wollte an ihm vorbei, aber er hielt ihren Arm fest.

»Lass mich los«, sagte sie.

»Du willst jetzt zur Polizei?«

»Natürlich. Und wenn du mich nicht sofort loslässt, dann schreie ich. Deine Wirtin ist unten. Ich schreie um Hilfe.«

Er ließ sie los.

»Dann geh doch«, sagte er und trat zur Seite.

Sie lief aus dem Zimmer, ohne ihn noch ein einziges Mal anzusehen.

4

Sie hätte später nicht zu sagen gewusst, wie sie nach Ferndale zurückgekommen war. Wahrscheinlich war es ein Wunder, dass sie keinen Unfall verursacht hatte. Einige Male begann sie zu weinen und konnte vor lauter Tränen kaum etwas sehen. Als sie in die Auffahrt einbog, meinte sie, noch nie in ihrem Leben so verzweifelt und geschockt gewesen zu sein.

Daheim schloss sie sogleich die Tür hinter sich und lehnte sich schwer atmend von innen dagegen. Wieder fiel ihr die bleierne Stille des Hauses auf. Endlos schien es her, dass das fröhliche Lachen von Kim erklungen war. Es hätten Jahre sein können, dabei waren nur zwei Tage seit ihrem Verschwinden vergangen. Zwei Tage, die zu den längsten ihres Lebens wurden.

Sie ging ins Wohnzimmer, mit den müden, schleppenden Schritten einer alten Frau. Sie schaltete die Rufweiterleitung aus, starrte auf den Telefonapparat. Sie musste Superintendent Baker anrufen.

Was, wenn Jack ihr sein Auto nicht gegeben hätte? Oder gar nicht zu Hause gewesen wäre? Sie hätte Ferndale nicht verlassen können. Wahrscheinlich hätte sie dann nie herausgefunden, dass Nathan den erpresserischen Anruf getätigt hatte. Er hätte den Rekorder vernichtet, sich wahrscheinlich wirklich nicht mehr gemeldet. Sie und Frederic hätten vergeblich auf ein erneutes Lebenszeichen des Erpressers gewartet und wären schließlich zu der Erkenntnis gelangt, dass es sich in der Tat um einen Witzbold mit einem Sinn für höchst makabren Humor gehandelt hatte.

Das Misstrauen, das sie an diesem Morgen nach Hunstanton getrieben hatte, hätte sich wieder gelegt, und sie hätte mit Nathan gelebt und bis ans Ende aller Tage nicht erfahren, welche perfide Rolle er in dem größten Drama ihres Lebens gespielt hatte.

Alles wäre anders gekommen. Ihre gesamte Zukunft.

Sie schaute auf den bunten Kassettenrekorder, den sie noch immer in der Hand hielt. Nun würde er als ein Beweismittel an Superintendent Baker gehen. Dorthin gehörte er.

Sie fragte sich, weshalb sie zögerte, Baker anzurufen.

Als sie aus der Pension in Hunstanton gestürmt war, vorbei an der Wirtin, die noch immer im Vorgarten arbeitete und ihr überrascht nachgeschaut hatte, da war sie entschlossen gewesen, direkt zur Polizei zu fahren und dort alles zu sagen, was geschehen war und was sie über Nathan Moor wusste. Seine Lügengeschichten, seine Hochstapelei, alles. Stattdessen war sie nun zu Hause in Ferndale gelandet und stand unschlüssig im Wohnzimmer herum.

Weshalb?

Du müsstest dann auch bekennen, wie sehr du dich in dem Mann, mit dem du deinen Ehemann betrogen hast und für den du deine Familie verlassen wolltest, getäuscht hast. Das Spiel, das er mit deiner und Frederics Angst getrieben hat, ist durch nichts zu entschuldigen. Aber im Grunde hättest du dich schon von ihm trennen müssen, als du erfuhrst, wie hemmungslos er dich über seine berufliche Situation belogen hat. Was würde Baker denken? Dass du so verrückt nach diesem Typen warst, dass du ihm seinen Betrug verziehen und ihn sogar noch irgendwie vor dir schöngeredet hast. Als was stehst du dann da? Als eine mannstolle Person? Als eine Frau, die jeden Stolz verloren hat? Im besten Fall wahrscheinlich noch als hoffnungsloses Dummchen.

Ist es das? Ist es das, weshalb du zauderst? Willst du einfach dein letztes bisschen Ansehen nicht verspielen?

Sie schüttelte langsam den Kopf. Ja und nein. Eines war klar: Würde sie auch nur im Mindesten noch glauben, dass Nathan in Wahrheit doch etwas mit Kims Verschwinden zu tun hatte, wäre sie längst bei der Polizei. Dann hätte es nicht den kleinsten Moment des Überlegens gegeben.

Das aber bedeutete, dass sie es nicht glaubte. Dass etwas in ihr sehr unmissverständlich sagte, dass Nathan diesmal nicht log. Dass er Kim wirklich nicht hatte. Dass er nur versucht hatte, auf eine unsägliche Weise an hunderttausend Pfund zu kommen und damit seine ausweglose Situation zu verbessern.

Oder redete sie sich da schon wieder etwas ein? Immerhin hatte sie am Vormittag plötzlich so stark an ihm gezweifelt, dass sie ihn aufgesucht hatte, um sich über ihn und seine Rolle in der Geschichte klar zu werden.

Als das Klingeln des Telefons plötzlich die Stille durchschnitt, erschrak sie so sehr, dass ihr der Rekorder aus den Händen rutschte. Das Zittern, das sie sofort befiel, kannte sie, seit der Erpresser angerufen hatte. In der nächsten Sekunde fiel ihr ein, dass er sich nie wieder melden würde.

Vielleicht war es die Polizei. Bei diesem Gedanken fingen ihre Hände noch unkontrollierter zu zittern an, aber sie versuchte sich zu beruhigen.

Wäre es etwas Schlimmes, dann kämen sie hierher. Eine schlimme Nachricht würden sie mir nicht am Telefon überbringen.

»Ja«, meldete sie sich.

»Virginia?« Es war Livia.

Virginia atmete tief und fuhr sich mit dem Handrücken über die Stirn.

»Oh, Livia. Sind Sie in Deutschland?«

»Ja. Und ich wollte wissen, ob es etwas Neues wegen Kim gibt?«

Sie war wie eine gute Freundin. Zuverlässig und aufmerksam.

»Nein, Livia, leider nicht. Wir haben immer noch keine Spur von ihr.«

Am anderen Ende herrschte längeres Schweigen.

»Das ist ja schrecklich«, sagte Livia dann bedrückt. »Sie und Frederic müssen durch die Hölle gehen.«

»Das ist so, ja.« Virginias Stimme schwankte. »Es ist einfach unvorstellbar, Livia, eigentlich ist es nicht auszuhalten. Man wundert sich die ganze Zeit, dass man nicht den Verstand verliert.«

»Ich wünschte, ich könnte etwas tun«, sagte Livia, und sie klang sehr aufrichtig.

Virginia kam plötzlich ein Gedanke. »Livia, das ist vielleicht eine seltsame Frage, aber bevor Sie damals nach Skye kamen, wo haben Sie da Station gemacht? Waren Sie je in der Gegend von King's Lynn?«

»Nein«, sagte Livia, »wir sind von Anfang an ziemlich weit hoch in den Norden gesegelt. Wir waren in…«

»Okay. Jedenfalls nicht hier?«

»Nein. Warum?«

»Das kann ich Ihnen nicht erklären. Livia, es ist… ich werde nicht mit Nathan zusammenbleiben.«

»Oh…«

»Ich muss noch etwas wissen. Er hat ja wohl nie richtig Geld verdient, aber lag das wirklich an seiner Lebenssituation damals? Und gab es für ihn tatsächlich jahrelang nie eine Chance, dieser Situation zu entkommen?«

Livia schwieg so lange, dass sich Virginia schon fragte, ob sie überhaupt noch am Apparat war. Welchen Grund, dachte sie, sollte sie haben, mir Rede und Antwort zu stehen?

»Die Situation war schwierig für ihn«, erklärte Livia schließlich, »aber er hat daran mitgewirkt, sie zu erhalten. Wissen Sie, ich hatte größte Probleme, meinen schwerbehinderten Vater in ein Heim zu geben. Aber immer dann, wenn ich mich doch einmal dazu durchgerungen hatte – und ich kam etliche Male an diesen Punkt –, dann hat Nathan sich wieder dagegen gewehrt. Da er meinen Vater hasste, glaube ich nicht, dass er ihn beschützen wollte. Vielmehr war ihm klar, dass dann kein Geld mehr fließen würde. Wir lebten ausschließlich von meinem Vater, und das wäre dann nicht länger möglich gewesen. Nathan hätte nicht gewusst, wie es weitergehen sollte.«

»Er kann mit dem Schreiben also nichts verdienen?«

Livia lachte, und dann sagte sie das Härteste, was sie je über ihren Mann gesagt hatte: »Er hat nicht genug Talent. Er ist nicht fleißig genug. Nathan... hat nicht von *dem Roman* geträumt. Nathan hat immer nur vom schnellen Geld geträumt. Von nichts anderem.«

»Ihm liegt sehr viel an Geld.«

»Ich würde sagen«, erwiderte Livia, »dass er von morgens bis abends über fast nichts anderes nachdenkt.«

Virginia nickte, dann fiel ihr ein, dass Livia ihr Nicken nicht sehen konnte und auf eine Antwort wartete.

»Danke«, sagte sie, »ich werde Sie anrufen, wenn es etwas Neues wegen Kim gibt.«

Sie legte den Hörer auf. Nahm ihn aber gleich darauf wieder hoch und wählte die Nummer von Superintendent Baker.

Nathan war nicht in der Gegend gewesen, als das erste Kind verschwand. Und ihr Instinkt sagte ihr, dass er Kim tatsächlich nicht verschleppt hatte. Aber es war gleichgültig, was sie fühlte, dachte, glaubte. Er war ein notorischer Lügner, ein Hochstapler, ein Erpresser. Es ging um ihr Kind. Nicht um ihren, Virginias, guten Ruf. Nicht darum, einen Mann davor zu bewahren, möglicherweise unschuldig in die Mühlen polizeilicher Ermittlungsarbeit zu geraten. Es ging einzig um Kim, und solange nur der Schatten, nur der Hauch eines Verdachts an Nathan hing, musste dem nachgegangen werden.

Mit fester Stimme verlangte sie, Superintendent Baker zu sprechen.

5

Frederic war ins Wohnzimmer gegangen, als das Telefon klingelte, und kehrte nun in die Küche zurück, wo Virginia am Tisch saß. Sie hatte ein Glas Milch vor sich – »heiße Milch mit

Honig, das ist gut für die Nerven«, hatte Frederic gesagt und ihr die Milch gewärmt. Das war vor einer Stunde gewesen. Sie hatte zweimal an dem Getränk genippt, aber sofort hatte sie gemeint, ihr Magen ziehe sich zusammen. Inzwischen war die Milch längst kalt geworden, und eine Haut hatte sich auf der Oberfläche gebildet. Virginia konnte Kim hören. »Iiiiihh! Milch mit Haut!«

Sie stützte den Kopf in die Hände. Kim, Kim, Kim!

»Das war Superintendent Baker«, erklärte Frederic. »Sie verhören Nathan Moor seit Stunden. Ohne Ergebnis. Er hat sofort zugegeben, den Anruf getätigt zu haben, aber er streitet beharrlich ab, irgendetwas mit Kims Verschwinden zu tun zu haben.«

Virginia hob den Kopf. »Und? Glaubt ihm Baker?«

Frederic zuckte mit den Schultern. »Was kann man einem Mann wie ihm schon glauben?«

Virginia nickte langsam. Vermutlich gab es nur eine einzige Wahrheit über Nathan Moor, und die hatte Livia klar und deutlich ausgesprochen: »Nathan hat immer nur vom schnellen Geld geträumt. Von morgens bis abends denkt er über fast nichts anderes nach.«

Frederic setzte sich Virginia gegenüber an den Tisch. Sein Gesicht war bleich vor Müdigkeit. »Baker sagt, wenn wir es irgendwie schaffen, sollen wir trotzdem morgen zu der Beerdigung kommen. Schließlich – vielleicht ist Moor tatsächlich unschuldig…«

»Er hat bestimmt nichts mit dem Tod der anderen Kinder zu tun«, sagte Virginia, »er war gar nicht in der Gegend, und…«

»Behauptet er jedenfalls.«

»Behauptet Livia.«

»Die wir im Grunde auch nicht besser kennen als ihn«, sagte Frederic. »Ich meine, wer sagt uns denn, dass wir da nicht einem besonders durchtriebenen Gaunerpärchen aufgesessen sind? Denen ist das Schiff abgesoffen, und während sie hin und

486

her überlegten, wie sie am besten wieder zu Geld kommen könnten, fiel ihnen ein, es doch einmal mit dir zu versuchen. Vielleicht hat sich Moor durchaus mit dem Einverständnis seiner Gattin an dich herangemacht. Es war ja von Anfang an offensichtlich, dass du recht wohlhabend bist.«

»Das bin ich doch gar nicht. Du bist wohlhabend. Und dass du mich nicht gerade mit Geld überhäufen würdest, wenn ich mich mit einem anderen Mann einließe, muss jedem klar sein.«

»Wieso? Selbst der schlaue Nathan Moor hat unsere Vermögensverhältnisse vielleicht nicht sofort im Detail durchschaut!«

Sie sah ihren Mann an. »Das macht ihn aber noch nicht zu einem Kindermörder.«

»Auch nicht zu einem Entführer?«

Sie senkte den Blick.

Frederic neigte sich über den Tisch auf sie zu. »Was weißt du eigentlich über den Mann, mit dem du den Rest deines Lebens verbringen wolltest?«, fragte er.

Sie antwortete nicht. Alles, was sie auf diese Frage hätte erwidern können, wäre als Rechtfertigung völlig untauglich gewesen.

Frederic wartete einen Moment, dann begriff er, dass sie nichts sagen würde. Er lehnte sich in seinem Stuhl zurück.

»Warum nur?«, fragte er. »Wenn ich nur verstehen könnte, warum!«

Sie sah ihn wieder an, brauchte viel Kraft dazu. »Ist das ein Thema, das wir jetzt klären müssen?«

»Irgendwann sollten wir es tun.«

»Damals, als wir in dem Café saßen, an dem Tag, an dem … Kim verschwand, da hast du mich auch schon nach dem *Warum* gefragt. Ich habe versucht, es dir zu erklären. Wahrscheinlich hast du es nicht verstanden. Vielleicht kann man es auch gar nicht verstehen.« Sie schluckte. »Ich habe mich in Nathan Moor verliebt«, sagte sie leise, »zumindest dachte ich, ich hätte mich in ihn verliebt. Was in der Wirkung zunächst einmal das Gleiche ist.«

Frederic rieb sich die Augen. Sie sahen gerötet und noch müder aus als zuvor.

»Und jetzt? Liebst du ihn nicht mehr? Oder *denkst*, ihn nicht mehr zu lieben?«

Virginia schwieg eine ganze Weile. Sie starrte auf das Milchglas, das vor ihr stand, aber sie sah es nicht. Sie sah Nathan und sich. In Dunvegan auf Skye. Sah das Kaminfeuer und die Kerzen. Roch den Wein. Sah seine Augen und sein Lächeln und spürte seine Hände auf ihrem Körper. Fühlte den abgrundtiefen Schmerz des Verlustes und der Enttäuschung. Hätte viel darum gegeben, diese Stunden noch einmal erleben zu dürfen. Und wusste doch, dass sie vorbei und niemals wiederholbar waren.

»Jetzt denke ich«, sagte sie, »dass man Liebe manchmal verwechselt. Mit irgendwelchen Emotionen, nach denen man sich gerade sehnt. Nathan hat mir das Gefühl gegeben, wieder lebendig zu sein. Und ich habe *lebendig* mit Liebe verwechselt.«

»Sich lebendig fühlen ist viel. Wenn er dir das gegeben hat, hat er dir sehr viel gegeben.«

Sie wusste, dass das stimmte. Nathan Moor hatte ihr, trotz allem, eine Tür geöffnet, die sie allein nicht hätte aufstoßen können.

»Nathan und ich«, sagte sie, »haben keine gemeinsame Zukunft mehr. Unabhängig davon, was aus uns beiden wird. Wenn es das ist, was du wissen möchtest.«

»Das und vieles mehr«, entgegnete Frederic.

Sie schob das Glas zurück und stand auf. Sie konnte nicht länger in dieser Küche sitzen. Schon wurde ihr das Atmen wieder schwer. Wie am Morgen.

»Mir ist plötzlich…«, begann sie und rang nach Luft.

Frederic war sofort neben ihr. Er hielt sie fest. Sie konnte seine Stimme dicht an ihrem Ohr hören.

»Atme ganz tief. Ganz ruhig. Atme, so tief du kannst!«

Tatsächlich gelang es ihr, wieder Sauerstoff in ihre Lungen zu bringen. Das Rasen ihres Herzens beruhigte sich ein wenig. Das Bedürfnis, hinauszulaufen, den Wänden um sie herum zu entkommen, verebbte.

»Danke«, flüsterte sie.

»Deine Lippen sind ganz grau«, sagte Frederic, »und deine Pupillen sind riesig.«

Sie starrte ihn an. Wie sollte sie ihm die Bilder erklären, die sich plötzlich wie rasend durch ihren Kopf bewegt hatten? Nathan und sie; Skye; sie beide im Auto; Kim, wie sie verängstigt und frierend in ihrem Baumhaus kauerte; Grace, die glühend vor Fieber durch das verlassene Schulgebäude irrte und das Kind suchte; Tommis strahlendes Gesicht; Tommi im Krankenhaus; der zarte Körper, der zwischen Dutzenden von Schläuchen fast verschwand; Tommis Mutter; ihre erloschenen Augen.

Auf einmal begann Virginia zu weinen. So heftig, als breche der Schmerz von Jahrzehnten hervor. Sie zitterte, klammerte sich an Frederics Schultern. Sie weinte, als könne sie niemals wieder aufhören.

Jetzt vernahm sie seine Stimme wie aus weiter Ferne. »Beruhige dich, Virginia! Beruhige dich doch!«

Sie versuchte etwas zu sagen, brachte aber nur Wortfetzen hervor. »Nathan«, gelang es ihr endlich zu sagen, »Nathan... es war, weil... er gefragt hat. Weil er nach Michael gefragt hat...«

»Er hat nach Michael gefragt? Nach deinem Exfreund, der damals spurlos verschwunden ist?«

Irgendwie landete sie wieder auf ihrem Stuhl. Sie weinte noch immer, aber nicht mehr so, als werde sie von ihren eigenen Tränen davongeschwemmt.

Sie sah Frederic, der vor ihr kauerte.

»Er hat nach Michael gefragt?«

Sie nickte.

6

Michael

Es war einer der ersten wärmeren Abende des Jahres 1995, der 24. März, als Michael zum ersten Mal wieder beschloss, mit dem Fahrrad zum Training zu fahren. Der Winter war kalt und regnerisch gewesen, aber endlich ließen sich erste Anzeichen des nahenden Frühlings erahnen. Die Luft war mild und samtig und der Himmel von jenem lichten Blau, das nur der März hervorbringt. Überall schossen die Narzissen aus der feuchten, schwarzen Erde und öffneten weit ihre Blüten, und die Vögel sangen in einem endlosen Konzert.

Michael zog seinen dunkelblauen Trainingsanzug und seine Stiefel an, packte Turnschuhe, Handtuch und eine Flasche Mineralwasser in seinen Rucksack und rollte das Fahrrad aus der Garage. Schon am Nachmittag hatte er die Reifen geprüft und neu aufgepumpt. Tommi hatte daneben gestanden und fachmännische Ratschläge erteilt.

»Pass auf«, hatte Michael gesagt, »wenn am Sonntag schönes Wetter ist, machen wir zusammen eine Radtour. Okay?«

Tommi hatte über das ganze Gesicht gestrahlt. Später war er hinübergelaufen, um mit seiner Familie zu Abend zu essen, und Michael erklärte Virginia, dass es später werden könne. »Ich gehe mit den anderen hinterher wahrscheinlich noch was trinken. Rob hat heute Geburtstag, bestimmt gibt er da eine Runde aus.«

»In Ordnung.« Sie lächelte. »Amüsier dich. Ich gehe wahrscheinlich früh schlafen. Ich bin ziemlich müde.«

Es stimmte, sie war müde. Sie hatte den Nachmittag über im Garten gearbeitet, hatte, vom so plötzlich ausgebrochenen schönen Wetter inspiriert, Terrakottatöpfe aus der Garage geschleppt, mit frischer Erde gefüllt und sich über ihre Bepflanzung Gedanken gemacht. Sie hatte die Gartenmöbel auf die Terrasse getragen und ihnen den Winterstaub abgewaschen. Am liebsten hätte sie sich schon irgendein schwingendes, zartes Sommerkleid angezogen, aber dafür war es dann doch noch zu kühl. Vorläufig schienen ihr Jeans und Pulli trotz allem noch geeigneter.

Am Vormittag war sie mit einem Referat beschäftigt gewesen. Normalerweise hätte sie in der Unibibliothek geholfen, hätte Bücher sortiert, umgeräumt und Titel und Standort in endlosen Listen in den Computer eingegeben. Der Job gefiel ihr, aber sie machte sich keine Illusionen: Es war eine Aushilfstätigkeit, kein Beruf. Sie musste endlich herausfinden, was sie in Zukunft wirklich arbeiten wollte. Andere schafften das auch. Gingen zielstrebig und ambitioniert ihren Weg. Nur sie wusste nicht so recht, was werden sollte. In keiner Hinsicht.

Was Michael anging, schließlich auch nicht. An ihrem Geburtstag Anfang Februar hatte er zuletzt gefragt, ob sie ihn heiraten wolle, sie hatte wie üblich ausweichend reagiert. Sie schämte sich, weil sie ihn hinhielt, aber sie brachte es nicht fertig, die Wahrheit zu sagen. Die Wahrheit hätte gelautet: »Nein, ich will dich nicht heiraten. Jetzt nicht und höchstwahrscheinlich auch später nicht. Aber ich lebe gern mit dir. Jetzt. Sicher nicht für immer.«

Michael war einfach auf einem völlig anderen Trip als sie. Er wollte seine Zukunft planen, wollte sie unter Dach und Fach bringen. Heiraten. Kinder bekommen. Er träumte von einem richtigen Familienleben. Sie musste nur beobachten, mit welcher Begeisterung er sich dem kleinen Tommi von nebenan widmete. Er liebte Kinder. Und er liebte die Sicherheit. Die gleichmäßige Abfolge ruhiger, geordneter Tage. Das Häuschen, den Garten. Seine Arbeit. Eine Frau, die da war, wenn er nach Hause kam. Einen Hund, der fröhlich um seine Beine herumtollte. Kinder, die ihm aufgeregt erzählten, was sie erlebt hatten. Denen er das Fahrradfahren beibringen und die er zum

Fußballspielen mitnehmen konnte. Es waren keine unbescheidenen Wünsche, die er an das Leben hatte, und Virginia wusste, dass er ein Recht hatte, sein Leben nach seiner Fasson zu leben.

Sie hatte so sehr gehofft, selbst einmal an den Punkt zu kommen, an dem er bereits war. Die innere Unruhe zu verlieren, die verhinderte, dass sie sich auf irgendetwas oder irgendjemand wirklich einließ. Auf einen Menschen, einen Lebensstil, auf einen Beruf. Warum gelang es ihr nicht, sich festzulegen? Warum nur hatte sie so oft diese fast zwanghafte Vorstellung, sie würde das eine versäumen, wenn sie sich auf das andere einließ? Es war lächerlich, es war kindisch. Aber sie bekam es nicht in den Griff.

Nachdem Michael aufgebrochen war, kehrte sie die Erde auf der Terrasse zusammen und ging ins Haus. Sie wusch sich lange die Hände, schrubbte ihre Fingernägel, unter denen Erde klebte. Sie schaute sich die Nachrichten im Fernsehen an, stand dann am Fenster und beobachtete, wie es ganz langsam dunkel wurde. Sie stellte sich vor, wie es wäre, in einem Penthouse in New York zu stehen und auf die Lichter der Stadt zu blicken. Ein Gedanke, der eine Sehnsucht weckte, die beinahe wehtat.

Als das Telefon klingelte, war ihr erster Impuls, es zu ignorieren und sich nicht zu melden. Vielleicht war es eine ihrer Freundinnen, die Lust auf ein langes Gespräch hatte, während sie selbst richtig müde war und mit niemandem reden wollte. Ins Bett gehen mit einem Glas Wein und einem guten Buch. Das war es, worauf *sie* Lust hatte.

Später fragte sie sich oft, ob ihre Scheu, den Hörer aufzunehmen, in etwas anderem begründet war als in ihrer Müdigkeit. Ob nicht ihr Unterbewusstsein eine Warnung ausgesprochen hatte. Denn die Tragödie, die sich später ereignete, wäre nicht geschehen, hätte sie den Apparat einfach läuten lassen und sich ins Bett gelegt.

Aber dann dachte sie, dass es Michael sein könnte, dessen

Fahrrad vielleicht kaputt war und der abgeholt werden wollte, obwohl es dafür eigentlich zu früh war. Also überwand sie sich und hob ab.

»Virginia Delaney.«

Ein ganz kurzes Schweigen folgte, und dann erklang jene Stimme, bei der sie noch immer weiche Knie bekam und einen trockenen Mund: »Virginia? Hier ist Andrew.«

»Oh«, war alles, was sie als Reaktion hervorbrachte.

Wiederum herrschte ein Moment des Schweigens, dann fragte Andrew: »Wie geht es dir?«

Sie hatte sich wieder einigermaßen gefangen. »Gut. Danke. Wie geht es dir?«

»Auch gut. Aber...«

»Ja?«

»Ich würde dich gern sehen«, sagte Andrew.

»Ich weiß nicht, ich...«

»Wenn es geht, jetzt gleich«, sagte Andrew.

Sie hätte so vieles sagen können. Dass Michael da sei und sie nicht einfach wegkönne. Dass sie kein Auto habe. Dass sie müde sei. Oder sie hätte ihn fragen können, was er sich einbilde, einfach daherzukommen, abends um acht Uhr anzurufen und sie herbeizuzitieren. Sie hätte sagen können, er solle sich zum Teufel scheren, und dann einfach auflegen.

Stattdessen schaute sie zum Fenster hinaus. Dort parkte das Auto. Wie üblich am Hang. Michael hatte ja das Fahrrad genommen.

»Wo bist du?«, fragte sie.

»Im *Old Bridge Hotel* in Huntingdon.«

»In einem Hotel?«

Er lachte. »Im Restaurant des Hotels. Sie haben fantastisches Essen hier. Und eine große Auswahl an Weinen.«

Sie hatte ihn nie mehr wiedersehen wollen. Er hatte sie zu sehr verletzt. Sie wusste, dass es besser wäre, bei diesem Entschluss zu bleiben und jeden Kontakt mit ihm zu unterlassen.

»Okay«, sagte sie, »aber nur auf einen Drink!«

Sie konnte ihn durch die Leitung förmlich grinsen hören.

»Klar«, sagte er, »nur auf einen Drink!«

Für den weiteren Verlauf der Dinge war es unerheblich, was im Hotel geschehen war, es hatte nur insofern eine Bedeutung, als die Tatsache, dass ihre Begegnung weit über einen Drink hinausgegangen war, später ihre Schuldgefühle verschärfte. Sie waren nur kurz im Restaurant gewesen, dort aber nicht über eine Vorspeise hinausgekommen, weil die Begegnung mit Andrew Virginia so durcheinander brachte und zugleich so ärgerlich über sich selbst werden ließ, dass sie keinen Bissen herunterbekam.

Er hatte ihre Hand genommen und gefragt: »Soll ich nicht doch ein Zimmer nehmen?«

Und sie hatte genickt und sich dafür gehasst.

Sie war verschwitzt von der Gartenarbeit, und sie hatte absichtlich nicht geduscht, hatte keine frische Wäsche angezogen, in der Hoffnung, es wäre ihr dann vielleicht zu peinlich, mit ihm ins Bett zu gehen. Sie hatte vergessen – oder verdrängt –, dass ihr nie etwas zu peinlich gewesen war, wenn es um Andrew ging. Sie tranken zusammen ein Glas Sekt aus der Minibar und plauderten über Belanglosigkeiten, und dann schliefen sie miteinander, und Andrew sagte, Virginia rieche nach Erde und Gras und sei ihm noch nie zuvor so verführerisch erschienen. Sie selbst fühlte die Leichtigkeit, die sie stets in seinen Armen empfunden hatte, und diese berauschende Mischung aus Aufregung, Atemlosigkeit und dem Gefühl, jung zu sein. Leben. Andrew gab ihr ein Empfinden von Leben, das Michael in ihr nicht zu wecken vermochte.

»Warum verlässt du ihn nicht?«, fragte Andrew hinterher, als sie nebeneinander lagen und Virginia gerade auf ihre Uhr geschaut und erschreckt festgestellt hatte, wie spät es schon war.

»Warum willst du nicht mit mir leben?«, fragte sie zurück. Er seufzte tief. »Du weißt, warum. Es geht einfach nicht. Nicht mehr.«

»Und warum wolltest du mich heute Abend treffen?«

»Weil ich dich nicht vergessen kann.«

Und ich dich auch nicht, dachte sie zornig, aber im Grunde liegt das nur daran, dass Michael mich zu Tode langweilt. Nur von diesem Umstand hast du heute profitiert, nur davon!

Sie schwang die Beine aus dem Bett, suchte ihre zerknüllte Wäsche zusammen. »Das wird sich nicht wiederholen, Andrew. Bitte. Ruf mich nicht mehr an.«

»Wirklich nicht?«

»Wirklich nicht!«, sagte sie fest, verließ das Zimmer und widerstand der Versuchung, die Tür hinter sich zuzuschmettern.

Während der ganzen Heimfahrt ärgerte sie sich. Er hatte sie herbeizitiert wie ein kleines Mädchen, und sie war auch tatsächlich wie auf Kommando gesprungen.

Ich muss das ein für alle Mal beenden, dachte sie.

Es war nicht weit bis St. Ives, aber diesmal schien sich der Weg endlos zu dehnen. Es war fast elf Uhr! Womöglich war Michael bereits daheim, und was sollte sie dann sagen? Sie konnte dann nur etwas von einem spontanen Treffen mit einer Freundin erzählen und zu Gott beten, dass er nicht ausgerechnet diese Freundin in den nächsten Tagen traf. Außerdem musste sie noch unter die Dusche. Sogar sie selbst konnte den Geruch der Liebe an sich deutlich wahrnehmen, um wie viel stärker musste ihn ein anderer empfinden.

Sie fuhr viel schneller, als es erlaubt war, geriet aber zum Glück nicht in eine Verkehrskontrolle. Als sie in die Einfahrt ihres Hauses bog, schaute sie sofort nach oben, konnte aber nirgends ein Licht erkennen. Entweder Michael schlief schon – was unwahrscheinlich war, solange er nicht wusste, wo sie steckte –, oder sie hatte mehr Glück gehabt, als sie verdiente: Er war noch nicht daheim.

Sie parkte das Auto am Hang, genauso, wie er es am Nachmittag abgestellt hatte, sprang hinaus und lief zum Haus hinüber. Sie schloss die Tür auf, knipste das Licht an und rief unsicher: »Michael? Bist du da?«

Niemand antwortete. Sie warf ihre Handtasche in eine Ecke, hastete ins Bad, streifte all ihre Kleider ab und vergrub sie ganz unten im Wäschekorb. Kaum hatte sie geduscht, hörte sie, wie die Haustür aufgeschlossen wurde. Michael kam zurück.

Sie hüllte sich in ihr Handtuch und lehnte sich für einen Moment tief seufzend gegen die kühlen Kacheln der Badezimmerwand.

Sie hatte Glück gehabt, aber es war eine entwürdigende Situation, in die sie sich da gebracht hatte. In diesem Moment war sie fest entschlossen, etwas an ihrem Leben zu ändern. Sie würde sich entweder ganz und gar auf Michael einlassen oder sich von ihm trennen.

Wahrscheinlich eher trennen, dachte sie.

7

Ein einziges Licht nur brannte in der Küche. Virginia saß regungslos auf ihrem Stuhl. Die ganze Zeit über, während sie sprach, hatte sie sich nicht bewegt. Sie hatte mit einer seltsam monotonen Stimme gesprochen, hatte sich selbst wie aus der Ferne zugehört.

Nun schwieg sie, starrte an Frederic vorbei, zum Fenster hinaus in die Dunkelheit.

Nach einer Weile, in der kein anderer Laut zu hören war als das leise Brummen des Kühlschranks, sagte Frederic: »Du hast den Wagen zuletzt gefahren. Nicht Michael, wie du ihn hast glauben lassen. Du warst es.«

Sie sah ihn nicht an. »Ja. Ich war es. Und ich war es auch, die vergessen hat, das Auto abzuschließen. Ich stellte es ab und rannte ins Haus, und am nächsten Morgen konnte der kleine Tommi ohne Probleme einsteigen.«

»Und das alles hast du Nathan Moor erzählt?«

Sie schüttelte den Kopf. »Nein. So weit sind wir nicht gekommen. Er kennt nur die Vorgeschichte. Meine Kindheit und Jugend mit Michael. Die Affäre mit Andrew. Tommis Tod. Er weiß nicht, dass…«

»…dass Michael schuldlos war«, vollendete Frederic.

Sie nickte.

»Mein Gott«, sagte Frederic, »von diesem Andrew wusste ich ja bislang auch nichts.«

Sie winkte ab. »Es ist so lange her. Er war wirklich nur eine Affäre, auch wenn ich mir einbildete, er sei meine große Liebe. Ein verheirateter Mann. Der sich nicht entschließen konnte, Frau und Kind für mich zu verlassen.«

»Wie banal«, sagte Frederic.

Sie schwiegen beide. Schließlich fuhr Frederic fort: »Mit der Treue hast du es noch nie sehr genau genommen, scheint mir.«

Was sollte sie darauf erwidern?

»Ich habe Michael mit Andrew betrogen«, sagte sie, »aber das war nicht das Schlimmste. Das Schlimmste war…«

Er stand auf, machte ein paar Schritte, so als wolle er sich vergewissern, dass er nicht nur träumte oder sich die Situation nur einbildete.

»Michael ist an dem Trauma seiner Schuld zerbrochen«, sagte er, »und du hast ihn in dem Glauben gelassen, er habe Tommis Tod zu verantworten. Warum hast du das getan, Virginia? Warum?«

»Ich weiß es nicht. Ist das noch wichtig?«

»Es passt nicht zu dir. Du bist nicht… feige.«

»Vielleicht doch.«

Er blieb stehen, sah sie an. »Ich verstehe jetzt den Schatten über deinem Leben.«

»Er hat ein Foto gefunden«, sagte Virginia, »Nathan. Ein

497

Foto von mir, als ich jung war. Er sagte, er könne es nicht in Einklang bringen. Die junge Virginia. Und die Frau, die er vor sich hatte. Er sagte, irgendetwas müsse geschehen sein. Er gab sich nicht zufrieden. Auch nicht mit dem Eingeständnis von Tommis Tod. Er wusste, dass da noch etwas war. Aber… ich kam nicht mehr dazu, ihm davon zu erzählen.«

»Du wirfst mir vor, nicht so hellseherisch veranlagt gewesen zu sein wie er? Dich nicht gefragt zu haben?«

»Nein. Ich werfe dir gar nichts vor. Wie käme ich dazu, gerade ich? Nach allem, was ich angerichtet habe. Ich habe so viel Leid über so viele Menschen gebracht.« Sie schloss kurz die Augen. »Ich wollte es Michael sagen. An jedem einzelnen Tag danach wollte ich es ihm sagen. Dass ich die Affäre mit Andrew gehabt hatte. Dass ich zu diesem idiotischen, unsinnigen Treffen mit ihm nach Huntingdon gefahren war. Dass ich danach offensichtlich vergessen hatte, den Wagen abzuschließen, in meiner Hast, noch vor ihm wieder daheim und im Haus zu sein. Dass Tommi allein meinetwegen hat sterben müssen. Ich schob es vor mir her. Ich glaube heute, es war nicht einmal so sehr deswegen, weil ich mir nicht vorstellen konnte, es *ihm* zu sagen. Aber es auszusprechen hätte auch bedeutet, meinen eigenen Verfehlungen selbst ins Gesicht zu sehen. Es auszusprechen hätte bedeutet, dass es Wirklichkeit wird. Es hätte bedeutet, dass ich es nie wieder hätte verdrängen können. Und davor habe ich mich gefürchtet. So sehr gefürchtet, dass ich froh war, als Michael weg war. Und ich es ihm gar nicht mehr sagen konnte.«

Sie hatte sehr leise gesprochen am Ende, den Kopf tief gesenkt. Sie blickte ungläubig auf, als Frederic sagte: »Ich habe dich vorhin nach dem *Warum* gefragt. Aber jetzt glaube ich, dass es darauf gar keine Antwort gibt. Ich verstehe dich auch so.«

»Was?«

»Ich verstehe dich. Ich kann verstehen, dass du Michael

nichts gesagt hast. Ich kann deine Qual verstehen. Deinen verzweifelten Versuch, das alles zu verdrängen. Ich kann es verstehen. Vielleicht hätte ich genauso gehandelt.«

In tiefster Überzeugung erwiderte Virginia: »Du nicht. Niemals.«

Er musste fast lächeln angesichts ihres Glaubens an seine Integrität. »Ich neige auch dazu, den Kopf in den Sand zu stecken, Virginia, das weißt du.«

Leise sagte sie: »Vielleicht neigen wir alle manchmal dazu.«

In einer fast zärtlichen Geste – wie sie in den letzten Tagen zwischen ihnen nicht mehr üblich gewesen war – strich er ihr über die Haare.

»Du wirst es in Ordnung bringen müssen«, sagte er, »wenn du deinen Frieden finden willst. Dich hinter dunklen Bäumen zu verstecken, um zu vergessen, und dich zwischendurch in die Arme der Nathan Moors dieser Welt zu stürzen, um dich selbst zu spüren – das wird auf Dauer nicht funktionieren. Ganz gleich, ob du mit mir zusammen bist oder mit irgendjemand anderem. Es wird nicht funktionieren.«

Sie nickte langsam.

Freitag, 8. September

1

Der Friedhof war schwarz von Menschen.

Rachel Cunningham muss sehr beliebt gewesen sein, dachte Janie. Sie fragte sich, ob wohl auch so viele Leute gekommen wären, wenn man *sie* beerdigt hätte. Ihre Schulklasse bestimmt. Und ihre Lehrer. Vielleicht auch ein paar Nachbarn.

Aber niemals so viele Menschen!

Sie und ihre Mutter standen ganz weit hinten, so dass Janie weder Rachels Eltern und ihre Schwester sah, noch mitbekam, was unmittelbar am Grab passierte. Sie war froh darum. Sie mochte den Sarg nicht sehen und schon gar nicht miterleben, wie er in die Erde gesenkt wurde.

Am Vorabend war Stella noch einmal bei ihnen in der Wohnung erschienen, hatte ihr ein Foto von einem Mann gezeigt und gefragt, ob das vielleicht der nette Herr aus dem Zeitschriftenladen sei. Janie hatte sofort verneint und den Eindruck gehabt, Stella schon wieder zu enttäuschen. Das erschien ihr als das Schrecklichste an der ganzen Geschichte: Immerzu erwarteten die Erwachsenen etwas von ihr, und nie konnte sie sie zufrieden stellen. Sie hörte, wie Doris leise fragte: »Haben Sie den verhaftet?«

Und wie Stella ebenso leise antwortete: »Möglicherweise geht es dabei um eine ganz andere Geschichte.«

Janie wünschte, sie hätte ihn erkannt. Dann hätte sie heute vielleicht nicht auf den Friedhof gemusst. Im Augenblick wäre sie sogar lieber in der Schule. Alles wäre besser, als hier inmitten eines Albtraums zu stehen und sogar eine der Hauptrollen darin zu spielen.

Stella war auch da. Sie war schwarz gekleidet wie alle Menschen hier und stand ein paar Schritte von Janie und Doris entfernt. Sie hatte gesagt, Janie solle sich gründlich umschauen, ob sie vielleicht den Mann aus dem Zeitschriftenladen wiedererkannte, und dann solle sie dies Stella möglichst unauffällig sagen.

Janie schaute und schaute, aber sie konnte ihn nirgends entdecken. Eigentlich war sie darüber ganz froh, denn sie mochte ihn gar nicht wiedersehen. Andererseits wusste sie, dass Stella sich freuen würde, wenn sie ihn plötzlich aus der Menge herausfischte. Janie seufzte tief. Wann würde das alles endlich vorbei sein?

Stella zwinkerte ihr aufmunternd zu. Wenigstens eine, die nicht weinte. Fast allen Leuten ringsum liefen die Tränen über das Gesicht, sie hielten Taschentücher in den Händen oder wischten sich mit den Fingern immer wieder an den Augen entlang. Auch Mummie hatte ein paar Mal leise geschluchzt. Dabei kannte sie das tote Kind doch gar nicht.

Die Menschen gingen alle nacheinander zu dem Grab und warfen Blumen hinein oder legten Kränze ab. Doris und Janie blieben jedoch, wo sie waren.

»Ich möchte Janie nicht überfordern«, sagte Doris zu Stella, und Stella nickte. »Okay.«

Langsam bewegten sich alle zum Ausgang des Friedhofs. Viele blieben auch noch in Gruppen zusammen stehen, unterhielten sich mit gedämpften Stimmen. Eine bleierne Schwere lastete über den Menschen, dem Ort.

»Mum, können wir jetzt bitte gehen?«, flüsterte Janie.

»Du hast ihn wohl nirgends gesehen?«, fragte Stella.

»Nein. Aber vielleicht …« Janie zuckte hilflos mit den Schultern. »Es sind so furchtbar viele Leute hier!«

»Der Kerl wird sich doch denken, dass heute die Polizei da ist«, meinte Doris.

Stella nickte. »Aber der Typ ist krank«, erinnerte sie, »und irgendwann vergisst er jede Vorsicht. Im Übrigen vermutet er wahrscheinlich nicht, dass wir Kontakt zu Janie haben. Und sie ist im Grunde die Einzige, die ihm gefährlich werden kann.«

»Können wir gehen?«, fragte Doris.

»Ich denke, ja«, antwortete Stella.

Langsam schoben sie sich in Richtung Ausgang. Es war nicht einfach, in der dichten Menschenmenge voranzukommen. Janie entdeckte einen der Männer, die sie auch auf dem Polizeirevier kennen gelernt hatte – wie hieß er noch gleich? Baker. Er stand mit einem Mann und zwei Frauen zusammen. Der Mann trug einen schwarzen Anzug und sah aus wie ein Lord – Janie hatte Bilder von Lords in den Illustrierten gesehen, die Doris manchmal las –, und die eine Frau hatte eine wilde, dunkle Haarmähne, trug einen ziemlich kurzen Rock und war sehr dünn. Die andere Frau sah so blass aus, als müsste sie jeden Moment umfallen. Janie wusste das, weil ihre Mummie einmal umgefallen war, und da hatte sie kurz vorher genau die gleiche Gesichtsfarbe gehabt.

Stella trat an die kleine Gruppe heran, und Baker fragte: »Nichts?«

Stella schüttelte den Kopf.

»Bei uns auch nicht«, sagte Baker.

»Ich weiß ja leider nicht einmal genau, nach wem ich eigentlich Ausschau halten soll«, meinte die dünne Frau mit dem kurzen Rock.

Baker machte die Erwachsenen miteinander bekannt. »Mrs. Alby.« Das war die Dünne. »Mr. und Mrs. Quentin.« Das waren der Lord und die Frau, die gleich ohnmächtig werden würde. »Mrs. Brown.« Das war Mummie. Jetzt wies Baker auf sie, Janie. »Das ist Janie Brown.«

Mrs. Quentin neigte sich zu ihr und gab ihr die Hand. »Hallo, Janie!«

»Hallo«, erwiderte Janie. Sie hatte nie einen Menschen mit

traurigeren Augen gesehen als diese Frau. Ihre Lider waren dick geschwollen. Sie musste heute schon viel geweint haben.

»Tja«, sagte Superintendent Baker, »dann kann ich mich nur bedanken, dass Sie hierher gekommen sind. Ich weiß, dass ich Ihrer aller Nerven sehr damit strapaziert habe. Aber es war eine Chance. Eine geringe natürlich, zugegebenermaßen.«

»Es war doch selbstverständlich, Superintendent«, sagte Mr. Quentin, den Janie insgeheim nur *den Lord* nannte.

Die Menschen strömten jetzt an ihnen vorbei durch das breite Friedhofstor auf die Straße. Janie versuchte, jedem Einzelnen ins Gesicht zu blicken, was angesichts der großen Menge nicht einfach war. Sie hätte ihn so gern gefunden, *so gern*. Weil Stella so nett war, aber auch weil sie Mummie so viel Kummer gemacht hatte in den letzten Wochen. Ihretwegen ging Mum nun schon den zweiten Tag nicht zur Arbeit und würde bestimmt Ärger bekommen. Es hätte sie erleichtert, etwas von all dem wieder gutmachen zu können.

Sie fing ein anerkennendes Lächeln von Stella auf. Die Beamtin hatte registriert, dass sie noch nicht abgeschaltet hatte, sondern sich weiterhin Mühe gab. Ihr Lächeln war ein Lob, das Janie sehr freute.

Die letzten Menschen verließen den Friedhof.

»So«, meinte Baker, »das war's dann.«

Die Gruppe wandte sich zum Gehen.

»Schöner Mist«, sagte die Dünne mit dem kurzen Rock, und Janie fragte sich, was genau sie wohl damit meinte. Die Tatsache, dass sie den fremden Mann nicht gesehen hatten? Oder den Umstand, dass überhaupt solche Dinge passierten – dass Kinder entführt und getötet wurden und man sich am Ende auf einem Friedhof wiederfand, wo alle weinten und man schreckliche, beklemmende Gefühle bekam?

Und warum muss ich ein Teil davon sein?, fragte sich Janie verzweifelt. Warum konnte mein Leben nicht ganz normal weitergehen?

Sie hatte das bedrohliche Gefühl, dass ihr Leben nun nie wieder ganz normal sein würde. Sie hätte nicht zu erklären gewusst, weshalb sie das glaubte, aber die Angst war einfach da. Und mehr als Angst: eigentlich eine Gewissheit. Es hing mit Rachel Cunninghams Sarg zusammen.

Sie hatte begriffen, wie dicht daran sie gewesen war, selbst in solch einem Sarg zu liegen.

Wann immer sie bisher Mummie nach dem Tod und dem Sterben gefragt hatte, war die Antwort gewesen: »Das hat noch lange Zeit! Erst wenn du ganz alt bist, musst du darüber nachdenken.«

Sie hatte das als sehr beruhigend empfunden. Etwas, das so weit weg war, fühlte sich nicht gefährlich an. Aber von jetzt an würde sie nie mehr denken können, dass der Tod in unüberschaubarer Ferne stand. Jetzt war er auf einmal ganz nah an sie herangekommen. Die anderen Kinder konnten weiterhin so tun, als gebe es den Tod gar nicht. Sie nicht.

Vielleicht bin ich jetzt gar kein richtiges Kind mehr, dachte sie, und ein seltsamer Schauer ging durch ihren Körper.

Sie standen jetzt draußen. Überall stiegen die Trauernden in ihre Autos. Es herrschte ein undurchdringliches Gewirr von Wagen, die sich langsam aus Parklücken herausschoben und in Richtung Straße rollten. Für den Moment entstand ein richtiges Verkehrschaos, aber anders als es gewöhnlich in solchen Situationen der Fall war, gab es niemanden, der lautstark seine Ungeduld gezeigt oder gar gehupt und geschimpft hätte. Weder quietschten Bremsen noch heulten Motoren. Alles war seltsam lautlos.

Weil es so traurig ist, dachte Janie, und das Gefühl der Trauer legte sich schwer und bleiern über sie.

»Ich darf mich dann verabschieden«, sagte Baker. Zuerst gab er Mrs. Quentin, der traurigen Frau mit den verweinten Augen, die Hand und fügte hinzu: »Ich melde mich nachher noch bei Ihnen.«

Mrs. Quentin nickte. Ihre Trostlosigkeit war herzzerreißend.

»Auf Wiedersehen«, sagte Doris mit jenem nervösen Klang in der Stimme, der Janie stets verriet, dass ihre Mutter dringend eine Zigarette brauchte. Sie würde eine aus ihrer Tasche kramen, kaum dass sie zehn Schritte vom Friedhofstor entfernt wären.

Jetzt lass uns gehen, bettelte sie stumm und wich hastig dem todtraurigen Blick Mrs. Quentins aus.

Und da sah sie *ihn*.

Sie hatte überhaupt nicht mehr damit gerechnet und war so fassungslos, dass sie zunächst nicht fähig war, irgendetwas zu sagen oder zu tun. Sie starrte nur und starrte und hatte dabei den Eindruck, dass ihr Gehirn nicht verarbeiten wollte, was ihre Augen erblickten.

Es war eine Täuschung. Es konnte nur eine Täuschung sein.

»Auf Wiedersehen, Janie«, sagte Baker.

Sie erwiderte nichts.

»Nun gib dem Superintendent schon die Hand«, mahnte Doris ungeduldig. Dann schien ihr etwas aufzufallen, denn sie fragte: »Was ist denn los? Kannst du nicht mehr reden und dich bewegen?«

»Da ist er«, flüsterte Janie. Sie hatte einen großen Ballen Watte im Mund, und ihr Hals war völlig ausgetrocknet. Es gelang ihr einfach nicht, lauter zu sprechen.

Außer ihrer Mutter hatte offenbar niemand sie verstanden.

»*Was?*«, fragte Doris.

»Da ist er«, wiederholte Janie, »da ist der Mann.«

»Du lieber Himmel«, sagte Doris, »wo denn?«

»Was hast du gesagt?«, fragte Stella.

»Sie sieht den fremden Mann«, erklärte Doris, und plötzlich ging ein Ruck durch die ganze Gruppe. Janie bemerkte, dass Superintendent Bakers Gesicht auf einmal ganz dicht vor ihrem war. »Den Mann, der dich angesprochen hat? Er ist hier? Wo?«

»Dort.« Sie wies in die Richtung, wo sie ihn sah. Es wimmelte von Menschen.

»Welcher?«, fragte Stella wieder. Sie hatte einen völlig veränderten Gesichtsausdruck. Janie fragte sich plötzlich, ob sie wohl eine Pistole hatte, diese ziehen und den Mann hier vor aller Augen erschießen würde.

»Dort«, wiederholte sie, »dort drüben. Neben dem großen, schwarzen Auto.«

Endlich blickten alle Erwachsenen in die richtige Richtung.

»Jack?«, flüsterte Mrs. Quentin entgeistert. »Du meinst doch nicht Jack? Jack Walker?«

Im selben Moment sagte die Dünne mit dem kurzen Rock: »Das ist der Mann, der mir meine Tasche aufgehoben hat! In Hunstanton. Damals.«

Und dann stürmten auch schon Superintendent Baker und Stella los, und ohne dass Janie hätte sagen können, woher, tauchten plötzlich zahlreiche uniformierte Polizisten auf. Wo hatten die vorher gesteckt?

Janie schrie auf, drehte sich um und drückte das Gesicht gegen den Bauch ihrer Mutter, vergrub sich in dem dünnen Baumwollstoff des schwarzen T-Shirts, das Doris trug. Sie hatte entsetzliche Angst, sehen zu müssen, wie der Mann erschossen wurde. Erschossen, weil *sie* auf ihn gezeigt hatte.

»Was ist denn? Was ist denn?«, hörte sie Doris wie aus weiter Ferne fragen.

»Nicht schießen«, presste sie hervor.

»Sie schießen nicht«, sagte Doris. Ihre Hand strich über das Haar ihrer Tochter. »Sie schießen nicht, keine Angst. Sie verhaften ihn. Sie verhaften ihn doch nur.«

Janie begann haltlos zu weinen.

Es war eine jener Situationen, in denen Superintendent Baker
sich tief im Innern wünschte, bestimmte Praktiken aus früheren Zeiten, da man die Folter zum Erzwingen von Geständnis-
sen eingesetzt hatte, wären auch heute noch erlaubt.

Natürlich hätte er das niemals laut gesagt. Er wagte nicht
einmal, so etwas wirklich zu denken. Eher handelte es sich um
bestimmte Impulse, die sich untergründig in ihm abspielten
und denen er nachdrücklich verbot, sich allzu weit hervorzu-
wagen.

Er und Stella waren seit nunmehr drei Stunden damit beschäftigt, Jack Walker zu verhören.

Ein sympathischer älterer Mann. Er erschien zuverlässig,
hilfsbereit und nett.

Ein Mann, dachte Baker, dem ich meine Kinder wahrscheinlich ohne jeden Vorbehalt anvertraut hätte.

Janie war sich absolut sicher gewesen. Jack Walker war der
Mann, der sie im Zeitschriftenladen angesprochen hatte und
mit zu sich nach Hause hatte nehmen wollen. Auch Liz Alby
hatte ihn zweifelsfrei als einen Mann erkannt, der am fraglichen Tag in Hunstanton und zudem noch dicht hinter ihr und
Sarah gewesen war. Baker hatte innerhalb einer Stunde einen
richterlichen Durchsuchungsbeschluss in den Händen gehalten, der seine Beamten zum Durchsuchen von Jack Walkers
Haus berechtigte. Sie hatten nichts Aufsehenerregendes gefunden, hatten aber Walkers Computer beschlagnahmt. Zur Zeit
bemühten sich Spezialisten um den Zugang. Baker war fast
sicher, dass sie auf Kinderpornografie stoßen würden.

Jack Walker, der die Quentins zum Friedhof gefahren hatte
und später wieder erschienen war, um sie abzuholen, da Frederic Quentin in Sorge wegen des Parkplatzmangels gewesen
war, stritt alles ab.

Er kenne keine Janie Brown. Er habe nie ein Mädchen in einem Zeitschriftenladen angesprochen und ihm das Veranstalten einer Kinderparty in Aussicht gestellt. Er sei überhaupt in diesem betreffenden Geschäft nie gewesen.

Baker hatte sich drohend vorgeneigt. »Nein? Dann müssen Sie eine Gegenüberstellung mit dem Inhaber des Ladens nicht fürchten, oder? Er könnte ja bestätigen, Sie nie gesehen zu haben!«

Walker war zum ersten Mal eingeknickt. Beschwören könne er es nicht, dort nie gewesen zu sein. Natürlich kaufe er sich auch Zeitungen und Zeitschriften, mal hier, mal dort. Vielleicht auch in jenem Geschäft. Er habe nicht gewusst, dass das verboten sei.

»Wo waren Sie am Montag, den siebten August?«, fragte Baker.

Walker überlegte, hob dann in einer hilflosen Geste beide Arme. »Das weiß ich wirklich nicht mehr. Am siebten August? Meine Güte, wissen *Sie* noch, was Sie am siebten August getan haben?«

»Um uns geht es hier nicht!«, betonte Stella mit scharfer Stimme.

»Ich will Ihnen ein wenig auf die Sprünge helfen«, sagte Baker. »Der siebte August war ein heißer, sonniger Tag, und ich denke, Sie beschlossen, ihn am Meer zu verbringen. Entweder mit dem Auto oder mit dem Bus fuhren Sie nach Hunstanton hinaus. Ich unterstelle Ihnen nicht, dass Sie irgendetwas Böses im Schilde führten. Wahrscheinlich wollten Sie wirklich nur schwimmen oder einfach in der Sonne liegen.«

»Nein. Ich war seit vielen Jahren nicht mehr in Hunstanton!«

»Am Busparkplatz dort wurden Sie Zeuge einer hitzigen Kontroverse zwischen einer jungen Frau und deren vierjähriger Tochter. Das kleine Mädchen bettelte um eine Karussellfahrt, schrie und tobte, als es diese nicht bewilligt bekam. Es sträubte sich so dagegen, mit der Mutter weiterzugehen, dass dieser schließlich die Tasche herunterfiel. Sie hoben sie ihr auf. Die junge Frau hat sich heute eindeutig an Ihr Gesicht erinnert.«

»Aus einer nur Sekunden dauernden Begegnung glaubt sie mehr als vier Wochen später mein Gesicht zu kennen? Ist das alles, worauf Sie Ihre Beschuldigungen gegen mich gründen, Superintendent? Auf die Behauptung eines kleinen Mädchens, das zweifellos von Ihren Leuten unter Druck gesetzt wurde, einen ominösen fremden Mann wiederentdecken zu müssen, und auf das zweifelhafte Erinnerungsvermögen einer Asozialen, die sich wichtig machen möchte? Deswegen halten Sie mich hier fest und reden seit Stunden auf mich ein?«

»Wissen Sie«, sagte Stella, »wir haben eine Speichelprobe von Ihnen, und in wenigen Stunden werden wir Sie anhand der DNA-Analyse überführt haben. Sowohl bei Sarah Alby als auch bei Rachel Cunningham haben wir genügend Spuren gefunden. Sie kommen aus dieser Geschichte nicht mehr heraus, Mr. Walker. Ein Geständnis zum jetzigen Zeitpunkt kann Ihre Lage nur verbessern und würde später vom Richter positiv bewertet. Vielleicht möchten Sie jetzt doch einen Anwalt hinzuziehen? Er würde Ihnen mit Sicherheit das Gleiche sagen.«

»Ich brauche keinen Anwalt«, sagte Jack Walker störrisch, »denn ich habe nichts verbrochen.«

»Warum haben Sie Rachel Cunningham ausgewählt?«, fragte Baker. »Zufall? Oder war sie Ihr Typ?«

»Ich kenne keine Rachel Cunningham.«

»Was haben Sie Sarah Alby versprochen, wenn sie mit Ihnen kommt? Eine Karussellfahrt?«

»Sarah...? Ich kenne keine Sarah.«

»Wo ist Kim Quentin? Was haben Sie mit Kim Quentin gemacht?«

Zum ersten Mal war ein Flackern in Jack Walkers Augen. »Kim? Ich könnte Kim niemals etwas antun! Nie!«

»Aber den anderen Kindern? Sarah Alby und Rachel Cunningham?«

»Die kenne ich nicht.«

»Wo waren Sie am Sonntag, den siebenundzwanzigsten August?«

»Das weiß ich nicht.«

»Gehen Sie nicht an jedem Sonntagvormittag zu einem Stammtisch?«

Wieder war da ein Flackern in Walkers Augen. »Ja.«

»Dann müssten Sie auch am siebenundzwanzigsten August dort gewesen sein.«

»Wahrscheinlich. Ich weiß es nicht genau. Ich gehe nicht jeden Sonntag dorthin.«

»Nein? Eben sagten Sie noch, Sie tun es *jeden* Sonntag!«

»*Sie* sagten das.«

»Sie bestätigten es.«

»Ich weiß nicht, worauf Sie hinauswollen«, sagte Walker. Er hatte ein paar Schweißtropfen auf der Stirn. Um die Quentins am Friedhof abzuholen, hatte er sich sehr korrekt gekleidet, trug einen Anzug und eine Krawatte. Für einen Spätsommertag war er viel zu warm angezogen. Baker nahm an, dass er gern seine Krawatte gelockert hätte, sich aber nicht traute, und es fiel ihm nicht im Traum ein, ihn dazu aufzufordern.

»Worauf ich hinauswill, Mr. Walker? Ich will darauf hinaus, dass Sie zugeben, am Vormittag des siebenundzwanzigsten August die kleine Rachel Cunningham in das abgelegene Gebiet am Chapman's Close gelockt zu haben, wo sie dann in Ihr Auto stieg, von Ihnen irgendwohin verschleppt, dort missbraucht und anschließend getötet wurde. In Sandringham haben Sie die Leiche später abgelegt.«

Baker hatte deutlich gesehen, dass Walker bei der Erwähnung des Chapman's Close zusammengezuckt war. Er hatte offenbar nicht damit gerechnet, dass die Polizei diesen Treffpunkt kannte.

»Sie haben Rachel Cunningham am Sonntag, den sechsten August, zum ersten Mal angesprochen. Vor der Kirche in Gaywood. Ich bin überzeugt, dass sich, wenn wir mit Ihrem Bild an die Öffentlichkeit gehen, Menschen finden werden, die sich erinnern, Sie dort herumlungern gesehen zu haben.«

Walker schwieg. Er schwitzte jetzt heftiger.

Baker, der bis dahin gestanden hatte, zog einen Stuhl heran und setzte sich Jack Walker gegenüber an den Tisch. Er neigte sich vor, sah dem älteren Mann in die Augen. Seine zuvor schneidende Stimme nahm einen weicheren Klang an.

»Mr. Walker, wir vermissen ein Kind. Ein siebenjähriges Mädchen. Kim Quentin. Wir haben bislang keine Leiche gefunden, obwohl Polizeitrupps und Spürhunde praktisch ohne Unterbrechung die ganze Gegend um King's Lynn herum absuchen. Vielleicht bedeutet das, dass Kim Quentin noch am Leben ist. Und vielleicht wissen Sie, wo sie sich aufhält. Wenn Sie darüber schweigen, wird sie sterben. Verhungern. Verdursten. Wissen Sie, Walker«, er sprach jetzt sehr leise, »wir kriegen Sie. Sie stehen schon jetzt mit beiden Füßen im Knast, und Sie wissen das auch. Sie mögen denken, dass es in Ihrer Lage egal ist, ob noch ein Kind draufgeht oder nicht. Aber da täuschen Sie sich. Wenn sich herausstellt, dass Kim Quentin zu retten gewesen wäre und dass sie qualvoll sterben musste, weil Sie das Maul nicht aufgemacht haben, dann hat das nicht nur Konsequenzen für das Strafmaß, das Ihnen zugedacht wird. Es wird sich auch auf die Behandlung auswirken, die Sie später im Gefängnis zu erwarten haben. Ich spreche nicht vom dortigen Personal. Ich spreche von Ihren Mitinsassen.« Er machte eine Pause. Walker drehte an seiner Krawatte. Sein Gesicht glänzte.

»Es gibt Hierarchien im Knast«, fuhr Baker fort, »und die werden peinlich genau eingehalten. Verbrechen an Kindern rangieren ganz unten. Typen, die sich an Kindern vergehen, sind so verhasst, wie Sie sich das wahrscheinlich kaum vorstellen können. Man wird Sie diesen Hass spüren lassen, Walker. Und ich versichere Ihnen, es wird eine Rolle spielen, ob Sie im letzten Moment noch das Leben eines Kindes gerettet haben. Ich kann Ihnen schwören, dass Sie es Tag und Nacht bereuen werden, wenn Sie es nicht tun. Tag und Nacht. Jahr um Jahr. Was Sie erwartet, Walker, ist die Hölle. So oder so. Aber auch die Hölle hat ihre verschiedenen Etagen. Ich an Ihrer Stelle würde versuchen, mich so weit oben wie möglich anzusiedeln.« Er lehnte sich wieder zurück. »Nur ein guter Rat von mir, Walker.«

Walker sprach mit stockender Stimme. »Ich… habe nichts getan.«

»Wo ist Kim Quentin?«, fragte Stella.

»Das weiß ich nicht.«

»Am Mittwoch, den sechsten September«, sagte Baker, »vorgestern also, befanden Sie sich auf der Rückfahrt von Plymouth. Sie hatten eine Lieferfahrt dorthin gemacht.«

»Es gibt jede Menge Menschen, die das bezeugen können«, sagte Walker erregt. »Ich kann Ihnen allein in Plymouth mehrere Personen nennen…«

Baker hob die Hand. »Sparen Sie sich das. Ihren Trip nach Plymouth haben die Kollegen bereits überprüft. Kein Zweifel, Sie waren dort. Wir wissen aber auch, wann Sie am Mittwoch früh aufbrachen. Sie sind seltsam spät daheim angekommen.«

»Hätte ich rasen sollen wie ein Verrückter? Ich geriet in einige Staus und…«

»Einen wirklich dramatischen Stau gab es am Mittwoch auf der Strecke nicht. Kein Unfall, nichts. Sie aber waren eine halbe Ewigkeit unterwegs.«

»Ich geriet in den Berufsverkehr. Liebe Güte, Sie müssen doch wissen, wie das ist! Man zockelt in einer endlosen Schlange von Autos dahin…« Walker hob hilflos die Arme. »Wird es mir nun zum Verhängnis, dass ich zu lange für den Weg von Plymouth nach King's Lynn gebraucht habe? Dass ich zwischendurch auf einen Parkplatz fuhr und eine oder auch zwei

Stunden schlief? Ich war todmüde. Ich versuchte, mich verantwortungsvoll zu verhalten. Ich wollte nicht am Steuer einnicken. Aber offenbar war das ein Fehler. Ich wollte alles richtig machen und habe mich damit ins Verhängnis manövriert.« Seine Stimme hatte einen wehleidigen Klang angenommen.

»Ich sage Ihnen, was ich vermute«, entgegnete Baker, ohne sich die Mühe zu machen, seine Verachtung für das Selbstmitleid seines Gegenübers zu verbergen. »Ich vermute, dass Sie, als Ihre Frau Sie anrief und fragte, ob Sie Kim Quentin von der Schule abholen könnten, schon viel näher an King's Lynn waren, als Sie zugaben. Sie müssten bereits den Stadtrand erreicht gehabt haben. Sie behaupteten jedoch, es auf keinen Fall zur rechten Zeit schaffen zu können. Doch dann überlegten Sie es sich anders. Möglicherweise war es Ihnen sogar schon klar, als Sie Ihre Frau anschwindelten. Sie fuhren geradewegs zu Kims Schule.«

»Nein«, sagte Walker. Er zupfte erneut an seiner Krawatte.

»Sie waren viel eher dort, als das Ihrer Frau von Ferndale aus, noch dazu in ihrem kranken und fiebrigen Zustand, gelingen konnte. Kim stand vor dem Schultor und wartete. Es gibt mehrere Zeugen, die das bestätigen können. Sie hatten leichtes Spiel. Kim kennt Sie und vertraut Ihnen. Sie wunderte sich kein bisschen, dass Sie kamen, um sie abzuholen. Ohne zu zögern, stieg sie in Ihr Auto.«

»Das ist doch absurd«, knurrte Walker. Sein Gesicht war nun stark gerötet. Er lockerte endlich seine Krawatte.

Bakers Stimme wurde sehr leise. Aus den Augenwinkeln konnte er erkennen, dass sich auch Stella anstrengen musste, ihn zu verstehen. »Und was geschah dann, Mr. Walker? Sie saßen in Ihrem Auto. Neben Ihnen dieses kleine Mädchen. Sie fuhren einen Lastwagen. Der hat keinen Rücksitz. Sie konnten Kim nicht nach hinten setzen. Hätte Ihnen die Distanz geholfen? So saß sie gleich neben Ihnen. Sie war nass vom Regen. Verstärkte dies den Geruch ihrer Haut? Ihrer Haare? Sie plapperte. Sie lachte. Was geschah da mit Ihnen, Jack? Sie haben diese Sehnsucht in sich, nicht wahr? Diese Sehnsucht nach kleinen Mädchen. Nach diesen zarten Körpern, den weichen Haaren. Nach dieser Unschuld, die doch schon unverkennbar weiblich ist. Sie saßen da in Ihrem Lastwagen, und auf einmal...«

»Nein!«, sagte Jack scharf. Mit einem plötzlichen, heftigen Ruck zerrte er sich die Krawatte vom Hals.

»Nein!«, schrie er. »Nein! Nicht Kim! Ich habe Kim nicht angerührt! Ich schwöre es bei Gott! Ich habe Kim nicht angerührt! Nein!«

Und dann warf er sich nach vorn über den Tisch, barg das Gesicht in den Händen. Seine breiten Schultern bebten.

Jack Walker weinte wie ein kleines Kind.

3

Sie rasten die sonnige Landstraße entlang. Mehrere Polizeiwagen. Im vordersten saßen Superintendent Baker und Stella. Stella lenkte.

»Ich bin schneller«, hatte sie zu Baker gesagt und ihm den Autoschlüssel aus der Hand genommen, »ich habe weniger Skrupel.«

Tatsächlich fuhr sie so, dass die anderen Mühe hatten, mitzuhalten. Sie trug eine dunkle Sonnenbrille. Selbst im Profil verrieten ihre fest aufeinander gepressten Lippen eiserne Entschlossenheit.

Nachdem Jack Walker zusammengebrochen war, hatten sie zwar keine Mühe mehr gehabt, ihn zum Geständnis der Morde an Sarah Alby und Rachel Cunningham zu bewegen. Auch gab er ohne Umschweife zu, Janie Brown in jenem Schreibwarenladen angesprochen zu haben – in der Absicht, sie ebenfalls in sein Auto und damit in seine Gewalt zu locken. Aber er blieb wirr, was Kim anging. Er konnte nicht über sie sprechen, ohne dass es ihn schüttelte vor Schluchzen, und teilweise waren seine Ausführungen kaum verständlich.

»Ich habe sie geliebt! Ich habe sie doch geliebt! Nie würde ich ihr ein Haar krümmen! Niemals! Niemals!«

»Sie haben sie vorgestern an der Schule abgefangen?«

»Ja.«

»Und in Ihrem Auto mitgenommen.«

»Ja.«

»Und wohin sind Sie mit ihr gefahren? Walker? Wohin?«

»Ich habe ihr nichts getan!«

»Wo ist sie?«

»Sie ist mein Püppchen. Meine Prinzessin. Ich könnte ihr niemals wehtun!«

»Wo ist sie, Walker, verdammt?«

»Ich kann nichts dafür. Es überkommt mich. Ich will es nicht. Bitte, glauben Sie mir. Ich will den Kindern nichts antun. Ich wünschte ... Ich wünschte ...«

»Was?«

»Ich wünschte, ich wäre nie geboren worden«, hatte Jack Walker hervorgestoßen und wieder so heftig zu weinen begonnen, dass minutenlang überhaupt nicht mit ihm zu reden gewesen war.

Es schien für Jack Walker eine ungeheure Erleichterung zu bedeuten, sich endlich einem anderen Menschen öffnen zu dürfen, sowohl was seine Veranlagung anging als auch die Ermordung der beiden Mädchen. Bis in die letzten Details hinein wollte er sich von der Last seiner Schuld wenigstens so weit befreien, dass er sie nicht mehr allein herumtrug. Baker hätte traumhafte Geständnisse haben können, die Antwort gaben auf alles, was er wissen wollte. Jack Walker hätte Stunde um Stunde geredet, von seiner Kindheit und Jugend in einer spießigen, nach außen hin intakten, aber im Innersten dysfunktionalen Familie angefangen, über das Erwachen seiner schrecklichen sexuellen Neigungen und seinen Bemühungen, diese zu bekämpfen, bis hin zu den Verbrechen, die er dann begangen hatte, als es ihm schließlich nicht mehr gelang, seine Triebhaftigkeit zu unterdrücken.

»Ich wollte die Mädchen nicht umbringen! Das müssen Sie mir glauben! Ich wollte es nicht, ich wollte es nicht! Aber ich hatte ... es mit ihnen getan, und ich hatte Angst ... Mein Gott, sie hätten mich doch angezeigt, ich wäre ins Gefängnis gekommen ... Ich hatte solche Angst ...«

Er war wie eine weit geöffnete Schleuse gewesen, die Baker nur noch hätte strömen lassen müssen.

Aber solange noch die geringste Chance bestand, dass Kim Quentin am Leben war, durfte er sich damit nicht aufhalten. Er musste herausfinden, wohin Walker sie gebracht hatte. Er musste es wissen, bevor er sich Walkers Lebenslauf und die Beschreibungen seiner grauenhaften Taten anhörte, über seine gestammelten Rechtfertigungen und sein Mitleid heischendes Gewinsel kotzte und doch widerwillig die Qual und das Ausgeliefertsein dieses Mannes verstand. Vorher musste er versuchen, das Leben Kim Quentins zu retten – wenn es noch zu retten war.

Er hatte Walker immer wieder mit scharfer Stimme unterbrochen.

»Das interessiert mich jetzt nicht, Walker. Erleichtern Sie Ihr Gewissen später. Jetzt will ich nur wissen, wohin Sie Kim Quentin gebracht haben. Wohin, verdammt?«

Er hatte ihn angebrüllt, und Jack Walker hatte zu zittern begonnen. »Ich habe sie ... Ich habe angehalten. Ich habe sie angefasst. Sie ist so süß. So zart ...«

Baker war ein abgebrühter Polizeibeamter, aber derartige Reden konnte er sich kaum anhören, ohne dass ihm schlecht wurde. Er musste sich sehr bemühen, Walker nicht dadurch zum Schweigen zu bringen, dass er ihn seinen Ekel zu sehr spüren ließ.

»Ich verstehe, Walker. Und dann bekamen Sie Angst? Angst, dass Kim ihren Eltern erzählen würde, dass sie von Ihnen angefasst wurde?«

Walker hatte wieder zu weinen begonnen. »Das alte... Gelände... diese Firma, *Trickle & Son*, für die ich ab und zu noch arbeite...«

»Ja? Es gibt da ein altes Gelände? Sie meinen, ein verlassenes Gelände?«

»Ja. Richtung Sandringham. Vor zehn Jahren ist Trickle von dort weggegangen. War ja mal eine riesige Spedition. Ich war da fest angestellt. Früher. Jetzt ist da niemand mehr...«

Baker hatte sich vorgeneigt, gespannt wie eine Feder. »Dorthin sind Sie mit Kim gefahren?«

»Ja...«

»Und dort ist sie noch?«

Walker hatte mit den Schultern gezuckt und erneut hemmungslos zu weinen begonnen.

Baker war aufgesprungen. »Okay. Das ehemalige Firmengelände der Spedition *Trickle & Son*.«

Und so jagten sie nun Richtung Sandringham hinaus, nachdem sich ein Beamter informiert hatte, wo genau sich die seit langem leer stehenden Firmengebäude befanden. Eine gottverlassene Gegend, wie Baker wusste. Ein perfekter Ort für jemanden wie Walker. Ein idealer Ort, sich vor dem Rest der Welt zu verstecken. Dorthin hatte er Kim gebracht. Aber was dann? Er hatte zunächst beteuert, sie nicht angerührt zu haben, und später eingeräumt, dass er an ihr »herumgespielt« hatte. Wie weit er tatsächlich gegangen war, mochte ihm möglicherweise selbst nicht ganz klar sein. Baker wusste, dass Täter vom Typ Jack Walkers ihre Verbrechen tatsächlich bereuten und häufig mit ihrer Schuld nur zurechtkamen, indem sie sie verdrängten. Kim Quentin hatte, anders als die beiden anderen Opfer, eine besondere Rolle in Jack Walkers Leben gespielt. Wenn er ihr etwas angetan hatte, vermochte er sich mit diesem

Umstand möglicherweise selbst nicht mehr zu konfrontieren. Und so blieb die bange Frage: Wenn sie Kim überhaupt vorfanden, würde sie tot oder lebendig sein?

»Ich finde nicht, dass er gut aussieht«, sagte Stella.

Baker, aus seinen Gedanken aufgeschreckt, sah sie überrascht an. »Wer? Wen meinst du?«

»Walker. Jack Walker. Ein langweiliger Opa-Typ, so würde ich ihn beschreiben. Weil doch Rachel Cunningham bei ihrer Freundin behauptet hatte, er sähe aus wie ein Filmstar.«

Baker seufzte. »Sie wollte wahrscheinlich ein bisschen angeben. Aber mit den Personenbeschreibungen ist das immer so eine Sache, nicht wahr? Kaum jemandem gelingt es, wirklich objektiv zu sein.«

Rachel Cunningham. Er musste daran denken, was Walker während seines Geständnisses über sie gesagt hatte. Rachel Cunningham hätte davonkommen können. Als er sie angesprochen hatte, hatte er sich für den darauffolgenden Sonntag mit ihr verabreden wollen, aber Rachel hatte ihn wegen der geplanten Ferienreise ihrer Familie um drei Wochen vertrösten müssen. Walker, durchaus stets im Kampf mit seiner schrecklichen Veranlagung, war darauf eingegangen, hoffend, er werde während dieser Zeitspanne das Interesse an dem Mädchen verlieren. Als der betreffende Sonntag gekommen war, hatte ihn jedoch seine sexuelle Unrast schon in der Nacht nicht mehr schlafen lassen. Wie willenlos, so seine Aussage, war er schließlich zum Chapman's Close gefahren, in irgendeinem Winkel seiner Seele hoffend, das Mädchen selbst sei inzwischen der Angelegenheit überdrüssig geworden. Aber Rachel habe bereits gewartet, aufgeregt und erwartungsvoll.

Das ehemalige Gelände der Firma Trickle war seit Jahren dem Verfall preisgegeben und bot trotz des sonnigen Wetters einen trostlosen Anblick. Baker war längere Zeit zuvor einmal dort gewesen, hatte aber nicht mehr in Erinnerung gehabt, wie weitläufig sich Garagen, Lagerhallen und einstige Büroge-

bäude erstreckten. Der Hof war völlig mit Unkraut überwuchert. Aus allen Fenstern waren längst die Glasscheiben he-
rausgebrochen, und tote, dunkle Höhlen starrten aus dem
schmutzigen Mauerwerk. Die Dächer waren halb abgedeckt,
Stahltüren standen offen und hingen schief in ihren Angeln.
Vor einer der lang gestreckten Lagerhallen stand ein gänzlich
verrosteter Lieferwagen ohne Räder. Aus seiner zersplitterten
Windschutzscheibe wuchs Löwenzahn.

Stella öffnete die Autotür. »Das wird dauern«, sagte sie,
»wenn das hier alles auch noch unterkellert ist…«

»Wir haben keine Minute Zeit zu verlieren«, drängte Baker
und stieg aus.

Die Beamten verteilten sich sofort über das ganze Gelände.
Wie mit bloßem Auge zu erkennen war, waren etliche der Gebäude einsturzgefährdet, und man musste sich in ihrem Inneren mit äußerster Vorsicht bewegen. Zudem stellte sich heraus,
dass sämtliche Bürogebäude tatsächlich unterkellert waren.

»Wenn sie noch lebt«, sagte Stella, »wird sie sich irgendwann bemerkbar machen.«

»Es sei denn, sie ist vor Angst wie erstarrt«, meinte Baker,
»sie kann auch völlig entkräftet sein. Wir dürfen keinen Winkel auslassen.«

Während der ersten Dreiviertelstunde fanden sie überhaupt
nichts. Nicht den kleinsten Hinweis darauf, dass überhaupt je
ein Kind hier gewesen war. In einem Speicher stießen sie
schließlich auf eine Menge leerer Bierflaschen und auf Kerzen-
stummel, die auf dem hölzernen Fußboden klebten.

Baker schüttelte den Kopf. »Hat vermutlich nichts mit Walker zu tun. Ich kann mir nicht vorstellen, dass er sich hierher-
setzt, Kerzen anzündet und Bier trinkt. Wahrscheinlich haben
Jugendliche eine Party gefeiert.«

»Aber hier«, erklang die Stimme eines Beamten, der soeben
den Nebenraum durchsuchte, »hier ist etwas, das könnte mit
Walker zu tun haben!«

Bei dem Nebenraum handelte es sich eher um eine Art begehbaren Wandschrank, mit einer Tapetentür fast bis zur Unkenntlichkeit getarnt. Baker spähte hinein. Auf dem Fußboden stapelten sich Fotos, die kleine Kinder in eindeutig pornografischen Posen zeigten. An der Wand klebte ein Poster, das einen erwachsenen Mann im Geschlechtsakt mit einem höchstens zehn Jahre alten Mädchen zeigte. Die Augen des Mädchens waren weit aufgerissen und voller Entsetzen.

»Nach all meinen Jahren bei der Polizei«, sagte Stella, die gleich hinter Baker stand, »kann ich so etwas nicht sehen, ohne das Gefühl zu haben, schreien zu müssen.«

»Da bist du nicht allein«, erwiderte Baker und wandte sich ab. »Dreckskerl«, sagte er inbrünstig, »dieses Zeug hat er daheim nicht aufzubewahren gewagt.«

»Glaubst du, seine Frau hat wirklich keine Ahnung?«, fragte Stella.

»Zumindest will sie ganz sicher keine Ahnung haben«, meinte Baker. Dann wandte er sich an die anwesenden Beamten. »Weitersuchen! Er war hier. Das bedeutet, mit der Preisgabe dieses Geländes hat er uns nicht belogen. Kim könnte wirklich hier irgendwo sein.«

Anderthalb Stunden später waren alle ratlos und erschöpft.

»Nach menschlichem Ermessen«, sagte einer der Beamten, »gibt es hier jetzt keinen Winkel mehr, in dem wir nicht waren. Nirgends eine Spur von dem Kind.«

»Er hat uns eine Geschichte aufgetischt«, sagte Stella, »wahrscheinlich ist er mit Kim hier gewesen. Aber dann… ich meine, die anderen Kinder wurden auch ganz woanders…«

Baker strich sich über das Gesicht. Seine Augen brannten vor Anstrengung. »Das hieße, Kim ist tot? Die Leichen der anderen Kinder tauchten alle in der Nähe von King's Lynn auf, alle an Stellen, an denen über kurz oder lang jemand vorbeikommen musste. Warum haben wir dann Kim nicht gefunden?

Obwohl Hundertschaften der Polizei seit zwei Tagen jeden Grashalm nach ihr umdrehen!«

»Weil er sie vielleicht ganz woanders abgelegt hat«, sagte Stella, »eben gerade deshalb, weil es um die Stadt herum von Polizei wimmelt. Da hebt man nicht einfach so ein totes Kind aus dem Auto und legt es an den Straßenrand. Vielleicht ist er Richtung Cromer gefahren. Oder nach Süden, in die Gegend um Cambridge. Im Grunde kommt jeder Ort in Frage.«

Baker schwieg. Er hätte nicht zu begründen gewusst, weshalb er dieses einsame, trostlose Gelände noch nicht verlassen wollte. Sie hatten alles abgesucht. Sie hatten nicht die geringste Spur von Kim gefunden. Stella hatte wahrscheinlich Recht. Walker mochte mit Kim hier gewesen sein, später hatte er sie jedoch anderswo hingebracht. Was den Schluss, dass sie nicht mehr am Leben war, mehr als wahrscheinlich machte.

Und dennoch war da eine Stimme. Sie hatte etwas mit dem Instinkt zu tun, den Baker im Laufe jahrelanger Ermittlungsarbeit entwickelt hatte. Diese Stimme mochte ihn nicht fortgehen lassen. Die Stimme warnte ihn, jetzt schon aufzugeben.

»Noch einmal«, sagte er, »wir durchsuchen hier noch einmal jeden Winkel.«

Alle starrten ihn an.

»Sir…«, begann einer der Beamten, doch Baker brachte ihn mit einem einzigen Blick zum Schweigen.

Stella war nicht so leicht einzuschüchtern. »Jeffrey, das bringt doch nichts! Es gibt hier einfach keine Stelle mehr, an der wir noch nicht nachgesehen hätten. Wir sind alle völlig erschöpft. Und wir verschwenden Zeit. Zeit, die wir dringend brauchen, um Kim an einem anderen Ort zu suchen.«

»Wenn Kim nicht hier ist, dann ist sie tot«, sagte Baker. »Wenn er sie am Leben gelassen und irgendwo versteckt hat, dann hier. Auf diesem Gelände. Einen anderen Ort wird er nicht kennen und zur Verfügung haben.«

»Okay«, sagte Stella ohne jede Überzeugung, »okay. Also los, von vorn!«

Der Trupp schwärmte erneut aus, und obwohl die Beamten inzwischen überzeugt waren, nichts zu finden, suchten sie dennoch mit ebenso großer Sorgfalt und Genauigkeit wie zuvor. Stella blieb in Bakers Nähe.

»Die Kellerräume«, sagte Baker, »sie stellen meiner Ansicht nach die einzige Chance dar, doch noch etwas zu finden. Einen Hohlraum, eine Kammer, irgendetwas, das wir übersehen haben. Sie sind dunkel und verwinkelt. Ich glaube nicht, dass uns oben etwas entgangen ist.«

»Gut«, meinte Stella ergeben, »dann gehen wir noch einmal hinunter.«

Sie durchsuchten das Kellergewölbe des vordersten Bürogebäudes. Feuchtigkeit war hier im Lauf der Jahre eingedrungen und hatte die gemauerten Gänge und Räume in nasse, kalte Verliese verwandelt.

Ein paar halb verfaulte Holzregale standen noch entlang den Wänden. Schwer vorstellbar, dass darin Akten gestanden und Papierstapel gelegen hatten. So schwer vorstellbar wie die Tatsache, dass täglich viele Menschen hierher zur Arbeit gekommen waren. Dass alles in einem sauberen, ordentlichen Zustand gewesen war und eine große Firma von hier aus ihre Transporte in alle Richtungen Europas organisiert und gestartet hatte.

Als sie mit dem ersten Gebäude fertig waren und wieder nach oben kamen, seufzte Stella tief, rutschte langsam an der Außenmauer des Hauses herab und blieb erschöpft zwischen Disteln und Löwenzahn sitzen.

»Nur fünf Minuten«, bat sie und strich sich mit der Hand über das Gesicht, »gib mir fünf Minuten, Jeffrey. Ich brauche einfach eine Zigarette.«

Er grinste. Stellas hoffnungslose Nikotinsucht war oft Gegenstand zahlreicher Hänseleien unter den Kollegen.

»Versau du dir deine Lungen«, sagte er, »ich gehe inzwischen ein Haus weiter in den Keller.«

»Bin gleich bei dir«, versprach Stella, zündete eine Zigarette an und nahm einen tiefen, genießerischen Zug.

Baker machte sich allein auf den Weg in den nächsten Keller. Er sah genauso aus wie der erste, war nur noch größer und weitläufiger. Strom gab es hier draußen keinen mehr, aber Baker hatte eine starke Taschenlampe, mit deren Hilfe er sich seinen Weg suchte.

Der Keller war sehr verwinkelt. Immer wieder ging es ein paar Treppenstufen hinauf oder hinab. Man musste sich konzentrieren, um wegen der Feuchtigkeit nicht auszurutschen. Baker ging in jeden Raum hinein, leuchtete Millimeter um Millimeter die Wände ab. Er hoffte auf eine Tür oder auf Steine zu stoßen, die locker aufeinander lagen und vielleicht den Weg zu einem verborgenen Hohlraum freigeben würden. Etwas, das er bei seinem ersten Durchgang möglicherweise übersehen hatte. Aber da war nichts. Festgefügte Mauern. Kein Durchgang, keine getarnte Tür. Nichts.

Ich habe mich geirrt, dachte er. Müde stolperte er die nächste Treppe hinunter. Erschöpfung und Resignation breiteten sich auf einmal wie ein schnell wirkendes Gift in ihm aus. Kim Quentin war nicht zu retten. Wieder würde er mit leeren Händen vor ihren Eltern stehen. Vielleicht hatte Stella Recht, und er vertat gerade kostbare Zeit. Vielleicht hätte er fortfahren müssen, Jack Walker, dessen Redefluss kaum zu bremsen gewesen war, zu verhören. Walker hätte ihm alles über Sarah und Rachel erzählt, und vielleicht wäre er dann zwangsläufig bei Kim gelandet und hätte anstelle von wirren Andeutungen klipp und klar gesagt, was er mit ihr getan hatte. Und wo sie zu finden war.

Womöglich hatte er einen großen Fehler gemacht. Seine Entscheidung hatte sich auf das Gefühl gegründet, dass die Zeit drängte. Dass Kim noch lebte, aber dass sie schnell gefunden

werden musste. Dass keine Zeit blieb, Walkers endlosen, aus-
schweifenden Schilderungen zu lauschen. In der Hoffnung,
dass er irgendwann das sagte, worauf alle brennend warteten.

Gefühl. Instinkt. Er hatte sich oft davon leiten lassen. Und
oft gewonnen. Einige Male jedoch auch verloren.

Gott, wenn es diesmal schiefgegangen ist! Und wenn sich
herausstellt, dass ein kleines Mädchen am Ende für meinen Irrtum bezahlen muss.

Schwer atmend blieb er stehen. Am liebsten wäre er auf dem
Absatz umgekehrt, hätte sich ins Auto gesetzt, wäre zurück
nach King's Lynn gerast, hätte sich Jack Walker vorgenommen
und die Informationen über Kim Quentin aus ihm herausge-
prügelt. Aber das wäre eine Panikreaktion gewesen. Und von
Panik, das war nun wirklich klar, durfte man sich gerade in seinem Beruf keinesfalls leiten lassen.

Ganz ruhig, mahnte er sich, du führst zu Ende, was du begonnen hast. Du durchsuchst diesen Keller und dann den
nächsten. Dann erst brichst du die Aktion hier draußen ab.

Und genau in diesem Moment hörte er es.

Das Geräusch war so schwach, dass er es mit seinen eigenen
Schritten übertönt hätte, wäre er nicht gerade still gestanden.
Vermutlich hätten schon die Anwesenheit Stellas und ihr Atmen gereicht, das Geräusch unhörbar zu machen. Nur weil er
allein war, nur weil er gerade innehielt, nur weil für ein paar
Momente vollkommene Stille um ihn herrschte, konnte er es
wahrnehmen.

Es klang wie ein ganz feines Kratzen. Wie das Echo eines
Kratzens. So zart, dass er einen Augenblick später schon wieder meinte, sich getäuscht zu haben. Doch dann hörte er es erneut. Es kam aus der Richtung, in der sich der Gang vor ihm
in der Dunkelheit verlor.

Mit raschen Schritten, befreit plötzlich von aller Müdigkeit,
ging er weiter. Er sagte sich, dass er nicht zu siegesgewiss sein
sollte. Vielleicht waren es bloß Ratten, die hier unten herum-

huschten, vielleicht hörte er nur ihre kleinen Krallen auf dem steinernen Boden.

Immer wieder blieb er stehen, hielt den Atem an, versuchte erneut, das Geräusch zu orten. Voller Angst, es könnte verstummen, ehe er seine Quelle gefunden hatte.

Doch es hielt an. Leise, kraftlos.

Er erreichte das Ende des Gangs. Rechts und links befanden sich zwei Räume. Die Türen waren längst aus den Scharnieren gebrochen und lagen auf dem Boden.

Wieder lauschte er. Das Geräusch kam aus dem Raum, der rechts von ihm lag. Er trat ein. Stella und er waren bei ihrem ersten Durchgang bereits dort gewesen. Ein Haufen zusammengebrochener und zu einem wirren Bretterhaufen gestapelter Holzregale hatte ihre Aufmerksamkeit erregt, sie hatten zwischen die Latten geleuchtet, nichts von Belang jedoch dahinter entdeckt. Jetzt aber glaubte er ganz sicher zu hören, dass das Kratzen genau von dort kam. Wieder näherte er sich den Regalen. Es waren so viele, und sie waren derart zerborsten und ineinander verkeilt, dass er ganz schwer nur etwas dahinter erspähen konnte. Er legte die Taschenlampe zur Seite, platzierte sie so, dass sich ihr Strahl auf die Bretter richtete, und begann, die Regale zur Seite zu räumen. Da er nicht wusste, was sich dahinter befand, musste er sehr vorsichtig zu Werke gehen. Er wollte nicht, dass der ganze Aufbau in sich zusammenfiel.

Er keuchte. Das Kratzen war verstummt.

Dann erklangen Schritte hinter ihm, der Strahl einer zweiten Taschenlampe fiel in den Kellerraum.

»Hier bist du«, sagte Stella. »Was machst du da?«

»Da war ein Geräusch«, erklärte er, »hinter diesen Regalen. Hilf mir mal.«

Auch Stella legte ihre Lampe zur Seite. Es ging viel einfacher und schneller mit ihrer Hilfe. Sie konnte einzelne Bretter abstützen, während er andere vorsichtig darunter hervorzog. Der Stapel lichtete sich.

»Da steht irgendetwas«, sagte Stella.

Sie holte sich ihre Lampe, richtete den Strahl auf den Gegenstand, der sich unter den Regalen verborgen gehalten hatte. »Eine Kiste!«, rief sie überrascht.

Baker merkte, dass es in seinen Ohren zu summen begann. Das kratzende Geräusch. Eine Holzkiste unter einem Stapel zuammengefallener Regale. Sein Instinkt, der ihm geraten hatte, nicht aufzugeben.

»Halt die Lampe«, sagte er. Mit einem raschen Blick vergewisserte er sich, dass ihm nichts auf den Kopf fallen konnte, dann kletterte er über die letzten herumliegenden Holzteile und beugte sich über die Kiste. Sie hatte kein Schloß. Aber der Deckel war schwer. Er brauchte seine ganze Kraft, ihn zu öffnen.

Kim Quentin lag auf einem Stapel Decken. Sie hatte die Beine angewinkelt, weil sie sie nicht ausstrecken konnte. Das Licht blendete sie, sie schloss sofort die Augen. Sie lebte.

Er hob den leichten, geschwächten Körper heraus. Er lag wie eine Feder in seinen Armen.

»Mein Gott«, hörte er Stella mit leiser Stimme murmeln, »wie gut, dass wir …« Sie sprach den Satz nicht zu Ende.

»Kim«, sagte Superintendent Baker und strich mit einer Hand behutsam über die feuchten, verklebten Haare des Kindes. »Kim, es wird alles gut.«

Kim schlug die Augen auf und sah ihn an. Ihr Blick war klar. »Ich habe so furchtbaren Durst«, sagte sie.

Dienstag, 12. September

1

Die Dunkelheit brach herein. Es war fast acht Uhr am Abend, und der Herbst näherte sich mit Riesenschritten. Wenn die Sonne unterging, wurde es sofort sehr kühl. In der Luft schwang ein würziger, etwas feuchter Geruch.

Virginia stand in der geöffneten Küchentür, atmete die Frische, die aus dem Park strömte. Über ihr bewegten sich leise die Äste der großen Bäume. Sie blickte nach oben, hätte so gern den Himmel im vergehenden Licht des Tages gesehen, aber das dichte Laub ließ es nicht zu. Verwundert fragte sie sich, weshalb sie das bisher nie bedauert hatte.

Sie fröstelte, ging zurück in die Küche, ließ aber die Tür offen. Sie begann den Tisch abzudecken, das Geschirr vom Abendessen in die Spülmaschine zu räumen. Kim zuliebe hatte sie aufwendig gekocht, obwohl sie selbst überhaupt keinen Hunger verspürt hatte, aber dann hatte auch Kim fast nichts angerührt, und nur Frederic hatte ein wenig gegessen. Im Grunde war fast alles übrig geblieben. Virginia seufzte leise. Kim war seit vier Tagen wieder bei ihrer Familie, aber es war schwierig, mit ihr ein Gespräch zu führen und sie zum Essen zu bewegen. Selbst an ihren Lieblingsgerichten pickte sie nur, legte dann stets die Gabel rasch zur Seite und sah ihre Mutter unglücklich an. »Ich kann nicht, Mum. Es tut mir leid. Es geht einfach nicht.«

Für den morgigen Tag hatte Virginia einen Termin mit einem Psychotherapeuten vereinbart, der auf die Behandlung traumatisierter Kinder spezialisiert war. Es würde noch ein weiter Weg zu gehen sein, das wusste sie. Aber Kim lebte und war wieder bei ihnen.

Das allein zählte.

Im Haus herrschte völlige Stille. Kim war, wie auch an den anderen Abenden seit ihrer Rettung, früh ins Bett gegangen, hatte sich mit ihrem Bären im Arm tief in die Kissen gekuschelt, wie ein kleines Tier, das Schutz in seiner Höhle sucht. Ihre Mutter hatte sie zugedeckt und ihr eine Geschichte vorgelesen und sie dann gefragt, ob sie noch eine Weile bei ihr sitzen sollte, aber Kim hatte den Kopf geschüttelt. »Ich bin so müde, Mum. Ich will schlafen.«

Als Virginia zehn Minuten später nach ihr gesehen hatte, waren ihre Augen bereits geschlossen, und sie atmete tief und gleichmäßig.

Frederic war um Viertel vor acht aufgebrochen, um die zutiefst geschockte, in Verzweiflung erstarrte Grace Walker zum Bahnhof zu bringen. Sie wollte zu ihrem Bruder nach Kent reisen, um dort irgendwie die Tragödie zu überstehen, die so unversehens über sie hereingebrochen war. Ihre Welt war in sich zusammengestürzt, als am vergangenen Freitag Polizeibeamte in ihr Haus eingedrungen, das Unterste zuoberst gekehrt und Jacks Computer beschlagnahmt hatten. Als sie von den Verbrechen ihres Mannes und seinen jahrzehntelang vor ihr geheim gehaltenen sexuellen Vorlieben erfahren hatte, war sie innerhalb weniger Stunden zu einem gebrochenen Menschen geworden. Frederic, der sicher war, dass sie wirklich von allem nichts gewusst hatte, hatte ihr angeboten, weiterhin in Ferndale zu wohnen, aber erwartungsgemäß wollte Grace nur noch fort. Mit nicht mehr als zwei Koffern und einem Gitterkorb, in dem ihre Katze saß. Fort, irgendwohin, wo sie sich noch auf die Straße trauen und versuchen konnte, das Entsetzen zu überleben, in das ihr Mann sie gestürzt hatte.

Virginia räumte die Teller zusammen, kratzte die Essensreste in den Mülleimer und schrak zusammen, als sie plötzlich hinter sich ein Geräusch vernahm. Sie fuhr herum und sah Nathan Moor, der in der Tür stand.

Er war noch immer braungebrannt, die wenigen Tage, die er in Untersuchungshaft hatte verbringen müssen, hatten seinem gesunden Aussehen keinen Abbruch getan. Er trug einen Pullover, der ihm in gewohnter Weise an den Schultern zu eng war, und als Virginia genauer hinsah, erkannte sie, dass es sich um einen Pullover von Frederic handelte, der stets in Dunvegan im Schrank gelegen hatte. Nathan hatte sich, als sie dort gewesen waren, offensichtlich wieder einmal bedient.

Sie starrte ihn fassungslos an, unfähig, ein Wort herauszubringen, und schließlich war er es, der das Schweigen brach.

»Hallo, Virginia«, sagte er, »darf ich reinkommen?«

Sie fand endlich ihre Fassung wieder.

»Wo kommst du her? Warum bist du nicht mehr im Gefängnis?«

Er schien die Tatsache, dass sie mit ihm sprach, als Einverständnis zu werten, dass er die Küche betreten durfte, denn schon war er drin und schloss die Tür hinter sich. »Ich komme aus der Stadt. Und das Gefängnis... Es besteht kein Verdacht mehr gegen mich.«

Sie war zurückgezuckt, als er die Tür schloss. Am liebsten hätte sie gesagt, er solle sie sofort wieder öffnen, aber sie mochte ihm nicht zeigen, wie nervös sie war. Er schien es dennoch zu spüren, denn er lächelte.

»Hast du Angst vor mir?«

»Frederic ist...«

»Frederic ist eben weggefahren«, unterbrach Nathan, »oder glaubst du, ich wäre hier hereinspaziert, ohne sicherzugehen, dass du allein bist?«

»Er kommt jeden Moment zurück.«

Nathan lächelte erneut. Sein Lächeln war weder kalt noch böse, aber auch nicht warm oder herzlich. Es war ein vollkommen emotionsloses Lächeln. »Wovor hast du Angst? Ich habe diese Kinder weder vergewaltigt noch getötet. Ich habe Kim nicht entführt. Ich bin kein Verbrecher.«

»Ach, nein? Wie definierst du denn den Begriff *Erpressung*? Ist das etwa kein Verbrechen?«

»*Versuchte* Erpressung. Das ist ein Unterschied.«

»Für mich nicht.« Langsam gewann Virginia ihre Sicherheit zurück, und nun erwachte auch wieder die Wut in ihr. Wut auf alles, was er ihr getan hatte: sein Anruf nach Kims Verschwinden, aber auch die Lügen über seine angebliche Karriere. Die Schamlosigkeit, mit der er sich in ihrem Leben eingenistet hatte.

»Verschwinde!«, sagte sie. »Verschwinde einfach und geh deinen eigenen Weg. Lass mich und meine Familie in Ruhe!«

Beschwichtigend hob er beide Hände. Er konnte ihren Zorn spüren – aber auch die Enttäuschung, die er ihr zugefügt hatte. Sie mochte ihn hassen, aber in ihrem Hass schwangen noch viele verletzte Gefühle mit, und dies mochte ihm den Eindruck vermitteln, dass er ihr heftiges *Verschwinde!* für den Moment ignorieren durfte. »Virginia, ich würde gern…«

»Wieso bist du überhaupt draußen? Wieso lassen sie einen wie dich frei herumlaufen?«

»Wie ich schon sagte, als Täter komme ich ja wohl kaum mehr in Frage. Was die andere Geschichte betrifft – den Anruf bei euch –, war ich von Anfang an voll geständig. Ich darf bloß im Moment nicht das Land, nicht mal den Umkreis von King's Lynn verlassen, und die Polizei will wissen, wo ich erreichbar bin. Aber für den Knast bin ich jetzt ein zu kleiner Fisch. Am Ende werde ich wohl mit einer Bewährungsstrafe davonkommen.«

»Dann ist für dich ja alles in Ordnung. Wozu musst du dann mich sehen?«

Er schwieg einen Moment. »Weil zwischen uns etwas war, das nichts mit dieser ganzen Geschichte zu tun hat«, sagte er schließlich.

»Es *war* etwas. Aber es *ist* nichts mehr. Und deshalb …«

»Und deshalb möchtest du nicht einmal mehr mit mir reden? Virginia, es war mir so wichtig, dich zu sehen, dass ich mich heute Vormittag zu Fuß auf den Weg bis hierher gemacht habe und mich seither in diesem verdammten Park draußen herumdrücke, in der Hoffnung, dich für einen Moment allein sprechen zu können. Du sagtest, dein Mann kommt gleich zurück? Dann gib mir doch diese halbe Stunde, die wir vielleicht haben, und jage mich dann erst zum Teufel!«

»Ich kann auch die Polizei anrufen.«

Er zuckte mit den Schultern. »Klar kannst du das. Ich würde nicht versuchen, dich daran zu hindern.«

Plötzlich fühlte sie sich entwaffnet. Zu leer und zu müde, um mit ihm zu streiten. Zu erschöpft auch, ihn zu hassen. Mit schwerfälligen Bewegungen ging sie zum Tisch hinüber, setzte sich auf den Stuhl, auf dem Kim während des Abendessens gesessen hatte. »Eigentlich spielt das keine Rolle mehr. Was zwischen uns war und wie sehr du mich verletzt hast. Wichtig ist nur noch, dass Kim wieder bei uns ist.«

»Wie geht es ihr?«

»Schwer zu sagen. Sie redet wenig. Schläft viel und zeigt die Tendenz, sich zu verkriechen. Was nicht gut ist, und deswegen gehe ich morgen zu einem Therapeuten mit ihr. Körperlich ist alles in Ordnung, meint der Arzt. Und sie wurde tatsächlich nicht sexuell missbraucht. Gott sei Dank, wenigstens das nicht!«

Nathan schüttelte den Kopf. »Jack Walker! Dieser nette, ältere Mann! Wer hätte das gedacht?«

»Wenn ich mir vorstelle, dass ich während der letzten beiden Jahre Kim immer wieder einmal den Walkers anvertraut habe, wird mir ganz schlecht«, sagte Virginia. Sie bekam schon wieder eine Gänsehaut auf den Armen. »Aber es war nichts zu merken, nichts zu erkennen. Nie hätte ich geglaubt …« Sie hielt inne. Es war so unfassbar!

»Hat er sich früher schon an Kindern vergangen?«, fragte Nathan. »Oder sie gar getötet?«

Virginia schüttelte den Kopf. »Er behauptet, nein, und Superintendent Baker ist geneigt, ihm das zu glauben. Jack hat seinen Trieb früh erkannt und dann sein Leben praktisch damit verbracht, ihn zu bekämpfen. Er hat sich auf einschlägigen Internetseiten herumgetrieben und Fotos gehortet, das ja, aber er hat alles getan, sich von Kindern möglichst fern zu halten. Er war es auch, der darauf bestanden hat, dass Grace keine Kinder bekommen sollte. Und er hat sich um den Verwalterposten in Ferndale House beworben, um so einsam und abgeschieden wie möglich leben zu können. Er hatte wohl immer eine Ahnung, was sonst passieren könnte.«

Nathan, der immer noch neben der Tür gestanden hatte, trat einen Schritt näher. Er schien zu spüren, dass für den Moment keinerlei Aggressionen von Virginia ausgingen. Sie war gänzlich gefangen in der erschütternden Erkenntnis, sozusagen Wand an Wand mit einem gefährlichen Triebtäter gelebt und nichts davon bemerkt zu haben. »Und dann seid ihr mit Kim nach Ferndale gezogen...«

»Vor zwei Jahren. Für Jack eine Katastrophe. Praktisch täglich lief nun ein kleines Mädchen vor seiner Nase herum. Zu allem Überfluss sah auch noch Grace ihre Chance gekommen, wenn schon nicht eine Mutter, dann doch eine Ersatz-Großmutter sein zu dürfen. Sie holte Kim zu sich ins Haus, wann immer es ging. Jack merkte, wie nach und nach seine Sicherungen durchbrannten.«

»Was das Todesurteil für die anderen Kinder war.«

»Irgendwann brauchte er ein Ventil. Kim durfte es nicht sein, also sprach er andere kleine Mädchen an. Lockte Rachel Cunningham in eine Falle. Und schnappte sich Sarah Alby am Strand von Hunstanton. Er saß in demselben Bus wie sie und ihre Mutter und bekam mit, wie die Kleine um eine Karussellfahrt bettelte und schrie. Er folgte den beiden, und als Sarah für einige Zeit allein war, überredete er sie ohne jede Schwierigkeit, mit ihm zu kommen. Er stellte ihr einfach eine Karussellfahrt in Aussicht. Aber stattdessen...«

»Er ging recht bedacht vor.«

»Ja. Er zerrte nicht, urplötzlich von seinen Trieben überwältigt, ein Kind von der Straße. Er ist, so verrückt das klingt, kein wirklich gewalttätig veranlagter Mensch. Er bereitete die Entführungen vor, sorgte dafür, dass sie vollkommen unauffällig vonstatten gingen. Die Kinder begleiteten ihn freiwillig und ohne jedes Aufsehen. Auch mit Janie Brown hat er es so versucht.«

»Die Kleine, die ihn auf dem Friedhof erkannt hat«, sagte Nathan. Er war gut informiert. Die Zeitungen der letzten drei Tage waren voll gewesen mit der Geschichte.

»Der er eine Geburtstagsparty versprochen hatte. Es waren unglaubliche Zufälle, weshalb sie mit dem Leben davongekommen ist. Einmal konnte sie nicht zu dem vereinbarten Treffpunkt kommen, weil ihre Mutter krank war. Und einmal...«

»Ja?«

»Einmal habe ich sie wohl gerettet«, sagte Virginia. Sie lächelte, wirkte jedoch nicht glücklich. »Jack hat es Baker erzählt. An dem Tag, an dem ich in die Stadt fuhr, um ein Kleid zu kaufen... du weißt, für dieses Abendessen in London...«

»Ich weiß«, sagte Nathan.

»Ich ging vorher in einen Schreibwarenladen. Genau in den, in dem Jack und die kleine Janie Brown verabredet waren. Ich erinnere mich, dass der Ladenbesitzer ein kleines Mädchen beschimpfte, weil es ewig die Einladungskarten anschaute, aber keine kaufte. Ich weiß noch, wie betroffen sie war, und dass sie mir leid tat. Das war Janie Brown.«

»Und Walker...«

»...hatte mich hineingehen sehen und umgehend das Weite gesucht. Sonst hätte er Janie an diesem Tag mitgenommen.«

»Meine Güte«, meinte Nathan, »das Kind hat wirklich eine ganz Horde von Schutzengeln!«

»Sie hat am Sonntag Geburtstag«, sagte Virginia, »und ich werde die Party für sie ausrichten. In Ferndale. Ihre ganze Schulklasse kommt. Du hättest erleben sollen, wie sehr sie sich gefreut hat.«

»Das ist sehr großzügig von dir.«

»Ich bin ihr von ganzem Herzen dankbar. Ohne sie hätten wir Kim nicht wiederbekommen.«

»Warum hat er Kim nicht getötet?«

»Das hat er nicht fertiggebracht. Er kannte sie zu gut, sie stand ihm zu nah. So schrecklich fehlgesteuert er auch war, er war trotzdem ein Mensch, der zu seelischen Bindungen fähig war, und zu Kim hatte er eine echte Beziehung. Als Grace ihn an jenem Tag anrief und bat, Kim von der Schule abzuholen, wehrte er sofort voller Entsetzen ab und behauptete, noch viel zu weit von King's Lynn entfernt zu sein. Er hatte Angst vor sich selbst. Aber dann konnte er doch nicht widerstehen und fuhr zur Schule. Natürlich stieg Kim sofort in sein Auto. Sie fuhren ein Stück, dann hielt er an. Er war verrückt vor Begierde und begann sie zu streicheln. Das war Kim unheimlich, sie wehrte ihn ab, wurde hysterisch. Jack war klar, dass sie uns, ihren Eltern, davon erzählen würde. Er konnte sie nicht mehr gehen lassen. Aber statt sie zu töten wie die anderen Mädchen, fuhr er sie hinaus zu diesem verlassenen Firmengelände, wo er vor ewigen Zeiten gearbeitet hatte. Er kannte sich dort aus. Er versteckte sie in einer Kiste, die er mit einem Bretterhaufen tarnte.«

»Was bald auch ihren Tod zur Folge gehabt hätte.«

»Ja. Aber er konnte es eben nicht eigenhändig tun.«

»Der Typ muss vollkommen irre sein«, sagte Nathan. »Wenn man sich überlegt, welcher Art von Sterben er Kim ausgesetzt hätte ...«

Virginia schüttelte heftig den Kopf. »Ich darf darüber nicht nachdenken. Nicht eine Sekunde. Ich werde sonst verrückt! Wir haben solches Glück gehabt, Nathan. Sie weinte vor Durst, war völlig entkräftet und unter Schock, aber sie lebt. Sie erholt sich. Ich kann gar nicht genug beten und danken.«

»Grace Walker hatte keine Ahnung?«

»Offenbar wirklich nicht. Diese Geschichte hat sie wie ein Blitz aus heiterem Himmel getroffen. Sie ist daran zerbrochen. *Sie* wird sich nie mehr erholen.«

Nathan nickte nachdenklich.

Dann, übergangslos, fragte er: »Und was wird aus uns?«

Noch wenige Minuten zuvor hätte Virginia diese Frage empörend gefunden. Nun empfand sie nur Traurigkeit. Und darauf zu antworten machte sie auf eine seltsame Art müde.

»Ich habe es dir vorhin schon gesagt«, erwiderte sie. »Uns gibt es nicht mehr so, wie es war.«

»Wegen meines Anrufs? Wegen dieses einen idiotischen Fehlers, der mir zutiefst leid tut, den ich, wenn es nur irgendwie ginge, sofort ungeschehen machen würde?«

Ja. Und nein. Sie fragte sich, ob sie ihm klarmachen konnte, was in ihr vorging.

»Es war ein Schock, herauszufinden, dass du dieser Anrufer warst«, sagte sie, »dass du meine – unsere – abgrundtiefe Angst und Verzweiflung zu deiner persönlichen Bereicherung nutzen wolltest. Aber was außerdem zählt, ist, dass ich dich irgendwie… in diesem Moment zum ersten Mal so gesehen habe, wie du wirklich bist. Es war, als ob ein Vorhang beiseite geschoben wurde, und da standest du als ein Mann, den ich bis dahin ganz anders wahrgenommen hatte – oder anders hatte wahrnehmen *wollen*.«

»Und dieser Mann gefiel dir nicht?«

»Ich empfand ihn als unberechenbar. Undurchsichtig. Da war auf einmal so vieles, was ich nicht miteinander in Einklang bringen konnte.«

»Du möchtest diesen Mann nicht kennenlernen? Vielleicht würde sich manches relativieren?«

Sie schüttelte den Kopf. »Nein. Ich möchte diesen Mann nicht kennen lernen.« Sie atmete tief. »Es ist vorbei, Nathan. Ich… kann nicht mehr. Es ist einfach vorbei.«

Die Worte dröhnten in dem Schweigen, das die Küche minutenlang ausfüllte.

Schließlich barg Virginia das Gesicht in den Händen. »Es tut mir leid«, flüsterte sie, »ich kann wirklich nicht.«

Wieder herrschte Schweigen.

»Okay«, sagte Nathan schließlich, »das muss ich hinnehmen.«

Sie hob den Kopf. »Was wirst du nun tun?«

Er zuckte mit den Schultern. »Erst einmal vor Ort warten und mich *zur Verfügung halten,* wie Superintendent Baker gesagt hat. Und dann… kehre ich nach Deutschland zurück. Vielleicht schaffe ich es von dort aus doch noch, einen Schadensersatzprozess wegen meines Schiffs anzustrengen. Wenn es mir gelingt, dabei eine größere Summe zu erstreiten, habe ich auf jeden Fall Zeit gewonnen. Ich werde schreiben. Vielleicht erscheint ja doch eines Tages noch mal ein Buch von mir!«

»Ich wünsche es dir.«

Er trat noch näher an sie heran, zögerte, hob die Hand, und als er merkte, dass sie nicht zurückwich, strich er ihr ganz rasch und zärtlich über die Wange. »Du bist mir noch etwas schuldig.«

»Was denn?«

»Das Ende deiner Geschichte. Diese Geschichte, von der du mir gesagt hast, dass an ihrem Ende eine große Schuld steht. Das letzte Kapitel fehlt.«

»Ich habe es Frederic erzählt.«

»Oh«, sagte Nathan überrascht, »ausgerechnet Frederic?«

»Ja.«

»Dann werde ich es wohl nie erfahren.«

»Nein.«

»Du bleibst bei Frederic? Er verzeiht dir und schließt dich wieder in die Arme?«

»Nathan, das ist alles nicht mehr deine Angelegenheit.«

»Gott im Himmel«, sagte Nathan, »du kannst erbarmungslos sein, wenn du fertig bist mit einem Menschen.«

»Ich versuche, ehrlich zu sein.«

»Ja, dann...«, meinte Nathan, »ist es jetzt wohl an der Zeit für mich, zu gehen.«

»Du hast einen weiten Weg vor dir.«

Er seufzte. »North Wooton. Dort habe ich die billigste Unterkunft gefunden. Ich werde die halbe Nacht unterwegs sein.«

»Ich habe nicht nur diesen Weg gemeint.«

Jetzt lächelte er. Nicht mehr das emotionslose Lächeln, das er bei seinem Eintritt in die Küche getragen hatte. Jetzt war es das Lächeln, das Virginia einmal in seinen Bann gezogen hatte. Und wenigstens ein bisschen vermochte sie sich selbst in diesem Moment zu vergeben: Es war ein Lächeln voller Versprechungen, voller Wärme und voll erotischer Kraft. Er schien sein Gegenüber zu umarmen mit diesem Lächeln. Wahrscheinlich war es unecht und kalkuliert, in seiner Wirkung haargenau berechnet.

Aber es ist einfach verdammt gut gemacht, dachte sie.

»Ich weiß«, sagte er, »dass du nicht nur diesen Weg gemeint hast. Ja, dann... ist es wohl an der Zeit, dass wir uns auf Wiedersehen sagen?«

Sie erhob sich, ging zur Küchentür, öffnete sie. »Es ist an der Zeit«, bekräftigte sie.

Er nickte, trat an ihr vorbei in den nun fast völlig dunklen Abend. Sie war dankbar, dass er nicht versuchte, sie zum Abschied zu küssen. Dass er sie nicht in die Arme nahm. Sie spürte einen entsetzlichen Schmerz. Trauer. Nicht um ihn. Aber um all die Versprechen, die in dem Neuanfang mit ihm gelegen hatten – und die ein Irrtum gewesen waren. Hätte er sie jetzt an sich gezogen, sie wäre in Tränen ausgebrochen. Auch wegen des Pullovers, den er trug und der nach Skye roch.

Als großer, langer Schatten stand er vor ihr. Er sah sie an. Im Mondlicht, das sich nur schwach seinen Weg durch die Bäume bahnte, konnte sie sein Gesicht erkennen. Seine Züge waren ihr so vertraut, dass sie ganz fest die Lippen aufeinander pressen musste, um nicht preiszugeben, wie sehr sie litt.

Und dann war er plötzlich wieder Nathan. Der Nathan, von dem Livia, ohne sich noch irgendeiner Illusion hinzugeben, gesagt hatte: *Er denkt von morgens bis abends nur über Geld nach!*

Der Nathan, der, so liebenswürdig, einfühlsam, attraktiv und sinnlich er auch sein mochte, doch immer in erster Linie sich selbst und seinen persönlichen Vorteil im Sinn hatte.

Ein Schnorrer, dachte Virginia, seltsam sachlich trotz der Traurigkeit des Moments. Ein ungemein begabter Schnorrer.

Er lächelte noch einmal sein entwaffnendes Lächeln.

»Ehe ich es vergesse, Virginia, mein Liebes: Könntest du mir wohl noch ein bisschen Geld leihen?«

2

Virginia stand am Wohnzimmerfenster und blickte in die Dunkelheit hinaus, als Frederic zurückkehrte. Sie hatte den Motor seines Wagens und seine Schritte gehört und erschrak daher nicht, als er sie ansprach. Er schlich sich nicht an wie Nathan. Frederic war klar und berechenbar.

»Ich bin wieder da«, sagte er. »Grace sitzt samt Katze im Zug. Sie konnte mir nicht mehr in die Augen sehen. Wie geht es Kim?«

Virginia drehte sich zu ihm um. »Sie schläft. Ich war oben

bei ihr, habe nach ihr geschaut. Sie ist ganz friedlich. Ich habe im Augenblick nicht den Eindruck, als ob schlimme Träume sie plagten.«

»Ich fürchte trotzdem, dass später …«

»Natürlich. Die Sache ist nicht ausgestanden. Aber Kim lebt, sie ist bei uns, und sie schläft. Für den Moment ist das unendlich viel.«

»Ja.«

Er hatte beide Hände in den Taschen seiner Jeans vergraben. Virginia fiel zum ersten Mal auf, wie stark auch er in den letzten Tagen abgenommen hatte. Wohl nicht nur wegen Kim. Auch wegen ihr.

»Grace ist am Boden zerstört«, sagte er. »Ich glaube, ich habe nie einen verzweifelteren Menschen erlebt.«

»Hast du ihr noch einmal gesagt, dass …«

»Dass sie hier bleiben kann, ja. Aber sie will nicht. Sie erträgt es einfach nicht. Und das kann ich verstehen.«

»Jack Walker«, sagte Virginia, »hat über viele Menschen unfassbares Elend gebracht.«

»Er ist krank.«

»Ist das eine Entschuldigung?«

»Nein. Nur eine Erklärung.«

Unschlüssig standen sie einander gegenüber.

»Diese Frau … Liz Alby hat mich heute Mittag angerufen«, sagte Frederic. »Sie wollte sagen, wie sehr sie sich freut, dass wir unsere Kim zurückbekommen haben. Sie geht mit dem Vater ihrer Tochter nach Spanien.«

»Sie macht Urlaub?«

»Sie wandern aus. Sie wollen es noch einmal miteinander versuchen, sagte sie mir. In einem anderen Land. Ganz neu anfangen. Sicher eine gute Entscheidung.«

»Weitergehen«, sagte Virginia, »das ist immer die einzige Möglichkeit, nicht? Um das Schicksal irgendwie zu ertragen.«

Sie lachte, ohne dabei im Geringsten fröhlich zu wirken.

»Wir versuchen jetzt alle, die vielen Scherben aufzuheben. Vielleicht sogar, sie zu kitten, wenigstens teilweise. Aber da sind zwei tote Kinder. Und zwei, die beinahe gestorben wären. Das ist nichts, was jemals heilt.«

»Und da sind wir«, sagte Frederic.

»Ja. Und weißt du, was das Schlimme ist? Wir sind nicht mehr einfach *wir*. Wir sind unauflösbar mit unserer Schuld verbunden. Für immer.«

»Virginia...«

Sie schüttelte heftig den Kopf. Ihr Gesicht war blass. »Beinahe, Frederic, beinahe wäre es wieder geschehen. Genau das Gleiche wie damals. Vor elf Jahren ist ein kleiner Junge gestorben, weil ich vergnügungssüchtig und leichtsinnig war und nicht aufgepasst habe. Und diesmal wäre fast mein eigenes Kind gestorben. Weil ich wieder einmal nur an mich dachte. Weil ich nicht da war. Weil es mir um andere Dinge ging. Es ist ein... verdammter roter Faden in meinem Leben!«

Sie tat ihm leid. Kaum je hatte er sie so verzweifelt erlebt. Er hätte sie gern in die Arme genommen, wagte es aber nicht.

»Ich könnte es mir jetzt leicht machen«, sagte er, »und dir außer zu deiner Affäre mit Nathan Moor, mit der du mir fast die Seele in Fetzen gerissen hast, auch noch die Schuld wegen Kim aufbürden. Soll doch deine Seele auch in die Brüche gehen! Aber es wäre nicht fair. Und es wäre nicht wahr. Du warst nicht pflichtvergessen an jenem Nachmittag. Es hatten sich nur alle Umstände verschworen. Gegen dich, gegen Kim, gegen uns. Und das hätte bei jeder anderen Gelegenheit auch passieren können. Verstehst du? Ein unvorhergesehener Zahnarzttermin. Ein kaputtes Auto. Ein verknackster Fuß. Tausend Dinge hätten es jederzeit, an jedem Tag verhindern können, dass du Kim von der Schule abholst. Lass eine grippekranke Grace dazukommen und die Konstellation, dass sie den Auftrag an ihren Mann weiterzugeben versucht. Schon hast du die gleiche Geschichte. Es ist keine Frage von Schuld. Es ist eine

Frage von Pech. Vielleicht auch von Schicksal. Aber nicht von Schuld.«

»Aber...«

Er unterbrach sie: »Lass endlich den kleinen Tommi los, Virginia. Er verdunkelt dein Leben seit elf Jahren. Buchstäblich. Vor ihm bist du hinter diese Mauern, unter diese düsteren Bäume geflohen. In der Hoffnung, ihn im Dämmerlicht nicht mehr so genau zu sehen. Lass ihn los. Es ist geschehen. Es ist nicht mehr zu ändern.«

Sie merkte nicht, dass sie zu weinen begann. Lautlos rollten ihr die Tränen über die Wangen.

»Der kleine Tommi...«, begann sie. Brach dann ab und ließ den Kopf sinken. »Ich kann das nie vergessen«, flüsterte sie, »nie.«

»Vergessen nicht«, sagte Frederic, »aber akzeptieren. Als etwas, das in deinem Leben geschehen ist. Etwas anderes bleibt dir gar nicht übrig.«

Sie wischte sich die Tränen ab, starrte auf ihre nassen Hände. Plötzlich dachte sie: Ich habe eben zum ersten Mal um Tommi geweint. Zum ersten Mal seit elf Jahren. Seitdem es geschehen ist.

»Michael«, sagte sie und räusperte sich, weil ihre Stimme so belegt war. »Ich muss Michael finden, Frederic. Ich weiß nicht, ob er noch lebt, wo er sich aufhält, was aus ihm geworden ist. Aber du hattest Recht, als du sagtest, dass ich nur dann in Frieden leben kann, wenn ich wenigstens einen Teil meiner Schuld abtrage. Ich muss ihm sagen, dass er es nicht war, der damals das Auto unverschlossen hat stehen lassen. Sondern ich. Er soll wissen, dass ihn keine Schuld trifft an Tommis Tod.«

»Wenn du möchtest«, sagte Frederic, »helfe ich dir, ihn zu finden.«

Sie nickte.

Dann sahen sie einander wieder schweigend an. In den vergangenen Tagen, in denen sie um Kim gebangt und gezittert hatten, war nicht die Zeit gewesen, über ihrer beider Situation zu sprechen. Beide wussten, dass nichts mehr so war wie früher und dass es nie wieder so sein konnte. Aber wie es weitergehen sollte, davon hatten sie keine Ahnung. Sie ahnten, dass es nicht der Moment war, dies zu klären, dass Zeit vergehen musste, ehe jeder von ihnen den Weg würde sehen können, den er gehen wollte. Ob es ein gemeinsamer Weg sein würde, das konnten sie jetzt noch nicht erkennen.

Frederic trat neben Virginia, und beide sahen sie zum Fenster hinaus. Im Spiegelbild der dunklen Scheibe konnten sie einander schattenhaft wahrnehmen. Die hohen Bäume, die das Haus so eng umschlangen, waren nicht zu sehen.

Ich möchte nicht mehr in der Dunkelheit leben, dachte Virginia. Und vielleicht sollte ich endlich einmal in einem Beruf arbeiten.

Alles muss anders werden. Mein Leben muss anders werden.

Sie sah nicht mehr ihr Bild in der Fensterscheibe. Sie sah andere Bilder, die sie mit Sehnsucht erfüllten, die sie traurig stimmten, weil sie der Vergangenheit angehörten. Und die ihr dennoch eine Richtung gewiesen hatten, die es wert sein mochte, verfolgt zu werden.

Wie aus weiter Ferne vernahm sie Frederics Stimme neben sich. »Hast du gerade an Nathan Moor gedacht?«, fragte er. Er musste sie beobachtet und die Melancholie in ihrem Gesicht erkannt haben.

Sie schüttelte den Kopf. »Nein. Ich habe nicht an Nathan Moor gedacht.«

Sie fragte sich, ob er ihr glaubte.

Nicht die Erinnerung an Nathan Moor war es, was sie für immer in sich tragen würde, nicht die Erinnerung an seine Person.

Sondern die an zwei Septembertage auf Skye.

An den eisblauen Himmel über Dunvegan.

Und an den kalten Wind, der vom Meer kam.